Tres mundos:

El fin de los tiempos

Camila Rocha Mota

Tres mundos:
El fin de los tiempos

Título original: Tres Mundos: El fin de los tiempos.
Autor original: Camila Rocha Mota.
1era edición: Abril 2026

Advertencias para el Lector

Este libro contiene material sensible que puede no ser apto para todos los públicos. Se advierte al lector que encontrará algunas escenas explícitas o casi explícitas, de sexo, violencia física, guerra y abuso sexual.
Asimismo, la narrativa hace un uso extensivo de la mitología judeocristiana y referencias bíblicas, reinterpretando y modificando de forma extrema algunos de sus mitos y figuras. Este enfoque puede resultar perturbador u ofensivo para algunas personas.
La lectura de esta obra es bajo su propia discreción y riesgo.

Editor: Camila Rocha Mota.

ISBN: 978-9915-43-753-8
Deposito legal de acuerdo a la ley: Hecho.
Contacto:
abscentauy@gmail.com
IG: camilarocha_autora

A todos aquellos que han sido juzgados,
por su apariencia, su casta o su cuna.
A todos aquellos que les han dicho,
que no merecen ser amados
por ser quiénes son.

PRÓLOGO

Pella - Macedonia - 166 a.c.

—Señor, tenemos noticias, señor.

—¿Buenas o malas?

—Malas, señor.

El hombre resopló con desagrado; últimamente todas eran malas noticias. Resignado, miró a su sirviente y le hizo un gesto con la cabeza para indicarle que prosiguiera.

—Ha nacido, señor; ha sido un niño.

—¡¿Cómo ha dicho?! ¡No puede ser posible! —exclamó exaltado. La noticia era peor de lo que esperaba.

—Contra todos los pronósticos, se ha vuelto real lo que en todo el universo se había creído imposible, señor —comentó el sirviente.

—Ha sido niño —repitió, más para convencerse a sí mismo de que este hecho inminente era real que para comunicárselo a alguien—. ¿Cuándo ha nacido?

—Hoy, señor. Nuestros espías lo han confirmado.

La ira chispeó como centellas en los ojos del hombre. Por sus poros emanaba furia y descontrol; golpeó con su puño un árbol cercano, derribándolo de un solo impacto. La caída del cuerpo aún viviente del árbol hizo estremecer la tierra.

—¡¿Cómo es posible que no me haya enterado antes?! —exclamó—. ¡Podría haberlo impedido y no lo he hecho! ¿Cómo se me ha escapado semejante hecho de mi control? —gritó furioso, y el sirviente retrocedió varios pasos.

—Señor, usted no podía saberlo; nadie esperaba que las esperanzas de ese ser se hicieran realidad.

—¡Pues debería! Un acontecimiento de esta magnitud no se me podía haber escapado.

—Sabe que usted no puede ver en aquel mundo, señor; va más allá de sus dominios. Es muy difícil, incluso para usted, enterarse de lo que allá está sucediendo, y aún más difícil es intervenir.

El hombre suspiró con resignación. Su sirviente tenía razón: nada podría haber hecho. De igual forma, eso no borraba el hecho de que tenían un gran problema por delante.

—Tiene razón —volvió a suspirar, pero esta vez lentamente, para calmar así un poco sus nervios—. Gracias por habérmelo comunicado. ¿Hay algo más que tenga que decirme?
—No, señor, es todo lo que sabemos hasta ahora.
—Está bien, mantenme informado —ordenó.
—Entendido, señor —contestó, realizando la venia militar con el rostro muy serio, mirando a su amo a los ojos para luego desaparecer del lugar.
Luego de ver que se había quedado solo, miró a su alrededor dejando que su visión recorriera el paisaje. El frío otoño había hecho destrozos en los campos circundantes. Un color amarillo amarronado teñía las colinas y los llanos; los árboles movían sus desnudas ramas al compás del incipiente viento, insistente a esta hora del alba.
Tocó su cabeza suavemente; un dolor exasperante se estaba apoderando de ella. Escuchó unos pasos tras de sí y giró rápidamente para encontrarse con uno de sus más altos cargos de confianza. El general al mando de su ejército se encontraba allí con su semblante imperturbable. Él era su mano derecha, pero además era un gran amigo.
—Oh, Miguel, eres tú. ¿Qué haces aquí?
—Eso mismo te iba a preguntar. Sabes que no es seguro que bajes; algún ser humano podría verte.
—He revisado el perímetro, Miguel. —De todos modos —hizo una mueca—, no debes exponerte.
—Había noticias importantes que debía recibir.
—Podría haberlas recibido yo y comunicártelas más tarde.
—Emm... bueno, de igual manera —hizo un gesto de despreocupación con la mano.
—Bueno, ¿y de qué se trataba?
—Ha nacido —afirmó fríamente—. Ahora él tiene descendencia y sucesor —hizo una pausa—. Me lleva ventaja.
—Oh... —negó con la cabeza, incrédulo—. Es imposible; ningún vientre humano podría engendrar a su primogénito.
—Pues ha encontrado a una hembra que ha podido albergar a su hijo en el interior de su cuerpo.

—Tenemos problemas; a partir de ahora debemos evitar que la profecía se cumpla.

—Y debo engendrar un hijo.

—Eso puedes hacerlo cuando quieras; solo toma una mujer y hazlo —hizo una pausa—. ¿O sigues esperando que nazca esa tal María que has visto en sueños?

—Esperaré por ella.

—Haz lo que quieras —resopló y se fue dando un salto que lo impulsó por los aires.

Viendo cómo su amigo se alejaba, negó con la cabeza. Miguel jamás entendería la importancia que radicaba en engendrar un hijo con la muchacha que le había augurado un sueño; pero él sí lo comprendía, y por ello esperaría a que la elegida naciera.

CAPÍTULO 1.

"La verdad solo es una, y se revela poco a poco, pero cada descubrimiento nos acerca más a una comprensión más profunda."

Albert Einstein.

Me apresuré a introducir la llave en la cerradura de la puerta principal. Antes de abrirla, miré sobre mi hombro para asegurarme de que nadie me estuviera siguiendo o acechando la casa.

No es que tenga motivos específicos para sospechar que alguien me vigile, pero, viviendo en Malvín Norte, ser precavida es una de las mejores virtudes que se pueden tener si se vela por la integridad física y la propiedad.

Suspiré aliviada al constatar que era la única alma en toda la cuadra; entré y volví a echar el cerrojo. Froté mis manos para calentarme mientras caminaba hacia la cocina para escudriñar la nevera; arrugué la nariz y lancé un gruñido al ver que estaba casi vacía. El conjunto de elementos que yacían en sus estantes consistía en una banana en descomposición, la cena de hace dos noches y media cebolla.

Dejé escapar un profundo suspiro y cerré la nevera; proseguí con una revisión completa de la cocina buscando algún alimento que aún fuera comestible. Luego de un rato encontré una caja de cereales a medio terminar; tomé un puñado y me lo llevé a la boca mientras caminaba hacia mi habitación, al otro lado de la sala.

Al llegar, me quité la ropa de calle y me puse unos pantalones deportivos grises, una camiseta, una polera de cuello de tortuga y una sudadera negra; por último, mi par de medias favoritas. Eran mis preferidas porque me las había regalado mi mejor amiga; según ella, eran «las medias de la tristeza», esas que te pones los días grises para ser feliz gracias a su estampado de pequeños dinosaurios de colores.

Volví a tomar la caja de cereales y caminé hasta el sofá; acto seguido, me desplomé en él y encendí el televisor. Miré por la ventana: el cielo gris y las ramas desnudas de los árboles balanceándose con el viento forjaban una postal totalmente deprimente.

Me estremecí al recordar el gélido viento penetrando mi ropa durante todo el camino desde la facultad hasta aquí, puesto que el único asiento libre en el 427 se situaba junto a una ventanilla con el vidrio roto. En ese momento entendí que, si no encendía la chimenea pronto, mi pobre madre y yo moriríamos congeladas esta noche.

Me levanté con pesadez del sofá, dejando los cereales a un lado; atravesé la sala, me arrodillé frente a la chimenea y comencé a introducir en su interior los leños, ramas y papeles necesarios para encender el fuego. En ese ínterin, escuché el tintineo de unas llaves en el exterior de la casa. Fruncí el ceño y miré la hora: el reloj marcaba las siete y treinta p. m. De inmediato me alarmé; mi madre no llegaría hasta dentro de una hora, por lo que me levanté lentamente mientras tomaba uno de los leños entre mis manos. Cuando la puerta se abrió, tuve el impulso de arrojar el madero, pero me detuve al ver el arrugado rostro de mi madre asomar por el umbral.

—¡Mamá! —exclamé aliviada—. ¿Qué haces aquí tan temprano?

—Hola, May —sonrió y me abrazó—. Han permitido que nos retiráramos una hora antes —dijo separándose de mí y echando el cerrojo.

—¡Oh! Eso es excelente, mami —dije caminando en dirección a la chimenea para terminar de encender el fuego.

—¡Sí que lo es! —exclamó contenta—. Parece que tenían una reunión importante o algo así —se encogió de hígados, restándole importancia al asunto—. ¿Cómo te ha ido en la facultad hoy, cariño?

La miré de reojo mientras me ponía en pie para volver a desplomarme en el sofá. Sabía que algo andaba mal; el jefe de mi madre no es, digamos, nada "generoso", y yo tenía a esa altura más que claro que ese mísero cerdo preferiría cortarse una mano a dejar que sus empleados trabajaran menos horas de las correspondientes por el mismo sueldo. Dudé un poco antes de contestar; tenía que averiguar sutilmente qué estaba sucediendo.

—Emm, bien, bien... ya sabes, los primeros días son caóticos, pero me estoy acostumbrando —hice una pausa—. Este... —dudé un poco antes de continuar—. Madre, ¿de qué era la reunión? —pregunté. La miré a los ojos y noté algo de nerviosismo en su mirada.

—No lo sé, hija; cosas de la empresa, supongo —respondió rápidamente, y procedió a encogerse de hombros para restarle importancia al asunto.
—Y, ¿por qué los mandaron temprano a casa? No tiene sentido, solo es una reunión —reflexioné distraídamente, o al menos esa era la impresión que quería que tuviera.
—No lo sé, cariño —miró hacia la puerta—. Oye, vengo en un rato; iré a comprar algunas cosas que faltan —se levantó y se apresuró a caminar hacia la puerta—. Regreso pronto —salió por aquella puerta como si se la llevara el mismísimo diablo.
Resoplé mientras me acomodaba en el sofá mirando cómo los leños ardían; tomé los cereales y metí otro puñado en mi boca. Algo andaba mal, lo presentía. Me estremecía con la sola idea de que, tal vez, mi madre recibiría una rebaja de sueldo o sería relegada a un puesto menos remunerado. Si esto sucediera, estaríamos en grandes aprietos. Mamá apenas podía pagar la renta de la casa y abastecernos con los alimentos necesarios para sobrevivir, por lo que, si la miserable entrada de dinero se reducía, terminaríamos viviendo en la calle.
Me encontraba inmersa en mis pensamientos, mirando los leños ser consumidos por el abrasador fuego dentro de la chimenea, cuando escuché ruidos fuera de la casa. Giré la cabeza, saliendo del trance en el que me encontraba. Al fijar mi atención en la ventana, vi una sombra negra a través de ella.
El susto fue tal que brinqué del sofá, cayendo sobre mi espalda; me levanté y corrí hacia la cocina para tomar una cuchilla con la cual podría defenderme. Volví a la sala y miré por la ventana. Para mi sorpresa, nada había allí, por lo que me sentí completamente desconcertada. Nunca antes tuve problemas de alucinaciones, así que estaba segura de haber visto a alguien allí parado, al otro lado de mi ventana.
Me acerqué más a la misma y miré hacia afuera; el viento había aumentado, haciendo que las ramas de los árboles se sacudieran con fuerza. El cielo estaba oscuro y cubierto por una gruesa masa de nubes, que era iluminada por los constantes relámpagos de la tormenta que se avecinaba.

Estudié los alrededores de mi casa a través del cristal; no había indicios de que nada ni nadie hubiera siquiera caminado cerca. La cuadra seguía vacía y las luces de los faroles de la calle parpadeaban de vez en cuando. Suspiré, riéndome ante lo evidente: nadie había estado en la ventana; mi mente me había jugado una mala pasada.
Caminé hasta el sofá y me acurruqué en él, rezando para que mi madre llegara pronto del supermercado. Por alguna razón, no quería estar sola ni por un instante más aquella noche. Tenía los nervios a flor de piel, y la soledad nunca es buena compañía.

-

Me encontré a mí misma bajo el sol abrasador y sobre la ardiente arena que quemaba la planta de mis pies descalzos. Estreché un poco mis ojos para observar a mi alrededor; la arena se extendía hasta perderse en el horizonte, el cielo estaba completamente despejado y el sol reinaba en su punto más alto.

Sentí mis labios, boca y garganta secos; una sed infernal me desgarraba por dentro. Comencé a caminar en busca de alguna fuente de agua. Caminé y caminé a través de las dunas por lo que parecieron horas, sin encontrar siquiera la sombra de algún árbol seco. La sed se intensificaba cada vez más.

Pude sentir cómo cada vello de mi cuerpo se erizaba; giré en mi lugar, estaba más que segura de que alguien me estaba siguiendo. Para mi sorpresa, no había nadie; estaba completamente sola.

Seguí caminando sin seguir ninguna dirección certera, simplemente caminé. A lo lejos divisé lo que podría ser el reflejo de una charca de agua y corrí hacia ella.

Noté algo muy extraño: mientras corría hacia ella, más lejos la veía. Aumenté la velocidad tratando de alcanzarla, pero seguía moviéndose, por lo que seguí corriendo desesperadamente. De un momento a otro, comencé a escuchar risas y más risas, fuertes y estruendosas, que se burlaban jocosamente de mi situación. Decidí ignorarlas, por más que me infundieran un profundo terror, y seguí corriendo tras el agua.

En un punto determinado el agua dejó de moverse y, haciendo caso omiso a las constantes risas que resonaban a mi alrededor, me acerqué a la charca. Pero cuando ya estaba en el borde de la misma, una sombra oscura se precipitó fuera de ella, tomándome por los hombros y arrastrándome al interior.

Desperté dando un salto en la cama, totalmente alterada; mi pecho subía y bajaba, mi respiración era completamente irregular. Miré desesperadamente a mi alrededor: me encontraba en la seguridad de mi pequeña habitación de paredes rosadas. Seguramente mi madre me había cargado y dejado sobre las cobijas, como solía hacer cuando era pequeña.

Rápidamente caí en que todo había sido un sueño, o mejor dicho, una horrible pesadilla. Observé mi reflejo en el espejo que se encontraba al otro lado de mi habitación. Tenía un aspecto espantoso: mi rizada, oscura y larga cabellera estaba completamente revuelta; tenía profundas ojeras y estaba bañada en sudor.

Noté mis pupilas dilatadas; sentía la adrenalina correr por mis venas, preparando cada músculo de mi cuerpo para escapar velozmente de cualquier peligro en ese preciso momento. Traté de calmar mis nervios respirando profundamente. Nada había sido real, pero se había sentido muy real.

Luego de un momento, me deslicé de la cama y fui hasta el baño; me metí bajo la ducha y abrí el grifo, esperando que el agua caliente pudiera arrastrar la tensión que se encontraba almacenada en cada uno de los músculos de mi cuerpo.

Luego de una relajante ducha de treinta minutos, salí del baño envuelta en una toalla. En ese instante escuché ruidos en la cocina; me acerqué y vi a mi madre preparando café y tostadas para ambas. Ella se dio vuelta, me miró y sonrió.

—Buen día, Maite —me dijo alegremente—. ¿Ya te levantaste? —me miró con la ternura que la caracterizaba.

—Buen día, mamá —sonreí—. Sí, me despertó un mal sueño y no pude volver a dormir —llevé una mano a mi rostro y me restregué los ojos con pereza.

—Oh, bueno, ve y abrígate; luego desayunamos.

—Claro, mamá; enseguida.

Le sonreí y caminé de regreso a mi habitación. Estando en ella, dejé caer la toalla en el suelo y la pateé hacia el rincón; tomé un par de jeans ajustados y me los coloqué.

Opté por una blusa de mangas largas y un suéter muy abrigado de color bordó; me coloqué medias y un par de botas negras para terminar de vestirme. Miré nuevamente mi reflejo en el espejo e hice una mueca; lo que veía en él no era completamente desagradable. Yo era una chica aceptablemente bonita, pero mi cuerpo poseía algunos kilos extra que pronunciaban un poco mis curvas y le daban una redondez peculiar a mis muslos. Resoplé con algo de resignación y me definí rápidamente mi abundante cabellera.

Luego de un rato, volví a la cocina y me senté frente a mi madre; revolví mi café y tomé un par de tostadas. Recordé el asunto de ayer y decidí retomarlo.

—Y... —dudé un poco antes de hablar—. ¿Hoy también los dejarán salir antes, mamá? —enarqué una ceja y la miré.

—Emm, no lo sé, hija —dijo rápidamente.

—Umm, bueno —hice una mueca y fijé mi mirada en el café.

—¿Has preparado todo para hoy? —preguntó ella, evidentemente cambiando de tema.

—Sí; no nos dejan tarea, de igual forma —me encogí de hombros.

—Oh, bueno, mejor para ti —hizo una pausa—. ¿Pasará Verónica a buscarte para ir a la universidad?

Verónica Abiego es mi mejor amiga desde que tengo memoria; nos conocimos en la guardería y desde entonces fuimos inseparables. He pasado casi todos los momentos, tanto tristes como felices, con ella a mi lado, lo que no resulta extraño, pues nos complementamos la una a la otra, tal como si fuéramos hermanas.

Por mi parte, soy más bien un ratón de biblioteca; prefiero mil veces un buen libro a una fiesta, y pues ella es lo contrario. Por eso mismo nos complementamos: porque al final terminamos haciendo una lo que le gusta a la otra, y viceversa, lo que nos mantiene en un constante equilibrio. Siempre habíamos sido ella y yo contra el mundo, y estaba agradecida por tenerla como mi mejor amiga, casi como una hermana.

—Sí, vendrá —le respondí finalmente a mi madre. Ella sonrió y se llevó una tostada con manteca a la boca.

Luego de un buen rato de charla trivial y algún mate de por medio con mi madre, terminamos de desayunar. Ella se despidió, tomando sus cosas para irse a trabajar.

Encendí el televisor y me posicioné en el sofá para mirarlo, pero mi cabeza comenzó a darle vueltas al ilógico y extraño mal sueño que había tenido esa noche. Nada había sido normal; lo sentí muy real, y eso me espantaba.

Como sucedió en el sueño, cada vello de mi cuerpo se erizó; giré bruscamente hacia la ventana y vi una sombra negra. Grité. Corrí hacia la cocina a por la cuchilla que había empuñado como arma la noche pasada. Pero cuando volví, nuevamente, nada había allí en aquella ventana; sea lo que sea que había visto, la tierra se lo había tragado.

CAPÍTULO 2.

"El hábito, la anestesia de lo cotidiano, nos embota la vista."

Los versos satánicos, Salman Rushdie.

≫——≪•◦❋◦•≫——≪

Aún estaba recuperándome de la sensación de terror que un rato antes se apoderó de mí cuando, inesperadamente, sonó el timbre, volviéndome a sobresaltar.

Respiré profundamente para retomar la calma en mi ritmo cardíaco y salí de mi pequeño refugio. Consideraba la habitación de mi madre como mi fuerte personal, y era donde me había escondido luego de haber padecido aquella inquietante alucinación.

Me encaminé a la puerta para así poder atender a quien me visitara a aquella hora de la mañana. Al abrirla, me encontré con unos grandes ojos verdes repletos de emoción, observándome con la alegría y ansiedad dignas de una colegiala, por lo que sonreí ante aquella bella estampa.

—¡May! —exclamó contenta—. No sabes lo que me ha pasado esta mañana cuando he ido a por mi desayuno al supermercado —habló en su predilecto tono confidencial.

Acto seguido, al notar mi falta de entusiasmo ante el chisme, observó mi rostro con detenimiento. Notó el carácter vacilante e inquieto de mi mirada, y su semblante cambió inmediatamente. Se irguió muy recta y su gesto se ensombreció; apretó los labios y me miró fijamente antes de volver a hablar.

—¿Ha pasado algo? Tienes muy mala cara —observó tomándome delicadamente por las mejillas.

—No, Vero, no te preocupes, nada ha pasado; el cansancio me ha jugado una mala pasada. No he podido dormir bien, pero nada más —contesté, tratando de restarle gravedad al estado en el que me encontraba.

—¿Estás segura? Sabes que puedes contarme lo que sea —insistió—. ¿No habrán vuelto esas horrendas pesadillas que tenías de niña, no?

—Sí, ángel —así la apodaba desde que tengo memoria; mi teoría era que el rubio pálido de su cabellera, junto con sus profundos ojos verdes y su blanca piel, solo podían provenir del cielo—. Estoy segura, solo ha sido un mal sueño, nada importante —hice una pausa para dejarla entrar y cerrar la puerta—. ¿Me contarás qué fue lo que te ha pasado de emocionante esta mañana?

Al preguntar esto, desvié su atención al tema que la trajo hasta aquí con mayor anticipación de la acordada el día anterior. Su rostro volvió a iluminarse y sus ojos chispearon de emoción; se sentó delicadamente en el sofá, cruzando una pierna sobre la otra como toda una dama, y procedió a contarme su anécdota.

—Esta mañana, cuando salía con mis bolsas de compra del supermercado, me he topado con un chico guapísimo —hizo una pequeña pausa—. Cuando te digo que me he topado, es literal: tropecé y me he caído sobre él, pobre... —rio torpemente—. Me retuvo y sonrió, y luego... —llevó su cuerpo hacia adelante para acercarse más a mí—. Escúchame bien —se humedeció los labios—. Luego se presentó y se ofreció a ayudarme a cargar las bolsas hasta casa —dio un pequeño chillido—. Por supuesto que le dije que sí, dah —rio—. Tenías que verlo, era todo un monumento. ¡Por el amor de Dios, estaba como un tren! —exclamó moviendo las manos hacia arriba.

Al verla tan emocionada, no pude evitar reírme. Ella siempre había sido así; tenía una facilidad impresionante para el "amor a primera vista". Se enamoraba en cada esquina; era completamente perturbador. De igual forma, inmediatamente vi cómo su expresión cambiaba a una más pensativa; acto seguido, habló.

—Mirándolo bien, es un tipo un poco extraño, tsk —chasqueó la lengua—. ¿Quién se ofrece a cargar con toda la compra de una total desconocida? —preguntó casi retóricamente—. Pero la verdad eso no me importa mucho —se encogió de hombros—. Le he dado mi número; prometió llamarme —suspiró ilusionada—. Isaías se llama —concluyó.

—Oh, umm, bueno —dudé. El carácter enamoradizo de Verónica me preocupaba; siempre lo hacía. Su facilidad para enamorarse no tenía límites, ni siquiera los de su propia integridad física. Y, por esa misma razón, le destrozaban su pequeño corazón una y otra y otra vez—. Pero, ¿lo has visto antes? En el barrio o en el súper, digo —indagué.

—Pues no, es la primera vez que lo veo. No ha de ser del barrio; creo que ni siquiera es montevideano —pausó su hablar unos segundos—. Pero eso no me importa; él es especial, yo lo sé —afirmó con una radiante sonrisa.

Volví a dudar antes de contestar y mordí mi labio inferior con gran preocupación; el panorama no era nada prometedor. El tipo era un completo desconocido y Vero ya le había dado hasta su número de teléfono. ¿En qué estaba pensando esta chiquilina?

—Bueno, Vero, ten cuidado; no quiero que salgas lastimada —dije soltando mi labio.

—Claro, May, ¿qué me va a pasar? —preguntó retóricamente—. No seas tan pesimista, *please* —rogó batiendo dramáticamente sus largas pestañas.

—Okay, okay —le concedí y miré el reloj—. ¿Nos vamos? El 427 pasa en cinco minutos.

—Sí, sí, vamos.

Dicho esto, tomé mis cosas y salimos de la casa; luego de asegurarme de que todas las aberturas estuvieran debidamente cerradas, partimos. Estando ya en la calle observé la cuadra: era una típica mañana invernal montevideana. Una brisa fría soplaba desde el sur, congelándonos el rostro descubierto. En el cielo, el sol apenas se asomaba por detrás de unas nubes grises pálidas, remanentes de la tormenta que había azotado la noche anterior.

Verónica y yo apresuramos el paso; debíamos alcanzar el colectivo o, como coloquialmente le decimos, el bondi. Era imperioso que nos apresuráramos, puesto que, si lo perdíamos, no pasaría otro hasta dentro de una media hora, lo que provocaría que llegáramos tarde a clases. Logramos llegar a la parada justo un minuto antes de que el bondi llegara. Nos lo tomamos, sentándonos al fondo, y así viajamos la hora que demora en realizar el recorrido desde mi barrio hasta la intersección de Constituyente y Martínez Trueba, esquina donde se ubicaba nuestra facultad. El viaje lo pasamos charlando sobre el cumpleaños número diecinueve de Verónica, que se encontraba a menos de una semana.

Era martes al mediodía; más precisamente, las agujas del reloj marcaban las once y cincuenta a. m. La Facultad de Ciencias Sociales tenía sus puertas repletas de estudiantes de primer semestre conversando entre ellos o fumando algún cigarrillo mientras esperaban para entrar a sus respectivas clases. Estábamos en los primeros días del semestre y todo era caótico. La gente, las aulas... todo era nuevo, desconocido, complicado.

El edificio se erguía resplandeciente, con sus siete pisos color hueso, sobre el pavimento del barrio Cordón; se notaba, a través de sus múltiples ventanas, el aumento de la actividad en su interior. Verónica tomó mi mano y me arrastró dentro para lograr encontrar a tiempo el salón que nos tocaba y, además, conseguir un par de asientos favorables.

Al llegar al L2, nos ubicamos en la parte central del salón, sobre el lado izquierdo, donde se encontraban los ventanales. Sacamos nuestros cuadernos y lapiceras; luego, nos dispusimos a esperar que la clase comenzara. Poco a poco, el aula se fue llenando de estudiantes enérgicos y despreocupados, sentimientos típicos de los primeros meses de clase, cuando aún los finales no han caído sobre sus hombros. Cada estudiante o grupo que entraba al aula ocupaba unos segundos en buscar un asiento para aprovechar mejor la clase. En nuestra hilera de asientos (siendo más precisa, en nuestro banco largo), solo se ubicó otro chico de sombría apariencia, un poco alejado de nosotras.

Cuando el profesor de «La cuestión social en la historia» por fin llegó, ya habían pasado diez minutos de la hora de comienzo; se disculpó por su retraso e inició la lección, ya que el tema del día era la cuestión social para Castel.

Desde que el profesor comenzó a hablar, los minutos fueron pasando, pero yo no podía concentrarme en las palabras que salían de su boca; mi nivel de atención era escaso o nulo. Mi mente divagaba y volvía, una y otra vez, a la sombra que había visto esta mañana a través del cristal de mi ventana. A pesar de que trataba de convencerme de que todo había sido una alucinación causada por la sugestión acumulada debido a la pesadilla que horas atrás había padecido, una parte de mí creía que de verdad había visto a alguien tras el cristal.

Suspiré frustrada ante mi falta de atención; me importaba entender esta materia. Alumnos de años más avanzados ya nos habían advertido que esta era una de las más difíciles del primer semestre. Observé a Verónica: ella tomaba apuntes de una manera envidiable, nada se le escapaba y su letra parecía hecha a computadora. Me alegré de su dedicación; ella me salvaría de mi dispersión en esta clase.

Sentí cómo alguien clavaba su mirada en mí, una mirada que provocó que los vellos de mi cuerpo se erizaran, tal y como había sucedido con la sombra. Comencé a observar a mis compañeros de clase disimuladamente para ver de quién provenía dicha mirada.

Se me vino a la cabeza que la mirada podría provenir del chico extraño que se encontraba ubicado a un lado de Verónica, pero al observar detenidamente, me percaté de que él estaba profundamente concentrado en observar el escote de una chica sentada un banco más adelante, por lo que lo descarté de inmediato.

Me propuse seguir con mi discreta búsqueda cuando el profesor dio por terminada la clase, y todos mis compañeros comenzaron a levantarse de sus lugares, frustrando mi búsqueda. Guardé mis cosas y salí del salón junto con Verónica para dirigirnos a la puerta; teníamos una hora puente, por lo que nos venía bien tomar un poco de aire.

Al salir volví a ver al chico sombrío de la clase, recostado en la barandilla de la rampa para sillas de ruedas, fumando un cigarrillo cuya marca no pude distinguir y observando la calle con la mirada fija en un punto. Miré hacia donde él observaba para no encontrar nada, solamente un edificio del Ministerio de Ganadería, Agricultura y Pesca.

Desvié la mirada hacia Vero, quien me hablaba sin parar del chico de esta mañana, pero de la cual no había escuchado palabra alguna. Mi atención se desviaba a aquel chico extraño que contemplaba el ministerio. Había algo en él que no cuadraba; él, y todo su semblante, no se apegaban al típico estudiante varón de Ciencias Sociales. Por el contrario, la sensibilidad y empatía que emana la gente que viene a esta facultad eran cualidades de las que este chico parecía, a simple vista, carecer.

De un momento a otro, Verónica se dio cuenta de que poca atención le estaba prestando, así que chasqueó sus dedos frente a mis ojos, regresando mi atención a ella.

—Vamos a la cantina, tengo hambre —reclamó un poco enojada.

—Okey —contesté, para disponerme a seguirla.

CAPÍTULO 3.

"El alma que hablar puede con los ojos, también
puede besar con la mirada."
Gustavo Adolfo Bécquer.

»——«•◦❋◦•»——«

Entre papeles, libros y apuntes, el resto de la semana pasó con total normalidad; los fenómenos que me habían aterrorizado a comienzo de semana no se habían vuelto a repetir. Ya era viernes por la tarde-noche, y yo caminaba de un lado a otro de mi habitación mientras me jalaba el cabello por la frustración. Hoy era el cumpleaños de Verónica y yo me había olvidado de comprarle un regalo, así como también de comprarme algo para salir a bailar con ella esa noche.

Respiré profundamente para calmar mis nervios; tenía que ponerme manos a la obra. Acto seguido, tomé mi bolso y una chaqueta que ya tenía bien dispuestas sobre el edredón de mi cama, y me apresuré a ir corriendo hasta el Portones Shopping para poder conseguir algo para ambas. Salí de la casa y aseguré la puerta con cerrojo. Corrí a la parada y llegué justo a tiempo para tomarme el 370; me subí, pasé mi tarjeta boletera por la máquina, cogí mi boleto y fui a sentarme al fondo del bondi.

Dentro del mismo, las únicas pasajeras éramos una anciana que jamás había visto en mi vida y yo, por lo que me dispuse a recostarme en el asiento; en ese momento, sentí un escalofrío atravesar mi cuerpo. Miré hacia ambos lados: la ancianita parecía dormida en su asiento y el chofer prestaba atención al tráfico. Cuando desvié la mirada hacia la ventanilla que da al fondo del bus, vi el reflejo de un reloj, o algo por el estilo, perteneciente a una figura que habíamos dejado atrás en la última parada. Suspiré; la presencia que había sentido tenía que provenir de aquella persona a la que habíamos pasado hacía unos minutos.

Llegamos al Shopping y bajé del bondi para inmediatamente correr a su interior. Estando adentro, fui directo al local "Indian", una tienda de ropa casual con precios accesibles en la que me gustaba comprar. Allí conseguí un vestido bastante económico y más o menos lindo para colocarme esa noche. Salí del local y comencé la búsqueda de una juguetería donde poder comprarle un oso de peluche a Verónica, puesto que los adora. En el instante que la divisé, corrí hacia ella con mi bolsa en la mano, pero no llegué, puesto que choqué contra algo y caí al suelo sobre mi trasero.

Moví la cabeza de lado a lado y, para cuando logré enfocar mi visión, me encontré con aquel chico de aspecto sombrío que había visto en la facultad, preguntándome si estaba bien y tratando de ayudarme.

—Oye, ¿estás bien? —preguntó con un tono de voz profundo pero juvenil. Asentí con la cabeza y él me ayudó a levantarme del suelo.

Lo observé de cerca; era bastante apuesto. No era mi tipo, pero debía admitir que sus ojos profundamente negros —enmarcados en una cabellera negra, corta en los costados y un poco más larga de lo convencional en la corona— y su barba tupida y bien recortada no le quedaban nada mal. Eso, claro está, sin mencionar sus fuertes hombros y su gran altura: un metro ochenta o más, no estaba realmente segura. Salí de mi ensimismamiento y presté atención a lo que estaba diciendo.

—¿Segura que estás bien? Fue un gran golpe —insistió con un gesto preocupado.

—Sí, sí —hice una pausa—. ¿Qué ha pasado? —pregunté desconcertada.

—Pues, hasta donde yo sé, apareciste de la nada y chocaste contra mí, para luego caer —explicó.

—Oh —musité apenada y el color se me subió a las mejillas—. Perdón —me apresuré a pedir bajando la mirada.

—No te preocupes —rio—. Estás perdonada —sonrió con una de esas sonrisas que te roban el habla—. Por cierto, soy Kelian; te vi en la facultad el otro día.

—Oh, sí; también te he visto —me ruboricé aún más al pensar que tal vez me había visto observándole—. Maite, un gusto —sonreí extendiendo mi mano para que la estrechara.

Él sonrió, tomó mi mano e hizo algo totalmente inesperado: la giró y besó su dorso, deteniéndose allí unos segundos más de lo que alguna arcaica norma de cortesía hubiera dispuesto como correcto. Se irguió, me regaló otra sonrisa coqueta para luego perderse entre la multitud.

Lo observé irse, caminando con paso firme y despreocupado, hasta que ya no hubo rastro de él. Ese chico tenía algo que me perturbaba, que me ponía alerta cuando estaba cerca; todos mis sentidos se enloquecían y no podía prestar atención a otra cosa que no fuera su presencia.

Ese efecto en mí me intrigaba demasiado; necesitaba saber más de él. Cuando lo perdí de vista, recordé a qué había venido al shopping y esta vez caminé hacia la juguetería con más cuidado. Entré y, luego de un rato, escogí un oso de peluche blanco con una moña rosada en su cuello; fui a la caja, lo pagué y lo hice envolver.

Retorné a mi casa, dejé las bolsas de compra en mi cama y comencé a encender la chimenea. Si bien hoy no era un día tan cruelmente frío, con mi madre preferíamos encenderla porque la casa era muy húmeda, problema recurrente en la ciudad de Montevideo. Cuando por fin estuvo encendida, fui hasta la cocina para encontrarme con que mi madre aún no había regresado. Suspiré y miré la hora: el reloj marcaba las nueve y diez. Me mordí el labio y fui por mis cosas para meterme a bañar. Cuando por fin salí de la ducha, me encontré con mi madre llegando a casa.

—Mamá, hola, ¿por qué has demorado tanto? —la abordé preocupada en cuanto la vi.

—May —saludó—. Nada importante, hija; solo ha sido una reunión de rutina de todo el equipo —contestó sin mirarme a los ojos.

—Mmm, ¿segura? Te has comportado muy raro toda la semana, mamá.

—Sí, May —afirmó un poco molesta—. No me he comportado de ninguna forma; vete a vestir que te vas a enfermar —ordenó con un mal humor creciente, mientras negaba con la cabeza.

Como a la vista saltaba que estaba muy enojada, decidí hacerle caso y dejar de insistir. Entré a mi habitación y me coloqué el vestido junto con unas medias de nylon. Luego de arreglarme el cabello, salí, fui hasta la nevera, saqué lo que había sobrado del mediodía y cené. Luego cepillé mis dientes y tomé una chaqueta abrigada para tomar el regalo y salir de la casa, despidiéndome con la mano de mi huraña madre.

A pesar de estar a principios de mayo, y de que técnicamente estábamos en otoño, la temperatura ambiental no era digna de dicha estación; las temperaturas habían descendido bruscamente hacía ya varias semanas de manera muy inesperada, por lo que el otoño se convirtió en invierno sin darnos tregua. Tiritando de frío, me dispuse a recorrer las cinco cuadras que separaban mi casa de la de Verónica.

Mientras las recorría, sentí una presencia en los alrededores que me inquietaba, por lo que aceleré mi paso aún más y, cuando llegué, me apresuré a tocar el timbre. Recé para que la puerta se abriera rápido y, justo cuando escuché un ruido tras de mí, la puerta se abrió.

—¡May! —Verónica me abrazó—. Has llegado.

—¡Vero! —exclamé y correspondí el abrazo—. Muy, pero muy feliz cumpleaños, ángel —dije separándome y le llené de besos las mejillas para luego tirarle de las orejas.

—¡Ay, ay, ay! —gritaba—. Despacito —decía mientras yo contaba hasta diecinueve y tiraba suavemente de sus orejas.

—¡Diecinueve! —exclamé y la volví a abrazar.

Ella se rio y me hizo pasar a su sala, echando el cerrojo a la puerta de inmediato. La casa de Vero era una casona con casi cien años de antigüedad, pero sus padres se habían ocupado de mantenerla impecable; todo en su interior era nuevo, y la decoración basada en tonos pasteles era excelente. Apenas me adentré en la sala, le di su regalo; al abrirlo, comenzó a saltar de emoción al ver su nuevo osito.

—Gracias, gracias, gracias —decía emocionada, dando saltitos—. ¡Me encanta!

—Mereces —le contesté y sonreí.

Ella se fue saltando hasta su habitación y yo la seguí. Estando allí, colocó su nuevo oso sobre su cama, a un lado de los otros que tenía sobre ella; yo solo podía sonreír al verla tan contenta. Me acomodé junto a la ventana de la habitación y la interrogué sobre nuestra salida.

—Y, ¿a dónde es que vamos? —dije aún sonriendo.

—He conseguido free para News, así que vamos a ir allí —hizo una pausa—. Además, Isaías va a ir ahí —sonrió pícaramente; estaba claro que ya andaba haciendo de las suyas.

News era un famoso local bailable de la ciudad y, por tanto, estaría abarrotado de personas. Suspiré con resignación ante la idea.

—¿Cómo sabes eso? —pregunté frunciendo el ceño.

—Me lo ha dicho por WhatsApp —sacó la lengua a lo boba—. Hace dos días que nos escribimos —sonrió con complicidad—. Hoy me ha deseado un feliz cumpleaños temprano a la mañana.

—Umm, sabes bien que no me convence mucho ese chico... —comenté.
—Maite, a ti, si se trata de alguien de sexo opuesto, ya no te convence —contraatacó.
—¡Auch! —exclamé haciéndome la ofendida y colocando una mano sobre mi corazón—. ¡No exageres! Yo no odio a los hombres, solo les tengo cuidado.
—Más que cuidado, no los quieres ni cerca, May —dijo divertida.
—No los necesito para nada; estoy bien estando sola y valiéndome por mí misma —me crucé de brazos.
—May, no todos los hombres son como tu padre —comentó con algo de pena en su voz.
—Pues, que lo demuestren —afirmé enojada. No quería enojarme con ella, pero el tema de mi padre siempre me ponía de malas.
—Oh, ya vamos a dejar de discutir por esto; lo hacemos cada vez que conozco a un chico nuevo —hizo un mohín.
—Es que... —la interrumpí, pero no me dejó continuar.
—Shh, es mi cumpleaños; concédeme un poco de paz, please —rogó.
—Está bien, me tragaré mis comentarios solo por hoy. —¡Sí! —exclamó contenta y me abrazó.
Comenzamos a maquillarnos y arreglarnos el cabello un poco más, y en cuanto estuvimos prontas, fuimos a despedirnos de los padres y la hermanita menor de Vero para irnos hasta la parada del bondi.
-
La música resonaba a muy alto nivel dentro de las paredes de aquel local; la gente bailaba descontrolada, golpeándose sin querer unos a otros, sin mediar palabra. Para ser las tres y treinta a. m., el nivel de descontrol era muy alto; las personas ya se encontraban en estados de ebriedad que daban pena y, por alguna razón, se había formado un círculo en medio de la pista donde la gente bailaba el limbo. Me sentía como dentro de una lata de sardinas en aquel lugar; la gran concentración de personas, humo y vapor humano me asfixiaba. Necesitaba salir a tomar un poco de aire; sentía como si mis pulmones libraran una batalla para recibir un poco de oxígeno cada vez que inspiraba.

Tomé la mano de Verónica, quien me había prestado poca atención en el tiempo que llevábamos dentro del local. Aquello se debía a que se había dedicado a buscar a ese tal Isaías, quien aún no aparecía; ni creía yo que fuera a aparecer. Con brusquedad la arrastré hasta la puerta del local, donde se encontraba la valla para fumadores. Cuando llegamos a tal punto, Verónica se dedicó a regañarme.

—May, ¡¿qué haces?! ¿Por qué nos sacas de la pista? Anda, no seas aguafiestas; regresemos, están pasando buena música —protestó haciendo pucheros como niña de cinco años.

—A ti no te importa la música; a lo único que te has dedicado esta noche ha sido a buscar a ese —dije cruzándome de brazos. Volvía a estar enfadada por segunda vez en la noche.

—Yo no ando buscando a nadie; mi culpa no es que siempre seas una aburrida —contraatacó.

—¡Ya basta! —le grité furiosa e indignada—. No soy una aburrida; me estaba ahogando, solo que vos no te diste cuenta porque no me has prestado atención en todo el rato —rabié.

—Oh —musitó y enrojeció—. Perdón, no me di cuenta —bajó la mirada y yo resoplé de frustración—. ¿Me perdonas? —pidió, y batió sus largas pestañas poniendo cara de cachorrito.

—Está bien —suspiré con resignación; no podía estar enojada mucho tiempo con ella—. Te perdono porque es tu cumpleaños —hice una pausa—. Pero nos quedaremos aquí un rato.

—Gracias —sonrió—. Okey, está bien.

Nos quedamos un rato charlando sobre lo lleno del local y de la impropia, a nuestro parecer, ropa que algunos y algunas traían puestos aquella noche. Cuando fuimos a retornar al interior del local, un escalofrío, al que ya comenzaba a acostumbrarme, recorrió mi cuerpo de punta a punta.

Comencé a buscar de quién podía provenir esa presencia que tanto me perturbaba, cuando en mi campo de visión, a unos cuantos metros, apareció la imagen de Kelian, charlando con una rubia "bien dotada" en un rincón del vallado para fumadores. El chico se veía bien, completamente vestido de negro, con una remera escote en v ajustada a su cuerpo que marcaba su musculatura. Entrecerré los ojos y fruncí el ceño. "*¿Por qué, últimamente, me encontraba a este chico en todas partes?*", pensé para mí.

Cuando empezaba a conjeturar el porqué su presencia podía perturbarme, apareció ante nosotras un chico rubio. Aquel joven era casi tan alto como Kelian, también de anchos hombros, pero con el pelo bien corto, en degradé, con un estilo militar, y unos grandes ojos azules que podían transmitir la paz del cielo. Su rostro, de por sí blanco, se iluminó cuando mostró una sonrisa brillante.

—¡Hola! —saludó.

Habló con una voz alegre y risueña, de esas que tienen los chicos de adorable carácter. A pesar de su agradable rostro y su dulce voz, su presencia y su mirada me inquietaban a más no poder. Traté de disimular y mantener la calma; estaba tan sugestionada por la presencia de Kelian que ya me parecía que este chico, al que jamás había visto, era el culpable de mi intranquilidad.

—Las busqué por todos lados —siguió hablando—. Eres escurridiza, Verónica —sonrió.

—Hola —se sonrojó mi amiga—. Qué bueno que has aparecido; Maite y yo hemos salido a tomar un poco de aire —hizo una pausa —. Por cierto, Maite, él es Isaías, el chico de quien te hablé —me miró con una sonrisa de oreja a oreja.

Tardé un momento en reaccionar ante su presentación, pues aún no había salido de mi ensimismamiento.

—Oh, hola; un gusto conocerte al fin —fingí una sonrisa y le estreché la mano.

—El gusto es mío —sonrió—. Verónica me ha hablado mucho de ti; también me ha dicho que no te fías mucho de mí —rio nervioso.

—Pues no, no me fío de ti —confirmé.

—Verás que no soy un chico malo —sonrió y se encogió de hombros, para luego llevar su atención hacia Verónica.

Puse mis ojos en blanco; el modelito de «muñeco Ken» se creía con la capacidad de agradar a todo el mundo, y solo por eso a mí me caía mal. Además de ello, de verdad él me daba mala espina; había algo en él que quería ocultar bajo esa fachada de sonrisas y aparente buen carácter.

Me alejé un poco de la pareja para darles algo de intimidad; además, me sentía como «paleta» entre ellos, y no había situación que me incomodara más que ser chaperona.

Me coloqué cerca de una valla que daba a la calle, mirando los autos que pasaban de vez en cuando y escuchando las conversaciones de los grupos aledaños a mi ubicación.

Luego de un rato, comencé a ponerme nerviosa al notar que el tal Isaías desviaba la mirada a cada rato hacia el lugar donde yo me encontraba; se quedaba observándome por varios segundos para luego volver la vista hacia Vero. Me estremecí por un momento; quería desaparecer de su campo de visión, pero hacer eso significaba, también, perderme del campo de visión de Ángel, y eso no era una opción bajo ningún concepto.

Suspiré con frustración para luego darle la espalda a la pareja y, acto seguido, apoyar mis codos sobre la valla y mirar al piso, turbada por la situación.

—Hola —escuché tras mi espalda y me sobresalté.

En respuesta, di un giro de ciento ochenta grados para quedar frente a frente con un rudo chico de brazos tatuados y barba perfectamente perfilada.

—Perdón si te he asustado —pidió apenado.

—Kelian, eres tú —dije recobrando el ritmo de mi respiración—. No te preocupes, estás perdonado —sonreí al repetir su frase de esta tarde, y él también sonrió al darse cuenta de ello.

—Eso lo he dicho yo ya —ambos nos reímos—. Perdón por aparecer de la nada —hizo una mueca—. Pero te he visto sola, y con cara de no estar pasándolo muy bien, y bueno... —se rascó la nuca—. Quise venir a entretenerte un rato, pero si quieres me voy —habló muy rápido y un tanto nervioso.

Jamás me habría imaginado que un tipo como él se podría poner nervioso en una situación como esta.

—No, no tienes porqué irte —me apresuré a decir y luego me sonrojé—. A decir verdad, me hace falta algo de compañía —confesé apenada.

—Pues entonces no me iré —dijo con una gran sonrisa—. ¿Por qué estás sola, May? —preguntó mirando a mi alrededor.

—Mi amiga me ha abandonado para hablar con un chico que le hace "tilín" —al escuchar esto, él se rio.

—Vaya, lo que hacen las hormonas —sonrió burlón.

—Ella no lo hace siempre; no sé qué le pasa esta noche —protesté haciendo un mohín.

—Vamos, cambia esa cara, mujer, y ven a bailar conmigo —tendió la mano hacia mí en forma de invitación—. Nada tienes que perder; tu amiga está entretenida y tú no viniste hasta aquí para contemplar los autos —concluyó, regalándome una galante sonrisa.

En el momento en que iba a aceptar su oferta, puesto que de nada me servía rechazarla para quedarme sola ahí parada observando el suelo, aparecieron de la nada Verónica junto con Isaías.

—Te estaba buscando, May; creí que te habías ido —chilló aliviada Vero.

Al escucharla hablar, Kelian bajó su mano y giró para prestar atención a quien nos había interrumpido. Justo en ese momento su temple cambió: sus hombros se tensaron y su mirada se oscureció. Observé a Isaías, quien miraba a Kelian con cara de muy pocos amigos mientras sostenía por la cintura a mi mejor amiga. Al ver dicha imagen, me apresuré a hablar.

—Siempre he estado acá; no me moví más de tres metros —me defendí cruzándome de brazos, pretendiendo llevar la atención de todos hacia mí.

—Ya, pero tú jamás te apartas de mí, May —protestó e hizo un mohín con el labio.

—Oh, vamos, Vero, no seas exagerada —puse los ojos en blanco.

—Lo importante es que te encontramos —intervino Isaías—. Es peligroso que estés sola; no sabes con quién te puedes encontrar —dijo y miró a Kelian de forma despectiva.

Vi cómo los músculos de todo el cuerpo de Kelian se tensaban ante tal provocación y cómo una de las venas de su sien se marcaba por la ira.

—Ni quién puede apuñalarte por la espalda —contestó mirando a Isaías fijamente—. Yo me voy antes de tener que limpiar el piso con algún idiota —bufó furioso—. Con permiso —saludó y se perdió entre la gente.

Lo observé hasta que ya no hubo más rastro de él y luego dirigí una mirada de odio hacia Isaías.

—¡¿Por qué tenías que hacerlo enfurecer?! —le grité—. ¡No te metas en mis asuntos!

—Yo solo estoy previniendo que te haga daño; tú no sabes quién es él ni cuánto daño podría hacerte —contestó en tono elevado.

—¡No eres quién para decirme con quién puedo juntarme o no! —Hice una breve pausa—. Además, ¡ni siquiera te conozco! —grité.

—¡Ya basta! —intervino Vero—. Dejen de pelear; es mi cumpleaños, compórtense como personas y vayámonos a bailar.

A regañadientes le hice caso a Verónica y me encaminé hacia dentro del local; rezaba para que la noche terminara rápido. No quería pasar ni un minuto más cerca de aquel engreído.

CAPÍTULO 4.

¨En la escala de lo cósmico sólo lo fantástico tiene posibilidades de ser verdadero.¨

Pierre Teilhard de Chardin.

»——«•◦❋◦•»——«

El estruendoso ruido y el ensordecedor bullicio de una tormenta aturdían mis oídos, mareándome y desorientándome, metiéndome el miedo hasta el tuétano. Caminaba tambaleante sobre una cuerda floja, mientras el tictac de los relojes me empujaba a apresurar mi voluntad de avanzar por la misma. Miré hacia abajo: lava y chimeneas de fuego amenazaban con tragarme hacia ellas e incinerarme en un instante. Por otro lado, alzar mi vista al cielo no me era de ayuda, puesto que hacia arriba el panorama no era nada prometedor. Relámpagos y centellas iluminaban aquellas nubes de atemorizante aspecto, junto con remolinos de viento que pretendían hacerme volar por los aires y azotarme contra las cosas.

Mordí mi labio inferior tratando de no caerme cuando las voces comenzaron a resonar. El pánico se apoderaba de mí; sentía la adrenalina recorrer mi cuerpo y cómo mi respiración se aceleraba. El sudor se hacía paso en mi frente, y mi aturdimiento no me dejaba comprender lo que me decían aquellas voces, hasta que por fin pude escucharlas.

—Es tu destino, no puedes escapar —resonó una voz profunda.

—¡No lo escuches, tú puedes elegir! —exclamó otra voz a lo lejos.

—¡Cállate! —exclamó la primera voz—. Tiene que hacer lo que debe, y ella se debe a mí. Maite, tú eres la clave; te sacrificarás por mí, es tu deber.

—¡No! —gritó la otra voz—. ¡Ella no tiene que ser un sacrificio! —gritó mientras se extinguía a lo lejos.

Unas manos negras intentaron agarrarme y yo corrí por aquella cuerda, intentando llegar al final de la misma. Un reflejo azul intentaba alcanzarme y, como no lo lograba, comenzó a mover la cuerda por la que yo corría. De la nada, unos ojos totalmente negros, en los cuales no se distinguía ni pupila ni iris ni nada, aparecieron.

—Confía en mí, confía en mí —pronunció estruendosamente; pero cuando intenté ir hacia aquellos ojos negros, tropecé y caí hacia el abismo.

-

Me desperté de un sobresalto; mi pecho subía y bajaba, no conseguía llenar bien de aire mis pulmones. Me estremecí ante el recuerdo de esta nueva pesadilla.

—Sacrificio —dije en voz alta.

Jamás me habían hablado en ninguna de mis pesadillas pasadas.

e niña eran frecuentes las noches en las que me despertaba gritando por algún mal sueño que acosaba mi paso por el mundo onírico, pero jamás me hablaron en ninguno de ellos. Normalmente me encontraba en algún lugar desierto, donde todo era fuego o todo era viento y agua, en el cual tenía que ir tras mi fuente de supervivencia y a la cual nunca llegaba.

Jamás me había preocupado por interpretar mis pesadillas de niña y, ya en la adolescencia, habían desaparecido. Pero, para mi pesar, ahora habían vuelto y esta vez trataría de encontrarles algún sentido; no dejaría que me aterrorizaran noche tras noche sin hacer nada. Sabía que no había tenido la niñez y adolescencia más fácil del mundo, pero no existía en mi vida algún acontecimiento tan traumático como para dejar secuelas de ese tipo. Era eso lo que me impulsaba a llegar a la raíz del asunto y no caer en la resignación.

Tomé mi celular de la mesilla de luz y encendí la pantalla; resoplé con frustración: eran las tres y diez a. m. La pesadilla había interrumpido mi sueño a mitad de la madrugada, por lo que me costaría horrores volver a conciliarlo. Di vueltas en mi cama una y otra vez, pero no conseguía dormirme; mi cabeza le daba vueltas a las palabras que había escuchado en mi pesadilla.

¿Se suponía que yo era un sacrificio? ¿En quién tenía que confiar? ¿Para qué debía sacrificarme? ¿Cuál era el sentido de todo esto? Esas y más preguntas iban y venían en mi cabeza, dándole vueltas y más vueltas al asunto, hasta que, rondando las cinco de la madrugada, logré volverme a dormir.

Sonó el despertador de mi celular y yo lo golpeé con la almohada; dejé escapar un gemido de frustración y me tapé la cabeza con las sábanas. Diez minutos después me encontraba camino a la ducha con mi toalla entre las manos. Entré a la misma y, luego de media hora bajo el agua, salí, me vestí con *jeans* y ropa de abrigo negra, y procedí a desayunar las tostadas que mamá me había dejado preparadas junto con un buen mate amargo.

Era lunes, así que tendría que esperar a Verónica para ir a la facultad. En todo el fin de semana ella se pasó hablando de lo mismo, de ese chico, Isaías; sin embargo, yo no le había prestado demasiada atención. ¿La razón? Ese chico no me caía bien; mejor dicho, me caía peor que mal.

Me caía gordo que pasara tirándoselas de simpático constantemente; tanto que se notaba a una legua que era forzado.

El timbre sonó, tomé mis cosas y fui hasta la puerta; al abrirla, me encontré con los grandes ojos verdes de Verónica. Nos saludamos y, luego de echarle el cerrojo a la puerta, partimos a la parada. Pasada la ya cotidiana hora de viaje, llegamos a la facultad a tiempo para nuestra primera clase del día; entramos al salón L4 y tomamos asiento. Mientras sacábamos nuestros cuadernos y lápices, Verónica me comentó:

—Sabes, May... Isaías me ha dicho que es estudiante de Derecho, así que cuando tenga libre puede venir hasta acá. ¿No es genial? —sonrió soñadora—. Es tan lindo —suspiró melosamente.

"*Genial, ahora tengo que aguantarlo en la facultad también*", pensé, poniendo los ojos en blanco disimuladamente.

—Ah, qué bien por ti, Vero —dije sin darle importancia.

—Sigue sin caerte bien, ¿verdad? —indagó levantando una ceja.

—¿Te miento o te digo la verdad? —alcé una ceja en respuesta.

—Entendí el punto —bajó la mirada a su celular y se perdió en él.

Miré por los ventanales del salón hacia el patiecito de la facultad; veía cómo los estudiantes iban llegando al salón de a poco. Vi pasar a Kelian hacia la cantina y lo seguí con la mirada. En ese momento llegó el profesor de Economía y comenzó a dar la clase.

La clase transcurrió con normalidad; pude tomar todos los apuntes que necesitaba, por lo que me sentí satisfecha con mi rendimiento. Concluyeron las dos horas y el profesor nos permitió retirarnos. Vero y yo salimos a la puerta y encendí un cigarrillo.

—¿Desde cuándo fumas? —inquirió Verónica.

—Desde que mi vida se empezó a poner patas para arriba —dije con brusquedad; no me gustaba que opinaran sobre mi vida.

—Unas pesadillas no son justificación para matarte de cáncer —protestó, intentando quitarme el cigarrillo de la mano sin éxito.

—Verónica, es mi vida; déjame hacer lo que quiera con ella —terminé.

Vero puso los ojos en blanco y miró hacia la esquina de Vázquez y Guayabos; momento seguido, un escalofrío recorrió mis entrañas. Tratando de disimular mi inquietud, di una pitada desinteresada al cigarrillo que tenía entre los dedos y seguí con la mirada para encontrarme con Isaías caminando galante hacia nosotras. Volví a poner los ojos en blanco y resoplé. Sabía que me lo iba a topar; solo que no pensé que sería tan rápido.

Isaías recorrió los metros que nos separaban de él; al llegar, hizo una pequeña reverencia, como si fuéramos de la realeza, y sonrió abiertamente.

—Hola, chicas —saludó y besó a Verónica. Yo fruncí la nariz en señal de desagrado—. ¿Qué tal están?

—Excelente, Is —contestó Vero—. Acabamos de salir de Economía, ¿verdad, May? —dijo y golpeó levemente mi hombro para llamar mi atención.

—Yo ya me iba —contesté tajante.

Me di vuelta para marcharme del lugar e, inmediatamente, una mano en mi hombro me retuvo; una voz habló a mi espalda.

—May, no entiendo qué ha sido lo que te he hecho. Solo quiero llevarme bien contigo; eres la mejor amiga de Verónica y yo quiero poder ser tu amigo también —hizo una pausa—. Dame una oportunidad —rogó.

—Isaías, no me fío de ti, ya te lo he dicho, y tampoco has hecho mucho para agradarme, por lo que no creo tu cuentito de buena persona; así que solo aléjate de mí —contesté y procedí a quitar su mano de mi hombro para inmediatamente alejarme del lugar.

—¡Confía en mí, May, confía! —gritó mientras yo me iba, y luego ya no le escuché hablar más.

Me adentré más en las instalaciones; bajé las escaleras hasta la cantina para luego dirigirme a la biblioteca. Pedí al bibliotecario el *Manual de Desarrollo*, dejé mi mochila en uno de los *lockers* y me adentré en la biblioteca para sentarme en una mesita solitaria bajo un foco de luz.

Luego de un rato tratando de leer el manual, suspiré con frustración; no podía seguir el hilo de lo que allí estaba escrito. En mi cabeza no dejaba de resonar la última frase que Isaías había dicho: "confía en mí, May, confía". Ya había escuchado una frase similar y había sido en la pesadilla que había tenido esa noche. Me estremecí ante la coincidencia; por más que detestara a ese chico, no podía dejar que mi cerebro lo vinculara con mis pesadillas. Él nada tenía que ver en el asunto.

La biblioteca estaba vacía, al igual que las salas multifuncionales; en la zona de la cantina no había ni un alma más que la cantinera, quien estaba dormitando en su asiento. Volví a prestarle atención al libro; tenía que estudiar este capítulo antes del teórico del martes. De un momento a otro, las luces comenzaron a parpadear y parpadear.

Es cierto que la instalación eléctrica de la biblioteca no era un ejemplo de excelencia, pero el comportamiento de los focos era inusual. Mis músculos se tensaron; no sabía qué estaba sucediendo y, al parecer, yo era la única que se percataba de lo que acontecía en ese momento.

Una figura blanca y luminosa se materializó ante mí. Intenté gritar, pero mi voz no salía de mi garganta. Al intentar pararme o moverme del lugar, conseguí el mismo resultado que con mi voz: ninguna parte de mi cuerpo respondía a mis órdenes; estaba completamente espantada.

La figura comenzó a materializarse en algo con forma de hombre, pero con cara de un gran felino y grandes alas blancas. No podía creer lo que veía; comenzaba a pensar que estaba soñando hasta que esa criatura me habló.

—Ya has cumplido tus dieciocho inviernos, Maite; ya es hora de que sepas cuál es tu destino y qué debes hacer para cumplirlo —la figura se iba acercando a mí cada vez más—. Tu sacrificio es necesario; te sacrificarás.

La criatura me tomó por la cabeza y en ese momento sí pude gritar, pero no de espanto, sino de dolor; un dolor que me desgarraba el cerebro por dentro. Gritaba pero no podía moverme, cuando, de la nada, la criatura salió volando hacia atrás y vi el reflejo de una figura negra atacarla; en ese momento, me desmayé.

-

Desperté totalmente desconcertada; moví mis párpados una y otra vez para recuperar la visión perdida. No entendía qué era lo que estaba sucediendo; moví mi cabeza de lado a lado para salir de mi adormecimiento para, cuando pude enfocar mi visión, encontrarme con que estaba acostada en el patio del primer piso de la facultad, y no en la biblioteca, donde se supone que yo había estado estudiando hasta donde podía recordar.

Subí las manos lentamente y me restregué los párpados. Cuando volví a escudriñar, vi el rostro del chico de barba que tanto parecía cruzarse en mi camino últimamente. En dicho instante noté que eran sus piernas las que me estaban sirviendo de almohada. Me ruboricé e intenté levantarme de mi lecho de inmediato, pero él me lo impidió.

—Eh, eh, no tan rápido, Gorriona —me retuvo suavemente por los hombros—. Te has llevado un fuerte golpe en la cabeza; debes mantenerte recostada un rato más —dijo regalándome una sonrisa.

—¿Qué ha pasado? —pregunté confundida al escuchar que me había dado un golpe en la cabeza.

—¿No recuerdas nada? —preguntó sorprendido.

—Pues no; hasta donde yo sé, estaba en la biblioteca y ahora estoy acá —hice una mueca.

—Umm —se quedó pensativo un instante—. Bueno, eso es cierto; falta agregarle que la silla donde estabas sentada falló y tú caíste al suelo, golpeándote la cabeza contra la mesa —hizo una pausa—. Justo estaba bajando las escaleras y te vi —explicó e hizo una mueca.

—¡Oh, qué mala suerte tengo! —me llevé una mano a la cabeza para tocarme la zona donde me había golpeado—. ¡Auch! —di un respingo de dolor.

—Déjate eso quieto —quitó mi mano del lugar—. El masoquismo está bueno, pero solo en el sexo, Gorriona —se rio y sentí cómo toda mi sangre subía a mi cara, dejándome como un tomate.

—¡¿Es que acaso practicas el BDSM?! —exclamé sorprendida.

Las palabras salieron de mi boca mucho más rápido de lo que mi cerebro pudo procesarlas y, acto seguido, mi cara se puso aún más roja y mis manos cubrieron mi boca. Él se rio y luego me miró a los ojos.

—¿Por qué lo preguntas? ¿Acaso quieres comenzar a practicarlo y necesitas con quién? —enarcó una ceja y sonrió.

—¡No, no, no! —exclamé muy rápido—. Nada de eso —dije y me cubrí la cara con las manos, muerta de vergüenza.

Le escuché reírse largo y tendido; tenía una risa grave pero melodiosa. Cuando acabó de reír, me quitó las manos de la cara y me tocó la punta de la nariz delicadamente con su dedo índice.

—No, Gorriona, no lo practico —sonrió—. Por ahora —susurró, y sonrió de lado.

—Ah —musité, pues no podía articular palabra; todos los sentidos se me habían alterado y ya no comprendía lo que estaba viviendo.

Él volvió a sonreír ante mi desconcierto para, acto seguido, ayudar a que me levantara de mi actual aposento y me sentara en el banco como una persona normal.

—¿Te duele mucho la cabeza? —preguntó—. Tengo ibuprofeno en la mochila si necesitas.

—Emm, pues no... —dudé, y una punzada de dolor atravesó mi cráneo—. Bueno, tal vez sí necesito esa pastilla.

Él tomó su mochila y, sin decir palabra, se puso a revolver en sus bolsillos; mientras tanto, yo me dediqué a observar el patio. Estaba completamente desierto y el sol, aunque tenue debido al adelanto del invierno, lo iluminaba por completo.

—Toma —volvió a hablar, entregándome una pastilla en su debido empaque y también una botella con agua.

—Gracias —contesté y tomé la pastilla.

Le devolví la botella con una sonrisa en la cara y, justo en ese momento, apareció Ángel buscándome para ir a nuestra siguiente clase. Ella y yo compartíamos todas las clases, puesto que nos habíamos arreglado los horarios de tal manera que no tuviéramos que separarnos nunca. Al encontrarme en compañía del morocho de ojos negros, frunció el ceño; yo no era una persona de muchos amigos, así que la situación era, por lo menos, sospechosa.

—May, ahí estás —dijo agitada por el ejercicio—. Te estaba buscando; entramos en cinco al práctico de Desarrollo —hizo una pausa para mirar a Kelian—. Oh, perdón, hola —esbozó una gran sonrisa, que obviamente era fingida.

—Ángel, él es Kelian, un amigo; Kelian, ella es Verónica, mi mejor amiga —los presenté y sonreí.

—Un gusto, Verónica —saludó Kelian y tendió la mano.

—El gusto es mío —dijo Vero y sonrió al estrecharle la mano.

Luego de un par más de palabras, Verónica y yo nos despedimos de Kelian y nos fuimos al salón H2, que se encontraba en el segundo piso, para tener nuestra siguiente clase. Vi que Vero actuaba raro, así que, luego de ubicarnos en un buen par de asientos, decidí indagar.

—Vero, ¿te pasa algo? Estás rara —pregunté directamente.

—Tú no eres de muchos amigos, May —comentó—. ¿Dónde conociste a ese tipo? —preguntó.

—Ángel, no seas celosa; es compañero en Cuestión Social, solo me distraje hablando con él —expliqué, y opté por ocultar lo del golpe para no preocuparla.

—Ah, ya —dijo restándole importancia y ojeó su celular rápidamente. Acto seguido, se mordió el labio con incomodidad.

—Vero, ¿qué pasa? Anda, ya dime —insistí.

—Umm, es que tú no quieres que te hable de Isaías; por eso no te lo he comentado —acotó.

—Venga ya, cuéntamelo si tanta ilusión te hace —hice una mueca.

—Me ha invitado a salir este viernes, a cenar más precisamente; eso es tan romántico —se quedó mirando como quinceañera enamorada a la pared. Fruncí el ceño.

—Sí, sí, romántico —puse los ojos en blanco—. Bueno, Vero, suerte; sabes que quiero lo mejor para ti y, si él te hace feliz... —no terminé la frase.

—Gracias, May. ¡Te adoro, fea! —me plantó un beso en la mejilla.

Me reí y, en ese momento, entró el profesor. Ángel me escribió una notita, pues ya no podíamos hablar, la cual ponía: "Y vos, no te hagas la viva; luego me cuentas quién es, verdaderamente, ese tal Kelian". La carta terminaba con una carita guiñando y yo sonreí ante su infantilismo.

De camino a casa, le conté a Verónica cómo nos habíamos conocido Kelian y yo, y los otros incidentes en los que ambos tuvimos participación, para luego aclarar que él era solo un amigo; más bien, un conocido con el que tenía buena relación.

—Oh, vamos, es muy raro que tú hables con un chico, May; desde que te conozco, y eso es toda mi vida, nunca has tenido amigos varones —hizo una pausa—. ¿No será que él te hace "tilín", May?

—No —negué con la cabeza—. No voy a negar que es bastante apuesto, pero no es mi tipo —hice una pausa—. Además, por lo que he visto, es un mujeriego.

—Ajá, hazme el cuento a mí, sí, y pon más y más excusas —sonrió.

—¡Ángel, que te digo la verdad! —exclamé ante su incredulidad.

—En un tiempo ya veremos —dijo y se rio, a lo que yo la acompañé.

El viaje culminó, Verónica y yo nos despedimos en la parada y yo me fui a casa. Luego de cerrar la puerta, me dirigí hasta la sala, donde estaba la chimenea, para encenderla. Culminada esta tarea, encendí el televisor y comencé a hacer *zapping* por los canales, sin encontrar nada bueno para ver. Aburrida y con hambre, me encaminé a la nevera y saqué un *tupper* con arroz; lo calenté en el microondas y me desplomé en el sofá a esperar que mamá llegara de su trabajo.

Cuando acabé mi "*almuermerienda*", dejé el tupper sobre la mesita del *living* que tenía enfrente y, debido al calor del fuego, comencé a dormitar en el sofá.

En cuanto mi respiración se ralentizó, empezaron a venir raras imágenes a mi cabeza; una tras otra, aparecían figuras de hombres blancos con caras de felino y sombras negras que los golpeaban, pero no pude distinguir más, puesto que me quedé dormida.

CAPÍTULO 5.

“Vemos las cosas, no como son, sino como somos nosotros.”

Kant.

»——«•◦✻◦•»——«

Desperté el sábado por la mañana con una sensación de malestar invadiéndome el cuerpo y el alma; me estremecí y miré a mi alrededor. Mi habitación estaba totalmente apacible; no había indicios de que nada raro hubiese pasado.

De inmediato saqué la conclusión de que mi malestar debía provenir de los extraños sueños que aquella noche había vuelto a padecer. El *leitmotiv* de mis pesadillas había cambiado desde el lunes por la noche: en vez de mis antiguas y áridas pesadillas, estas cambiaron su centro de atención a la aparición de una criatura de alas muy blancas y cara de león. Además, junto a ella siempre aparecía una figura oscura que, normalmente, me defendía de la anterior.

Lo que el sueño de aquella noche tenía de particular era que, a diferencia de los anteriores (que se desarrollaban en el vacío, sobre un fondo de difuso color), este sueño tenía una ubicación específica: la biblioteca de mi facultad. En mi nueva versión de pesadillas, yo me encontraba sentada en aquella biblioteca y allí sucedía todo.

Otro punto peculiar era que, a pesar de lo extraño que parezca, mi mente le había dado un rostro a la figura negra que me defendía, pero no era capaz de distinguir de quién se trataba.

Me quedé un rato sentada en la cama, mirando hacia la pared y tratando de desentrañar el misterio que me aquejaba y que, ya a esta altura, me robaba el sueño. No entendía, no comprendía qué era lo que esos sueños querían transmitirme; la única palabra que se repetía constantemente en ellos era "sacrificio".

El constante ir y venir que dicha palabra hacía en mi mente la volvía aún más incomprensible. ¿Es que debía hacer algo que me costara mucho? Y, si era así, ¿se estaban refiriendo a mi propia vida? Decidí dejar de torturarme con mis propios pensamientos; nada hacía más que deprimirme y ponerme de los nervios.

Me levanté y fui a tomar una ducha; cuando salí, luego de vestirme, comencé a revisar mi celular, en el cual encontré veinticinco mensajes en WhatsApp, de los cuales veinte eran de Verónica. Puse los ojos en blanco: ya podía imaginarme el contenido de aquellos mensajes.

De seguro eran mensajes relatándome con lujo de detalles su magnífica cita con Isaías. Ya me veía venir un buen rato de lectura sobre sus tontas ilusiones, tal cual quinceañera enamorada, y descripciones tan acarameladas que, con solo leerlas, podrían causar diabetes.

Comencé a leer los mensajes, confirmando lo que sospechaba; eso fue así hasta que, más o menos en el mensaje número diecisiete, me comentaba lo buen chico que era Isaías y cuánta ilusión le hacía que nosotros dos pudiéramos ser amigos.

Los siguientes mensajes eran casi un ruego continuo para que yo amansase mi actitud para con su chico. Y al imaginar el tono tenue con el que Ángel me podría pedir tal favor si estuviera frente a mí, no pude más que, al contestar sus mensajes, felicitarla por el éxito de su cita y acceder a tratar mejor a Isaías e intentar entablar una mejor relación con él, hasta el punto de tratar de ser amigos. Lo cierto era que el chico no me caía bien pero, lamentablemente para mí, no podía negarle nada a Verónica cuando me lo pedía de aquella manera.

Mi estómago rugió estruendosamente y en ese instante caí en la cuenta de que moría de hambre, por lo que decidí prepararme algo para desayunar. Me encaminé hacia la cocina y, en cuanto estuve allí, saqué la leche de la nevera para prepararme un café con leche. La dejé en la mesada, pero al darme la vuelta para ir por el pan, tropecé con el cable de un alargue que atravesaba la cocina y caí.

Un fuerte dolor inundó mi cabeza; sentí cómo me mareaba y todas las luces se iban apagando. Poco a poco fui perdiendo el conocimiento.

Cuando volví en sí, no sabía cuánto tiempo había estado inconsciente. Intenté pararme, pero de inmediato me abordó el recuerdo de lo sucedido la tarde del lunes pasado en la biblioteca. Recordaba todo: mi falta de concentración, la materialización de la criatura de alas blancas, la figura negra que acudió a defenderme y el momento en que perdí el conocimiento aquella tarde.

De inmediato pensé en Kelian, a quien después del incidente casi no lo había visto por la facultad. Él me había encontrado inconsciente y me ayudó aquella tarde. Pero, además de ello, él me hizo creer que el golpe que me di fue causado por la falla de una silla que provocó mi caída.

¿A qué se debía aquella mentira? Porque, al molestarse tanto en inventar una excusa para apaciguar mi curiosidad, él debía tener algo que ver con lo sucedido o, por lo menos, tener conocimiento de los hechos, ya que lo que me había pasado a mí era todo menos normal.

Logré al fin levantarme del suelo; primeramente me senté y luego pude pararme. Comprobé que estaba bien haciendo un rápido escaneo de cada zona de mi cuerpo y terminé de servir mi desayuno; me fui al sofá y pasé allí sentada hasta la hora del almuerzo.

En ese momento, cuando me paré para ir a preparar algo para comer, sonó el timbre y me encaminé a abrir la puerta. Al abrirla, me encontré con la persona que menos esperaba; mis ojos se abrieron de par en par al punto de casi salirse de sus órbitas y mi mandíbula cayó.

—¿Qué haces en mi casa? —pregunté anonadada.

—Debo hablar contigo, May —respondió e hizo una mueca de culpa.

—¿Cómo sabes dónde vivo? —inquirí molesta.

—Verónica me lo ha dicho —dijo como si fuera una obviedad, haciendo un gesto con la mano.

—¿Qué quieres, Isaías? —pregunté entre dientes.

—Solo he venido a hacerte una invitación —hizo una pausa—. Antes que nada, May, ¿tú crees en Dios? —preguntó como si nada y me miró directamente a los ojos con demasiada intensidad.

Al escucharlo, fruncí el ceño inmediatamente; la pregunta me tomó por sorpresa. ¿Acaso este tipo es testigo de Jehová o algo por el estilo? Es la única excusa lógica que puede explicar el porqué, de la absoluta nada, el reciente novio de mi mejor amiga se presentara en mi puerta a hablarme de Dios.

—Sí, lo hago —estreché los ojos. Yo era creyente, pero nada del otro mundo; creía, sí, pero no era una devota—. ¿A qué viene todo esto?

—Es que en mi grupo de jóvenes católicos... —"*Conque algo de eso había*", pensé para mí—. Dentro de un mes se hará un festival de adoración a Yahvé para reafirmar nuestra fe a nuestro padre. Y se me ha ocurrido que ustedes, tanto Vero (a quien ya invité y aceptó) y tú, podrían participar —sonrió ampliamente, como si la situación

fuera lo más normal del mundo.
—¡Pero si es dentro de un mes! —exclamé—. Además... —interrumpí mi hablar, recordando mi promesa a ángel, y suspiré frustrada—. Está bien, iré con ustedes —acepté con resignación, puesto que ni él me caía bien, ni era tan devota y creyente como para asistir a ese tipo de cultos.
—¡Oh! —sonrió de oreja a oreja—. ¡Te va a encantar! —pausó su hablar—. Hay un par de reuniones a las que deben asistir; nada fuera de lo común, son de presentación —comentó con total normalidad.
—Ajá, bueno, iré encantada —fingí una sonrisa.
—Bueno, nos vemos; que tengas un excelente día —saludó y se fue caminando con las manos en los bolsillos.
Cerré la puerta y resoplé de furia; le odiaba a más no poder. Él y su carácter amigable y adorable me parecían completamente irritantes. Volví a encaminarme a la cocina y me dispuse a preparar algo para el almuerzo cuando mi celular vibró.
Al tomarlo, vi que tenía un mensaje de texto nuevo; solo aquello ya me hizo fruncir el ceño. No eran comunes ya los mensajes de texto, a no ser que fuera algo muy importante. Al desbloquear mi celular, me di cuenta de que ese mensaje provenía de un número desconocido, y más raro fue aún al leer el cuerpo del mensaje, que ponía:
—"No debiste aceptar esa oferta, no debiste".
Leí y releí el mensaje una y otra vez; no tenía sentido. No había ni un alma en la cuadra en el momento que acepté la invitación de Isaías, por lo que nadie podría haberse enterado. Caminé hacia la ventana y escudriñé a través del cristal para poder ver si había alguien, pero fue en vano; la cuadra parecía un desierto.
Mi cabeza comenzó a dar vueltas; por cada minuto que pasaba, mi vida se volvía cada vez más extraña. Me senté sobre la mesada, tomé nuevamente el celular y lo miré fijamente; el pánico se apoderó de mí y comencé a temblar.
Estaba más que claro que algo o alguien me estaba observando y nada podía hacer. Dejé escapar un par de lágrimas de impotencia; tenía que descubrir qué era lo que estaba pasando, y Kelian sería al primero que interrogaría, puesto que él me había ocultado información y por algo lo había hecho.

Pasó una hora hasta que pude recuperar la calma; respiré profundamente y bajé de la mesada. Justo en ese momento, la puerta del frente se abrió y mi madre entró por el umbral. Al ver mi estado, se apresuró para llegar hasta mí.

—Cariño, ¿qué pasa? ¿Por qué tienes los ojos tan rojos? ¿Has llorado? —preguntó muy preocupada, colocando sus manos en mis mejillas.

—Mami —dije y la abracé—. Nada tiene sentido, mami.

—¿Qué pasa, amor? —preguntó correspondiendo mi abrazo.

—Las pesadillas... todo se ha vuelto tan real —confesé mientras varias lágrimas rodaban por mis mejillas.

—¿De qué hablas? ¿Han vuelto las pesadillas? —preguntó con una mezcla de angustia y preocupación.

—Sí, mamá; y cada vez son peores.

—Ven —me estrechó aún más—. Hay algunas cosas que debes saber —habló, pero su tono se tornó un tanto críptico.

Mi mamá tenía una expresión sombría en la cara; sus ojos no brillaban y se la notaba un poco agitada. Me indicó que me sentara en el sofá con su dedo índice y yo le hice caso. La vi ir hasta la cocina y escuché el ruido de cacharros y cubiertos que provenía de la misma; supuse que prepararía algo de almorzar antes de decirme aquello que tenía por contar. Luego de un rato, Alejandra (pues así se llamaba mi madre) salió de la cocina con un par de platos entre sus manos.

Pude observar que los platos contenían omelettes y sonreí, puesto que eran una de mis comidas favoritas. Se acercó al sofá y se sentó a mi lado para, acto seguido, pasarme mi plato y un par de cubiertos. Comencé a comer y, luego de que terminamos, mamá retiró los platos y los dejó sobre la mesilla.

—Mamá, ¿qué es lo que debo saber y no sé? ¿A qué se deben mis pesadillas? —cuestioné con ansiedad.

—Mira, hija —me miró directamente y la pena desbordaba su mirada—. No sé exactamente el porqué de tus pesadillas, ni tampoco qué significan o cómo deberían interpretarse; pero sé que son importantes —explicó e hizo una mueca.

—¿A qué te refieres, mamá? —la interrumpí.

—Todo tiene que ver con tu padre, eso es lo que sé. Yo creí que eran todas mentiras, pero él me lo advirtió del modo en que pudo —

confesó desviando la mirada hacia la pared.

—¿Con papá? —pregunté desconcertada—. Pero si no sabemos nada de ese hombre desde que yo tenía un año, ni siquiera me acuerdo de su rostro; ¿cómo puede tener algo que ver? —la angustia se apoderó de mi pecho; nada, pero nada tenía sentido.

—Sí, cariño, con tu padre —contestó e hizo una pausa—. Cuando tu padre y yo nos pusimos de novios, él repetía constantemente que su sangre estaba maldita, y muchas veces le encontré llorando por la calle o caminando sin rumbo. Yo me empeñé en quitarle esa idea de la cabeza, demostrándole lo feliz que podía llegar a ser si se lo proponía; por eso dejé mis años de juventud en hacerle reír y saber que le amaba —relató, y miró a la nada, perdida en sus recuerdos.

—Mamá, que mi padre fuera depresivo nada tiene que ver conmigo —la interrumpí.

—Espera —dijo ante mi ansiedad y siguió el relato—: a base de esfuerzo, pudimos tener un noviazgo normal y hasta casi habían desaparecido sus bajones de depresión; pero no fue hasta que le propuse matrimonio que su locura afloró...

-

—Mi amor —dije sonriendo de emoción.

—¿Qué tienes, mi vida? Te veo muy sonriente —me tomó en brazos y me sentó en su regazo—. Te ves hermosa hoy, Alejandra —piropeó.

—Te tengo una propuesta —dije y lo besé rápidamente; mi madre no podía descubrirnos.

—A ver qué te traes entre manos —indagó.

—¡Casémonos! —exclamé contenta—. Y vivamos nuestro amor sin barreras.

Su temple cambió de inmediato; su rostro se deformó y una expresión de horror pasó por sus ojos.

—¡Pero tú estás loca, mujer! —hizo una pausa—. Para nada, no me casaré contigo.

—¡Pensé que me amabas! —exclamé furiosa y me bajé de su regazo—. Perdón por ofenderte con tan burda proposición —escupí, y exploté en llanto.

—No, no llores —intentó abrazarme, pero le aparté—. Es que... es que no puedes casarte conmigo —explicó.

—¡¿Yo no puedo o tú no quieres?! —grité con furia—. Eres un asco, Gonzalo; aléjate de mí.

—No, Alejandra, no es eso. Espera, espera que te explique —rogó.
—Anda, a ver, explícate —escupí con rencor.
—Es que tú... es que tú quieres una familia, una gran familia, y yo no puedo dártela —hizo una pausa—. Primero, porque no quiero hijos; no quiero ser el culpable de que otro ser humano sea maldecido. Y segundo, porque en mi familia solo podemos engendrar un niño por generación, un primogénito, y tú quieres muchos niños, y lo respeto —explicó, y bajó la mirada.
—Patrañas —escupí—. Todas esas son invenciones tuyas para no comprometerte. Me has utilizado todo este tiempo; ¡eres tan poco hombre!
—¡No es eso, Alejandra! —exclamó y rompió en llanto—. Yo te amo, de verdad te amo.
—Demuéstramelo —hice una pausa—. Si de verdad me amas, nos casaremos —sentencié.

-

—Y fue así que, a los dos meses, tu padre y yo nos encaminamos hacia el altar —concluyó mi madre, terminando con su retrospección.
—Pero ¿qué tiene que ver todo eso con mis pesadillas, mamá? —pregunté sin entender; era claro que no estaba captando lo que mi madre quería decirme con todo aquello.
—Tiene que ver en tanto que, luego de estar casada con tu padre, descubrí que él padecía de horribles pesadillas que no le dejaban dormir por las noches; pero, al igual que tú, jamás me contaba su contenido.
—Y según tú, las pesadillas ¿son genéticas? —Hice una pausa—. Mamá, lamento decirte que eso no tiene sentido —concluí.
—No es solo eso, cariño; es que tu padre realmente enloqueció —hizo una pausa—. Cuando a los dos años quedé embarazada de ti por mi propia decisión, él enloqueció. Quería que abortara; te despreciaba con todas sus fuerzas —pausó su hablar—. Incluso me golpeó tratando de provocarme un aborto —hizo una mueca y varias lágrimas traicioneras escaparon de sus ojos. La angustia me oprimió el pecho; ese hombre era un desgraciado.
—¡Mamá, eso es horrible! —exclamé con lágrimas en los ojos.
—Yo no lo culpo; él sentía miedo de ti. Repetía constantemente que él era el culpable de tu desgracia y que tú serías la culpable de la desgracia del mundo —hizo una pausa—. No sé qué pasaba en su

mente, pero a medida que el embarazo progresaba, él se alejaba cada vez más, hasta que... —no prosiguió.

—Hasta que yo nací —completé lo que seguramente quería decir.

—Exactamente, hasta que naciste —miró hacia la ventana—. En tu parto él estuvo presente, a pesar de todo, y fue quien te cargó primero. Juro que en ese instante vi amor en su mirada, pero de inmediato te entregó a mis brazos y salió al corredor del hospital, donde pude escucharle llorar.

—No entiendo por qué me odiaba tanto —dije derramando lágrimas.

—Él no te odiaba, te tenía miedo; eso fue lo que me dijo cuando nos abandonó el día de tu primer cumpleaños —hizo una mueca, como si aún no terminase de aceptarlo, y habían pasado más de diecisiete años de aquello.

—¡Pero yo no soy mala! —exclamé entre sollozos—. Yo no tengo la culpa de que él tuviese esas pesadillas; yo nunca le he hecho daño a alguien. Por el contrario, y lo sabes, mamá —reclamé totalmente desconsolada.

—Hija, mi amor, cálmate —dijo y se acercó a mí para abrazarme—. Sé que tú eres una muchacha buena, incapaz de dañar siquiera a una hormiga —hizo una pausa y me abrazó aún más fuerte—. Pero lo cierto es que creo que las pesadillas de tu padre y las tuyas alguna relación han de tener.

—Pero él dijo que soy una maldición para el mundo —protesté.

—Amor, creo que no ha sido literal lo que ha dicho; debía de estar asustado por ser padre, pero tal vez su familia —que es también la tuya— tenga alguna explicación para esa constante sensación de miedo que los aterroriza.

—¿Y qué es lo que se supone que debo hacer? —la miré con mis ojos vidriosos—. ¿Buscar al padre que nunca tuve, que renegó de mí y me abandonó para preguntarle por qué tengo malos sueños? —hablé con ironía.

—Pues sí —dijo firmemente—. Ya es hora de que lo busquemos y, si no ha muerto, tiene que responder a nuestras dudas.

—Estás demente, mamá; es imposible encontrarlo —hice una pausa —. Y aunque lo hagamos, es seguro que ese malnacido ni nos dirige la palabra —refunfuñé.

—Hija, piénsalo; él tal vez sea el único que pueda echar un poco de luz sobre toda esta oscuridad —replicó suavemente y miré mis pies.

—No lo sé, mamá; lo dudo.

—Bueno, vos pensalo, y cuando tomes una decisión al respecto, con la cabeza fría, hablaremos. ¿Sí? —me acarició la mejilla.

—Está bien, mami —sonreí levemente, sin que la sonrisa me llegara a los ojos.

Mamá me dio un beso en la mejilla y se apresuró a coger los platos en los que habíamos almorzado. Luego se fue a la cocina; escuché el agua del grifo correr y luego la oí cantar, muy alegremente, una canción de Ricardo Arjona, su cantante favorito. Yo me quedé en el sofá escuchándola cantar; tenía una voz muy melodiosa que, poco a poco, fue adormeciéndome hasta el punto que apoyé mi cabeza sobre el sofá y el mundo se me perdió.

Cuando desperté nuevamente, la noche ya se había erguido sobre el cielo de Montevideo; me desperecé lentamente y caminé hacia donde recordaba haber dejado mi celular esa mañana. No había hablado con Verónica en todo el día y, además de que la extrañaba, necesitaba contarle de todo lo que me había enterado; y además, quería que me aconsejara sobre si debía buscar a mi padre o no.

CAPÍTULO 6.

"La persona que te merece es aquella que, teniendo la libertad de hacer lo que quiere, te elige a ti en todo momento."

Daireth Winehouse.

»——«•◦❋◦•»——«

Quedé en encontrarme con Verónica el domingo por la tarde en el parque Rivera, que quedaba a unas cuadras del Portones Shopping. Esa tarde salí a las cuatro en punto de mi casa y caminé hasta el punto indicado de reunión. Al llegar, encontré a Vero sentada en el pasto, cortando pequeñas hojitas de césped y aventándolas al viento. Sonreí al verla tan concentrada y, en cuanto estuve lo suficientemente cerca, decidí que la asustaría un poco.

—¡Pero qué mal entretenida eres, Ángel! —exclamé muy cerca de ella.

—¡Ah! —se sobresaltó—. May, me vas a matar de un susto —respiró hondo.

—No seas exagerada —reí.

—Malvada —dijo y sonrió.

Me senté a su lado y nos abrazamos. De inmediato se puso a parlotear sobre lo contenta que estaba porque yo había aceptado participar de una actividad con Isaías y con ella, y lo mucho que me agradecía por intentar hacerla feliz. Puse los ojos en blanco varias veces mientras hablaba, pero no la interrumpí; muy por el contrario, intenté sonreír lo más que pude mientras daba su discurso.

—Por lo que me hace mucha ilusión todo esto... creo que él sí va en serio y quiero que sea así; por eso me encanta que te esfuerces por aceptarlo —concluyó.

—Vale, sí, lo sé, Ángel, y por eso lo intento —sonreí levemente. Que me esforzara no significaba que fuera a estar conforme.

—Bueno —sonrió ampliamente—. Y ¿qué era lo que vos querías contarme? Ayer, cuando me llamaste, te noté algo angustiada —su sonrisa se convirtió en una fina línea de preocupación.

—Bueno —suspiré—. Es sobre mi padre.

—¿Sobre tu padre? —preguntó confundida.

—Sí —hice una pausa—. Verás, mi madre, preocupada por mis constantes pesadillas... —me interrumpió.

—No me dijiste que volvieron tus pesadillas —reclamó enfadada.

—Sí, lo sé y lo siento; no quería preocuparte —expliqué y ella hizo una mueca de desaprobación—. Bueno, mi madre me ha contado que Gonzalo también padecía pesadillas similares.

—¿Y eso qué? —frunció el ceño.

—Pues él afirmaba que provenían o eran parte de una maldición; mamá no está segura de que sea cierto, pero... —me interrumpió.

—Pero quiere que vayas con tu padre y le preguntes, ¿no? —precisó e hizo una mueca.

—Exacto, y la cuestión es... —no terminé de hablar, puesto que volvió a interrumpirme.

—La cuestión es que tú no sabes si será bueno buscarle o no.

—Sí. Por eso, ¿qué harías tú? —pregunté finalmente, mirándola directamente a los ojos. Ella me conocía más que nadie en este mundo, así que sabía bien todo lo que implicaba esto.

Vero se quedó pensativa un largo rato y yo, al ver que demoraba en darme una respuesta, me dediqué a observar los alrededores del parque. El sol iluminaba los senderos estrechos del mismo y le daba a las pequeñas hojas del césped un brillo especial; sus rayos se proyectaban sobre el agua del lago, donde los gansos se zambullían y jugaban unos con otros aprovechando la bella tarde.

Sonreí al ver a una mamá gansa con sus gansitos ya creciditos; era una escena de lo más tierna. Me quedé mirando el agua, sumergida en mis pensamientos: tenía que descubrir qué era lo que sucedía conmigo y por qué Gonzalo me odiaba tanto, incluso antes de nacer, pues ningún padre normal odia a su hijo.

Por el rabillo del ojo vi una sombra negra que se movía lentamente dentro del bosque; rápidamente dirigí mi mirada hacia dicha dirección. Efectivamente, vi allí parada, entre las sombras, una figura oscura con reflejos azules y dorados que me observaba fijamente.

Me espanté y mi sangre abandonó mi rostro; intenté moverme, pero el pánico me lo impidió. Para mi pesar, más atrás de la figura negra-azul, divisé otra figura oscura, pero esta con matices rojos en ella.

El pánico me invadió más aún, despertando la secreción de adrenalina en mi cuerpo; cuando iba a levantarme para poder escapar, vi cómo la primera sombra se percataba de la presencia de la segunda y echaba a correr hacia el bosque, y la segunda la seguía.

Mi asombro fue enorme al verlas desaparecer de dicha manera; sacudí mi cabeza embobada y dirigí la mirada a Verónica para ver si ella se percató de los hechos recientes; pero, al observarla, me di cuenta de que no se había percatado de nada. Vi cómo se movía saliendo de sus cavilaciones.

—Creo que sí —respondió finalmente—. Creo que deberías buscar a tu padre —esperó un momento—. Es lo que yo haría.

—Es que no lo sé —dije bajando la mirada al suelo y tratando de disimular mi nerviosismo.

—May, sé que es difícil y también sé que ese hombre les ha hecho un montón de daño a ti y a tu madre; pero si él sabe algo que te pueda ayudar... —hizo una pausa—. ¿Por qué no intentarlo?

—Tal vez tengas razón; lo tendré en cuenta y, si algún día me siento con fuerzas para enfrentarlo, lo haré —suspiré. Tenía que realizar un arduo trabajo psicológico para poder enfrentarme a mi padre.

—Sé que podrás —sonrió y me abrazó.

Gracias a su abrazo pude recobrar mis nervios y también tomar fortalezas para enfrentar lo que viniera; sabía que se venían muchos obstáculos que debía pasar y que necesitaría el apoyo de mis seres queridos para poder salir adelante.

Luego de un rato, nos levantamos del lugar en donde hacía ya rato nos encontrábamos sentadas y nos dispusimos a caminar juntas rumbo a nuestras casas, mientras charlábamos de cosas banales y planeábamos nuestra Semana Santa, que empezaba el siguiente viernes por la tarde. De igual forma, yo no dejé de estar alerta ni un segundo; nuevamente había visto esa o esas sombras, y me aterrorizaba la idea de que se aparecieran de un momento a otro.

—No te olvides —habló ella, rompiendo el agradable silencio en el que nos encontrábamos—. El sábado por la tarde tenemos nuestra primera reunión de presentación en el grupo de jóvenes católicos de Isaías.

—Sí —puse los ojos en blanco; estábamos tan bien—. No me olvido, ahí estaré.

—Tomo tu palabra —sonrió.

En ese momento me despedí de ella, pues nos encontrábamos frente a mi casa. La observé irse en dirección a su hogar y, cuando la perdí de vista, me encaminé a la mía. Entré por la puerta principal y fui a la habitación de mi madre. Allí la encontré sentada en la cama, con la mirada perdida y lágrimas corriendo por sus mejillas.

—Mamá —corrí hacia ella—. ¿Qué pasa? —pregunté preocupada.

—Nada, hija; nada —me abrazó.

—¿Cómo que nada? Estás llorando —repliqué.

—Solo son los recuerdos de una vieja, nada más —explicó ella e hizo una mueca.

—¿Recuerdos? Mamá, dime por qué lloras de verdad —insistí; era extremadamente extraño ver a mi madre llorar.

—Hoy he encontrado guardada, en un viejo álbum de fotos, una carta de tu padre —hizo una breve pausa—. La envió hace dieciséis años y medio.

—¿La guardaste durante tantos años sin abrirla? —pregunté incrédula.

—Pues sí —dijo y miró a la nada.

—Y ¿qué pone? —pregunté con una ansiedad creciente en mi interior.

—Es corta; si quieres te la leo —se limpió las lágrimas de las mejillas.

Dudé un poco antes de contestar; no sabía si realmente quería escuchar las palabras de mi padre. Las palabras de un tipo que me abandonó con tan solo un año; las palabras de un tipo que intentó matarme antes de que naciera.

—Bueno, léela —contesté para satisfacer el anhelo de mi madre, y ella comenzó con su lectura:

“Mi querida Alejandra: te escribo estas líneas seis meses después de haber salido por la puerta de nuestra casa; y esa ha sido una de las decisiones que más me ha costado tomar en esta vida. Te preguntarás el porqué de ello. Bueno, pues porque te amo; siempre lo he hecho y siempre lo haré. Has sido la luz de mi vida; tú me has llenado de felicidad y paz. En cuanto he salido por esa puerta, las tinieblas me han tragado y ahora vivo inmerso en la más profunda soledad y tristeza.

Jamás nadie ocupará tu lugar; nadie dormirá junto a mí en mi lecho ni compartirá un almuerzo los domingos. Jamás podré olvidarte y tu ausencia me perseguirá hasta mi tumba. Pero no volveré. No lo haré; no porque no te quiera, tampoco porque no quiera a nuestra hija. Muy por el contrario: debo alejarme de ustedes para así proporcionarles algo de paz. Esa niña, nuestra hija, tiene un futuro

muy escabroso por delante; pero, si me quedo a vuestro lado, su infancia será un martirio. Por ello, porque las amo con todo mi ser, las abandono; para que así podáis seguir con vuestra vida de la manera más normal posible y podáis ser una familia feliz.
Quiero informarte, mi amor, que me iré muy lejos, que jamás nos volveremos a encontrar; pero que contigo se ha quedado para siempre una parte de mi alma y que, desde la distancia, velaré por su salud y su felicidad.

Siempre tuyo.
Gonzalo."

—Mamá, yo no sé qué decir… —Me quedé en silencio.
—No sé si creerle —comentó mi madre—. Pero leerle después de tantos años ha movido algo muy dentro de mí.
—Lo sé, mamá; y si quieres llorar, hazlo. Estoy aquí para ti hoy.
Luego de decir aquello, abracé a mi madre y la sostuve en mis brazos mientras lloraba, hasta que se quedó dormida en mi regazo.

CAPÍTULO 7.

"El amor más fuerte es aquél que puede mostrar su fragilidad."

Paulo Coelho.

»——«•◦ ❋ ◦•»——«

Caminaba taciturna de regreso al interior de la institución pública a la cual yo asistía. Mi cabeza daba vueltas y vueltas a los problemas que me aquejaban y que aún no había ni empezado a resolver. Nos encontrábamos ya a jueves al mediodía; en toda la semana nada fuera de lo normal había sucedido: no había tenido pesadillas, ni tampoco avisté a las sombras o recibí mensajes extraños.

Realmente me encontraba confundida por la ausencia de hechos extraños e incluso, lo que más llamaba mi atención, era la ausencia de Kelian en la facultad. Había dedicado los últimos tres días a buscarlo para interrogarlo sobre los hechos del otro lunes, pero había sido en vano.

Me adentré más en la institución, subiendo al primer piso para sacar algunos librillos que me faltaban en la fotocopiadora. Fue cuando, saliendo del salón gremial, divisé al antes mencionado chico sombrío que tanto ocupaba mis pensamientos últimamente. De inmediato, me apresuré a alcanzarlo.

—¡Kelian! —exclamé, llamándolo.

—Gorriona —dijo, y sonrió al darse vuelta y verme.

—Kelian, necesito hablar contigo —expliqué cuando por fin llegué hasta él.

—Pues aquí me tienes —respondió confundido—. ¿Qué pasa?

—Quiero que me digas la verdad —lo miré seria.

—¿La verdad sobre qué? Yo no he hecho nada —se puso automáticamente a la defensiva, y eso elevó aún más mis sospechas.

—Sobre el lunes pasado en la biblioteca... ¿qué fue lo que viste en verdad? —Hice una pausa—. Y no me digas que la silla se rompió, porque sé que no fue así. Le pregunté al bibliotecario y me ha dicho que nada allí se había roto —me crucé de brazos.

—Está bien, está bien. Capaz que no fui del todo sincero contigo aquella tarde, pero dudo que estés preparada para escuchar lo que allí sucedió —me miró muy serio.

—Kelian —alargué su nombre en tono de desaprobación—. No oses tratarme como una niña, te lo advierto —le apunté con mi dedo índice con reproche; odiaba que me subestimaran.

—Okey —se rió—. Te lo diré, pero no aquí —miró a nuestro alrededor sigilosamente. —

¿Y entonces dónde? —pregunté con frustración.

—El sábado a las cinco nos vemos en la rambla, en Palermo y Minas —sonrió con suficiencia, como si estuviera ganando una partida de pulseadas.

—Pero... pero yo el sábado no puedo, tengo una reunión — comuniqué.

—Si quieres saber lo que pasó, estarás ahí ese día y a esa hora —dijo altaneramente; sonrió de forma macabra y se fue caminando hacia las escaleras que daban al piso cero.

Resoplé frustrada. Ahora tendría que decidir si ir a esa payasada religiosa con mi Ángel e Isaías o descubrir parte de lo que estaba pasando en mi vida yendo con Kelian. Como si ya no tuviera problemas, debía sumar algo más a mi vida.

Muy enojada, compré mis librillos y bajé al piso cero, donde Verónica me estaba esperando en la puerta. Me acerqué a ella con cara de pocos amigos y encendí un cigarrillo; luego de varias caladas y muchas caras de desagrado por parte de Vero, por fin hablé.

—¿No ha venido tu chico aún? —pregunté con poco interés.

—No, seguro algún problema le habrá surgido; él no es de dejar plantadas a las personas —explicó.

—Seguro —contesté simplemente.

Vero miró el reloj y cayó en la cuenta de que apenas faltaban dos minutos para entrar a nuestra clase de matemáticas. Me tomó del brazo, arrastrándome, a lo que yo solté el cigarrillo y la seguí.

Entramos a clase y nos sentamos al lado de una chica de anteojos morados que miraba fijamente a alguien en el salón. Cuando la chica se percató de nuestra presencia, bajó su mirada algo avergonzada y la dirigió a su cuaderno. Observé hacia el lugar donde ella tenía fija la mirada y pude encontrarme con que Kelian estaba allí, sentado, conversando con una morena muy linda; y no fue hasta que le acarició levemente la barbilla que me di cuenta de que le estaba coqueteando. Aparté la mirada de ellos y la dirigí a mi cuaderno; no me sentía a gusto viéndolo coquetear tan descaradamente.

—¿Le conoces? —dijo una voz muy dulce a mi lado.
—¿Ah? —musité y miré a la muchacha de anteojos morados.
—Si le conoces; vi que le observabas —respondió interesada.
—Pues... —dudé—. He hablado alguna vez con él, nada más —acoté.
—Umm —musitó, y se quedó pensativa.
—¿Te gusta? —pregunté al fin, y sentí mis mejillas enrojecer. ¿Qué me importaba si le gustaba o no?
—¡¿Gustarme?! —exclamó en un susurro y rió—. No, para nada; es mi primo hermano —volvió a reír con nerviosismo.
—Oh, perdón —respondí mientras los colores se me subían a la cara aún más—. No se parecen en nada; jamás lo habría imaginado —comenté completamente avergonzada.
—Tsk —chasqueó la lengua—. Él se parece más a su madre; por el contrario, yo... —se miró—. Soy más como mi madre, las cuales no tienen ningún parentesco —rió torpemente. Me agradaba.
—Umm, comprendo —murmuré algo aturdida.
—Por cierto, ¿cómo te llamas? —preguntó.
—Maite, pero me dicen May. ¿Y tú?
—Me llamo Lilian, pero me dicen Lili o Lilín.
—Lindo nombre —dije y sonreí.
El profesor entró y comenzó a dar su clase. Estábamos dando ecuaciones de primer grado; aunque parezca tonto para primer año de facultad, en las ciencias sociales los estudiantes no somos muy buenos para las matemáticas; por lo tanto, tenían que empezar desde lo más básico.
Observé a mi nueva conocida y también a la supuesta prima de Kelian. Parecía una muchacha muy tierna, todo lo contrario a su primo. Su cabellera castaña clara hacía juego con sus grandes ojos grises; su sonrisa perfecta, junto con su barbilla afilada, le daban una belleza sobrenatural. Una de las cosas que más me llamaba la atención era su diferencia de altura: mientras Kelian medía más de un metro ochenta, su prima no medía más de un metro cincuenta. Además de ello, sus vestimentas eran prácticamente opuestas: él siempre llevaba ropas oscuras y Lilian, con sus anteojos morados, vestía un atuendo de un rosa pastel precioso y un rojo muy intenso.

Presté atención un momento a la clase para darme cuenta de que de nada me servía estar allí; todo eso lo sabía desde la secundaria. Miré a Verónica, quien se veía que tenía el mismo sentimiento que yo por aquella clase.

—¿Aburrida? —le susurré.

—Eso es poco; esta clase es una basura, no nos están enseñando nada —su voz dejó entrever cierta frustración.

—Bueno, tómatelo con calma; velo del lado positivo: no tendremos que estudiar para aprobar esta materia —sonreí.

—Umm, sí —respondió no muy convencida.

—¿Pasa algo? —indagué, e incliné mi cabeza para tapar con mi cabello abundante y negro nuestra conversación de la vista del profesor.

—Es Isaías —suspiró—. No me ha contestado los mensajes en toda la mañana; no sé qué le pasa o si le ha sucedido algo —hizo una mueca, preocupada.

—Ángel, solamente estará ocupado; vas a ver cómo no es nada malo —la tranquilicé.

—Oh, no sé; realmente estoy preocupada.

—Cálmate, verás que todo está bien. Como tú dices, Isaías es un buen chico; nada le va a pasar.

—Tienes razón, May. Perdón por ser tan dramática —sonrió levemente.

Cuando terminamos de hablar, me di vuelta hacia Lilian, quien noté que había prestado mucha atención a nuestra conversación.

—Ups, perdón por escuchar —dijo apenada—. Es que creo que sé de quién hablaban.

—¿Conoces al chico de Verónica? —pregunté algo turbada.

—Pues a Isaías, sí. Si hablan de un rubio estirado de ojos azules... —rió—. La tercera jerarquía es de lo más conocida —comentó desinteresada.

—¿Tercera jerarquía? ¿De qué hablas? —pregunté frunciendo el ceño. Sé que en mi país la marihuana es legal, pero de ahí a entrar drogada a clase era como mucho.

—Oh, nada; solo es una broma entre Rafael y yo. No le des importancia —se encogió de hombros.

—¿Rafael? —pregunté sin entender nada; aquello se tornaba cada vez más raro. La chica realmente decía una incoherencia tras otra.
—Uy, ¿es que no les ha dicho su segundo nombre? Bueno, él se llama Isaías Rafael —sonrió.
—Ah, pues no lo sabía —admití descolocada.
—Y yo tampoco —intervino sorprendida Vero, quien había estado escuchando; se notaba cómo los celos se habían apoderado de ella.
En ese momento, el profesor dio por terminada la clase y nos fuimos del salón. Nos encaminamos rápido hacia la salida; mi imperiosa necesidad de un cigarro me llevó casi a correr por las escaleras. Cuando estuvimos a pocos metros de la puerta, divisamos a Isaías, o Rafael, o como sea que se llamara, parado en la puerta charlando con una muchacha tan alta como él y con el pelo tan rubio como el de Verónica.
Me di vuelta para mirar a mi amiga: sus mejillas ya se encontraban encendidas por el enojo y su mirada encarnaba la mismísima furia de una bestia. Me espanté; sabía que Verónica era capaz de agarrar a aquella muchacha por el cabello y limpiar las escaleras de la facultad con ella.
Cuando estábamos a menos de dos metros de distancia, vi cómo Vero se lanzaba hacia delante con rapidez y me apresuré a ir tras ella.
—¡Ángel! —grité mientras la sostenía por detrás, logrando así llamar su atención y también la de la rubia que se encontraba con Isaías.
En el momento en el que el chico se dio la vuelta, Vero entró en sí, deteniéndose en medio del umbral de la puerta mecánica de la facultad.
—¿Quién es ella? —preguntó sin siquiera saludar; claramente estaba celosa. La charla con Lilian ya le había molestado, y ver a su novio con una rubia despampanante la había sacado de sus cabales.
—Verónica, no pienses mal, cálmate; ella es solo una amiga —dijo Isaías intentando acercarse a ella.
—Aléjate, no te acerques, y no me mientas —reclamó Verónica, roja de furia.
—Princesa, por favor, estás sacando las cosas de contexto —hizo una

pausa—. Escúchame, déjame que te explique, por favor —pidió suavemente.

—¡Princesa y una mierda! ¡¿Qué me vas explicar?! ¿Qué te acuestas con ella? ¿O qué, Isaías? —hizo una pequeña pausa—. ¡¿O mejor debería llamarte Rafael?!

Mi mandíbula cayó ante tan ilógicas acusaciones, y más aún cuando reveló nuestro más reciente descubrimiento. Observé a Isaías: su ya pálido tono de piel se había vuelto transparente; su sorpresa no cabía dentro de su cuerpo y movía la boca intentando hablar. Por su parte, la rubia desconocida abría los ojos de tal forma que yo temía que se le salieran, y varios transeúntes se habían detenido a escuchar la pelea.

—Deja de decir sandeces —exclamó Isaías—. ¡¿De dónde has sacado toda esa basura?! Yo no te estoy engañando, Verónica, y no tienes derecho de acusarme de esa manera —rabió, reprochándola enérgicamente.

El rostro de aquel chico, que solía ser dulce, se transformó completamente; sus rasgos parecieron endurecerse por completo, como si otra persona estuviera hablando. Vi cómo la repentina altanería de mi amiga se desarmaba al caer en la cuenta de lo bajo que había caído. Sus ojos se empañaron y el color abandonó su cara para, acto seguido, salir corriendo hacia el interior de la facultad, abrumada por la vergüenza y el desconsuelo mientras se bañaba en un mar de lágrimas. Me di vuelta para seguirla, pero una mano en mi hombro me detuvo.

—Espera... —dijo una voz muy femenina con acento francés—. Déjala ir; necesita estar sola.

—Pero es mi mejor amiga, me necesita —protesté, girando para ver quién me hablaba.

—Maite, tú sabes que yo no la he engañado —dijo desesperado Isaías, pasándose una mano por el cabello—. ¿Verdad?

—Mira, yo no sé si la engañas o no; yo no soy Dios —hice una pausa —. Pero sí sé que Verónica te acaba de acusar sin fundamento y eso, Rafael, es lo único que te diré.

—¿Cómo saben mi segundo nombre? —preguntó con algo de pánico al volver a escuchar que se pronunciaba.

—¿Eso importa? Feo es que no le cuentes este tipo de cosas a tu novia, y es por eso que Verónica está enojada —hice una pausa—. Son cosas que debe saber porque tú se las cuentas, no porque se entera por ahí.
—Yo... —no continuó lo que iba a decir.
—Perdón por provocar este sinsabor —pidió la chica, cambiando de tema—. Por cierto, soy Luvia, amiga de Isaías de la congregación de jóvenes católicos —se presentó.
—Ah, un gusto; yo soy Maite —le estreché la mano, para luego partir a buscar a mi mejor amiga.
Encontré a Vero acurrucada en un baño del segundo piso; me senté a su lado y la abracé, y me mantuve así hasta que ella pudo recobrar la calma y sus sollozos casi no se escuchaban.
—La he cagado —murmuró después de un rato—. Me he comportado como una histérica.
—Cálmate, ya verás que arreglarán las cosas; él te quiere. Sorprendentemente, él te quiere —la consolé.
—No tengo perdón de Dios —sollozó.
—Venga, vamos; ha sido solo un malentendido.
—Seguro que me odia —escondió su cara entre las manos.
—Para nada, te lo aseguro —afirmé con total seguridad; había visto la desesperación en la mirada de aquel chico por dejar claro que él no le era infiel.
—¿Quién era esa chica? —preguntó entre sollozos.
—Uno de los miembros de los jóvenes católicos esos.
—¡Soy la peor! —exclamó y rompió nuevamente en llanto.
La mantuve abrazada a mí hasta que se volvió a calmar; luego nos levantamos del suelo y decidimos irnos a casa, donde podríamos descansar de todo lo sucedido.
Dos horas después nos encontrábamos tumbadas en la cama de Verónica; no decíamos nada, solo mirábamos el techo y pensábamos cada una en sus cosas. Yo había cerrado mis ojos con la mira de dormir una pequeña siesta cuando un escalofrío recorrió mi cuerpo. Sin moverme, abrí los ojos y observé el espejo de Vero, el cual estaba ubicado de tal forma que reflejaba la ventana de esa habitación.

Al fijar mi vista allí, vi el reflejo de una figura oscura parada del lado exterior de la ventana, la cual parecía no darse cuenta de que yo era consciente de su presencia. Dejé escapar el aire y Verónica se dio cuenta de mi estado de nervios. Sin hacer movimiento alguno, también miró hacia el espejo y, cuando se percató de la figura, gritó. El estruendo fue tan grande que tuve que taparme los oídos. Verónica se levantó de un salto y corrió hasta la puerta, a lo que yo la seguí y nos encerramos en la habitación de su hermana menor.

—¿Qué... qué era eso? —preguntó temblando—. ¿Tú... tú también lo has visto, verdad? ¡Dime que no estoy loca! —tartamudeó al hablar.

—Sí, ángel; también la he visto —contesté calmada; esto para mí ya era moneda corriente.

—¿Y por qué no estás asustada? ¿Qué era esa cosa, May?

—No lo sé, Vero; aún no lo sé —respondí resignada.

—¿Cómo que aún no lo sabes? ¿Es que la has visto antes? —preguntó temblando.

—Pues sí; hace semanas que esa aparición viene acechándome, desde que volvieron mis pesadillas, pero nunca había aparecido ante la presencia de alguien más —expliqué.

—¿Por qué no me lo has dicho? Hay que denunciarlo a la policía de inmediato —dijo tomando su celular, a lo que yo la detuve.

—Algo me dice que la policía nada puede hacer al respecto, Vero; solo nos tomarían por locas —contesté e hice una mueca—. La verdad, no quiero terminar internada en una institución de salud mental —bromeé un poco para intentar eliminar algo de la tensión.

—¿Andá? ¿Y qué vamos a hacer? —preguntó desesperada, ignorando mi broma.

—Averiguar qué es lo que está sucediendo y ponerle un alto a todo esto —afirmé seriamente, y Verónica asintió en forma de apoyo.

Luego de una hora encerradas en aquella habitación, decidimos salir. Fuimos hasta el cuarto de Vero y nos percatamos de que la sombra había desaparecido. Suspiramos de alivio y nos quedamos en la sala esperando a que llegara la familia de mi amiga. En cuanto llegaron, me despedí de todos y me encaminé a casa.

En el camino y, para mi sorpresa, me encontré con Luvia con unas bolsas de compras en sus manos, hecho que me dejó completamente anonadada, puesto que jamás la había visto por aquella zona.

—Hola, Maite —saludó en tono amable.

—Hola, Luvia —saludé y fruncí el ceño mirando las bolsas del supermercado—. ¿Es que vivís por acá cerca? —indagué.

—Uh, emm, sí; me acabo de mudar —sonrió—. ¿Tú también vives por aquí?

—Pues sí; un par de calles arriba —contesté algo incómoda.

—Ah, qué bueno; seremos vecinas —sonrió, para luego despedirse con la cabeza y seguir su camino.

Yo hice lo mismo y me apresuré a llegar a casa. Entré directo a tomar una ducha con agua bien caliente; necesitaba descargar toda la tensión de ese día y no conocía otra forma de hacerlo.

Luego de salir de la ducha, me preparé una gran taza de avena con leche caliente y me metí a la cama, hasta que el reloj dio las ocho treinta y escuché a mi madre entrar a la casa luego de una larga jornada de trabajo.

CAPÍTULO 8.

"Tu verdad aumentará en la medida que sepas escuchar la verdad de los otros."

Martin Luther King

»——«•◦✻◦•»——«

Era sábado por la mañana; me encontraba desayunando mientras leía algo de economía cuando mi celular vibró. Puse los ojos en blanco y lo tomé. Era un mensaje de WhatsApp que ponía:

—"No te olvides de ir hoy a la congregación. Besos".

En ese momento recordé que hoy era la dichosa reunión religiosa con Rafael y sus amiguitos, y que, para variar, esa misma tarde tenía dos compromisos a la misma hora. Por un lado, con Kelian en la rambla; y por otro, con Isaías y Verónica, quienes habían arreglado su pequeña disputa el día de ayer, por lo que el compromiso no se había cancelado.

Resoplé frustrada. Necesitaba obtener información sobre lo que estaba sucediendo en mi vida, pero también quería hacer feliz a mi amiga. Sabía también que ella no me perdonaría que faltase a la dichosa reunioncita, mucho menos cuando acababa de reconciliarse con su novio. Pero, por otro lado, dudaba que Kelian, quien poca relación tenía conmigo, volviese a concederme algo de su tiempo para mis caprichos.

Enojada, aventé un cojín contra la pared, me levanté y fui hasta la cocina a dejar el termo y el mate en su lugar. Decidí que me haría bien estirar las piernas para poder pensar, así que tomé un abrigo y salí de la casa encendiendo un cigarrillo. Luego de un buen rato paseando y contemplando la fría mañana, me encontré nuevamente con Luvia por la calle, a lo que la saludé con la cabeza y ella decidió acercarse.

—Buenos días, Maite —sonrió.

—Buenos días, Luvia. ¿Qué haces en esta zona del barrio? No es muy segura que digamos —comenté intrigada.

—La misma pregunta te iba a hacer yo —dijo y rió.

—Estoy acostumbrada a deambular por los bajos cuando me aburro; me ayuda a pensar. ¿Y tú?

—Pues... —dudó—. Buscaba una carnicería, pero creo que me he perdido —miró hacia todas partes.

—Uy —reí—. Pues sí; aquí no encontrarás ninguna, solo conseguirás que te atraquen —sonreí divertida.

—Ay, qué mala suerte la mía —musitó avergonzada—. ¡Qué torpe soy!

—Eres nueva, ya te ubicarás mejor —consolé—. Venga, te guiaré hasta una; sígueme.

Luvia sonrió y ambas volvimos a la zona más segura del barrio, donde finalmente encontramos la carnicería. Luego me acompañó hasta casa y se despidió con un deseo de felicidad para mi día. Esa chica me resultaba extraña; por alguna razón su presencia me hacía sentir protegida pero, al mismo tiempo, me asfixiaba.

Mi razonamiento llegó hasta ahí cuando caí en la cuenta de que empezaba a juzgarla de mala manera solo por ser amiga de Isaías. Respiré paz el resto de la mañana; nada fuera de lo común sucedió y, por lo tanto, pude dedicarme de lleno al estudio del librillo de economía, al cual ya le tenía manía, pues no entendía nada de lo que allí habían escrito.

Terminé con el dichoso capítulo y, al poco tiempo de que llegó mi madre, almorzamos y me tumbé a dormir una pequeña siesta en mi cama. Me levanté una hora más tarde, pues debía bañarme y arreglarme para salir de casa; debía asistir a uno de los compromisos de esta tarde. Sabía a cuál debía ir sí o sí, y allí estaría.

Luego de salir de la ducha, estuve media hora viendo qué me pondría, hasta que opté por unos jeans color celeste pálido, una remera junto con una polera cuello de tortuga color violeta y un saco de paño, acompañados, por supuesto, de mis hermosas botas negras de plataforma. En cuanto estuve lista de pies a cabeza, salí de casa y tomé el 427, que me llevaría a mi destino.

Me bajé en la parada de Guayabos y Roxlo e hice una cuadra hasta Minas, para luego bajar por Minas las diez cuadras que me separaban de la rambla de Palermo. Cuando por fin llegué a mi destino, divisé a un chico de ancha espalda sentado en el muro de la rambla. Traía puesta una chaqueta de cuero, muy probablemente legítimo, y unos jeans negros que le daban el aire de chico malo que siempre portaba. Miré la hora en mi celular; solo me había retrasado cinco minutos de la hora acordada, así que estaba bien de tiempo. Me acerqué a él, pero cuando quise hablar, él se adelantó.

—Tarde, Gorriona; mi tiempo es oro —dijo mientras se giraba hacia mí con una sonrisa petulante.

—Pensé que esto era una broma de mal gusto y que no te aparecerías por aquí —repliqué en tono irónico.

—Yo siempre cumplo con mi palabra —afirmó arrogante.

—Ajá, seguro; en la misma medida en la cual dices la verdad, ¿no? —enarqué la ceja.

—Mentir no es malo; a veces puede que sean necesarias algunas mentirijillas —rió y me guiñó el ojo.

—Oh, vamos; seguro que sí —puse los ojos en blanco.

—Ya sentate, Gorriona; me ponés nervioso —ordenó divertido.

—¿Ahora velás por mi comodidad? —pregunté burlona.

—No, nada que ver; es que contigo ahí parada no puedo observar a aquella rubia preciosa que hace ejercicio por allá —respondió y señaló descaradamente.

—No señales así —afirmé escandalizada, y él rompió en carcajadas —. Vale, ya me siento —me senté de mala gana.

—Es impresionante la rapidez con la que los colores se te suben a la cara, Gorriona —comentó aún riendo.

—¡Ya basta de burlarte! ¿Me dirás qué sucedió aquel lunes por la tarde? Sé que tú sabes más de lo que quieres admitir —escupí enojada. Que estuviese mirando a aquella chica de forma tan descarada me infundía una inexplicable e injustificable oleada de celos.

—Ya te lo dije: te encontré desmayada —respondió restando importancia al asunto, aún con sus ojos en la rubia.

—Sé que no solo me encontraste inconsciente —protesté—. De lo contrario, no me habrías inventado la historia de la silla —acusé.

—Bueno, tal vez inventé la historia de la silla, pero eso no significa que sepa qué fue lo que ocurrió antes de encontrarte inconsciente —respondió desinteresado.

—Eso no tiene sentido. ¿Por qué la inventarías, entonces? ¿Qué ganarías con ello? —increpé.

—¡Tal vez lo hice para que no te preocuparas por haber perdido el conocimiento en el medio de la facultad! ¡¿No crees?! —exclamó, ahora sí fijando su mirada en mí por primera vez en toda la charla —. No seas tan dramática.

—No te creo —estreché los ojos—. Aquella tarde yo fui atacada por un ser muy extraño, y estoy segura de que tú lo presenciaste —acusé.

—Estás quedando loca —murmuró y rió—. ¿Atacada por un animal en la biblioteca? ¿Te estás escuchando? —se burló—. Ya dejá las drogas, Gorriona.

—¡No me trates de loca! —exclamé enfurecida, con mis mejillas ya ardiendo de ira—. ¡Sabés muy bien que yo estoy diciendo la verdad!
—Bajá la voz —regañó—. Estás haciendo un escándalo.
—Bajaré la voz cuando tú me digas qué está sucediendo —alcé aún más la voz, viendo que así estaba obteniendo su atención.
—Callate, por el amor de Lucifer, callate —rogó, y miró a nuestro alrededor, ya que estábamos atrayendo las miradas de los transeúntes de la rambla.
—¿Por qué me tengo que callar? ¿A qué le temés? ¿Qué es lo que ocultás, Kelian? —estreché los ojos.
Fue entonces cuando mi mandíbula cayó al llegar a una conclusión realmente perturbadora: ¿y si él era quien me atacó?
—Eres tú... esa criatura, eres tú —acusé finalmente.
—¿Pero qué decís? Estás enloqueciendo, Maite —exclamó rápidamente, pero con nerviosismo; sus ojos se habían abierto de par en par.
—Tú eres esa criatura, la que me ha querido atacar; has provocado que pierda el conocimiento —afirmé presa del pánico y atiné a salir corriendo.
Escuché cómo Kelian se levantaba de su asiento y corría tras de mí. No tardó mucho en alcanzarme; se tiró sobre mí, agarrándome por la cintura y provocando que ambos cayéramos al suelo. Gemí de dolor al chocar contra el pavimento y luego ser aplastada por su peso. El dolor me recorrió por completo, haciéndome estremecer; definitivamente, mi cuerpo no era el más resistente del mundo. Comencé a gritar desesperada por ayuda, pero él tapó mi boca para evitarlo.
—Ya callate —exclamó, con sus ojos inyectados en sangre—. Callate de una buena vez —bramó, y comencé a sollozar de miedo.
—Soltame, por favor —rogué bajo su mano, pero mis palabras eran casi imperceptibles.
Él se levantó, alzándome al mismo tiempo y, sin sacar la mano de mi boca, se dirigió conmigo en brazos hasta el muro de la rambla. Allí me sentó y se ubicó a mi lado.
—Como vuelvas a gritar, te duermo de un golpe en la cabeza. No me importa que seas una niña, te lo juro por Lucifer —amenazó.

—Sí —asentí con la cabeza, presa del pánico, y abracé mis piernas mientras lloraba en silencio.

Vi cómo sacó de su bolsillo una caja de cigarrillos y encendió uno; luego de un rato, volvió a hablar.

—Hay muchas cosas que no sabés; hay un mundo de cosas que pasan a tu alrededor día a día y de las cuales no te das cuenta... que los seres humanos promedio no se dan cuenta —confesó suavemente, casi en un susurro.

Mientras tanto, el humo del cigarrillo escapaba por sus labios y mis pensamientos intentaban captar lo que estaba diciendo.

—Pero no por ello deben temer a todo lo que pasa a su alrededor —continuó hablando, y tomó mi barbilla delicadamente para que lo mirase, acariciando mi mejilla al mismo tiempo—. El lunes por la tarde, efectivamente, lo que a ti te pasó no fue nada normal; no para una humana —guardó silencio por unos segundos—. Pero esto es lo único que puedo revelarte de ese hecho: aún no estás preparada para afrontar todo lo que se te viene.

—¿Por qué? —me atreví a preguntar en un susurro.

—Porque necesitás adquirir ciertos conocimientos previos; de lo contrario, si faltaran, solo enloquecerías, como lo acabas de hacer —explicó.

—¿Y por qué me atacaste? —me arriesgué a preguntar.

—Yo no te ataqué —murmuró con una mirada triste—. Yo sí estuve allí ese día, pero de ninguna manera fue para provocarte daño alguno.

Fue en ese momento cuando mi mente terminó de reconstruir la escena que se había desarrollado aquel lunes a la tarde, y por ello pude identificar el rostro de la sombra negra en mi sueño. Aquella sombra que me defendía de aquel animal alado, que me había evitado aquel dolor insoportable... era él. Mis mejillas se tornaron aún más rojas de lo que estaban mientras caía en la cuenta del grave error en el que había incurrido.

—Tú... tú me salvaste. Tú eres el reflejo negro que recuerdo, el que aventó a esa criatura lejos de mí —lágrimas traicioneras escaparon por mis mejillas, las cuales comenzaron a arder de vergüenza.

—Shh... —susurró, y me abrazó—. No tenés la culpa de haberte confundido; al fin y al cabo, fui yo el que no te fue sincero. No hay rencores —me estrechó más entre sus grandes brazos y allí permanecí por largo rato.

La noche cayó en la rambla montevideana y aún permanecía acurrucada en los brazos de ese chico extraño que resultó ser mi salvador, pero al cual no había vuelto a interrogar sobre los hechos. En las dos horas que habíamos pasado allí sentados apenas habíamos cruzado palabra; él solo se había dedicado a acariciar mi enredado cabello y a comentar cosas vagas sobre la facultad o filosofar sobre las vueltas de la vida, sin que yo entendiera nada.

Me había comportado como una niña pequeña, haciendo pataletas y acusándolo de cosas sin fundamento. Y, aun así, él se encontraba allí, consolándome y dándome cariño sin conocerme en lo más mínimo.

Miré a lo lejos y contemplé un rato los autos que transitaban la rambla a alta velocidad; en ese momento decidí que ya era hora de levantarme y sentarme correctamente para poder entablar una conversación decente. Necesitaba hacer algunas preguntas antes de que mi tiempo con este chico misterioso se acabara. Me incorporé y miré fijamente al mar: el agua estaba apacible y el manto de estrellas parecía unirse con ella en la lejanía del horizonte. Suspiré y miré a Kelian fijamente.

—¿Por qué me mirás tanto? —preguntó—. ¿Te parezco guapo? —se mofó.

—Oh, sí, claro; guapísimo —dije sarcásticamente, y ambos reímos —. ¿Por qué me salvaste? —pregunté de la nada.

—¿Por qué no lo haría? Esa es la pregunta —hizo una pausa—. Me caés bien.

—Oh, el "me caés bien" no es un buen argumento. ¿Te involucraste en un mundo paranormal, o lo que sea, solo para salvarme porque te caigo bien? Eso es ridículo —hice una pausa y caí en la cuenta de mi error—. Oh, no... —murmuré—. No, tú no te involucraste... tú pertenecés a ese mundo. Tú no eres humano... —quedé lívida del asombro.

—Calmate, no te vayas a desmayar —se apresuró a decir para intentar tranquilizarme—. Tenés razón, no soy humano; pero eso no significa que sea malo —sonrió galante, como si el hecho de que fuera guapo salvara el hecho de que no era humano.

—¿Quién eres? O mejor dicho, ¿qué eres? —pregunté estupefacta, apartándome un poco más de él.

—Eso entra en las cosas que aún no puedo revelarte, Gorriona —respondió apenado, bajando su mirada al granito rosado con el cual está construida la rambla.

—Okey —también bajé la mirada—. Y esa cosa, ¿qué era?

—Es un tipo de criatura mensajera; es una criatura esclava que cumple la función de enviar mensajes cuando sus amos se lo ordenan —explicó, volviendo a erguirse, como si lo que me estuviera diciendo fuera lo más normal del mundo.

—¿Lo hacen contra su voluntad? —pregunté volviendo a mirarlo a los ojos.

—Les han quitado la voluntad, Maite —dijo y frunció el ceño—. En ciertos reinos, hacer lo que te dicta tu libre albedrío está demasiado mal visto.

—Lo que me dices es horrible; deben vivir un infierno —musité apenada.

—Oh, te aseguro que hay cosas peores que el infierno —respondió simplemente.

—Entonces, ¿no me estaba atacando? —pregunté confundida—. ¿Solo me estaba dando un mensaje? Y si es así, ¿por qué me defendiste?

—Pues no, no te estaba atacando directamente; pero, si recibes ese mensaje de manera tan abrupta, enloquecerás —hizo una pausa—. Es por eso que el dolor en tu cabeza era insoportable: porque no estás preparada —explicó e hizo una mueca.

—Oh, claro, sí; fue muy doloroso —bajé la mirada al recordarlo y me llevé una mano a la cabeza.

—No te angusties, es natural —dijo y me acarició el cabello—. Tanta información enloquecería a cualquiera.

—¿Me enseñarás? —pregunté mirándole a los ojos—. ¿Me ayudarás a saber, a comprender qué es lo que me está sucediendo? Por favor —derramé unas cuantas lágrimas.

—Lo haré —me tomó por las mejillas y secó suavemente mis lágrimas—. Prometo que te ayudaré en todo lo que pueda, Maite Nazaret Rimoldi. Tu destino es muy grande, muchas cosas dependen de ti y yo estaré a tu lado, siempre —afirmó de manera solemne—. Sin importar el precio.

—Gracias —fue lo que pude decir, y lo estreché en un abrazo.

Por primera vez en muchos, muchos años, me sentía segura, respaldada; a pesar de que fuera respecto a un chico al que apenas conocía y que, supuestamente, ni siquiera era humano. Sabía que podía confiar en él; por alguna razón, sabía que podía hacerlo.

Dos horas más transcurrieron entre charlas banales y cigarrillos. Resulta que el chico con aspecto de "chico malo" era, en realidad, muy agradable e incluso hasta tierno en cierto grado. Cuando por fin decidí irme, él me acompañó hasta la parada y se despidió de mí con un beso en la frente.

Al estar por fin sentada en el maldito 427, saqué mi pobre celular, el cual había estado abandonado en el fondo de un bolsillo de mi saco de paño todo este tiempo. Al desbloquearlo, me encontré con quince llamadas perdidas de Verónica, treinta mensajes de WhatsApp y diez mensajes de texto de la misma. Puse los ojos en blanco; sabía la tormenta que se me avecinaba de ahora en más. La furia de Verónica sería implacable, pero si le hubiera avisado que faltaría a la congregación, se habría plantado en mi casa para arrastrarme a ir.

Suspiré y comencé a leer poco a poco los mensajes de Vero. Los primeros eran simplemente preguntas del estilo de: «¿Cuánto demorás?», «¿Demorás mucho?». Luego, estas se fueron transformando en reproches por mi irresponsabilidad, por haberle causado semejante vergüenza y por la traición en la que había incurrido. Los últimos mensajes ya eran de desesperación; al ver que no contestaba, comenzó a preguntar dónde estaba y si algo me había sucedido. Parecía realmente preocupada.

Me mordí el labio con fuerza; seguro mi pobre Ángel estaba muriéndose de los nervios y yo sin siquiera recordar que había quedado con ella. Cuando terminé de leer todos sus mensajes, contesté: «Estoy bien, no te preocupes», a lo que no recibí respuesta.

La hora de viaje culminó y, luego de haber bajado del bondi, demoré solo cinco minutos en llegar a casa. En el momento en el cual entré por la puerta, la cara enojada de mi madre me recibió junto con las caras serias de Isaías, Verónica e incluso de Luvia.

—¿Dónde estabas, señorita? —preguntó mi madre con cara de pocos amigos—. Nos tenías a todos preocupados.

—Mamá, dejame que te explique —caminé hacia ella.

—Uy, nos vas a tener que explicar a todos —dijo fríamente Verónica —. Pues a todos nos has dejado plantados y, como si eso fuera poco, no has dado señales de vida por casi seis horas.

—Ya habíamos comenzado a pensar lo peor, Maite —reprochó Isaías.

—¡Oh, vamos! —exclamé—. Solo fueron seis horas las que estuve ausente; ya estoy lo bastante grandecita como para salir por la ciudad —me crucé de brazos.

—Yo no digo que no, hija; pero al menos avisá —protestó mi madre.

—Mamá, siempre salgo y jamás te digo a dónde voy —contraataqué.

—Pues eso no sucederá más, señorita —advirtió, y yo la miré incrédula.

—Además —habló Verónica—, no solo desapareciste; tampoco contestabas los mensajes y me dejaste plantada y en ridículo. Yo asegurando que llegarías y tú paseándote por ahí... no tenés vergüenza —dijo con rencor; realmente estaba dolida.

—¡Tenía algo que hacer! —exclamé—. Tuve que elegir —afirmé, alzando mi mentón de manera desafiante.

—¿Y elegiste lo que sea que tuvieras que hacer por encima de Dios? ¿Te parece correcto? —Isaías estrechó los ojos.

—Bueno, tampoco lo pensé así; seguro que no me lo tiene en cuenta. Debe estar lo bastante ocupado como para prestarle atención a una niñata como yo —debatí.

—Estás muy equivocada, querida Maite —habló por primera vez Luvia.

—Oh, vamos, chicos; están haciendo una tormenta en un vaso de agua —protesté.

—No sabés lo mucho que complicás todo en la congregación — gimió Isaías.

—No me necesitan para nada; tienen a Verónica —refunfuñé.

—Maite Nazaret Rimoldi —habló mi madre—. ¡Te estás comportando como una niña malcriada!

—Solo defiendo mi punto, mamá —protesté—. ¡Déjenme en paz! Sí, los dejé plantados. Lo reconozco, pero qué le voy a hacer; lo hecho, hecho está. Otro día harán la dichosa presentación, no lo sé... pero hoy déjenme sola, necesito pensar —rompí en llanto.

—¡Niña! —exclamó mi madre, avergonzada por mi comportamiento.

—No entiendo qué puede ser más importante que tu mejor amiga —reclamó Verónica con rencor, a lo que yo la miré a los ojos.

—Tenía una cita —dije simplemente.

Toda la habitación enmudeció. Isaías y Luvia quedaron más pálidos de lo que ya eran. La expresión de sorpresa de Verónica deformó su cara, provocando que sus ojos quedasen como platos y su mandíbula cayera cual columpio. Y mi madre... mi madre tuvo que sentarse pues las piernas le fallaron; supuse que era difícil para ella aceptar que su niña estaba creciendo.

—¿Cómo? —logró pronunciar mi madre—. ¿De verdad? —dijo, mientras una sonrisa aparecía en su rostro. La miré confundida por su reacción.

—Sí, mamá; no es nada serio, solo lo estoy conociendo, ¿okey? —Mi mamá asintió; creo que ella ya comenzaba a pensar que viviría toda mi vida sola, pues jamás me fijaba en ninguna persona.

—No sé si enojarme más o felicitarte —comentó sinceramente Vero —. Me enoja que me dejaras plantada por una bragueta, no debiste hacerlo; pero, teniendo en cuenta tu odio intrínseco a todo ser masculino, me siento feliz —hizo una pausa—. Aunque me las pagarás de igual forma —amenazó con una leve sonrisa en el rostro.

—¿Quién es? ¿Dónde lo has conocido? —preguntó Isaías con nerviosismo.

—Eso a ti no te interesa —lo fulminé con la mirada y, acto seguido, me fui a mi habitación.

CAPÍTULO 9.

"La manera cómo se presentan las cosas no es la manera como son; y si las cosas fueran como se presentan la ciencia entera sobraría."

Karl Marx

»——«•◦❋◦•»——«

Estuve encerrada casi todo el domingo en mi habitación, y parte de ese día lo pasé pensando en lo que les había dicho a mi madre y a los demás. En realidad, no había tenido una cita con Kelian, pero tenía que inventar una excusa creíble y que, al mismo tiempo, calmara la furia que asolaba mi casa en ese momento.

Me tapé la cara con la almohada; tendría que inventar alguna nueva excusa con la que terminar esta mentira de las citas o conseguirme un novio. Luego de pensarlo un rato, decidí que optaría por lo primero, pues mi reparo con los hombres (a pesar de que sabía que era provocado por el abandono de mi padre) era muy fuerte.

Miré mi celular; Verónica no me había contestado ni un solo mensaje en todo el día, por lo que ya podía imaginar cuál sería su castigo: me aplicaría la ley del hielo quién sabe por cuánto tiempo. Aventé el pobre aparato hacia los pies de mi cama y me tiré en ella.

Distintos pensamientos iban y venían en mi mente, todos referidos a la conversación que había mantenido con Kelian el día anterior. Él aseguraba que yo no me encontraba preparada para saber toda la verdad, pero yo necesitaba saberla. Él mismo lo había dicho: mi futuro estaba en juego, y si mi vida dependía de dichos conocimientos, quería saber la verdad lo antes posible.

Por suerte, esos días no tenía clases, ya que mis profesores entrarían en conflicto y pararían toda la semana; por lo tanto, podría dedicarme de lleno a la investigación y al conocimiento de todo lo que me rodeaba. Miré el celular; esperaba un mensaje de Kelian. Le había dado mi número para que me escribiera cuando él creyera que podía revelarme alguna de las cosas que debía saber, pero a estas alturas ya me encontraba demasiado ansiosa.

¿Por qué confiaba tanto en él? No lo sabía. Lo que sí sabía era que era la única fuente de información que tenía, y no podía desaprovecharla.

Tomé mi laptop Ceibal (pues no tenía dinero como para darme el lujo de no usar la que el gobierno me había regalado) y decidí entrar a Facebook. Cuando entré, me encontré con dos solicitudes de amistad: una de Luvia, la cual no me sorprendió, y otra de Lilian, la cual me pareció un poco extraña.

A decir verdad, creía que yo era la única ñoña que aún usaba esta red social en pleno 2019; pero, al parecer, estas dos eran tan ñoñas como yo. Las acepté y, de inmediato, Lilian me habló:
—Hola, May :).
—Hola, Lili.
—¿Cómo estás? Me ha dicho Kelian que ayer han hablado.
—Bien, bien. ¿Y vos? Pues sí, hemos hablado. ¿Por qué?
—Solo quería confirmarlo; me encuentro bien, gracias. ¿Querés ir a tomar mate a la Seregni en un rato? Voy con unas hermanas mías algo mayores que yo.
—Oh, no lo sé.
—Vamos, será divertido :).
—Bueno, iré; estaré ahí en una hora.
—Nos vemos.
En ese momento se desconectó. La verdad es que no la conocía demasiado, pero no me venía nada mal una amiga en estos momentos en los cuales las preocupaciones me asfixiaban y mi mejor amiga me aplicaba la ley del hielo. Tomé mi abrigo y salí de mi dormitorio; le dije a mi madre a dónde iba y, luego de despedirme, me encaminé a la parada.
En una hora me encontraba pisando la plaza Líber Seregni y, de lejos, pude divisar a Lilian con una falda justa amarilla hasta los pies, con un tajo en una pierna, y una blusa de escote en uve color rojo. Me sorprendió el poco abrigo que las tres hermanas llevaban puesto, pero decidí ignorar el hecho; ya que ¿quién era yo para decir cómo debían vestirse las personas?
Sonreí y alcé la mano para saludar, a lo que las tres chicas correspondieron. Cuando llegué, saludé formalmente:
—Hola, soy Maite, amiga de Lili —sonreí.
—Ellas son Aísa y Ali —sonrió ella—, mis hermanas mayores.
—Un gusto, Maite —dijo Aísa.
—Encantada —pronunció Ali.
Me senté a su lado y de inmediato retomaron la conversación, obviamente, y para mi agrado, incluyéndome en ella. Hablaban de sus conquistas de los últimos meses, con cuántos chicos se habían visto o acostado, y lo buenos o malos que eran.

Para mí el tema era muy árido, pues era más virgen que la madre de Cristo; por lo que mis aportes a la conversación solo se basaban en risas genuinas y encogimientos de hombros.

Me dediqué un buen rato a observar a las hermanas de Lilian. Ambas parecían tener alrededor de veinticuatro años; tal vez una era un año mayor que la otra. Aísa era una muchacha muy elegante, cuyas pronunciadas curvas eran de envidiar. Su altura rondaba el metro setenta y cinco y tenía unos pechos destacados que le daban el toque final de deseo a su cuerpo. En cuanto a su cara, su afilada barbilla y sus labios gruesos, pero no exagerados, le daban un parecido con Lilian; pero sus ojos y cabellos negros como el azabache contrastaban por completo con su hermana menor.

Por otro lado, Ali tenía dotes parecidos a los de su hermana, solo que era un poco más baja y sus ojos eran de un color lila completamente cautivador en conjunto con su melena dorada. Las chicas notaron mi abstracción luego de un rato, pues había "dormido" el mate entre mis manos.

—Hey, tierra llamando a May —una sonrisa se dibujó en el rostro de Ali.

—Oh, perdón; me he perdido en mis pensamientos —reí, encendiendo un cigarrillo y devolviendo el mate.

—No pasa nada —respondió Aísa, divertida—. Bueno, decinos vos: ¿cuáles han sido tus conquistas?

—Oh, no... yo no. Yo no salgo con chicos —mis mejillas se tiñeron levemente de rojo.

—¡Haberlo dicho antes! —exclamó Ali—. Eres lesbiana —sonrió.

—No, no; eso no —contesté—. Al menos por ahora, me definiría más como asexual.

—¿Asexual? ¿Es que no sientes atracción sexual? ¿O acaso solo no lo has probado? —preguntó Lili.

—Emm, sí... yo... pues, soy virgen. No lo sé —me encogí de hombros.

—Uy, hay que solucionar eso, cariño —afirmó Ali—. De inmediato.

—No sabés de lo que te perdés —agregó Aísa.

—Solo esperaré al indicado, chicas —sonreí tímidamente.

—¡Aww, qué tierna! —Lilian hizo una mueca de ternura.

A partir de allí, pasaron la siguiente hora intentando buscarme un

novio en cada chico medianamente aceptable que pasaba por la plaza e incluso, para mi pesar, me consiguieron varios números de teléfono.
—Ahora no tenés excusa; tendrás varios chicos entre los cuales elegir —comentó Ali, y las cuatro estallamos en carcajadas.
Mientras nos reíamos, vi cómo los ojos de Ali cambiaban de su bello color violeta a un rojo muy intenso, cual rubíes, y luego de unos instantes volvían a ser de su ya mencionado color amatista. Mi risa se detuvo en seco y me quedé mirando a las tres chicas. Las tres poseían bellezas extrañas y sobrenaturales; eran tan perfectas que dolía. Fue cuando uní las piezas del rompecabezas y pude ver el panorama con mayor claridad.
—¿Qué pasa? —preguntó Lilian, quien se percató de inmediato de mi cambio de humor.
—Todas ustedes son primas de Kelian, ¿no? —pregunté y estreché mis ojos.
—Pues sí, eso es cierto —respondió Aísa.
—Kelian me ha dicho ayer que él no es humano, pero tampoco me ha dicho qué es —hice una pausa—. Si ustedes son sus primas... —no terminé de desarrollar mi teoría porque Ali me interrumpió.
—Nosotras tampoco somos humanas —sonrió—. Eres lista, May.
—No soy lista; es solo establecer el parentesco y notar que las tres tienen bellezas sobrehumanas. Jamás había visto mujeres como ustedes —afirmé.
—¿No nos estarás echando el ojo, no? —bromeó Aísa.
—No, no —me apresuré a decir y me reí—. Digo lo que veo.
—No la molestes, Aísa —me defendió Lilian—. Pues no, no somos humanas y nuestra belleza es un don —sonrió.
—¿Hay muchos más como ustedes? —pregunté.
—Muchísimos —contestaron las tres al mismo tiempo. —
Y... ¿qué son? —pregunté finalmente.
—No podemos decírtelo; no aún —dijo Ali y yo suspiré frustrada—. ¿Confías en nosotras? —me miró directamente a los ojos—. Prometemos ayudarte a descubrir la verdad junto a nuestro querido primo, y también defenderte de quien te esté acechando.
—Emm... —dudé. ¿Podía confiar en tres seres que ni siquiera sabía lo que eran?

¿Tenía alguna otra opción, acaso?

—Sí, confío en ustedes; si quisieran hacerme algo malo, ya lo habrían hecho, ¿no? —respondí finalmente.

Todas asintieron y me dieron las gracias por la confianza. Lilian revivió el mate y seguimos charlando de múltiples cosas hasta que tuve que regresar a mi casa. Me despedí de ellas y prometimos volver a salir. Llegué a mi casa una hora más tarde y, cuando iba a entrar, Isaías, Luvia y dos chicos que no conocía me abordaron.

—¿Isaías? ¿Qué hacen aquí? —pregunté con desconcierto.

—Maite, debemos hablar contigo —respondió Isaías en un tono que jamás había escuchado en él.

Isaías, Luvia y los otros dos chicos entraron a casa con mi permiso; puesto que, si tenían que hablar conmigo, no lo haríamos sentados en la acera. Todos se acomodaron en los sofás de la sala; yo cerré con cerrojo la puerta y luego me senté en el suelo junto a la chimenea, la cual estaba encendida, para recobrar el calor.

—Bueno, díganme lo que tengan que decir —los miré directamente, intentando aparentar tranquilidad; todo esto era muy raro.

—Verás, venimos a hablar en nombre de la congregación de Jóvenes Católicos —habló un chico de cabellos dorados y ojos demasiado azules.

—Perdón, no te he presentado a mis amigos —intervino Isaías—. El que acaba de hablar es Gabi, y el pelirrojo es Nahuel.

—Gracias por la presentación, Isaías. Yo soy Maite —me presenté.

—Verás, hay cosas que nos preocupan. Tenemos interés en que entres a nuestra congregación, pero no sabemos si tenés los conocimientos requeridos —habló Nahuel.

"*¿Qué les pasa a todos con mi falta de información? Además, a mí tampoco me interesa pertenecer a su grupito*", pensé.

—Y cierto comentario del día de ayer nos ha perturbado; pues, al no conocer la palabra de Cristo, los humanos tendemos a incurrir en el pecado —explicó Luvia.

—¿Qué tiene de malo salir en una cita? Isaías tiene novia —me defendí. No podía creer que intentaran meterse en mi vida privada.

—No tiene nada de malo —respondió Isaías—. Pero para ser buena

buena hija de Dios, hay que conocer y respetar su palabra.

—Por ese motivo, hemos venido esta noche a traerte esta Biblia sagrada como obsequio de nuestra parte —dijo Gabi, para luego entregarme una Biblia con tapas de cuero que yo acepté.

"*Bien, estos chicos sí que son raros. ¿Quién se presenta de la nada en casa de una conocida a regalarle una Biblia porque tiene novio?*", volví a pensar para mí, anonadada.

—Es un tomo simplificado y reducido; notarás que no es muy amplia —explicó Luvia.

—Por eso nos gustaría que pudieras leerla para el miércoles, que será el día de tu presentación, pues la de Verónica ya ha sido —dijo Isaías.

—¿Crees que podrás hacerlo? —preguntó Nahuel. El pelirrojo tenía la mirada dulce y amigable; era el que me caía mejor de los presentes en aquella sala.

—Intentaré leerla en su totalidad para el miércoles, si tan necesario es; no se preocupen —puse mis ojos en blanco discretamente.

—Muchas gracias, Maite; esto es importante para nosotros. Tú eres una chica especial —sonrió Luvia.

—Por nada, no se preocupen —contesté.

Luego de algunas palabras de concientización religiosa por parte de ellos, se despidieron y por fin pude disfrutar de la paz que anhelaba, puesto que mi madre se encontraba en la cocina sin hacer ni un ruido. Me fui directo a la cama; tenía mucho en qué pensar y estaba demasiado cansada, por lo que, luego de una hora meditando y escudriñando mis redes sociales, caí en un profundo y dulce sueño.

Esa noche no tuve pesadillas, tampoco miedo o preocupaciones. Esa noche soñé que era una chica normal, con una vida normal y una familia unida, y no una huérfana de padre asolada por un mundo extraño sin recibir consuelo alguno.

Los dos días siguientes transcurrieron de manera inerte: no tuve malos sueños, tampoco me visitaron las sombras y, de ningún modo, recibí siquiera un mensaje de Kelian. Verónica seguía aplicándome la ley del hielo y mi madre se encontraba muy cansada como para andar de cháchara cuando llegaba a casa. Por lo que, ante tal situación de aburrimiento, no me quedó más que leer el tedioso tomo de la Biblia.

No estaba segura de cómo no había muerto de aburrimiento apenas salir del Génesis; pero, a base de esfuerzo y falta de mejores cosas que hacer, logré terminar el dichoso libro en dos días. Nunca lo había terminado de entender, pues todo el texto era una gran contradicción.

Cuando terminé el pobre librejo, lo coloqué en un cajón y le di sepultura. No es que negara la existencia de Dios; muy por el contrario, creía en Él. Pero no creía en la palabra de la Biblia, pues podría ser verdad y ser su mensaje, o podría ser toda una gran farsa del hombre.

Ya me encontraba a miércoles por la mañana; se supone que hoy a las siete era mi presentación en la congregación, a la cual yo no estaba segura de querer pertenecer. Me mordí las uñas varias veces; no sabía si estaba realmente dispuesta a crear tal compromiso con una organización completamente extraña para mí.

Me dedicaba a escuchar música cuando el timbre de la puerta de entrada sonó. Puse los ojos en blanco y así, con el pijama de corazones puesto y el pelo atado en un rodete, me encaminé a la puerta para ver quién osaba molestarme aquella mañana. Al abrir la puerta, mi mandíbula cayó.

—¡Pero qué linda te ves esta mañana, Gorriona! —exclamó burlón, a modo de saludo, y estalló en risas.

—¡Mierda, Kelian! ¿Qué rayos hacés aquí? —protesté. Los colores se me subieron a las mejillas debido a que mis fachas no eran las mejores para recibir a nadie, y menos a un chico guapo—. ¿Por qué viniste sin avisar? —hice una pausa—. Y... ¿cómo sabés dónde vivo? —estreché mis ojos.

—No podés hacerte la mala vestida con un pijama de corazones, Gorriona; lo siento —afirmó aún riéndose.

—Oh, ya callate, grandísimo idiota —rabié.

—Shh, shh; calmá esos nervios, Furia —su sonrisa burlona se le extendió por todo el rostro—. ¿Me dejarás pasar?

—¿Me contestarás lo que pregunté? —increpé.

—Si me dejás pasar —canturreó.

Sin más remedio, tuve que dejarlo entrar y, sin pedir permiso, se tiró en el sofá y colocó sus pies sobre la mesilla de la sala.

Puse los ojos en blanco; él era totalmente irritante cuando se lo proponía.

—No te avisé porque no tuve ganas —se encogió de hombros—. Y encontré tu casa porque, básicamente, sé mucho más de lo que te podés imaginar sobre muchas más cosas de las que tu mente alguna vez comprendería —presumió a modo de respuesta, y yo le remedé todo lo que dijo, a lo que me aventó un cojín.

—Ya habló el bichejo paranormal —mascullé, atrapando el cojín en el aire.

—No me provoques, Gorriona —advirtió entre risas.

—Tú me provocás a mí —me defendí.

—Es que sos el perfecto objeto de burla —hizo una pausa—. Lo que tenés en la cabeza, ¿es un nido de loras? —se refería al rodete enmarañado que formaba mi cabello, y yo dejé escapar un grito de frustración y furia, lo que a él le causó aún más gracia.

—Ya basta —protesté—. ¿A qué viniste? Dudo que vinieras hasta acá solo a burlarte de cómo me veo.

—Tenés razón, eso solo es un extra —hizo una pausa—. He venido para empezar a revelarte algunas verdades; es necesario que empieces a entender lo que te rodea.

—Ya era hora —mascullé impaciente, y me senté en el sofá de un cuerpo.

—Paciencia —contrapuso—. Primero decime: ¿creés en Jehová? —alzó una ceja inquisitiva.

—Sí creo, ¿por qué? —pregunté extrañada.

"*¿Es que ahora todo el mundo pretende volverme cristiana, católica o lo que sea?*", pensé.

—Tú no hagas preguntas, solo contestame —indicó—. ¿Le profesás la fe o creés por fuera de la iglesia?

—Creo por fuera de la iglesia.

—¿Has leído textos sagrados como la Biblia o los evangelios gnósticos?

—Justo ayer terminé de leer la Biblia. Nunca tuve realmente interés en ella, pero quieren incluirme en una congregación de jóvenes católicos en la cual está Isaías, el novio de Vero, y pues... lo hice por ella —parloteé, a lo que Kelian me miró fijamente.

—¿Estás dispuesta a unirte a ellos? ¿De verdad? No tenés idea de las implicancias de esa decisión —previno.

—No es que esté dispuesta —mordí mi labio—. Solo lo hago por Vero; hoy es la presentación.

—Si me dejás opinar, no creo que sea conveniente que asistas —me miró fijamente.

—No lo sé —dije simplemente—. ¿Seguirás con tu interrogatorio? —pregunté.

—Sí. ¿Has leído algún texto satánico como el *Libro de la Ley, el Evangelio de Judas o la Biblia Satánica?*

—Pues no. Realmente no sé por qué una persona cuerda leería algo de eso —acoté. Las preguntas que hacía Kelian eran sumamente extrañas. Lo único que le faltaba a mi vida era que me intentaran reclutar para algún culto de adoración a Lucifer.

—No te creas; a veces es preciso conocer ambas campanas de la historia para poder realizar un juicio sobre ello —afirmó.

—Sí, tenés razón, pero esos textos son escabrosos.

—Lo sé, puesto que han sido escritos por monjes que profesaban la religión católica o por pirados que creen la versión católica de Lucifer —hizo una pausa—. Pero todo, todo lo que has leído, y todo lo que está escrito en dichos textos, es falso o está teñido de falsedad.

—Entonces, ¿me estás diciendo que todo lo que sé sobre Dios y el Diablo es falso o me ha sido erróneamente transmitido? —pregunté confundida.

—Pues sí, como lo escuchás; hay una versión de la historia, la verdadera versión, que no te la han contado, que no se cuenta, puesto que a Jehová no le sirve que se revele —su tono de voz se tornó sombrío y miró por la ventana, distante.

—¿Y cuál es esa versión? —pregunté ladeando la cabeza. Sin duda, esta era una conversación de lo más extraña.

—La que en este instante procederé a contarte.

CAPÍTULO 10.

“La historia es escrita por los vencedores.”

George Orwell.

»——«•◦⁕◦•»——«

El rostro de Kelian se ensombreció; miró hacia ambos lados para cerciorarse de que estábamos solos. Tomó aire y me miró fijamente para luego comenzar a hablar.

—Sé que puede ser confuso lo que te cuente, pero es necesario que retome la historia desde sus comienzos. Primero te contaré lo que pudiera ser la "versión oficial de los hechos" y luego te contaré lo que pasó en realidad.

—¿Cómo sé que no lo has inventado todo? ¿Cómo sé que no me querés engañar? —pregunté con desconfianza.

—Porque, como bien es sabido, a la historia la escriben los vencedores; y esa historia, la que narran los que han ganado, es escrita como a ellos les conviene. Lo que te voy a contar ahora es la historia narrada por los perdedores. No puedo darte pruebas fieles de mis palabras, no aún; solo puedo pedirte que me des el beneficio de la duda —explicó, y sus ojos irradiaban sinceridad.

—Está bien, te escucharé —afirmé seriamente, y él comenzó a hablar de manera sombría mientras su mirada se perdía en el vacío.

—Según cuenta la leyenda, Dios, en el principio de todos los tiempos, el primer día de la creación, en conjunto con los cielos y la Tierra, creó también a los ángeles. En ese entonces, el primero que fue creado fue Lucifer...

—Sí, eso lo sé —interrumpí, y él asintió.

—Bueno, pues este era el ángel más hermoso de la corte celestial de Dios. Su inteligencia, destreza y belleza eran tales que el Creador lo convirtió en su favorito o, al menos, en el más querido. Confiaba ciegamente en él y, por lo tanto, lo dispuso como su mano derecha. ¿Me seguís? —preguntó.

—Sí —asentí—. Continuá.

—Bien. Los ángeles tenían como objetivo "crear", ya que estaban dotados de razón, voluntad y belleza; así que una de las misiones principales de esta corte era la de ayudar a su padre en la creación. Fue por ello que Lucifer fue escogido para crear en la Tierra —hizo una pausa—. Al verse como un ser omnipotente en una tierra árida, viciada y débil de espíritu, el ángel comenzó a desear convertirse en el único señor de la Tierra. No obstante, convino que la cooperación era demasiado complicada por lo que labró un plan para invadir el Reino de los Cielos.

Me miró y esperó unos segundos a que yo procesara la información, para luego proseguir con el relato.

—Lucifer, durante miles de años posteriores, convenció a hordas de ángeles rebeldes para que se unieran a la causa. Pero cuando llegó el momento de invadir el Cielo, el arcángel Miguel se interpuso. Tras una dura y sangrienta batalla, Miguel —con la ayuda de Dios— consiguió derrotar al ángel traidor y a sus secuaces...

—Y ahí es que fue enviado al Infierno. ¿No es así? —pregunté y él asintió.

—Derrotado, Lucifer tuvo que asumir una durísima sentencia: Dios le arrebató su rango, lo rebautizó como Satanás y lo envió al Infierno junto con los ángeles que lo apoyaron en su revuelta. Estos últimos se convirtieron en demonios —hizo una pausa—. Como último castigo, eliminó todo lo creado por este en la Tierra. Esta primera guerra en el cielo no fue la última, ya que muchos ángeles continuaron, y continúan, rebelándose contra el Creador. Estos traidores reciben el nombre de "ángeles caídos" y son aquellos que prefieren unirse a las filas del ejército del Diablo en el inframundo —tomó aire para poder continuar y aproveché a hablar.

—Esa es la historia de la caída de Lucifer, algo que ya había oído antes —interrumpí, sin entender por qué la mencionaba.

—Mantené la paciencia y dejame continuar —dijo antes de proseguir—. Como tú lo has dicho, esa historia es conocida por todo aquel que tenga contacto con la religión católica, cristiana o judía. Pero esta historia no es del todo cierta —advirtió e hizo una mueca.

—¿Y entonces? ¿Cuál es la verdadera historia? —inquirí entrecerrando los ojos.

—Verás, cierto es que Lucifer fue el primero y el favorito de Dios; cierto es que se le encargó la creación de la Tierra. Pero lo que es falso aquí es que Lucifer quiso erguirse como único señor de la Tierra y que para eso convocó a las hordas de ángeles a que lo apoyaran —afirmó con severidad y yo alcé una ceja.

—La verdad es que las intenciones de Jehová a la hora de la creación eran más cruentas de las que explicitan los textos sagrados —continuó—. Yahvé creó los cielos y la Tierra, pero al encomendar la creación de las cosas sobre este plano, dio claras órdenes a Lucifer de que, además de llenar de vida y de luz la faz de la Tierra, creara seres que le sirvieran y le adoraran ciegamente; que lo alimentaran y se sacrificaran sin siquiera dudarlo; que su amor hacia Él les fuera más que incondicional...

—Pero ¿por qué? —lo interrumpí con mi pregunta, y él me fulminó con la mirada.

—¿Por qué? —respondió—. Pues porque estos le servirían a Jehová para mantener su poder en la cumbre y vivir en el plano de lo más esplendoroso por el resto de los tiempos, mediante la explotación física y espiritual de estos nuevos seres.

Y debo admitir que eso me sorprendió, pues distaba demasiado del concepto que yo tenía del Creador y de la creación. Kelian me dio mi espacio para reflexionar y, solo cuando yo le hice un gesto para que continuara, prosiguió.

—Lucifer, al saber tal calumnia, siendo férreo defensor de la libertad y la igualdad entre todos los seres —teniendo esto como su estandarte—, enfureció. Él no sería el hacedor de tan míseros seres, carentes de voluntad, completamente alienados, creados para el sufrimiento y la resignación; fue entonces que se rebeló —hizo una pausa—. El resto de la historia sí continúa de la manera que es contada: Lucifer fue derrotado y desterrado, y la Tierra y sus seres fueron creados tal y como a Dios se le antojó —nuevamente hizo una pausa y volvió la vista a mí con una intensidad que me robó el habla.

—Por lo que Lucifer fue el ángel de Dios que se rebeló contra el orden cósmico estático y establecido, y puso en movimiento las fuerzas de cambio y evolución —finalizó.

—Entonces, según tú, ¿Lucifer solo quería igualdad y libertad? ¿Quería un mundo de seres cuya voluntad valiera? ¿Y solo por eso fue castigado? —pregunté, reafirmando lo relatado—. Lo que me contás es bastante injusto y difícil de creer —comenté con cierto enojo.

—Lo sé —asintió con resignación—. Y aún hay más —afirmó Kelian, y yo pestañeé varias veces.

—La historia menciona que muchos ángeles se rebelaron también contra Dios y estos cayeron, convirtiéndose en demonios; y esto fue así. Lo que no es cierto es que estos trajeron desgracias y dolor a la Tierra —negó con la cabeza—. Por el contrario, llevaron iluminación; intentaron, con los pocos recursos que tenían, darles armas mediante el conocimiento a los humanos para que estos fueran libres y pudieran evolucionar por su cuenta, sin tener que depender de la cruel mano de Dios.

—¿Cómo así? —pregunté. Esto era demasiado para procesar.

—Pues sí, Gorriona. Puedo nombrarte muchos grandes ángeles caídos, como Azazel, quien le enseñó al hombre a forjar las armas con las que podría defenderse y cazar para alimentarse. También les enseñó la metalurgia y cómo extraer metales de la tierra y a usar materiales diferentes. A las mujeres les enseñó el arte de hacer pulseras, ornamentos, anillos y collares de metales y piedras preciosas.

—A ese lo he oído nombrar —murmuré.

—Exacto. También está Semyaza, que enseñó a la gente el uso de las raíces y el arte mágico del encantamiento. Y Armaros, que enseñó la anulación de encantamientos; Baraquiel, quien enseñó la astrología; Kokabiel, quien dio el conocimiento de las constelaciones, o mejor conocido como la astronomía; Chazaquiel, quien dio el conocimiento de las nubes y el cielo, la ciencia meteorológica; Shamsiel, los signos del Sol; Sariel, que enseñó los cursos de la Luna y cómo los ciclos lunares podrían ser usados en horticultura y agricultura; o Penemuel, quien instruyó a los humanos en el arte de la escritura y la lectura; o incluso Kashdejan, que enseñó el diagnóstico y la curación de enfermedades y la ciencia de la medicina....

—Wow, son muchísimos —afirmé asombrada.

—Ajá —asintió—. Y, que yo sepa, ninguno de estos conocimientos han sido para la desgracia del ser humano, sino todo lo contrario. Pero esto no es grato para el Señor, puesto que a más capacidad tengan para valerse por sí mismos, para pensar y para ser libres, menos control tendrá sobre ustedes y menos podrá exprimirlos para su beneficio.

—¿Todos esos conocimientos nos los dieron los demonios? Por un lado, no tiene ningún sentido; pero a la vez, parece muy lógico —murmuré pensativa.

—Pues es así, May. Los hombres de Dios han castigado desde entonces al Diablo y a los demonios sin siquiera darles la oportunidad de defenderse, de contar su versión. Ellos se han autoproclamado en la posición de definir lo que es el bien y lo que es el mal, dejando a las legiones infernales en la posición de ser despiadadas y atroces —suspiró.

—Vaya... —musité.

—El Rey Oscuro solo ha querido la igualdad entre los suyos y la libertad de poder ser. El valor de la igualdad y la ausencia de superioridad, de clases o de estamentos no le sirven ni a Dios ni a la Iglesia; y han usado la figura de Lucifer para implantar el miedo a la libertad y al desarrollo. Han usado al Infierno para aterrorizar a las personas, cuando en realidad el Infierno proveería mayor felicidad y dicha a las mismas —hizo una pausa—. Han demonizado el rojo y el amarillo del crepitar del fuego, y han santificado el blanco y el celeste del cielo, impidiendo al ser humano ver la verdad. Han respaldado la dominación y explotación de Dios sobre los hombres y, por supuesto, del hombre por el hombre; pues, como ha dicho Jesús: "Dad a Dios lo que es de Dios, y al César lo que es del César".

—Y supongo que todo esto es real, ¿no? Que todas las historias sobre seres míticos —ángeles, demonios, nephillims, vampiros, brujos, hombres lobo, hadas, inframundo, submundo, el cielo—, todo ello es real —afirmé, mareada por tantos nuevos descubrimientos—. Todo aquello en lo que no creía... todo eso es real.

—Sí, Gorriona; somos reales. Estamos a su alrededor todo el tiempo. Muchos nos confundimos con los humanos, otros simplemente usan hechizos de invisibilidad o viven en bosques lejanos o zonas desiertas —explicó suavemente.

—Y no nos quieren hacer daño, ¿verdad? ¿O es que hay seres malos? —pregunté y me mordí el labio.

Estaba alterada. ¿Y cómo no? Una persona normal enloquecería si se enterara de que todas las historias de terror y todos los cuentos de fantasía que le han contado desde niña son reales.

—Los seres puramente infernales no son, de por sí, seres malignos; pero aquellas sangres que se han mezclado con la humana han creado criaturas con tendencia a la maldad. Estas no son criaturas infernales, tampoco celestiales; son híbridos (como las brujas o los

hechiceros, las hadas o los vampiros) que son corrompidos por las tentaciones del mundo humano.
—Esto es demasiado confuso para mí —dije dando un suspiro—. ¿Qué es lo que tú sos? ¿Sos una criatura celestial? ¿O acaso una infernal? O tal vez podrías ser un híbrido —razoné en voz alta.
—Yo no puedo decirte eso aún. Has recibido demasiada información hoy; aún tenés que decidir si la creés o no, y cuál será tu posición al respecto —contestó Kelian.
—Creo que debo ir a la congregación católica —afirmé de la nada.
—¿Por... por qué? —preguntó confundido Kelian.
—Porque tú me has contado la versión de la historia de los derrotados; ahora quiero saber al detalle la versión de los victoriosos para poder hacer mi elección —afirmé con seguridad.
—Espero que hagas la elección correcta, Gorriona —sonrió tímidamente; sus ojos dejaban entrever su preocupación—. Muchas cosas dependen de ti, más de las que te podés imaginar. Cada elección que hacés condiciona el futuro de los tres mundos: el infernal, el terrenal y el celestial. Meditá bien tu decisión antes de tomarla —advirtió.
—¿Cómo es que sabés tanto? —pregunté con curiosidad. Este chico, o lo que fuera, me intrigaba cada vez más.
—El saber ha sido una de mis mayores condenas, querida May —sonrió y bajó los pies de la mesilla.
—Pues a mí me gustaría saber todo lo que tú sabés sobre todo esto —dije alicaída.
—Venga, todo a su tiempo; ya podrás saberlo todo, Gorriona —me regaló una sonrisa—. Ahora levantate y prepará un mate, un café o algo, que me tenés acá parloteando hace rato y ni un vaso de agua me has alcanzado —protestó en broma.
—¡Ay, perdón! —exclamé, levantándome como un flash y corriendo hasta la cocina para preparar el mate mientras él reía.
Mientras lo preparaba, él apareció en la cocina y comenzamos a hacernos bromas y comentar cosas banales, como si fuéramos dos amigos normales esperando para compartir un mate en una mañana cualquiera.
Eran ya las siete menos diez de la tarde; me encontraba caminando por la peatonal Sarandí, en la Ciudad Vieja, para llegar a mi destino: la Catedral Metropolitana de Montevideo, o Iglesia Matriz,

donde Isaías me había dicho que se celebraría la presentación. Luego de dos cuadras, llegué a la dichosa iglesia; la misma era un edificio colosal, con dos torres a sus extremos que daban la impresión de un castillo.

Entré mientras observaba el lujoso decorado del interior; todo el recinto variaba entre los colores dorado y blanco, a excepción del piso donde se encontraba el púlpito, el cual era de un color rojo apagado. Divisé a la congregación y me apresuré a llegar a ellos.

—Hola —dije al llegar y sonreí.

—May, viniste —sonrió Verónica.

—Es un placer que hayas decidido unirte a nosotros al fin, Maite Nazaret —habló el tal Gabi—. ¿Has leído la Biblia?

—Sí, como lo he prometido —esbocé una sonrisa un poco incómoda.

—Perfecto —dijo Luvia—. Ven por aquí —me guio a una ronda de sillas que tenían armadas detrás del púlpito.

—Esta será una ceremonia sencilla; no tendremos que darte ninguna clase antes, pues has leído la Biblia. El resto lo aprenderás sobre la marcha —explicó Isaías.

—Estate feliz de que has elegido el camino del bien, de la luz, y no del mal y las tinieblas —comentó Nahuel, y yo estreché los ojos.

—La ceremonia consistirá, básicamente, en la pronunciación de algunas palabras en latín; te presentarás y luego oraremos —explicó Gabi. Estuve de acuerdo; parecía simple.

—Una pregunta antes —dije, y todos asintieron—. ¿Alguna vez se han dado la oportunidad de escuchar a alguien que no esté tan de acuerdo con lo que dice la Biblia? —cuestioné, y todos se quedaron rígidos.

—¿Por qué? ¿Tú lo has hecho? —preguntó Nahuel.

—No, pero... —me interrumpieron.

—No es necesario escucharlos; son pobres almas que se quemarán por sus pecados. El mal vive en ellos —sentenció Gabi, e hice una mueca.

—Está bien —asentí—. Tienen razón —hablé con resignación. Al parecer, no estaban dispuestos a escuchar una campana diferente a la suya.

—Comencemos entonces —indicó Isaías.

Todos nos sentamos en ronda en las sillas y nos tomamos de las manos. Gabi, quien parecía estar al mando, nos dijo que cerráramos los ojos, y así lo hicimos. Luego, sentí cómo la iluminación de la habitación subía y ellos comenzaron a repetir una complicada frase en latín:

—*Pater noster, Filium tuum Dominum nostrum, et omnia, quae induxisti comitatu animam tuam et da illi partem tueri. Haec Domini quod datum est tibi praesentari...*

Dicha frase fue repetida alrededor de diez veces sin parar, cada vez con una intensidad de tono mucho más alta, in crescendo, por lo que empecé a asustarme. De la nada, escuché que Gabi hablaba, dirigiéndose a mí:

—Presentate, hermana; presentate ante nuestro Padre.

—Soy Maite Nazaret Rimoldi y estoy aquí por voluntad propia.

—Bienvenida, Maite —corearon todos a la vez.

En ese momento no aguanté más la curiosidad de saber por qué la iluminación de la sala era tan intensa. La luz de las iglesias no suele ser la mejor, por lo que no podía imaginar qué era lo que estaba sucediendo.

Sin que nadie se percatara, abrí un solo ojo y lo que vi no tenía precio. De cuatro de las cinco personas que se encontraban conmigo, salían unas enormes alas brillantes con suaves plumas que las cubrían; dos de ellos tenían halos que flotaban sobre sus cabezas. Ahogué un grito al ver que estaba rodeada de criaturas... criaturas que sabía lo que eran y no podía asumirlo. Me estremecí y di dos respiraciones rápidas. Cerré mis ojos con fuerza; no quería que me descubrieran. Si notaban mi asombro , y, al mismo tiempo, la falta de este, perdería mi ventaja. En ese instante, escuché cómo pronunciaban una oración y yo los seguí:

Padre nuestro, que estás en el cielo,
santificado sea tu Nombre;
senga a nosotros tu reino;
hágase tu voluntad en la tierra como en el cielo.
Danos hoy nuestro pan de cada día;
perdona nuestras ofensas,
como también nosotros perdonamos a los que nos ofenden;

no nos dejes caer en la tentación,
Y líbranos del mal.
Amén.

—Pueden abrir los ojos, hermanos —pronunció Gabi.

Y así lo hicimos todos. Cuando volví a abrir los ojos, ya no me encontré con aquellas criaturas brillantes, sino con los chicos que había conocido. Un escalofrío recorrió mi cuerpo.

—Bien, ¿hemos terminado? —pregunté ansiosa; me quería ir de allí.

—Pues sí —sonrió Isaías—. Luego podrás asistir a las ceremonias que vendrán.

—Estamos muy contentos de tu elección, Maite —murmuró Luvia con lágrimas en los ojos.

—Oh, vamos, chicos; no es para tanto —afirmé, restando importancia al asunto y tentando mi suerte.

—Claro que lo es; esto significa mucho, no sabés cuánto —comentó Nahuel sonriente.

—Okey, okey; como ustedes digan —fingí una sonrisa. Realmente me encontraba nerviosa por lo que había visto.

En ese momento sonó mi celular. Vi que era un número desconocido, pero como se trataba de una llamada, decidí contestar. Para mi sorpresa, todos se quedaron atentos a mí, y yo sin saber por qué.

—¿Hola? Ah, sos vos... Sí, estoy bien... No, no tenía tu número... No seas pesado... ¿Tus primas?... Ajá... Sí, dales mi número... No... Qué intenso que sos, ¿no tenés a alguien más a quien molestar? ... Ajá ... Ajá ... Idiota ... Ajá... Tengo que hablar con vos luego... Sí... Dale un beso a tus primas de mi parte... ¡No, no real! No seas asqueroso... Chau, nos vemos.

—¿Quién era? —preguntó Verónica como fiel amiga.

—Oh, nadie importante —me encogí de hombros. Vi que los ceños de Gabi y de Isaías estaban profundamente fruncidos.

—Ten cuidado, hermana —advirtió Gabi—. En este mundo hay cosas peligrosas.

—Hey, no me cuiden tanto —reí—. Solo es un chico, como nosotros; más que un acoston no va a haber —reí con nerviosismo y Vero me acompañó. Para ella, mi virginidad a los dieciocho años era un problema a solucionar.

Sin embargo, yo sabía que ese chiste no les hacía mucha gracia, ya que ellos no eran chicos y chicas normales, por así decirlo. Vi cómo Luvia se llevaba una mano a la boca ante la vergüenza, e Isaías y Nahuel quedaban pálidos.

—Estás en una iglesia —reprochó Gabi.

Asentí con la cabeza, para luego arrastrar a Verónica hasta la puerta conmigo para poder fumarme un cigarrillo. Miré a Verónica, quien aún estaba tentada de la risa.

—¿Qué tan gracioso fue el chiste, Vero? —apreté los labios intentando no reír, pero era en vano.

—Es que son de lo más estirados y recatados —estaba completamente tentada—. Por ejemplo, Isaías apenas me abraza; dice que es demasiado contacto, y piensa que aún soy virgen —chismeó en susurros para que no la escucharan, y explotó en carcajadas.

—Oh, qué sorpresa se va a llevar cuando se dé cuenta de que ese camino está bastante trillado —alargué divertida.

—Ay, tampoco tanto —se defendió entre risas.

—¿Diez? ¿Doce? ¿Cuántos? Decí la verdad —le dije en broma.

—Quince —confesó, y ambas estallamos en risas.

—¡Sos un asco! —bromeé, puesto que a mí no me importaba en lo más mínimo cómo ni cuánto disfrutara su sexualidad.

En ese momento, el grupillo de los cuatro salió de la iglesia y, al notar nuestra encolerizada risa, nos quedaron mirando de manera muy extraña.

—¿De qué se ríen, señoritas? —preguntó Isaías, tomando la mano de su "tierna" novia.

—De los trillados caminos del Señor —comenté como si nada, y Verónica estalló en risas, quedando completamente roja por la falta de aire.

—Basta —protestó—. Dejá de hacerme reír, tonta —dijo ahogada por la risa.

—¿Y yo qué dije? —pregunté encogiéndome de hombros, burlándome de Vero.

Todos nos miraron raro, negaron con la cabeza y procedieron a caminar junto a nosotras hasta la Plaza Independencia. Estando allí, cada uno tomó el bondi que le servía, y mi mejor amiga y yo caminamos hasta la parada del 427 para disponernos a volver a casa. Luego de que subimos al bondi, le conté a Verónica lo que había visto dentro de la iglesia.

Pero, como era de suponerse, ella afirmó que los nervios me habrían jugado una mala pasada; pues, para ella, su novio y los demás eran completamente normales y jamás les había notado nada extraño. Dejé la conversación por ahí nomás; no insistiría si ella no me quería creer.

Llegamos al barrio y bajamos del bondi. Me despedí de Verónica y me dispuse a caminar hacia mi casa por una calle completamente desierta. La noche estaba oscura y la niebla se abría paso por todas partes.

A lo lejos, vi una figura extraña que se acercaba a mí; pero, dada la poca visibilidad, decidí no hacerle caso a mis instintos y seguir caminando en dirección a la figura. Pues, ¿qué más remedio? Hacia allí estaba mi casa.

En ese preciso instante, la figura extraña apresuró el paso hacia mí. Me espanté pues, como es lógico, pensé que me quería atacar. Pero cuando estuvo frente a mí, la criatura se detuvo, me miró con sus penetrantes ojos rojos y abrió la boca dejando salir un horrible alarido. Luego, alzó su muñeca, donde tenía amarrado un rollito de papel.

Enarqué una ceja; era evidente que era un mensaje para mí. Kelian ya me había hablado de las criaturas mensajeras. Lo tomé con las manos temblorosas. No pasaron ni cinco segundos cuando la figura procedió a desaparecer. Guardé la nota en el bolsillo y, sin mirar atrás, me apresuré a llegar a casa.

CAPÍTULO 11.

"Mantén a tus amigos cerca y a tus enemigos aún más cerca."

El arte de la guerra. Sun Tzu.

»——«•◦*◦•»——«

Era sábado por la noche; habían transcurrido tres días desde el miércoles. Aquel día había recibido, por parte de un ser extraño, un papel en blanco. Dicho trozo de papel lo tenía guardado dentro de mi billetera, y el mismo no parecía tener demasiado sentido. Esperaba la oportunidad de volver a ver a Kelian para preguntarle qué era lo que aquello significaba y, de paso, le contaría lo que había visto ese día en la iglesia.

Desde aquella llamada del miércoles por la tarde no había sabido nada de él; empezaba a impacientarme su falta de comunicación. Por el contrario, había hablado con sus primas, con las cuales ahora teníamos un grupo de WhatsApp y parloteábamos constantemente. A Lilian se le había ocurrido que sería buena idea salir a bailar este sábado, así que ahora me encontraba esperándolas para arreglarnos e ir a Tijuana.

Ya me había duchado, por lo que me encontraba peinando mi cabello enmarañado cuando el timbre sonó. Dejé el peine en la cómoda y fui a abrir la puerta. Al abrirla, me encontré con los rostros de mis tres nuevas amigas con grandes bolsos de maquillaje.

—Hola, chicas —saludé con una sonrisa—. Pasen —disponiéndome a un lado para que entraran.

—¡Hola! —canturrearon a la vez y se dispusieron a traspasar el umbral.

Inmediatamente fuimos a mi habitación; ellas empezaron a sacar el maquillaje de los bolsos de mano y yo proseguí con la ardua tarea de desenredar mi cabello.

—¡Hoy sí que nos vamos a divertir! —exclamó Lilian.

—Obvio que sí —afirmó Aísa—. Y nos veremos her-mo-sas —dijo separando en sílabas.

—Esta salida me va a ayudar a despejarme —comenté al pasar.

—¿Ha pasado algo? —inquirió Ali, preocupada.

—Me he enterado de muchas cosas y vengo dándoles muchas vueltas en mi cabeza —respondí.

—Kelian ya ha empezado a revelar información, ¿verdad? —preguntó Lilian.

—Pues sí —suspiré—. Me ha contado la historia de Lucifer y que

todas las cosas que pertenecen a los mitos y leyendas son reales, pero no me ha dicho nada más —expliqué.
—Vaya, te entiendo —dijo Aísa—. Es bastante duro de procesar para alguien que se ha mantenido al margen toda su vida.
—Sí; además, me han pasado algunas cosas extrañas —hice una pausa—. O sea, desde antes de saber nada, yo sabía que algo o alguien me vigilaba, pero ahora aparecen criaturas extrañas.
—Umm —murmuró pensativa Ali—. ¿Qué es lo que has visto? ¿Qué clase de criatura?
—Pues una criatura de ojos muy rojos, mitad simio, mitad serpiente, con manos humanas y tentáculos; toda ella era oscura —describí agitando un poco las manos, aún sin soltar el cepillo.
—Oh, pues es una quimera. Las quimeras oscuras son enviadas por Lucifer y las blancas son enviadas por Yahvé —explicó Aísa.
—Entonces la criatura que vi primero, la que Kelian me dijo que era un mensajero, era una quimera —dije pensando en voz alta.
—Pues ha de ser. No sé lo que viste, pero si era un entrevero de animales, da por sentado que era una quimera —comentó Lili.
—¿Y qué hacen? —pregunté sumamente intrigada.
—Son sirvientes; hacen básicamente lo que se les ordene o pida —explicó Ali.
—Okey —dije algo resignada. Si bien la información era interesante, no cambiaba mi situación actual—. ¿Algún día me dirán qué son ustedes? —pregunté.
—Solo te diremos una cosa —dijo Lilian.
—Somos hijas de Lilith —afirmó Aísa y se encogió de hombros—. Por si eso te dice algo.
—Perdonen, pero no sé quién es Lilith —admití avergonzada.
—Oh, ya lo sabrás, querida —dijo Ali sonriendo.
—Bueno, ahora vamos a dejarnos de charlatanería seria y vamos a peinarnos, o no saldremos nunca —exclamó Aísa aplaudiendo exigentemente, y todas reímos.
Todas comenzamos a peinarnos, a pasarnos la planchita o hacernos bucles; cada una debía ir con un estilo diferente, esa era la única regla para salir en conjunto. Ali tomó mi cabello y decidió que me quedaría bien el alisado y un trenzado a la francesa en la parte de arriba, a modo de vincha.

Y, claro está, apenas lo visualizó, se puso manos a la obra, pues mi cabellera era abundante.

Al final, luego de dos horas de peinado, yo terminé con el cabello arreglado de la manera antes mencionada; Aísa con hermosos bucles; Ali con un perfecto alisado y una moña formada con las mismas hebras de su pelo; y Lilian con un bellísimo moño en forma de rosa.

De inmediato nos colocamos nuestros vestidos. El de Lilian era violeta con lunares amarillos, con un corte clásico y un buen escote; Aísa llevaba un vestido rojo al cuerpo con gran escote en uve; y su hermana, Ali, uno negro de espalda descubierta. Con respecto a mí, me coloqué un hermoso vestido azul marino de falda en campana y espalda descubierta.

Cuando nos disponíamos a maquillarnos, el timbre sonó por segunda vez en la noche. Nos miramos entre nosotras sin entender mucho y oímos cómo mi madre abría la puerta principal. Unos segundos después, oí cómo me llamaba.

—Maite, hija, es para ti —gritó desde la sala.

Miré confundida a las chicas, me encogí de hombros y me encaminé a la sala para encontrarme con una inesperada sorpresa. Allí estaba Verónica y, a su lado, Isaías.

—Hola, chicos —los saludé con un beso en la mejilla—. ¿Qué hacen aquí? —pregunté confundida.

—Hemos venido a hablar sobre algunos temas importantes —comenzó a hablar mi ángel—. Es imperante que los manejes a la brevedad. Te íbamos a invitar a comer algo en un bar o por ahí, pero creo que vas a salir —dijo ella observando cómo iba vestida.

—Sí, ángel, voy a salir —hice una pausa—. Saldré a bailar.

—Y ¿se puede saber con quién? Porque a mí no me has invitado —reclamó Vero, algo alicaída.

—Ay, ángel, perdón. Es que no sabía si querías ir, pues ahora que estás de novia... —expliqué apenada.

—Yo no le prohíbo ir a ningún lado —se defendió Isaías, cruzándose de brazos.

—Sí, bueno, ¿cómo iba a saberlo? —hice una pausa—. Aunque aún falta un rato para irme; mis amigas y yo tenemos que maquillarnos aún. Si quieren, pueden pasar y contármelo. Y también, si quieren

pueden acompañarnos —invité.
—Supongo que podemos, ¿no, cariño? —preguntó Vero a su novio, haciéndole ojitos.
—Sí, creo... —contestó dudoso.
Reí para mis adentros. Se notaba que lo que menos quería hacer Isaías esa noche era meterse en una habitación con cinco mujeres revoltosas hablando de ropa y maquillaje. Y, la verdad, no lo culpaba. Sonreí ante su respuesta y los hice pasar a mi habitación.
En el momento en el que Isaías entró, el ambiente se puso completamente tenso. Yo me di cuenta, pero decidí ignorarlo; de cierta forma sabía que tenía una criatura "blanca" entre tres "negras", pero no dimensionaba la magnitud de la gravedad.
—Chicas, ellos son Verónica, mi mejor amiga, e Isaías, su novio —hice una pausa—. Y, chicos, ellas son Lilian, Ali y Aísa —sonreí.
—Un gusto conocerlas —dijo Verónica alegremente.
—Encantadas, preciosa —respondió Aísa, sonriendo de oreja a oreja.
—Ellos vendrán con nosotras a bailar; espero que no les moleste, chicas.
—Oh, para nada. Esto será divertidísimo —murmuró Lilian con una sonrisa sombría—. ¿No es así, Rafael? —miró al chico alzando ambas cejas, con una expresión burlona en sus labios.
Isaías no contestó y me miró de inmediato con impotencia; él no entendía si lo había hecho adrede o si realmente yo no tenía idea de nada. Vero, por su parte, estrechó un poco los ojos ante las libertades que se había tomado Lilín para con su novio, pero noté cómo le restó importancia pocos segundos después. Yo decidí ignorar lo de "Rafael" y seguir de largo.
—¿Quién me va a maquillar? —pregunté, regresando la atención a mí.
—Yo, querida —dijo Aísa y se hizo a un lado para que yo me sentara.
—Y yo te maquillaré a ti, linda —le dijo Ali a Verónica, a lo que ella aceptó encantada.
Vi cómo Vero soltaba la mano de Isaías y se dirigía a Ali, mientras tanto él cerraba sus puños con fuerza y se disponía a sentarse en el suelo contra la puerta, centrándose en mirar un punto fijo de la habitación.

Sin que se pronunciara más palabra, todas nos concentramos en el maquillaje.

Las hermanas eran expertas en el área y nos dejaron, tanto a ellas mismas como a nosotras, con la apariencia de verdaderas diosas. Intuí que el maquillaje de Verónica había sido hecho adrede: Ali había destacado de forma sensual sus ojos y le había colocado en los labios un fuerte color carmesí, además de desprendérsele varios botones del escote del vestido.

—Mirá, Rafael, ¡qué hermosa que ha quedado tu novia! —exclamó Ali, revelando la imagen de mi mejor amiga—. A que te dan ganas de besarla hasta que el Cielo arda y el Infierno se congele —canturreó.

Vi cómo los colores se le subían a la cara al chico; tuvo que tragar saliva pues se había ahogado. Recorrió el cuerpo de su chica lenta y descaradamente con la mirada. Veía a Verónica como si estuviera contemplando la imagen de la mismísima Afrodita; sus ojos se llenaron de deseo y su labio tembló antes de hablar.

—Preciosa, cariño... —fue lo único que pudo articular mientras Vero caminaba hacia él.

Ella se sentó a su lado y le dio un beso en la mejilla, dejándole la marca del labial. Todas nos reímos al ver tal imagen: Isaías parecía un verdadero crío con las mejillas coloradas, mientras que Verónica se veía como toda una mujer.

Las chicas terminaron de retocarse el maquillaje y nos apresuramos a partir. Todos salimos de la casa; yo notaba que la intranquilidad de Isaías iba creciendo y que, por otro lado, la seguridad de las chicas se elevaba a medida que lo molestaban a sus anchas.

CAPÍTULO 12.

"Recordar siempre el peligro cuando estás a salvo y el caos en tiempos de orden, permanece atento al peligro y al caos mientras no tengan todavía forma y evítalos antes de que se presenten; ésta es la mejor estrategia de todas."

El arte de la guerra. Sun Tzu

»——«•◦❋◦•»——«

La música sonaba muy alto; apenas habíamos llegado al local bailable y este ya se encontraba lleno. Los seis nos colocamos cerca de la barra, pues las chicas querían pedir unos tragos. Ellas habían molestado a Isaías todo el camino, imaginando en voz alta todas las perversiones que él le podía practicar a su novia. Él, simplemente, no podía contestarles por la vergüenza e incomodidad que le causaban.

Sin embargo, Verónica (a quien no le sorprendían para nada las infantiles cochinadas que salían de las bocas de las hermanas) se había dedicado a reírse y acariciar el cabello de su "inocente" novio.

Apenas estuvimos posicionados, las hermanas y también Vero desaparecieron hacia la barra, dejándome sola con Isaías. Cuando él estuvo seguro de que se habían marchado, habló con el ceño fruncido:

—¿Desde cuándo te juntás con ellas? —preguntó—. No son buenas.

—¿Por qué debería darte explicaciones? —contraataqué—. Deberías vos aclarar cómo es que las tres te conocen tan bien, Rafael —afirmé.

—Eso no importa —acotó.

—Bueno, tampoco te importa dónde o por qué las conozco yo —dije y sonreí, no sin algo de malicia.

—Pertenecés a la congregación; no deberías acercarte a ese tipo de personas —hizo una pausa—. Eso es lo que veníamos a advertirte: que hay clases de gente con la que ya no podés tener contacto, Maite —advirtió.

—Oh, vamos —dije—. Ellas no son malas y son muy divertidas —hice una pausa—. Además, le caen bien a Verónica —recordé.

—No quiero que se acerquen a Vero —protestó.

—Uy, ¿y eso? Esa clase de berrinches no están bien. ¿Tenés miedo de que le perviertan el cerebro? —lo miré fijo—. No te preocupes, ella ya está curada de espanto —le guiñé el ojo para luego reírme.

Su rostro adquirió un tono aún más pálido ante aquella revelación. Pero no pudo decir nada puesto que, en ese momento, llegaron las chicas; todas con un "Escalera al Infierno" en sus manos, menos Vero, quien había optado por una "Escalera al Cielo".

Vale la pena aclarar que, si de graduación alcohólica hablamos, el de mi "inocente" mejor amiga era el más alto. Cuando llegaron hasta nosotros, al ver la palidez de Isaías, su novia lo rodeó con un abrazo y lo sacó a bailar.

—Aww, pero qué tiernos —exclamó Lili perversamente y todas reímos.

—¿Cómo es que se te ha ocurrido invitarlo? No sos ninguna tonta; lo hiciste adrede —dijo Aísa riendo.

—Creí que sería realmente divertido. Sé que él es un ser celestial —me miraron sorprendidas—. Lo sé, y sé que ustedes o son infernales o híbridas; aún no logro desentrañar ese enigma —me rasqué la cabeza—. Pero sé que son opuestos, así que se me ocurrió que sería divertido torturar psicológicamente al estiradito novio de Vero un rato —expliqué y reí.

—Oh, May, el mismísimo Lucifer estaría orgulloso de ti —exclamó Ali y volvimos a reír.

—Lo chistoso es que, en sí, con su rango, Rafael podría acabar con nosotras si quisiera —Lilian se rascó distraídamente la barbilla—. Pero, para no quedar en evidencia, prefiere aguantarse todos nuestros improperios.

—Eso es porque se ha enamorado. ¿No te das cuenta, hermanita? Mira a Verónica como si no hubiera otro ser en el universo —comentó Aísa, quien era la mayor.

—¿Creen que de verdad se ha enamorado de mi amiga? —pregunté, preocupada de que le volvieran a romper el corazón.

—Claro que sí. Es que tan solo con mirarlos se nota; están muy enamorados —afirmó Aísa—. Lástima que su amorío sea completamente contra las reglas —se lamentó—. Estoy segura de que le permiten estar con ella porque él afirma que la está utilizando para acercarse a vos, May, pero que realmente está con ella porque la quiere —hizo una pausa—. El problema será cuando ya no tenga que estar cerca tuyo; ahí tendrá que abandonarla —conjeturó nuevamente Aísa.

—Eso es horrible —exclamé—. ¿Por qué no pueden estar juntos? —pregunté escandalizada. No podía encontrar nada malo en amar a alguien y ser correspondido.

—Porque los seres celestiales tienen prohibido por el Creador mezclarse con seres terrenales —explicó Ali—. Si lo hacen, son condenados a caer y unirse a las filas infernales, como cuenta el Libro de Enoc, por ejemplo.

—¡Qué terrible! —exclamé angustiada, mientras los veía bailar y reír juntos.

—Pertenecer a las filas infernales no es tan malo —comentó Ali, un poco ofendida.

—No lo digo por eso —hice una pausa—. Lo digo por lo cruel que es el Creador con los suyos —expliqué—. Castigándolos por enamorarse —lamenté.

—Esas son las reglas del bando celestial; nada podemos hacer —discutió Lilian con resignación.

Todas nos quedamos mirándolos por un rato, ensimismadas en nuestros pensamientos, hasta que yo interrumpí el silencio con una pregunta que ya había rondado mi cabeza aquella noche.

—¿De dónde lo conocen? A Rafael, digo —pregunté.

—Puede que él haya castigado de manera muy cruenta a mi padre —dijo Ali.

—Y perseguido varias veces a nuestra madre —continuó Lilian.

—Que no te confunda su apariencia débil e inocente —habló Aísa—. Es un guerrero muy poderoso y fiel servidor de Yahvé.

—Oh... —fue todo lo que pude decir ante sus revelaciones.

Todas volvimos a quedar en silencio hasta que la pareja se nos volvió a unir, volviendo el ambiente muy tenso, incluso más de lo que había estado antes. Todos nos miramos entre sí y Verónica, al darse cuenta de la incomodidad subyacente, decidió hablar.

—Chicas, pero qué calladas que están. ¿Pasa algo? —preguntó algo confundida, aún colgada del brazo de Isaías.

—Oh, nada —habló Aísa—. No te preocupes por nosotras, preciosa; mejor mimá a tu novio, no sea cosa que se distraiga con tantas hormonas femeninas revueltas acá adentro —rio—. Mirá si te lo roban —dijo y todas reímos, pues sabíamos que solo decía aquello para fastidiar a Rafael.

—Que yo sepa, no soy un objeto que se pueda robar —replicó Isaías, frunciendo el ceño.

—Si fruncís tanto el ceño te vas a arrugar —advirtió Lili—. Y luego te vas a ver como un viejo feo —sentenció reprochándolo con el dedo, como si le hablara a un niño.

Todos estallamos en risa, incluso Rafael, quien no se había reído en toda la noche mientras permanecía junto a nosotras. En ese momento, Lilian empezó a interpretar el papel de un Isaías viejo, gruñón y arrugado que caminaba con bastón, y todos nos descostillamos de la risa. Al terminar su interpretación, hizo una reverencia y le agradeció por el "préstamo" del papel.

Pero al intentar retroceder a su lugar, tropezó y cayó sobre un pobre chico que iba pasando con dos vasos repletos de cerveza en las manos, terminando los dos en el suelo bañados por la bebida color ámbar. Todos quedamos perplejos y luego nos sobrevino un ataque de risa que nos dejó sin aire; vimos cómo Lili quedaba roja de la vergüenza y cómo el chico la miraba con cara de pocos amigos.

—¡Perdón! —exclamó la pobre, intentando levantarse—. ¡Qué torpe soy! —se lamentaba logrando quedar en pie.

La escena que vimos después nos robó el aliento a todos. El chico, quien se levantó con total agilidad del suelo, agarró a Lilian por el cuello de su vestido con furia y gritó:

—¡Me las vas a pagar, rata de caño! ¡No tenés idea con quién tropezaste! —dijo, lanzando un golpe directamente a su mandíbula.

Quedamos perplejos. Vero y yo perdimos el color de la cara; Aísa y Ali no reaccionaban del asombro y el rostro de Isaías se transformó completamente. De un momento a otro, Rafael saltó de su lugar, interponiendo su puño entre el del tipo y la cara de Lilian. Arrancó a la pobre chica de las manos de aquel monstruo y, luego de dejarla en el piso, le asestó un golpe bajo la mandíbula que hizo al desconocido volar varios metros hacia atrás.

De inmediato llegaron los patovicas y nos echaron a todos del local, incluyendo al chico desconocido. Isaías cargó a Lili, quien estaba inconsciente, y salimos de Tijuana sin mediar palabra. Luego de caminar una cuadra, Rafael dejó a Lilín sobre un banco y miró a las dos hermanas, que aún estaban perplejas.

—¿¡Es que no pensaban ayudar a su hermana!? —les gritó, a lo que ellas se encogieron en su lugar.

—Cariño, calmate —habló Ángel—. ¿Qué podían hacer ellas? Además, no se lo esperaban. ¿Quién golpearía a alguien como Lilian? Es tan pequeña —defendió.

—Sí que podían hacer; son más fuertes de lo que aparentan —afirmó enojado.
—Perdón —pidió angustiada Aísa—. No supe qué hacer; nunca pensé que podrían atacarla —dejó escapar varias lágrimas y se sentó al lado de su hermana.
—¿Qué... qué era eso? —pregunté atónita—. ¿Por qué la atacó? Fue solo un accidente —gemí.
—Gracias, Rafael —murmuró Ali apenada, sin saber qué decir—. Gracias por salvarla. No tenías que hacerlo, muy por el contrario... —habló y bajó la mirada—. Perdón por molestarte esta noche —pidió.
Isaías quedó atónito ante la actitud de las dos hermanas y no supo qué decir. Al cabo de un rato, habló:
—Por nada. No es que se lo merezcan, pero su hermana Lilian aún no ha hecho nada malo —comentó—. Solo no lo divulguen.
—Será un secreto que se quedará entre nosotras —prometió Aísa—. Lo juro por Lucifer.
Rafael asintió con la cabeza y yo lo miré anonadada; había muchas cosas que no me cerraban en ese momento y mi mente se encontraba patas para arriba.
El resto de la noche nos la pasamos sentados en la sala de la que sería la casa de las hermanas, esperando a que la pobre Lilín despertara de su provocado sueño. Era una casa acogedora en la zona del Palacio Legislativo (siendo más exacta, en el barrio La Aguada). Toda la decoración era muy vivaz, contando con muchos tonos rojos, verdes, amarillos, violetas y un sinfín más. Lilian se encontraba recostada en su cama, mientras nosotros caminábamos por la sala o nos sentábamos en algún sofá.
Isaías estaba sentado en un sillón individual, con el ceño fruncido, la mirada intranquila y los brazos cruzados. Algo en su semblante me decía que había cosas que no le cerraban a él también y que, al igual que yo, intentaba desentrañar lo que sucedía.
—Dinos ya lo que pasa, Rafael —habló Ali—. ¿Qué era ese ser? Jamás había percibido un aura como aquella —afirmó.
—No sé lo que sea, pero sé que no es algo que yo haya visto antes —afirmó.
—Cuando lo vi tomar a Lili de aquella forma, pensé que era un lobo —dijo Aísa.

—Pero luego percibí su aura y ya no entendí lo que sucedía.
—¿Lobo? ¿Pero de qué están hablando? —intervino Verónica—. Era un chico —afirmó.
—Es una forma de decir, cariño —le contestó Isaías.
—¿Cuándo le vas a decir la verdad, Rafael? —inquirió Ali—. ¿Acaso sabe ella con quién se está metiendo? Le vas a romper el corazón, ángel bueno para nada —protestó.
—Cállate, Alouqua —advirtió Rafael, a lo que Ali gruñó.
—¿Decirme la verdad? ¿Sobre qué? —inquirió Verónica—. ¿Qué es lo que me estás ocultando, Isaías? —preguntó ella, cruzándose de brazos.
—Ves lo que provocás —rabió Isaías, dirigiéndose a Ali.
—No, no la regañes a ella; decime la verdad —exigió Vero.
—No puedo —contestó simplemente—. No puedo decirte nada porque lo tengo prohibido. ¿Sí? Por favor, ya dejá de insistir —le rogó a su novia.
—No, no me voy a quedar ignorando lo que pasa a mi alrededor cuando todo el mundo parece estar enterado menos yo —afirmó enojada—. May, ¿qué es lo que sucede? —preguntó y me miró directamente.
Miré a Aísa para pedir permiso de hablar y ella me lo concedió, así que me acerqué a Vero, viendo cómo Isaías me miraba extrañado.
—Ángel, querida, yo no lo sé todo. Recién estoy aprendiendo, y ni las hermanas ni Kelian me han querido revelar mucha cosa...
—Entonces lo has sabido todo este tiempo —me interrumpió Rafael, pero lo corté con una mirada fulminante para volver a dirigir mi atención a Verónica.
—Mirá, en este mundo hay más que solo humanos. De por sí, vos ya creés en Dios, en el Diablo, en los ángeles y en los demonios; siempre lo has hecho, ¿verdad? —ella asintió con la cabeza—. Bueno, yo te puedo confirmar que existen. Todos ellos existen, como también existen los híbridos terrenales como los brujos, vampiros, hombres lobo y demás, ¿entendés? —dije suavemente para que ella lo fuera procesando.
—Entiendo —dijo algo aturdida, mientras se sentaba en el brazo del sofá donde Isaías se encontraba—. ¿Pero cómo es que estás tan segura? —inquirió.

—Debés confiar en lo que te digo, Vero —hice una mueca—. No hay forma de explicar estas cosas sin poner un poco de fe en ello.
—Okey, seguí entonces —suspiró con resignación.
—Bueno, ahora viene lo más complicado de aceptar —dije y ella me prestó más atención—. Mis tres amigas, las tres, no son humanas —la mandíbula de Verónica cayó—. No me han dicho todavía qué son y yo no tengo los medios para saberlo, pero sí sé que no lo son. No son seres celestiales tampoco, y eso lo comprobé cuando dejé entrar a tu novio en mi habitación hace un rato —hice una pausa—. De igual forma, no sé si son demonios o híbridas, ¿comprendés? —pregunté.
—Comprendo, pero... ¿qué tiene que ver Isaías? —inquirió mientras su labio temblaba. Lo miró, a lo que él bajó la mirada.
—Isaías tampoco es un ser humano —confesé—. Es una criatura celestial, un hombre de Dios. Él es un ángel. No sé de qué jerarquía ni de qué posición, pero lo descubrí en la iglesia. Yo te lo comenté por arriba, solo que vos me lo negaste.
En ese momento, mi mejor amiga dio un salto de donde estaba sentada y se dio vuelta para mirar a su novio. Tanto Ali como Aísa se retiraron de la sala, por miedo a que la rabia del ángel, al verse descubierto, cayera sobre ellas.
—Dime que es mentira —le imploró—. Mirame a los ojos, Isaías, y decime que es mentira.
—No puedo —murmuró, subiendo la mirada hacia ella—. No puedo decirte tal cosa, puesto que no puedo mentir —confesó angustiado.
—Sos un ángel, no puedo creerlo —dijo indignada—. Eso explica muchas cosas —hizo una pausa—. Tus apariciones en cualquier parte en la que me encontrara; el que supieras todo e incluso que me advirtieras sobre cosas que pasarían; el que después de dejarte a solas con mi hermana ella sanara de su enfermedad; tu recato... todo... —su voz perdió la fuerza y se sentó en el piso, abrazando sus rodillas.
—Perdón por no decírtelo, pero es que se supone que no deben saberlo, ni vos ni Maite —explicó.
—¿Por qué? ¿Por qué me elegiste a mí? —preguntó confundida, dolida, angustiada.
—Al principio fue todo para acercarme a Maite —confesó, y me

me miró e hizo una mueca—. Para eso me encomendaron —en ese momento, Vero comenzó a llorar.

—¡Me has estado utilizando! —gritó entre sollozos, y vi cómo los rostros de Aísa y Ali se asomaban por la puerta, sorprendidas.

—No... —se acercó hacia ella intentando tomarle las manos, pero ella se las arrebató—. Al principio fue así; estaba con vos por interés pero, a medida que te fui conociendo, que compartí más y más cosas contigo, que te vi realmente, me enamoré —agachó la mirada —. Por favor, perdoname. Por favor —rogó—. Eres el ser más hermoso, bueno, alegre e incondicional con el que me he encontrado en mi vida; eres la mujer más tierna, amorosa y dedicada que he visto y, sobre todo, sos la única chica que he amado —dijo, mientras un mar de lágrimas le recorría las mejillas.

—¿Cómo he de perdonarte si toda nuestra relación se ha basado en mentiras? —preguntó ella afligida, aún ahogada en el mar de emociones que la invadían.

—Juro por Dios que jamás volveré a mentirte —afirmó con un tono suplicante.

En ese momento, Verónica lo tomó por las mejillas y lo besó; él la rodeó con sus brazos y ambos se fundieron en un beso de explícita pasión, por lo que decidí que era hora de darles un poco de privacidad y me fui con las chicas a la habitación de Lilian.

—Esos dos no van a hacer cosas sucias en mi sala, ¿no? —inquirió Aísa colocándose las manos en la cadera, y todas nos reímos.

—No lo creo; hay formas que el angelito no va a perder —respondió Ali, aún recuperando el aliento.

—Che, qué bien nos tenías oculto que sabías de los ángeles, May —acusó Aísa, pero en su mirada no había reproche alguno.

—Bueno, hay cosas que voy descubriendo de a poco y no me da tiempo para contarles todo, chicas —sonreí.

—Está bien, estás perdonada —dijo Ali riendo.

En ese momento vimos que Lilian se movía y lograba abrir los ojos. Se miró a sí misma y luego a nosotras para, después de ubicarse y percatarse de su estado, hablarnos.

—¡Mi vestido! —exclamó con un grito—. ¿Qué le pasó? —chilló consternada.

Nosotras nos tentamos de la risa, y Verónica apareció en el umbral junto con Isaías, asustados por el grito.

—No pasó nada —les expliqué a los chicos—. Lili está preocupada por el estado de su precioso vestido —afirmé.

Cuando terminé de hablar, Verónica negó con la cabeza mientras se reía e Isaías la miró con cara de incredulidad. Él se acercó a la cama de la herida y se sentó a su lado.

—Dejá que te examine —le dijo, y Lili, luego de dudarlo un poco, accedió. Rafael le examinó el golpe y los rasguños; luego le observó los ojos y le colocó las manos sobre las sienes para reparar cualquier daño cerebral. Mientras tanto, nosotras los observábamos en silencio.

—No tenés nada, solo fue un golpe muy duro —le dijo a Lili, y ella asintió.

—¿Por qué me ayudás? —preguntó ella.

—Porque vos jamás hiciste ningún mal; tu único pecado fue la vanidad, y ni siquiera a gran escala. Además, lo que te atacó es peor que vos o tus hermanas —explicó, y se levantó de la cama para colocarse al lado de su novia.

—Gracias —le dijo Lilian apenada y sonrió.

—Todos debemos descansar —afirmó Rafael—. Yo acompañaré a Vero hasta su casa. ¿Vos venís, May?

—Sí, voy con ustedes —afirmé.

—Esperá —dijo Aísa—. ¿Qué era esa criatura?

—Era un lobo, como vos dijiste —dijo Isaías—. Pero tenía sangre de ángel corriendo por sus venas —sentenció.

—Bueno, entonces, ¿a qué bando le compete? —preguntó Ali.

—A ambos —contestó Rafael, y se encaminó a la puerta mientras Vero y yo lo seguíamos.

Nos despedimos de las chicas y caminamos hasta la parada. Vero iba recostada del brazo de su novio cuando, de repente, paró en seco.

—Esa sombra... la sombra que nos observaba mientras estaba en mi habitación con May, ¿qué era? —preguntó, recordando lo sucedido.

—No sé a qué te referís —dijo Isaías, mirándola confundido.

—Sombras que me han vigilado hace ya bastante tiempo —mencioné.

—No estoy seguro de que sea, tengo una leve sospecha, lo averiguaré — luego de eso, seguimos caminando.

CAPÍTULO 13.

"Nada nos engaña tanto como nuestro propio juicio."

Leonardo Da Vinci.

»——«•◦⁕◦•»——«

La biblioteca, silenciosa como siempre, nos daba abrigo y paz para estudiar a mí y a unos cuatro estudiantes más que allí nos encontrábamos. Estudiar, supongo, es lo que hacían ellos, porque yo era incapaz de concentrarme. Por dicho motivo, me había dispuesto a garabatear mi manual de Desarrollo con flores y plantas de distinto tipo.

Mi falta de atención era causada por las revelaciones de las últimas semanas; cada vez que descubría algo nuevo, más perdida me encontraba. Mi frustración crecía a medida que pasaba el tiempo y, para colmo, no sabía nada de Kelian desde hacía casi dos semanas. Eso también me traía un sinsabor extraño: quería verlo, necesitaba evacuar mis dudas y él estaba siendo mi mentor en todo esto. Pero también quería verlo solo porque sí, porque lo extrañaba.

Había llegado ya el jueves, lo que significaba que había pasado una semana y media de los hechos de aquel turbio domingo. En ese transcurso, había hablado un poco con las hermanas a través del grupo, pero solo había visto a Lilian en clase de Matemáticas. Ella parecía completamente repuesta, como si nunca la hubieran golpeado tan brutalmente.

Con respecto a Isaías y Verónica: a ella la veía todos los días, pues veníamos juntas a la facultad; pero a él lo vi pocas veces, solo cuando la iba a buscar, y me había dirigido pocas palabras. Me frustraba no poder tener un momento para hablar con Isaías pues, si había sido encomendado para vigilarme, tendría que haber un porqué, y yo quería descubrirlo.

Por otro lado, las cosas entre ellos dos estaban bien, pero tensas. Vero me había contado que le había perdido la confianza, además de que no terminaba de procesar todo el rollo ese de salir con un ángel. El día después de enterarse se había encerrado a comer helado en su habitación y no pronunció palabra a nadie hasta pasadas veinticuatro horas. Ya a esta altura estaba mejor, pero cuando le daba muchas vueltas, se espantaba. Me confesó que si no fuera por lo muy enamorada que estaba, se hubiera marchado muy lejos.

Como si todo eso fuera poco, mi madre, quien cada vez pasaba más tiempo en casa,

pero negaba que tuviera problemas con el hijo de perra de su jefe.
El pasado martes, otra de esas escalofriantes pesadillas me había atormentado y Alejandra aprovechó la oportunidad para insistir en que buscara al condenado de mi padre. Ella, al igual que Ángel, insistía en que ese hombre sabía el porqué de lo que me pasaba. Pero yo me negaba; no quería rogarle ayuda a un hombre que ni siquiera se preocupó por criarme en los años más tiernos de mi vida.
Dejé escapar un suspiro de frustración. No quería seguir dependiendo de los demás para que me contaran las cosas. Con suma determinación, decidí que debía ponerme a investigar por mi cuenta; estaba harta de estar metida dentro de la caverna de Platón. Saqué mi laptop, la encendí y abrí el navegador; googlearía un par de cuestiones para poder desentrañar lo que daba vueltas en mi cabeza.
Lo primero que busqué fue "hijas de Lilith", pues eso me habían dicho que eran mis amigas. Leí varias páginas distintas y en todas me encontré con que Lilith era una demonia muy antigua, casi tanto como Lucifer, que luego de haber abandonado a Adán en el jardín del Edén, había procreado cientos de niños: todos ellos, o vampiros, o demonios súcubos e íncubos.
La sorpresa no cabía en mí al descubrir la verdadera identidad de mis amigas. Aunque, si me detenía a pensar, esa belleza sobrenatural tenía que servir para algo, y tenía todo el sentido del mundo que fuera para cazar. Solo me quedaba saber si eran de la clase "chupasangre", o sea vampiresas, o de la de depredadores sexuales, súcubos. Reí para mis adentros; me podía imaginar quién era qué cosa solo por cómo se comportaban en público.
Luego de procesar la nueva información, busqué mi nombre para ver si había algo que me diera algún indicio pero, obviamente, la búsqueda fue un fracaso. Desanimada, apagué la computadora y la guardé; tomé mis cosas y me retiré de la biblioteca.
Cuando me encaminaba a salir de la facultad, me encontré con Verónica, quien había quedado en pasar a buscarme a esa hora. Ella quería ir conmigo a no sé qué lugar y, puesto que recientemente había conseguido su licencia de conducir, sus padres le habían prestado el auto por unas horas ese día.

—Hola, ángel —saludé con una sonrisa.
—Hola, May —respondió con desmesurada alegría—. ¿Estás lista para un viaje algo largo? —preguntó alzando las cejas, con una sonrisa que le cubría todo el rostro.
—¿Un viaje? —pregunté—. ¿Me querés secuestrar, acaso? —acusé divertida.
—No, vamos; es una sorpresa, no me discutás —tomó mi mano para jalarme hacia la salida.
—Dame una pista aunque sea —rogué—. ¿Mamá lo sabe? —inquirí.
—Sí, lo sabe —puso los ojos en blanco—. No, no te voy a dar pistas —sonrió y me arrastró hacia el auto mientras yo encendía un cigarrillo.
Nos subimos al auto y Vero comenzó a conducir. Puso a sonar *Back in Black* de AC/DC a todo volumen y nos dedicamos a cantarla parte del camino. De esa forma seguimos canción tras canción, en una gran variedad de géneros y estilos, recorriendo las calles de Montevideo hasta que la ciudad se empezó a despoblar. Cuando caí en la cuenta de dónde estábamos, me percaté de que nos encontrábamos entrando al estacionamiento del Aeropuerto de Carrasco.
—¡¿Qué carajos?! —exclamé—. ¿Por qué estamos en el aeropuerto, Verónica? —pregunté alarmada; a esta chiquilina se le podían ocurrir las ideas más extrañas.
—Pues te dije que nos iríamos de viaje, y nos vamos —sonrió.
—¡Sí, pero creí que era a alguna parte dentro del país, no afuera! —exclamé algo histérica.
—Calmate, May, será divertido. Tu mamá ya empacó todo lo que necesitaremos y solo serán tres días —intentó tranquilizarme.
—Nada de eso, esto es una locura. ¿Pero qué les dio a las dos? —pregunté con los ojos muy grandes.
—¡Ay, May! Dejá de ser tan aguafiestas; verás que va a estar genial. Además, ya compré los dos boletos —los agitó frente a mí.
—Estás loca, loca de remate —sentencié resignada, pues sabía que nada me salvaría de hacer ese misterioso viaje.
Ella no contestó y bajamos del auto. Sacamos el equipaje, que era poco por tratarse de un viaje de tres días, y ella activó la alarma del vehículo.

Nos introdujimos en el aeropuerto, hicimos el check-in y esperamos cinco minutos a que llamaran a los pasajeros de nuestro vuelo. Un cuarto de hora más tarde, nos encontrábamos a bordo de un avión rumbo a Río de Janeiro.

El viaje duró solamente tres horas, las cuales dediqué a preguntarle a Vero el motivo del viaje; esfuerzo que fue en vano, puesto que no recibí respuestas. Por otro lado, estuve charlando con Lilian. Para matar el tiempo, le conté cómo me había visto envuelta en la travesía que estaba viviendo; ella se rio varias veces y me dijo que me cuidara, y que cualquier cosa llamara, que ella y sus hermanas me ayudarían.

Cuando por fin llegamos y nos permitieron salir del avión, fuimos directamente al hotel donde nos hospedaríamos y pedimos el servicio a la habitación para merendar algo. Luego de eso, y puesto que el hotel quedaba cerca de la playa, nos pusimos nuestras mallas y nos dispusimos a ir para aprovechar el sol y el calor clásicos de esa zona del planeta. Al volver, solo cenamos un helado, nos duchamos y nos acostamos.

—Vero, ¿me vas a decir por qué estamos acá? —pregunté finalmente, cuando cada una estaba recostada en su cama.

—Mañana lo sabrás, no seas ansiosa —susurró en tono suave.

—Está bien, pero como sea algo que tenga que ver con la iglesia... —dije, estirando las palabras.

—¡Nada que ver! —exclamó riendo—. Yo no soy un ángel, aunque ese sea mi apodo —me sacó la lengua—. Verás que esto te va a ayudar un montón.

—Está bien, intentaré creerte —musité, no muy convencida.

—Más te vale —dijo y sonrió—. Buenas noches.

—Buenas noches —respondí y, luego de un rato, caí en un profundo sueño.

Desperté por la mañana gracias al ruido del celular de Verónica; le sonaba una alarma que a ella ni siquiera lograba perturbarle el sueño. Me levanté con pesadez de la cama y apagué aquel aparatejo molesto, para luego sacudir varias veces a mi mejor amiga hasta que logré despertarla. Se refregó los ojos y me miró.

—¿Qué pasa? —preguntó aún adormilada.

—Tu alarma sonaba; creo que ha de ser por algo —respondí.

—¡Oh, sí! Hay que levantarnos, tenemos que hacer algunas cosas importantes hoy —comentó.

—Okey —contesté.

Ambas nos arreglamos con ropa fresca y ligera. Vero se puso una solera color salmón claro y yo me las arreglé con un short de tiro alto verde agua y un top negro, combinado con mis zapatillas de suela baja. Cuando estuvimos vestidas, bajamos a la sala de desayunos del hotel, donde nos esperaba un desayuno *buffet* con todo lo que quisieras comer. Desayunamos hasta quedar reventando y luego salimos a la calle.

—¿A dónde vamos? —pregunté por vez número mil.

—Vamos a alquilar un auto —sonrió—. Hoy viajaremos hasta Babilonia.

—¿Eso no es una favela? —pregunté incrédula. Esta chica estaba loca de remate.

—Pues sí, así que el auto tiene que ser viejo si queremos salir de ahí con él —volvió a sonreír, pero esta vez de forma casi diabólica.

—Sigo afirmando que estás loca —comenté, a lo que ella simplemente se rio.

Luego de un rato largo de buscar la dirección de la rentadora y de intentar hacernos entender por brasileños que no hablaban ni gota de español, logramos alquilar el dichoso auto. Nos subimos y emprendimos el viaje hasta la favela, un trayecto que no me daba buena espina.

Cuando nos adentramos en Babilonia, el escenario que vi era deprimente: casas destruidas o construidas simplemente con nylon y chapas, niños descalzos corriendo por doquier, mujeres muy delgadas y pandillas en cada esquina; eso sin mencionar que fuimos testigos de al menos cinco robos en el camino.

En el momento en que logramos llegar a nuestro destino —y eso lo supe solo porque Ángel estacionó el vehículo—, nos encontrábamos frente a una casa color verde, despintada y toda agrietada, con una puerta hecha de tablas y un gato sentado en el umbral. Nos bajamos y Vero activó la alarma. En ese momento, pregunté:

—¿Dónde estamos? ¿Qué hacemos acá? —Un escalofrío me recorrió de pies a cabeza; nada en este lugar me daba buena espina.

—Ya lo vas a entender —tocó la puerta con el puño.

Por un instante nada sucedió. No se oyó ni un ruido pero, de un momento a otro, la puerta de aquel rancho se abrió y un hombre panzón de cabellos anaranjados asomó por el umbral. El hombre nos miró extrañado pero, al verlo, mi mandíbula cayó del asombro: lo reconocí de inmediato.

—¡¿Papá?! —exclamé sin poder creer lo que mis ojos estaban viendo.

A pesar de que ahora estaba más gordo y arrugado, tenía el mismo pelo rojo y el mismo semblante que en las fotos que mamá conservaba. Además, tenía los ojos miel como los míos; eran sumamente identificables porque poseían un aro amarillo en el exterior. El hombre frunció el ceño, confundido, y nos miró a las dos de manera huidiza; luego levantó la vista y observó los alrededores como si buscara algo o a alguien.

—Padre, ¿eres tú? —lo miré fijamente. Luego miré a Vero, que estaba muy ansiosa a mi lado, y volví a clavar la vista en él—. Soy Maite.

—Pasen... —dijo simplemente, y se hizo a un lado para darnos paso.

Entramos y nos quedamos paradas frente a la puerta. Él echó el cerrojo para luego perderse por un pasillo de la casa sin decirnos nada. Adentro, la casa era modesta; tenía lo justo y necesario para vivir. Las paredes estaban agrietadas y el cielorraso algo caído en algunas partes. Observé todo el lugar detenidamente y, luego de casi media hora, hablé:

—¿Por qué me trajiste con mi padre, Verónica? —pregunté enojada.

—Porque ya es hora de que sepas, de que sepamos lo que pasa —sentenció cruzándose de brazos—. Todo bien, pero, más allá de que yo quiera a Isaías a pesar de lo que es, no es normal que un ángel esté encomendado a vigilarte. Él no me quiere decir los motivos. Tampoco es normal lo de que te persigan sombras, o que tengas amigas no humanas que aparecen de la nada —iba enumerando con los dedos los hechos que mencionaba y luego hizo una pausa —. Todo eso sin nombrar las pesadillas que te atormentan — reprochó.

—Lo sé, pero hay otras maneras —protesté haciendo un mohín.
—Las habrá o no, pero este es un recurso que tenés que agotar —me fulminó con la mirada.
Resoplé e hice una rabieta para mis adentros. Encendí un cigarrillo y, en ese momento, Gonzalo reapareció en la sala con una pequeña caja que dejó sobre la mesa.
—Siéntense —dispuso, al tiempo que él se sentaba en una silla. Así lo hicimos.
—¿Cómo me encontraste, Maite? —preguntó de la nada.
—Yo fui quien lo encontró, señor Gonzalo. Me llamo Verónica y soy amiga de May desde siempre —hizo una pausa—. Solo hice algunas búsquedas web e interrogué a algunas personas; Alejandra me ayudó.
—Así que Alejandra las ayudó... —murmuró pensativo—. ¿Por qué vinieron? —preguntó.
—Venimos a preguntarle algunas cosas; cosas que le están pasando a Maite y que no sabemos por qué. Alejandra dijo que usted podría explicarnos —habló Vero.
—Pensé que si me alejaba, me llevaría la maldición conmigo —comentó—. Son pesadillas, ¿no? Son inofensivas, después te vas a dar cuenta.
—No es solo eso —hablé por fin—. Me pasaron cosas realmente extrañas —hice una pausa—. Además, ¿qué es eso de una "maldición"?
—¿Qué tipo de cosas? —preguntó ignorando mi pregunta, y la ira me carcomía por dentro.
—Sombras que me persiguen, una sensación de miedo constante —comenté a regañadientes—. Que se me acerquen demonios y ángeles, y que ninguno me haga nada —expliqué.
—Entonces la maldición recayó en vos —comentó negando con la cabeza.
—¿Maldición? ¿Qué maldición? —volví a preguntar sin entender nada.
—Yo le llamo así; su verdadero nombre es profecía —explicó taciturno y con la mirada gacha.
—¿De qué hablás? —pregunté frunciendo el ceño.

—Existe una profecía sobre nuestra familia que viene desde hace miles de años y que nos ha condenado durante siglos a vivir en un constante calvario —respondió sombrío.

—¿Puede explicarse mejor, señor Gonzalo? —preguntó Ángel, quien estaba tan o más confundida que yo, pero a quien se le empezaba a notar la impaciencia.

—Verán, el apellido de la familia es Nazaret. ¿Dónde lo han escuchado antes? —preguntó estrechando los ojos.

—En la Biblia —comentó Vero pensativa—. Jesús de Nazaret.

—Exactamente. Eso es porque Jesús, el hijo de Dios, es nuestro antepasado.

—¿Cómo así? ¿Tuvo hijos? —pregunté incrédula.

—Sí, tuvo un solo hijo varón —respiró profundamente—. Y para que su sangre se conservara pura, parte de la profecía dice que la familia Nazaret está predispuesta a tener un solo hijo varón, un primogénito que llevara y diera sus genes a la siguiente generación —comentó.

—Pero Maite es mujer —soltó Verónica confundida—. ¿Lo eres, no? —me miró; la pobre estaba tan perdida que ya dudaba hasta de su sombra.

—Sí, lo soy —puse los ojos en blanco.

—Lo sé —dijo mi padre—. Esa es otra parte de la profecía. Nuestra familia debía continuar los genes del hijo de Dios por un solo motivo: por el enfrentamiento final —hizo una pausa—. La profecía dice que, cuando los ejércitos del infierno comandados por la Bestia 666 se preparen para tomar el mundo, su fuerza habrá superado en mil veces a la del ejército celestial. En ese momento, el momento del juicio final, solo podrá detener a las fuerzas del mal la hija primogénita de Yahvé, pues se enfrentará a la Bestia, el hijo de Lucifer, derrotándolo con un golpe certero de la espada dorada de Jehová en el corazón —chasqueó la lengua—. De lo contrario, si la hija de Dios es derrotada, las hordas del Infierno se erguirán sobre el mundo y sobre los cielos, llevando la desolación a todas partes —terminó de relatar la profecía y dio un profundo suspiro—. Más o menos así. Sé que lo relaté un tanto entreverado, pero se entiende.

Nos quedamos en silencio un rato; necesitaba procesar todo lo que acababa de escuchar.

Todo esto me parecía sacado de algún cuento de hadas o algo por el estilo, pero no aceptaba, bajo ningún concepto, que me estuviera pasando a mí.

—Y la hija directa de Dios... ¿soy yo? —pregunté sin poder creerlo; alguien me tenía que estar jugando una broma de muy mal gusto.

—Sí, Maite, sos vos. Es por eso que ambos bandos se te acercaron: para prepararte para la lucha o para disuadirte de ella, depende del bando —respondió seriamente.

—Eso no tiene sentido —espeté—. Yo no puedo luchar en una batalla y jamás lograré vencer a la Bestia. Además, tampoco sé si quiero hacerlo —dije histérica; los nervios me habían invadido por completo.

—Es lo único que te puedo decir, Maite. Me pediste una explicación y te la di. Ahora, ver cómo cumplirás la profecía o si decidís no cumplirla, esa es tu decisión y tu obligación; yo ya nada puedo hacer por vos —respondió fríamente, haciendo un ademán con la mano.

—¿Por qué me odiás tanto? —solté sin pensar, y enseguida me arrepentí; no sabía si quería escuchar la respuesta.

—Yo no te odio, jamás lo hice. No quería ser el culpable de continuar la maldición. No te quise porque no quería causarte dolor, y cuando me enteré de que serías mujer, me lamenté; tu destino es escabroso y tu sufrimiento en vida es y será enorme —hizo una pausa—. Y yo tengo la culpa de ello.

—Si era mi destino, no tenés la culpa —respondí huraña.

—Si no te hubiera concebido, el mundo ahora no dependería de un hilo —acotó.

—Tenés razón —musité, bajando la mirada y abrazándome a mí misma.

—Yo no te odio, hija —afirmó mi padre—. Tené en cuenta eso. Me fui para intentar que no pudieran localizarte, pero fracasé —su angustia era evidente.

—Está bien, no hace falta que nos torturemos más con esto —dije simplemente; realmente quería huir de ahí.

—¿Cómo está tu madre? ¿Es feliz? —preguntó con la voz temblorosa, y en ese momento sentí lástima.

—Mamá está bien, ha logrado sacarnos adelante —hice una pausa—. Y sí, creo que es feliz, pero no se ha vuelto a casar.

—Me alegro de que sea feliz —dijo y sonrió casi imperceptiblemente.
—Señor Gonzalo, lo siento, pero debemos irnos —musitó Verónica apenada y mirando su reloj. Habíamos estado tres horas en aquel lugar y habíamos rentado el auto solo por cinco.
—Oh, esperen —se levantó y tomó la caja—. Acá adentro hay algunas cosas que te van a ayudar, Maite —hizo una pausa—. Está la espada dorada, la cual despliega su hoja al presionar el diamante que tiene en la empuñadura, y también están los mapas de las puertas de entrada al inframundo y al cielo; ah, y un amuleto, bendecido por los arcángeles Miguel, Gabriel y Rafael, que te ayudará en la lucha —comentó tendiéndome la caja.
—Gracias —fue lo único que pude decir, y tomé la caja entre mis manos.
Nos despedimos de Gonzalo y nos subimos al auto inmediatamente. Salimos lo más rápido que pudimos de la favela y, en cuanto me alejé de aquel lugar, una sensación extraña me invadió. Suspiré profundamente; habían sido demasiadas emociones para un solo día.
Aunque, siendo sincera, conocer a mi padre ausente había sido lo más normal que me había pasado en los últimos tiempos. Miré por la ventanilla; presentía que algo nos estaba siguiendo, y estaba segura de que no era paranoia causada por el cansancio.
—¿Crees que nos están vigilando, Ángel? —pregunté nerviosa.
—No lo sé, pero sé que no estamos solas —contestó mientras conducía—. Desde que salgo con Isaías me he vuelto más receptiva con mi entorno —hizo una pausa—. Supongo que el hecho de que él sea un ángel tiene algo que ver —se encogió de hombros, restándole importancia al asunto.
—¿Crees que pueda, o mejor dicho, que me dejen elegir lo que quiera hacer? —pregunté cambiando de tema y mirando hacia todas partes.
—No lo sé, pero vas a necesitar el apoyo de todos los que te queremos, May —afirmó.
En ese momento detuvo el auto en seco. Una criatura con cuerpo de serpiente y cara humanoide apareció de la nada. A diferencia de la última quimera que me había abordado, esta era completamente blanca.

Grité entrando en pánico, la última vez que una quimera blanca apareció, yo terminé inconsciente.

CAPÍTULO 14.

"El que busca la verdad corre el riesgo de encontrarla."

Manuel Vicent.

»——«•◦❋◦•»——«

Nuestra sorpresa fue mayúscula cuando caímos en la cuenta de que aquella quimera no pretendía atacarnos. Por el contrario, (como se suponía que debían ser las funciones de aquel tipo de criaturas), solo estaba encomendada a entregarme un mensaje. Este consistía en tan solo tres palabras: "Ya es hora". Lo repitió exactamente tres veces y se desvaneció.

Verónica, totalmente anonadada, abrió y cerró la boca varias veces, cual pez fuera del agua. Luego de unos minutos, y sin mediar palabra alguna, puso en marcha nuevamente el motor. En completo silencio, nos dispusimos a largarnos rápidamente del lugar.

Transcurrieron varias horas entre ese suceso y el momento en que me encontraba sumergida en la piscina del hotel, tratando de sentirme una persona normal, aunque sea por un rato. Aunque intentaba relajarme mientras flotaba en el agua, aquello me resultaba una misión imposible. Mi mente era un caos, un nudo marinero que se apretaba más con cada minuto que pasaba. Las palabras de Gonzalo iban y venían en mi cabeza como moscas al azúcar en el mes de enero.

Intenté incansablemente pensar en animalitos tiernos, paisajes, bromas, chistes; recordar mi infancia o analizar el hambre en el mundo y sus posibles soluciones. Ninguno de los temas que le proponía a mi cerebro pudo evitar que mi mente recayera, una y otra vez, en la maldita profecía.

Cansada de intentarlo, decidí salir del agua e irme a cenar sola, puesto que Vero me había dicho que deambularía un rato por la ciudad. Ella también tenía mucho en qué pensar; no solo mi vida estaba siendo afectada por esta maldita maldición. Porque, en ese sentido, estaba de acuerdo con Gonzalo: esta profecía era una condenada maldición.

Suspiré con frustración. No quería arrastrar a Vero a esto, pero era imposible, y ahora estaba allá afuera, sola, intentando procesar esta porquería. Era completamente consciente de que era peligroso que anduviera sola por un lugar desconocido, pero comprendía que necesitaba espacio luego de todo lo que había pasado hoy, y no solo hoy, sino en las últimas semanas.

Ensimismada en mis pensamientos, salí de la piscina. En ese momento, debido a mi falta de atención, resbalé en el borde y dejé escapar un grito. Vi cómo lentamente mi cuerpo caía hacia atrás, sin que nada pudiera detener la caída. Cuando estuve a punto de dar contra el suelo, unos brazos fuertes me atraparon, impidiendo que me hiciera daño. Miré a mi salvador, el cual tenía una auténtica cara de susto que recompuso rápidamente.

—Muchas gracias —alcancé a decir mientras me incorporaba y mis mejillas se teñían de un intenso color rojo.

—Por nada —sonrió—. Deberías andar con más cuidado —sugirió, regalándome una sonrisa.

—Lo sé, soy una despistada —lamenté, bajando la mirada.

—Todos tenemos defectos —sonrió con todos los dientes—. Por cierto, soy Benjamín, pero me dicen Ben —se presentó.

—Un gusto, soy Maite, pero me dicen May —sonreí, sintiéndome un poco tonta.

—El gusto es mío —dijo con galantería.

Tomó mi mano, la besó en el dorso a manera de despedida y se perdió caminando dentro del hotel. Lo observé atentamente hasta que lo perdí de vista: sus ojos eran tan dorados como el oro y su sonrisa, blanquísima. Su cabello era de un castaño claro perfecto, que casi parecía rubio, y su altura rondaría el metro setenta y cinco. Tenía hombros anchos y un caminar firme, pero delicado al mismo tiempo. Si alguien me hubiera preguntado de chica cómo se vería mi príncipe azul, muy probablemente lo hubiera descrito con una semejanza extraordinaria. Estaba más que claro: había quedado prendada de él.

Cuando me di cuenta de que estaba parada como una idiota mirando a la nada, me apresuré a subir a mi habitación. Una vez allí, luego de ducharme y ponerme ropa cómoda, pedí la cena y comí sola. Dos horas más tarde, y tras fumarme un cigarrillo, me acosté a dormir, extrañada porque Verónica aún no había regresado.

-

A la mañana siguiente, cuando desperté, me encontré con que Vero estaba recostada en la cama, pero de forma inversa y aún vestida con la ropa de calle. Su sueño era pesado, su maquillaje estaba corrido y su cabello, totalmente enmarañado.

Miré la hora: eran las once y cuarenta y cinco. Me levanté y me vestí para poder conseguir algo del desayuno buffet.

Regresé a la media hora con una bandeja llena de medialunas de jamón y queso, alfajores, jugo de naranja y café; era obvio que Vero no se levantaría a tiempo para el desayuno. Dejé la bandeja en su mesa de luz y, luego de ir al baño, decidí despertarla. Me acerqué y la sacudí varias veces hasta que reaccionó.

—Vero, Vero, despertate —repetía yo.

—¿Ah? —dijo abriendo los ojos—. ¿Qué hora es? ¡Auch! —exclamó y se agarró la cabeza—. Mi cabeza... me duele —se quejó.

—Verónica, ¿dónde estuviste? ¿Estuviste tomando? —hice una pausa —. Y no me mientas —inquirí severamente.

—Es que... ¡ay! —se agarró la cabeza—. Sí, bueno, puede que se me pasara un poco la mano con las copas —lloriqueó.

—Verónica, ¿¡cómo te vas a emborrachar en una ciudad desconocida!? ¡Pero vos estás loca, mujer! —regañé elevando el tono.

—Perdón —pidió—. Es que me sentía agobiada y me refugié en el alcohol. Perdón, ¿sí? Pero ya no grites —explicó haciendo una mueca de dolor, y cerró los ojos.

—No son excusas —sentencié, entregándole un ibuprofeno que tomó con el jugo de naranja.

—Oh, dejá de regañarme, ya me siento bastante mal —rompió en llanto y la miré absolutamente sorprendida.

—Mujer, una borrachera no es para que te largues a llorar —intenté calmarla, sin comprender el motivo detrás de sus lágrimas.

—La he cagado—sollozó.

—¿Qué cagaste? ¿Qué hiciste? —pregunté aún sin entender, pero lo suficientemente asustada para saber que algo andaba muy mal—. Vero, decime, ¿qué hiciste?

—La cagué, la cagué de verdad esta vez, May —sollozó.

—¿Por qué? ¿Qué pasó? —volví a indagar, ya entrando en pánico.

—Lo engañé —lloriqueó.

—¿Qué? —pregunté sin entender.

—Lo engañé... engañé a mi novio —aquellas palabras salieron atropelladas de su boca y mi mandíbula cayó por la sorpresa—. ¿Qué voy a hacer? ¿Cómo lo voy a mirar ahora? ¿Cómo se lo voy a decir? —preguntó desesperada.

—¿Pero cómo? —hice una pausa—. ¿Por qué lo hiciste? Estás loca... ¿Qué fue lo que pasó por tu cabeza? ¿Qué te hizo Isaías para merecer tal cosa? —inquirí con desaprobación; jamás habría esperado algo así de ella.

—Nada. Es que yo... yo no quería engañarlo —su cuerpo se estremeció violentamente ante un ataque de llanto—. Un chico me dijo que podía mostrarme las vistas más lindas de la ciudad y yo, borracha y boba, le creí —se ahogó un poco en sus lágrimas y yo le pasé un pañuelo descartable—. Me subí a su coche y seguimos tomando hasta llegar al Cristo Redentor —hizo una pausa—. Entonces él me besó. Yo me negué, pero volvió a besarme violentamente; me mareé y le seguí el beso. No sé por qué, ni siquiera quería —gimió—. Y todo pasó a mayores... Fue horrible, porque mi cuerpo hacía todo lo contrario a lo que yo quería. Yo estaba consciente, pero mi cuerpo no respondía a mis órdenes; era como si estuviera poseída. No tenía ningún tipo de control, estaba prisionera en mi propio cuerpo. En realidad, no lo entiendo... —sollozó y bajó la cabeza—. De todas formas lo engañé, físicamente lo engañé —sollozaba tanto que, por lapsos cortos, se quedaba sin aire.

—Por el amor de Dios, ¿qué me estás contando? ¡Eso es horrible! —murmuré espantada ante la escena descrita. Me estremecí varias veces y la abracé—. Cariño, sos tonta, rematadamente tonta —hice una pausa—. Pero no lo engañaste —expliqué en tono dulce—. Eso no fue consentido; si no diste tu consentimiento, entonces es una violación.

—Pero yo fui ahí... —su cuerpo se sacudió por una nueva oleada de llanto.

—No, corazón —dije intentando calmarla—. Vos fuiste ahí a mirar la ciudad, ¿no es así? —asintió—. Y no querías que pasara nada de eso, y cuando sucedió no podías dominar tu cuerpo, ¿no es así? —volvió a asentir como una nena chiquita—. Entonces vos no lo engañaste, Ángel; vos fuiste víctima de un abuso —expliqué abrazándola más fuerte—. Una forma extraña de abuso, pero abuso al fin.

—Pero... pero... —tembló—. Isaías... —su voz se apagó.

—No sé cómo lo va a tomar cuando se lo digas —hice una pausa—. Bueno, si es que ya no lo sabe... —suspiré—. Pero, en todo caso, si te ama debe comprender que lo que viviste fue una violación y que no tenías intención de engañarlo.

—Eso es lo que más me preocupa: que me haya visto o algo. No sé, él es un ángel —sollozaba—. No comprendo cuál es el límite de lo que puede hacer, ver o sentir.
—Calmate. Seguro que él te va a creer; confiemos en que sí y en que no sepa nada, así podés contarle tu versión de los hechos —dije intentando tranquilizarla.
—Me va a odiar —repetía desconsoladamente.
—No lo hará, vas a ver. No fue tu culpa, fuiste violada, Vero, por Dios —susurré acariciándole el cabello.
—Jamás me perdonará —murmuró abatida.
—Sí que lo hará, vas a ver. Él tiene un gran corazón; al fin y al cabo, es un ángel.
—Yo no me perdonaría —sentenció de forma críptica.
No pude más que abrazarla y dejar que se desahogara hasta que no le quedaron más lágrimas en el cuerpo. Luego de eso, la obligué a bañarse y a desayunar, puesto que tenía un aspecto espantoso. La saqué a la zona de la piscina y me esforcé por hacer chistes y hacerla reír, pero todo fue en vano; no lograba sacarle ni una sonrisa. Era una sombra de la Vero que yo conocía.
—Ángel, tenés que sonreír, no podés estar así —intenté animarla, y estiré la mano para acariciarle la mejilla.
—No tengo ganas de sonreír —dijo simplemente, y algo en mi pecho se hundió. La entendía.
—Dale, vamos —volví a intentarlo—. Estamos en Brasil; no se va a enterar, si es lo que te preocupa —comenté, sabiendo que el hecho de que su novio se enterara era el problema más pequeño que ella tenía ahora.
—Eso vos no lo sabés —comentó simplemente.
Suspiré con resignación; estaba más que claro que nada podría hacer yo por ella, y realmente no la culpaba. Todo lo que le había sucedido era completamente traumático, sin mencionar los problemas que tendría que enfrentar en el futuro. De igual forma estaba preocupada: no sabía qué hacer ni qué decir. Tenía que respetar los procesos de Verónica, pero por dentro moría de ganas de arrancarle la garganta al malnacido que le había hecho eso.
Mientras me encontraba inmersa en mis pensamientos, vi cómo Benjamín aparecía en el patio y cómo, de inmediato, se percató de mi presencia. Se acercó a

nosotras, luego de pedir dos cócteles al mesero, y nos los entregó.
—Señoritas —saludó con cortesía.
—Ben —saludé—. Ella es Verónica, mi mejor amiga.
—Un gusto, soy Benjamín —dijo sonriente.
—El gusto es mío —respondió Vero, esbozando una sombra de sonrisa.
—Os veo algo alicaídas, ¿puedo ayudaros en algo? —preguntó.
—Si tienes un arma, matame —afirmó en tono críptico la rubia.
—¡Ángel! —regañé—. Perdón, es que no ha tenido un buen día.
—No pasa nada —musitó cortés y sonrió un poco incómodo—. ¿Ángel? Un apodo bastante peculiar, diría yo —estrechó los ojos, pensativo.
—Me lo puso May; ella afirma que me veo como una —explicó Vero, restándole importancia.
—Yo diría que te ves más como un hada, con el cabello rubio y los ojos verdes. Sí, un hada de los bosques del norte. Los ángeles son bellos, pero no tan cálidos —comentó como si nada y logró que Vero esbozara una tímida sonrisa; a ella le gustaban las hadas. Sin embargo, a mí me llamó la atención otra cosa.
—¿Cómo sabés eso? —pregunté frunciendo el ceño.
—Solo por las historias —explicó sonriendo un poco nervioso, pero se encogió de hombros para restarle importancia.
—Conocés los mundos ocultos, ¿verdad? ¿Hablaste con esos seres? —inquirí, irguiéndome en mi asiento.
—¿Qué díces? Solo son historias —entonces fue él quien frunció el ceño.
—Apostaría una mano a qué me estás mintiendo. Sabía que había algo raro en vos y ahora me doy cuenta: sos demasiado perfecto para ser humano —afirmé, mientras esa revelación me atravesaba como un rayo—. Vos no sos humano —acusé poniéndome de pie, con una sonrisa ladeada.
En ese momento, Verónica me miró como si yo estuviera loca. Claro, no era loco pensar que, como me estaban pasando todas estas cosas raras, yo me estuviera volviendo paranoica. Pero en este caso estaba segura de que no era así: su semblante, el aire a su alrededor, la elegancia de su caminar... todo me hacía acordar a la belleza sobrenatural de las tres hermanas hijas de Lilith. Benjamín, por su parte, se mordió el labio inferior y demoró un poco en contestar. Se lo veía nervioso.

—Está bien —suspiró sorprendido—. Tal vez no soy humano, pero la pregunta es... —se acercó peligrosamente a mí, estrechando los ojos—. ¿Cómo es que sabrías eso tú?

—Convivir con ángeles y demonios te vuelve un poco más perceptiva —afirmé con suficiencia, y él palideció.

Benjamín, que parecía un chico muy alegre, ensombreció sus gestos. El pobre muchacho, sorprendido, abrió y cerró la boca varias veces, frunció el ceño y, cuando terminó de sacar conclusiones (o lo que fuera que pasara por su mente), finalmente habló.

—No es posible que tu tengas contacto con dichas criaturas —reclamó—. Eres solo una humana.

—Ahí está, te acabaste de desenmascarar solito —me reí por lo bajo—. No sos humano —dije triunfante—. Además, no soy tan humana —agregué, pensando en la sangre de Jehová que corría por mis venas.

—Ajá, ¿y qué eres? Porque a mí me parecés de lo más normalita —afirmó con una sonrisa ladina.

—Soy una heredera; será lo único que te voy a decir —escupí, ya un poco enojada ante su actitud.

—¿Y ella? Porque si hablás delante de ella es porque sabe la verdad —inquirió.

—Ella es humana, pero su novio es un ángel —informé.

—¡Ay, no me lo recuerdes! —gimió Verónica angustiada mientras observaba la discusión.

—Eso no es posible; está prohibido que los ángeles mantengan relaciones sentimentales o carnales con los seres terrenales —argumentó, levantando las cejas y cruzándose de brazos.

—¿Cómo decís? —preguntó Ángel, levantándose de su lugar—. ¿Vos lo sabías, May? ¿Cómo es posible? ¿Por qué no me dijeron nada?

—Sí, Ángel, yo lo sabía. Nadie te lo dijo porque no queríamos que entraras en crisis, pero tu novio va a tener que optar entre caer... —suspiré— o abandonarte —le expliqué a mi amiga lo más despacio que pude.

—Eso no es posible, es injusto —pateó el suelo con ira—. ¡Tiene que existir una solución! —exclamó con un mohín.

—No hay solución, te lo digo por experiencia propia —dijo él, mirándola seriamente.

—¿A qué te referís con eso? —pregunté, curiosa, y encendí un cigarrillo que saqué del bolsillo.

—Por eso es que no soy humano —respondió con una mueca—. Les voy a contar esta historia solo para que ella no se haga ilusiones indebidas —hizo una pausa y tomó aire—. Mi padre fue famoso durante eones, mencionado en la Biblia incontables veces y un guerrero fiel de Dios. Mi padre es un arcángel, cuyo nombre no voy a revelar en este momento...

—Un arcángel —murmuré.

—Ajá —asintió—. Mi madre, por otra parte, es humana y vive hoy tranquilamente con sus cincuenta años, con las características de cualquier persona de su edad. De todas formas, les contaré el porqué y luego las consecuencias.

—Bien —asintió Vero a mi lado.

—El arcángel del que les hablo —continuó Ben— es uno de los primeros hermanos, hijos de Dios, que tuvo Lucifer mientras estaba en el cielo; y su relación, aunque compleja dada la vanidad del Diablo, era muy estrecha. Cuando Lucifer cayó, mi padre se entristeció mucho, a pesar de haber luchado en el bando contrario al de su hermano mayor. Por eso no quiso perder el contacto y, luego de miles de años, logró comunicarse con él. El Rey de la Oscuridad no lo recibió con mucha alegría, pero después de un tiempo pudo perdonarlo; cada unos cientos de años se encontraban solo para charlar, sin mencionar sus diferencias. Pronto crearon el hábito de retarse y hacerse bromas; la mayoría eran chiquilladas, pero la última de Lucifer fue la que provocó que, hace exactamente veintitrés años, terminaran sus relaciones... —su voz se extinguió.

—¿Qué pasó? —preguntó ansiosa Verónica.

—Lucifer —continuó Ben—, harto de la pureza y la inocencia de su hermano, decidió obligarlo a perderla. Para ello, aprisionó a la mejor amiga de su hermano, una ángel guardián llamada Leuviah, y le dijo que la liberaría si, y solo si, él perdía la pureza con una dama que el mismo Lucifer eligiera. Mi padre rogó que no lo hiciera elegir pero, al final, no pudo más que aceptar el trato y se acostó solo una vez con una muchacha española, recurriendo a oscuras estratagemas...

—Y supongo que el resultado de todo eso fuiste vos —intervine.

—Exactamente —afirmó—. Nací sin padre, sintiéndome completamente distinto a los demás niños. A mis cinco años el arcángel se enteró de mi existencia por medio de una nota entregada por una quimera oscura. Desde ese momento veo a mi padre una o dos veces por año, cuando me entrega algo o me da algún consejo de vida; pero me mantiene oculto, pues mi mera existencia provocaría su caída.

—Es horrible que no puedas estar con tu padre —se compadeció Verónica.

—Lo siento mucho —afirmé con pesar.

—Es por eso que les advierto, en especial a ti —dijo mirando a Vero, quien asintió.

—Estuvo bastante mal lo que hizo Lucifer —comenté e hice una mueca.

—No sé si estuvo mal —dijo él—. Yo no le guardo rencor, pues no hubiera nacido de lo contrario —se encogió de hombros—. Además, mi madre siempre cuenta su amorío como lo mejor que le pasó. Lo que es horrible es la rigidez que hay para con esas cosas en el plano celestial.

—Entonces, ¿sos un *nephillim*? ¿No? —pregunté de sopetón.

—Sí, es exactamente lo que soy: un híbrido entre el cielo y la tierra, y uno de los seres más solitarios. El cielo nos niega, el infierno nos rechaza, los híbridos del infierno nos ven como peligrosos para sus actividades y los seres humanos se nos apartan, pues somos demasiado para ellos —mencionó melancólicamente.

—Lo siento mucho —hice una mueca de lástima—. Bueno, contá con nosotras, ¿verdad, Vero? —miré a mi amiga.

—Claro, no seremos perfectas, pero al menos no abandonamos a quien nos necesita —sonrió.

—Gracias, chicas. Son muy amistosas, tratándose de un completo desconocido —observó.

—Nuestra vida se ha llenado de completos desconocidos que resultaron buena gente, así que bienvenido al club de los bichos raros —sonreí y todos reímos.

Conversamos por horas con Ben. Era un tipo muy agradable, con un pequeño acento español. Nos contó que estaba recorriendo el mundo y relató varias anécdotas graciosas de sus viajes, tanto naturales como sobrenaturales.

Luego comentó que ya estaba terminando su tiempo ahí y que su próximo destino era Montevideo.
—Así que vas a nuestra ciudad —comenté—. Bueno, te vamos a hacer de guía turística —ofrecí.
—Sí, yo conozco todos los lugares divertidos de la ciudad —dijo emocionada Vero, y sonreí; al menos la charla la estaba ayudando a distraerse—. Y ella todos los aburridos, tipo museos y esas cosas —comentó entre risas.
—¡Oh, vamos! ¡Son muy interesantes! —exclamé riendo.
—A mí me parecen interesantes de verdad; estaría encantado de aprender la historia de tu país con vos —sonrió, a lo que yo me ruboricé.
Hacía rato que él me venía tirando indirectas, pero esta invitación había sido muy clara.
—Bueno, creo que tengo que subir, chicos —habló Verónica—. ¡Tengo hambre! —exclamó y se frotó dramáticamente el estómago; luego soltó una risita y se fue rápidamente. La intromisión de Ben en nuestra tarde había servido para que Ángel se distrajera; eso era bueno en todo sentido.
—Bueno, creo que tu amiga estaba realmente hambrienta —dijo Ben riendo.
—Oh, sí, claro... claro —musité avergonzada, sabiendo que ella había hecho eso solo para dejarnos a solas.
—¿Vas a salir conmigo en cuanto vaya a tu país? —preguntó levantando una ceja, con los ojos llenos de esperanza.
—Lo haré —respondí, completamente roja.
—Perfecto —sonrió—. Prometo que no te vas a arrepentir —tomó mi mano y la besó en el dorso.
Nos quedamos un rato más hablando; luego intercambiamos números de teléfono y, minutos después, él se despidió caballerosamente y yo me fui a mi habitación. Al entrar, vi que Verónica hablaba por teléfono con su tono de voz hecho un hilo.
—“Sí, cariño... sí, lo sé... Me cuido. Mañana viajamos... Ajá... yo también te quiero. Besos” —cortó.
—¿Está todo bien? —pregunté al reconocer con quién hablaba.
—Sí, creo que él no se ha enterado; por lo menos no me dijo nada —dijo alicaída.
—Bueno, son buenas noticias entonces —sonreí.

—Eso creo —asintió—. Y a vos, ¿cómo te fue? —preguntó con renovado entusiasmo; le encantaba hacer de casamentera.
—Creo que tengo una cita —sonreí.
—¡Me alegro mucho! —exclamó—. Pero, ¿y Kelian? ¿No estabas saliendo con él? —preguntó.
—Oh, no, nunca salí con él. Salíamos como amigos porque él me cuenta cosas sobre los mundos, pero nada más... —expliqué rápidamente y sonreí con todos los dientes—. Él está interesado en todo lo que camina menos en mí —me reí nerviosamente al terminar.
—Pero te gusta —comentó ella, enarcando una ceja.
—Gustarme no; solo lo encuentro apuesto —contesté simplemente.
—Ajá, contame otro cuento —dijo y se rio.
El resto de la velada nos distrajimos hablando de varios temas y sopesando toda la información que habíamos descubierto. Tenía un montón de cosas por averiguar aún, pero la clave de todo esto ya la sabíamos: yo debía derrotar al hijo de Lucifer y permitir que Dios reine, o hacerme a un lado y dejar que las hordas infernales se hagan con el poder. A partir de ese momento, la decisión estaba en mis manos, pero necesitaba saber más, investigar más para poder tomar la decisión más importante de mi vida.
Esa noche nos fuimos a dormir temprano y, durante la madrugada, las pesadillas volvieron a asolar mis sueños. Como era costumbre, las condenadas pesadillas hicieron imposible que descansara; ya me estaba resignando a eso.

Al día siguiente nos levantamos a armar las maletas y, para el mediodía, mi padre fue a visitarme. Se había olvidado de decirme que yo tenía el derecho de exigirle a los ángeles una asamblea a solas con Dios; dato que recibí de muy buena gana. Era bueno saber que podría interrogar a una de las partes principales antes de decidir.
La tarde la pasé junto a Benjamín en la piscina, planificando el recorrido que haríamos cuando fuera a Montevideo y, a la hora de ir al aeropuerto, él nos acompañó para despedirse.
Cuando llamaron a los pasajeros, nos saludamos, pero en el instante en el que iba a cruzar la puerta hacia la pista, él me tomó por el hombro.

—Espera —dijo, atrayéndome hacia él y besándome en los labios. Me tomó unos segundos procesar lo que estaba sucediendo pero, al cabo de un momento, correspondí al beso.

—Nos vemos —afirmó al separarnos. Ambos sonreímos; yo me alejé de él y corrí hacia el avión, pues ya no había más tiempo.

CAPÍTULO 15.

"El amor no es algo que has de encontrar, sino algo que te encuentra a ti."

Loretta Young.

»——«•◦❋◦•»——«

La tercera semana de junio trajo consigo fuertes vientos y tormentas de una magnitud colosal. Gracias a eso, todo el país se había mantenido bajo alerta roja. A mí no me había quedado más remedio, en dichas circunstancias, que permanecer todo ese tiempo hibernando en mi cama. Hacía semanas que había regresado de Brasil y a la única que había visto luego del viaje era a Verónica, y eso se lo debía agradecer a la facultad.

Las hermanas se habían ido de viaje a quién sabe dónde, pues no me lo quisieron decir. Sobre Kelian no tenía noticia alguna. Y de la gente de la congregación, solo había hablado con Luvia, quien me informó que debería reunirme con ellos pasado el temporal, pero no supe nada más. De lo único que estaba enterada era de que Isaías no sabía aún que había sido "engañado", y que Verónica todavía no tenía idea de cómo contarle la verdad.

Mi madre, por su parte, había pasado mucho tiempo en casa, pero se la pasaba leyendo periódicos y cosas por el estilo. Esto me preocupaba, pues no era su costumbre. De igual forma, no había manera de que me contara lo que estaba sucediendo. Siempre había sido así entre nosotras: ella me protegía de todo lo que creía que podía hacerme daño, aunque no se diera cuenta de que su sufrimiento en silencio me dolía más que cualquier cosa que tuviera para contarme. Ella, por su parte, sí me había interrogado sobre mi padre; quería saber cómo se encontraba y si estaba bien de salud. Cuando le describí con quién me había encontrado, pareció satisfecha con la respuesta.

Con Benjamín sí había mantenido un contacto fluido. Me ponía al tanto de la situación en Brasil, de lo que hacía o me contaba cosas sobre los mundos que yo no sabía y que, a pesar de que fueran puro cotilleo, eran divertidas. Él me prometió que llegaría el veinticinco de junio, así que solo faltaba una semana para verlo. Aquello me tenía muy ansiosa; desde la despedida en el aeropuerto, aquel beso no dejaba de rondar en mi mente como un cortometraje infinito. Se había vuelto una droga mental.

Contaba las horas y los días para poder volver a verlo. Junto a él podía pasar todo el tiempo del mundo y no pensar en que este dependía de mí. Tenía un no sé qué que me embriagaba y, estando cerca, no podía pensar en nada más.

Esa tarde de viernes, mientras estaba viendo un capítulo de *Los Simpson* y fumando un cigarrillo, mi teléfono sonó. Lo tomé y, para mi sorpresa, el nombre que aparecía en la pantalla era el de Kelian. Contuve la respiración por unos segundos, desconcertada por su reaparición luego de casi un mes de absoluto silencio. El mensaje era corto y claro:

—"Abréme, hay un viento ártico acá afuera".

Me sobresalté. Él siempre me agarraba despeinada y embutida dentro de algún pijama ridículo que me hacía ver como una nena tonta. Tomé el cepillo e intenté arreglarme el pelo, pero fue en vano: solo tomó volumen y quedé hecha una réplica del *Rey León*. Zapateé el suelo, frustrada, y como sabía que debía estar furioso porque lo estaba haciendo esperar, me encaminé hacia la puerta con mi cabello revuelto y mi pijama de ositos y estrellas.

—Pasá —dije de inmediato al abrir la puerta.

—Siempre tan elegante, Gorriona —canturreó en tono de burla mientras se metía en el living.

—Oh, no empieces —me quejé echando el cerrojo.

—¿No empezar con qué? ¿Con halagar tus dotes para la moda? —preguntó irónicamente—. Te sientan bien los ositos Teddy y... —hizo una pausa— estoy seguro de que ganarías un concurso de peinados afro de mal gusto —dijo enarcando una ceja, a lo que yo gruñí.

—¡Sos insoportable! —exclamé, ya roja por el enojo.

—Lo sé, pero aun así me querés —afirmó desplomándose en el sofá.

—Yo no te quiero —repliqué a la defensiva, cruzándome de brazos.

—Sí, claro —sonrió burlón—. Decime que tenés un mate o un café, o voy a morir congelado —se quejó haciendo una mueca.

—No te lo merecés —respondí. Tomé el termo y el mate que había estado usando mientras miraba televisión y cebé uno para él. Le dio un sorbo y luego habló.

—Perdón por desaparecer —pidió finalmente, y lo miré sorprendida—. Tuve muchos asuntos por resolver —explicó, demasiado escuetamente para mi gusto.

—No te preocupes —respondí simplemente, puesto que no podía reprocharle nada—. ¿A qué viniste? —pregunté sentándome en el sofá individual.

—Quiero saber si descubriste algo más, aunque algunas cosas las sé por mis primas —se encogió de hombros y sonrió; esa condenada sonrisa que parecía ejercer una fuerza gravitatoria sobre mí—. Cómo te fue en la congregación y si tenés dudas —hizo una pausa —. Además, después de eso, tengo que contarte algunas cosas.

—Bueno, en la congregación creo que me fue bien, pero no entendí qué fue lo que sucedió ahí, porque el ritual lo hicieron en latín —comenté, recordando las extrañas palabras.

—¿Qué era lo que decían? —preguntó frunciendo el ceño.

—*Pater noster, Filium tuum Dominum nostrum, et omnia, quae induxisti comitatu animam tuam et da illi partem tueri. Haec Domini quod datum est tibi praesentari* —respondí a su pregunta, repitiendo las palabras exactamente como las había escuchado—. ¿Qué significa todo eso?

—Significa: "Padre nuestro, señor de todo y de todos nosotros, hemos hecho tu voluntad; te hemos traído esta alma para que forme parte de tu séquito y le des abrigo. Ella, Señor, la que se da a ti, se presentará" —tradujo y se quedó pensativo—. Te encomendaron al Señor y vos aceptaste pertenecer a sus filas; sos parte del ejército celestial —dijo enarcando una ceja, mientras una sonrisa de amargura se extendía en su rostro.

—¿¡Qué!? —exclamé—. Pero yo creí que era solo una presentación. Yo no elegí de parte de quién estoy aún —dije, fuera de mí.

—Pues te engañaron, no te dejaron elegir con libertad —recalcó—. Un clásico —rodó los ojos. Se lo notaba sumamente molesto, pero intentaba que no saliera demasiado a la luz.

—¿Hay forma de revertirlo? —pregunté angustiada—. Maldito Isaías —farfullé.

—El arcángel te la jugó bien. No hay forma de revertirlo, solo cometiendo traición y cambiando de bando —explicó, mientras su mirada se ensombrecía.

—¿Isaías es un arcángel? Pensé que solo era un ángel —comenté, absorta en mis pensamientos; mi mente era un caos absoluto.

—¿Sabés entonces el secreto de la congregación? —preguntó Kelian arqueando las cejas.

—Sí, todos son ángeles. Lo descubrí en medio de la ceremonia —contesté, con la mirada perdida.

—¿Y no te diste cuenta de que Isaías Rafael es el arcángel Rafael? ¡Por Lucifer, qué lentitud! —dijo golpeándose la frente con la mano.
—El arcángel Rafael —repetí anonadada—. Por el amor de Dios.
—Sí, Gorriona, un arcángel de miles y miles de años de antigüedad le ha estado haciendo mimitos a tu mejor amiga —afirmó sonriendo en tono burlón. Yo no supe si reírme de lo absurdo, escandalizarme o simplemente salir corriendo y alejarme de aquella locura.
—¡Qué fuerte! —exclamé aún sorprendida y me reí.
—Es un ser muy hábil, tenés que tener cuidado con él —advirtió—. Ya te la jugó muy bien, tenés que mantenerte alerta.
—Comprendo —asentí con la cabeza—. Lo haré.
—¿Tenés algo más que contar, Gorriona? —preguntó Kelian y me regaló una sonrisa.
—Ehm, sí, me pasaron algunas cosas más —tomé aire—. Vinieron dos quimeras más a entregarme mensajes. Sí, quimeras; tus primas me dijeron que así se llaman. Una de ellas, la oscura, me entregó un papel en blanco —alcancé mi billetera, que estaba sobre la mesa de luz, y saqué el papel para dárselo—. Pero no tengo idea de lo que signifique. Y otra blanca apareció en el viaje a Brasil que hice hace unas semanas, la cual me dio el mensaje de "Ya es hora"; que tampoco tengo idea de lo que signifique —terminé de hablar y tomé aire.
Seguramente para él yo parecía bastante tonta pero, para mí, todo esto era demasiado.
—Bueno, en primer lugar, el mensaje de la quimera blanca es claro: ya se está acercando el día en el cual deberás cumplir tu destino, y ese destino implica un gran sacrificio —hizo una pausa y la palabra *sacrificio* quedó resonando en mi cabeza—. Y el mensaje de este papel se lee a través del fuego —sacó su encendedor e iluminó por debajo de la nota.
—"En cuanto estés preparada, ven; te recibiré como una célebre invitada" —leí la nota y parpadeé varias veces—. ¿Es una invitación? ¿De quién?
—Sí, Lucifer cordialmente te está invitando a que vayas a sus dominios —sonrió con suficiencia.
—Guau, me siento halagada —sonreí—. ¿Cómo sé cuándo voy a estar lista para ir?

—Cuando no tengas más dudas y sepas la verdad de todo lo que te rodea, Gorriona —respondió—. ¿Algo más que deba saber? ¿A qué se debió tu viaje a Brasil?
—Mmm... —me quedé mirando a la nada y, luego de un rato, contesté—: Fui a buscar a mi padre. Bueno, más bien Verónica me llevó a rastras hasta él —me reí con desgano—. Ahí descubrí que... —dudé un poco antes de hablar; no sabía cuál sería la reacción de Kelian— descubrí que soy la hija directa de Dios por herencia de sangre, descendiente de Jesús de Nazaret, y que mi vida está envuelta en una profecía —lo miré a los ojos firmemente—. ¿Es eso cierto, Kelian? ¿Nací para matar a la Bestia, el único hijo de Lucifer? ¿Fue para eso que nací?
En cuanto terminé de hablar, el rostro de Kelian se desfiguró por el horror. Pero en él no había asombro; por el contrario, existían rastros de melancolía y desprecio en sus facciones. Tomó aire y lo dejó escapar lentamente, recuperando la compostura.
—Si supieras quién es y cómo es el hijo de Lucifer, no le llamarías "bestia" —habló con un rencor en sus palabras que me hizo estremecer y apretarme contra el asiento—. Y sí, naciste para ello, pero está en vos cumplir con la profecía o no —explicó secamente.
—Yo... yo no quería ofenderte, no sabía que lo conocías —tragué saliva y encendí otro cigarrillo; mis nervios estaban a flor de piel—. Así le dicen en todas partes, no sé cómo referirme a él... o ella.
—Descuida, no me voy a ofender por tan poco —sonrió altaneramente—. ¿Algo más que contarme? —negué con la cabeza —. Bueno, tu padre te reveló parte de lo que yo venía a decirte, así que me ahorró el trabajo —sonrió y yo dejé escapar el aire que no sabía que estaba reteniendo—. Ahora te voy a contar cosas más técnicas que tenés que saber.
En ese momento, empezó a hablar de cómo se componían las jerarquías dentro de las hordas celestiales e infernales. Me explicó que, al igual que el hijo de Lucifer tenía al ejército infernal a su mando, yo era quien mandaría sobre el ejército celestial cuando tuviera el suficiente poder mental y físico para hacerlo. Esto despertó una gran duda en mí: sin importar lo que eligiera, ¿cómo pelearía una guerra si no podía correr el bondi ni una cuadra?

Necesitaba entrenar; necesitaba estar preparada.
—No entiendo. Si he de pelear, sin importar el bando que elija, ¿cómo lo haré? Yo soy demasiado débil para ello —expuse mis pensamientos, desanimada.
—Para eso estoy acá —sonrió con una exorbitante coquetería—. A partir del lunes comienza tu entrenamiento. Te entrenaré para que puedas sobrevivir —hizo una pausa—. Eso no te obliga a elegir mi bando, no te preocupes —se apuró a aclarar y yo asentí.
Francamente, no estaba segura de si aquello era lo correcto. Sabía ya por experiencia que nunca había sido buena en las tareas que conllevaran un esfuerzo físico mayor al de caminar unas cuantas cuadras. Fruncí el ceño, pensativa; no sabía si era buena idea aceptar su oferta. Kelian podría aprovechar la situación para humillarme a su gusto, como era evidente que le encantaba hacer. Pero tampoco era que me quedaran muchas opciones. Si de verdad me vería envuelta en una guerra tarde o temprano, tenía que, por lo menos, manejar los elementos más básicos que me permitieran defenderme. Y, por ahora, el único que se había ofrecido a ayudarme con ello era Kelian, así que ya no lo cuestionaría más.
Cuando volví a la realidad, noté que Kelian me miraba fijamente, como si quisiera adivinar el rumbo de mis pensamientos. Escrutaba al detalle cada centímetro de mi ser con una mirada atenta y abrasadora. Me ruboricé y, en ese momento, Kelian se dio cuenta de que le había pillado y bajó la mirada.
—¿A qué hora y en donde será mi entrenamiento? —pregunté para romper el silencio incómodo que se había formado dentro de aquella sala.
—Todos los días pasaré a recogerte aquí a las seis am, e iremos a entrenar a las afueras de la ciudad —informó y yo hice un mohín con el labio.
—¿¡A las seis de la mañana!? ¡Estás loco si crees que me levantaré tan temprano! —exclamé escandalizada.
—Te levantarás, o yo mismo entraré por tu ventana y te levantaré —hizo una pausa y sonrió perversamente—. Y no quieres que eso suceda —advirtió con esa sonrisa macabra en sus labios que me hizo estremecer.
—¡Vale, vale, me levanto! ¡Pero de ninguna manera entrarás a mi habitación! —protesté.

—Seguro que tu habitación se pone mucho más interesante conmigo ahí dentro, Gorriona... —canturreó y un calor abrasador me inundó el rostro.

—¡Oh, ya cállate, Kelian! ¡Deja de decir bobadas! —farfullé muerta de vergüenza.

—Sí que te gustaría, admítelo... —se regodeó en broma, a lo que yo negué desesperadamente, y él comenzó a carcajearse abiertamente.

—No, qué asco —dije poniendo cara de desprecio; lo miré de reojo y me reí.

Él se agachó rápidamente y tomó uno de mis pies arrastrándome al piso desde el sillón. Yo dejé escapar un alarido de sorpresa ante su acción tan desconcertante, y de un momento a otro él estuvo sobre mí. Comencé a reír desesperadamente al sentir los dedos de Kelian moverse rápidamente sobre mi piel. El muy hijo de perra me estaba haciendo cosquillas y yo estaba a su merced; no podía defenderme de aquel ataque a traición.

—¡Ya verás cuánto asco te doy! —exclamó riendo e intensificó las cosquillas.

Yo reía y pataleaba desesperada, mientras escuchaba la melodiosa risa de Kelian escapar de sus perfectos labios; quedé absorta en ella. Esa risa grave y melodiosa me transportó a otra dimensión, una donde no había ni ángeles ni demonios, donde no había bandos enfrentados y donde yo era una chica normal, junto a un chico normal, uno junto a otro, sin que nada se interpusiera entre nosotros.

Mi risa se detuvo al mismo tiempo que las manos de Kelian se posaban a los lados de mi cuerpo. Ambos nos observamos por largo rato, perdiéndonos uno en la mirada del otro. Me vi reflejada en sus ojos y vi cómo estos adquirían un brillo que jamás había visto. Esos ojos azabache que normalmente transmitían frialdad y distancia, en aquel momento transmitían mucho más que eso. Transmitían esperanza, fe, ilusión y muchos otros sentimientos tan bonitos como esos, que me llegaron a lo más profundo del alma. Pero, sobre todo, transmitían anhelo, un anhelo tan profundo que me robó el aliento y me hizo estremecer de pies a cabeza.

Nuestra respiración se ralentizó; dejé escapar un pequeño suspiro y sentí el roce de los gruesos dedos de Kelian sobre mi mejilla.

Justo en el instante en que ya pocos centímetros nos separaban, mi celular sonó estruendosamente en la mesilla de la sala. Él se levantó con una velocidad y agilidad asombrosas, algo que jamás había visto realizar a nadie.

—Perdón, se me fue la mano, no debí —pidió apenado, sentándose nuevamente en el sofá.

—N-no te preocupes —titubeé al hablar y me levanté. Cogí el celular y atendí de inmediato dándole la espalda a Kelian.

—"¿Hola?... Ah, Ben, eres tú... Claro que me alegro de oír tu voz... También te extraño... ¿seguro que vienes, no?... No te hagas el chistoso, Ben... ajá... ajá... Sí... Vero está bien... No, no han arreglado nada con su novio porque no sabe nada... Sí, sé que es un ángel, que se va a enterar... No me regañes a mí... Venga... sí... También quiero verte, me hace ilusión. Nos vemos en una semana... Besos."

Sentí la mirada de Kelian clavada en mi espalda y un escalofrío recorrió mi cuerpo. Me estremecí y me di la vuelta para poder mirarlo a la cara. Él se encontraba mirándome serio y con el ceño profundamente fruncido.

—Es... es un amigo —expliqué tartamudeando un poco por alguna extraña razón.

—Yo no te he pedido explicaciones, Gorriona —respondió y se levantó del sofá—. Debo marcharme —dijo poniéndose en marcha hacia la puerta.

—¿Seguro no quieres quedarte un rato más? —pregunté afligida de que se fuera, más aún al notar la tormenta que se estaba desatando en el exterior.

—Tengo otros asuntos que resolver —habló fríamente—. Nos vemos el lunes a las seis —abrió la puerta y se perdió en la tormenta.

Me apresuré a echar el cerrojo y corrí a la ventana, pero cuando observé hacia afuera no encontré ni un rastro de Kelian. "Estúpida", pensé para mis adentros; era estúpida por haber hablado con Benjamín de aquella manera frente a Kelian, era estúpida por pensar que la tormenta le haría daño (él no era humano) y era más estúpida por sentirme estúpida en el primer punto.

Frustrada por el pésimo día que estaba teniendo, tomé una caja de cereales de un armario y me dirigí a mi habitación. Tomé mis librillos y me senté a estudiar mientras echaba puñados de aquellos aritos de colores a mi boca.

Las pruebas de final de semestre estaban a pocos días y yo no había tocado los librillos. Después de cuatro horas sentada leyendo, sentí que mi trasero se había entumecido, así que dejé los librillos y me recosté en mi cama.

El sueño fue ganándome poco a poco hasta que me venció por completo. Apenas me enteré de que mi madre llegaba de trabajar y que gritaba mi nombre a forma de saludo, pues yo ya me estaba entregando a los brazos de Morfeo y no demoré más de dos minutos en caer en un profundo y largo sueño.

Ojos oscuros, risas melodiosas y el atisbo de una batalla llenaron mis sueños aquella noche; soñé con las manos de Kelian sobre mi cuerpo, como también soñé con los labios de Benjamín rozando los míos. Todo era confuso, hasta que quedé completamente en negro y no supe más hasta que desperté.

-

Era lunes por la madrugada, las cinco am para ser exacta; el fin de semana pasó casi sin sobresaltos. Por lo que sabía, Verónica aún no desembuchaba, por lo que ella seguía "bien" con su pareja. Por su parte, las hermanas habían venido a casa el domingo por la tarde, pues tanta lluvia las tenía aburridas. Intenté sacarles información sobre el viaje que habían realizado, pero no me dijeron nada, así que me resigné. Solo había sacado un dato más en claro de la visita de las hermanas, un dato muy interesante además.

—Chicas —llamé la atención de aquellas bellísimas tres mujeres, luego de que terminaran de discutir las diferencias entre el color salmón y el naranja pálido—. ¿Recuerdan que me dijeron que eran las hijas de Lilith? —hice una pausa—. Bueno, ya sé quién es Lilith y qué clases de hijos tuvo —sonreí con suficiencia—. Ahora lo que no sé es cuál de estos dos tipos son —comenté para ver si hablaban.

—¡Por fin! —exclamó Lilian—. Pensé que jamás lo descubrirías —se alegró—. Yo solo soy una vampiresa —sonrió abiertamente y se encogió de hombros, como si lo que acababa de decir fuera lo más común del mundo.

—Y yo también soy una vampiresa —la siguió Aísa e hizo una pausa —. Soy la reina de los vampiros, y mi verdadero nombre es Ahísha —sonrió—. Aísa es solo una abreviatura.

—Solo quedo yo —Ali sonrió—. Mi nombre es Alouqua y, como verás, Ali es mi apodo; y soy vampiresa como mis hermanas, pero además soy una demonia súcubo —sonrió con algo de malicia.

—Bueno, me alegra conocer quiénes son realmente; ya no tendré que decirles solamente "no humanas" —reí y ellas me acompañaron.

—Para nada —habló Lili—. Y ya no guardaremos más secretos sobre nuestra identidad.

—Lo prometemos —afirmó Ali.

Lili se arrojó a mí para estrecharme en un abrazo, y luego lo hicieron sus hermanas. Después de ello, volvimos a hablar de temas menos profundos que aquel.

Ahora estaba en posición de saber de quiénes estaba rodeada; ya había descubierto que Isaías era el arcángel Rafael, dato que tenía que decirle a Verónica cuanto antes. Sabía que los amigos de Isaías eran ángeles, que Lili, Aísa y Ali eran vampiresas y que Benjamín era un nephillim. Ya solo me faltaba descubrir qué clase de ser era Kelian, que lo mantenía tan oculto.

Había quedado con él para reunirnos dentro de una hora, así que me levanté de la cama con mucha pereza y me dirigí al baño. Luego de hacer mis necesidades matinales, darme una ducha y arreglar mi cabello en una coleta, procedí a vestirme con ropa deportiva, pues intuí que si iba a entrenarme para la guerra, debía llevar ropa cómoda.

Tomé mi desayuno, apenas un café con tostadas que preparé a la ligera e intentando no despertar a mi madre. Cuando terminé, fregué lo que había ensuciado y miré la hora; el reloj marcaba las seis menos cinco am. En dicho momento escuché el ronronear de un vehículo fuera de mi casa. Me asomé para ver de qué se trataba y me encontré con que era Kelian, montado sobre una gran Harley Davidson de una cilindrada superior a los 600 o 700 cc, color negro. Solo porque se sacó el casco pude reconocerlo, pues jamás lo había visto vestido con un equipo deportivo. Me apresuré a salir de la casa, pues ya había pasado un minuto de la hora acordada, tomando un abrigo de paso.

—Tarde, Gorriona —fue lo único que dijo cuando monté la moto y comenzó a conducir.

CAPÍTULO 16.

"La victoria más difícil es la victoria sobre uno mismo".

Aristóteles.

»——«•◦⁂◦•»——«

Recorrimos cuarenta y cinco minutos de distancia hasta llegar al lugar en el que me entrenaría. En el viaje me dediqué a observar cómo, poco a poco, la mañana montevideana iba despertando a la ciudad de su letargo. El sol apenas se elevaba sobre el horizonte cuando la motocicleta se detuvo.

Me estremecí repetidas veces; el viento frío del alba me había calado hasta los huesos y, en ese momento, solo quería recuperar el calor corporal perdido. Bajé de la Harley y Kelian apagó el motor luego de estacionarla; se dio vuelta, me observó por un instante, se sacó la campera y me la lanzó.

Apenas tuve tiempo de reaccionar para tomarla justo antes de que llegara al suelo. Me la coloqué y suspiré de satisfacción al notar cómo la sangre volvía a recorrer mis venas. Sin que él se diera cuenta, aspiré el aroma que la misma tenía impregnado: almizcle, menta y tabaco; él siempre llevaba consigo la mezcla perfecta de esas fragancias que ya se me hacían tan naturales. Caminé hasta donde estaba él y esperé a que hablara.

—Es aquí —dijo señalando el campo—. Utilizaremos este lugar para tu entrenamiento —afirmó con severidad. En ese momento no era el chico que me había hecho cosquillas; en ese momento era un entrenador militar—. En aquel galpón guardé algunas cosas que necesitaremos cuando el entrenamiento avance —añadió, señalando una gran estructura construida a base de chapas de zinc y madera.

—¿Cuánto durará el entrenamiento? —pregunté con la vista perdida en el horizonte.

—Cuanto sea necesario —informó—. Ahora daremos cinco vueltas a la primera alambrada del campo; son diez hectáreas.

—¿¡Estás loco!? No voy a poder —protesté.

—Sin peros ni reproches. Harás lo que yo te diga cuando yo te lo diga, ¿entendido? —me miró directamente a los ojos, haciéndome estremecer.

—Entendido —murmuré, bajando la mirada.

Sin mediar más palabra, entramos al campo y de inmediato comenzamos a trotar junto a la alambrada. Más de una vez me regañó por no controlar mi respiración adecuadamente o por encorvarme por el cansancio.

Iban apenas dos vueltas y yo sentía que me desvanecería en cualquier momento.

—Para, por favor, necesito parar —rogué—. No puedo más —dije ahogada; sentía mi cara roja y mis manos hinchadas por el esfuerzo.

—¿Parar? —preguntó enarcando una ceja sin detenerse—. ¿Crees que en mitad de una batalla alguien va a parar para que tú puedas descansar? —me fulminó con la mirada—. En la guerra, si paras, mueres; así de simple —afirmó de una manera que me hizo estremecer por vez número no sé cuánto aquella mañana.

Cerré mi boca el resto del camino. Sentía cómo mis músculos ardían al punto que creí que se desgarrarían en cualquier instante. Mi corazón se había acelerado demasiado para mi gusto y me daba la impresión de que se saldría de mi pecho. Ya en la cuarta vuelta comencé a marearme por el cansancio; veía todo borroso, como si una lámina semiopaca hubiese sido puesta frente a mis ojos.

Observé a Kelian: a él no parecía ni que se le hubiese acelerado el pulso. Se veía tan galante como siempre y fresco como una lechuga. Por el contrario, yo ya podía imaginar mi aspecto, toda roja e hinchada por el esfuerzo y dando bocanadas al mejor estilo pez.

Temblé varias veces al dar la curva para empezar a correr la quinta y última vuelta. Mis pies se negaban a responder y mi boca ya estaba seca. Oí que él gritaba "vamos, vamos", pero se me hacía lejano y confuso. Cuando encaré la recta final, sentí cómo todo mi cuerpo se aflojaba y, al momento en que llegué al punto final, la visión se me puso en negro y me desmayé por el esfuerzo.

No sé cuánto habré estado inconsciente, supongo que unos pocos minutos, pero cuando desperté, Kelian me había recostado sobre sus piernas y hacía correr aire hacia mí con sus manos. Moví rápidamente los párpados y lo miré fijamente.

—Te dije que no podía —reproché de mala gana.

—Eso es un error, si terminaste las cinco vueltas —sonrió, y estaba en lo cierto—. Si ya te recuperaste, levántate; hay que estirar —ordenó.

—Pero... —me miró con cara de pocos amigos y yo me levanté sin mediar palabra alguna.

—Imítame —dijo y comenzó a estirar en distintas posiciones.

Lo imité todo lo que mi cuerpo me lo permitía y, cuando por fin terminamos de estirar, me paré para esperar que me indicara lo siguiente que tendría que hacer. Pero, en cambio, él comenzó a caminar hacia la moto; lo miré confundida y fui tras él.

—¿No haremos nada más? —pregunté confundida.

—No, por hoy es todo —comentó tranquilamente.

—¿Todo? Solo corrimos —protesté; quería que me entrenara de verdad.

—Sí, todo. Los entrenamientos son graduales. Hoy corriste cinco míseras vueltas y te desmayaste; eso me indica que llevé tu cuerpo hasta el máximo. En los siguientes días, al ver que tu cuerpo soporta más, iré agregando más y más cosas, ¿entiendes? —afirmó frunciendo el ceño, con los brazos cruzados sobre su pecho.

—Está bien —asentí resignada, pues no tenía argumentos para rebatir los suyos.

Subimos a la Harley y, luego de otros cuarenta y cinco minutos, estuvimos frente a las puertas de mi casa. Me despedí de Kelian, a lo que él solo hizo un gesto lascivo, y entré a mi hogar. Miré la hora: eran las diez y treinta am; apenas tenía tiempo para ducharme antes de que llegara Verónica para ir a la facultad.

Tomé mi toalla y corrí hasta la ducha. Luego de haber terminado, me vestí con jeans, botas y un buzo junto con un saco de paño, y esperé a que Vero llegara. Cuando por fin estuvimos juntas, y mientras íbamos en el bondi, le conté que Kelian me había empezado a entrenar y también lo seco y distante que se había comportado.

—Es que no sé —le dije frustrada a mi amiga—. El viernes se comportó de una manera muy cálida y ahora parece un témpano de hielo —dije alicaída.

—¿Estás segura de que no pasó algo el viernes para que él actuara así? —preguntó ella.

—No —hice una pausa—. Bueno, me llamó Benjamín; creo que él escuchó —confesé algo apenada—. Pero eso no tiene nada que ver, Kelian y yo solo somos amigos —aclaré.

—"Amigos", sí, claro —dijo poniendo los ojos en blanco—. Maite querida, Kelian está CE-LO-SO —hizo hincapié en la separación de sílabas.

—Pero ¿qué dices? Para nada, no puede ser —balbuceé con la mirada perdida. Jamás había albergado la esperanza de que él se fijara en mí; ni siquiera lo había considerado.

—Bueno, cuando caigas a la realidad, me avisas, ¿ok? —dijo y se puso a contestar un mensaje de texto que recién le había llegado.

Ahí terminó nuestra charla en el bondi y llegamos a Sociales sin decir palabra. De un momento a otro, Verónica hizo un gesto de haberse acordado de algo y, antes de entrar al salón, habló.

—May, Isaías me ha dicho que te diga que se quieren reunir contigo este jueves, y que vayas a la Catedral Metropolitana de Montevideo a las cinco —hizo una pausa—. Menos mal que me acordé —comentó y se rió ante su falta de memoria.

—Está bien, ahí estaré —hice una pequeña pausa—. ¿Por qué no me lo ha dicho él? —pregunté con curiosidad.

—Se fue el domingo por la mañana; dijo que tenía asuntos sin resolver en el Cielo —se encogió de hombros—. Yo qué sé, cosas de ángeles, supongo.

—Vero, ¿ya le dijiste sobre tu pequeño "forzoso desliz"? —pregunté preocupada.

—Pues no, no sé cómo —habló mirando al suelo mientras caminábamos—. No quiero que me abandone; si lo hiciera, creo que jamás me recuperaría de ello —mordió su labio inferior, claramente apenada.

—Vero, tienes que decírselo. Cuanto más tiempo pase, peor será —advertí.

—Lo sé —dijo mirando a la nada y entramos al salón.

La clase transcurrió rápidamente, sin percances. Noté también que Kelian se había ausentado y por mi mente pasó la idea de que tal vez lo había hecho para no verme. Descarté la idea inmediatamente, puesto que eso sería absurdo, ya que, a la fuerza, nos veríamos todas las mañanas. Luego de clases, Vero y yo nos internamos en la biblioteca; debíamos preparar el parcial que teníamos el miércoles de esa semana. Teníamos parcial de La cuestión social en la historia, y debimos leer a un sinfín de autores como Engels, Tocqueville y Durkheim, de los cuales no podías sacar cuál era más difícil que el otro. En la biblioteca nos encontramos con Lilian, quien no se sabía si estudiaba o se dedicaba a garabatear corazoncillos en las páginas del librillo.

Nos sentamos junto a ella, la saludamos y nos enfrascamos en el estudio. De un momento a otro, se nos quedó mirando fijamente y yo ladeé la cabeza, extrañada.

—¿Qué piensan del amor? —preguntó la vampiresa rápidamente, como tratando de que no se sintiera su pregunta.

—¿Del amor? —balbuceó Verónica—. Pues es complicado decirlo, pero creo que es la confidencia más linda y fuerte que puede existir entre dos personas —explicó.

—¿Sin importar su género o especie? —preguntó Lili, y yo enarqué una ceja.

—Emm, sí, creo; lo de género sí, pero lo de especie... —dudó—. Creo que también. Bueno, aunque yo salgo con un ángel, así que sí —terminó de responder mi mejor amiga.

—¿Por qué preguntas eso, Lilian? —inquirí yo curiosamente.

—Yo... —dudó—. No, por nada, simplemente curiosidad —se encogió de hombros.

—Sabes que puedes confiar en nosotras, ¿no? —esbocé una pequeña sonrisa.

—Lo sé, y se los agradezco —sonrió—. Debo irme —dijo, y se levantó tomando sus cosas para desaparecer por la puerta de la biblioteca.

En los siguientes días no supe nada de Lilian, pero sí de sus hermanas, quienes me preguntaban si la había visto desde el lunes. Según ellas, desde que se había ido de su casa a la facultad ese día, no había regresado. En primera instancia me preocupé, pero luego recordé que ella era una vampiresa y, por lo tanto, no mucho podría sucederle.

En esos días no lo había pasado muy bien; las pesadillas y la palabra "sacrificio" volvieron a asolar mis sueños y, para colmo, todas las mañanas, sin falta, Kelian me recogía de mi casa en su Harley. Hacía algún comentario irónico sobre mi apariencia o permanecía distante todo el viaje, para luego dedicarse a entrenarme sin mediar palabra.

Era jueves y, en el entrenamiento de dicha mañana, mi entrenador personal me había hecho dar ocho vueltas a la condenada alambrada y, además, realizar diez lagartijas, las cuales me salieron horribles, y me encargó diez más.

Mi cuerpo se encontraba totalmente adolorido; no podía caminar sin que me doliera algún músculo y, para colmo, mi trasero latía; me daba la sensación de que mis nalgas estaban haciendo una protesta o algo parecido.

Me miré en el espejo del baño de la facultad: tenía un aspecto horrible. Mis ojeras abarcaban casi toda mi cara, mis ojos estaban sin brillo alguno y mi pelo completamente revuelto. Intenté aplastarlo con las manos, pero fue inútil.

Resignada con mi apariencia, suspiré y salí del baño. Fui hasta la cantina, compré algo para merendar y me dispuse a salir de la facultad mientras devoraba mi tarta de manzana y tomaba mi café. Tomé rumbo por Constituyente hacia 18 de Julio, y luego caminé por la última calle que mencioné hasta la Plaza Independencia; solo en ese trayecto dejé media hora de mi vida mientras fumaba un par de cigarrillos. Crucé la plaza y me adentré en la peatonal Sarandí hasta llegar a la Catedral Metropolitana de Montevideo.

Sabía que dentro de aquella iglesia me esperaban los cuatro ángeles de la congregación, quienes me habían embaucado metiéndome a su bando sin que yo fuera consciente. Solo por esa actitud, y sin contar otros motivos, ya comenzaba a rechazar al bando del Cielo.

Me adentré en la iglesia y de inmediato divisé al grupillo de los cuatro; estaban muy concentrados hablando de quién sabe qué cosa, pero se notaba que era un tema importante. Me acerqué a ellos y, en cuanto estuve a pocos metros, decidí saludarlos.

—Hola —canturreé anunciando mi llegada.

—Hola, May, tanto tiempo —respondió Luvia y sonrió abiertamente.

—Hola, Maite —saludaron los demás al mismo tiempo y sonrieron.

—Comenzaba a extrañarlos; pensé que se habían olvidado de mí —bromeé.

—Eso nunca —habló Nahuel y rio.

Me acerqué a Isaías y lo tomé de la remera, arrastrándolo lejos del grupo para que no pudieran escuchar lo que le decía.

—¿Lo saben? ¿Saben que yo sé que son ángeles? —pregunté enarcando una ceja.

—No, yo no les he dicho nada —explicó—. Debes decirles tú que ya lo sabés; también deciles que sabés mucho más de lo que creen —hizo una pausa—. En sí, creo que sabés mucho más de lo que yo imagino —acusó alzando una ceja.

—Eso dalo por sentado —presumí, y me encaminé hacia los demás a lo que Rafael me siguió—. Bueno, ¿alguien me va a decir por qué estamos acá? —les pregunté.

—Debemos hablar contigo, Maite Nazaret. Ya es hora de que sepas por qué te has unido a esta congregación y qué es lo que debes hacer de ahora en más —habló Gabi seriamente.

—Prosigan —dije mientras todos tomábamos asiento.

—Verás, Maite, tu familia es una familia muy antigua que tiene un motivo de existencia en este mundo —habló Nahuel, pero de inmediato lo interrumpí.

—Lo sé. Ya sé esa historia: soy descendiente de Jesús de Nazaret y ya sé lo de la profecía; me lo contó mi padre hace unos días —relaté seriamente.

—Ah, bueno —dijo sorprendido Gabi—. Entonces será más fácil explicarte que hay una guerra que empezó hace miles de años entre... —lo interrumpí.

—Entre ángeles y demonios, entre Dios y Lucifer. Sí, lo sé; sé que son reales y que la guerra está latente, y que tengo que vencer a la Bestia 666 para que el bando celestial gane —hice una pausa—. Y también sé de los híbridos del Infierno y del Cielo y todo eso —alardeé e hice un gesto con la mano restándole importancia.

Todos me miraron sorprendidos; todos menos Isaías, quien esperaba que yo manejara tanto conocimiento y solo estaba interesado en saber cuánto sabía.

—También sé —continué hablando—, pues me lo avisaron, que en el caso de elegir posicionarme a favor del bando del Cielo, seré yo quien comandará las hordas de ángeles —continué y me crucé de brazos—. Lo que no sé es qué tienen que ver ustedes en todo esto, a no ser que sean de una de las partes implicadas —acusé y sonreí de lado.

—¿Cómo es que sabés tanto? —inquirió Gabi.

—Resulta que tengo unos amigos muy informados —contesté simplemente—. ¿Cuándo me van a decir la verdad? Porque yo ya la sé: ya sé qué clase de criaturas son —afirmé, y el rostro de Luvia se transformó por el asombro.

—¿Sabés lo que somos? —preguntó Luvia sorprendida.

—Sí, son ángeles. Lo que deberían decirme son sus jerarquías, puesto que si yo elijo su bando, tendré que saber sus rangos —enarqué una ceja.

—Está bien, no tiene sentido seguir dándole vueltas a esto —resopló Gabi y dejó entrever cierto enfado en su voz—. Yo soy el arcángel Gabriel; Isaías es el arcángel Rafael; Nahuel es un ángel guardián cuyo verdadero nombre es Anauel, y Luvia es un ángel de la guarda llamada Leuviah —terminó y yo asentí.

—¿A qué los enviaron? —pregunté mirando a los ojos a Rafael.

—Hemos sido enviados para guiarte por el camino de Dios y protegerte de los demonios —hizo una pausa—. Aunque no hemos tenido mucho éxito en la segunda parte, pues te juntás, a conciencia, con las hijas de Lilith —en ese momento la cara de los demás ángeles se llenó de espanto.

—¿Por qué lo hacés? Si sabés todo esto, ¿por qué lo hacés? —preguntó decepcionado Anauel.

—Porque son buenas chicas: amables, simpáticas, divertidas y me prometieron protección —pausé un momento—. Además, ellas sí me contaron cosas que debo saber, proporcionando información útil —hice una pausa—. No como ustedes, que lo único que hicieron fue enlazarme con su bando sin mi consentimiento; y como yo aún no he decidido con qué bando luchar, si elijo a las hordas infernales, voy a tener que cometer alta traición —escupí bastante encolerizada.

—¿De verdad no sabés si querés estar de nuestro lado? —preguntó Leuviah angustiada.

—De verdad —contesté—. No me convencen los argumentos de la iglesia; además conozco el verdadero porqué de la caída de Lucifer.

—¿Quién te contó esa historia? —preguntó Rafael.

—Oh, ya lo sabés, fue Kelian —al escuchar el nombre del chico de barba, los ángeles se estremecieron y yo fruncí el ceño.

—¿Te juntás con Kelian Wagensbergky? ¿De verdad? —preguntó Leuviah—. Eso explica que muchas veces no pueda detectar dónde estás —reflexionó.

—Sí, bueno, no sé si se apellida así, pero sí, me junto con él —admití —. ¿Vos qué? ¿Me estás vigilando?

—Yo es que... —hizo una pausa—. Sí, sí te vigilo; es que soy tu ángel de la guarda, May —admitió ella—. Era yo la sombra que muchas veces veías observándote. Soy algo descuidada y a veces me acercaba demasiado, y bueno... —sus mejillas se tornaron carmesí.
—Bueno, eso explica la constancia de la sombra —reí—. Me proporcionaste muy buenos sustos —volví a reír—. Pero ya no me vigiles —pedí, dejando mi rostro inexpresivo.
—No puedo prometerte eso —me contestó.
—De modo que ya lo sabés todo —reflexionó Gabriel—. Pues ahora supongo que te toca elegir bando, si es que estás tan indecisa —dijo con recelo.
—Cuando opte por un bando se los diré, pero antes, y como mi derecho me lo permite, solicitaré una entrevista personal con el mismísimo Yahvé; pues Lucifer ya me ha ofrecido una entrevista personal, que obviamente aceptaré llegado el día —hice una pausa —. Así que vos, Gabriel, que sos quien tiene más jerarquía acá, le informarás a Dios que, en cuanto yo quiera, me deberá conceder unos minutos —hablé con una autoridad que jamás pensé escuchar en mí misma.
—De acuerdo, tendrás tu cita con Dios —concedió Gabriel receloso.
—Ya no eres la chica asustadiza que conocí, May —dijo Rafael con cierta admiración en la voz.
—Me han sucedido demasiadas cosas en los últimos dos meses —respondí distante y Rafael no respondió.
—Nosotros nos mantendremos cerca por si necesitás ayuda o tenés cualquier duda —ofreció Anauel con una media sonrisa; el chico/ángel no perdía nunca la ternura.
—Gracias, nunca viene mal saber que se cuenta con alguien —sonreí —. Pero les diré lo mismo que les he dicho a Alouqua, Lilian y Ahísha: contaré con ustedes, pero no significa que, al final de todo, siga a su lado.
Todos asintieron firmemente. Me despedí de ellos, dejando en la iglesia a tres de ellos y yéndome junto a Rafael hacia casa, quién iba a ver a Verónica.
—Ahora que ya lo sabés oficialmente, y que ya no tenés cómo encubrirte, ¿qué será de Verónica y vos? Pues no podéis seguir juntos —pregunté en un momento dado.

—No lo sé, pero yo no puedo abandonarla, la amo demasiado —dejó escapar un largo suspiro, y varias lágrimas fugitivas rodaron por sus mejillas.

CAPÍTULO 17.

"El desorden llega del orden, la cobardía surge del valor, la debilidad brota de la fuerza."

El arte de la guerra. Sun Tzu.

≫——≪•◦❈◦•≫——≪

—Cuatro —pausa— cinco —pausa— seis —pausa— siete... —y siguió el recuento.

La voz de Kelian resonaba en el vacío como el estruendo de un trueno que rompe la noche en dos. Apenas estaba amaneciendo y él ya tenía un humor de perros. Era domingo, temprano a la mañana; yo ya había dado unas malditas ocho vueltas a la alambrada, realizado tres series de treinta lagartijas, y ahora mi entrenador había decidido torturarme con cuatro series de veinte abdominales cada una.

No daba más de cansancio; mis músculos ardían como el fuego del mismísimo Infierno, mi respiración estaba escandalosamente agitada y mi cara —eso era lo peor— era como un globo rojo de helio, hinchada y colorada a más no poder. Estaba segura de que la imagen que estaba proyectando en ese momento era lo más antiestético del planeta.

—Veinte —afirmó con voz severa y se retiró de mi lado—. Listo, esa fue la última serie. Levantate, debés estirar —ordenó en un tono sumamente agresivo.

—No entiendo por qué me hacés hacer estas cosas —protesté mientras me levantaba—. Debería aprender a manejar armas, no a hacer abdominales —resoplé.

—Si no tenés la fuerza y resistencia suficiente, jamás podrás levantar una espada —torció el gesto—. Es así de simple, señorita inteligente —dijo en tono de burla y me miró fijamente con el rostro muy serio.

Kelian había estado así toda la semana; solo me dirigía órdenes severas o se burlaba de mí, y eso último lo hacía con frecuencia. Estaba cansada de su actitud malhumorada, fría y autoritaria. Nada le había hecho yo para que me tratase de aquella manera. Pero, de ninguna manera, quería enfrentarlo. Sabía que el remedio podría ser peor que la enfermedad; él me tenía en la palma de su mano en este momento y podría tomar represalias mediante el entrenamiento.

De inmediato comencé a estirar; una tras otra imitaba las posiciones que él hacía, por el tiempo justo en el cual él las hacía. Por un momento me quedé observándolo; hoy traía un pantalón deportivo negro y una remera ajustada azul marino.

Pero no fue su ropa la que llamó mi atención, sino la fortaleza de sus músculos, que se movían como en una danza hipnótica bajo la remera mientras estiraba. Músculos tensos, fuertes, excelentemente trabajados, que se movían con total destreza. Comencé a sentir demasiado calor y mi respiración se agitó traicioneramente.

"*Joder, qué pedazo de hombre*", pensé en silencio, obnubilada. En ese momento, Kelian me pilló observándolo y bajé la mirada lo más rápido que mis reflejos aturdidos me lo permitieron.

—¿Qué mirás? —preguntó bruscamente, clavando su férrea mirada en mí.

—Yo... yo no... —dudé; era absurdo negarlo, me había atrapado, así que decidí desviar la atención—. ¿Por qué tenés esa actitud? ¡Yo no te hice nada y me tratás cual perro! —afirmé sin saber muy bien lo que hacía, pero siendo consciente de que pincharlo no era la mejor idea.

—Yo no te trato cual perro; soy tu entrenador, no tu amigo —afirmó tajante, con demasiada seguridad.

—Vaya... —dije y resoplé—. Y yo pensé que éramos amigos —musité con un tono agridulce.

La charla culminó ahí y no volvimos a mediar palabra mientras estuvimos en el campo de entrenamiento, ni sobre la moto, ni siquiera al despedirnos. Por alguna estúpida razón me sentía realmente ofendida; Kelian para mí era algo más que un simple entrenador, lo consideraba un amigo, alguien en quien poder confiar, alguien a quien acudir.

Pero estaba claro que para él yo solo era una estúpida tarea que debía cumplir, un encargo que le habían hecho y no le quedaba más remedio, un estúpido grano en su trasero. O al menos eso era lo que me había dejado entender. Yo no sabía si hablaba en serio o era fruto del desnaturalizado enojo que cargaba desde hacía una semana, pero lo cierto era que me había dolido su afirmación.

Luego de que estuve en casa y de haberme bañado, preparé el almuerzo para mi madre y para mí, pues ella llegaría en poco más de hora y media y quería esperarla con algo caliente.

Cuando llegó mi madre, al saludarme, noté que sus ojos estaban rojos como si hubiese llorado; su rostro reflejaba una profunda tristeza y su semblante era peor que malo. De inmediato me alarmé: algo había sucedido y esta vez me lo tendría que contar. Luego de hacerla sentar en una de las sillas de la cocina y encender un cigarrillo, le hablé firmemente.

—Mamá, ¿qué te pasa? —pregunté mirándola a los ojos y tomándole las manos—. Sé que algo ha estado pasando hace ya más de dos meses con tu trabajo, si es que todavía tenés uno; así que, por favor, contame. No tenés por qué llevar toda la carga en tu espalda — argumenté en tono bajo, comprensivo y cariñoso.

—No es nada, pequeña —intentó calmarme.

—No, no me digas que no pasa algo. Sé que algo sucede, ya no soy una cría —afirmé un tanto molesta de que siempre me apartara.

—Está bien —suspiró—. Debo reconocer que siempre fuiste una muchacha inteligente —comentó—. ¿Recordás cuando a mediados de marzo comencé a venir más temprano? —preguntó.

—Sí, lo recuerdo muy bien —dije reviviendo aquellos días en mi mente.

—Bueno, eso se dio porque hubo recorte de personal y, si bien a mí no me despidió, me bajó la categoría y redujo mi sueldo —explicó e hizo una mueca.

—¡Maldito hijo de puta! —exclamé furiosa.

—Lamentablemente eso no es todo, hija —su angustia era evidente y su voz se escuchaba ahogada—. Como hacía falta dinero, comencé a hacer limpiezas, por eso llegaba tan tarde; una de ellas fue en la casa de mi propio jefe. Ahí fue que empezó lo peor —hizo una pausa—. Mi jefe comenzó a insinuarse cada vez que iba a su casa y su mujer no estaba; luego ese acoso pasó a darse dentro de la empresa —bajó la mirada.

—¿Por qué no denunciaste, mamá? Debés renunciar —inquirí furiosa e indignada.

—Ya renuncié hoy, hija. No quería hacerlo pues necesitamos el dinero, así que me dediqué a buscar otro trabajo pero, lamentablemente, no encontré otro todavía —hizo una larga pausa y se estremeció—. Pero hoy no pude más que renunciar, pues ha intentado abusar de mí, y no estoy dispuesta a soportar más —rompió en un llanto silencioso y el corazón en mi pecho se partió en millones de pedazos.

Esa era mi mamá; era quien siempre me había protegido y allí estaba, rota y desolada, sin que yo pudiera hacer algo al respecto. Me acerqué a ella y la abracé, mientras también lloraba en silencio. Pero yo lloraba de rabia e impotencia. Mi madre estaba desconsolada y yo también. Me sentía rabiosa; quería golpear a ese hombre, matarlo; quería tomar venganza a toda costa, pero ahora solo podía consolar a mi pobre madre.

—Ya está, todo pasó. Ese cavernícola no volverá a ponerte una mano encima, mamá —la consolaba.

—Tuve que elegir si conservar mi dignidad o mi sueldo, hija —sus lágrimas se derramaban sin cesar por sus mejillas—. Lo siento, ahora estamos en la calle.

—No, mamá. No estamos en la calle —afirmé—. Ya mismo iremos a poner la denuncia, le demandaremos y le sacaremos hasta el último centavo a ese maldito —expliqué seriamente—. Mañana mismo iré a hablar con el sindicato de la empresa o con alguien de la central, no me importa, pero conseguiremos apoyo; ganarás —la abracé mucho más fuerte.

—Gracias, hija. Gracias por tu apoyo —repetía mi madre constantemente mientras sollozaba.

—No me des las gracias, mamá; nos tenemos una a la otra —afirmé—. Y yo estaré siempre, siempre a tu lado.

Me quedé por un rato consolando a mi madre, hasta que ella pudo recuperarse del hecho y retomó la calma. Luego de eso, le hice lavar la cara, pues el delineador se le había corrido, y finalmente almorzamos. El resto de la tarde ayudé a mamá a buscar ofertas de empleo en los periódicos que dieran con su perfil laboral; luego de dos horas de intensa búsqueda y de encontrar algunas ofertas realmente tentativas, dejamos los periódicos y mamá encendió la televisión. Por mi parte miré la hora; eran ya las cuatro y diez pm. Me levanté y me fui a mi habitación.

Estando ahí, busqué en mi armario algo lindo para ponerme, a lo que terminé optando por un jean negro, botas de plataforma del mismo color, una blusa blanca y un saco multicolor con manga murciélago.

Luego de mirarme al espejo varias veces, colocarme un maquillaje sutil y atarme el pelo en una media cola, salí a la sala. Mi apariencia llamó de inmediato la atención de mi madre, quien me miró fijamente, sonrió y alzó ambas cejas.

—¿Se puede saber a dónde vas tan arreglada, cariño? —preguntó analizando mi atuendo.

—¿No te lo había comentado? —pregunté.

—Ah, ah... —dijo negando con la cabeza.

—Hoy llega a las seis un amigo que conocí en Brasil —sonreí—. Yo quedé de ir a buscarlo al aeropuerto y acompañarlo hasta la pensión en donde se va a quedar —expliqué a mi madre.

—Oh, ¿hablás de ese amigo tuyo, Benjamín? ¿Puede ser? —preguntó mi madre con mirada cómplice, pues yo le había contado sobre el beso que, por cierto, había sido mi primer beso.

—Sí, mamá, eso mismo —respondí, quedando roja de vergüenza.

—Cuidado con lo que hacés en la pensión, ¿eh? —enarcó una ceja sonriendo divertida.

—¡Mamá! —exclamé, sumamente avergonzada.

—Dale, dale —reía—. Andá, o vas a llegar mucho después que el avión —dijo sonriendo.

Me despedí de ella diciendo que volvería lo antes posible y luego me encaminé hasta la parada. Luego de preguntar a varias personas y enterarme de que no había bondi que me llevara hasta el aeropuerto, llamé un taxi y lo esperé sentada en la parada. El maldito vehículo demoró veinte minutos en recogerme y media hora en llegar al aeropuerto; para colmo, me cobró ochocientos diez pesos.

Luego de esperar unos diez minutos a que el avión de Ben arribara al aeropuerto, vi cómo este llegaba y los pasajeros bajaban; diez minutos después de ello, observé cómo Benjamín cruzaba las puertas mirando hacia todas partes, buscándome.

—¡Ben! —alcé la voz, levantando la mano para saludarlo. Él corrió hacia mí, dejó sus maletas a un lado y nos abrazamos—. ¡Bienvenido! —murmuré en su abrazo.

—Hola, May —respondió sonriendo cuando nos separamos—. Gracias por venir a esperarme.

—No me lo agradezcas, yo cumplo mis promesas —respondí y sonreí ampliamente.

Le ayudé a cargar sus maletas y, quince minutos después, íbamos rumbo a la pensión que él había escogido en la Ciudad Vieja. El viaje en taxi fue de una hora, hora en la que nos pusimos al día en muchas cosas que nos habían sucedido y también planificamos a dónde iríamos primero.

Al llegar, bajamos y le ayudé a entrar las maletas a la pensión. Era una casona vieja, tal vez de principios de 1800 pero muy bien remodelada, con paredes pintadas en colores amarillos y cremas, y una decoración de principios del siglo XX. Las luces eran tenues y todo en su conjunto proporcionaba un ambiente muy acogedor. Llegamos a la habitación que le habían asignado, la número seis; Ben abrió la puerta e introducimos las maletas.

La habitación contaba con una cama matrimonial con un edredón color gris piedra, un armario, una mesita de luz y un espejo; las paredes de la misma eran de un color azul pálido y el suelo de madera. La decoración la volvía una habitación elegante, pero también algo fría.

—Vaya, no escatimas en gastos, ¿no? —comenté mirando a mi alrededor.

—Para nada; si he de vivir, he de vivir bien —respondió con una sonrisa.

—Buen lema de vida —elogié—. Me tengo que ir, mi madre me ha de estar esperando.

—¿Tan pronto? —hizo un mohín con el labio—. Quédate un ratito más —pidió mientras se acercaba a mí, tomándome por la cintura y pegándome a él.

—Oh, yo... —me ruboricé—. Es que no puedo... —dije un poco agitada. El contacto era demasiado, demasiado para cualquier cosa que yo hubiera vivido anteriormente; podía sentir cada centímetro del firme cuerpo de Benjamín pegado al mío.

—Vamos, quédate —ronroneó en mi oído y me hizo estremecer.

Una de sus manos subió por mi espalda lentamente hasta mi cuello, tomándome delicadamente por la nuca. Se pegó más a mí, haciendo desaparecer toda la poca distancia que quedaba entre nosotros, fundiéndonos en un delirante y demandante beso. Sentí cómo las sensaciones me invadían y cómo me aturdían, hasta el punto de marearme. Podía comparar sus suaves labios con trozos de seda que me proporcionaban una gran calidez al contacto con los míos.

De un momento a otro, la intensidad del beso cambió y sentí que las manos de Benjamín comenzaban a moverse por mi espalda. Fue entonces que entré en pánico y, dándole un pequeño empujoncito, me separé de su abrazo rápidamente.

—Yo... yo... —dudé, quedando roja de vergüenza—. Perdón, es que... —me interrumpió.

—No, perdóname tú a mí, no debí apresurar las cosas; es que realmente me gustas —bajó la mirada, apenado—. ¿Sigue en pie nuestra cita? —preguntó temeroso de que la cancelara.

—Yo... sí, sigue en pie —asentí, a lo que él sonrió abiertamente.

—Entonces nos veremos el viernes —canturreó contento—. A las cinco, ¿te parece? —preguntó.

—Claro, creo que está perfecto —sonreí—. Debo irme, perdón —me despedí de él con un delicado beso en los labios y salí de la habitación.

Salí de la pensión y fui caminando lentamente hasta la parada del 407, mientras recordaba el beso que había recibido hacía tan solo un instante. Aún me encontraba mareada y atontada; aquel chico me dejaba embobada. Cuando llegué a la parada, esperé media hora hasta que el bondi pasara para poder tomármelo.

Mientras iba en el bondi, pensaba en Benjamín y en lo bien que me sentía a su lado, en lo fácil que era todo con él, como si encajáramos a la perfección. Sabía que era apresurado, pero era todo tan simple, tan fácil, y se sentía tan bien que no podía hacer otra cosa que dejarme llevar. Pero, para mi pesar, mientras desarrollaba esos pensamientos, el nombre de alguien más aparecía y desaparecía en mi mente: Kelian.

Luego de una hora y veinte minutos de viaje, estuve frente a la puerta de mi casa, donde me encontré con Verónica esperándome.

—Vero, ¿qué hacés ahí? ¿Por qué no tocaste el timbre? Mamá te habría hecho pasar —regañé al verla parada al frío.

—Oh, es que te vi llegando y me quedé a esperarte, May —sonreí.

—Oh, bueno —me acerqué a la puerta para abrirla—. Vamos, pasá; morirás de frío ahí afuera —dije haciéndola pasar a la sala.

Luego de echar cerrojo a la puerta y de avisarle a mi madre que había llegado a casa sana y salva, volví con Vero a la sala; nos sentamos en los sofás y encendimos la televisión.

Era raro que Verónica se pasara tan tarde por casa, pues ella odiaba andar sola por la calle en la noche; así que, frunciendo el ceño, decidí indagar un poco, puesto que capaz había sucedido algo con ella o su familia.

—¿Pasa algo, Vero? —pregunté—. Es raro que estés acá tan tarde —expuse el fundamento de la pregunta.

—Este... bueno, pasan algunas cosas —hizo una pausa—. Pero primero contame: ¿ya llegó Ben? Estoy ansiosa por verlo —sonrió.

—Pues sí, llegó esta misma tarde. Lo fui a buscar al aeropuerto y lo acompañé hasta la pensión en la que se está hospedando; queda en la Ciudad Vieja —informé con una sonrisa boba en los labios.

—¡Qué bueno! —exclamó—. Seguro que nos divertiremos mucho —sonrió.

—Estoy segura de que sí —dejé escapar una risa soñadora a lo que Vero me molestó por un rato.

—Verás, estoy acá por otra cosa —dijo, y su estado de ánimo cambió radicalmente—. Es por Isaías; aún no le dije nada y no sé cómo decirle. Además, debido a que me corroe la culpa por dentro, me comporto extraña junto a él y lo está comenzando a notar —explicó.

—Vero, ya te dije que es necesario que le digas cuanto antes —hice una pausa—. Él se enterará tarde o temprano —hice otra pausa y tomé aire—. ¡Por el amor de Dios, Vero, él es el arcángel Rafael! ¡Dudo que se mantenga ignorando las cosas por mucho tiempo! —exclamé.

Listo, lo había dicho.

Mientras hablaba, encendí un cigarrillo y me encaminé hasta la chimenea; el frío me estaba calando hasta los huesos y el tembleque constante de mis labios me estaba sacando de quicio. Introduje varias ramas, leños y papeles, y con mi encendedor logré encender las llamas, frotándome las manos en cuanto sentí el primer atisbo de calor.

—Espera, ¿qué dijiste? —respondió sorprendida Verónica—. ¿El arcángel Rafael? Oh, por Dios, no puede ser... —su voz se extinguió, sus ojos se mostraron desorbitados por la sorpresa y su rostro adquirió un peculiar tono verdoso.

—Sí, lo es —confirmé—. Tu novio es un vejestorio con mucho poder —bromeé intentando distender el tenso ambiente que se había formado.

—Por el amor de Dios, no sé si sentirme halagada, atemorizada o pensar que salgo con el pedófilo más viejo del mundo —habló seria y luego rió nerviosa, capaz que hasta un poco histérica—. Estoy en el horno, May —gimió.

—Si le decís la verdad, él te perdonará, te lo aseguro —afirmé con total seguridad; luego de haber visto a este poderosísimo arcángel lloriquear ante la posibilidad de perder a Vero, estaba completamente segura.

—¿Vos cómo sabés eso? No podés saberlo —negó Vero.

—Ángel, te aseguro que es así —hice una pausa—. El jueves pasado, luego de reunirme con él y los demás ángeles, él me dijo que te amaba demasiado como para abandonarte —hice una pausa—. Pues hablábamos de la prohibición de estar con humanos —expliqué—. Así que te aseguro que te perdonará.

—En cuanto pueda se lo diré —dijo alicaída, pero con una luz de esperanza reflejada en sus ojos verdes.

—¿Hay algo más que te aqueje? —pregunté, pues ella me había dicho que tenía varios puntos de los que hablar.

—Bueno, pues no mucho —quedó pensativa—. El otro día estaba en casa con Luvia; la noté un poco extraña, así que le pregunté qué le pasaba. Tuve que insistir un montón puesto que no quería decirme, pero terminó haciéndome preguntas sobre el amor y las diferencias de especie —hizo una pausa—. ¿Crees que no aprueba mi relación o que hablaba de sí misma? —indagó.

—Bueno, puede ser cualquiera de las dos —dije pensativa—. Pero la última vez que la vi, la noté algo distante y pensativa; también le prestaba una atención descomunal a su celular —reflexioné—. Creo que se enamoró de algún humano, ha pasado mucho tiempo en la Tierra últimamente —afirmé e hice una mueca.

—¿Vos creés? —asentí—. ¡Eso sería tan tierno! —exclamó.

—Lo sería —afirmé—. Espero que nos tenga la confianza suficiente para contárnoslo —deseé—. Sin duda le seremos de ayuda.

—Sí —dijo, y se quedó pensativa—. Sabés, últimamente no me siento muy bien, pero no he ido al médico; no sé qué tendré —comentó en voz baja para que mi madre no escuchara.

—Andá al médico, Vero, ¿qué estás esperando? —la regañé.
—No, es que tampoco es nada tan grave —balbuceó restándole importancia—. Solo son algunas náuseas y mal estómago; creo que algo me cayó muy mal.
—¿Segura? No vaya a ser que te hayas agarrado algún virus o algo —comenté un poco dudosa. "O algo peor", pensé para mí—. Insisto, deberías ir al médico.
—Hagamos un trato, May —hizo una pequeña pausa—. Prometo ir al hospital si mi situación empeora, ¿vale? —sonrió mi mejor amiga y extendió su dedo meñique para sellar el trato.
—Vale, trato hecho —sonreí y entrelacé mi dedo meñique con el de ella, cerrando el trato como Dios manda.
Vero y yo nos quedamos hablando por dos horas más y luego me pidió que la acompañara a su casa. Por supuesto la acompañé, a pesar de que mi cuerpo se resistía a salir al gélido viento de allá afuera.
Llegó el lunes. Volví a padecer el entrenamiento con Kelian esa mañana, en el cual solo me había aumentado una vuelta a la alambrada, así que no sufrí tanto aquella rutina; eso si dejaba pasar por alto que ese día había estado aún más frío que los anteriores.
Luego de volver a casa e ir a la facultad, acompañé a mi madre a hacer la denuncia de acoso laboral y poner una demanda. Para esto el Estado nos proporcionó un abogado de oficio el cual, al ir a verlo, nos dijo que teníamos altas probabilidades de ganar el juicio. Esto era así ya que el tipo tenía varias denuncias acumuladas de la misma índole. Contentas volvimos a la casa y comenzamos a sacar cuentas del monto estimado que podríamos recaudar.
Unas cuantas horas después, salí con Verónica y Benjamín; fuimos a la rambla del Parque Rodó a tomar unos mates y comer unos cuantos bizcochos. A la noche regresamos a casa, me despedí de Ben con un tierno beso y lo observé irse a través del cristal de la ventana, deseando que llegara el viernes por la tarde con rapidez.

CAPÍTULO 18.

"El corazón tiene razones que la razón ignora."

Blaise Pascal.

»——«•◦❋◦•»——«

El sol se alzó y se volvió a esconder el día martes sin que nada fuera de lo estrictamente normal sucediera, y eso incluía la mala cara de Kelian. Sus burlas eran el pan de cada día y empezaban a importarme poco y nada. Nueve vueltas a la alambrada, sentadillas, lagartijas y abdominales; luego ducha, almuerzo, facultad con Vero, estudio y finalmente cama.

De la misma manera transcurrió el miércoles, al igual que el jueves y también el viernes, con la excepción de que el viernes era la cita con Benjamín. Eran las cuatro y media de la tarde; me encontraba en un baño de la facultad intentando arreglarme un poco, colocándome maquillaje, entre otras cosas. Había salido a las cuatro de clase y a las cinco debía encontrarme con Ben, así que el baño de la facultad fue mi mejor opción.

Hice un par de rabietas, me golpeé algunas veces la cabeza contra la bacha del lavamanos y, luego de eso y solo cinco minutos antes de la hora acordada con Benjamín, estuve más o menos presentable. Como me encontraba en uno de los baños del subsuelo, subí las escaleras encaminándome a las puertas exteriores de la facultad, y me encontré con Ben esperándome en el umbral.

—Hola —saludé con una gran sonrisa—. ¿Esperaste mucho? —pregunté haciendo una mueca.

—Hola, May —saludó, y se acercó para darme un rápido beso en los labios—. Para nada, la espera valió la pena —dijo mirándome tiernamente a los ojos.

Me sonrojé al instante; jamás había conocido a un chico tan tierno como él. Siempre encontraba la manera de hacerme sentir especial con unas pocas palabras, y su voz transmitía una serenidad inaudita. Tanto en persona como por mensaje era igual, haciéndome sentir la mujer más bella del mundo.

De un momento a otro, sentí un escalofrío recorrerme de pies a cabeza; miré a mi alrededor para ver si se trataba de alguna quimera u otra clase de mensajero pero, para mi sorpresa, no encontré a ninguna de esas criaturas acechándome. Por el contrario, me encontré con que Kelian estaba recostado contra la barandilla de la rampa para sillas de ruedas, fumando un cigarrillo de una marca reconocida, pues eran los que él fumaba.

Él me miraba fijamente, con el ceño profundamente fruncido y cara de pocos amigos. Vi cómo trasladaba su mirada a Benjamín con más rechazo del que el chico podría generar nunca, y tragué saliva.
—Ben, vámonos de acá, porfa —dije tomándolo de la mano y arrastrándolo a caminar hacia 18 de Julio.
—¿Qué pasa? —preguntó confundido—. ¿Por qué tanta prisa?
—Yo... —dudé—. Yo solo quiero irme ya de la facultad, nada del otro mundo —me encogí de hombros y reímos, pues él era de otro mundo.
Caminamos hasta 18 de Julio, pues habíamos planeado ir al cine y luego a cenar en algún bar pequeño. Hicimos un par de cuadras hasta llegar al cine y, estando allí, Ben fue a la boletería a por las entradas; cuando regresó, se encontraba algo pensativo.
—Sabés, cuando estaba fuera de tu facultad, sentía una presencia oscura muy fuerte, de una magnitud impresionante; creo que empiezo a estar paranoico —comentó como si nada.
—Ah, emm... —me mordí el carrillo de una mejilla—. Bueno, pues... —dudé; estaba nerviosa—. Tal vez ese fuera el motivo por el cual semi huí de la facultad hace un instante —vacilé al decirlo y sonreí incómoda.
—¿Qué? ¿También sentiste la presencia? —preguntó sorprendido y alzó una ceja.
—No, yo no la sentí; yo la vi —humedecí levemente mis labios con nerviosismo—. Era el chico que estaba en la barandilla de la rampa —expliqué.
—¿El que iba vestido completamente de negro? —asentí—. Vaya, cómo no me di cuenta —afirmó pensativo y capaz que algo avergonzado.
—No le des mucha importancia —me encogí de hombros—. Es solo un chico.
—Me temo que no es solo un chico; tenía un aura muy pero muy oscura, debe de ser muy poderoso —explicó entrecerrando los ojos —. ¿De dónde lo conocés? —inquirió alzando una ceja.
—Pues, digamos que somos amigos —dije dubitativa—. O algo así. Bueno, no nos llevamos muy bien, pero nos llevamos bien, pero nos caemos fatal y nos toleramos al mismo tiempo. ¿No sé si me entendés? —divagué sin entender lo que había dicho.

—Sinceramente no, no te entendí —confesó, y un ojo se le cerró más que el otro por la confusión, a lo que me reí.
—Bueno, es que a veces tenemos que interactuar, pues él me ayuda con todo esto de ser la hija de Dios, descubrir los mundos, etc. —hice una pausa reflexionando ante lo que había dicho y la naturalidad con la que lo hacía—. Pero apenas nos soportamos, él es sumamente irritante —expliqué balbuceando, intentando que aquello que no tenía ni pies ni cabeza adquiriera algún sentido.
—Entonces es eso —dijo y sonrió—. ¿Sos la hija de Dios? ¿La de la profecía? ¿A eso te referías con heredera? —preguntó él sonriendo ante el descubrimiento, puesto que sin querer, me había deschavado.
—Oh sí... —musité un poco incómoda—. Soy esa, pues... —me encogí de hombros, y él entendió que no quería seguir hablando de ello.
—Ah, entonces un demonio ayuda a la hija de Jehová —hizo una pausa—. Quién lo diría... —murmuró pensativo.
"*Un demonio, así que eso era Kelian*", pensé para mis adentros, menos sorprendida de lo que debía estar.
—¿Es un demonio? —pregunté para confirmar—. Nunca me dijo lo que es —expliqué.
—Pues sí, tiene que ser un demonio por su aura —hizo una pausa—. Bueno, dejemos de hablar y entremos a ver la película —sonrió y me acarició suavemente la mejilla.
Tomó mi mano y, sonriendo, entramos a la sala de cine y comenzamos a ver una película de superhéroes que había en cartelera, pues tanto a Benjamín como a mí nos gustaba el género. Las casi dos horas de película pasaron volando entre chistes, pavadas y comentarios irónicos por parte de ambos.
Él me hacía reír en todo momento y, al salir, mientras recorrimos las callejuelas internas del centro de la ciudad buscando algún bar ameno, procuró que yo me mantuviera riendo y sonriendo todo el camino. Era una máquina constante de contar chistes y de vez en cuando me lanzaba algunos piropos que me hacían sonrojar.
Cuando por fin encontramos un bar que nos gustó a ambos, nos sentamos en una de sus pequeñas mesas y esperamos a que el mozo nos atendiera. En ese instante, él tomó mis manos entre las suyas y habló mirándome fijamente a los ojos.

—Gracias por encontrarme, May —hizo una pequeña pausa—. Yo estaba perdido y tú me encontraste —declaró con la voz más cargada de sentimiento que había escuchado en mi vida.
Regocijada por las palabras y enternecida por la intimidad del momento, no pude más que ruborizarme, estirarme sobre la mesa, zafar mis manos de entre las suyas, tomarle las mejillas delicadamente y depositar un tierno beso en sus labios.
—No tenés que agradecerme; tú has hecho tanto por mí como yo por ti—sonreí tiernamente y él me correspondió con otra sonrisa.
Mientras lo miraba, un pensamiento totalmente fuera de lugar ocupó mi mente por unos instantes: "*¿Qué pensaría Kelian si me viera? ¿Cómo se sentiría?*". Luego reaccioné; no tenía por qué importarme lo que él pensara. Seguramente él se burlaría o haría alusión a la debilidad que transmitía, pero estaba segura de que el hecho de que yo estuviera con Benjamín no le afectaría en lo más mínimo.
En dicho momento, el mozo apareció, interrumpiendo la atmósfera acaramelada que teníamos, y tomó nuestra orden. Habíamos pedido dos porciones de muzzarella y una chela o, como su nombre más conocido establece, una cerveza.
Esperamos alrededor de media hora mientras charlábamos sobre ángeles, demonios, híbridos, programas de televisión y nuestro odio compartido por el fútbol. Pasado ese tiempo, nuestro pedido llegó a la mesa. Cenamos entre chistes y estruendosas carcajadas por parte de ambos, y nos mantuvimos en el local una hora más luego de que acabáramos como langostas con nuestra cena.
Cuando decidimos irnos del local, el reloj marcaba medianoche exactamente. Benjamín miró la hora en su reloj pulsera y luego elevó la mirada al cielo, pensativo, con una actitud taciturna. Estreché los ojos, pues no entendía qué era lo que lo había puesto de aquel ánimo. La noche estaba hermosa, las estrellas brillaban con gran intensidad y la luna llena reinaba en el cielo con gran majestuosidad. Bajé la mirada hacia él y lo observé atentamente.
—¿Qué sucede? —pregunté al final, pues vi que él estaba inmerso en sus pensamientos.
—Menuda noche para estar en la calle —comentó y miró a su alrededor.

—¿Por qué se me hace que no lo decís en buen sentido? —pregunté frunciendo el ceño.

—¿No te das cuenta? —preguntó sorprendido—. Ya es viernes a la medianoche, viernes de luna llena —explicó de manera críptica.

—Oh, claro... —dije al darme cuenta de lo que le perturbaba—. Viernes de luna llena, la noche en que los hombres lobo tienen mayor poder —recordé—. Pero eso, ¿en qué puede afectarnos? —pregunté confusa.

—Dos criaturas híbridas con sangre celestial paseando solas por la noche —hizo una pausa—. ¿No crees que somos la presa perfecta? —preguntó frunciendo el ceño.

—Oh... —fue lo único que pude decir ante aquello. Jamás me hubiera detenido a pensarlo, pero claro, tampoco es algo que cualquier mortal se detuviera a pensar.

Siempre me había sentido amenazada, perseguida por algo o por alguien, pero jamás, jamás me había imaginado a mí misma como una presa, menos como la presa perfecta de un ser mitad hombre, mitad lobo.

De inmediato nos pusimos en marcha; teníamos que recorrer varias cuadras hasta alguna parada en la que pasara algún bondi que me dejara cerca de mi casa. Luego de andar durante quince minutos de manera cautelosa, llegamos a la parada y estuvimos ahí esperando otros quince minutos más hasta que por fin se dignó a pasar el bendito 427.

Me despedí de Ben con un beso y me subí al bondi de inmediato; pasé mi boletera por la máquina, recogí mi boleto y me senté al fondo para viajar tranquila el trayecto de una hora que me separaba de mi casa. Me dediqué a mirar atentamente por la ventana por si veía algún hombre lobo; pero para mi fortuna, esa noche no vi ninguno.

Luego de que llegué a casa, revisé mi celular, en el cual había un mensaje:

—"¿Llegaste ya a casa? ¿Estás bien? Por favor contestá".

Pero al contrario de lo que podría esperarse, el mensaje no era de Ben o de Vero, sino de alguien de quien jamás podría haber imaginado esa clase de interés por mi bienestar. El mensaje era de Kelian.

Completamente extrañada por aquel texto, respondí un simple "Sí, estoy bien" y me recosté en la cama. El mensaje había sido enviado justo cuando se supone que yo debería llegar. ¿Cómo era que Kelian sabía que había regresado a casa a esa hora? Pero, como todo con Kelian, no lo descubriría fácilmente.

-

Seis en punto am; esa era la hora específica que marcaban las manecillas del reloj de la sala. Miré por la ventana: nada, no había ni rastro de Kelian. Intenté agudizar mi oído para ver si podía escuchar el ronroneo del motor de la Harley, pero fue en vano.

Suspiré y fui a sentarme en el sofá; seis y diez, nada, Kelian no aparecía.

Cuando pasaron diez minutos más, ya me encontraba mordiéndome las uñas. El mensaje de ayer me perturbaba: ¿y si algo le había sucedido? Miré por el cristal de la ventana, nuevamente, nada. Si fuera a cancelar el entrenamiento de hoy, él me lo habría dicho de antemano, ¿verdad?

Saqué mi celular; no me iba a quedar allí sentada sin hacer nada. Busqué rápidamente el nombre de Kelian en la agenda y lo marqué. Tono... tono... tono... voz.

—"¿Kelian?... ¿Dónde estás?... ¿Qué, te dormiste?... ¿Pasó algo?... Ajá... claro que me preocupo... ¿Venís para acá?... Bueno... sí, te espero... ¿Kelian? Vení, ¿sí?... Lo sé... hablaremos luego. Nos vemos."

Me senté nuevamente en el sofá mordiéndome las uñas, encendí un cigarrillo y esperé. Veinte minutos después, escuché el ronronear de la Harley frente a mi casa y mi corazón dio un brinco de alegría. Me apresuré a salir; Kelian tenía el casco puesto y no medió palabra al verme. Decidí que no estaba de humor, así que no hablé.

Llegamos al campo de entrenamiento y, luego de estacionar la moto, Kelian se quitó el casco y caminó hasta donde me encontraba. En ese momento, el alma se me vino a los pies. Dejé escapar un grito ahogado: tenía zarpazos casi totalmente curados en su cara y cabeza, y noté al moverse que tenía un hombro herido y cojeaba de una pierna.

—¡Kelian! —exclamé horrorizada—. ¿Qué te pasó? —dije acortando la distancia que nos separaba, acercándome a él para cogerlo de la barbilla y poder observar de cerca las heridas, pero él quitó mi mano de manera bastante brusca.

—Nada, no es nada —aseguró—. Ponete a correr y no hagás preguntas —afirmó con la voz gélida.

—No, nada de eso —me paré firmemente frente a él—. No me moveré hasta que me digas qué te pasó. Ayer por la tarde estabas perfectamente bien y hoy parece que volvieras de la guerra —hice una pausa—. Desembuchá.

—Tal vez sí vuelvo de una guerra —refunfuñó y se cruzó de brazos con dificultad—. Ponte a entrenar —ordenó.

—¡No, exijo que me digas lo que te pasó! —exclamé en tono firme; de ninguna manera permitiría que se cerrara a mí de esa manera.

—¿Quién eres tú para exigirme nada? —escupió.

—¿Quién soy yo? —repetí su pregunta con indignación—. ¡Soy alguien que se preocupa por vos, Kelian, y que te quiere! —grité fuera de mis cabales.

En el mismo momento que salió de mi boca, me arrepentí de admitirle que lo quería. Kelian palideció al instante y sus ojos se abrieron como platos; su reacción me desconcertó y me sentí avergonzada.

—Tu no me quieres, ni puedes quererme... —dijo sin emoción en la voz.

—Claro que te quiero —afirmé indignada—. ¿Cómo no he de quererte? Me ayudaste en lo que nadie, me apoyaste y eso no tiene precio; sos el mejor amigo que tuve —mi voz salió quebrada.

—¡No puedes encariñarte conmigo, Maite! —exclamó—. No está bien —su voz se apagó.

—¡Callate! —ordené—. Esto es el colmo —protesté—. No me vas a decir si puedo o no puedo quererte; eso es mi decisión y solo mi decisión —advertí—. Decime ya en qué lío te metiste y por qué lo hiciste —exigí cruzándome de brazos, y él resopló con evidente frustración.

—He peleado yo solo con una manada entera de hombres lobo con sangre celestial —soltó simplemente.

—¿¡Qué!? Pero, ¿por qué hiciste eso? ¡Estás loco! —exclamé furiosa.

—¡Tal vez no tendría que haberlo hecho si tú y tu novio no anduvieran a medianoche un viernes de luna llena! —gritó crispado.

La sangre abandonó mi rostro y mis rodillas temblaron; era gracias a él que Benjamín y yo estábamos vivos, sanos y salvos en aquel momento. Estaba completamente avergonzada y profundamente agradecida. Esto explicaba por qué no me había cruzado con ninguno de regreso a casa. Pero, en vez de darle las gracias como era debido, respondí impulsivamente a otra cosa.

—Benjamín no es mi novio —me crucé de brazos.

—Sí, claro —rodó los ojos—. "Tú has hecho tanto por mí como yo por ti" —remedó mis palabras y volvió a rodar los ojos.

—¿Acaso me estás haciendo una escena de celos? —pregunté alzando una ceja.

—No —dijo cortante—. Ni en tus sueños —bufó, y puse los ojos en blanco.

—De todas formas, gracias, de verdad —murmuré y me acerqué rápidamente a él, dándole un delicado beso en la mejilla, para luego salir corriendo contra la alambrada.

Vi cómo se quedó paralizado mirando cómo yo me alejaba corriendo, con una mano sobre la mejilla en la que le había depositado aquel beso. Sentí una punzada de lástima; algo me decía que él se encontraba más desamparado y débil de lo que aparentaba, o de lo que quería dejar entender.

El entrenamiento se desarrolló sin más sobresaltos. Kelian me hizo dar diez vueltas pero, como era de esperarse, no me acompañó en ninguna. Luego de terminar con las lagartijas, abdominales y sentadillas, volvimos a casa. Al bajar de la moto, retuve a Kelian por la manga.

—Quedate —pedí—. Revisaré tus heridas.

—No, para nada —respondió de forma abrupta—. No es necesario —aseguró en tono firme.

—Sí que lo es, no me contradigas; cojeás y no podés mover un brazo —contradije en el mismo tono y me crucé de brazos.

—Pero... —lo interrumpí.

—Pero nada, vas a entrar a mi casa y dejar que te revise, cure y suture las heridas, y punto —hice una pausa—. Tenés suerte de que haya hecho un curso de enfermería —afirmé y sonreí con suficiencia.

Resopló resignado, estacionó y trancó la moto, todo bajo mi estricta supervisión. Lo hice pasar a la sala y fui hasta el cuarto de mi madre a por el botiquín. Cuando regresé, hice un gesto para que me siguiera y lo hice pasar a mi habitación. Él la observó detenidamente, pero no hizo ningún comentario. Abrí el botiquín, estudié su contenido y hablé secamente.

—Sácate la ropa y siéntate en la cama —no fue hasta que estuvo dicho que me di cuenta de lo realmente mal que sonaba aquello; automáticamente, los colores me encendieron las mejillas.

—Bueno, pero no me lo digas así, Gorriona —rió—. Si me querías desnudo en tu cama, lo hubieras mencionado antes —canturreó y volvió a reír.

Hacía mucho que no escuchaba su risa y me sentí completamente embelesada; una sensación cálida me llenó el pecho. Ese sonido era lo más extraordinario que podían mis oídos escuchar.

—En serio, Kelian, comportate —regañé con las manos en mi cintura.

—Vale, vale —dijo riendo y comenzó a quitarse la ropa mientras yo le daba la espalda, puesto que estaba preparando los materiales para curarlo.

Cuando me di la vuelta, dejé de respirar por unos segundos. Kelian estaba allí, sentado en mi cama, observando hacia la sala con la mirada perdida, en boxers negros. Su musculatura se extendía perfectamente marcada desde sus piernas hasta su cuello; era una musculatura firme pero no exagerada. Algunos tatuajes tribales recorrían sus brazos y parte de su pecho y espalda, y sobre su vientre las líneas se transformaban en un sol con un ojo dentro del mismo. Aquella escena sería completamente excitante si no existiera el zarpazo que desgarraba los músculos de su pierna izquierda y una clara mordida que había destrozado parcialmente su hombro derecho.

Kelian me pilló observándolo y carraspeó; yo me puse colorada y me acerqué con el botiquín en las manos.

—Así que hacés que me quite la ropa solo para admirar mi belleza —conjeturó divertido—. ¡Eso es muy pervertido, Gorriona! —afirmó y rió.

—Callate, no te miraba; observaba tus heridas —me defendí—. Te destrozaron —comenté, y mi voz se quebró.

—Sí... —murmuró, bajando la mirada, e hizo una mueca—. Tenían alguna clase de veneno; es raro que demoren tanto en curar.

—Bueno, veré qué puedo hacer —dije, suspiré y me puse manos a la obra.

Luego de muchos quejidos, algodones y gasas llenas de sangre, alcohol y tintura de yodo por todas partes, múltiples puntos y varios vendajes, terminé con Kelian. Él suspiró de alivio cuando por fin logré vendar la última herida, puesto que, increíblemente, había padecido horriblemente todo aquel proceso.

—Gracias —dijo finalmente y cerró los ojos, acostándose en mi cama.

—Meréces —respondí y le acaricié distraídamente el cabello.

Pasó un buen rato y, cuando me quise dar cuenta, su respiración se había ralentizado. Lo miré y noté que se había dormido. Subí sus pies a la cama y lo tapé con mis frazadas para que no agarrara frío. Salí de la habitación con toallas y ropa en las manos para poder tomar una larga ducha; en ese momento era lo que más necesitaba.

Llegó la hora de ir a la facultad, puesto que nos habían puesto una actividad extracurricular ese sábado, y yo me encontraba sentada en mi cama, observando a Kelian dormir, mientras mis pensamientos iban y venían como un enjambre de abejas. En ese ínterin, el timbre sonó y, sin hacer ruido, fui hasta la puerta.

—Hola —saludó Vero—. ¿Nos vamos? —preguntó alegremente.

—Emm, no, hoy no voy —dije simplemente.

—Pero ¿por qué? —preguntó confundida; yo jamás faltaba a clases.

—Tengo un demonio dormido en mi cama —afirmé como si nada.

La mandíbula de Verónica cayó y su piel palideció de asombro.

CAPÍTULO 19.

"De la escuela de la guerra de la vida. Lo que no me mata, me hace más fuerte."

Friedrich Nietzsche.

»——«•◦❋◦•»——«

Pasaron varios minutos para que Verónica saliera de su estupefacción, luego de haberse apresurado hasta el umbral de mi habitación y encontrarse a Kelian tendido, durmiendo sobre mi cama. Volvió sobre sus propios pasos y se paró frente a mí con sus pequeñas manos en la cintura.

—Tú y él —dijo indicando a ambos con su dedo índice—. ¿Real?

—No, no —me apresuré a decir—. Fue atacado —hice una pausa—. Le curé las heridas y se quedó dormido —expliqué.

—Ah, menos mal —dijo mi amiga suspirando con un exagerado dramatismo—. Pensé que andabas con él y no me lo habías dicho a mí, tu amiga y confidente —hice una pausa—. Ya te iba a matar —amenazó sonriendo perversamente.

—Estás loca —reí—. Además, sabés que salgo con Ben —le recordé.

—¿Y? No serías ni la primera ni la última en meter cuernos —comentó divertida.

—Vero —alargué—. Yo no soy así —advertí cruzando los brazos, pero con una sonrisa en mi cara.

—Vale, vale —rió—. Me voy o llegaré tarde.

—¿Me pasás los apuntes luego? —pregunté.

—Claro, no tenés ni que preguntar —sonrió ampliamente.

Verónica desapareció por la puerta luego de darme un sonoro beso en la mejilla. Yo volví a mi habitación, miré a Kelian y le tomé la fiebre; ardía. Me espanté al sentir tan elevada temperatura contra mi mano; corrí por un recipiente con agua y paños para pasarme las siguientes tres horas poniendo paños sobre la frente y las muñecas de Kelian, intentando bajarle la temperatura.

Tres horas y media después, había logrado disminuir su temperatura corporal. Pero lo que más me tenía sorprendida no era la demora para bajar la fiebre, sino que, en ningún momento desde que se había dormido, Kelian había abierto los ojos. Tampoco había reaccionado al frío o a los movimientos que yo hacía a su alrededor.

Transcurrió una hora más hasta que me despegué de mi lugar en la cama. Había pasado casi cinco horas sentada a su lado. Decidí mover mi pesado trasero hasta el sofá de la sala con algunos librillos en mis brazos, puesto que, como no había ido a clases, no debía atrasarme.

No más de quince minutos pasaron cuando el timbre de la puerta principal comenzó a sonar insistentemente.

Frustrada, dejé mis librillos a un lado, fui hasta el baño para chequear que mi aspecto no fuera el de una ermitaña abandonada en unas ruinas marroquíes, y salí al encuentro de la persona que hubiera tras la puerta.

Al abrirla, me encontré con ese par de ojos brillantes, dorados como el oro, que a mí me encantaba admirar mientras él no se percataba. Su rostro reflejaba preocupación mezclada con alivio. Sonrió al verme, sonrisa que yo gusté de devolver.

—Hola, May —saludó revelando gran parte de su hilera de dientes en una hermosa sonrisa, totalmente sincera.

—Hola, Ben —respondí también con una sonrisa—. ¿Qué hacés acá? —pregunté algo confundida.

—Me encontré con Vero en la puerta de tu facultad, pues había ido a esperarte para verte antes de que entraras, y me dijo que no habías ido, pero no me dijo por qué —hizo una pausa—. Así que, luego de pensarlo un poco, he decidido venir a verte aquí y a averiguar si estás bien —sonrió.

—Oh, no tenías por qué preocuparte —sonreí—. Estoy perfectamente bien.

Los nervios empezaron a acumularse en mi interior. Ben estaba ahí; ¿qué pasaría si descubría a Kelian dormido y semidesnudo en mi cama? O peor aún, ¿qué pasaría si Kelian se despierta, se levanta y nos ve a Ben y a mí juntos? ¿Cómo reaccionaría? Algo me decía que no era una buena situación y el pánico se apoderó de mi mente.

—Oh, sí, tenía que venir, quería verte —comentó; me tomó por la cintura y me besó en los labios.

—Eres demasiado tierno —admití, y tuve que dejarlo pasar al interior.

Para mi suerte, Benjamín no sabía cuál era mi habitación, así que ni siquiera se acercó a ella; fue directamente al centro de la sala y allí se quedó.

—Siéntate —invité, y él tomó asiento en el sofá de dos cuerpos, a lo que yo me acomodé a su lado.

—Me gusta tu casa —comentó como si nada—. Es totalmente acogedora —comentó con una sonrisa.

—¿Por qué no fuiste a la facultad? —preguntó, haciendo llegar por fin la pregunta que yo esperaba.

—Pues... —dudé un poco antes de responder—. Es que me sentí algo mal —comenté, optando por mentir, puesto que no le diría: "Oh, no fui porque estaba curando el cuerpo de mi amigo demonio semidesnudo mientras yace inconsciente en mi cama" —. Ahora me siento mejor —concluí mi explicación.

—Me alegra eso, May —sonrió y rozó levemente mi mejilla en una dulce caricia.

Pasó una y luego dos horas, y mis nervios aumentaban. ¿Cuánto podía llegar a dormir Kelian? ¿Era normal que durmiera tanto? Mi intranquilidad crecía con cada minuto; me desesperaba no saber nada de la situación de salud de Kelian. Y Benjamín seguía ahí, inamovible, sin tener ninguna intención de irse, por más de que yo le hubiera dado algunas indirectas de que me sentía cansada, entre otras cosas.

Eso era otro punto de angustia: tarde o temprano Kelian despertaría y vería a Benjamín, y Benjamín lo vería a él. ¿Qué excusa pondría? ¿Cómo explicaría aquello? Estaba realmente en problemas y no tenía idea de cómo salir de ellos.

Ben y yo nos encontrábamos abrazados en el sofá viendo la película Hitch. Afuera, el sol se encontraba en su punto más bajo contra el horizonte y faltaba poco para que se esfumara del Cielo. Había encendido la chimenea, puesto que el frío empezaba a penetrar las paredes de la modesta casa, por lo que el resplandor del fuego iluminaba nuestros rostros.

Cuando una calma aplastante se extendía en el lugar, un quejido retumbó dentro de las paredes de la casa. O mejor dicho, un alarido desgarrador, como el de alguien que se despierta en la mesa de operaciones con el vientre abierto. Benjamín se sobresaltó, apretándome contra su pecho en actitud completamente alerta.

De inmediato identifiqué de dónde provenía el alarido, y era de donde yo más temía. Me moví para zafar de su agarre y me levanté rápidamente, arrojando mi cuerpo hacia el umbral de la puerta de mi dormitorio.

—¿Qué hacés? —preguntó Ben confundido a mi espalda, pues los gemidos desgarradores seguían.

—Yo... no es nada —me apresuré a decir y, sin mediar más palabras, me adentré en mi habitación.

Cuando entré en ella, me encontré con una escena realmente terrorífica. Kelian se retorcía aferrándose a las sábanas con los músculos totalmente tensos y bañado completamente en sudor; el dolor que padecía lo hacía gemir estruendosamente y cerrar los párpados con tanta fuerza que su cara estaba roja. Una desesperación agobiante me inundó.

—¡Kelian! —exclamé casi en un grito; el horror me hacía estremecerme. Me abalancé hasta la cama y lo sujeté, colocando mis manos en su pecho desnudo. Su fuerza era imponente, a pesar del estado delicado en el que se encontraba. Dejé escapar un alarido por el esfuerzo y comencé a intentar hacerlo entrar en sí.

—¡Kelian, Kelian! —le grité—. Reacciona, Kelian, por favor —rogué.

Él no reaccionaba; seguía agitándose violentamente y gritando. En ese momento, oí los pasos de Ben al introducirse en la habitación. Definitivamente, la escena que estaba presenciando no era la que un chico quisiera ver de su chica: ella sobre el cuerpo desnudo de otro hombre, con las manos en su pecho.

Decidí ignorar la presencia de Benjamín; ese será un problema para la Maite del futuro. En ese momento necesitaba ayudar a Kelian. Entonces, volví a prestarle toda mi atención al chico jadeante que tenía entre mis manos.

—¡Kelian, por favor, despierta! —exclamé y lo sacudí—. Despierta, por favor —dije comenzando a llorar de desesperación.

Volví a sacudirlo y, al ver que no reaccionaba, lo abracé. Me abracé a su fuerte torso como si no hubiera mañana, comenzando a rogar, una y otra vez, que despertara de su martirio. Al cabo de unos minutos de jineteo, gritos y una fuerza descomunal por mi parte, Kelian logró abrir los ojos, jadeante, con la respiración entrecortada. Cuando fui consciente de que estaba reaccionando, me separé un poco de él.

—Gorriona, eres tú... —musitó aliviado al abrir los ojos y verme.

—¿Qué te pasó? Parecía que te estaban torturando —balbuceé preocupada.

—Yo... no sé... ¡Ah! —se quejó de dolor.

Vi por el rabillo del ojo cómo Benjamín se encontraba inmóvil en el umbral de la puerta, casi sin respirar y con una clara cara de horror al presenciar la escena. Volví a bloquear los sentimientos de culpa que me invadían; necesitaba centrar mi atención en el demonio que tenía ante mí.

—¿Cómo es que aún no te curaste? ¿Qué te causa tanto sufrimiento, Kelian? No sé cómo ayudarte —dije al oír que se quejaba y temblaba de dolor.

—Veneno —escupió mientras cerraba los ojos—. Esos malditos me inyectaron veneno de los ángeles —gimió mientras se estremecía; comenzaba a recaer en las garras del delirio.

—¡¿Qué?! —exclamé desesperada—. ¿Te vas a poner bien? ¿Hay cura? —pregunté tomándole el rostro para intentar que no se desvaneciera por el dolor.

—Me pondré bien en algún momento —quejido—. Esto no me matará, te lo aseguro.

—¿Cómo puedo calmar tu dolor? —pregunté angustiada; no podía quedarme de brazos cruzados viendo cómo agonizaba.

—Solo un ángel podría aliviarme —rió desanimado—. Eso no sucederá —cerró los ojos con fuerza.

—Sí que sucederá —afirmé mientras Kelian apretaba las mandíbulas de dolor.

Me levanté y caminé hasta la sala. Escuché los pasos de Benjamín tras de mí; era obvio que en algún momento tendría que enfrentarme a él.

—¿Qué carajos, May? ¿Qué hace ese hombre ahí? O más bien dicho, demonio —siseó furioso.

—Luego te explico, ¿sí? Es un amigo, solo... —hice una pausa—. Solo no hagas preguntas ahora —afirmé, temblando de los nervios.

Tomé mi celular y busqué en la agenda de contactos hasta que encontré el número que estaba necesitando. Presioné llamar y de inmediato contestó.

—"¿Isaías?... Sí... Hola... ¿Estás cerca? Necesito que vengas... ¿Con Vero? Bueno, vengan los dos... Te lo ruego, necesito tu ayuda... Por favor... Gracias... Nos vemos en cinco".

—Vendrán Vero y su novio —le informé a Benjamín.

—¿De verdad piensas ayudar a ese demonio? —preguntó anonadado.

—Sí, ya te dije que es mi amigo; si no fuera por él, yo aún viviría en la caverna de Platón —hice una pausa—. Además, me está entrenando para que pueda afrontar mi futuro —guardé silencio un instante, recordando el motivo de por qué él estaba sufriendo en este momento—. Y como si todo eso fuera poco, nosotros estamos sanos porque él se peleó con toda una manada de lobos para evitar que nos atacaran anoche, y por eso terminó así —informé elevando el tono—. Así que no me vas a decir si puedo o no puedo ayudarlo; se lo debo —declaré en tono firme.

Benjamín quedó pálido y movió la boca varias veces para hablar, pero no lo logró. Entonces, decidió resignarse y sentarse en el sofá, enfadado. Resoplé y rodeé los ojos; se estaba comportando como un crío. Pero, por dentro, yo sabía que sus celos tenían fundamento, más fundamento del que él sabía.

Ben se levantó y se metió al baño; en ese momento el timbre sonó. Me apresuré a ir a la puerta y, cuando la abrí, suspiré de alivio al ver a mi querida Ángel junto a su novio.

—May, querida, ¿qué pasa? ¿Te pasó algo? —preguntó preocupada mientras la pareja se introducía en mi sala, apresuradamente.

—Necesito la ayuda de Rafael —hice una pausa—. Pero no es para mí, es para un amigo —dije nerviosa, pues sabía que era una idea completamente descabellada.

—¿Qué amigo? —inquirió Rafael alzando una ceja.

—Yo, bueno, pues... —dudé y me rasqué la cabeza—. Es para Kelian. Yo sé que te negarás, pero le inyectaron veneno de ángeles cuando me defendía de una manada de hombres lobo con sangre celestial. Es mi culpa; si él no me hubiera salvado, no estaría así, por favor —expliqué apresurada en tono de súplica.

—Definitivamente no —se negó rotundamente.

—Por favor —rogué derramando varias lágrimas.

—Por favor, ayudalo, cariño; hacelo por Maite —le pidió Verónica haciéndole ojitos, colgándose de su brazo, y él suspiró.

—Está bien, está bien —se quejó negando con la cabeza—. Lo haré solo por ti —musitó mirando a su novia, quien le hacía pucheros.

— ¡Gracias, gracias, gracias! — chillé.

Nos apresuramos a entrar en mi habitación y la escena de hace un momento se repetía. Kelian, completamente bañado en sudor con su cuerpo semidesnudo, se retorcía y gritaba. Dejé escapar unas cuantas lágrimas; odiaba verlo de aquella manera. Rafael se le acercó observando las profundas heridas que Kelian tenía esparcidas por todo su cuerpo y suspiró.
Se arremangó, supongo yo que para evitar mancharse la camisa de sangre, y comenzó a hablar en latín con una voz grave, totalmente desconocida para mí y, por lo visto, también para Vero. Esta última lo miraba fijamente, entre el asombro y el espanto, como si recién estuviera cayendo en la realidad de lo que era su novio. Isaías tomó la cabeza de Kelian y concentró su poder allí. Pasaron varios minutos de esa manera, hasta que Kelian dejó de gemir por el dolor y su respiración se serenó; tembló varias veces y se quedó completamente quieto.
—¿Ya está? —pregunté acercándome a la cama, temerosa de que el chico de barba comenzase a agitarse de nuevo.
—Sí, ahora le he recitado un mantra del sueño para que realmente pueda descansar —dijo volviendo a colocarse a un lado de su novia.
—Ha dormido todo el día... —murmuré.
—¿Ha dormido todo el día semidesnudo en tu cama, Maite Nazaret? —preguntó de forma dramática Verónica, colocándose las manos en la cadera y luego largándose a reír.
—¡Oh, maldita pervertida, no de esa manera! —exclamé sin elevar la voz mientras reía; era increíble lo rápido que Vero podía desvirtuar una situación seria cuando se lo proponía.
—Más te vale —advirtió Isaías alzando una ceja, pero con una pequeña sonrisa en el rostro—. Deberíamos salir de la habitación; nos quedaremos en la sala para vigilarlo un rato, pero estando aquí solo lo despertaremos —habló con seriedad.
—Tenés razón —asentí con la cabeza.
Salimos de la habitación; en dicho momento, vi que Benjamín permanecía sentado en el sofá, inmerso en sus pensamientos. Me acerqué a él y le tomé la mano con la mayor ternura que pude; él me correspondió la mirada con la misma intensidad y sentimiento. Me disponía a hablar cuando una voz que no era la mía resonó en la habitación.

—¿¡Benjamín!? —exclamó Rafael, completamente descolocado.

Mi cabeza giró en dirección a Isaías, quien tenía los ojos tan grandes como platos y su color, ya de por sí pálido, se había desvanecido. Por alguna razón, ver a mi chico (pues éramos una pareja pero sin etiquetas) le causó una sorpresa desmedida. Benjamín imitó mi acción y, en cuanto él y Rafael encontraron sus miradas, la mandíbula de Ben cayó y vi cómo a este último le temblaron las manos levemente.

—¿¡Padre!? —exclamó Ben totalmente consternado, levantándose de su lugar; a partir de ahí, todo fue caos—. ¿Qué hace usted acá? —preguntó abrumado al ver a Rafael.

Vero y yo nos miramos totalmente paralizadas por aquello. Pude ver que la sorpresa a Verónica le había robado el habla; se había separado de su novio y recostado una mano contra la pared para mantener el equilibrio.

—¿Qué hago yo aquí? No, ¿qué haces tú aquí? —inquirió—. Deberías estar en España en este momento.

—Ve cómo nunca me escucha —acusó enfadado, como un niño grande—. Le comenté que viajaría por el mundo hace un año.

—No, no lo hiciste —rezongó Rafael.

—Sí, sí lo hice —insistió Benjamín—. Y estoy aquí porque tocaba venir a Uruguay y conocí a May y a Vero en Brasil —hizo una pausa y miró a Verónica a los ojos; entonces comprendió de quién hablaba Vero cuando hablaba de su novio—. ¡Por todos los Cielos, Verónica! —miró estupefacto a su padre—. Está bien que yo, con veinticuatro años, ya sea mayorcito para May y que lo haya ignorado... —hizo una breve pausa—. Pero usted, padre, con Verónica... son eones.

—¡No te metas en mis asuntos y tenme algo más de respeto! —vociferó Rafael.

—El respeto uno se lo gana, padre —dijo entre dientes.

—El respeto lo tengo más que ganado —escupió—. Y ahora te callás y me decís qué intenciones tenés con May; soy su protector y no voy a dejar que mi propio hijo le haga daño —afirmó con severidad; tenía el rostro transformado.

—¡Basta! —gritó Verónica reapareciendo de entre las sombras—. Dejen de discutir —vociferó y se alejó de la pared—. Isaías, ¿cuándo me ibas a decir que tenés un hijo y que además es cinco años mayor que yo? —preguntó enojada.

—Puedo, puedo explicarlo —tartamudeó Rafael tomando las manos de Vero entre las suyas.

—Oh, más vale que sea convincente —dijo mi amiga, arrebatando sus manos y cruzándose de brazos.

—Yo, yo te lo iba a decir, pero no ahora; tienes mucho que procesar como para sumarle esto. Sabés que te prometí no volver a mentir —le explicó Isaías a Verónica, estirando una mano para acariciar suavemente su rostro, utilizando una voz y mirada tierna que claramente tenía reservada para ella, porque la indignación y el desasosiego de Vero disminuían a cada segundo que pasaba.

—Está bien, puedo comprenderlo —hizo una pausa—. Solo no vuelvas a ocultarme este tipo de cosas, ¿sí? —susurró Vero e Isaías la abrazó. Luego, al separarse un poco, ella volvió a hablar—: Ben —llamó a mi chico, quien los miraba con una mezcla de recelo y confusión—. Sé que te parece descabellado, sé que no aprobás mi relación con Rafael, y no porque sea tu padre, sino porque es un arcángel; eso me lo expresaste antes de saber de quién hablaba —hizo una pausa—. Pero realmente amo a tu padre y creo que moriría si tuviera que separarme de él.

—Vero, te aprecio de verdad, pero yo mismo fui el primero en decirte que los separaran, o... —miró a los ojos a Rafael—. ¿Estaría dispuesto a caer, a ser condenado al Infierno, solo por mantenerse a su lado?

—Sí, Benjamín, estaría dispuesto a caer por ella —afirmó con completa resolución, mirándolo a los ojos, y Verónica tomó aire de golpe, llevándose la mano al pecho ante tal afirmación.

—¿Qué? No, no puedo permitir que eso suceda —exclamó Vero.

—Sucederá algún día, cuando me descubran —la miró con ternura y luego dirigió su atención a su hijo—. Al igual que sucederá cuando descubran tu existencia, Benjamín, y que además me mantuve pendiente de ti. ¿O tú crees que te abandoné a tu suerte y no me preocupé por ti? —le dijo levantando un poco el tono—. Mil veces te saqué de los líos en que acostumbrás a meterte; mil noches pasé sin dormir porque tú estabas metido en algún lugar lleno de criaturas infernales o, peor, padecías alguna enfermedad humana— habló mientras se le quebraba un poco la voz—. Fui a tus partidos de fútbol, a tu graduación y estuve en cada cumpleaños —confesó—. Solo que no podías verme, hijo... —susurró lo último con la voz un poco quebrada.

—Yo... —intentó hablar Benjamín, pero no pudo.

Su labio inferior tembló y sus ojos se cristalizaron; acababa de descubrir que el padre que creía que lo había abandonado había hecho todo menos eso, y él solo había acumulado un rencor injustificado. Le sujeté las manos con cariño mientras él se mordía el labio para no llorar. Verónica le dio un pequeño empujoncito a Rafael para que fuera a abrazar a su hijo y, luego de dudarlo un poco, caminó lentamente hasta estar frente a nosotros. Yo le hice un gesto con la cabeza a Ben, y este se paró, abrazó a su padre y lloró.

Isaías lo abrazó fuertemente contra su pecho; en ese momento, mi chico de los ojos dorados se veía completamente vulnerable, joven... parecía un verdadero niño en los brazos de su padre. Y así era: no había podido sentir de verdad el cariño de Rafael hasta ese momento.

—Perdón, papá; perdón por ser un dolor de cabeza —sollozó.

—No tienes que pedir perdón, equivocarse es parte de crecer —dijo Isaías tiernamente y, a lo lejos, fue Verónica la que pareció derretirse.

—¡Basta de tanta cursilería, me van a causar diabetes! —resonó la voz de Kelian desde el dormitorio, y absolutamente todos nos echamos a reír.

CAPÍTULO 20.

"El verdadero amor no es otra cosa que el deseo inevitable de ayudar al otro para que sea quien es."

Jorge Bucay.

»——«•◦✻◦•»——«

—Si sigo ayudando tanto a los de tu bando, voy a terminar en el Cielo.

—Y serás bienvenido, lo sabés.

Esas fueron las palabras que intercambiaron Isaías y Kelian cuando el primero fue a revisar el estado de salud del último por última vez. Rafael y Verónica se fueron juntos poco después de eso, y yo le insistí a Ben que fuera a descansar, pues había vivido muchas emociones fuertes ese día. Él lo dudó mucho, pues era consciente del demonio que yacía en mi habitación en paños menores. Lo entendía; era una situación bastante compleja, pero si quería estar conmigo, debía confiar en mí. Al final, solo cuando mi madre regresó (pues había pasado todo el día fuera de casa con el tema de la demanda), se fue. Antes de irse, se despidió de mí con un largo y demandante beso que dejaba claras muchas, demasiadas cosas.

Le expliqué la situación del huésped que tenía alojado en mi habitación a mi madre y, luego de hacer varias preguntas, muchas caras de desconfianza y de que yo le contara que él me había salvado, mi madre accedió a que él se quedara. Pero claro, había una condición, y esta fue que yo durmiera con ella. Obviamente no puse ningún reparo al respecto y accedí sin oponer ni la más mínima resistencia.

Luego de cenar, le llevé algo de comida a Kelian, pues debía de estar hambriento. Cuando entré, lo encontré acostado sobre varias almohadas, tapado con mis frazadas y mirando hacia la pared, completamente en silencio y a oscuras. Encendí la luz y, luego de dejar la cena arriba de mi mesita de luz, le dirigí una larga mirada, tratando de descifrar su actual estado de ánimo.

—¿Kelian? ¿Estás despierto? ¿Cómo te sientes? —dije escrutándolo con la mirada.

—Ajá —respondió sin darse vuelta—. Me siento mejor, aun dolorido; de igual forma ya me tengo que ir —contestó e hizo un ademán para levantarse.

—No, no te irás; no dejaré que te marches y puedas empeorar. Te quedarás aquí a dormir —afirmé con severidad.

—¿No era que no me querías en tu habitación, Gorriona? —preguntó levantando una ceja.

—Esas eran otras circunstancias —hice una pausa—. Además, yo dormiré con mi madre.

—Eso es una lástima —me guiñó el ojo, a lo que yo me reí.

—Con lo mal que estás, no podrías hacerme nada —afirmé divertida entre risas.

—Tenés un punto —reconoció reflexionando—. Sí, mejor esperá a que me recupere; ahí podré hacerte ver la cara de Dios sin que vayas al Cielo —alardeó riendo, y a mí se me encendieron las mejillas.

—¡Kelian! —exclamé escandalizada, y el calor me encendió todo el cuerpo.

—Tú me provocas —sonrió—. Admitelo, te pongo más que el estirado de tu novio —sonrió de costado.

—Eres el Infierno, Kelian —respondí y puse los ojos en blanco, pero no fui capaz de negarlo. Él rió y me tiró un beso.

—Te traje la cena, ¿necesitás algo más? Lo que sea —comenté cambiando de tema.

Entonces, vi un atisbo de ilusión en la mirada de Kelian, pero noté que de inmediato apartó ese pensamiento de su mente, ahogándolo por completo, y sus ojos se sumieron en un profundo vacío. Algo dentro de mí se rompió al ver aquello; quería hacer lo que fuera con tal de borrar esa expresión de desilusión de su rostro.

—No, nada, gracias por la cena y... —hizo una pausa—. Y por todo —hizo una mueca y desvió su mirada hacia la ventana.

—Kelian, por favor, dime qué acaba de pasar por tu cabeza; si está en mi mano, te lo proporcionaré —rogué, colocando una de mis manos sobre la suya.

—Emm, no sé —tragó saliva—. ¿Me darías un abrazo?, por favor —preguntó con la voz encogida.

Por un momento, perdió toda la fortaleza de su semblante. Parecía un niño perdido que añora un hogar y un poco de cariño. En mi pecho, sentí cómo algo se resquebrajaba al oír tal petición y me apresuré a rodearlo con mis brazos. Oí cómo dejaba escapar el aire que había estado reteniendo y escondía su rostro entre mi hombro y mi cuello. Sentí cómo se aferraba a mí con fuerza y cómo su respiración se agitó, como si sollozara en silencio, pero no dijo nada. Pasaron varios minutos hasta que nos separamos y nos quedamos mirando fijamente, muy... demasiado cerca el uno del otro.

—Gracias —susurró él, mirándome intensamente a los ojos, de una manera en la que parecía que podía ver mi alma.

—No debes pedirme abrazos; puedes abrazarme cuando y donde sea, que siempre te corresponderé —contesté firmemente mientras lo miraba y le regalaba una tierna sonrisa.

—¿Siempre me corresponderás? —preguntó, y en ese momento pocos centímetros de distancia nos separaban el uno del otro.

—Siempre —contesté con completa seguridad, y me besó.

Me besó; recorrió los pocos centímetros que nos separaban y me besó. Me besó de una forma que nunca olvidaré: de forma demandante, hambrienta, severa y caliente, jodidamente caliente. Pero, al mismo tiempo, su beso era delicado, cariñoso y tierno, con una mesura y determinación desmedida. Un sinfín de emociones y sensaciones recorrieron mi mente y mi cuerpo y, por unos instantes, me entregué a él; me entregué a ese beso que me robaba el aliento.

Pero el beso se fue tan rápido como llegó.

Él se separó de mí de forma tan rápida que fue hasta violento. Me dejó perdida, naufragando en un mar de sensaciones y con un vacío en el interior que solo él podía llenar; y dolió. Esos instantes siguientes dolieron; dolieron en lo más profundo de mis entrañas.

—Perdón, no debí... —pidió apenado, con sus mejillas sonrosadas como jamás se las había visto—. Sé que estás en pareja y lo siento —hizo una breve pausa—. Me dejé llevar, no volverá a pasar —afirmó, y mi interior lloró.

Lloró porque se negaba a mantenerse alejado de él; ahora que lo había probado, no quería más nada que a él.

—Yo... sí, bueno, no pasa nada. No pasó nada, ¿okey? —contesté rápidamente, cayendo en la realidad: yo estaba con Ben y lo quería, y Ben no se merecía que lo engañara.

—Okey, no pasó nada —respondió con firmeza, pero podía notar cómo algo se había roto dentro de él también.

Me levanté de inmediato y me apresuré a salir de la habitación, no sin antes desear las buenas noches, y corrí hasta donde mi madre para esconderme en su lecho y alejarme de las malas tentaciones.

Al siguiente día, Kelian ya podía andar sin cojear así que, para mi pesar, decidió que no se podía suspender el entrenamiento. Diez vueltas y muchos otros ejercicios me esperaron aquella mañana, en los cuales Kelian no pudo acompañarme en ninguno.

Luego de dejarme en la puerta de mi casa, se despidió de mí alegando tener muchas cosas pendientes por hacer. No discutí y lo dejé marchar sin más, puesto que ya lo había retenido demasiado.

Era domingo y, como no tenía facultad ni nada para hacer en particular, luego de bañarme almorcé y finalmente me puse a estudiar. Estudié por cuatro horas y luego me dispuse a revisar mis redes sociales. Apenas me acababa de conectar a Facebook cuando me habló quien menos esperaba. Lilín me mandó un mensaje para ver en qué andaba y si quería salir a dar unas vueltas.

No lo pensé demasiado y acepté de inmediato, pues creía que moriría de aburrimiento en cualquier momento. Después de semanas sin verla y sin recibir más que algún mensaje de ella en el grupo de sus hermanas, reaparecía así sin más. Pero me alegraba que apareciera; extrañaba sus comentarios irónicos, sus bromas y la manera en que quería ejercer de casamentera todo el tiempo.

Quedamos de encontrarnos en la plaza Líber Seregni a las seis en punto pm, así que aún me quedaban algunas horas para aburrirme y luego para vestirme con ropa con la que fuera digna salir a la calle. En ese ínterin de tiempo llamé a Ben para ver cómo se encontraba, y dijo que jamás se había encontrado mejor. Yo me alegré, puesto que solo deseaba felicidad para él, ya que era el chico más amable que jamás había conocido y lo empezaba a querer un montón. Le conté lo de mi salida con Lilian y que hacía mucho que no la veía; él solo me dijo que me abrigara, pues afuera estaba más frío que el Ártico.

Cuando fui a vestirme, opté por hacerle caso a mi chico: me puse jeans, botas, una blusa sobre una polera cuello de tortuga y, además de ello, un saco de paño. Tomé un café y fumé un cigarrillo antes de salir. Preparé el mate, coloqué el termo y el porongo en la matera, me la colgué y luego tomé mis llaves. Antes de salir por la puerta me despedí de mi madre, quien se encontraba preparando la cena, y me dirigí a la parada a esperar al 370.

Cuando por fin estuve en la plaza, me fue fácil avistar a Lili de inmediato.

a chica de los anteojos morados llevaba puesto un jean rojo, una polera cuello de tortuga azul eléctrico y unas botas de caño largo y tacón de aguja. Ella, al verme, alzó la mano para saludarme, acto que yo imité para luego apresurarme a llegar donde estaba.

—Hola, perdida —saludé al llegar.

—Hola, May —sonrió—. Oh, sí, soy la peor; es que tenía mil cosas en la cabeza.

—¿Y ya pudiste solucionar algo? —pregunté mientras me sentaba a su lado.

—No, y eso es lo peor —respondió cabizbaja—. ¿No has sentido que el mundo conspira contra tu felicidad? ¿No has amado a alguien tan lejano e inalcanzable que por mucho tiempo negaste, pero cuando por fin lo aceptás, te das cuenta de que es un amor prohibido?

—Yo... —dije y dudé; en ese momento el nombre de Kelian asaltó mi mente, pero de inmediato lo descarté. Yo no estaba enamorada de Kelian, ¿o sí? —. Yo no lo sé, pero sí he sentido que todo conspira contra mi felicidad —contesté finalmente.

—No sé lo que haré —gimió angustiada.

—Si realmente amás a esa persona, si realmente la amás y si ese amor es correspondido, entonces luchá contra el mundo. Luchen juntos, salgan adelante y caguense en todo y en todos, porque lo que realmente importa es su felicidad, querida Lili.

—No lo sé; es tan complicado, tan complejo —musitó, y su voz transmitía una completa desolación.

—Lili, vos merecés ser feliz; el resto es puro cuento —le dije tiernamente.

—Gracias, May; tu eres adorable —sonrió.

Luego de esa pequeña conversación pusimos en marcha el mate y pasamos dos horas hablando de distintos temas, hasta que, en cierto punto, la conversación se desvió hacia Kelian y le terminé contando a Lilín, a grandes rasgos, lo sucedido la noche anterior. Ella me miró por unos segundos pensativa y luego dijo:

—Le dije que tuviera cuidado —balbuceó—. Se lo dije muchísimas veces.

—¿Qué tuviera cuidado? Yo no le hice nada —aseguré, sintiéndome un poco atacada.

—No, May, no es que tu hayas hecho o no algo; es que Kelian, a pesar de su fortaleza, su semblante y su pedante máscara de ironía, es un chico muy tierno, hasta demasiado para ser quien es... —hizo una pausa—. Y ese, querida May, es su talón de Aquiles —respondió un poco sombría para mi gusto.

—No comprendo qué tiene de malo ser bueno, y qué tiene que ver un beso en todo eso; es solo un beso —aseguré.

—No, te aseguro que no es solo un beso —comentó fríamente—. Kelian jamás besa, jamás —hizo una pausa—. No es que no haya tenido sexo, obvio que sí. Cientos de chicas, cientos, pero a ninguna... —me miró fijamente—. Escuchame bien: a ninguna, jamás, la besó en los labios; no deja, de ninguna manera, que lo besen —hizo una pausa mientras por mi rostro se reflejaban un montón de emociones que iban desde la incredulidad al pánico—. Ya sé que creés que no es cierto, pero lo es; él es así, no sé por qué, pero él es así.

—Eso no tiene ningún sentido —dije sintiendo una punzada indebida de celos en mi pecho al escuchar que Kelian había estado con cientos de mujeres.

—Él te quiere; no sé si te ama, pero que te quiere, te quiere, y mucho más de lo que imagínas —hizo una pausa—. Y eso es lo que lo destruirá.

—¿Destruirá? Estás loca. Primero, no creo que me quiera y, segundo, si fuera así, yo jamás utilizaría eso en su contra, Lili; es muy macabro —respondí indignada.

—Algún día entenderás por qué te digo esto —aseguró con la mirada perdida.

—¿Por qué todo tiene que ser secretos? —pregunté enojada.

—Porque así es necesario que sea —contestó—. De igual forma, algo me dice que falta muy poco para que la completa verdad sea revelada —afirmó, y supe de inmediato que no hablaría más del tema.

La miré por un largo rato; ella se había quedado con la mirada clavada en el césped, pensativa, como tratando de arreglar el mundo con su mente. Me mordí el labio al trasladarme a mis propios pensamientos. ¿Kelian podría quererme? ¿Eso sería posible? Algo se removió dentro de mí, y recé para que no fuera esperanza, porque en ese mismo momento, era yo quien estaba confundida. ¿Era posible que yo quisiera a Kelian? Pero yo quería a Benjamín; eso no era posible. A no ser que mis sentimientos por Ben fueran erróneos, pero no lo creía; estaba segura de querer a Ben más que a nada.

Ambas nos quedamos en silencio por un buen rato con la mirada perdida, hasta que por el rabillo del ojo creí divisar un cabello rubio bastante conocido y, al fijar mi atención en quien se acercaba caminando, supe que estaba en lo cierto. Ahí venía Vero, pero no sola: Luvia venía con ella. Ambas estaban inmersas en una amena conversación.

—¡Vero, Luvia! —exclamé con agrado.

Ambas miraron en mi dirección. Verónica sonrió de oreja a oreja al vernos a Lili y a mí, pero, por su parte, Luvia se tensó completamente al ver a Lilian; supuse que era natural: mi ángel guardián no aprobaba mi relacionamiento con vampiros. Por otra parte, vi cómo los hombros de Lili se tensaban al ver caminar a Luvia junto con Vero hacia nosotras. Temí por unos instantes que se lanzaran una contra otra y se desatara una pelea, pero, por suerte, eso no sucedió.

—Hola —canturreó Vero al llegar y, por su parte, Luvia asintió con la cabeza en forma de saludo—. ¿Qué hacen?

—Vinimos a tomar unos mates y a despejarnos —contesté yo—. ¿Ustedes?

—Lo mismo —contestó Luvia sonriente.

—Genial, siéntense, chicas —ofrecí, y ellas lo hicieron con agrado.

El ambiente se puso algo más tenso de lo que ya estaba, pues Lili y Luvia no se miraban siquiera. Vero y yo, al darnos cuenta, comenzamos a parlotear sobre mil cosas; así logramos que el ambiente se distendiera y que ambas chicas rieran y hablaran por igual. En un momento de la charla, empezamos a hablar de ropa casual, de fiesta y otros, y de cómo deberían estar combinados según la persona y los colores, a lo que Lilian comentó:

—A mí, por ejemplo, me encanta cómo combinó la ropa Leuviah; los tonos celestes y verdes agua combinan con sus ojos y hacen resaltar el dorado de su cabello —dijo sonriente.

—Gra... gracias —titubeó Luvia, mientras un rubor aparecía en sus mejillas.

—No me agradezcas, es verdad —afirmó Lili encogiéndose de hombros.

Y era verdad; Luvia siempre se vestía muy elegante, con medias, tacones, polleras y blusas perfectamente combinadas, siempre con telas finísimas y joyas en oro; era la humanización de un Ángel en persona. Noté que Lili se había quedado hipnotizada con la risa de Luvia luego de que Vero hiciera un chiste muy bueno; vi cómo sus miradas se encontraban y se apartaban rápidamente, y cómo sus mejillas tomaban color. Entrecerré los ojos. ¿Es que alguna de las dos sabía algún secreto de la otra?

¿Podría ser que fueran amigas a escondidas? ¿O capaz algo más? Mil preguntas tomaron mi mente en ese momento.

Pasaron algunas horas hasta que el frío intenso nos corrió de la plaza, a lo que, luego de despedirnos, Vero y yo nos fuimos juntas, y Lilín y Luvia se fueron cada una por su lado.

Nos tomamos el 370 de regreso y, cuando estuvimos instaladas en el bondi, decidí contarle a Vero sobre el beso con Kelian. Ella abrió mucho los ojos, se tapó la boca y dejó escapar una pequeña risita.

—Lo sabía, sabía que eso sucedería —canturreó—. Te lo dije —afirmó demasiado divertida para mi gusto.

—No, Vero, no; yo estoy con Ben y quiero a Ben, no a Kelian —argumenté.

—Mirá, puede que quieras a Ben, eso no lo niego, es un tipo súper majo, pero entre Kelian y tú siempre, pero siempre, ha existido una enorme tensión sexual —hizo una pausa—. Y todo eso del entrenamiento y el secreteo... está claro que ha provocado que ambos se tengan un poco más del cariño debido entre personas que dicen solo ser amigos —sonrió—. Tú quieres a Ben, también quieres a Kelian, pero la diferencia está en que a Ben solo lo quieres, pero a Kelian lo deseas, te quemas por él; admítelo, May.

—¡Vero! Nada que ver —exclamé quedando completamente roja.

—Ajá, sí, claro —puso los ojos en blanco—. ¿Cuándo vas a asumir la realidad?

—Eso no es real —dije cruzándome de brazos—. Yo quiero a Ben, punto; Kelian solo es un amigo.

—Sí, claro, obvio; Rafael también es solo mi amigo —rodó los ojos.

—Eres insoportable cuando te lo propones, ángel —comenté irritada.

—Lo sé —dijo con una gran sonrisa—. Avísame cuando bajes a tierra, ¿vale? —dijo mirándome seriamente.
—Vale —mascullé rodando los ojos.
El resto del camino no cruzamos palabra y, cuando llegamos a la parada, bajamos y nos despedimos allí mismo, pues Rafael había ido a buscarla. Caminé hasta mi casa en mitad de la noche, mirando hacia ambos lados para escrutar los alrededores. Cuando llegué, una gran caja estaba colocada en la puerta; la cargué y entré con ella a la sala.
Estando en la sala, recorrí la caja con la mirada para detenerme en una pequeña tarjetita que colgaba de una de las tapas; me agaché y la tomé. En ella había un simple texto:
"Gracias por tus cuidados, espero que te calce. Kelian".
Sonreí al ver su bien cuidada caligrafía y de inmediato me apresuré a abrir la caja. Cuando estuvo abierta, el contenido resultó ser oficialmente el regalo más raro que me habían hecho. En su interior había una armadura femenina dorada: firme, real... era una armadura de guerrera, y era para mí.
Emocionada, la tomé y corrí a mi habitación para probármela. Parte a parte fui colocándola y ajustándola a mi cuerpo con gran seguridad. Me miré al espejo; la armadura consistía en varias partes: una pechera completa que me recubría torso, espalda y brazos, un short-pollera que dejaba descubierta la parte inferior de mis glúteos, unas botas del mismo material que subían casi a la altura de mi pelvis y unos guantes completamente dorados.
Volví a recorrer mi imagen en el espejo y noté que algo faltaba; en ese momento recordé la espada dorada que mi padre me había dado. Fui hasta la caja donde la tenía guardada, la tomé, apreté la gema en su empuñadura para extenderla, tomé el amuleto y me lo coloqué; luego, me até el cabello en una coleta alta.
No pude reconocerme. El metal se ajustaba perfectamente a mi figura, haciéndome parecer mucho más esbelta; la espada en mi mano me daba un aire de justiciera y por mi mirada cruzaba un reflejo de poder. Me sentía poderosa. Sentí un escalofrío que me recorrió de pies a cabeza, afirmé la punta de la espada en el suelo y giré mi cuerpo para quedar frente a frente con la ventana.

Y ahí estaba nuevamente una de las sombras, la negri-roja, mirándome fijamente. Tomé aire; esta vez no huiría. Caminé hasta la ventana y la sombra no pareció ni moverse. La abrí y quedé frente a frente con una figura negra de ojos rojos. La miré con una mirada glacial y me aferré a la empuñadura de mi espada. Y lo que pasó a continuación hizo que mis rodillas temblaran.

La figura estiró una mano, tomó mi cuello y me besó.

Dejé escapar un grito ahogado y el corazón se me aceleró. Por alguna razón, ese beso se me hacía conocido: cálido, acogedor. Pasaron varios segundos hasta que la figura se apartó, dejándome totalmente desconcertada y, así como se apartó, desapareció. Delante de mis ojos se desvaneció sin dejar rastro; mis rodillas fallaron y caí al piso. ¿Qué era lo que había sucedido? ¿Qué era esa cosa? ¿Por qué no me defendí? Me levanté y miré por la ventana, pero en la calle no había nada.

Me estremecí, un poco por el frío y otro poco por la sorpresa, y cerré la ventana. Me encaminé a la cama y allí me dejé caer; apreté mi cara contra la almohada para que esta ahogara mis gritos de frustración, y grité.

Grité con todas mis fuerzas; grité por todo lo que me sucedía. Grité por Ben, por Vero, por mi vida, por la falta de empleo de mi madre, por Kelian. Sí, también por Kelian, cuyo perfume estaba impregnado en mi almohada y me confundía, alborotaba mis hormonas y yo odiaba eso; odiaba el caos que causaba en mí.

Poco a poco me fui quedando dormida. Escuché a mi madre entrar a mi cuarto y musitar un "qué rayos" al verme con la armadura, pero no me despertó; apagó la luz para luego dejarme sola.

CAPÍTULO 21.

"El arte de la guerra es someter al enemigo sin luchar."

Sun Tzu, El Arte de la guerra

»——«•◦❋◦•»——«

Mediados de julio trajo con él aún más frío y tempestad. Las semanas transcurridas las había malgastado entre el entrenamiento, la facultad y Ben. No podía hacer mucho más, ya que normalmente diluviaba por la tarde y hacía un frío polar todo el día.

En el transcurso de esos días, Benjamín había venido a pasar las tardes conmigo y, alguna vez, yo había ido hasta la pensión. A Verónica la había visto en la facultad, como siempre, y aún no le decía nada a Isaías; yo sabía que eso traería problemas. Por su parte, las hermanas se habían pasado un par de veces por casa, como de costumbre alegando aburrimiento, y se habían mofado un rato de Ben, cosa que yo les permitía, puesto que tenían un sentido del humor tremendo.

Había alguien que sí había avanzado en su situación de hace unas semanas: esa era mi madre. Después de varias consultas al abogado y de ver la recopilación de pruebas que había hecho él mismo, este le había asegurado que tenían todas las de ganar, y eso aun faltando un mes para el juicio. Cuando mamá y yo recibimos la noticia, lloramos de alegría y festejamos con unas chelas, pues la ocasión lo ameritaba. Y como si eso fuera poco, mi madre había conseguido un nuevo empleo, mejor pago y con menos esfuerzo físico que el anterior, por lo que ya no corríamos peligro de quedar en la calle.

Sin embargo, mi entrenamiento sí había tenido algunas variaciones en su ritmo. Desde el día que Kelian dejó aquella armadura para mí en la puerta de mi casa, el entrenamiento se había intensificado. Cosas que había dentro del galpón comenzaron a aparecer: ahora tenía que levantar pesas, tirar jabalinas, hacer giros sobre barras, entre otros. Eso sin dejar de dar las vueltas a la alambrada y mis ya rutinarios abdominales, sentadillas, lagartijas y dorsales.

Con todo esto, era obvio que mi cuerpo había sufrido algunos cambios: me encontraba más delgada, mis músculos se estaban poniendo cada vez más firmes y mi elongación había aumentado. Estaba ansiosa de que empezara el entrenamiento de hoy para ver hasta dónde podría avanzar. Con cada logro, con cada meta que superaba, me motivaba aún más.

Había descubierto que mi cuerpo era más capaz de lo que habría imaginado nunca y, cada mañana con Kelian, para mí era un nuevo desafío. Una nueva forma de retarme a mí misma.

Me encontraba en la sala esperando escuchar el ronroneo de la Harley en cualquier momento. Esperé cinco minutos más hasta que sonó el motor fuera de mi casa y abandoné la misma para montarme con Kelian en su moto y comenzar a recorrer las calles montevideanas de aquel domingo por la mañana.

Al llegar al campo de entrenamiento, no sabía lo que me esperaba aquel día; no podía ni imaginarlo. Para empezar, corrí las ya obligatorias quince vueltas a la alambrada con mucha rapidez y agilidad; luego, realicé las cuatro series de cincuenta lagartijas y sentadillas, y los cien abdominales y dorsales como si se tratara de un juego de niños. Mi cuerpo respondía a las pruebas físicas de manera descomunal, y eso se lo debía en parte a Kelian, que había tenido toda la paciencia del mundo al entrenarme.

Las pesas y jabalinas llegaron como siempre al entrenamiento, y las supe manejar con gran soltura. Pero, cuando creí que habíamos terminado por hoy, Kelian apareció frente a mí con dos grandes espadas de acero y mis ojos brillaron de emoción.

—Hoy empezaremos tu entrenamiento como espadachín —aseguró en un tono firme.

Mientras estábamos en el campo de entrenamiento siempre era así: él daba órdenes en tono severo y yo cumplía sin rechistar. Pero todo cambiaba en cuanto montábamos la Harley para regresar, puesto que, por un lado, ahí tenía la libertad de contrariarlo a gusto y, por el otro, él se mostraba mucho más amable conmigo desde que le había hecho de enfermera aquel horrible sábado.

—Entendido —dije asintiendo con la cabeza, y él me alcanzó una de las espadas.

—Hoy aprenderás técnicas y posturas; tienes que aprender a sostener la espada y a pararte firme con ella antes de aprender a luchar —explicó.

—Okey, empecemos —respondí con seguridad, y él asintió.

Comenzó a mostrarme con su propio cuerpo la manera indicada en la que debía pararme para no perder el equilibrio por el efecto del peso de la espada.

De a poco lo fui imitando y, aunque me llevaba uno o dos intentos, lograba dominar las posturas con bastante facilidad.

Esto fue así hasta que me colocó un libro en la cabeza para mantenerlo ahí mientras cambiaba de posiciones, con la excusa de perfeccionar mi equilibrio. Más de una vez el maldito libro cayó al suelo, y Kelian me gritaba que no le estaba poniendo empeño. Al cabo de una hora, pude lograr moverme con fluidez y, aun así, mantener el libro sobre mi cabeza.

—Perfecto —felicitó Kelian de un momento a otro—. Es impresionante, lo has logrado con una rapidez exorbitante —me elogió, y una sonrisa se extendió por toda mi cara.

—Gracias —me sonrojé, pues no eran comunes los cumplidos por su parte.

—No tenés que agradecer, es la verdad —respondió sonriendo—. Por hoy el entrenamiento ha terminado —afirmó.

—Okey —contesté entregando mi espada.

—Aun así, no te librarás de mi presencia tan rápido el día de hoy —hizo una pausa—. Hay una cosa que debo contarte —afirmó mientras caminaba hacia el galpón para guardar las cosas que habíamos utilizado.

Cuando el galpón estuvo cerrado, él se apresuró para llegar a la Harley y yo lo alcancé. Ambos nos montamos sobre la motocicleta y él puso el motor en marcha; unos minutos después ya estábamos mordiendo la carretera. El viaje fue ameno, pero cuando ya habíamos recorrido media hora, noté que el paisaje que comenzaba a observar no era al que yo estaba acostumbrada ya a esa altura. Me puse intranquila y Kelian pudo notarlo, porque al cabo de unos minutos me habló sobre su hombro.

—No te preocupes, vamos a mi casa; tengo que contarte algo importante y no es conveniente que lo escuchen tu madre o tu novio si aparecen —explicó a los gritos para que su voz alcanzara a ser escuchada.

—Bueno —fue lo único que contesté.

Al cabo de veinte minutos más de viaje estuvimos en Pocitos, uno de los barrios acomodados y conchetos de la ciudad de Montevideo. Estacionamos frente a un edificio de quince pisos y bajamos de la Harley.

—¿Vivís en ese edificio? —pregunté al ver el lujo que patentaba el mismo.

—Sí —dijo con una sonrisa—. En el *penthouse*...

Entramos al edificio y Kelian saludó a la recepcionista. Nos metimos al ascensor y, quince pisos después, estuvimos frente a la puerta del apartamento de Kelian. Él metió las llaves en la cerradura y la abrió, dejándome pasar primero al interior.

Comencé a observar aquel apartamento, ciertamente lujoso pero no ostentoso como se podría imaginar un penthouse. Las paredes de aquella sala de estar eran blancas y grises alternadas. Los sillones, mesas, sillas y electrodomésticos se conjugaban en el color negro, y los almohadones de los sofás poseían un intenso color rubí. Había algunos arreglos de rosas rojas en algunos lugares estratégicos de aquella habitación que le daban un toque de vida y naturaleza. Me adentré más en el apartamento, escudriñando cada rincón del mismo, cuando Kelian finalmente habló.

—Puedes tomar asiento si quieres, o puedes tomar un baño si lo prefieres —dijo encaminándose hasta lo que parecía ser la cocina—. En el baño, que está al fondo, hay toallas limpias —informó.

Dudé un poco pero, como estaba completamente sudada, opté por tomar una ducha rápida, así que corrí al baño. Al entrar, noté que este era muy grande y que tenía un jacuzzi integrado; por un momento pensé lo divertido que sería estar en el jacuzzi, y también la posibilidad de que Kelian estuviera allí conmigo.

Me ruboricé ante mis pensamientos; tal vez Vero tenía algo de razón y sí le tenía algo de ganas a Kelian. Rápidamente dejé mis pensamientos atrás y me metí a la ducha. Mientras estaba en ella, vi que la puerta del baño se abría y mi corazón se paralizó por un instante, pero al ver que solo se introducía la mano de Kelian para dejarme ropa limpia, pude respirar nuevamente.

Cuando por fin terminé de secarme, me acerqué hasta la ropa. Allí, sobre un pequeño banquito, había una remera negra, un pantalón de pijama y un bóxer negro. Me ruboricé ante la presencia de aquella última prenda, pero no dudé en colocármela. Me puse el resto de la ropa y me miré al espejo: iba completamente de negro, a excepción de las rayas azules oscuras del pantalón.

Salí del baño con mi ropa sucia entre las manos y la coloqué dentro de una bolsa que Kelian había dejado para mí sobre uno de los sofás; me senté en él y encendí un cigarrillo.

Luego de unos cinco minutos esperando, Kelian apareció con mate y termo bajo el brazo y una bolsa de bizcochos, a lo que sonreí: el hambre me estaba matando. Tomó asiento y yo hablé.

—¿Tanto demoré que pudiste bajar a una panadería? —pregunté sorprendida.

—Bueno, puede que vos demoraras algo, y puede que yo sea mucho más rápido de lo que te imaginás —sonrió de costado—. Te ves preciosa con esa ropa, no sabés cuánto —dijo mirándome a los ojos con una chispa especial en los suyos y una intensidad que me hizo estremecer; sentí cómo un fuego se apoderaba de mi interior y me consumía por completo.

—Vaya, emm... —dudé sonrojada—. Gracias —no supe qué más decir y nos quedamos en silencio.

Al cabo de unos minutos, Kelian fue el que rompió el silencio con una pregunta que me tomó por sorpresa.

—¿Lo amás? —me preguntó sobre el silencio.

—¿Qué? ¿A quién? —contesté aturdida por su pregunta.

—Al nephillim, a Benjamín —se explicó volviendo la mirada hacia mí.

—Amor es una palabra muy grande —fue lo que le respondí.

—Entonces, ¿no lo amás? —preguntó con cierto brillo en los ojos.

—No; yo lo quiero, pero dudo que lo que siento por él sea amor —contesté francamente, puesto que siempre era así con él: yo era transparente. Lo miré a los ojos—. ¿Por qué? —inquirí.

—Por nada, solo quería saber si había esperanza —dijo simplemente y se encogió de hombros.

—¿Esperanza de qué? —pregunté sin entender, o sin querer entender.

—Ya te darás cuenta de qué —sonrió. Tomó el mate y el termo, y comenzó a cebar—. Te estarás preguntando por qué te traje hasta aquí —yo asentí; había cambiado rotundamente el tema de conversación—. Bueno, es que hoy terminaré de revelar algunos secretos que pueden ser algo muy perturbadores —hizo una pausa—. ¿Estás lista?

—Sí, lo estoy —asentí, y la ansiedad se apoderó de mi cuerpo.

—Bueno, pero antes necesito pedirte y confesarte algo que muy poco tiene que ver con lo que en realidad importa, pero yo necesito que sea así —dijo, y sus ojos reflejaban pánico y miedo.

—Estoy dispuesta a escucharte —respondí a aquello suavemente; había algo que le preocupaba sobremanera.

—Bueno, este... —dudó, y su labio inferior tembló casi imperceptiblemente—. Lo que te voy a contar va a marcar un antes y un después en la relación que sostenemos, Gorriona, y ese antes y después está en tus manos —tomó aire.

—Okey, esto me está dando un poco de miedo —confesé.

—Calma —sonrió débilmente—. Solo quiero pedirte que, cuando sopeses qué camino vas a tomar, recuerdes que siempre he estado a tu lado en esto y que, a pesar de mi carácter de mierda, siempre te he apoyado —hizo una pausa—. Quiero que sepas que te quiero y que jamás he querido a nadie de esta manera —hizo una pausa mientras sus palabras resonaban en la habitación, robándome el aliento—. Eres una chica entusiasta y bondadosa; me mostraste que en medio de una guerra pueden existir momentos de felicidad; me enseñaste la compasión y la solidaridad. En ti veo más cosas de las que las palabras me dejarían expresar; me enseñaste lo que es vivir, me recordaste lo que es el querer —tomó aire—. Así que, al tomar la decisión que debas tomar, recordá, mi pequeña Gorriona, que tenés parte de mi ser en tus manos —confesó y suspiró, temblando por la aglomeración de sentimientos que le sobrevenían.

Me miró con gran intensidad, intensidad que me hizo estremecer.

—Yo... —dije, y mi voz se extinguió.

Fue lo único que pude decir, puesto que no me esperaba una confesión como esa, y sus palabras me habían robado el habla. Mis ojos se cristalizaron y me mordí el labio para no dejar escapar las lágrimas. Yo lo quería; no sabía si lo quería como él a mí, o si yo había interpretado su querer de forma correcta. Pero algo había de real en todo esto: nos queríamos, nos queríamos muchísimo, y podría haber algo que nos separaría de un momento a otro.

Me levanté de mi asiento y caminé hasta él, lanzándome a su regazo y abrazándolo con todas mis fuerzas, abrazo que fue gratamente correspondido.

Escondí mi cara entre su cuello y hombro y suspiré para aguantar las lágrimas. Pasaron largos y confortables minutos hasta que nos separamos.

—Lo recordaré; juro que lo recordaré —le dije mirándolo a los ojos, y él sonrió con timidez.

—Gracias —contestó conmovido y limpió algunas lágrimas fugitivas en mis mejillas—. Anda y sentate; es hora de que sepas la verdad.

—Okey —dije y me retiré a mi sofá, subiendo las piernas y sentándome con las piernas cruzadas sobre él.

—Bueno, hay muchas cosas que ya comprendés, pero hoy te voy a contar qué soy, o mejor dicho quién soy en realidad y para qué estoy aquí... —dijo y tomó una profunda bocanada de aire—. Pero antes debo hacer una pregunta —asentí—. ¿Has leído la Biblia completa?

—Sí, el Nuevo y el Viejo Testamento —respondí con seguridad.

—¿Recordás la parte donde habla del Apocalipsis? —preguntó suavemente.

—Sí, perfectamente —volví a responder.

—Perfecto; entonces esto será relativamente más fácil —afirmó de manera menos positiva de lo que yo esperaba—. Bueno, para que descubras quién soy, comenzaré relatando de a poco algunos hechos que me han sucedido en esta vida, y al final tendrás que llegar por tu cuenta a la resolución del enigma —hizo una pausa—. ¿Estás lista?

—Sí, completamente —dije con nerviosismo y Kelian comenzó a hablar.

—May, yo nací ciento sesenta y seis años antes del nacimiento de tu antepasado Jesús, por lo que tengo dos mil ciento ochenta y siete años de edad —relató, y mi mandíbula cayó por el asombro.

Realmente era una criatura, un ser o lo que sea, muy antiguo; demasiado antiguo. Un escalofrío me recorrió por completo.

—En todos esos años me han pasado múltiples cosas; he vivido y visto cientos de situaciones en cientos de lugares, pero hay algunas cosas que marcan a la perfección mi identidad —hizo una prolongada pausa—. Mi vida comenzó en el Infierno; nací en él y allí me crié en mis más tiernos años de vida, cuando poco sabía sobre quién era o sobre cuál era mi destino. En el Infierno, mi padre procuró que mi entrenamiento comenzara en cuanto pude sostener una espada entre mis manos —hizo otra pausa—. ¿Me seguís? —preguntó.

—Sí, sí —me apresuré a responder.

—En esos primeros años de entrenamiento —continuó—, recibí múltiples heridas; pero una vez fui atravesado por completo por una espada y, poco tiempo después de ese incidente, sufrí un atentado contra mi vida por parte de los Ángeles que me dejó una herida de muerte. En ambas situaciones, sané. Cuando dejé de ser un crío, mi padre me otorgó el rango de sexto Comandante de los Ejércitos Infernales y también pasé a ocupar el octavo lugar en el Consejo Infernal dos años más tarde. Ese lugar no lo obtuve por esfuerzo, sino como regalo de uno de los miembros, quien me cedió su lugar y su autoridad. Por eso me vi obligado a irme del mundo humano por mucho tiempo, pero hace muy poco que he vuelto, sorprendiendo a muchos a mi paso, solo para la misión que me han encomendado... y esa misión sos vos, mi querida Gorriona —hizo una pausa y sonrió sin emoción.

—¿Yo? —pregunté, y él asintió.

—Y si aún no te queda claro quién soy, puedo darte una pista más. Mi nombre es Kelian Wagensbergky —yo asentí sin entender—. Divide mi nombre en tres grupos iguales de letras —y así lo hice—. ¿Cuántas letras tiene cada grupo? —preguntó sombríamente.

—Emm... tienen seis letras cada grupo —contesté frunciendo el ceño.

—¿Cuántas veces se repite el número seis en mi nombre? —preguntó, alentándome a razonar.

—Emm... se repite tres veces: seis, seis, seis —respondí.

—¿Entonces? —preguntó él para ayudarme a razonar.

Entonces abrí los ojos como platos y repasé mentalmente las condiciones que la Biblia menciona que debía tener el hijo de Satanás para que se lo pudiera reconocer. Repasé una por una las condiciones, tratando de encontrar la falta de coincidencias, pero para mi pesar, la historia de Kelian coincidía perfectamente con las condiciones establecidas. Lo miré incrédula; no podía aceptarlo. Él no podía ser quien me estaba diciendo.

Me abracé a mí misma y comencé a llorar de rabia e indignación.

El primer chico incondicional que había aparecido en mi vida, el primero que me había mostrado que no todos los hombres eran como mi padre, quien me dio su apoyo, a quien quería... ese chico era mi némesis. Mi destino era acabarlo; yo tenía que matar con mi espada dorada a la Bestia, al hijo de Lucifer. Eso era lo que decía la condenada profecía en la que estaba atrapada. Y él estaba ahí, observándome con sus ojos color azabache y su rostro contraído por la angustia.

No era justo; nada en esta vida, nada en mi vida lo era.

—No —dejé escapar entre sollozos—. No puedes ser tú —dije señalándolo—. ¿Por qué? ¿Por qué te acercaste a mí? Sabías quién soy.

—Debía hacerlo; mi misión era contarte la verdad, lo que en realidad ha sucedido —suspiró—. Antes de que eligieras al bando celestial sin más opción, vine a ofrecerte una opción distinta a la que se supone que debías elegir —confesó cabizbajo—. Lamento que todo sea así.

—¿Y si no eligiera tu bando? ¿Y si eligiera matarte? —la palabra salió con dificultad de mi garganta, como si fuera ácido—. ¿Por qué entrenaste a tu verdugo? ¿No es esa una forma de manipularme? —acusé con amargura; esto no podía estar sucediendo.

Él guardó silencio y, en ese instante, entendí lo peor: *que incluso el amor puede ser un campo de batalla.*

—Porque era lo justo. Si has de enfrentarte a mí, quiero una oponente digna; y si has de luchar a mi lado, quiero una comandante fuerte —respondió finalmente e hizo una pausa—. Por eso te entrené, May —afirmó levantándose de su asiento al mismo tiempo que yo y estirando una mano hacia mí.

—¡Alejate, alejate de mí! —grité sollozando—. Eres un mentiroso, ¡te detesto! —le dije, pero en realidad, ¿algún día podría odiarlo? ¿Tendría las agallas para matarlo?

Definitivamente, cuando el amor y la guerra se cruzan, no hay victorias, solo cicatrices.

A Kelian, que estaba frente a mí, los ojos le brillaron de dolor; tomó aire, el aire que había perdido al escuchar mis palabras y, finalmente, volvió a estirar una mano hacia mí.

—Gorriona... —pronunció con la voz ahogada por la angustia, pero a mí mis propias emociones no me dejaban pensar.

Me moví rápido para que no lograra alcanzarme y me apresuré a correr hacia la puerta; la abrí con facilidad y me fui directamente al ascensor. Miré por arriba de mi hombro para ver si él se acercaba, pero no; no lo hacía, no me seguía. Y mi corazón se rompió porque, en el fondo, deseaba que lo hiciera, que me siguiera... pero no lo hizo.

Abandoné el edificio de Kelian de inmediato, bañada en un mar de lágrimas y con el corazón hecho añicos. Corrí hasta una parada y tomé el primer bondi que pasó, sin saber muy bien cuál era su destino.

Lo primero que hice luego de estar sentada en ese bondi fue llamar a Vero y, en cuanto atendió, le conté todo; todo, cada sentimiento, cada emoción, cada detalle por más mínimo que fuese. Vero me escuchó en silencio, calmada y paciente.

—No creo que huir de él haya sido lo correcto, May —comentó finalmente.

—Yo... —dudé—. ¿Y qué más podría hacer? Se supone que somos enemigos —dije con un gran nudo en la garganta.

—Tal vez deberían serlo, pero se quieren; él te lo dijo y vos simplemente lo escondés —contradijo.

—No digas bobadas, yo no lo quiero —balbuceé, tratando de convencerme más a mí que a Vero—. Yo quiero a Ben y seré feliz con él; cuando tenga que tomar la decisión que dirima el destino del mundo, la tomaré.

—¿Querés venir a casa? Estoy sola y hay chocolate caliente —fue lo que contestó mi mejor amiga con una clara voz de angustia.

—Voy para ahí, es lo que necesito —colgué el teléfono.

Bajé del bondi y esperé en esa parada hasta que pasó uno que me llevara hasta mi barrio y me lo tomé. El recorrido lo hice sumida en mis más profundos pensamientos y pesares.

CAPÍTULO 22.

"Es sencillo hacer que las cosas sean complicadas, pero difícil hacer que sean sencillas."

Friedrich Nietzsche.

»——«•∘⁜∘•»——«

La puerta se abrió para revelar el rostro pálido de grandes ojos verdes perteneciente a mi mejor amiga. Una sonrisa se extendió por su cara y, de inmediato, me envolvió en un cálido y cariñoso abrazo. Solo eso se necesitó para que yo me volviera a desmoronar, y mi cuerpo se estremeciera cruelmente por el arrebato de gemidos y lágrimas que me inundó.

Vero me hizo pasar y atravesamos juntas toda la sala hasta un pequeño pasillo, y luego nos adentramos en su habitación. Me senté en su cama, abracé uno de sus múltiples peluches y me dejé arrastrar por la pena. Pasé un largo rato sollozando sin decir palabra alguna, y Verónica solamente se mantuvo a mi lado acariciándome la espalda en silencio.

—¡No volveré a verlo jamás! —sollocé—. No puedo volver a verlo jamás —balbuceé entre lágrimas.

—Claro que sí, volverás a verlo —consoló ella.

—Sí, claro; cuando deba enfrentarme a él y matarlo —gemí—. ¿Por qué la vida es tan cruel, Vero? ¿Por qué?

—Pero eso sucedería si eligieras el bando celestial —dijo Vero—. ¿Y si elegís el bando infernal?

—¿Tú irías por el bando infernal? ¿Cómo podés creerles lo que dicen? —cuestioné angustiada.

—¿Cómo creerle al bando celestial? Esa también es una buena pregunta —respondió ella.

—Eso no importa. Elija lo que elija, Kelian traicionó mi confianza, me traicionó —hice una pausa—. Se acercó a mí y se volvió mi amigo, y lo único que estaba haciendo era implementando una estrategia de guerra —gemí—. Fui solo parte de un tablero de ajedrez para él —las lágrimas corrieron cual ríos por mis mejillas, denotando la profundidad de la herida que aquel chico de los ojos azabache había provocado en mi alma.

—¿No creés que estás siendo algo injusta? Él te dijo que te quería — reclamó Vero.

—Patrañas; nadie puede querer a su asesino, y esa es la realidad. Somos enemigos, y uno no puede querer a sus enemigos —dije secándome las lágrimas—. Y es así como he de comportarme ahora.

—Pero vos lo querés, May; eso vale más que cualquier estúpida profecía —dijo suavemente—. Tienes que admitirlo, te has enamorado de él, y usas a Ben solo para negarlo.

—Eso no es cierto, yo no lo amo —rabié, sabiendo que negar mi propia atracción era, sin dudas, el camino menos doloroso. Porque, de lo contrario, la traición se sentiría más profunda—. Además, la decisión ya está tomada —concluí apretando los dientes.

—No tomes decisiones en caliente, May. Sabés que no es bueno... —advirtió Vero, pero no la escuché.

—La decisión ya está tomada —sentencié—. No más jueguitos, no más carreritas a la alambrada ni bromas estúpidas, ni más engaños —hice una pausa—. No volveré a dejar que se me acerque para que me manipule a su antojo; necesito poder pensar —afirmé apretando los dientes.

—¿Qué es lo que harás, May? —preguntó con un claro pánico en los ojos.

—Mi lugar está en el bando celestial; iré cuanto antes a hablar con Dios y luego asistiré a mi entrevista con el Diablo solamente para sonsacarle la información —tomé aire—. Esta guerra no la ganarán ellos; no puede ganar el Infierno —afirmé con los ojos ensombrecidos.

Pero la angustia me oprimía el pecho... y la duda me carcomía. Había más seguridad en mis palabras que en mi corazón. La herida en mi pecho ardía, sangraba y me torturaba el alma. ¿Así se sentiría que te arrancaran el corazón aun estando con vida? La traición, sin dudas, era algo que no me esperaba de él. Pero claro: él era un Comandante, él era un guerrero. ¿Y yo? Yo solo era una niña que jugaba a la guerra.

—May, espero que tomes la decisión correcta —habló Verónica cabizbaja, pues jamás me había visto enfurecida con tanta intensidad.

—Es la decisión que debo tomar; no tengo elección, Vero —musité apretando los dientes.

Verónica negó con la cabeza un par de veces, pero ya no podía hacer nada más. Mi lugar estaba con el Cielo, y todas las cosas que me había dicho Kelian habían sido para manipularme. Pero no dejaría que eso sucediera; no quería que jugara más conmigo.

Me debía a mi sangre; no había más excusas. Las cosas eran de esa manera y tenía que empezar a comportarme como lo que era: la hija primogénita de Dios. Mi destino estaba escrito hace eones, y era matar a la Bestia.

Sentí una punzada de dolor atravesarme el pecho; la decisión que estaba tomando dolía, y mucho. Me sentía usada, manipulada con fines bélicos, y eso me daba asco. Pero había algo en mi mente que daba vueltas y más vueltas: ¿Cómo podría matar a quien me había enseñado a querer?

Sacudí la cabeza. Kelian solo me había engañado; había jugado conmigo y con mis sentimientos para favorecer a su bando. Ahora me tocaba a mí jugar las fichas a mi favor. Respiré hondo para calmar mis nervios y observé a Vero, quien tenía la mirada perdida.

—Vero, llamá a Rafael; debo hablar con él —hablé sin emoción en la voz.

Mi tono sobresaltó a Verónica, quien de inmediato asintió y se levantó para buscar su celular. Mordí mi labio; había sido brusca con ella, quien no tenía nada que ver en todo esto. Sentí una punzada de culpa en mi interior.

Vero volvió a su habitación, donde yo me encontraba, y comenzó a hablar por celular con Isaías; luego de un rato, cortó y me dirigió la palabra sin expresar ninguna emoción.

—Viene para acá —fue lo único que dijo.

Luego desapareció de la habitación hacia otra parte de la casa. Me quedé sola, sentada en la cama mirando mis pies. El dolor en mi pecho no desaparecía, y el nombre de Kelian iba y venía en mi mente, torturándome. Yo había hecho mi elección; había optado por lo que era correcto. ¿Qué otra cosa podía ser mejor que estar del lado de Dios? Ninguna.

Sabía que tarde o temprano terminaría tomando esta decisión; lo tenía claro. Mi sangre me lo exigía, mis sueños me lo advertían; debía hacer un sacrificio. Ese era mi destino, y ahora entendía cuál era. Debía sacrificar mis sentimientos, mis ilusiones y todo el cariño que le había tomado al bando Infernal para el bien de toda la humanidad. Debía separarme de Kelian, cueste lo que me cueste; debía cumplir con la profecía, aunque eso terminase por aniquilar mi alma.

Un nudo se me hizo en la garganta y las lágrimas se amotinaron en mis ojos; debía ser fuerte, tenía que serlo.

En cuanto escuché el ruido de la puerta principal de la casa abrirse, enjuagué mis lágrimas con el dorso de mi mano y me acomodé recta en la cama tratando de guardar la compostura. Oí cómo Vero e Isaías se saludaban amorosamente y cómo, acto siguiente, se encaminaban a paso lento hacia la habitación de Vero. Cuando entraron, Rafael me miró intrigado y, luego de unos minutos, habló.

—Me ha dicho Vero que querías hablar conmigo —hizo una pausa —. ¿Qué ha sucedido?

—Sí, tengo que informarte algo importante —suspiré—. Ya he hecho mi elección de bando —informé en tono neutro.

—¿Ah, sí? ¿Cuál ha sido? —preguntó y enarcó una ceja, un gesto muy común en el Arcángel.

—He elegido el bando celestial, que es a donde pertenezco —me encogí de hombros con una resignación aplastante. Una sonrisa brillante y elegante se extendió por el rostro de Rafael.

—Me alegra oír eso; es la más sensata de las decisiones, te lo aseguro —dijo sonriendo.

—De igual forma, hay más —hice una pausa—. Antes de que la noticia se haga oficial, quiero mi entrevista con Jehová —reclamé; necesitaba tener esa campana, necesitaba escuchar la historia completa.

—La tendrás, no tengas dudas; Él está dispuesto a reunirse contigo en cuanto lo solicites —informó cruzándose de brazos, con el rostro perfectamente relajado.

En ese momento sentí una punzada de envidia; debía ser fácil tener las cosas tan claras como las tenía aquel Arcángel.

—Perfecto —afirmé—. En cuanto tenga mi entrevista con Dios, me entrevistaré con el Diablo para ver qué puede revelarme —expuse mi plan... era un buen plan, ¿no es así? Era lo que haría cualquier estratega en una guerra. No era porque, a pesar de todo, yo quería escuchar lo que tenía que decir Lucifer.

—Es una buena estrategia, eso sin duda —sonrió de costado—. ¿Cómo irás hasta el Infierno? —inquirió dubitativo.

—Alguna de las hijas de Lilith me llevará con gusto, y enviaré una quimera para avisar de mi arribo —sonreí con suficiencia; cada vez me volvía más fría en mis actos; ya no sería más la niña estúpida e inocente que todo el mundo manipulaba a su antojo. No; a partir de ahora tomaría mis propias decisiones.

—El plan es bueno; de inmediato será informado a mis superiores —habló con severidad—. Bienvenida a nuestro bando, Maite Nazaret; estamos orgullosos —dijo solemne.

—Gracias —agradecí con una mueca de fingido orgullo.

Debía mantenerme firme por más que mi corazón lo único que quisiera fuera llorar y correr a los brazos del enemigo. Yo no amaba a Kelian, no era su pareja ni le debía nada. Yo estaba con Benjamín, un chico bueno que no me había engañado, que había ido con la verdad por delante, con sangre celestial, que me quería y yo lo quería a él, y eso era más que suficiente. Tenía que ser más que suficiente; imploraba que lo fuese.

Comencé a hablar nuevamente, pero un quejido me interrumpió. Tanto Rafael como yo miramos en dirección a la puerta y la vimos: Verónica estaba agarrada del marco, mucho más pálida de lo que ya era y tambaleándose.

Rafael corrió a sostenerla y, en cuanto la alcanzó, ella se llevó la mano a la boca para detener una arcada; iba a vomitar. Él, con gran facilidad, la llevó hasta el baño, la colocó frente al retrete y ella vomitó. Por un buen rato las arcadas se sintieron a lo lejos, puesto que yo podía escucharlas desde la habitación. De un momento a otro sus voces empezaron a retumbar dentro de las paredes de la casa y yo no pude evitar escucharlas.

—¿Qué tienes, Vero? ¿Qué te pasa? —escuché preguntar a Rafael.

—Nada, no es nada —contestó ella.

—No me mientas. ¿Has ido al médico? ¿Desde cuándo estás así, Verónica? —preguntó angustiado.

—No te preocupes, no es nada —insistió ella.

—Claro que me preocupo —habló él—. Dejá que te revise.

—¡No! —exclamó ella—. Estoy bien, te lo prometo —se apresuró a decir con desesperación, y yo hice una mueca desde mi lugar; algo andaba mal, muy mal.

—Si estás tan bien, no te opondrías a que te revise, Verónica —afirmó él con un tono de voz frío.

—Es que yo... —la interrumpió.

—Es que nada; dejá que te revise.

A partir de que él dijo la última frase, se escuchó un silencio prolongado, casi fantasmagórico, en la casa. Eso fue así hasta que la voz de Rafael se volvió a escuchar, pero esta vez en un tono mucho más alto y sombrío.

—¿¡Estás embarazada!? —se escuchó gritar a Rafael.

Me estremecí en mi lugar; ahora entendía la actitud extraña y sensible de mi mejor amiga. Me mordí el labio debido a la consternación. Algo dentro de mí, muy dentro de mí, lo había sospechado, pero había rezado con todas mis fuerzas por estar equivocada. Al parecer, nadie escuchó mis plegarias.

—Yo... yo puedo explicarlo —sollozó Vero.

—¡No, no tienes nada que explicar! —gritó—. Me engañaste.

—No, yo no... —la interrumpió.

—No me mientas en la cara, Verónica; no te atrevas a mentirme —amenazó.

—¡Que no te estoy mintiendo, solo quiero explicarte! —exclamó Verónica con agonía.

—Si serás descarada —le gritó con furia—. No vuelvas a dirigirme la palabra, ¿¡entendiste!? No quiero volver a verte nunca más en mi vida; no me busques ni intentes contactarme. Olvídate de mí para siempre —habló con una voz cargada de rencor y odio.

—No, Rafael, no me dejes... —se escuchó rogar a Verónica.

—¡Suéltame! Maldita seas —gritó con rabia—. Te quemarás en el Infierno gracias a tus actos.

—No, por favor... —escuché sollozar a Verónica con el corazón desgarrado.

Acto siguiente, oí los pasos de Isaías trazar el camino hacia la puerta principal y, luego de abrirla, desaparecer tras ella. Los estruendosos sollozos de Verónica resonaban por toda la casa; me levanté lentamente de su cama y comencé a seguir la dirección de donde provenían tan desgarradores sonidos. Cuando terminé mi recorrido, la encontré temblando en el suelo, frente a la puerta del baño. Me agaché junto a ella y le acaricié el cabello.

Ella me abrazó, arrastrándome al suelo con ella, y la abracé. La envolví en un apretado abrazo y permanecimos así: yo en silencio y ella envuelta en un océano interminable de lágrimas.

Fue así hasta que pudo recuperarse lo suficiente para hablar.
—¿Qué voy a hacer ahora? —sollozó.
—Nada puedes hacer, cariño —le dije con voz suave—. Tenés que recomponerte y salir adelante.
—No podré recuperarme nunca de esto; no lo haré —gimió.
—Sí que lo harás; verás que sí. Eres fuerte —traté de animarla, pero podía ver su corazón roto desde aquí.
—No me ha dejado ni explicarme; me odia, May. Rafael me odia —dijo agónicamente.
—No, Vero; estoy segura de que no te odia, solo está dolido —hice una pausa—. Muy pero muy dolido —consolé lo mejor que pude.
—No trates de engañarme; lo vi. Vi el odio y el desprecio en sus ojos; jamás lo volveré a ver —musitó casi sin emoción; se estaba quedando vacía.
—Volverás a verlo —aseguré, porque así lo creía; porque un amor como el de ellos no podía terminar de esa manera.
—No lo haré; me quedaré sola. Sola y preñada; perdí al amor de mi vida y me quedé con el fruto de una violación, porque eso es lo que fue: una violación —gimió desgarradoramente, y la estreché contra mi cuerpo.
Horas y más horas de agonía y desesperación se sucedieron, y no había manera de apaciguar las penas del pequeño corazón de Verónica. Luego de que estuvimos en su habitación, ella lloró hasta quedarse completamente dormida. En ese momento, la familia de Ángel llegó y yo les expliqué muy por arriba sobre la pelea de ella y su novio, a lo que ellos asintieron y me prometieron atenderla mientras se recuperaba.
En cuanto me aseguré de dejar a Vero en buenas manos, me encaminé a mi casa. Cuando esto sucedió, el sol se estaba poniendo en el horizonte y la luna comenzaba a alzarse en el Cielo. El viento soplaba con mucha más intensidad que los días anteriores, trayendo consigo un frío digno de las zonas árticas del planeta. Me estremecí y me apresuré a dirigirme a mi casa, pues la falta de abrigo me estaba pasando factura.
Al verme en el reflejo del cristal de la ventana de uno de los vecinos de mi cuadra, me di cuenta de que traía la ropa de Kelian puesta; la ropa que esa misma mañana me había prestado.

Una punzada de dolor atravesó mi pecho; tal vez esa ropa sería lo último que me quedaría de él, el último vínculo que mantendría mi alma aferrada a la suya. Me apresuré a llegar a la puerta y me introduje en la casa. Cuando entré, vi a mi madre sentada en el sofá. Ella me observaba con el ceño fruncido y con una expresión nada amigable.

—¿Dónde estuviste metida en todo el día, señorita?

—Yo... —me interrumpió.

—¿Y qué es esa ropa que llevás puesta?

—Es que... he estado con Verónica —me apresuré a decir, lo que en sí no era mentira—. Y me he volcado chocolate caliente —miré mi atuendo—. Esta ropa es del padre de Vero, porque la de ella no me entraba —terminé mi excusa con lo que sí era una poco creíble mentira.

—Umm... —dudó frunciendo aún más el ceño—. ¿Segura de que no me estás mintiendo? —preguntó mi madre enarcando una ceja.

—Sí, mamá; lo prometo —dije con la mayor seguridad que pude.

—Sabés que podés confiar en mí, ¿verdad? —alzó una ceja.

—Sí, mamá —hablé con pesadez.

—Y para la próxima, avisame si es que vas a estar tanto tiempo fuera de casa —hizo una pausa—. ¿Lo entendiste, Maite? —dijo en un tono amenazante.

—Sí, mamá; lo entendí. Prometo que no vuelvo a ausentarme así —traté de sonreír un poco, pero solo fue la huella de una sonrisa.

—Está bien; tomo tu palabra —fue lo único que dijo.

Yo tragué saliva y corrí a mi habitación. Había sido un día demasiado largo para mi gusto, y odiaba todo lo que había pasado en él. Recordé cada evento del día y no dudé en tacharlo como el peor día de mi vida, y tal vez como el peor día de la vida de Vero.

Volví a pararme y me miré al espejo; pude imaginar a Kelian dentro de la ropa que llevaba puesta y eso me destrozó. Comencé a quitarme la ropa hasta que quedé completamente desnuda, tomé mis propias prendas y me las coloqué. Eran mi ropa interior y mi pijama de corazones.

Sin embargo, al contrario de lo que cualquier persona normal haría en mi situación, no tiré a la basura la ropa de Kelian, sino que la doblé con cuidado y la guardé en el fondo de mi armario, donde no podría verla, pero sabría que estaría allí. Luego de un rato contemplando el suelo de mi habitación y tratando de procesar todo lo sucedido aquel día, decidí llamar a Benjamín, pues me hacía falta hablar con él.

Tomé mi celular, que había dejado cargando sobre la mesita de luz, y luego de buscar rápidamente el nombre de Ben, presioné llamar y esperé a que me atendiera. Luego de un par de pitidos la llamada pasó al correo de voz, por lo que me inquieté. Tomé mi laptop y la encendí para luego conectarme a Facebook para ver si él se encontraba conectado. Efectivamente, allí estaba, así que le escribí.

—"Hola, Ben".

—"Hola, May :)".

—"Te acabo de llamar y no contestaste".

—"Oh, perdón, debo de tener el celular en silencio. ¿Pasa algo?".

—"Ah, me preocupé... No, no pasa nada, solo te extraño :(".

—"Ew, yo también. Salgamos mañana después de que vayas a la facultad; te invito a almorzar :)".

—"Me encantaría :)".

—"Perfecto, nos vemos mañana; ya debo desconectarme. Te quiero. Besos".

—"Besos, te quiero".

Y ahí terminó nuestro pequeño chat, y yo decidí que era momento de irme a cenar. Cené junto a mi madre y ya para las nueve y media p. m. me encontraba recostada en mi cama. Cerré los ojos y me dejé caer en los brazos de Morfeo, pero este no me recibió con el agrado que yo esperaba, pues mis sueños aquella noche no fueron sueños tranquilos.

Soñé con una guerra, con unos ojos negros que derramaban ira, pero que me miraban con desolación; manos doradas que me empujaban a un abismo, y vi cómo la Tierra se encendía en llamas.

Vi la muerte, vi la vida y vi la posibilidad de un cambio; pero también vi el terror en la personificación de mí, y volví a escuchar repetidas veces la palabra "sacrificio".

CAPÍTULO 23.

"El tiempo me enseñó que la miseria es culpa de los hombres miserables; que la justicia tarda y nunca llega, pero es la pesadilla del culpable."

Tabaré Cardozo.

»——«•◦*◦•»——«

Horas, días, semanas y una multiplicidad de hechos habían pasado después de aquel horrible domingo de mayo, pero ninguno de real importancia. Nos encontrábamos en agosto, a pocos días de mi cumpleaños número diecinueve, el veintiuno de ese mes. El tiempo había transcurrido demasiado rápido y casi sin sobresaltos.

Desde aquel domingo, no había vuelto a saber de Kelian. Había respetado a la perfección mi deseo de no volver a verlo, pues no se me había cruzado ni por error. Jamás había prestado atención a mis reclamos, nunca había dejado de molestarme o de jugarme bromas por más límites que le pusiera. ¡Pero ahora sí que había respetado mi voluntad, maldita sea!

Más de una vez me descubrí buscándolo con la mirada y, en algunas ocasiones, despertándome a las cinco de la mañana, como si él fuera a entrenarme. No quería admitirlo, pero lo echaba en falta. Estaba condenadamente jodida, porque era desolador para mí no estar cerca de él.

Los primeros días luego de su confesión fueron agónicos; apenas encontraba motivos para respirar y no tuve más ayuda que la de Benjamín para salir del pozo depresivo en el que había caído. Luego comencé a recobrar la compostura y pude digerir con la cabeza más despejada la traición de Kelian. Aun así lo detestaba; había jugado con mis sentimientos solo para guardar su cabeza, y eso no estaba bien. No le perdonaría, no le perdonaría haberme robado el corazón.

Para mi pesar, su constante aparición en mis sueños me perturbaba y me dolía hasta el rincón más lejano de mi alma. Mis sueños, que escapaban al control de mi conciencia, estaban repletos de él: de sus ojos, de sus palabras e incluso de su beso.

Yo rememoraba aquel único beso una y otra vez, como si fuera un bálsamo necesario para vivir. Aunque mi inconsciente reclamaba esos labios repetidamente, la vergüenza y la frustración me invadían por igual.

Me avergonzaba de anhelar al enemigo, de ser traidora de corazón hacia mi padre, Jehová, y hacia los ángeles. Estaba avergonzada porque mi inconsciente anhelaba más un beso de un traidor que el de mi propio novio, de Benjamín, que se había mantenido siempre

a mi lado, dándome su apoyo incondicional, queriéndome, respetándome, amándome como a ninguna.
Y frustrada de no poder vencerme a mí misma, frustrada al asumir lo enferma de amor que estaba, frustrada por ser débil, por ser inocente, por ser desleal. Frustrada por quemarme por ese ser, por ese demonio que me había robado el alma, dejándome completamente vacía.
Todo en mi vida estaba mal, desordenado o era un caos. Benjamín había sido mi único ancla a la realidad. Él había tomado el lugar de Kelian como entrenador; él había tomado el lugar de amigo, hermano y amante; era a quien le debía todo, y no podía darle nada. Me había visitado cada día o habíamos salido juntos; él trataba de darle un poco de normalidad a mi vida, pero había tenido muy poco éxito. Ninguna vida normal tiene un constante desfiladero de ángeles que vienen y van de su casa para planear estrategias de guerra y comprobar cómo va tu entrenamiento.
A pesar de todo, había logrado mantener mi vida más o menos a flote; ya me quedaban solo dos finales y terminaría el semestre y, por lo que veía, no de tan mala manera: tenía posibilidades de salvar dos de las cuatro materias que estaba cursando. Eso, con el poco tiempo que había tenido para estudiar, era un montón y me aportaba gran felicidad.
Por su parte, a Verónica no le había ido tan bien en su recuperación anímica; mejor dicho, no le había ido nada bien. Pasaba los días y las noches llorando por Rafael y mirando al cielo anhelando verlo volver. Benjamín, como hijo de Isaías, había tratado de hablar con su padre, pero este no lo había escuchado ni por un segundo; no quería saber nada de Vero. Esto, como es obvio, no se lo dijimos a ella por miedo a que su situación de salud física o mental empeorara.
Ella vivía encerrada lamentándose, odiándose a sí misma con el mayor desprecio del mundo. Por mi parte, había intentado más de una vez sacarla de su habitación, llevarla al parque o incluso a bailar, que era la actividad que ella más amaba, pero había sido en vano.
Me había dicho una de esas tardes que yo había ido a acompañarla que quería dejarse morir para poder descansar por el resto de la eternidad, y lo estaba haciendo.

Su estado de salud había empeorado increíblemente. No comía y apenas bebía agua; era una sombra de aquella Verónica alegre que alguna vez había sido, y yo no podía hacer más que verla morir.

Como si eso fuera poco, sabía que ambos se estaban haciendo daño mutuamente, pues Leuviah, quien era la mejor amiga de Rafael, había pasado hace una semana y media por mi casa; primero para ver cómo me encontraba y luego para preguntar por Verónica.

—Querida, me alegro de que estés procesando todo esto bien. Mil bendiciones para vos —dijo Leuviah con una gran sonrisa.

—Gracias por preocuparte —sonreí a medias, sin que la sonrisa me llegara a los ojos.

—Soy tu ángel guardián, ¿qué más puedo hacer? —se encogió de hombros y ambas reímos—. May, una pregunta: ¿cómo está Vero? No he podido ir, pues no es lo más indicado, pero estoy muy preocupada.

—Te diré la verdad: está mal, está horriblemente mal —admití angustiada.

—Oh, por el amor de Cristo —suspiró—. Esos dos son tan tercos —hizo una pausa—. En especial Rafa, que la está pasando horriblemente mal; pero su maldito orgullo le impide ceder a los anhelos de su corazón —se lamentó.

—Si realmente es así, son unos completos idiotas —sentencié.

—Totalmente de acuerdo —asintió—. Espero que nada parecido me pase a mí; no sé qué haría.

—¿Es que tú tienes pareja? —pregunté, enarcando una ceja. Eso sí que era una sorpresa... o tal vez no.

—Yo no diría pareja, pero hay alguien, una persona que tiene reservado un lugar muy lindo dentro de mi corazón —confesó con los ojos empañados y sonreí.

Aquel día había hecho dos cosas: una, lamentarme por la estupidez de Vero y Rafael; dos, descubrir que Leuviah estaba enamorada, confirmando la sospecha que teníamos con Verónica, pero no pude sacarle más información.

Con respecto a otras personas, poco más había ocurrido en aquel tiempo. Tuve un contacto esporádico con las hermanas, quienes, por lo que sabía, habían pasado gran parte del tiempo en el Infierno. No mucho más.

Con quien había mantenido una relación más fluida era con Lilian. Ella me escribía a menudo, preguntándome cómo iban las cosas con Vero o cómo estaba mi relación con Ben. Jamás hizo una sola pregunta sobre mi elección de bando ni nada por el estilo. Yo no era tonta: era consciente de que ella estaba enterada de todo lo que había sucedido entre su primo y yo pero, por alguna razón, había optado por fingir demencia. Al contrario de lo que cabría esperar, me había dicho que siempre sería su amiga, y yo estaba segura de que eso era completamente cierto.

En esas semanas, había recibido un mensaje de mi padre, un simple mensaje interesándose por mi bienestar y por el de mi madre. Mensaje que le contesté de forma seca y severa para darle a entender que no necesitábamos de sus atenciones. Por su parte, mi madre estaba cada vez más a gusto en su nuevo trabajo; le pagaban muy bien y la respetaban, y eso era todo lo que ella quería. Además de eso, todo el proceso de la demanda venía a flote y a muy buen gusto, y hoy mismo se celebraría el juicio.

Mi madre corría para un lado y otro de la casa, buscando sus anillos, collares y otros, además de los papeles del juicio. Por mi parte, me encontraba calzándome las botas de plataforma, toque final de mi atuendo de hoy: jeans negros, camiseta térmica, camisa rosa pálido y un saco de paño cruzado del mismo color del pantalón; eso sin contar mi pañuelo color morado y mi gorra del mismo color.

Afuera el frío se había asentado, y era porque estábamos a mitad del invierno. El Cielo estaba gris, y el viento era fuerte, constante y húmedo. Los vidrios de los vehículos se empañaban en la calle y las ramas de los árboles, ya desnudas por completo, danzaban cual bailarinas al compás del viento. El sol era tenue cuando lograba hacerse notar por entre las nubes, y existía una constante amenaza de lluvia que inquietaba a todos aquellos que tuvieran algo de ropa en las cuerdas.

Alejandra por fin dejó de correr, y la oí conjurar algunos insultos al observar la hora en su reloj; acto siguiente, alzó la voz para llamarme.

—Vamos, May; llegaremos tarde.

—Voy, mamá; espérame un poquito —dije elevando la voz desde mi habitación.

Corrí para tomar mi celular y lo eché dentro de uno de los bolsillos de mi saco, revisé por última vez mi tenue maquillaje y salí de mi habitación.

—Ya estoy, ya estoy —afirmé cuando llegué donde mi madre.

—Bueno, vamos —me apresuró a salir y le echó el cerrojo a la puerta.

Básicamente corrimos hasta la parada y, apenas llegamos, nos tomamos el 407 y nos dispusimos a realizar el largo viaje con una paciencia divina. A Alejandra la comían los nervios; iba en el bondi mordisqueando sus uñas constantemente, a pesar de que yo la regañara una y otra vez.

No podía culparla; yo también estaba nerviosa, pero trataba de exteriorizar mis emociones lo menos posible. Llegamos a la Ciudad Vieja, lugar donde estaba el juzgado, una hora y cuarto después de habernos tomado el 407. Nos bajamos y comenzamos a buscar el dichoso lugar. No tardamos mucho en encontrarlo, puesto que nuestro abogado estaba parado en la puerta fumando un cigarrillo. Cuando llegamos, yo misma encendí uno.

—Buenas tardes, Dr. Rozas —saludó mi madre y yo asentí a manera de saludo.

—Buenas tardes, Sra. Rimoldi —saludó el abogado de forma cordial.

Era un hombre relativamente bajo, un metro sesenta tal vez, de cabello castaño y ojos marrones —comunes en la mayoría de la especie humana— enmarcados por unos gruesos anteojos de marco de pasta negros; su complexión era pequeña y llevaba el traje con desmesurada elegancia, pero tenía una gran sonrisa, que puede que fuera su mayor virtud física.

Esperamos a acabar con los cigarrillos y entramos al edificio. Este era viejo y muy poco remodelado; daba un aspecto sumamente lúgubre. Nos indicaron que nos sentáramos en una pequeña piecita al lado de la sala donde se encontraba el juez, y esperamos a que nuestros testigos aparecieran para el juicio. Luego de una hora de espera llegaron todos, y el Dr. Rozas se encaminó a donde se encontraba el juez.

Llamaron a mi madre y luego a cada uno de los testigos; a medida que estos fueron saliendo, yo intentaba preguntar qué era lo que pasaba allí dentro, pero nadie me quería o me sabía contestar.

Salí afuera para fumar otro cigarrillo; los nervios me estaban matando.

Observé cómo salían otros testigos, en mucha menor cantidad, solo eran dos, y me supuse que eran los testigos que declararían a favor de ese cerdo hijo de puta. Les dediqué una mirada de odio; ¿qué persona con el más mínimo sentido del honor y la justicia declara a favor de un acosador sexual? Ninguna, me respondí a mí misma.

Pasaron las horas y yo aún me encontraba sentada en la vereda, sin hacer más nada que darle vueltas a las cosas en mi cabeza, cuando sentí un revuelo dentro del edificio. Una patrulla de policías llegó y entraron rápidamente. Me paré y traté de divisar qué era lo que estaba sucediendo, y mis ojos saltaron de alegría al ver a los policías esposar al idiota del exjefe de mi madre. Pasaron enfrente de mí y lo obligaron a entrar a la patrulla, cerraron las puertas y se fueron a gran velocidad. Unos pocos minutos después salió mi madre, bañada en llanto pero con una gran sonrisa.

—¿Qué ha pasado, mamá? ¿Hemos ganado? —pregunté ansiosa.

—Sí, mi niña; hemos ganado —dijo abrazándome.

—¿Cuánto le han dado de pena? —pregunté, recordando que lo habían llevado en la patrulla.

—Le dieron diez años; se lo acusó de acoso laboral y sexual. Además, una chica testificó haber sido efectivamente violada y tenía pruebas, así que también fue condenado por violación —explicó mi madre.

—¡Wow, qué hijo de puta! —exclamé yo—. Se lo merece —afirmé.

—Estoy de acuerdo —asintió mi madre.

—¿Cuánto hemos sacado? —pregunté, pues la demanda incluía dinero por daños y perjuicios y otras figuras penales.

—Hemos ganado unos veinticinco mil dólares, hija —respondió, y me abrazó.

No pudimos contener las lágrimas; habían sido demasiadas horas de angustia, demasiado sufrimiento. El dinero nos venía como anillo al dedo; con él podríamos hacer una buena entrega para una casa y podríamos dejar de depender del alquiler y la suba de los precios de los mismos.

—No hay mal que por bien no venga —fue lo que me salió decirle a mi madre en medio de nuestro abrazo.

Pero luego de decirlo, lo cuestioné. ¿Valía la pena sufrir tanto? ¿La recompensa podría reparar el daño provocado en el corazón? No, eso era imposible. Una recompensa, un logro fundado en un mal, podía ser un consuelo, pero jamás podría reparar el daño.
Volví a pensar en Kelian en ese momento. Nada repararía el daño que él me había hecho, nada repararía mi corazón roto, ni siquiera su muerte. De hecho, lo que menos lo repararía sería su muerte. Tal vez, y solo tal vez, sus besos podrían juntar un poquito las piezas; solo tal vez...

-

Siete días llegaron y se fueron en un abrir y cerrar de ojos. Esos siete días los había ocupado en rendir el último final de matemáticas y en ayudar a mi madre con la búsqueda de alguna casa modesta que pudiéramos comprar.
Nos habíamos pasado horas tras la computadora buscando y rebuscando, sumándole también las incesantes búsquedas en las páginas de los periódicos, donde siempre puede aparecer alguna cosa; pero la búsqueda, por ahora, no había dado frutos.
Esta situación me tenía bastante angustiada —realmente desilusionada, diría yo—, pero no tenía con quién compartir mi angustia. Verónica seguía tan mal como siempre; había ido a visitarla, pero ella no me había querido recibir, excusándose con que había agarrado una muy mala gripe.
Con mi madre no quería hablar sobre lo que a ella también la estaba angustiando. Con Benjamín no quería pasar tiempo a solas, puesto que, a pesar de que lo adoraba, últimamente se estaba comportando demasiado insistente con mantener una relación más íntima entre nosotros, y yo no me sentía preparada para tal cosa.
Esos días los había pasado de forma solitaria y taciturna, anhelando tener a alguien en quien apoyarme, a quien abrazar. Más de una vez me habían asaltado crueles recuerdos de los momentos más tiernos e íntimos que había compartido con Kelian, y eso me devastaba.
Él, en su desmesurada arrogancia, siempre había encontrado las palabras justas para darme aliento. Me volvía loca, pero había sido un pilar demasiado importante para mí.
Esa tarde me encontraba sentada en el suelo de mi cuarto, garabateando unas hojas, escuchando música y esperando a que Lili llegase.

Habíamos quedado de juntarnos aquella tarde para ponernos al día, y me alegraba; me alegraba tener a alguien con quien charlar. Transcurrió una media hora hasta que por fin se escuchó el ruido del timbre; me levanté y fui hasta la puerta para encontrar a Lili con su gran sonrisa y un vestido floreado.

—¿En medio del invierno y tú te vestís de primavera? —pregunté en forma de saludo.

—Como dijo un gran poeta: *"Podrán cortar todas las flores, pero no podrán detener la primavera"* —sonrió.

—¿Quién lo ha dicho? —curioseé, dejándola entrar a la sala.

—Pablo Neruda —respondió y atravesó el umbral.

Nos colocamos en los sofás de un cuerpo y comenzamos a ponernos al día sobre todo lo que había pasado. Yo le relaté muchas cosas, pero me salté la parte que incluía a Kelian. Le conté sobre el juicio y la aún infructífera búsqueda de una casa, y por último le conté sobre Benjamín y su extraño comportamiento.

—Pero May, eso es normal; todos los chicos, luego de un tiempo de relación, querrán llevarte a la cama. O sea, es parte de formar una pareja —comentó sonriente.

—Sí, es que yo sé eso, pero me enoja que insista tanto cuando le he dicho que aún no me siento preparada —expliqué.

—A veces les cuesta ser pacientes —hizo una pausa—. ¿Por qué creés que no estás preparada? —preguntó.

«Porque no es Kelian», pensé, pero descarté ese intrusivo pensamiento de inmediato.

—Es que... no me veo; tal vez siento un poco de miedo —suspiré—. Además, no estoy segura de si quiero que él sea el primero —confesé mirando mis pies.

—Bueno, eso es grave, May —me miró fijamente—. Si no estás segura de si querés compartir ese momento con él, tal vez no lo querés tanto como afirmás —sugirió alzando una ceja.

—Yo... —dudé—. Bueno, es que no sé... —fui interrumpida por el timbre.

Me levanté y caminé hasta la puerta, y al abrirla vi que Luvia estaba parada del otro lado del umbral; primero me sorprendí y luego sonreí.

—Hey, pasá —dije dejándole pasar—. ¿Qué te trae por aquí? —preguntó con gran curiosidad.
Y en ese instante, noté que Leuviah se había quedado congelada apenas pasar la puerta, con la mirada fija en Lili, y Lili en ella. Frunci el ceño, pues no sabía si era una buena o mala señal. Luego de un rato de silencio tenso e incómodo, fue Lilian la que habló.
—Hola, Leuviah —saludó con las mejillas encendidas.
—Hola, Lili —dijo la segunda tímidamente.
—¿Qué hacés aquí? Pensé que estabas de viaje. ¿Estás bien? —preguntó Lilian y yo fruncí el ceño.
—Tuve que volver hoy, algunas complicaciones, pero nada grave —sonrió levemente—. Gracias por preocuparte —se sonrojó.
Ambas se miraron y sonrieron; pude notar un brillo especial en sus miradas, ese brillo que se tiene solo cuando se ve a esa personita especial en el mundo, y en ese momento lo entendí.
Las dos habían hablado de amor, o con Vero o conmigo; ambas se habían cuestionado las formas de amar, el amor entre personas del mismo sexo e incluso de diferentes especies. Siempre pensé que se habían enamorado de algún humano, pero no.
Estaba más que claro, claro como el agua, lo que sucedía entre ellas. Se miraban de una forma que te hacía perder el aliento: fijamente, con amor y pasión. Estaban viviendo algo oculto, algo prohibido, y yo las había descubierto. No pude contenerme más; necesitaba escucharlas admitirlo, necesitaba que ellas supieran que yo las apoyaba, contra todo y contra todos.
—Bueno, ya está, chicas —interrumpí el momento—. Desembuchen —sonreí arqueando mis cejas.
—¿De qué hablás? —preguntó Lilian con fingida confusión.
—Las veo, las estoy viendo, y sé lo que veo —sonreí y las señalé a ambas—. Solo admítanlo, y siéntense juntas en el sofá de dos cuerpos, porfa.
—No creo que veas nada —se atajó Lili.
—Lili —regañé poniendo mala cara—. Es muy evidente, chicas; por favor, pueden confiar en mí.
—Dejalo, Li; no tiene caso, nos ha descubierto —murmuró Luvia ruborizada, negando con la cabeza—. Sí, May; somos pareja.

—¡Sí! —exclamé—. Lo sabía, lo noté —me apresuré a decir—. Felicidades, me alegro mucho por ustedes.

—Gracias —dijo Lilian roja de vergüenza, tan roja como se podría poner un vampiro, y Leuviah se sentó a su lado.

—¿Cómo es que ha sucedido? —pregunté sentándome en mi lugar —. O sea, lo de ustedes dos.

—Viene ya desde hace bastante tiempo —habló Luvia—. Yo le salvé la vida hace un par de años.

—Y yo quedé prendada de ella —sonrió Lili—. Me dediqué a buscarla por años hasta que la encontré aquí, siendo tu ángel guardián —se encogió de hombros.

—Y la maldita me conquistó —concluyó sonriendo Luvia.

—Hemos estado saliendo hace bastante tiempo, pero lo mantenemos en secreto, pues está totalmente prohibido. Así que, por favor, no se lo digas a nadie —explicó Lili en tono de ruego.

—No se preocupen, no las delataré —dije sonriendo y ellas me lo agradecieron.

CAPÍTULO 24.

"El amor no se mira, se siente, y aún más cuando ella está junto a ti."

Pablo Neruda.

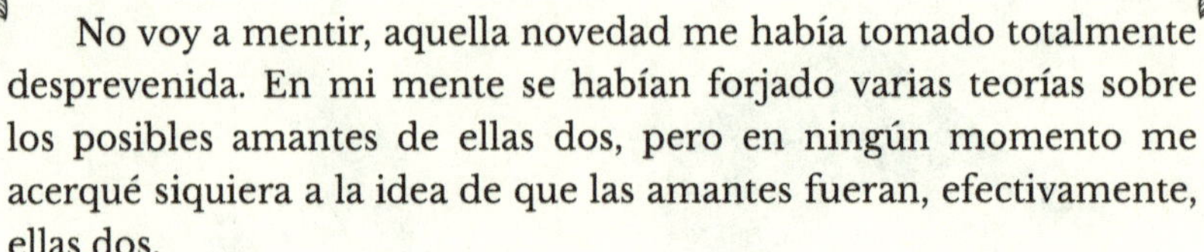

No voy a mentir, aquella novedad me había tomado totalmente desprevenida. En mi mente se habían forjado varias teorías sobre los posibles amantes de ellas dos, pero en ningún momento me acerqué siquiera a la idea de que las amantes fueran, efectivamente, ellas dos.

En ese momento tenía algunos sentimientos encontrados hacia ellas; estaba completamente feliz, pues ambas eran muy buenas y se merecían toda la felicidad del mundo. Pero, por otra parte, me encontraba sumamente preocupada. Su unión estaba completa y rotundamente prohibida, y si se llegara a descubrir que están juntas, eso les acarrearía la muerte.

Temblé un poco ante la posibilidad de que fueran ejecutadas; ninguna se lo merecía. Quería que fueran felices; por eso las ayudaría en todo lo que pudiera para que se encontraran sin ser vistas. Les comuniqué mis pensamientos y les ofrecí mi casa para cuando quisieran encontrarse y estar juntas. Era un lugar secreto a la vista de todos, por lo que era el lugar perfecto. A ellas les pareció una magnífica idea y aceptaron sin dudarlo. Pasó un rato hasta que Lili tuvo que irse, y me quedé sola con Leuviah.

—Bueno, supongo que has venido para comunicarme algo —dije yendo al grano.

—Pues sí, para eso he venido —hizo una pausa—. En el Infierno hay un revuelo enorme, pero no sabemos por qué; solo que parece que el hijo de Lucifer está poniendo en preparación a los Ejércitos Infernales —informó seriamente.

—¿Y eso nos afecta por...? —pregunté sin entender demasiado.

—Nos afecta el hecho de que tenemos menos tiempo, May —explicó—. Al no haber hecho oficial tu elección de bando, nosotros no podemos movernos.

—Ya haré pública mi elección, paciencia —pedí—. ¿Cuándo es que tengo mi entrevista con Dios?

—El lunes de la otra semana —informó—. Te escoltamos directamente desde aquí hasta el Cielo —dijo sonriendo.

—Perfecto —sonreí—. Estoy deseando ir —confesé con sinceridad, mordiéndome el labio inferior.

La ansiedad me carcomía; de verdad quería ir. Había algo realmente intrigante en conocer al Creador, pero sobre todo en poder ver el Cielo.
—Es un lugar realmente hermoso —sonrió Luvia con una mirada soñadora—. Estoy segura de que lo amarás.
—Pienso lo mismo —comenté mirando hacia el vacío—. De igual forma, mi elección está hecha: elegí el Cielo, y nada me va a hacer cambiar de idea.
Luvia sonrió a medias y me dio un abrazo; luego se excusó rápidamente, pues debía irse. Ella había quedado con Rafael para discutir algunos asuntos; asuntos que, por lo que me dejó entender, se trataban de Verónica. La vi salir y perderse en la gélida noche de julio. Me quedé mirando cómo se desvanecía a través del cristal de la ventana y luego me dispuse a esperar la llegada de mi madre.
Alejandra llegó más que feliz pues, según ella, «había tenido una gran jornada de trabajo», y preparó una sopa de sobre para la cena. Luego de cenar decidí irme a mi habitación, pues tenía mucho en qué pensar. Estando allí, me senté en el suelo con mi celular y comencé a mensajearme con Vero; faltaban pocas horas para mi cumpleaños y Verónica ya me estaba deseando un muy feliz cumpleaños, pues quería ser la primera en hacerlo.
Pasaron dos horas y media de esa manera. Mientras los cigarrillos iban y venían, las agujas del reloj marcaban las once y cuarenta y cinco p. m., cuando el escalofrío al que estaba tan acostumbrada recorrió mi cuerpo. Me levanté con pereza del suelo, estiré mis brazos y miré hacia la ventana. Efectivamente, estaba allí. Nuevamente la sombra estaba parada fuera de la misma, observando a través del cristal. Le sostuve la mirada sin acercarme a ella, y la figura negra y roja no se movió de su lugar.
Tomé aire de manera imperceptible y caminé hacia la ventana; la abrí y, por segunda vez en mi vida, volví a quedar frente a frente con aquel ser que me había robado un beso aquella vez. Lo miré implacable, iracunda, pero eso no pareció afectar su semblante de ninguna manera.
Por el contrario, vi un atisbo de sonrisa en lo que debería ser su rostro; luego de sostenerme la mirada, estiró una mano hacia mí.

En ella había una pequeña cajita roja, la cual me ofreció; yo dudé un instante, pero al final la tomé.

—A pesar de que tus decisiones no fueran las acertadas, aun así, merecés este regalo el día de tu decimonoveno aniversario —habló la sombra.

Era la primera vez que escuchaba a aquel ser hablar; su voz era grave y ronca, y totalmente espeluznante, infernal.

—¿Qué sos? —pregunté frunciendo el ceño.

—Oh, tú sabés quién soy; solo tenés que esforzarte un poco.

Abrí la cajilla y en su interior contenía una pequeña gargantilla de plata con un dije muy extraño, que recordaba haber visto en algún lado, pero no dónde. El dije era un sol; un sol con un ojo abierto dentro de él. Fruncí el ceño; me era imposible recordar dónde lo había visto antes. La sombra me hizo una seña para que le diera la espalda y le dejara colocarme la gargantilla y, por alguna razón extraña, se lo permití. Cuando quedó colocada, me giré y la miré a los ojos.

—El regalo que te he hecho tiene un gran poder; ya aprenderás a utilizarlo.

—¿Quién sos? —volví a preguntar.

—Ya lo descubrirás... —fue lo único que me contestó.

En un abrir y cerrar de ojos, la sombra había desaparecido. Dejé escapar un grito de frustración y cerré la ventana con gran brusquedad. Me frustraba encontrarla conocida y que ni siquiera tuviera un rostro claro. Me senté en la cama y dejé escapar un suspiro; estaba claro que aquel ser escondía algo, que sabía cosas que yo no. Pero no debía sorprenderme: todo el mundo parecía saber cosas que yo no.

Llevé mi mano hasta mi garganta y comencé a juguetear con el dije, tratando de recordar dónde lo había visto antes, pero no lo logré. Frustrada, me quité la ropa y me metí bajo las sábanas, dejándome arrastrar a los brazos de Morfeo.

-

Sacudidas.

Sacudidas.

Sacudidas.

Fue así como me desperté de un sobresalto el día de mi cumpleaños.

Abrí los ojos y vi la gran sonrisa de mi madre. Moví de un lado a otro la cabeza para ver qué sucedía, pero nada malo estaba pasando. Observé hacia mi mesa de luz; ahí estaba la clave de todo: en una bandeja sobre la mesilla estaba preparado mi desayuno. Mamá me lo había traído a la cama.

—Buenos días a mi preciosa cumpleañera —canturreó mi madre alegremente y yo le devolví una gran sonrisa.

—Buen día, mamá —saludé enternecida por su acto.

—¡Feliz cumpleaños, amor! —exclamó mirándome tiernamente—. Te he preparado el desayuno —me colocó la bandeja en el regazo.

—Gracias, mamá —agradecí sonriendo y mirando mi desayuno.

Chocolate caliente, panqueques con dulce de leche y trufas; eran mis cosas favoritas y estaban ahí.

—Lo merecés, mi niña —sonrió—. Y aún hay más.

—¿Más? —pregunté confundida.

—¡Sí! —exclamó alegremente; sacó de detrás de ella un papel y me lo entregó.

Extendí la mano y tomé el papel; luego lo abrí y fijé mi atención en leer lo que allí decía. Dejé escapar un grito de emoción y varias lágrimas se me escaparon. El papel era un contrato de compraventa de una casa; la que sería nuestra casa.

—¡Oh, por Dios! ¡Oh, por Dios! —exclamé sin poder creerlo.

—Así es, hija —dijo mi madre sonriente.

—¡No puedo creerlo, tenemos una casa! ¡Oh, mamá, estoy muy feliz! —exclamé eufórica—. ¿Cuándo nos mudaremos?

—El mes que viene, cuando se termine con el papeleo.

—Este es el mejor regalo de cumpleaños, mami —hice una pausa—. Te quiero.

—También te quiero, mi vida —me dio un beso en la frente.

Luego de eso, Alejandra se despidió de mí, pues debía ir a trabajar. Por mi parte, tomé mi desayuno lentamente y con agrado. Las agujas del reloj marcaban las ocho y cinco a. m., así que tenía un montón de tiempo antes de tener que ir a la facultad. Terminé mi desayuno y corrí al baño para darme una ducha larga y relajante. Demoré casi cuarenta y cinco minutos en salir pero, cuando lo hice, me sentía como nueva. Me dispuse a vestirme cuando el timbre resonó dentro de la casa.

Terminé de calzarme y corrí hasta la puerta, pues no tenía ni idea de quién podía ser. Al abrirla, me encontré con un oso de peluche gigante y una pequeña cabecita rubia que apenas asomaba detrás de él.

—¡Feliz cumpleaños, May! —gritó eufórica, echando con dificultad el oso hacia adelante para entregármelo.

—¡Oh, Vero, viniste! —exclamé más que contenta de verla; de verla a ella fuera de su habitación. Ese sí que era un regalo, más que cualquier otra cosa—. Gracias, ángel; es hermoso —dije tomando el oso de peluche e introduciéndolo con dificultad dentro de la sala.

—Merecés, querida —contestó sonriente y se adentró en la sala.

—Te veo mucho mejor —comenté después de haber tomado asiento en los sofás y haber acomodado el nuevo oso de peluche junto a mí.

—Yo, bueno... —bajó la mirada—. Trato de sobrellevarlo —hizo una pausa—. No es nada fácil, te lo aseguro. Él aparece en todos lados; creo verlo a cada rato. Está en mis sueños, en mis pensamientos... es horrible. Pero los que me rodean no tienen que sufrir por mí —explicó realizando una mueca y encogiéndose de hombros.

Hice una mueca; la entendía. Oh, vaya que sí la entendía.

—Yo te entiendo... —suspiré—. Pero debes ser fuerte; sos una gran chica. Yo te apoyaré siempre —dije intentando aliviar un poco su dolor.

—Gracias —me regaló una sonrisa—. ¿Cómo le vas a poner?

—¿A quién? —pregunté confundida.

—¡Al oso, dah! —exclamó Vero riendo, como si fuera súper obvio.

—Ah —reí—. Emm, no sé —dije pensativa.

—Ponéle Kelian y dormí con él todas las noches —vociferó ella riendo.

—¡Vero! —grité quedando colorada—. No, no juegues con eso —protesté.

—Y bueno... —se encogió de hombros—. Mientras no le pongas Ben —alargó—, si no, me lo llevo, te lo advierto —dijo subiendo una de sus cejas.

—Bien, tampoco pensaba ponerle Ben —contesté riendo—. Le pondré simplemente Teddy —sonreí.

—¡Buu, aburrida, buu! —me abucheó ella.

Entre risas y chistes esperamos a que fueran las once en punto para correr a la parada e ir a la facultad. Cuando llegamos, encendí un cigarrillo y nos quedamos paradas en la puerta para esperar a que fuera la hora de entrar. En ese momento, aparecieron doblando la esquina de Vázquez la inconfundible Lilian y sus hermanas. Al verme, las tres alzaron la mano para saludarme y yo imité su gesto. Unos segundos después estaban frente a mí llenándome de abrazos y besos. Cada una traía una pequeña bolsa de regalo que me fueron entregando.

La primera bolsita, que era el regalo de Lilian, era un hermoso reloj de plata; sonreí y le agradecí por ello. El segundo obsequio provenía de Aísa, quien había optado por regalarme unos hermosos pendientes de plata; y por último recibí el de Ali. Al abrirlo, lo miré extrañada: era un puñal, un puñal de plata y oro, muy antiguo. Levanté la vista y la miré frunciendo el ceño.

—Deberías siempre ir protegida; siendo quien sos, ese es un puñal infernal, uno de los más poderosos. Lo he conseguido para ti, sabrás cuándo utilizarlo —explicó taciturna, como si fuera lo más normal del mundo.

Vero y yo nos miramos por un momento, realizándonos la misma pregunta: ¿de quién tendría que defenderme utilizando un puñal? Miré a Ali y respondí simplemente:

—Gracias, supongo; me será de mucha utilidad —sonreí, pero dejé traslucir un poco de duda en mi sonrisa.

Ali no percibió mi inquietud y tanto ella como Aísa se despidieron de nosotras; Lilian se quedó, pues también tenía clases. Tiré la colilla del cigarro y entramos a la facultad, pues estábamos llegando tarde. Las clases pasaron de forma casi imperceptible. En un abrir y cerrar de ojos ya me encontraba almorzando en la cantina y al otro ya estaba despidiéndome de Vero, pues tenía una cita con Benjamín. Habíamos acordado que él pasaría a buscarme por la facultad.

Verónica me dijo que me cuide y que la llame al llegar, y diez minutos después estaba en el baño del subsuelo colocándome algo de corrector de ojeras, delineador y labial para disimular mi mal dormir de días.

En cuanto salí con mi mochila al hombro, solo tuve que esperar diez minutos a que Ben llegase. No es que se hubiera retrasado, solo que yo había salido antes. Al verlo llegar, mi corazón se aceleró; lo quería un montón, de eso no había ninguna duda. Al llegar, él me alzó en un apretado abrazo y me dio un largo beso en los labios.

—Feliz cumpleaños, cariño —musitó tiernamente al separarnos y yo me sonrojé.

—Gracias, Ben —le regalé una gran sonrisa.

—Tomá, esto es para ti —me extendió un paquetito envuelto en papel de regalo—. Espero que te guste —comentó sonriendo.

Abrí el paquete rasgando el papel y encontré un disco de mi banda favorita dentro.

—¡Oh, gracias, gracias, gracias! —chillé emocionada—. Me encanta.

—Me alegra que te haya gustado —sonrió ampliamente.

Él tomó mi mano y la besó en el dorso, causando que me derritiera. Luego de ello, caminamos tomados de la mano hasta la rambla, donde pasamos un buen rato charlando de mil cosas, haciendo bromas, chistes y otra clase de comentarios algo subidos de tono.

Entre una cosa y la otra, se nos fueron tres horas en la rambla sin que nos diéramos cuenta; ya eran las ocho p. m. cuando nos percatamos de que la temperatura había bajado demasiado como para estar ahí.

—Vamos, iremos a cenar por tu cumpleaños —invitó Ben tomándome de la mano.

A pocas cuadras de la facultad, Ben había dejado estacionado su auto de alquiler y hasta él fuimos; nos subimos en él y Ben condujo hasta un restaurante de aspecto bastante concheto, y ahí aparcamos.

Entramos al lugar y esperamos a ser atendidos por uno de los elegantes mozos que allí trabajaban. Ordenamos unos platos que no tenía idea de lo que eran y esperamos a que llegase nuestra orden. Demoró alrededor de cuarenta minutos en llegar, minutos que ocupamos en una charla amena y algo entretenida. Al llegar nuestra orden, la comida no tenía mal aspecto y su sabor era excelente.

Cenamos tranquilamente y Benjamín, al pedir el postre, hizo que me cantaran el feliz cumpleaños dentro del local, momento en el que casi muero de vergüenza.

El postre que habíamos pedido era un clásico postre Chajá, oriundo de Paysandú, uno de los diecinueve departamentos de nuestro país. Terminamos y nos quedamos alrededor de una media hora más dentro del local planificando un viaje que haríamos juntos si todo salía bien al término de la inminente guerra en la que me vería obligada a participar. Cuando salimos del local, nos montamos al automóvil de Ben y él me regaló una amplia sonrisa.
—Aún queda una sorpresa —habló con entusiasmo.
—¿Ah, sí? —dije alzando una ceja—. ¿Cuál? —pregunté.
—Ya verás —canturreó y me regaló una brillante sonrisa.

Él comenzó a conducir por las calles de Montevideo sin decirme a dónde iba. Yo me dispuse a observar a través del cristal de la ventanilla del auto. Poco a poco fui perdiéndome en mis pensamientos; comencé a darle vueltas al hecho de la noche anterior. La sombra. Aquella criatura me había obsequiado esa gargantilla con aquel símbolo que no podía recordar. ¿Por qué lo había hecho? ¿Qué significaba ese obsequio? Esas preguntas me rondaban en la cabeza cuando empecé a notar algo extraño en mi campo de visión.
Miré a través de la ventana, esta vez de forma atenta, y me di cuenta de que los edificios de la ciudad ya habían quedado muy lejos e incluso habíamos pasado los barrios más poblados. A nuestro alrededor solo había campo y alguna casa perdida; nada más.
Algo dentro de mí se removió; mis pupilas se dilataron y mi corazón se aceleró por alguna razón que no podía identificar.
—Benjamín, ¿dónde estamos? ¿Qué hacemos aquí? —pregunté con el corazón repiqueteando en mi pecho; la ansiedad se empezaba a apoderar de mí.
—No te preocupes, May; te va a encantar —respondió con una sonrisa ladeada—. Te lo prometo.
—Ben, demos vuelta; estamos muy lejos de la ciudad —pedí alterada.
—No, para nada; estamos en el lugar perfecto —musitó mirándome fijamente mientras aparcaba a un lado del camino.
—Benjamín, ¿qué sucede? —pregunté presa del pánico.

—Te daré tu último regalo de cumpleaños —dijo sonriendo.

Extendió una mano hacia mí, me tomó por la nuca y me besó.

CAPÍTULO 25.

"No te rindas, por favor no cedas. Aunque el frío queme, aunque el miedo muerda, aunque el sol se esconda y se calle el viento, aún hay fuego en tu alma, aún hay vida en tus sueños."

Mario Benedetti.

»——«•∘❋∘•»——«

Su beso fue tan brusco, tan violento, tan inesperado, que quedé paralizada.

Él intensificó la fuerza del beso, pero no le seguí; no quería, no me gustaba por dónde iba la mano. Intenté separarme, pero él me lo impidió. Con su mano libre me tomó con gran fuerza una pierna y yo quise gritar. No pude, obviamente, pues tenía su boca sobre la mía. De igual forma, nadie me escucharía estando tan lejos de la ciudad. Benjamín, al notar mi resistencia, se apartó un poco.

—Hey, nena, ¿qué pasa? ¿No quieres que te dé tu regalo de cumpleaños? —ronroneó en mi oído en un tono seductor y perverso. Una arcada me sobrevino; el asco y el pánico empezaron a consumirme.

—No, yo no, yo... —titubeé—. Yo no quiero, Ben; apartate —afirmé reuniendo todo mi valor y tratando de apartarlo de mí con mis manos en su pecho, empujándolo.

Pero no podía; el condenado era muy fuerte.

—Oh, claro que no; te daré tu regalo quieras o no —rio gravemente —. Me cansé de esperar.

—No, por favor, no... —rogué desesperada—. No estoy preparada, por favor.

—Callate —rugió—. ¿Pensabas que estaba contigo porque te quería? —carcajeó como un maniático—. ¡Qué inocente!

—Benjamín, por favor... —pedí en un quejido agónico.

—¡Callate, maldita zorra! —gritó y me abofeteó.

Él, con un par de movimientos y mucho forcejeo, se colocó sobre mí, tratando de quitarme la ropa. Yo elevé mi rodilla e intenté golpearle los genitales, pero no lo logré con la fuerza que debía. Forcejeé y logré zafar una de mis manos, con la que le asesté un puñetazo.

Él rugió mientras aflojaba su agarre momentáneamente, instante en que yo aproveché para abrir la puerta del automóvil. Lo tomé de la camiseta e intenté hacerlo caer por el hueco de la puerta pero, en el acto, él se aferró a uno de mis brazos y ambos caímos al pasto mojado. Pude soltarme, gateé para alejarme, pero él me alcanzó por un pie y me jaló para provocar mi caída.

Se movió rápidamente para aplastarme con su peso e inmovilizarme; forcejeé nuevamente, moviéndome de lado a lado para desestabilizarlo, pero fue en vano: él me apretó con sus piernas, sujetándome las mías.

Grité y lloré por la desesperación; ¡no me podía estar sucediendo aquello! No podía entender por qué me estaba sucediendo. Comencé a patalear y él me asestó otra bofetada; lo miré iracunda y le escupí el rostro. Esto provocó que él se enfureciera aún más y me asestó un puñetazo en la cara, partiéndome el labio inferior en el acto. Zafé una de mis manos y le arañé la cara, intentando que se apartara. Él volvió a golpearme y me sujetó las manos por encima de mi cabeza.

Dejé escapar un gruñido y él rio.

—¿Qué te pasa, cariño? ¿Acaso estoy siendo muy duro? —preguntó riendo como un puto maniático.

Increíblemente, él era muchísimo más fuerte que yo, lo que causaba que no tuviera ninguna posibilidad de defenderme. Mi entrenamiento aún no estaba tan avanzado y apenas tenía la fuerza suficiente para resistirme. No tenía oportunidad de escapar.

—¡Dejame ir, por favor! —sollocé angustiada, pero sin demasiada esperanza.

—Ni lo sueñes, preciosa —musitó riendo.

Intenté liberarme de su agarre, pero fue en vano. Él tomó mis manos con solo una de las suyas y con la otra comenzó a intentar quitarme la ropa. Me sacudí y retorcí todo lo que pude, pero no lo suficiente como para evitar que me desabrochara el saco.

—Por favor, pará —rogué bañada en lágrimas—. ¿Qué diría tu padre si lo supiera? —jugué la única carta que tenía para disuadirlo de mancillar mi alma para siempre.

—¿Mi padre? —se carcajeó estruendosamente—. ¿Por qué creés que hago esto? —sonrió de forma burlona—. Para joderlo.

—¿Que tengo que ver yo con tu padre? —sollocé indignada.

—¿Qué tienes que ver tú?, simple —sonrió —. Solo tú puedes hacer que el bando celestial gane, pero para ello debes mantenerte en tu máxima pureza. Si te la robo, listo, el bando celestial pierde, y yo jodo bien jodido a mi padre —rio —. Lo siento linda, es lo que te ha tocado.

—¡Eso no es justo! —lloriqueé.

Él simplemente me ignoró y prosiguió con su delito; bajó su mano hasta sus pantalones para intentar desprenderlos y comenzó a tirar de los botones del mío para exponer mi ropa interior. Yo forcejeé para detenerlo, pero fue inútil nuevamente ya que, con un par de movimientos de sus piernas, los pudo bajar hasta mis rodillas, exponiendo mi cuerpo e inmovilizándolo al mismo tiempo. Comencé a temblar; el pánico me había invadido y ya no tenía ni la más mínima idea de qué hacer.

Con un hábil y asqueroso movimiento, introdujo una de sus manos entre nuestros cuerpos para luego introducirla entre mis piernas y comenzar a manosear mi zona íntima. Yo me ahogaba en mis propios sollozos mientras él reía, y el asco que sentía comenzó a provocarme arcada tras arcada. En ese mismo instante, se escuchó un horrible estruendo a nuestro lado. Llamas comenzaron a arder a nuestro alrededor. Traté de ver qué sucedía y vislumbré el atisbo de una sombra negra aparecer de entre las llamas.

Como si fuera más liviano que una pluma, Benjamín salió despedido hacia atrás, abandonando mi cuerpo por completo. Suspiré con alivio al ya no sentir su peso en mí ni sus manos en mi cuerpo.

Me coloqué en posición fetal, temblando, y me abracé a mí misma. Luego vi cómo la sombra se abalanzaba sobre Benjamín. La sombra le asestó un golpe, y otro golpe, y otro golpe. Benjamín logró ponerse en pie y le tiró un puñetazo, pero este ni mella le hizo a la figura negri-roja. Él sacó un cuchillo que llevaba en su cinturón y lo blandió sobre un lado de la figura, pero esta última ni siquiera lo notó. La sombra rugió y le asestó un golpe en la barbilla que hizo que volara unos cuantos metros hacia atrás y cayera sobre unas rocas. No supe si sobreviviría a ese golpe.

De inmediato la figura se acercó a mí. Yo estaba paralizada en el suelo, aún con los pantalones abajo, temblando de miedo y consternada por su aparición. La figura se agachó a mi lado y rozó mi frente con algo así como sus dedos.

—¿Estás bien? —preguntó con tono angustiado, pero yo no podía contestar.

Al ver que era incapaz de hablar, la sombra alcanzó mis pantalones y me los volvió a subir. Me arregló la blusa y abotonó mi saco. Luego me cargó delicadamente entre sus brazos, cual si fuera una princesa o una recién casada, y comenzó a caminar.

Me abracé a su cuello sin decir absolutamente nada, y noté cómo el color negro parpadeaba, dejando traslucir a alguien dentro de la sombra. Fijé mi visión en la piel de aquella sombra, criatura o lo que fuera, para tratar de adivinar quién era mi salvador o salvadora. Mientras tanto, la sombra caminaba lentamente por un costado de la ruta.

Entonces lo vi; vi los tatuajes tribales en su pecho, noté esa piel blanca, y su olor particular a almizcle y tabaco me invadió las fosas nasales. Era él, tenía que ser él. Luché contra mi cuerpo agarrotado para poder hacer uso de mis cuerdas vocales y así hacerle saber que ya sabía quién era.

—Ke... Kelian —logré decir finalmente. La figura se paró en seco, muy rígida, y me miró. Me observó por unos cuantos segundos, que se me hicieron minutos, hasta que por fin habló.

—¿De qué hablás? —intentó pasar desapercibido.

—Eres tú, dime la verdad —rogué con un muy débil tono de voz y le vi suspirar.

—Nunca me cayó bien Benjamín —confesó deshaciéndose de su camuflaje con gran soltura y rapidez para quedar con su torso desnudo contra mi cuerpo.

—Gra... gracias por salvarme —titubeé débilmente—. No tenías por qué... —susurré apenada.

—Ya te lo dije, Gorriona: te he ayudado en todo, y eso no significa que porque tú me odies cambiaré de parecer —sonrió tristemente —. Aunque te cueste creerlo, te quiero —afirmó mirándome con gran intensidad a los ojos.

Me estremecí ante la profundidad de su mirada; por dentro grité enojada. No debía dejarme embelesar nuevamente, no podía dejarme llevar por sus palabras por más que mi corazón reclamara a gritos dejarse engañar.

Escondí mi cara entre su cuello y hombro para no tener que mirarlo directamente a sus hipnotizadores ojos negros como el azabache.

—Callá, no digas esas cosas, no intentes engañarme —susurré contra su hombro, cansada, agotada.

—Te estoy diciendo la verdad, May; eres tú la que no me crees —afirmó con seriedad mientras continuaba caminando.

—Solo me querés volver a engañar, así ganar la guerra —afirmé no muy convencida de lo que decía, aun contra su hombro desnudo—. ¿Por qué no traés camiseta? —solté la pregunta sin procesar que no era el momento indicado.

—Si tú quieres creer eso, créelo —afirmó con voz grave—. Pero solo te diré una cosa: si lo que tú dices fuera cierto, habría sido más fácil dejar que ese hijo de puta te violara —explicó fríamente, y me estremecí al materializar en palabras lo que casi había sufrido.

—Yo... —fue lo único que pude decir y decidí excusarme con algo bastante absurdo pero posible—. Tú sabrás.

—Ajam... —musitó, y supuse que rodó los ojos como él solía hacer —. Ah, y ando sin remera porque estaba entrenando cuando presentí que algo andaba mal y salí corriendo. Si hubiera demorado en ponerme una camiseta, tú habrías pagado las consecuencias —respondió con arrogancia en su voz.

—Emm, lo siento, no fue una crítica; solo me extrañó —me disculpé avergonzada—. No tenías que venir, de igual forma.

—¿Ah, sí? Y dejar que te violara, seguro... —masculló la última parte.

No contesté. ¿Cómo contestar a eso? Él tenía razón: si no hubiera aparecido, yo habría sido violada de forma atroz. No porque alguna violación no fuera atroz, todas lo son, pero Benjamín era mi novio, la persona que debía protegerme, amarme y cuidarme; y había hecho todo lo contrario. Me aferré más al cuello de Kelian; hace rato ya que la adrenalina producida por el ataque se había evaporado de mi cuerpo, y mis músculos comenzaban a doler y las heridas a punzar de forma insoportable.

Kelian iba mirando hacia atrás cada pocas cuadras y se detuvo en cuanto creyó que era seguro; me depositó lentamente en el piso y se agachó a mi lado para escrutar mis heridas. Luego de observarme detenidamente, suspiró con alivio.

—Por lo que veo son heridas leves, nada grave; no necesitarás puntos ni nada, apenas algún vendaje —sonrió—. Tuviste suerte, te defendiste bien.

—Fuiste tú el que me entrenó —recordé.
—De igual forma —se encogió de hombros—. ¿Tienes algún dolor interno? Golpes o algo —preguntó estrechando los ojos al ver mi cara de dolor.
—No, solo me duele el omóplato; me golpeé contra el suelo al caer del maldito auto de alquiler —expliqué.
—Bueno, déjame que te revise —pidió—. Te quitaré el saco y levantaré tu blusa por la parte de atrás, ¿okey?
—Sí. ¿Por qué me lo advientes así? —pregunté extrañada.
—Porque has vivido una situación traumática y no quiero que mis acciones se interpreten como una agresión, ¿comprendes? —dijo, y yo asentí apenada.
Estaba siendo muy considerado, demasiado. Dolía; dolía porque me hacía quererlo más. Él, delicadamente, se puso detrás de mí y me quitó el saco de paño; luego levantó lentamente mi blusa y el roce de sus dedos me hizo estremecer. Sostuvo mi blusa en alto y con su mano libre presionó algunos puntos de mi omóplato; supongo yo que para cerciorarse de que no estuviera quebrado o algo por el estilo. Estuvo así por unos cinco minutos y luego regresó la blusa a su lugar y me ayudó a ponerme el abrigo nuevamente.
—No tienes herida alguna, ni externa ni interna; así que solo ha sido un golpe muy fuerte —informó y me regaló una sonrisa, de esas que te estremecen el alma.
—Son buenas noticias —susurré mirando el suelo. Estaba cansada, adolorida, avergonzada.
Me sentía usada, sucia; me sentía un trapo manoseado con el cual lavaron el piso. En definitiva, me sentía derrotada. Aun podía sentir las manos de Benjamín sobre mi cuerpo, o sus labios en los míos; me daba náuseas de solo pensarlo.
Kelian notó mi estado y optó por sentarse a mi lado y abrazarme contra su pecho desnudo. Yo me dejé atrapar en el abrazo, sintiéndome diminuta bajo sus enormes brazos, pero también resguardada y protegida. Comencé a llorar; lloré casi sin emitir sonido alguno. Mis lágrimas recorrían mis mejillas formando un río y no podía detenerlas, no quería detenerlas.
La luna estaba en su punto más alto del Cielo; calculé que serían alrededor de las dos de la mañana cuando dejé de llorar. Había

perdido el celular, por eso no tenía la certeza. Aún nos encontrábamos a un lado de la desolada ruta; me acurruqué contra Kelian aún más, estaba congelada por el gélido frío, clásico de las noches invernales montevideanas. Él me acarició el cabello y miró al Cielo como invocando una plegaria silenciosa, y luego suspiró profundamente, taciturno.

—¿Por qué el universo será tan hijo de puta? —susurró de manera casi imperceptible, y yo fingí no haberlo oído—. ¿Quieres que sigamos? Si no puedes caminar, te cargo.

—No, yo... no, no quiero moverme —tirité por el frío—. El viento está muy fuerte —expliqué—. No llegaré a ningún lado con tan poco abrigo.

—Si bien puedo teletransportarme, no puedo hacer que los demás lo hagan, por lo que no podremos ir a tu casa —se lamentó—. Sin embargo, conozco un lugar mucho más cálido donde podemos ir, y para el cual solo tengo que invocar un hechizo, pero no sé si estarías dispuesta a ir —explicó.

—¿Eso dónde sería? —pregunté; cualquier lugar donde pudiera resguardarme de este frío estaría bien.

—En el Infierno —afirmó, y su rostro se ensombreció.

Dudé por un largo rato; no sabía hasta qué punto me estaba muriendo de frío como para acceder a ir al Infierno acompañada de la Bestia. Pero, cuando de un momento a otro la temperatura descendió, accedí: nada podía ser peor que morir congelada.

—Vamos —dije con seguridad, y una sonrisa se extendió por su rostro.

Él se levantó y me tomó en brazos, de igual forma como me había cargado un rato antes; yo me aferré nuevamente a su cuello y él comenzó a recitar unas palabras en algún idioma que yo no pude reconocer. Y entonces, todo comenzó a dar vueltas. Todo se volvió oscuro y, de un momento a otro, luz, luz y calidez. Mucha iluminación, farolas por todas partes, colores grises, ocres y negros; armaduras negras platinadas contra las paredes, enormes arañas de plata colgaban de las bóvedas de los techos con finas terminaciones barrocas.

La habitación donde nos encontrábamos parecía ser alguna especie de galería, área común o por el estilo, debido a que múltiples puertas con minuciosos acabados que imponían presencia acababan en aquel salón. Aún seguía en los brazos de Kelian cuando él comenzó a caminar en dirección a una de las puertas.

—¿Dónde estamos? —pregunté en cuanto pude hablar.

—En el Palacio Rojo —respondió—. Sí, rojo; ni negro, ni gris, ni oscuro: rojo —sonrió.

—Oh... —balbuceé sorprendida—. Y, ¿a dónde vamos? —pregunté con curiosidad mientras observaba todo a mi alrededor.

—A mi dormitorio; necesitas descansar y dudo que estés segura en otro sitio —explicó haciendo una mueca—. No lo malinterpretes, por favor —pidió con pánico en la voz.

—Está bien; no tengo ánimos de protestar —dije sinceramente y él asintió con la cabeza.

Nos introdujimos por una de las puertas y vimos un extenso corredor donde desembocaban aún más puertas. Kelian me cargó hasta el final del pasillo y, con algo de dificultad, abrió la última puerta del mismo. Al entrar, me encontré con que se trataba de un gran dormitorio, mucho más grande de lo que jamás habría imaginado. Contaba con una cama en su centro de alrededor de tres plazas, mesitas de luz, una puerta que me supuse que sería el armario, una biblioteca completa con sillones de cuero e incluso un frigobar. En su interior predominaban el negro y el rojo; las rosas rojas en lugares específicos no faltaban, así que pude concluir que a él le gustaban.

Kelian caminó hasta su cama y muy lentamente me dejó sobre ella con una sonrisa tierna. Me ayudó a quitarme las botas y a meterme dentro de las mantas; me arropó y me acarició la frente para luego besarla.

—Cualquier cosa que necesites decime, ¿ok? —pidió alzando una ceja.

—Sí —asentí con la cabeza.

—Estaré leyendo —comentó—. Descansa —sonrió.

Vi cómo caminaba hasta su biblioteca, tomaba un libro y se sentaba en uno de los sofás. Poco a poco la visión se me fue haciendo borrosa hasta que caí a tropezones en los brazos de Morfeo. Esa noche, al contrario de lo que se esperaría por haber sido víctima de un intento de violación y, además, haber sido llevada al Infierno, no

tuve pesadillas, ni malos sueños, ni nada. Mis sueños fueron tranquilos; pude descansar con total agrado.
Dormí, dormí y no sé cuánto exactamente; solo sé que cuando desperté tenía comida, que parecería ser una especie de merienda, sobre la mesita de luz y Kelian no estaba dentro de la habitación. Fue entonces que pude ver con un poco de razonamiento lógico dónde estaba. Me encontraba en los aposentos de quien se suponía que debía ser mi archienemigo, con comida servida y cómodas horas de sueño. Nada tenía sentido.
Había algo que era aún peor: yo ya había elegido bando y me estaba refugiando en los dominios de mi bando rival. Me sentía enferma; nada podía salir peor. Toda mi vida se encontraba dada vuelta. Mi estómago rugió y caí en la cuenta de que tenía demasiada hambre como para no comer de la comida que me habían proporcionado, así que tomé la bandeja y comencé a probar un poco de cada cosa. Luego de saciarme a gusto, volví a dejarla en su lugar. Apenas la había apoyado cuando la puerta de la habitación se abrió y Kelian se introdujo en la misma.
—Buenas tardes, Gorriona —sonrió.
—¿Buenas tardes? ¿Dormí casi todo un día? —pregunté desconcertada.
—Pues sí... —dijo encogiéndose de hombros.
—Deberías haberme llamado —protesté haciendo un puchero y cruzándome de brazos.
—Claro que no; debías descansar, si no, no te recuperarías —hizo una pausa—. De seguro ahora casi ya nada te duele —afirmó con suficiencia.
—Bueno, pues puede que me haya sentado bien, pero de igual forma yo no debo estar acá; no es correcto.
—Ya has sido invitada al Infierno por mi padre, así que es más que correcto —sonrió—. Además, aquí soy yo tu anfitrión y no había mejor lugar para que descansaras, ya que el Cielo no suele ser tan hospitalario —afirmó alzando una ceja.
—De todas formas está mal —me quejé cual niña pequeña—. Está mal que estemos hablando; quiero que sepas que nada entre nosotros cambió, sigo sin perdonarte, solo te debo un favor —afirmé frunciendo el ceño.

—Okey, está bien, como tú lo prefieras —se cruzó de brazos y sonrió, ¿divertido?

—Bueno, supongo que ya puedo irme —dije simplemente.

—No, no aún; mi padre desea hablar contigo —informó, y su semblante cambió a uno extremadamente más serio.

CAPÍTULO ESPECIAL.

"El amor es la más fuerte de las pasiones, porque ataca al mismo tiempo a la cabeza, al cuerpo y al corazón"

Voltaire.

Algunos Meses Atrás

Isaías.

A mi alrededor, las escenas se sucedían una tras otra sin que yo pudiera prestarles atención alguna. Los ángeles sentados en ronda frente a mí discutían sobre el destino de este plano y, por supuesto, del plano terrenal. La guerra era inminente, y el poco compromiso de la hija del Creador por la causa solo complicaba las cosas. De igual manera, yo no podía pensar en nada de ello; en lo único que podía pensar era en una cosa, o más bien persona: Verónica. Su dulce rostro aparecía una y otra vez en mi cabeza, impidiendo que pensara en otra cosa que no fuera ella.

"*Joder, me trae loco*", pensé para mí.

Hace dos noches, May le había revelado mi identidad y, a pesar de haberle mentido, ella había decidido quedarse a mi lado. Qué suerte había tenido; de solo pensar en perderla, sentía que moría, aunque en realidad fuera inmortal.

Estaba ansioso; planeaba ir a verla esta tarde-noche, y esta junta lo único que hacía era atrasarme. Necesitaba con urgencia tenerla entre mis brazos, abrazarla, besarla... y otro montón de cosas impuras que me estaban completamente prohibidas. Pero, ¿qué podía hacer? Ella tenía la capacidad de volverme loco. Caería, sin ningún problema, solo para tenerla día a día en mi lecho, verla despertar cada mañana y hacerle el amor cada noche.

—Bueno, la reunión ha culminado por hoy —habló mi superior, sacándome de mi trance.

Asentí y procedí a retirarme del salón. Lo más rápido que pude, fui hasta mi cabaña y me duché, cambié y perfumé para poder descender a verla. Una hora más tarde, me encontraba frente a su puerta con un ramo de rosas.

Verónica.

Me encontraba recostada en mi cama, escuchando música como lo hacía con frecuencia. Se supone que debería estudiar, pero para eso tengo a May. Isaías me había mensajeado en la mañana, diciéndome que pasaría por mi casa por la tarde, así que yo me había arreglado con un vestido de angorina negro, con la falda en A y escote a los hombros, medias gruesas hasta la rodilla, tacones y una media cola.

Hace un par de noches me había enterado de su condición... eso de que era un ángel... un viaje... Si le daba vueltas al asunto, me espantaba. Por dicho motivo, prefería no pensar en ello.

Lo amaba demasiado como para que algo así terminara separándonos. No estaba dispuesta a perderlo; para mí, él lo era todo. Escuché el timbre sonar, por lo que me levanté de mi lecho y corrí hacia la puerta. Al abrirla me encontré con Rafael, vestido con un pantalón color caqui y una camisa blanca, por supuesto que metida por dentro del pantalón y con los primeros dos botones desabotonados. En sus manos traía un ramo de rosas y sonreía abiertamente, tal y como yo amaba. Sonreí y me mordí el labio; ardía.

—Hola, cariño —saludé, tomando el ramo y depositando un leve beso en sus labios.

—Hola, amor —sonrió y entró a mi casa.

Cerré la puerta y le tomé una mano, guiándolo hasta mi habitación. Dejé de paso las rosas en el florero de la mesa y seguimos el camino hasta mi dormitorio. Estando allí, pasé mis brazos detrás de su cuello y lo besé como si mi vida dependiera de ello. Al separarnos, nos miramos a los ojos y nos sonreímos.

—Te amo —susurré.

—También te amo —contestó y depositó un beso en mi frente.

—¿A dónde iremos hoy? —pregunté, puesto que no sabía cuáles eran sus planes.

—A ningún lado; pensé en pasar el rato aquí, contigo —sonrió.

—Umm... —pronuncié—. Estoy sola hoy, mis padres se fueron a un viaje de campo con mi hermana; la casa es nuestra —le guiñé el ojo, y él automáticamente se puso rojo.

Me encantaba; me encantaba que fuera tan mojigato, a pesar de que ahora sabía la causa.
—Verónica —regañó y yo reí, tomándolo de la mano y guiándolo hacia mi cama para recostarnos en ella, abrazados.
—¿Cómo es? —pregunté mirando al techo.
—¿El qué? —contestó mirándome con gran intensidad.
—El Cielo —aclaré—. Es que yo... —dudé—. No sé si puedes hablarme de esto, perdón —bajé la mirada.
—Cómo poder, no puedo... —hizo una pausa—. Pero tampoco podría estar aquí contigo si nos guiamos por el "deber ser" —dijo y sonreí; eso era muy cierto—. El Cielo es... pues... es brillante... y hay.... no sé... ¿armonía?, por así decirlo —explicó no muy convencido.
—¿No te gusta mucho, no? —inquirí alzando una ceja.
—No mucho... —suspiró—. Es la primera vez que digo esto en voz alta.
—Sabes que puedes confiar en mí, ¿no es cierto? —lo miré a los ojos.
—Lo sé... —dijo y lo besé.
Él me tomó por la cintura mientras nos besábamos lentamente, como solían ser nuestros besos. Pero sentí la necesidad de ir más allá; mi corazón se aceleró y profundicé la intensidad de aquel beso. Él me siguió, y aquel beso lleno de amor se convirtió en uno lleno de deseo. Demandante, caliente, jodidamente caliente.
Lo empujé contra el colchón mientras nos besábamos y me senté sobre él, sin siquiera separarme por un segundo. Lo necesitaba; estaba sedienta de él. Isaías me tomó de la nuca con una mano, aún sin separarnos, y con la otra tomó mi cadera. Las moví, frotándome contra él y provocando que un gemido escapara de sus labios.
En ese momento, él rompió el beso.
—Vero, no —susurró con la voz ronca.
—Por favor —susurré intentando volver a besarlo.
—No, no debo —gimoteó—. Sabes que no debo —murmuró mirándome a los ojos.
—Pero sí quieres —protesté haciendo un puchero, sin bajarme de donde estaba sentada.

Antes de que pudiera contestar, tomé los extremos de mi vestido y me lo saqué de un solo movimiento, quedándome solamente en sujetador y portaligas, pues adrede no me había puesto ropa interior ese día. Él ahogó un gemido y sus ojos se ensombrecieron de deseo.

—Dime que no quieres —susurré sensualmente en su oído.

—Yo... —tragó saliva—. Yo no puedo mentir —susurró y lo besé.

No hace falta relatar lo que le sucedió a dicha escena; solo agradecí haber sido previsora y haber comprado condones esa mañana. Cuando terminamos, ambos estábamos completamente bañados en sudor y sonreíamos estúpidamente mientras nos abrazábamos.

—Te amo —susurró.

—También te amo —contesté.

Y me quedé dormida en los brazos de mi ángel.

CAPÍTULO 26.

"Un líder lidera con el ejemplo, no por la fuerza."

El arte de la Guerra. Sun Tzu.

≫——≪•◦❈◦•≫——≪

Mi mandíbula cayó al mismo tiempo que yo me deslizaba fuera de las sábanas. Lo miré de tal forma que, si las miradas mataran, él estaría más que muerto. Le había dicho a su padre de mi presencia en el Infierno; ¿en qué estaría pensando? ¿Cómo lo tomaría el Diablo? Si a Lucifer no le caía en gracia que estuviera en sus dominios, estaba en graves, pero muy graves problemas.

Me tomó un lapso de tiempo considerable poder asimilar aquella locura. Entonces miré a Kelian fijamente, con cara de pocos amigos.

—¡¿Que Satanás quiere verme?! —exclamé sorprendida—. ¿Y para qué? —pregunté cruzándome de brazos y estrechando los ojos.

—Lucifer; mi padre se llama Lucifer —escupió enfadado—. Ten algo de respeto, aunque sea aquí —su mirada se tornó gélida.

—Bueno, perdón, Lucifer —rodé los ojos.

—Eres insufrible —musitó—. Ya sabes por qué; vamos —apuró.

—No, espera, Kelian... —musité, pero no me escuchó, o no quiso escucharme, y se echó a andar.

No tuve más opción que seguirlo, pues no me dejaría arreglar como había tenido la intención de pedirle. Lo seguí a través de la puerta y desembocamos en el pasillo que habíamos recorrido la noche anterior. Lo atravesamos y nos introducimos en el salón de colores negros, ocres y grises.

Volví a echarle un rápido vistazo mientras caminábamos a través de él para ir a una puerta del lado opuesto del salón; aún me deslumbraba la fineza con la que estaba decorado. Pasamos la puerta antes mencionada y volvimos a caer en otro pasillo, pero este contaba con una iluminación algo más tenue y paredes en tonos solamente ocres.

Era muy extenso, puesto que estuvimos un buen rato para llegar hasta su final. Allí nos esperaba una escalera de la cual no se veía el final, pues subía en espiral. Me detuve dubitativa; no estaba segura de si podría subir tantas escaleras. Aún me sentía muy cansada y me dolía bastante una pierna.

—¿Pasa algo? —preguntó Kelian desde unos escalones más arriba, haciéndome sobresaltar.

—Yo... —dudé—. No creo poder subir esas escaleras —admití avergonzada, y sentí mis mejillas arder.

—¿Segura? —me miró alzando una ceja, pero en su tono se filtraba la preocupación.

—Sí, me duele bastante una pierna —hice una mueca.

—Bueno, ven —dijo bajando los escalones que nos separaban—. Te cargaré.

—No, no hagas eso —respondí, pero ya era muy tarde: me había cargado.

—Ni que pesaras tanto, Gorriona —y se escuchó el resonar de su risa ante mi insinuación de que se "iba a cansar".

—De igual forma, no está bien —protesté haciendo un mohín.

—Últimamente nada para ti está bien —comentó riendo y yo reí mientras él se ponía en marcha escalón por escalón.

Era cierto. Reí, pero reí sin ganas; tenía razón: últimamente para mí nada estaba bien, y es que era así. Todo estaba fuera de lugar. Jamás me había sentido tan mal en mi vida, jamás me habían pasado tantas cosas horrorosas juntas; no sabía cómo seguir adelante. Me sentía en un pozo, en el fondo de un abismo del cual no había escapatoria; mi vida me estaba asfixiando.

Y luego estaba él, que me confundía, me enredaba y me dejaba hecha una maraña de emociones, sin ton ni son. Él, que me había traicionado. Él, que me había salvado. Mi héroe y mi villano personal. Mi todo y mi nada, el vórtice de todas mis desgracias y el ápice de la encarnación de mis deseos más profundos.

—Algo te sucede... —comentó Kelian sacándome de mi ensimismamiento.

—Nada; es que yo... no sé, realmente no sé qué estoy haciendo con mi vida —respondí sinceramente bajando la mirada.

—Sé que has pasado por mucho, sé que mil cosas pasan por tu cabeza, pero sonríe —dijo tiernamente—. Vendrán cosas peores... —aseguró de forma críptica, pero en un tono jocoso.

—¡Me estás ayudando un montón! —protesté poniendo mis ojos en blanco, pero al mismo tiempo siendo consciente de que él tenía razón.

—Sé que has elegido el bando celestial, May —soltó tomándome desprevenida—. Lo sé aunque aún no sea oficial.

—Tú no puedes saber si hice o no eso —respondí con una mezcla de enojo y sorpresa.

—Lo supe el día en el cual me dijiste que me detestabas por primera vez —balbuceó con la voz contraída, y una punzada de angustia recorrió mi pecho.

No pude decir nada más. ¿Qué podía contestar a aquello? ¿"Te dije que te odio pero existe la posibilidad de que pelee junto a ti"? ¿"Es que te quiero y a la vez te odio"? Nada de lo que pudiera decir para sacar la tristeza de su mirada podría parecer lógico.

Kelian había recorrido alrededor de unos trescientos escalones, o tal vez más, cuando por fin se detuvo. Lentamente me dejó en el suelo y yo admiré la enorme puerta en roble con picaportes en plata, grabada al estilo del siglo XVII, que tenía enfrente.

—¿Ahí dentro está tu padre? —pregunté mientras admiraba aquella gran puerta, y un escalofrío me recorrió por completo.

—Efectivamente —asintió él—. Te está esperando.

—¿Debo esperar a que me llame o algo? —musité bastante intimidada.

—No; solo entrá, él ya sabe que eres tú —afirmó, y luego me regaló una amplia sonrisa.

—Vale —tomé una bocanada de aire.

Me armé de valor y tomé el picaporte de la puerta; le di un leve empujón y esta se abrió, permitiéndome entrar al interior de la habitación. Esta era aún más amplia que el dormitorio de Kelian o el salón; toda ella variaba en los tonos rojos con bordes y detalles en negro.

En su centro estaba colocada una gran mesa redonda de ébano con sus sillas alrededor de almohadillas color carmesí. Había alrededor de aquella mesa nueve sillas, número que me llamó la atención. En el resto de la habitación parecía haber una gran biblioteca y algunos muebles estratégicos, pero no mucho más. Aquella era una sala de reuniones; tenía que serlo.

Escruté con mi mirada toda la habitación buscando al Demonio, pero en mi campo de visión solo apareció un hombre alto, tal vez de un metro noventa, muy bien afeitado, de facciones delicadas e intensos ojos azules. Su cabello era lacio, negro, tan negro como el de Kelian, y lo llevaba largo y atado en una coleta. Iba vestido con un traje negro y poseía una elegancia nunca antes vista, una elegancia inhumana.

Destilaba belleza, gracia e incluso pude ver amabilidad en sus ojos. Ese hombre no podía tener más de veintiséis años y era el único dentro de la sala.

—Bienvenida, Maite Nazaret Rimoldi; bienvenida a mi humilde estancia —sonrió—. Me han hablado mucho de ti —hizo una pausa —. Obviamente de forma grata.

—¿Ho... hola? —saludé dubitativa, pues no tenía idea de quién me recibía.

—Veo que aún no te das cuenta de quién te habla, querida —volvió a sonreír—. Perdona mi falta de educación al no presentarme; pensé que mi hijo te lo advertiría —se disculpó—. Soy Lucifer.

—Oh, vaya, yo... —dije y lo quedé mirando con los ojos como platos.

—Lo sé —rio—. Seguro te estabas esperando a un ser rojo con cuernos y cola —volvió a reír suavemente—. Pero para tu infortunio, carezco de cuernos y cola.

—Francamente, no sé lo que me esperaba, pero no me lo esperaba a usted así... —admití entrecortada.

—¿Sorprendente, no? No me parezco a nada de lo que antes te hayan descrito —se encogió de hombros—. Y por favor, tutéame; yo no soy nadie para que me trates de usted.

—Perdón si le he molestado; supongo que es la costumbre —hice una pausa—. Sinceramente, creo que lo que me resulta en realidad perturbador es que aparenta apenas pocos años más que su hijo —confesé jugando con mis manos, y él rio divertido.

—Oh, es una paradoja en realidad muy cómica, pero tiene una explicación —esbozó una sonrisa—. Yo no envejezco; una de mis condenas fue la preservación eterna para que "no acabara mi sufrimiento". Sin embargo, mi pequeño sí envejece; muy, pero muy lento, pero su sangre humana le ha dado esa capacidad, por esa razón es capaz de morir —explicó con algo de angustia ante la posibilidad de que su hijo falleciera.

—Umm, me costará procesarlo, pero estaré bien —sonreí—. Tengo entendido que quería... perdón, que querías hablar conmigo —hice una pausa—. ¿Es eso cierto?

—Oh sí, querida; pero primero ven, siéntate, no tenemos por qué estar parados —dijo amablemente e indicó la mesa que se encontraba en el medio de la sala. Caminamos hasta la mesa central y él retiró una silla para que me sentara; así lo hice, y luego Lucifer ocupó su lugar frente a mí para retomar la palabra.

—Creo que ambos sabemos muy bien el porqué te encuentras sentada en esa silla, Maite Nazaret —hizo una pausa—. Sabemos muy bien quién eres; llevas la sangre de Dios en tus venas pero, además, está la profecía y toda la cosa esa... —comentó en un tono serio pero restándole importancia, y yo, por mi parte, me limité a asentir—. Bueno, ahí está el punto de inflexión que nos trajo hasta aquí: esa profecía.

—Sí, yo... sí, implica un montón de cosas... —fue lo único que dije, un poco incómoda.

—La cosa es simple: depende del bando que elijas quién saldrá victorioso —hizo una pausa—. Tú eres un arma, Maite, no solo una simple mortal, y así debes pensarte.

—Yo jamás me había visto a mí misma de esa manera —comenté apenada; seguro que a aquel ser tan poderoso yo le parecería patética.

—Pues hazlo, porque es así. Dios te creó con ese interés: que le dieras su innegable victoria para que pueda seguir reinando a su real interés y el de los interesados en la cuestión, a costillas de los seres humanos —suspiró—. Mi querido hijo tenía la misión de contarte la verdad, y me consta que lo ha hecho; ahora tú tienes el poder de decidir el futuro de lo que está en juego, y eso es simplemente la libertad y la igualdad para todos.

—Lo sé; sé lo que está en juego y conozco bastante bien las dos versiones.

—Perfecto entonces. No quiero apresurarte a tomar una decisión, esa no es para nada mi intención; pero sí lo es intentar convencerte de que el mundo que nosotros planteamos es mejor de lo que existe ahora.

—¿Y cómo piensas hacer eso? —pregunté con curiosidad, puesto que contármelo ya lo había hecho Kelian.

—Ese es el punto al que quiero llegar —afirmó con una gran sonrisa —. Para demostrártelo, te mostraré cómo es que aquí vivimos y, si te convence, luego verás qué hacer con eso —explicó.

—¿Y eso lo haremos hoy? —pregunté mirando hacia la puerta.

—Pues no, lo siento; en una media hora tengo una importante reunión, así que me será imposible —se disculpó un poco apenado —. Pero no desesperes, enviaré a mi hijo a traerte en cuanto tenga un tiempo decente para poder dedicártelo por completo —hizo una pausa—. Espero, querida, que esto no te disguste demasiado.

—Oh, para nada —me apresuré a contestar—. Entiendo que tienes compromisos, no me costará nada esperar —sonreí; era una excelente oportunidad para recabar información.

—¡Perfecto entonces! —sonrió ampliamente—. Me temo que ahora debo abandonarte, mis mayores disculpas, y gracias por regalarme un poco de tu tiempo.

—No me lo agradezcas —sonreí.

Nos despedimos con un apretón de manos y me dispuse a salir por la puerta. Cuando estuve del otro lado, vi que Kelian estaba sentado en la escalera, fumando un cigarrillo y con la mirada perdida en el vacío. Lo observé por unos instantes; sería tan fácil asesinarlo en este momento. Sin embargo, no podía: jamás podría asesinarlo por la espalda. Le ganaría en la lucha cara a cara o perdería como la mejor, pero no sería una traidora. Aun así, tampoco estaba segura de si quería. Suspiré imperceptiblemente; mi mente y mi corazón eran la encarnación del caos.

Me acerqué a él y me senté a su lado, pero pasaron algunos minutos para que él se percatara de mi presencia.

—¿Tan insignificante soy? —pregunté cuando él se sobresaltó al notar que me encontraba sentada a su lado.

—No, no —se apresuró a decir—. Solo estaba inmerso en mis pensamientos, perdón —hizo una mueca—. ¿Te ha tratado bien mi padre? —preguntó preocupado.

—Está bien, yo me acerqué en silencio —admití—. Y sí, todo un caballero —afirmé con una sonrisa—. Deberías aprender más de quien te crió, tú eres un grosero —arrugué la nariz.

—Oh, sí claro... —dijo él en tono burlón y rodó los ojos.

—Admite que tienes un carácter insufrible —empujé su hombro levemente.

—Lo admito —rio, y su risa le echó un manto cálido a mi alma.

—Debo irme; vas a tener que indicarme cuál es la salida —comuniqué levantándome de mi lugar.

—Tienes razón, vamos —hizo una pausa—. ¿Puedes bajar? —preguntó mirando las escaleras.

—Sí, creo que sí puedo —musité dubitativa, y me puse en camino.

Sin mediar más palabras, Kelian imitó mi acción y nos dispusimos a bajar lentamente las escaleras. Dicha acción me conllevó un esfuerzo sobrehumano, pero no quería pedirle más ayuda a Kelian; quería dejar de formar vínculos con él. Lentamente fuimos bajando, deteniéndonos solamente cuando yo no podía avanzar y, al cabo de un rato, llegamos al pasillo ocre. Lo recorrimos y nos encontramos por tercera vez en el gran salón.

Caminamos hasta el centro del mismo y ahí nos detuvimos. Kelian miró a nuestro alrededor, pero no me podía imaginar el porqué de aquello. Me tomó por ambas manos y comenzó a recitar nuevamente un hechizo en ese idioma desconocido.

En menos de un minuto nos encontrábamos en la puerta de mi casa; intenté mirar por la ventana y vi el resplandor de la luz. Mi madre debía de estar muy preocupada. Al espiar por la ventana, recordé algo que se me había estado pasando, un pequeño detalle que había pasado por alto.

La sombra negra y roja en mi ventana, la que me había besado, la que me había regalado la gargantilla que ahora llevaba puesta y la que me había salvado de la violación; todas ellas eran la misma. Lo eran pues tenían los mismos ojos; eso solo podía significar una cosa.

—Eras tú, siempre lo fuiste —susurré dándome vuelta para mirar a Kelian a los ojos.

—¿Era yo qué? —preguntó confundido.

—La sombra negri-roja; siempre fuiste tú. Es por eso que se me hizo conocida la gargantilla; tienes el mismo símbolo tatuado sobre tu estómago —afirmé llevándome las manos a la cintura.

—Menos mal que te has dado cuenta por fin —me regaló una sonrisa—. Me alegra que te haya gustado el obsequio que te hice.

—Ese engaño es totalmente injusto —protesté—. Además, me has vigilado constantemente —mascullé indignada.

—Solo lo suficiente para poder protegerte —replicó despreocupado.

—¡Patrañas! —refunfuñé y negué con la cabeza.

—Era lo que tenía que hacer, May —me miró a los ojos—. Bueno, besarte no, pero lo necesitaba... —confesó, y automáticamente los colores aparecieron en mi rostro.
—¿Qué es? El símbolo, digo —hablé rápidamente para cambiar de tema.
—Es un símbolo de iluminación y verdad —respondió encogiéndose de hombros—. Significa mucho para mí, así que quise que lo tuvieras. Conseguí un joyero que lo forjara y luego lo hechicé para que contaras con fortaleza, sabiduría y alguna otra sorpresa que luego descubrirás.
—Oh, yo... —titubeé—. Gracias —musité sin más que decir, y él sonrió.
—De nada —hizo una pausa—. Entrá; esperaré hasta que estés adentro. No estoy seguro de haber liquidado al nefilim, así que podría estar acechando.
—¿Tú crees que podría estar cazándome como a una presa? —pregunté asqueada por la imagen mental y el recuerdo de Benjamín.
—Sinceramente, sí —admitió con asco en su mirada—. Entrá; le colocaré un hechizo a todas las aberturas de la casa, no podrá entrar —aseguró cruzándose de brazos.
—¿Por qué haces esto? —volví a insistir con esa pregunta.
—Ya te lo he dicho; está en ti creerme o no —afirmó seriamente—. Anda, entrá; tu madre debe de estar esperándote.
Asentí sin discutir y me dispuse a entrar en mi casa. Cuando Kelian lanzó el hechizo, pude sentir cómo este la cubría por completo. Me adentré en la misma y pude ver a mi madre sentada en la mesa de la cocina, tomando un té que supuse que sería para los nervios.
—Mami —saludé despacio para avisar de mi llegada.
Mi madre levantó la cabeza y me miró sorprendida. Mi ropa estaba sucia y algo desgarrada, tenía el labio partido y varios moratones en la cara. Dejó la taza de té en la mesa y abrió los ojos con preocupación.
—Maite —respondió levantándose para ir hasta mi lado y revisar mis heridas—. ¿Qué te ha pasado? ¿Dónde estabas metida?
—Yo, yo... —dije, y me lancé a llorar en sus brazos.

Mi cuerpo se estremeció ante una fuerte oleada de sollozos y las lágrimas surcaron mis mejillas cual ríos en su abrazo, mientras ella me acariciaba el cabello hasta que pude recobrar la compostura. Fue ahí cuando pude explicarle, sin mentirle, todo lo que había pasado, obviando la ida al Infierno, por supuesto.

—Oh, hija, lo lamento mucho. Pensé que ese chico era bueno; me equivoqué por completo —se lamentó mi madre.

—Lo importante es que estoy bien —aseguré.

—Cualquier cosa que necesites, cariño, dímelo —hizo una pausa—. Y dale las gracias de mi parte a ese chico, Kelian, el que te salvó — sonrió para consolarme.

—Se lo haré saber, mamá —aseguré.

Ella me abrazó muy fuerte y, luego de preguntarme infinitas veces si me encontraba bien, me dejó irme a tomar una ducha. Me duché por una hora, tratando de borrar todo rastro de suciedad y recuerdos ingratos de mi ser y, cuando salí, me metí directamente a mi cama, acurrucándome y abrazándome a mí misma.

Poco a poco me fui durmiendo. Pero esa noche las pesadillas volvieron; grité y grité, pero sin embargo allí estaban, habían regresado y esta vez eran peores.

CAPÍTULO 27.

"Hay un encanto en lo prohibido que lo hace indescriptiblemente deseable."

Mark Twain.

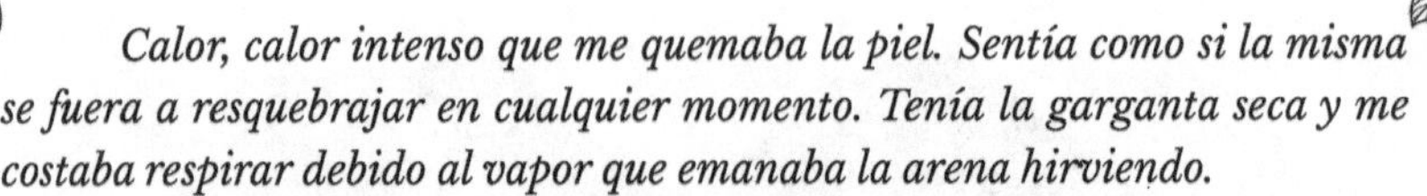

Calor, calor intenso que me quemaba la piel. Sentía como si la misma se fuera a resquebrajar en cualquier momento. Tenía la garganta seca y me costaba respirar debido al vapor que emanaba la arena hirviendo.
Sangre: brotaba sangre y más sangre de dentro de las arenas del desierto. Corrí para evitarla, pero me alcanzó; empezó a subir y a subir hasta que me encontré dentro de un mar rojo.
Grité.
Intenté nadar, salir de aquello, pero no pude; algo me jalaba hacia dentro, me arrastraba y no podía evitarlo. Unos ojos negros se materializaron ante mí y unas manos tomaron las mías, jalándome en dirección opuesta.
Sentí un dolor intenso dentro de mi cabeza; la sacudí intensamente. "Suéltate, déjate llevar, sos el sacrificio", resonó en mi mente. Grité, grité y volví a gritar con desesperación. Unas manos ascendieron hasta mi cintura y me jalaron, y ahora sí, me hundí en la sangre.

Jadeos, temblores y más jadeos; y desperté. Mi respiración era acelerada; me senté en la cama y miré por la ventana. La noche aún se hacía presente, la luna aún se encontraba en el Cielo; no podían ser más de las tres de la madrugada.
Suspiré con resignación; hacía ya más de una semana que las pesadillas no me dejaban descansar por las noches. Desde mi cumpleaños no paraban de sucederse, una tras otra, las pesadillas violentas y muy sangrientas.
Miré hacia mi mesita de luz; mi celular brillaba sobre ella. Lo tomé, pero no había ningún mensaje en él. Lo abracé contra mi cuerpo. Me sentía completamente sola; sabía que no era así y que podía contar con muchas personas, pero me sentía sumamente vacía. Era como si me hubieran arrancado algo y no sabía qué había sido.
Tragué saliva y me abracé a mis propias piernas, sin poder hacer mucho más que ello, meciéndome sobre mí misma. Luego de, más o menos, una hora me dormí.
Me desperté cuando las agujas del reloj marcaban las diez treinta a. m. Me estiré, tratando de despegarme un poco del sueño que traía gracias a mi mal dormir.

Luego de lograr levantarme de la cama, tomé mi toalla para dirigirme al baño. Tomé mi ducha y salí para vestirme en mi habitación. Poco tiempo después, me dispuse a desplomarme en el sofá y a ver alguna película que transmitieran por la TV cable a esa hora. Mi vida se había vuelto bastante monótona aquellos días, pues por miedo apenas salía de la casa y solo si era sumamente necesario.
Golpes, golpes y más golpes azotaron la madera de la puerta de mi hogar. Estaba segura de que alguien estaba tratando de tirar la puerta abajo o algo parecido. Salí de mí ensimismamiento, sobresaltada; algo pasaba afuera. Me apresuré a correr hacia la puerta, pues necesitaba saber quién o qué le estaba propinando esos golpes. Dudé unos segundos frente a la misma y suspiré.
"*Vamos, Maite, no puedes ser tan miedosa; eres la condenada líder de un ejército*", pensé para mí. Abrí la puerta con rapidez y así me encontré con el rostro magullado y ensangrentado de mi amiga Lili.
—Déjame pasar, por favor, déjame pasar —rogó desesperada, con sus ojos llenos de pánico.
Sin mediar palabra, me aparté del umbral de la puerta y dejé que se adentrara en mi casa. Cerré la mencionada abertura a mis espaldas y le pasé el cerrojo. Me acerqué al cristal de la ventana y escudriñé el exterior. Mi sorpresa no fue pequeña al descubrir que todo allí era un caos. Había personas corriendo de un lado a otro y seres atacándolas desde atrás. Me giré y fijé mi mirada en Lili, quien aún temblaba.
—¿Qué sucede ahí afuera? —pregunté—. ¿Por qué estás herida? —dije acercándome a ella, estudiándola con el ceño fruncido.
—Hay una horda de esas criaturas —hizo una pausa—, como la del baile, ¿te acuerdas? —preguntó ella.
—¿Los hombres lobo? —pregunté, intentando recordar aquella escena.
—Sí, efectivamente —respondió—. Están en la calle, están destrozando todo —comentó agitando las manos.
—¿Y por qué te han atacado a ti? No entiendo qué haces aquí —dije confundida.
—Venía para aquí, quería verte y los crucé en la calle —se encogió de hombros—. Cuando vi que estaban atacando a un par de mujeres, intenté detenerlos —suspiró—. Pero son más fuertes que yo —admitió avergonzada.

—¡Estás loca! —exclamé alterada—. Uno solo casi te mata aquella vez, y tú quieres enfrentarte a una horda completa —negué con la cabeza.

—Lo sé, lo sé, pero no podía dejar que las matasen —dijo apenada.

—¿Qué pasó con ellas? —pregunté finalmente.

—Cuando me di cuenta de que no podría con ellos, hice un pedido de auxilio —explicó—. Demonios poderosos del Infierno se están encargando de la situación.

—Entre ellos Kelian, ¿verdad? —pregunté, y el miedo me oprimió por dentro.

—Sí, pero no está solo —hizo una pausa—. Apenas di el mensaje, vine corriendo hacia aquí —comentó—, o me matarían —suspiró—. Sé que mi primo puso protecciones en la casa, así que sé que no podrán entrar, tsk —chasqueó la lengua—. Estaremos a salvo hasta que ellos logren eliminar la amenaza.

Como si esas criaturas hubieran escuchado las palabras de mi amiga, empezaron a golpear y azotar la puerta con saña. Volví a mirar por la ventana y pude ver a aquellas criaturas. Aquellos hombres, con sus manos vueltas garras, estaban intentando destrozar la fachada de mi casa. Me quedé paralizada; no tenía suficiente poder como para defender a Lili, o siquiera a mí misma, al menos no todavía.

Me giré sobre mis talones, la tomé de la mano y huí hasta la habitación de mi madre. Este era el punto más seguro de la casa; nos mantendría alejadas el tiempo suficiente para que las hordas de hombres lobo con sangre angelical perdieran interés en nosotras. O al menos quería creer eso.

No sé cuánto tiempo pasó, ni cuánto estuvimos acurrucadas en un rincón al lado de la cama de mi madre. El miedo nos carcomía, y los alaridos, los gritos y los llantos no dejaban de sucederse en el exterior. Cuando por fin pudimos captar un ambiente tranquilo, decidimos que era tiempo de despegarnos del suelo y acercarnos al exterior para ver qué sucedía. Juntas, nos dirigimos a la puerta de la sala, en silencio. Luego de dedicarnos un par de miradas largas, que decían mucho y no decían nada, tomé aire profundamente y abrí la puerta de mi casa para otear el exterior.

—Parece estar todo tranquilo —le comenté sobre mi hombro.

—Seguramente lograron encargarse de ellas —dijo Lili atemorizada y suspiró—. Kelian seguro me va a matar por haber traído el peligro hasta tu puerta —musitó con resignación.
—¿Por qué a Kelian le importaría lo que me sucediese? —pregunté con sarcasmo.
—Oh, no seas tonta; sabes bien por qué... —respondió ella con desaprobación.
Y un poco lo sabía. Un poco lo temía. Si él albergaba por mí una mísera parte de los sentimientos que yo albergaba por él, estaría más que preocupado. Seguramente estaría furioso. Seguramente me estaría extrañando tanto como yo a él. Tenía que descartar esas emociones, esos sentimientos tan dolorosos, ya que albergarlos era demasiado cruel. Era demasiado injusto, era demasiado todo.
—Debo irme —dijo Lili, aún en su lugar.
—Pero ¿no venías a verme? —pregunté confundida.
—Pero solo lo hacía porque te extrañaba —admitió con una sonrisa a medias—. Ahora tenemos esto para resolver —suspiró—. Y seguramente requerirán mi testimonio en el Infierno —hizo una mueca—. De igual forma, estaré en contacto contigo, ¿sí? —sonrió —. Trataré de no perderme tanto.
—De igual forma, no tienes por qué seguir manteniendo contacto conmigo; ya lo sabes —comenté e hice una mueca.
—No me importa lo de tu elección de bando, Maite —sonrió ampliamente—. Eres mi amiga, siempre lo serás —se encogió de hombros—. Aunque estés un poco confundida ahora, todo tiene arreglo.
—Eres tan dulce, Lili —dije con una leve sonrisa.
—Lo sé —respondió con una gran sonrisa—. Es una de mis cualidades —sonrió de forma pícara—. Salúdame a Luvia cuando la veas —pidió.
Y luego de eso, la vampiresa salió por la puerta y se perdió por las calles de Malvín Norte, dejándome ahí sola y confundida, nuevamente. Suspiré; mi vida era un completo caos. Sin mucho más que hacer y sintiéndome impotente, volví a dejar que las horas pasaran.
Mañana era mi dichosa entrevista con Dios y, luego de ello, debería hacer oficial mi elección. Pero quería esperar a que Lucifer me diera el recorrido por el Infierno para poder obtener más información.

Pasaron las horas. Mi madre llegaba a las cuatro, así que la esperé con el almuerzo pronto para que ella pudiera comer algo. A la tarde, alrededor de las dieciocho horas, llegó Verónica a mi casa; la hice pasar y ambas nos metimos en mi habitación para desplomarnos en mi cama mirando el techo.

—¿Qué ha sido eso? —inquirió ella apenas estuvimos solas—. Lo de hoy digo; por un momento todo era caos en la calle —dijo asustada.

—Un ataque de hombres lobo —expliqué—. Las tropas del Infierno se encargaron de ellos, no hay nada de qué preocuparse —hice una mueca—. Al menos por ahora.

—Umm... —musitó ella—. Solo tú puedes estar tan tranquila con todo esto —señaló.

—Creo que ya nada puede sorprenderme —reí con desgano; desearía que algo pudiera sorprenderme.

—¿Cómo lo llevas? —preguntó ella, cambiando su temple—. Digo, todo esto del trauma y eso; no ha de ser fácil sobrellevarlo.

—¿Y lo preguntas tú? Justamente tú, Vero. De mí intentó abusar ese hijo de puta, pero no lo logró; pero a ti, Ángel, no solo te violaron, sino que ahora estás embarazada —hice una pausa—. Debería ser yo quien te preguntara eso —musité apenada y angustiada.

—Lo sé, May, lo sé; pero yo apenas recuerdo lo que me pasó, y ahora solo me queda para recuerdo de eso este crío que llevo dentro —suspiró—. A mí lo que más me duele es no poder contar con Rafael —algunas lágrimas se deslizaron por sus mejillas—. Pero sé que eso fue mi culpa, por no haberle dicho antes como tú me dijiste que lo hiciera.

—Sí, Vero, pero de igual forma... —mordí el lateral de una de mis mejillas—. Yo lo voy a superar; al fin y al cabo, fui salvada —hablé jugueteando con el pendiente de la gargantilla que Kelian me había obsequiado—. Sabes... —musité y me quedé pensativa por unos instantes—. Creo que ustedes dos, o sea, Rafael y tú, están destinados a terminar juntos; esto es solo una prueba —afirmé con serenidad, envuelta en un caos de emociones.

—No lo creo... —respondió ella observando fijamente un punto del cielorraso de mi habitación—. Si eso fuera así, ya nos habríamos encontrado —resopló—. Creo que él ni se acuerda de mí —balbuceó angustiada.

—Estoy segura de que sí piensa en ti —contradije.
—No, no lo hace y no me hago ilusiones —me miró—. Es un arcángel, por el amor de Dios; nada más y nada menos, y yo una simple mortal.
—Eso no tiene nada que ver —contradije enojada—. Mira a Luvia y a Lili; ellas tienen todo en su contra y mil razones para odiarse, sin embargo pelean contra el mundo para ser felices.
—El problema es que Rafael no está ni siquiera interesado en saber si estoy viva, menos querrá pelear junto a mí para sostener algo que no existe —dijo con pesar.
—Él te quiere, Vero —insistí.
—No, no lo hace —se cruzó de brazos.
En ese momento oímos el timbre de la puerta principal y cómo mi madre fue a abrir. Luego de unos minutos y algún diálogo entre el o la visitante y mi madre, escuchamos unos pasos acercarse a la puerta.
—¿Hola? ¿Maite? —habló una voz antes de abrir la puerta—. Tu madre me ha dejado pasar.
Y la puerta se abrió, revelando aquel rostro pálido de intensos ojos azules, enmarcado en una dorada cabellera, que era culpable de los suspiros y lamentos de mi preciosa mejor amiga.
—¡¿Rafael?! —exclamé sorprendida, y Verónica levantó la mirada.
En ese instante, el tiempo pareció detenerse.
Ellos se quedaron mirando por un largo rato, sin decir palabra, solo observándose el uno al otro. Pude notar en sus miradas mil y un sentimientos encontrados pero, sobre todo, pude ver el amor que se tenían y que, por orgullo por un lado y por vergüenza en el otro, no se atrevían a admitir. Fue Rafael el que rompió el silencio, pasando la mirada rápidamente de Verónica a mí y cambiando su expresión a una seria e inexpresiva. Una máscara perfectamente ensayada para que no se pudieran ver reflejados los atisbos de las profundidades de su alma.
—Maite, Verónica —musitó en forma de saludo, casi en tono estrictamente militar—. Vine para darte un informe sobre tu partida al Cielo mañana, Maite.
—Bueno —respondí, intentando sonreír para quitarle tensión al momento—. Siéntate, no te vas a quedar ahí parado —invité,

indicando una silla que había, por alguna razón extraña, dentro de mi dormitorio.

—Prefiero estar parado —contestó simplemente.

—Rafael —alargué—. No me hagas discutir, somos amigos. ¿No? —asintió—. Entonces te sentás —él dejó escapar una sonrisa y se sentó.

—Mañana —prosiguió—, vendrá una escolta de ángeles comandada por Gabriel a recogerte aquí mismo; será a las siete de la mañana... —dijo y ahí lo interrumpí.

—Pero escuchame: ¿qué carajos tienen ustedes, los no humanos, contra dormir hasta tarde? —vociferé poniendo los ojos en blanco, recordando los madrugones que me había pegado por ir a entrenar con Kelian hace un tiempo atrás.

—Bueno, pues... —dudó con una expresión entre la sorpresa y la diversión—. No sé, las cosas suelen salir mejor a la mañana —explicó no muy convencido.

—¡Qué gente! —exclamé riendo—. ¿Hay algo más que deba saber?

—Sí —dijo y me miró—. Además, como sabrás, la entrevista será totalmente en privado, así que debés guardar ciertas formas —hizo una pausa—. Entre las cuales, además de las formas usuales a guardar ante alguien superior, están vestirse de blanco, con prendas que muestren lo mínimo de piel posible y... —se mordió el labio superior, incómodo—. Y ni hablar de tus contactos con el Infierno; o sea, él sabe que te relacionas con ese tipo de gente, pero es mejor que no lo hagas evidente, como si en realidad no te importaran en lo absoluto —me miró fijamente—. No son criaturas con las que merezca juntarse.

—Todo eso es pacato; se sabe que los humanos no nos vestimos de blanco y que la pureza es relativa y, como si fuera poco, ¿quién se creen ustedes para decir que la gente del Infierno es mala? Que yo sepa, no fue un demonio quien intentó violarla —intervino Verónica con la voz cargada de malicia y rencor.

—Basta, Vero —intenté callarla, pero ya no había marcha atrás.

—Basta nada, es la verdad —afirmó ella con altanería e Isaías la fulminó con la mirada.

—¿Cómo que te han intentado violar, May? —preguntó escandalizado Rafael, ignorando a Vero.

—Sí, pero nada sucedió —me apresuré a decir—. Estoy bien.
—¿Quién ha sido? —dijo apretando los puños—. ¿Le conoces?
—No lo sé; quién sabe... —mentí y él asintió, pues no quería que supiera la horrible verdad sobre su propio hijo; estaba segura de que eso lo destruiría.
—Anda, dile —azuzó Vero, cruzada de brazos—. Dile quién fue.
—¿Lo sabes o no? —preguntó Isaías mirándome seriamente.
—Yo, bueno... —hablé sintiendo la fulminante mirada de Verónica en mí—. Sí lo sé —balbuceé.
—Entonces, dime quién fue —insistió él, sombrío.
—Tu hijo.
Eso, solamente eso, fue lo que pude decir; no le di ninguna explicación, no le dije los motivos cruentos de Benjamín. Solo tiré aquello, sin decir más nada, y me quedé paralizada. Noté cómo el rostro de Isaías se contraía y luego se transformaba en un claro reflejo de sorpresa, horror y, sobre todo, un profundo dolor que le carcomía por dentro. Quedó pálido; su mandíbula cayó e intentó hablar, pero no pudo. Se encontraba desolado.
—Yo haré algo al respecto, te lo prometo, May —habló luego de varios minutos de un silencio abrumador.
—Rafael, no te preocupes; no hagas nada, estoy bien, déjalo —pedí.
—No, para nada; él las va a pagar —insistió apretando los dientes.
—¿Isaías? —llamé y me miró—. No es tu culpa; tú no tienes la culpa de lo que él ha hecho, ¿entendiste? —expliqué al notar el sentimiento de culpa en su rostro.
—Sí la tengo; si tan solo... —lo interrumpí.
—No, no es tu culpa; ni siquiera lo consideres como opción —afirmé de forma severa—. Tú hiciste todo lo que estuvo en tu mano con él; ahora ya no es tu problema.
—De igual forma haré algo al respecto —afirmó con seriedad—. Ahora me debo ir —se puso de pie—. Hasta mañana —se despidió, pero antes de retirarse de la habitación, su mirada traidora buscó la de Vero, quien no pudo evitar corresponderle.
Se contemplaron unos segundos y sé que, para ellos, yo dejé de existir en ese momento. El hechizo se rompió y él se retiró de la habitación. Le oí caminar hasta la puerta y despedirse de Alejandra. Mi madre le abrió la puerta y el sonido de sus pasos se perdió tras el umbral.

—¿Por qué lo has hecho? —pregunté mirando a Vero.

—¿Hacer qué? —preguntó Verónica mirando aún a la puerta.

—Hacer que le diga —la miré enojada.

—Debía saberlo —se encogió de hombros.

—Mentira, ese no fue el motivo —hice una pausa mínima—. Querías herirlo, admítelo, Verónica —acusé en tono de reproche.

—Bueno, tal vez sí... —admitió cruzándose de brazos.

—¿Andá? ¿Y eso por qué? —pregunté incrédula—. Tú no eres así, Vero.

—Tal vez se merece sufrir un poco por hacerme sufrir tanto a mí —dijo en un bajo tono de voz.

—Verónica, está mal, muy mal que pienses así.

—Le detesto —balbuceó—, y él a mí.

—Mentiras, le amas, Vero, y él a ti —suspiré—. Solo deben dejar el orgullo y la vergüenza atrás.

—No sucederá, olvídalo; esta partida de cartas ya está hecha, y a mí me tocó perder.

—No creo que sea así.

Eso fue lo último que dije sobre el tema y ambas nos quedamos en un absoluto silencio. Observé cómo varias lágrimas rodaban por las mejillas de mi ángel, pero no dije ni una palabra al respecto, pues sabía que no admitiría estar llorando por él. Pasó una hora más hasta que Vero regresó a su casa y yo volví a quedarme sola.

Suspiré; me entristecía ver a Vero tan echada a menos. Ella valía mucho más de lo que era ahora, y debía recuperar ese brillo a toda costa, cueste lo que cueste. Para distraerme un poco de los hechos de aquella tarde de agosto, decidí entrar a revisar mis redes sociales. Tomé mi laptop y la encendí. Cuando estuve ya pudiendo conectarme a internet, entré a ver qué había en Twitter e Instagram, para luego pasar al viejo y querido Facebook. Cuando empecé a revisar mis mensajes, tenía uno que me perturbó; era un mensaje de Benjamín, y este ponía:

—"Cuídate, porque te estaré vigilando".

Me estremecí varias veces, ya que un escalofrío recorrió mi cuerpo de pies a cabeza. Salí de inmediato de la red social, apagué la computadora y la hice a un lado; no quería ver más, nunca más, ese mensaje.

Miré por la ventana; atentamente escudriñé los alrededores para cerciorarme de que allí no había nadie y, efectivamente, así era. La calle estaba completamente desolada; nada ni nadie había allí. Intenté tranquilizarme: había sido solo una advertencia, una forma de meterme el miedo en el cuerpo; no debía darle tanta importancia.

Escuché a mi madre abrir la puerta principal y gritar:

—Maite, cariño, voy a salir con mi amiga Cristina, que se peleó con el marido; vuelvo en un par de horas.

Y la escuché cerrar la puerta, dejándome sola dentro de las paredes de aquella casa que pronto dejaría de ser nuestro hogar, pues nos mudaríamos a fines de agosto a nuestro propio y definitivo lugar.

Una sensación de miedo me invadió; desde el hecho de mi pasado cumpleaños, no había permanecido sola por la noche más de cinco minutos. Para sentirme más segura en el interior de mi casa, opté por ir por unas galletitas que mamá había comprado a la alacena y luego encerrarme en mi habitación, para reducir el espacio del que debiera estar pendiente. Me encerré con llave y me senté en el suelo, con las galletitas, mirando hacia la pared con mi espalda contra el larguero de mi cama. Aún me sentía amenazada por algo que no podía ver.

Esa sensación de miedo me hizo recordar las pesadillas que había padecido en los últimos días; en todas me encontraba sola, en un lugar del cual no lograba salir y, por alguna razón, terminaba atrapada o muerta.

Esos pensamientos me llevaron a que, por alguna razón extraña que no podría describir (tal vez por anhelo de protección, por añoranza o quién sabe qué cosa), me levantara de donde me encontraba sentada y caminara hasta mi armario. Estando frente a este, lo abrí y me puse en cuclillas; metí mi mano en su interior y, luego de estirarme un poco, cogí lo que estaba buscando y lo saqué. Era aquella ropa que Kelian me había prestado el día que me había confesado su verdadera identidad.

Aquella ropa, tan cómoda, tan íntima, que me hacía sentir como si él estuviera conmigo en un abrazo constante. Sabía que desear eso estaba mal, que era imposible que se diera en persona; por eso mismo me la colocaría: para estar con él, aunque sea en sentimiento.

Me quité mi ropa por completo y me coloqué el bóxer, el pantalón pijama y la camiseta negra; me miré al espejo y una pequeña risita se me escapó. Me sentía como una niña haciendo travesuras a escondidas de su madre. Lo que me encontraba haciendo tenía señales de "prohibido" por donde se lo mirara, pero en ese momento a mí no me importaba ello, pues nadie podría descubrir mi pequeña travesura.

Cuando por fin dejé de contemplar mi reflejo en el espejo, caminé hasta mi cama y me acurruqué en ella, sin taparme, sin tomar mi celular entre mis manos, sin ponerme a dibujar o escuchar música.

Simplemente me acurruqué y me abracé a mí misma, atreviéndome a soñar con un mundo en el cual aquel abrazo imaginario de la Bestia podría ser real; donde pudiera ser amiga de Kelian o tal vez algo más, quién sabe, y donde no tendría que darle muerte en poco tiempo.

Me mordí el labio inferior para contener las lágrimas y me abracé aún más fuerte.

Pero fue en vano, ya que no pasó más de un minuto para que las lágrimas comenzaran a correr cual río por mis sonrosadas mejillas.

Y lloré. Dejé que el caudal de mis lágrimas se desbordara sin freno, como si el tiempo se extinguiera en aquel alarido. Lloré por todo y por nada; sencillamente, lloré, sintiendo entonces que mi alma quedaba completamente vacía.

Pocos minutos de lágrimas se sucedieron cuando sentí un peso hundirse a mi lado en la cama, y una mano acariciar mi rizado cabello que se dejaba caer sobre mi espalda. No quería ver quién era, no quería averiguarlo. Podría ser cualquiera, menos mi madre y Verónica, pero eso no me importaba; ese instante era mío y no lo compartiría con quien estuviese a mi lado.

Media hora, más o menos, fue lo que duró mi llanto contra la almohada y, en ese lapso de tiempo, el ser que se encontraba a mi lado no hizo ni un solo ruido ni movimiento.

Moví lentamente mi cabeza en dirección al intruso y me encontré con quien yo menos esperaba, pero con quien más deseaba encontrarme.

—Me gustan tus ojos, aún más cuando brillan; pero prefiero un millón de veces que brillen de alegría a que brillen de tristeza, Gorriona —susurró mirándome con sus ojos azabaches, de una forma que pudo robarme, irremediablemente, el alma.

CAPÍTULO 28.

"Vení a dormir conmigo: no haremos el amor, él nos hará."

Julio Cortázar.

»——«•◦⁂◦•»——«

Me quedé mirándolo, sin creer lo que veía. ¿Cómo había entrado? De igual forma, ¿eso importaba? Era la Bestia; él tenía mucho más poder del que yo podía imaginar. Y aun así, ¿yo pensaba matarlo? ¿Cómo? Eso era física, científica y lógicamente imposible. Además, ¿yo quería matarlo? Sabía la respuesta, pero me negaba a decirlo en voz alta. Mi pecho se estrujó ante la posibilidad. El ardor de la guerra me lo estaba arrebatando todo, incluso la fidelidad a mí misma.

Aun así, y a pesar de todo, él se encontraba ahí, sentado a mi lado, acompañando mis lágrimas con silencio, comprensión y delicadas caricias para reconfortarme. Me invadieron un mundo de emociones, casi todas encontradas. Él me había mentido, traicionado y usado con fines bélicos, moviendo las fichas del tablero de ajedrez a su favor. ¡Y qué bien que lo había hecho el maldito cabrón! Sin embargo, me había enseñado, entrenado, contenido, iluminado, salvado y consolado más de una vez.

Mi cabeza daba vueltas con clara consternación; demoré unos minutos en poder hablar en respuesta a su comentario. Lo lógico sería echarlo en cuanto pudiera retomar mi habla pero, sin embargo, no fue eso lo que dejé escapar de entre mis labios, sino un sentimiento mucho más puro y sincero.

—No sabés cuánto he extrañado que me llames Gorriona —admití, y no pude detener mis palabras, provocando que una enorme sonrisa se extendiera por su rostro.

—También te he extrañado, May —respondió, y acarició rápidamente una de mis mejillas con su pulgar.

—¿Qué hacés aquí? —pregunté ladeando la cabeza en un tono suave; no podía hablarle mal, no podía echarlo, no hoy, no ahora.

—Presentí que algo andaba mal contigo y decidí venir —confesó con un tono que casi fue una caricia.

—¿Cómo es que podés saber cuándo me encuentro mal? —pregunté con real interés.

—Aunque te parezca raro, nosotros estamos estrechamente conectados, nuestras vidas lo están y, por eso, puedo sentir lo que tú, si me concentro —explicó e hizo una pausa—. Tú podrías sentir lo

que yo algún día, con algo de entrenamiento en manejo de energías y auras; son cosas básicas de la magia.
—¿Y eso no te parece perturbador? —pregunté mirándolo a los ojos.
—No, para nada —me miró fijamente con gran intensidad—. Me gusta que sea así —sonrió—. ¿Qué te sucede? —preguntó finalmente.
—Nada, yo... —dudé—. Simplemente estoy cansada —respondí desviando mi mirada hacia la colcha de mi cama.
—Si es solo eso, ¿por qué lloras? —preguntó intuitivamente.
—Es que... —suspiré—. Está bien; es que me siento agobiada por todo y, además, tengo miedo. Miedo de estar sola, miedo de que Benjamín aparezca, miedo de que el ataque de hoy se repita y alguien salga lastimado... miedo de todo —confesé y me mordí el labio, comenzando a temblar nuevamente.
—Él no puede entrar aquí; nadie puede entrar aquí si tú o tu madre no lo permiten. Estás segura, no debés tener miedo —susurró—. Y lo demás, solo debes afrontarlo; yo sé que sos fuerte y podrás con todo —sonrió tratando de consolarme.
—No soy fuerte... —susurré aún más bajo que él.
—Sí que lo eres —tomó delicadamente mi barbilla para que lo mirara—. Te ves preciosa con esa ropa; no tienes ni idea de cuánto... —murmuró con su voz ronca y mi corazón se aceleró, al tiempo que mis mejillas se ponían de un color rojo intenso.
—Yo, emm... —me mordí el labio—. No tenía ningún pijama limpio —me excusé.
—Ajá, ¿y ese de ahí arriba? —musitó refiriéndose a mi pijama de ositos que estaba perfectamente limpio y doblado sobre mi cómoda.
—Piedad, please —pedí rindiéndome; era demasiado obvio que me la había puesto porque lo extrañaba.
—No hay piedad para ti —me regaló una amplia sonrisa.
Entonces noté que, en algún momento, había colocado uno de sus brazos del otro lado de mi cuerpo, encerrándome entre él y la cama. Me estremecí, pero no de miedo ni de intranquilidad, sino de deseo. Sí, de deseo; de un deseo prohibido.

—¿Ni un poquito? —pregunté con una sonrisa boba entre mis labios. Si bien esto estaba mal —demonios, más que mal—, a mí no me importaba en absoluto.

—Ni un poquito —afirmó y me besó.

Me besó y lo besé, subiendo mis brazos hasta su cuello para apretarlo en un fuerte abrazo. Sus brazos cedieron y sentí su peso y su calor sobre mi cuerpo; jadeé y me apreté más a él, intensificando ese beso que había deseado tanto en mi inconsciente. Podía sentir cada fibra de ese duro y musculoso cuerpo a través de las finas capas de ropa, y mi interior se encendió como yesca. Ya no me importaba nada; no me importaba quién era él, quién era yo o lo que sucedía con el mundo: solo quería que sucediera lo que tuviera que suceder. Pero, para mi pesar, cuando deslicé mi mano por su espalda, él se apartó con una velocidad impresionante, dejándome completamente vacía, con la sensación de haber perdido una parte vital de mi cuerpo, de mi alma. Él quedó parado a un lado de mi cama, con la respiración agitada al igual que lo estaba la mía.

—No, May, no... —habló con la voz quebrada, ronca, negando con la cabeza—. No puedo, no... —dijo y yo me sentí completamente avergonzada.

—Perdón si te he ofendido, Príncipe Infernal; puedes retirarte —mascullé con la voz envenenada, con un tono realmente amenazador; se notaba que estaba destrozada.

—No, Gorriona, no es eso... —habló intentando acercarse a mí para tomarme el rostro, pero yo lo empujé, aunque no logré moverlo ni un pelín.

—Andate —bufé y rompí en llanto; me maldije por dentro por ser tan débil.

—Gorriona —llamó tomándome por las muñecas—. Calmate, por favor, y escuchame —pidió con angustia—. Si seguimos, si avanzamos un poco más allá de donde llegamos, no podré controlarme —tragó saliva—. No podré controlarme después, y no sería justo —me miró con una intensidad arrolladora.

—¿Y si yo no quiero que te controles? —rugí.

—¿Y quitarte tu pureza? ¿Eso quieres? —bufó enfadado—. Ya sabés lo que eso implicaría; sabés que jamás podrás vencerme si no sos pura —recordó en tono suave.

—¿Y acaso tú deseas que yo sea quien gane? —pregunté incrédula.

—No, obvio que no; pero no voy a jugar sucio. Sería muy fácil meterme en tu cama y ganar la guerra —habló fríamente y yo me estremecí—. Sería muy, pero muy fácil engañarte de esa manera —hizo una pausa—. Sin embargo, como realmente te quiero —me miró fijamente a los ojos con una intensidad arrolladora—, porque realmente te quiero, no haré nada de eso —suspiró—. Y eso es así porque sé que tú te arrepentirás y que me odiarás más de lo que ya me odias, y no podría soportarlo —admitió con la voz angustiada y rota.

Le di la espalda, pues no podía mirarlo; me sentía avergonzada, apenada, confundida, y pronuncié solamente una palabra: «vete», para luego cerrar mis ojos esperando a que se fuera. Pero no fue eso lo que hizo; por el contrario, sentí cómo su peso se cernía sobre la cama, cómo se acostaba a mi lado y me abrazaba por la espalda.

—No puedo hacerte el amor —susurró en mi oído—. Pero nada me impide dormir contigo esta noche —murmuró depositando un tierno beso en mi cuello, enviando una oleada de electricidad por mi cuerpo.

Y así fue: yo no tuve la determinación ni la fuerza para echarlo, y él no se movió del lugar elegido para pasar la noche.

Me acurruqué contra él mientras me refugiaba del frío entre sus brazos. Kelian nos cubrió con las mantas y yo cerré los ojos, entregándome a los brazos de Morfeo mientras sentía la respiración de aquel chico de barba sobre mi cuello.

La alarma empezó a sonar de forma frenética; me retorcí en mi lugar abriendo los ojos con pesadez para encontrarme con el ceño fruncido de Kelian, que recién estaba abriendo los ojos. Su aspecto era totalmente nuevo para mí: tenía el pelo revuelto y los ojos brillosos; se encontraba adormilado y confundido. Estaba claro que aún no se daba cuenta de dónde había dormido.

—Oh, apaguen eso —se quejó liberándome de su abrazo y yo sentí su falta, sintiéndome completamente vulnerable.

—No lo alcanzo; apagalo tú —me quejé, y fue ahí cuando él tomó conciencia de dónde estaba; sonrió y estiró el brazo para apagar mi alarma.

—¿Seis de la mañana, Gorriona? ¿Qué carajos? —preguntó recostándose en la almohada nuevamente.

—Tengo que estar lista en una hora —comenté—. ¿De dónde carajos saco ropa blanca? —murmuré más para mí que para él.

—¿Para qué quieres eso? —preguntó enterrando la cabeza en mi almohada; se veía desmesuradamente tierno actuando de esa manera. Mi corazón repiqueteó en mi pecho; me estaba enamorando perdidamente de él.

—Tengo que ir a hablar con Dios —me deslicé de la cama para levantarme—. Los ángeles llegan a las siete.

—Qué divertido —susurró contra mi almohada.

—¿Piensas quedarte ahí? —pregunté riendo al verlo acurrucarse bajo las sábanas para apartarse de la luz.

—Sí —murmuró riendo—. Hasta que sea una hora digna para levantarme.

—No tienes remedio —me reí y tomé mi toalla.

Fui hasta el baño y tomé una ducha rápida; luego salí envuelta en la toalla y volví a mi habitación para buscar algo que ponerme. Comencé a revisar mi armario, pero fue en vano: no tenía nada blanco. Mientras tanto, Kelian me observaba con un solo ojo desde la cama.

—Sabes, viéndote así, me arrepiento de todo lo que dije ayer —comentó él a mis espaldas y lo miré—. Estás realmente ardiente; ven aquí, que yo mismo te hago conocer a Dios —arrastró las palabras de forma sensual y yo reí mientras se me sonrojaban las mejillas.

—Olvídalo; ayer tuviste tu oportunidad —recordé.

—De bueno que soy, ya termino siendo un tonto... —murmuró reflexionando.

—Me gustas tonto —comenté sin pensarlo mientras revolvía en el armario.

—Eres adorable, ¿lo sabes? —murmuró tiernamente mientras que yo sacaba un vestido blanco que una vez Vero se había olvidado en mi casa—. Si te ponés eso, no te dejo salir de aquí —advirtió arqueando una ceja.

—Ese es un comentario muy machista, ¿no creés? —advertí enarcando una ceja.

—No, no lo es. No te dejo salir de aquí porque, de inmediato, te tiro a la cama y te hago el amor —se encogió de hombros—. Yo solo te lo advierto.

Me reí.

—¡Qué bobo! —exclamé rodando los ojos y él rió—. Cerrá los ojos —ordené—. Y no mires.

Él asintió sin decir más palabras y cerró los ojos. Comprobé que no miraba y me cambié rápidamente; cuando estuve lista, le permití que los abriera.

—Te ves sumamente hermosa, Gorriona —elogió él desde mi cama.

El vestido me quedaba algo corto y ajustado a mi figura; sin embargo, a Vero le había quedado holgado y largo. Sonreí al ver cómo él me contemplaba, como solo él hacía. Me sentía admirada, deseada, amada tan solo con su mirada, y me gustaba eso. De un momento a otro, sus ojos se llenaron de preocupación y sus facciones se entristecieron.

—¿Qué haremos ahora? ¿Cómo seguimos? ¿Somos amigos o enemigos? —cuestionó con un visible miedo en sus ojos.

—No tenemos otra opción que ser enemigos, Kelian —respondí con un tono ahogado—. Nacimos siendo enemigos —suspiré—. Esto debe quedar dentro de estas cuatro paredes —afirmé con pena, y él tragó saliva.

—Está bien —respondió bajando la mirada a sus pies, pues ya se encontraba sentado en la cama, calzándose.

Caminé hasta él y me agaché a su lado, tomando sus mejillas entre mis manos.

—Aún estamos dentro de estas cuatro paredes —comenté.

—¿Me odiás? —soltó esa pregunta, descolocándome por completo.

—Yo... —dudé y negué con la cabeza—. Hay una parte de mí, en el fondo, que te odia —admití con un esfuerzo casi sobrehumano; pero debía serle sincera.

—Umm... —musitó—. Me tengo que ir —se puso de pie, obligándome a retirarme.

—No, por favor... —susurré de forma casi imperceptible—. ¿No me darás un último beso? —pregunté cuando ya estaba por cruzar la puerta, y él miró por arriba de su hombro.

—Me odiás, ¿no es así? —su voz estaba cargada de dolor.

—Pará, escuchá... —pero no me dio tiempo a explicarme y desapareció.
Me senté en la cama con las lágrimas amontonándose en mis ojos; luego de un rato de intentar contener el llanto, no pude más que dejarlo correr hasta que oí el timbre de la puerta principal. Tomé las pocas cosas que llevaría y fui a abrir la puerta.
—Maite Nazaret —saludó Gabriel apenas abrí.
—Arcángel Gabriel —respondí a su saludo.
—¿No cree que esa no es una vestimenta muy adecuada? —habló el arcángel.
—Es lo único blanco que tenía —afirmé encogiéndome de hombros, a lo que él dejó escapar un suspiro de frustración.
—Está bien, vayámonos —comenzó a escoltarme.
Aparecieron otros ángeles que yo desconocía por completo; ellos se tomaron de las manos a mi alrededor, encerrándome en el centro de una ronda, y comenzaron a hablar en latín para luego, en un abrir y cerrar de ojos, no estar más sobre la tierra.
Observé cómo nos elevamos sobre los cielos y pasábamos incluso las nubes. Cuando estuvimos ya tan alto que no podía diferenciar absolutamente nada en la tierra, una luz blanca nos cubrió por completo y, luego de un abrir y cerrar de ojos, me encontraba en un patio muy hermoso, con grandes fuentes blancas y arbustos de flores perfectamente trabajados.
Miré alrededor; aquel lugar irradiaba paz y tranquilidad por donde se mirase. Todo era blanco: paredes, fuentes, caminos... todo blanco. Los detalles de todas las cosas eran revestidos en oro de dieciocho o más quilates. Enfrente a dicho jardín se encontraba un palacio de un tamaño colosal, hecho completamente de diamantes y oro.
Mi mandíbula cayó; no podía creer lo que estaba viendo, mi mente racional se negaba a asimilar todo aquello como algo normal, como algo posible.
En las áreas circundantes no solo se encontraban los ángeles que me habían escoltado, sino que había muchos, pero muchos más; todos y cada uno de ellos vistiendo distintas prendas en blanco o dorado, con sus maravillosas alas extendidas y no ocultas, como las llevaban en la Tierra.

Las alas de todos los ángeles estaban recubiertas de bellísimas plumas de un color blanco muy brillante. A lo lejos pude divisar a la inconfundible Leuviah, charlando con quien parecía ser el arcángel Rafael. Me moría de ganas por ir donde ellos porque, la verdad, era que Gabriel me caía demasiado mal.

—Debemos esperar aquí; el arcángel Miguel te escoltará ante Dios —habló Gabriel.

—¿Por qué no lo hacés tú mismo? —pregunté distraída; no estaba prestando demasiada atención a lo que Gabriel podría decirme, me encontraba concentrada en mis amigos que estaban del otro lado del jardín.

—Porque no es una tarea competente a mi rango —contestó como si fuera una obviedad y lo miré entrecerrando los ojos.

—Ajá —respondí y me crucé de brazos.

Seguí observando mi alrededor; aun no podía creer que un lugar así existiera de verdad. Vi cómo Luvia alzaba una mano para saludarme, acto que yo imité de inmediato. Rafael me vio un poco más tarde y también alzó la mano para saludarme.

Poco después de eso, vi cómo un comando de ángeles salía de dentro de aquel palacio de diamantes y caminaban formados en la dirección en que nosotros nos encontrábamos; demoraron menos de dos minutos en llegar donde nosotros. Cuando se detuvieron, uno de ellos rompió la formación para acercarse más. Por su vestimenta —una armadura forjada en oro y una gran espada colgada de su cadera, para ser específica—, pude suponer que se trataba del arcángel Miguel en persona. Este se acercó e hizo la venia militar en forma de saludo.

—Nazaret, señores —dijo en su saludo, y los demás ángeles saludaron también con la venia militar; supe desde ese momento que ese ejército estaba muy bien disciplinado.

—Hemos traído a la hija de Dios en tiempo y forma como usted lo ha pedido, mi Coronel —habló Gabriel.

—Bien hecho, Teniente —su semblante era serio—. Señorita Nazaret, ¿haría usted el favor de seguirnos? —preguntó con amabilidad.

—Umm, sí... —contesté yo, extrañada por todo ese comportamiento tan rígido.

De inmediato nos pusimos en marcha hacia el palacio. Yo iba en medio del pelotón de ángeles como si me estuvieran resguardando de algún peligro o evitando la posibilidad de que yo me convirtiera en uno. Caminamos hasta el palacio a paso lento y, en cuanto estuvimos frente a sus puertas, las mismas se abrieron sin necesidad de que nadie siquiera las rozara. Nos adentramos en su interior y lo que allí descubrí era aún más esplendoroso que la fachada.

Todo en su interior estaba forjado en diamantes y oro; el mobiliario era exclusivamente de oro macizo y los almohadones, las cortinas y demás detalles estaban confeccionados en finas telas de seda en colores pasteles muy pálidos. Al principio daba la impresión de estar dentro de un cuento de hadas, rodeada de las maravillas más grandes del mundo, en un lugar donde se podía estar exento de todo mal posible sobre el universo. Pero, a medida que se avanzaba dentro de aquel enorme castillo de diamantes, la sensación de calidez y seguridad iba desapareciendo.

Tanto cristal, tanto blanco, tanta pureza empezaban a traer malos pensamientos a la mente de cualquiera, puesto que aquello era tan pulcro que podría asemejarse a una morgue; a una morgue de lujo, pero una morgue al fin. Tales pensamientos me trajeron una sensación de intranquilidad que aumentaba a medida que recorríamos los múltiples pasillos blanquecinos y subíamos las extensas escaleras doradas, hasta que comencé a morderme el labio ante la incomodidad.

Llevábamos más de media hora recorriendo el palacio cuando por fin nos detuvimos ante una gran puerta hecha también de oro, pero esta además tenía encajes de bellos rubíes. Tomé aire varias veces; podía imaginarme que Jehová se encontraba tras aquella puerta.

—Allí dentro —habló Miguel— se encuentra el Supremo Pontífice del universo; espero esté preparada para ser recibida, señorita Nazaret.

—No será para tanto —musité encogiéndome de hombros para tratar de quitarme un poco los nervios del cuerpo.

—No sea irrespetuosa y tómese este asunto con seriedad —regañó Miguel en tono amenazante, y algo me decía que el tal Dios no era tan amable como lo pintaban en la iglesia.

—Perdón —pedí con la voz encogida y tomé aire para poder hacerme de fuerzas.

Le eché un vistazo a la puerta por última vez, tomé el pestillo y, con un leve empujón, entré.

CAPÍTULO 29.

"El hombre, en su orgullo, creó a Dios a su imagen y semejanza."

Friedrich Nietzsche.

»——«•◦❋◦•»——«

La sala a la que entré era idéntica al resto del castillo, hecha de cristal de diamante y oro, pero se diferenciaba en un punto sustancial: esta estaba mucho menos iluminada que el resto. Las demás habitaciones, pasillos y escaleras estaban iluminados de tal forma que emanaban un brillo constante; sin embargo, esta estaba en penumbras a su lado. No a oscuras, pero sí era una habitación opaca.

Había muy poco mobiliario, casi nada; las columnas que sostenían la bóveda del techo se alineaban en dos hileras que guiaban a lo que me supuse sería un trono. Miré aquel asiento colosal; era, como era de esperarse, de oro macizo, pero tenía diamantes y rubíes encastrados y, además, las almohadillas eran de una seda muy fina de color carmesí.

Oteé la habitación en busca de mi anfitrión y, para mi sorpresa, no estaba allí; me encontraba completamente sola. Mordí el carrillo de mi mejilla izquierda; sentía que explotaría de los nervios en cualquier momento.

Caminé por la habitación sin un rumbo definido para poder matar el tiempo mientras estaba allí dentro. Mis manos temblaban y mis dientes castañeteaban; no sabía qué esperarme. Ya me había llevado una sorpresa al conocer a Lucifer, ¿qué tan diferente podría ser Dios de como yo lo imaginaba?

La respuesta a esa pregunta llegó rápido, puesto que no había terminado de formularla cuando una puerta cerca de donde descansaba el magnífico trono de oro se abrió y una figura —oscura debido al resplandor que deslumbraba tras la puerta— entró.

Un hombre muy, realmente muy alto, se acercaba hacia mí. Traté de enfocar mis ojos para verlo mejor, pero no fue hasta que la puerta por la cual entró estuvo cerrada que pude distinguir sus facciones.

Era calvo; sí, totalmente calvo. Aparentaba no más de cuarenta años; estaba perfectamente conservado. Medía cerca de los dos metros treinta y era ancho de pecho y espalda. Su cara estaba adornada por una gran sonrisa de dientes muy blancos que podía llegar a ser perturbadora. Sus ojos eran color oro, ojos que me hacían acordar a los de Benjamín, y eso no me trajo una buena impresión del amo y Señor del Universo.

Traía puesta una toga amarrada con un broche de oro y rubíes; caminaba lento y seguro hacia mí, con un aire soberbio en sus facciones e incluso creí ver un deje de crueldad en sus ojos. Decidí dejar de juzgarlo; aun no había hablado con él y mi mente ya estaba insistiendo en que era un ser cruel y despiadado. Pero había algo que me decía que no me estaba equivocando.

Me miró y creí que me desmayaría; una ola de emociones me arrasó como ráfagas de viento en un temporal. Las sensaciones que predominaban dentro de aquel tumulto eran el miedo y la desconfianza y, junto a ellas, la adrenalina, preparando mi cuerpo para defenderme en cualquier instante.

—Maite Nazaret Rimoldi, un gusto conocerte al fin en persona —habló en un tono autoritario, dejando ver su perfecta hilera de dientes.

—El gusto es mío, mi señor —contesté, bajando la mirada y haciendo una reverencia.

No quería provocarlo con mi irrespetuosidad; solo quería irme corriendo y esconderme bajo mis mantas... no, mejor bajo las mantas de los aposentos de la Bestia, y quedarme allí, fuera del alcance de la vista del ser que tenía frente a mí.

—Mi señor todopoderoso —replicó él.

—¿Cómo ha dicho? —pregunté casi en un susurro, confundida, sin saber a qué se estaba refiriendo Jehová con aquello.

—Es así como debés llamarme, Nazaret —afirmó en tono profundo, y un escalofrío recorrió mi columna vertebral.

—Perdone mi falta de respeto, mi señor todopoderoso —pedí bajando la mirada y me estremecí en mi lugar; lo menos que quería era hacer enojar a este ser.

—Así me gusta más —dijo formando una media sonrisa—. Me consta que has elegido ya el bando celestial —comentó y yo me sorprendí, puesto que se suponía que nadie de este bando, a excepción de Rafael, Luvia y Verónica, lo sabía—. Pero que no lo harás oficial hasta que culmine esta entrevista —prosiguió—. ¿No es así, Nazaret? —preguntó de manera casi desinteresada.

—Sí, mi señor todopoderoso —musité con determinación, pero intentando parecer lo más sumisa posible.

—Es una decisión de lo más acertada; debés guardar las formas —concedió a modo de cumplido y yo fruncí el ceño casi imperceptiblemente—. Entonces, ¿sabés por qué estás aquí?

—Sí, mi señor todopoderoso —hice una pausa breve—. Para informarme del verdadero cometido del bando celestial, mi señor todopoderoso —respondí.

—Ajá, bueno; entonces te contaré algunas cosas para que puedas visualizar correctamente cuál es tu papel en esta guerra —habló con despreocupación—. He de suponer que ya conocés la historia de la creación y todo eso, ¿no? —preguntó enarcando una ceja.

—Sí, mi señor todopoderoso.

—Oh, qué bien; menos trabajo —musitó mirando hacia una ventana, sin prestarme ni la menor atención. Me trataba como algo meramente insignificante, sin importancia; su arrogancia superaba la extensión del universo y más.

—¿Cuál es el cometido de todo esto, mi señor todopoderoso? —pregunté al ver que había dejado de hablarme; me estaba cansando de perder el tiempo.

—¡No hables si yo no te doy la palabra! ¿¡Me entendiste!? —rugió y yo me encogí en mi lugar debido al pánico.

—Sí, mi señor todopoderoso; perdóneme, mi señor todopoderoso —me apresuré a pedir en cuanto recuperé la voz perdida.

—Esto es simple, Nazaret —habló de la nada, mientras jugaba con no sé qué cosa que tenía entre las manos—. Yo debo ganar y Satanás perder, y tú eres mi arma primordial —sonrió—. Matá a la Bestia y la misión estará cumplida —concluyó y me miró.

—Comprendo eso, mi señor todopoderoso —respondí, puesto que se había formado un silencio perturbador dentro de la sala, y algo dentro de mí se resquebrajó en mil pedazos.

—Si lo comprendés, ¿por qué estás aquí? —preguntó enarcando una ceja.

—Porque me gustaría saber la verdad, mi señor todopoderoso —hice una pausa—. ¿Qué pasará con el mundo cuando yo mate a la Bestia 666, mi señor todopoderoso?

—Seguirá como hasta ahora, pero sin demonios —se encogió de hombros—. ¿Hay algún problema con eso, Nazaret?

—No, mi señor todopoderoso; pero ¿el mal del mundo se acabará? —pregunté, pues esa era la esperanza que mi corazón albergaba. Entonces, al escuchar mi pregunta, Dios me miró y rió de manera estruendosa; yo cerré los ojos para no ver cuál sería su siguiente acción. Pero, para mi sorpresa, solo prosiguió a hablar con clara diversión.

—Oh, querida hija, ¡qué inocente sos! —exclamó—. El mundo seguirá igual, es obvio que seguirá igual; si no, ¿de qué me sirve? —respondió con una diversión desmesurada en sus ojos.

—Pero si todo seguirá igual, ¿cuál es el cometido de eliminar al bando infernal, mi señor todopoderoso? —alcé mi mirada hacia él, confundida.

—El cometido es que dejen de intervenir en mi mundo —afirmó con gran resolución—. La Tierra es mía y ellos lo único que hacen es interferir en mis negocios —bramó con ira y yo lo miré fijamente, con incredulidad—. Ellos molestan con sus ideas de igualdad y libre albedrío —rió—. Decime una cosa, ¿para qué quieren ser iguales los humanos? Son completamente inservibles; las jerarquías existen para que se pueda mantener el delicado equilibrio de la vida —explicó—. Debe existir quien sufra y quien muera para que otro viva una larga vida placentera; es así. Tienen que existir miserables, indigentes y pobres que no tengan más escapatoria que vender sus cuerpos y que estos produzcan riqueza para otros —sonrió de forma ladina—. Así, aquellos que se consideran mejores dentro de su clase puedan transmitirme, como seres serviles que son, sus riquezas y adoración —explicó, y sentí cómo la bilis me subía por la garganta. Iba a vomitar; iba a vomitar sobre su brillante suelo de cristal—. ¿Lo comprendés? Todo tiene un equilibrio, es como una balanza, con su peso y contrapeso.

—¿Dice usted, mi señor todopoderoso, que la injusticia y la desigualdad son necesarias para que el mundo ande? ¿Para que unos pocos puedan disfrutar de los placeres de la vida y así agradecerle, adorarle y llenarle de riquezas a usted? —mi voz dejaba entrever la indignación de mi tono, pero no podía evitarlo.

—Está claro; para eso creé el mundo, para servirme de él. Esto no es más que mi negocio; solo son cucarachas serviles, y como eso las uso —respondió con gran soltura.

—Comprendo, mi señor todopoderoso —musité y un escalofrío recorrió mi cuerpo. ¿De verdad yo quería contribuir a esto?

—Me alegro de que lo hayas entendido; ahora podrás hacer oficial tu elección en cuanto salgas por esa puerta —alzó la mano en un movimiento de vaivén, indicando la puerta con desinterés y arrugando la nariz.

—Una pregunta más, mi señor todopoderoso —musité temiendo que me corriera de la sala por dirigirle la palabra sin su permiso.

—Diga —concedió con clara frustración.

—¿Cuál es la historia real sobre la creación del Infierno y el mundo, mi señor todopoderoso? ¿La que cuenta la Biblia o la que cuenta Satanás? —enarqué una ceja al formular la pregunta y mordí mi labio.

Tal vez había sido muy arriesgado preguntar aquello pero, para mi sorpresa, él respondió con gran soltura, como si se tratara de algo sumamente obvio.

—La de ellos, claro; pero como ya sabés, la historia la escriben los vencedores —sonrió perversamente y me estremecí—. Te podés retirar —ordenó, echándome del lugar.

Asentí sin mediar más palabra; no quería contradecirlo, y mi mayor deseo era salir corriendo de allí, pero pude controlar mi cuerpo y me alejé de él a paso lento. Cuando estuve frente a la puerta, tiré del picaporte y salí al exterior. Allí estaban, como los había dejado: el pelotón de ángeles y el arcángel Miguel más adelante. Este último se adelantó hasta mí y, luego de mirarme fijamente por unos instantes, habló.

—¿Cómo le ha ido, señorita Nazaret? —preguntó con un tono mucho más amable del que había mantenido cuando nos conocimos, hace no más de dos horas.

—Emm, creo que bien —respondí dubitativa e hice una pausa—. Sí, supongo que bien, creo —me encogí de hombros; no sabía qué pensar.

—¿Tiene que decir algo o hacer algún comentario al respecto? —preguntó frunciendo el ceño ante mi consternada actitud.

—No, para nada —me apresuré a decir mientras jugaba con mis manos.

—¿De verdad no pensás hacer ningún comentario? —volvió a preguntar, y yo me di cuenta a qué se refería.
Él estaba hablando de hacer oficial mi elección de bando, pero yo aún no quería hacerla oficial. En primer lugar, porque aún debía asistir a una reunión con Lucifer, quien se veía realmente interesado en que asistiera y me lo había pedido con una amabilidad a la que no me podía negar. Y, en segundo lugar, debía procesar toda esta información: ¿de verdad quería que la especie humana siguiera semiesclavizada a cambio de una falsa promesa de una maravillosa vida eterna? ¿De verdad lucharía a favor de la explotación de los míos?
Las dudas se agolpaban dentro de mi cabeza; yo sabía que este era mi lugar, el lugar que la sangre me había legado, pero ¿sería correcto? No lo sabía y, por ello, no debía apurarme en hacer mi elección hasta tener toda la información que necesite para tomarla.
—No, no tengo nada que comentar; le haré saber cuándo así sea —dije, pues no quería más interrogatorios; ya había padecido suficiente por hoy.
Él simplemente asintió y luego me hizo una seña con la cabeza para que me dirigiera hacia el pelotón, y así lo hice. Los ángeles tomaron la formación de escolta y comenzamos a caminar y recorrer los pasillos y escaleras de regreso a la puerta principal del palacio. Transcurrió otra media hora hasta que por fin logramos salir de aquella colosal edificación; cuando estuvimos nuevamente en el jardín, pude ver que Luvia se encontraba esperándome cerca de una de las fuentes.
El pelotón se despidió de mí con una venia militar y, acompañados del arcángel Miguel, dieron la vuelta y se encaminaron hacia la puerta para luego desaparecer en su interior. Yo me giré sobre mis talones y caminé hacia Leuviah.
—Hola —sonreí, sonrisa que ella me devolvió.
—Hola, pequeña, ¿cómo te ha ido? —preguntó con dulzura.
—Creo que bien; no estoy muy segura —hice una mueca con mis labios luego de responder.
—¿Pasa algo, querida? —me miró preocupada.
—No lo sé... —hice una pausa y miré a mi alrededor—. ¿Podés sacarme de aquí? —pregunté casi en un ruego.

—Yo, no debería... —dudó—. Es que tendría que ser Rafa quien te lleve a la Tierra —se mordió el labio al observar mi cara de angustia —. ¡A la mierda con todo! Está bien, te sacaré de aquí —suspiró—. Vámonos.

Luvia se puso en marcha y yo la seguí hasta el centro de aquel gigantesco jardín; nos paramos justo en el círculo concéntrico del lugar y nos tomamos de las manos para que ella comenzara a recitar un mantra en latín, en voz baja, que supuse que era para llevarnos hasta la Tierra. Y así fue; en un abrir y cerrar de ojos, nos encontrábamos en ella.

Miré a mi alrededor y me encontré con que no reconocía nada de lo que me circundaba; estábamos dentro de una especie de caverna y, por el agua que caía por su entrada, me imaginé que estábamos detrás de una cascada.

¿De una cascada? No había cascadas en Uruguay ni nada que se le parezca. Oteé la caverna con lentitud, intentando reconocer dónde me encontraba, pero fue en vano; la única conclusión que podía sacar era que me encontraba muy lejos de mi casa. Miré a Luvia, quien se encontraba hipnotizada mirando el agua caer; algo me decía que no estábamos aquí, tras una cascada, por un error de navegación.

—¿Luvia? —la llamé para sacarla de su ensimismamiento.

—¿Sí? —respondió un poco alterada.

—¿Qué hacemos aquí? ¿Dónde estamos? —pregunté frunciendo el ceño.

—Emm... —dudó—. Estamos en Brasil, en las cataratas del Iguazú —sonrió—. Este es un lugar tan inhóspito que ni el propio Jehová pone su atención aquí —sonrió de costado—. Aquí venimos con Lili cuando queremos estar solas sin ser descubiertas ni molestadas —sonrió mientras se le subían los colores a las mejillas.

—Oh... —la miré sorprendida—. Han elegido un hermoso lugar —sonreí—. Pero ¿qué hago yo aquí? —pregunté confundida.

—Es que noté tu incomodidad; sé que algo ha pasado y me gustaría que me lo cuentes sin riesgo a que haya testigos —se encogió de hombros—. Tal vez también tenga que darte mi opinión sobre algo... —suspiró.

—Eres muy astuta —elogié sentándome en el suelo de la caverna y encendiendo un cigarrillo—. Sí, tenés razón; algo ha pasado —resoplé.

—¿Qué sucedió? —preguntó mientras tomaba asiento frente a mí.

—Es que, como sabés, hablé con Dios; pero no fue lo que yo esperaba —admití mirando mis piernas—. Él me trató como una simple sirvienta, como una cosa, como un arma... y sus argumentos, sus argumentos son totalmente perturbadores —confesé apenada.

—¿Pero qué te ha dicho que ha sido tan terrible? —inquirió ella arqueando las cejas por la sorpresa.

—Él alega que debo elegir su bando para que el mundo siga siendo igual que ahora; o sea, que él pueda seguir explotando a los seres humanos y los seres humanos puedan seguir explotándose entre ellos. Quiere mantener las jerarquías, la desigualdad... todo.

—Creí que no sería tan directo contigo; pensé que no te revelaría la verdad —balbuceó ella mirando la pared que había tras de mí.

—Pues ha sido más que claro —contesté muy seria—. Y ahora tengo más de mil dudas resonando en mi cabeza —hice una pausa—. ¿Es que de verdad quiero que el destino del mundo se desenvuelva de esa manera? ¿Haría eso solo porque la sangre me lo dicta? —enumeré angustiada y suspiré profundamente.

—Sabés... —habló ella mirando la pared—. Yo debería decirte, quizás exigirte que no tengas más dudas, que elijas sin pensar el bando celestial; pero no puedo.

—¿Y eso por qué? —la miré confundida.

—Porque yo no estoy de acuerdo con lo que plantea Dios —suspiró—. Verás, este no era mi rango cuando fui creada. Cuando yo nací era un serafín, perteneciente a la primera jerarquía del Cielo, y me encontraba permanentemente cerca de Dios —hice una pausa—. Es así que más de una vez lo escuché regodearse de su dominio, y descubrí que el Dios que todos veneran no es más que un tirano, que creó un sistema tirano y cruel para su beneficio y el beneficio de unos pocos. Fue por eso que una tarde, cuando apenas era una adolescente, lo enfrenté estando a solas y, como castigo, recibí esto —se señaló a sí misma—. Que me bajaran el rango a guardián —hizo una mueca.

—Entonces te castigó por expresar tu opinión, ¿no es así? —dije indignada.

—Exactamente —resopló—. Y por eso no estoy a favor de que esta guerra la ganemos nosotros; yo no quiero que seamos los ángeles quienes ganemos la guerra. El mundo estaría mejor en manos de los demonios —afirmó con una marcada resolución.

—Si es así, ¿por qué no desertás y te vas con el otro bando? —pregunté extrañada y fruncí profundamente el ceño.

—Por varias razones: porque ahí tengo a mis amigos, mi familia, mi casa... el Cielo es mi hogar y siempre lo será; pero me gustaría que esta guerra termine con el Infierno alzando la bandera de los ganadores.

—Ahora me ponés la decisión mucho más difícil de lo que ya era, ¿lo sabés? —puse en blanco los ojos y reí.

—Perdón —pidió riendo junto a mí—. Pero creí correcto expresarte mi opinión —hizo una breve pausa—. Además, tenés más motivos para no elegir al Cielo, además de mí —afirmó.

—¿Ah, sí? ¿Cómo qué? —pregunté alzando una ceja.

—Como la Bestia 666 —afirmó con una sonrisa macabra.

—¿Qué? Estás loca; a él es a quien debo matar, jamás sería una razón —protesté; pero mi cuerpo traidor me traicionó y mis mejillas enrojecieron—. Viste cómo no tengo.

—Maite querida, soy tu ángel de la guarda se supone que bajo a tu habitación por las noches para velar tus sueños —respondió divertida, y yo quedé más que roja de vergüenza—. Pero resulta que tus sueños estaban muy bien velados ayer por la noche —sonrió—. ¡Pero en qué cucharita más apretada duermen, por Dios! —afirmó riendo.

—Oh, basta, Luvia —hablé tapándome la cara—. No volverá a suceder —gemí.

—May, no digas eso; se veían súper tiernos juntos, encajan el uno con el otro a la perfección. No te niegues al amor —suspiró—. ¿Estás segura de que cuando llegue el momento podrás matarlo?

—Sinceramente —la miré a los ojos—. No, no lo estoy.

CAPÍTULO 30.

"Un ejército victorioso gana primero y entabla la batalla después; un ejército derrotado lucha primero e intenta obtener la victoria después."

El arte de la Guerra. Sun Tzu.

»——«•◦ ✻ ◦•»——«

¿Cuánto tiempo es posible postergar la agonía?

Dos malditas semanas, dos estúpidas y malditas semanas habían pasado desde mi encuentro, muy poco encantador, con el Ser Supremo, con el Todopoderoso. Dos insoportables y agónicas semanas soportando a mil ángeles ir y venir, ansiosos de que por fin me pronunciara a su favor.

Los rumores de mi (casi irrefutable) decisión a favor del bando celestial se habían desparramado por todo el ancho y largo del Cielo. Según Luvia, la fuente de los rumores podría ser (y estaba casi segura de que era así) el mismísimo arcángel Miguel, quien daba por sentado que los iba a elegir de ojos cerrados. Esos chismes poco fundamentados lograban ponerme los nervios de punta. Yo aún le debía una entrevista más a Lucifer, quien se veía realmente interesado en que asistiera, y los rumores podrían disuadirlo de concedérmela, negándome la opción de conocer la vida como realmente ellos la vivían. Me sentía demasiado frustrada ante tal posibilidad debido a que, en un principio, el plan era sacar la mayor información posible para destruirlos; pero ahora ya no estaba tan segura de querer hacerlo, muy por el contrario.

En esas dos semanas tampoco había sabido nada de la Bestia; era como si la Tierra se lo hubiese tragado. A esta altura, ya estaba acostumbrada a sus largas y constantes ausencias, pero eso no significaba que no me dolieran. Menos cuando la ausencia se daba luego de habernos despedido de aquella manera tan cruel, como enemigos, como rivales. Mi corazón se hundía en mi pecho ante aquello; Kelian podría estar odiándome en este momento, y no lo juzgaría por ello.

Luvia me había hecho compañía durante estas últimas dos semanas, luego de sincerarnos en la cueva detrás de las cataratas, y nos manteníamos muy unidas, casi como aliadas. Era bueno que ella estuviera casi siempre por aquí, dado que, en los últimos días, se habían sucedido varios ataques de hombres lobo por la ciudad. Ataques que, sin lugar a dudas, las tropas infernales habían reducido, ya que las tropas celestiales parecían estar haciendo caso omiso a la situación.

Mi ángel de la guarda y yo le habíamos relatado a Vero lo que había sucedido en el Cielo, y ella había alegado que debería deslindarme de todos estos líos, irme del país y cambiarme de nombre. Claro, tuvimos que convencerla de que no era una buena idea. Verónica había mejorado su condición; se la veía más alegre, pero se notaba en ella una aversión enorme a todo lo que no fuera humano, en especial si el ser no humano tenía algo que ver con el Cielo. A excepción de Leuviah y Lili, de quienes ya sabía la relación que las unía y las consideraba unas valientes heroínas, luchadoras contra el orden establecido.

Aquella tarde de septiembre, veinticuatro, nos encontrábamos Vero y yo recostadas en el suelo de mi habitación con nuestras computadoras, leyendo para las materias del segundo semestre de la facultad, cuando oímos un estruendo proveniente de la cocina. Nos sobresaltamos y dejamos las computadoras a un lado para poder escuchar, hechas dos estatuas sentadas en el piso, lo que acontecía. Oímos el grito de mi madre y el resonar de una olla al caer al piso.

Alguien vociferó que se callara y, por lo visto, se calló, porque no la escuchamos más. Oímos pasos acercarse a la puerta de mi dormitorio y detenerse justo ahí. Vero y yo nos abrazamos, pues el miedo nos había tomado por completo.

El pestillo de la puerta giró y nosotras nos encogimos en nuestros lugares; pero cuando la puerta se abrió, pudimos respirar nuevamente al ver el rostro del chico de ojos como el ébano asomándose por allí. Él suspiró de alivio al vernos y, luego de escrutar la habitación detenidamente mientras nosotras ni siquiera nos movíamos, se adentró en ella.

—¡Qué bueno que las encontré a las dos! —exclamó con marcada alegría y alivio—. Y todavía juntas, ¡joder!, es mi día y su día de suerte —entró a mi habitación.

—¿Qué carajos hacés aquí, Kelian? —fruncí el ceño—. Y ¿por qué le has hablado de esa manera a mi madre?

—Lo siento por eso —hizo una mueca—. Es que entramos sin permiso a tu casa y Alejandra se ha llevado un susto de muerte —explicó y frunció los labios.

—¿Entramos? —estreché los ojos—. ¿Vos y cuántos más?

—Yo y la comitiva que me acompaña: seis de los demonios más poderosos del inframundo —se encogió de hombros con gran soltura—. Solo un pequeño resguardo, por las dudas —sonrió abiertamente.

—¿Por qué te has traído a los seis demonios más poderosos del Infierno a mi casa? —pregunté cruzándome de brazos—. Y ¿por qué han entrado de esa manera? Podrías haber matado a mi madre de un infarto —protesté.

—¿Es que no te enterás de nada, verdad? —preguntó frunciendo el ceño y cruzándose de brazos con un semblante muy frío.

—¿De qué me tengo que enterar? —enarqué ambas cejas, confundida.

—De que la ciudad está bajo ataque —respondió como si fuera algo obvio y un escalofrío recorrió mi cuerpo—. El hijo de puta de tu exnovio se ha aliado con los hombres lobo nephillim y están buscándote a vos y a Verónica —hizo una pequeña pausa—. ¡Y de paso están destruyendo la ciudad! —suspiró—. Es una carnicería allí afuera.

—¿¡Qué!? —exclamamos exaltadas Vero y yo.

—Como lo han escuchado. Por eso es que vine con la comitiva; vinimos a buscarlas y las llevaremos al Infierno para impedir que puedan dañarlas —explicó de manera sombría.

—Pero ¿por qué quieren salvarme a mí? —preguntó Vero, consternada.

—Perdón, Verónica; no es que seas realmente súper importante pero, además de ser la mejor amiga de May —por lo que ya solo por eso te tengo aprecio—, también sos un arma. Sos la mujer del arcángel Rafael, y eso ya te convierte en un arma —explicó.

—Yo no soy su nada; él me abandonó hace mucho —contradijo ella, melancólica.

—Sí que lo sos, jamás dejarás de serlo; por eso mi padre ha ordenado explícitamente que te acojamos —afirmó.

—¿Lucifer sabe de mi existencia? —preguntó anonadada y él asintió —. ¡Qué miedo! —exclamó y le arrancó una pequeña risa a Kelian.

—No tengas miedo —rió—. ¿Nos vamos? Debemos apresurarnos; si podemos evitar un enfrentamiento, mejor.

—¿Y mi madre? ¿Qué sucederá con ella? —pasé saliva de forma brusca—. ¿Y el resto de la ciudad? —recordé incrédula; no podía abandonar a todo Montevideo para correr y refugiarme.
—El Infierno ya mandó tropas a detener la revuelta y el Cielo no demorará en hacerlo, al menos eso espero —explicó e hizo una mueca—. No te preocupés por la ciudad —sonrió—. Con respecto a tu madre, no hace falta; ella no está en peligro, ustedes son los blancos —suspiró profundamente, como si todo esto lo molestara de sobremanera—. La casa está protegida con magia pero, de igual forma, uno de los demonios se quedará con ella para hacerle de guardia —comentó y yo fruncí el ceño.
—¿Qué demonio se quedará con mi madre? —pregunté con desconfianza.
—Agramon —sonrió.
—¿Ese no es el rey de los demonios del terror y el miedo? —preguntó Verónica algo pálida del susto.
—Oh, sí, sí lo es —volvió a sonreír—. Pero él es bueno si no se enoja. Será una gran compañía para Alejandra y también un muy buen guardaespaldas —se encogió de hombros—. Nadie podrá acercarse a tu madre sin morirse de miedo en el intento —afirmó mirándome a los ojos y, por alguna razón, asentí—. Vámonos —llamó y se dio la vuelta para volver a la sala.
Nos levantamos del suelo y lo seguimos hasta la sala sin mediar más palabras; cuando llegamos, la escena que presenciamos nos hizo fruncir el ceño. En los sofás de mi casa había tres hombres apuestos y tres mujeres muy, pero muy hermosas; todos ellos vestidos con la gama de colores rojos, negros o grises, muy altos y elegantes. Ninguno de ellos aparentaba más de treinta años, pero sus vestimentas los remontaban, tal vez, a principios del siglo veinte: ellos vestían fracs muy elegantes y ellas vestidos muy largos con evidentes corsés ceñidos a sus vientres.
La escena era totalmente antinatural y lo que resultaba más extraño era mi madre, quien se encontraba entre ellos con la mayor de las naturalidades. Ella estaba sentada en el brazo de uno de los sillones, hablando atentamente con uno de los hombres, el cual tenía el cabello rizado, suelto sobre sus hombros, y los ojos muy, pero muy rojos.

—Camaradas —habló Kelian—. Están aquí —dijo señalándonos.

—Muy bien, pequeño —afirmó una de ellas con gran dulzura—. Hay que irse antes de que esas criaturas lleguen.

—Estás en lo correcto, Bel; vámonos —asintió Kelian.

Este nos guió hasta el centro de la habitación y todos los demonios, menos el que hablaba amenamente con mi madre, nos rodearon. En ese momento, Kelian comenzó a recitar aquel mantra que ya le había oído pronunciar el día que me salvó de las garras de Benjamín. Nuevamente giros y más giros, oscuridad y luego luz, luz y calidez. Comenzaba a acostumbrarme a estos viajes a través de los mundos; tanto al Cielo como al Infierno, la sensación era la misma, solo cambiaba el grado de luminosidad del viaje.

Por cuarta vez en mi vida me encontraba nuevamente en aquella galería del Palacio Rojo; miré a mi alrededor para cerciorarme de que era así y, en definitiva, así lo era. Observé a Verónica, quien oteaba el salón mientras apoyaba una mano en su abultado vientre con la misma admiración que yo cuando lo había visitado la primera vez.

Ella giró sobre sus talones intentando abarcar todo con su vista y guardar eternamente las imágenes en su mente, como si fueran lo más preciado que había visto en toda su vida, y tal vez así lo era. Los demonios de la comitiva se apartaron del círculo y se formaron en línea, todos con una gran sonrisa. Me di cuenta, entonces, de que había llegado el momento de hacer las presentaciones.

—Bueno, ellas son unas de las diablesas más antiguas y poderosas del inframundo —habló Kelian indicando a las tres mujeres guapísimas que allí se encontraban.

—Yo soy Gomory —habló la demonia más alta; tenía curvas prominentes, una cabellera larga y negra, sus ojos muy verdes y su tez morena. Sus labios eran carnosos y su mirada penetrante—. O mejor conocida como la Reina del Sexo —sonrió—. Un gusto conocerlas, en especial a vos, hija de Jehová —hizo una reverencia y yo me removí un poco incómoda.

—Mi nombre es Lilith —sonrió otra mujer con los cabellos muy rojos, como la sangre; su sonrisa estaba formada por unos labios carnosos, también color carmesí, y dientes claramente afilados y en punta. Ella, por su parte, era mucho más baja que Gomory —no mediría más de un metro setenta—, pero eso no le restaba elegancia a la Reina de los Súcubos y Vampiros.

—También es un gusto conocerlas al fin. Tres de mis preciosas hijas me han hablado muy bien de ustedes dos —nos regaló una mirada tranquilizadora.

—Por último, yo soy Belial, o mejor conocida como la Princesa de la Lujuria y la Destrucción —hizo una pausa—. O al menos así me dicen en el Cielo —rió—. También soy la nana de Kelian; les digo por si se porta mal o algo —comentó y todos nos reímos, mientras los colores se subían al rostro de la Bestia y se mordía el labio inferior para no soltar ningún improperio a su nana.

—Encantada de conocerlas a todas —sonreí con gran sinceridad; todas parecían realmente amables y simpáticas.

—El gusto es nuestro —dijo la mujer de cabellos rubíes y sonrió ampliamente.

—Bueno, perdonen señoritas, pero llegó el turno de los caballeros —interrumpió Kelian—. Ellos también forman parte de los más altos rangos del Infierno; son de ciega confianza de mi padre.

—Así es —sonrió el más bajo, quien tenía una sonrisa fresca y risueña. Su cabello era dorado como el oro y lo llevaba muy corto, casi al estilo militar. Sus ojos eran muy lilas e, increíblemente, tenía un aire parecido a Isaías, pero no del todo, dado que su mirada era más furtiva y tosca—. Soy Azazel; supongo que ya les habrán contado alguna historia sobre mí —se encogió de hombros y nosotras asentimos.

Era un ángel caído que tuvo hijos con seres humanos, creando los primeros nefilim, y además les entregó el manejo de metales y armas al ser humano.

—Bueno, solo quedo yo —sonrió el último demonio, el cual tenía los ojos color azul —ojos que yo ya había visto en alguien antes—; su semblante era firme y emanaba un poder impresionante. Era alto, muy alto, de anchos hombros y ceño fruncido; no tenía rastros de demasiada amabilidad, sino todo lo contrario: parecía un guerrero. Llevaba una barba enteriza que apenas dejaba ver sus labios, del color de su cabello que era dorado—. Mi nombre es Asmodeus; soy uno de los príncipes destructores y también de los excesos carnales —sonrió de costado.

—Un gusto conocerlos, señores —afirmé y Verónica solo asintió.
Todos en su conjunto hicieron una reverencia y, sin mediar una palabra más, se retiraron de la gran galería a excepción de Belial y, obviamente, de Kelian. Entonces, la primera habló en un tono casi maternal.
—Kelian, querido, llevaré a nuestras invitadas a sus aposentos —sonrió.
—Sí, Bel, ve—dijo con despreocupación—. Debo ir a informarle a mi padre, pues supongo que nadie lo hará en mi lugar —se encogió de hombros.
—Eso es cierto, pero no seas grosero, niño. Sabés que estamos en días muy difíciles para él y se encuentra muy sensible —rogó Belial con clara angustia en sus palabras.
—Sí, Bel —dijo rodando los ojos—. Para mí también lo son, aunque no lo creas —afirmó y yo lo miré frunciendo el ceño; mil preguntas llegaron a mi mente—. Llevalas, el viaje las debe de haber agotado —se dio media vuelta para irse.
La diablesa negó con la cabeza y, luego de observar cómo se marchaba, nos prestó atención a nosotras.
—Sepan disculparlo —pidió apenada.
—No se preocupe —habló Vero—. Estamos acostumbradas ya a su actitud de pocos amigos, en especial May —comentó y Belial negó riendo.
—Oh, bueno; si es así, no hay problema —respondió ella—. Vamos, las llevaré a sus aposentos.
Nosotras asentimos y la seguimos en dirección a la puerta a la cual me había dirigido la última vez que estuve aquí para ir a los aposentos de Kelian. De inmediato pude concluir que las puertas que daban a aquel pasaje eran todas pertenecientes a los dormitorios de aquellos que allí se alojaban.
Recorrimos el pasillo unos cuantos metros y nos detuvimos frente a una gran puerta de cedro con sus manijas de plata. Belial se adelantó y prosiguió a abrir aquella colosal puerta. Nos introdujimos a la habitación detrás de ella y nos encontramos con un dormitorio de tamaño colosal, tan grande como el de la Bestia, el cual contaba con dos camas de tres plazas cada una, dos mesitas de luz, un pequeño escritorio, un armario y una biblioteca de tamaño moderado.

Las paredes del mismo eran de un color rosado viejo y los muebles eran todos de color madera con un barniz claro; las colchas que cubrían las camas, por el contrario, eran rojas, de un rojo muy intenso.

—Pensamos que no tendrían inconveniente en compartir habitación; así no dormirían solas, puesto que dejarlas solas, tal vez les traerá incomodidad —explicó Belial.

—No tenemos inconveniente —sonreí—. La habitación es realmente hermosa —comenté mientras giraba para verla en su plenitud.

—¡Oh, eso es maravilloso! —exclamó contenta—. Me he encargado yo misma de la decoración de esta habitación, así que me alegra que les guste —sonrió.

—Tenés muy buen gusto —comentó Verónica—. Excelente.

—Muchas gracias —volvió a sonreír Belial—. Ahora debo irme; Lucifer puede que me necesite y no quiero dejarlo a solas con Kelian —suspiró—. ¡Qué niño más impertinente! —exclamó y no pude evitar reír.

—¿Tan así? —pregunté risueña.

—Sí, en lo absoluto; es muy caprichoso —asintió—. Pero, de igual forma, lo entiendo. ¿Quién no sería así si tuviera que haberse criado sin madre y con un padre casi ausente? —hizo una mueca de pena, y hasta Vero sintió pena por él.

—Vaya... —musité—. Al menos la tiene a vos —dije para poder salir de aquel ambiente tan melancólico que se había formado.

—Oh, sí —sonrió ella—. Y yo lo adoro; y a mi hermano, por supuesto, que también —sonrió.

—¿Quién es su hermano? —preguntó Verónica sin entender.

—Oh, es Lucifer —sonrió—. Bueno, las dejo; acomódense a su gusto. Supongo que el niño vendrá a ver cómo se han instalado más tarde; tiene gran manía con Nazaret —me sonrió cómplice—. Yo vendré para llevarlas a la cena, que será dentro de unas horas. Nos vemos —dijo rápidamente y caminó para desaparecer tras la puerta.

Vero y yo nos miramos y de inmediato hubo una transmisión de pensamientos; nos reímos y corrimos a toda velocidad para aterrizar de un salto en nuestras maravillosas camas.

Nos tendimos cada una en su lecho y nos quedamos mirando el cielo raso de la habitación.

—Quién lo diría —habló mi ángel—. De novia de un arcángel a huésped del Infierno —rió con ganas—. Ser tu amiga me trae más y más sorpresas cada día —me miró.

—Oh, y vos has vivido una vida normal al lado de la mía —reí—. ¿Por qué creés que Lucifer me quiera en sus dominios? —preguntó —. Ambas sabemos que a Isaías le importó un bledo —recordó triste—. Pero Kelian afirma que soy un arma.

—No lo sé, ángel —me mordí el labio—. Pero da por sentado el hecho de que, si Lucifer tiene algún interés bélico que te involucre, no tardarás mucho en averiguarlo —advertí mirando al techo, casi en un susurro.

—Me da un poco de miedo enfrentarme a Satanás —admitió ella.

—Oh, no le temas, es majísimo —afirmé con una sonrisa—. Te lo digo yo, que pude hablar con él.

Ante mi comentario, Verónica sonrió.

—Claro; para vos el Diablo es majísimo, la Bestia ardiente y Dios cruel —puso los ojos en blanco—. No puedo guiarme por lo que me decís, May.

—Bueno, pero esa es la verdad —protesté riendo ante tal paradoja.

Ambas nos quedamos en silencio por un buen rato hasta que Vero se levantó para ir al baño, pues con el embarazo iba muy seguido. Se metió al baño y me dejó sola dentro de la habitación.

Parecía haber sido decorada solo para nosotras, pues había detalles que solo podían estar ahí si nos conocías muy bien. Por ejemplo, había un póster de mi banda favorita, el Cuarteto de Nos, y osos de peluche del lado de la habitación de Vero; toda la habitación estaba en tonos pasteles, que eran los colores favoritos de esta niña.

Sin embargo, había detalles oscuros y negros, clásicos de mis gustos, y además, de inmediato me di cuenta de que Kelian había ayudado a su tía con esta habitación, pues sobre el escritorio había una solitaria rosa roja: la marca por excelencia de esta Bestia tan sentimental.

Oí pasos que se acercaban por el pasillo y me senté en la cama, por las dudas de que fueran a entrar a esta habitación.

Como presentí, no estaba errada en mi decisión porque, unos segundos después, la puerta se abrió, dejando que el rostro de la chica de anteojos morados se introdujera por el umbral de la misma.

—Hola, May —saludó entrando por completo—. He venido en cuanto me he enterado de que estaban aquí —sonrió—. ¿Y Vero? —preguntó; y, en ese momento, oímos un estruendo en el baño.

CAPÍTULO 31.

"La peor forma de extrañar a alguien es estar sentado a su lado y saber que nunca lo podrás tener"

Gabriel García Márquez

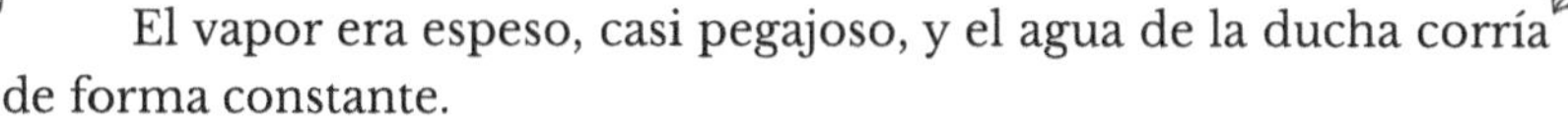

El vapor era espeso, casi pegajoso, y el agua de la ducha corría de forma constante.

Nos acercamos al duchero y vimos el pequeño y pálido cuerpecito de Ángel tumbado en el suelo del mismo, mientras un halo rojo teñía el agua que la circundaba. Dejé escapar un grito y Lili ahogó uno, tapándose la boca con ambas manos. De inmediato nos apresuramos a llegar donde ella para levantarla del suelo mojado. Lili se encargó de detener el agua que emanaba de la ducha y yo cargué en andas a la pequeña Verónica, quien estaba completamente inconsciente. Entre las dos llevamos a Vero hasta su cama y comenzamos a escrutarla para ver de dónde provenía la sangre. Encontramos en su cabeza un profundo corte que seguramente había sido provocado en la caída, dada por el evidente desvanecimiento que había sufrido.

Lili corrió hasta el armario y, unos instantes después, volvió con un botiquín de primeros auxilios y una toalla seca. Yo me encargué de secar el cuerpo de mi mejor amiga, mientras que Lilian se ocupó de limpiar la herida y suturarla lo mejor que pudo.

En ese ínterin, Verónica comenzó a recobrar el conocimiento lentamente; por lo que, a la hora de darle los dos puntos que eran necesarios para la herida que se había hecho, ya estaba completamente despierta. Tuve que aferrarme a ella para que no se moviera debido al dolor y causara más daño.

Cuando terminamos, la pobre Verónica sollozaba, pues no habíamos utilizado ningún tipo de anestésico. Hurgué en el botiquín y encontré un par de ibuprofenos y se los di para que los bebiera, a lo que Lili fue por un poco de agua que había en un pequeño frigobar en un extremo de la habitación.

Vero los tomó con agrado y, en el momento en que le íbamos a preguntar qué era lo que le había sucedido, escuchamos tres toques en la puerta y yo me apresuré a abrir para ver de quién se trataba. Al abrir la puerta me encontré con el rostro preocupado de Kelian.

—¿Qué ha pasado? —se apresuró a preguntar en cuanto abrí—. He escuchado sollozos y he venido lo más rápido que pude —explicó, y se mordió el carrillo de la mejilla izquierda.

—Ha sido Vero; se ha desvanecido mientras se daba una ducha —expliqué haciéndome a un lado para que pudiera ver a Vero recostada y arropada en la cama con Lilín a su lado—. Por suerte Lilian justo se había pasado por aquí a saludar y me pudo ayudar a sacarla de la ducha y atenderla —comenté y él fijó su mirada en la vampiresa. La saludó con un movimiento de cabeza, a lo que ella levantó la mano para saludarlo con su clásico ánimo adorable.

—¿Saben a qué se debió el desvanecimiento? —preguntó él, caminando hacia la cama de Vero para poder observarla de cerca.

—No, aún no —habló Lili mirando cómo él se acercaba a la cama—. Estábamos por preguntarle cuando golpeaste.

—Oh, bueno —musitó él—. ¿Qué te ha pasado, Vero? —preguntó escrutando la herida—. ¡Bien hecho! —felicitó a su prima por el trabajo.

—Yo... yo no lo sé con certeza —habló débilmente mi mejor amiga —. De la nada comencé a marearme y luego ya estuvo todo negro.

—Llamaré a alguien especializado para que te revise mejor; puede que el viaje hasta aquí haya afectado tu embarazo —comentó preocupado.

—Bueno —susurró ella cansada—. Pero ¿cómo sabés que estoy embarazada? —preguntó frunciendo profundamente el ceño.

—Mis primas hablan mucho —contestó él con una semisonrisa, y Lilian se rio.

—Vaya, y claramente vos te prestás a sus cotilleos —murmuré a su espalda, bromeando.

—No me dejan mucha opción —replicó riendo y se volteó para verme. En el acto me pescó observándolo detenidamente; en ese momento sentí mis mejillas arder—. Iré por Kashdejan para que la revise —se apresuró a decir para tratar de disimular el hecho de haberme atrapado in fraganti.

—¿Querés que haga algo por ella mientas, primo? —preguntó Lili.

—No, querida; ya has hecho más que suficiente —dijo y se retiró de la habitación.

Lilian me miró y sonrió, y luego llevó su atención a Vero para arroparla más, pues estaba temblando de frío. Frunci el ceño: el Infierno era todo menos frío, así que aquello era provocado por el desvanecimiento.

Kashdejan... ya había oído ese nombre antes; había sido pronunciado por Kelian. Él me había dicho que ese fue el ángel caído que le enseñó la medicina y los secretos médicos a la especie humana; así que supuse que sería lo mejor que podrían tener en ese aspecto aquí en el Infierno. Eso me causó una genuina sensación de tranquilidad: seguro mi ángel estaría en buenas manos. Verónica, poco a poco, fue quedándose dormida y Lili y yo nos retiramos hasta mi cama, donde nos sentamos a esperar a que Kelian llegara con el médico.

—Lili, ¿has venido por alguna cosa en particular? —pregunté con pura curiosidad.

—No; solo me enteré de que estaban acá gracias a mamá y vine —se encogió de hombros—. Pero ya que estamos, sí te preguntaré algo —hizo una pausa—. ¿Sabés algo de Leuviah? Hace días no sé nada de ella —preguntó mirando al cielo.

—La verdad es que poco y nada —suspiré—. La última vez que la vi fue hace unos días atrás y, bueno, ahí ella parecía estar de lo más bien —me encogí de hombros.

—Oh, bueno; esas son noticias más recientes de las que yo manejaba —suspiró—. Desearía poder estar con ella libremente y no tener que estar obligada a esconderme para poder verla, besarla o aunque sea saber de ella.

—Tal vez algún día puedan ser libres de amarse —dije soñadora y me quedé mirando un punto fijo de la pared.

En ese momento la puerta se abrió y Kelian entró a la habitación; pero detrás de él no venía un doctor como yo me había imaginado que Kashdejan sería, sino que había una doctora muy alta y elegante, con el pelo de un castaño claro hermoso y los ojos de un color miel intenso.

Era realmente hermosa y no aparentaba más edad que Kelian. Iba vestida con un vestido muy largo y blanco con un corte en una de sus piernas y caminaba contoneando las caderas. Sentí una injustificada punzada de celos al ver a aquella mujer tan despampanante al lado de la Bestia. Por alguna razón me ponía demasiado incómoda la escena.

—Ella es Kashdejan, la demonia médico —dijo Kelian con una

sonrisa para presentármela y la miró a ella para dirigirle la palabra —. Ella es Maite, la hija de Jehová —hizo una pausa—. La malherida es Verónica, mejor amiga de Maite, y bueno, a la revoltosa de Lili ya la conocés —afirmó riendo en la última parte y la vampiresa saltó de su lugar.

—¡Hey! Yo no soy revoltosa... —protestó cruzándose de brazos.

—Muy quietita tampoco te quedás, Lilu —replicó la médico con las manos en las caderas y vi cómo mi amiga de colmillos afilados se ruborizaba—. Bueno, dime hija de Dios: ¿qué es exactamente lo que le ha pasado a tu amiga y cuáles podrían ser los agravantes? —preguntó acercándose al lecho donde reposaba Ángel.

—Ella se ha mareado en la ducha y se ha desvanecido; en la caída se lastimó la cabeza debido al golpe —hice una pausa—. ¿Agravantes? Bueno, ella está embarazada de unos pocos meses y el viaje hasta aquí, suponemos, le afectó —expliqué de la forma más objetiva y profesional que pude.

—Oh, definitivamente fue el viaje hasta aquí —confirmó levitando sus manos sobre el vientre de Vero; luego le dirigió unas palabras a Kelian en un idioma que no reconocí—. La criatura que lleva en el vientre tiene la sangre del Cielo —habló mirando fijamente a mi mejor amiga—. El pasaje entre las barreras de defensa del Infierno le ha afectado severamente —nos miró a nosotros.

—Pero, pero, ¿perderá al bebé? —preguntó Lili mordiéndose las uñas.

—No, querida; no si hace reposo —dijo agrandando los ojos—. A partir de ahora su embarazo es de riesgo y, como la sangre es celestial, poco puedo hacer más que darle fuerzas a la madre, subir la tensión y otras cosas —explicó—. Yo misma custodiaré su estado —comenzó a recitar un mantra que yo no tenía idea de lo que decía.

Kelian y yo nos miramos y él me hizo una señal con la cabeza para que lo siguiera. Yo dudé un poco pero, al cabo de unos segundos, lo seguí hasta afuera de la habitación, donde él se había quedado parado en las sombras.

—Perdón; jamás me había imaginado que la criatura sería un nefilim —comentó él apenado.

—Ni yo... —confesé sinceramente—. Creo que ni ella lo sabe, así que no tenés por qué pedir perdón —contesté para consolarlo, pues veía la culpa enmarcada en su rostro.

—¿Sabés qué es aún más extraño? —comentó él con la mirada perdida.
—¿Qué? —fruncí el ceño.
—¿Ese embarazo no era fruto de una violación? —inquirió él mirándome fijamente a los ojos.
—Efectivamente lo es. ¿Por qué lo preguntás? —pregunté entrecerrando los ojos en la última parte de mi respuesta.
—Porque según Kashdejan, el niño no solo tiene sangre de ángel —lo que de por sí es raro— sino que tiene la sangre de un arcángel, de un arcángel en específico —acentuó la última frase y me miró fijamente a los ojos.
—Vaya, ¿no estarás hablando de...? —dejé sin terminar mi pregunta.
—Sí; estoy hablando de Rafael —aseguró.
—Pero no puede ser de Isaías; es imposible... —contradije—. Vos no estuviste cuando él se enteró del embarazo de Vero; jamás había visto a alguien tan lastimado, furioso e indignado al mismo tiempo —expliqué—. Apuesto mi vida a que no es de él —afirmé con seguridad, mientras arqueaba ambas cejas y me cruzaba de brazos.
—Está bien —asintió él—. Te creo; además, sé lo angustiada que está Vero con todo este tema del embarazo —cedió con un suspiro —. De igual forma, esto me parece muy extraño... —frunció profundamente el ceño.
—Intentaré averiguar qué sucedió —pronuncié con seguridad mirando a Verónica ser atendida por la médico.
—Yo creo que sé qué es lo que sucedió, pero hasta no tener pruebas, me lo guardaré para mí —afirmó él.
Luego caminó hacia la cama de Verónica para posicionarse a un lado de Kashdejan quien, al verlo, le dedicó una amplia y delicada sonrisa, demasiado coqueta para mi agrado. Observé cómo se decían algunas palabras en ese idioma que yo distaba de entender y cómo reían un par de veces mientras ella levitaba sus manos sobre el vientre de Vero.
Lilian notó mi incomodidad ante la escena y se acercó a mí para tomarme de un brazo y alejarme un poco más.
—¿Pasa algo? —preguntó ella.
—¿Qué están diciendo? Y ¿por qué hablan en ese idioma? —preguntó mordiéndome el carrillo de la mejilla derecha.

—Hablan en el idioma del Infierno, esa es nuestra lengua materna —se encogió de hombros—. Es algún chiste entre ellos; él le ha felicitado por su buen trabajo y ella le ha contestado "sabes que todo lo que yo hago, lo hago muy bien", y se han reído —se encogió de hombros.

—Vaya... —murmuré pensativa—. Se nota que se llevan muy bien —comenté apretando los dientes.

—¿Acaso la hija de Dios está celando al hijo del Diablo, mi querida Maite? —preguntó estirando las palabras y rió.

—¡Oh, no! —exclamé—. Para nada, no es eso; solo me ha parecido extraño —contesté rápidamente, ruborizándome un poco.

—Claro, claro... —se carcajeó—. Debo irme; espero no te enojés, mi madre me ha de estar esperando —se disculpó.

—Vale, andá y dejá de inventar cosas —dije rodando los ojos y me despedí de ella.

Ella negó con la cabeza y se fue riendo; eso atrajo la atención de Kelian, quien la observó irse y luego me observó a mí con el ceño fruncido. Le dijo algo a Kashdejan en ese idioma infernal que tanto comenzaba a odiar y ambos caminaron hasta donde me encontraba yo.

—Está estable, ya no está descompensada; su tensión subió y ahora solo necesita un apacible descanso —habló la médico amablemente —. Vendré a revisarla en tres horas si me lo permite, obviamente —sonró.

—Está bien —asentí y ella se despidió de mí con un movimiento de cabeza y luego se marchó, desapareciendo tras la puerta.

—¿Pasa algo, gorriona? —preguntó él al notar mi cara de pocos amigos.

—Nada... —afirmé, caminando hasta la cama de mi mejor amiga para tomarle la temperatura con el dorso de mi mano.

—¿Segura? —dijo él acercándose a mí por detrás y colocándome una de sus manos sobre un hombro.

—Segura —volví a afirmar, deshaciéndome de aquel toque—. Somos enemigos, ¿no? Deberías irte... —hablé recordando cómo me había negado aquel beso la última vez que estuvimos solos en el interior de mi habitación.

—Si somos enemigos, ¿por qué estoy siendo tu anfitrión? —dijo él irónico—. Deberíamos olvidar todo eso, May; no tiene sentido —pidió y yo me di vuelta para mirarlo.
—No cederé a tus engaños —dije cruzándome de brazos, embargada por un montón de emociones que nublaban mi juicio—. Admitilo: estoy aquí porque les es más fácil controlarme.
—Estás aquí para protegerte —insistió e intentó alargar un brazo hacia mí.
—Alejate —mascullé esquivándolo—. Estaré aquí hasta que sepa cómo irme y luego me iré a mi lugar, donde pertenezco —declaré, sin saber exactamente lo que estaba haciendo.
—¿Ya has hecho tu elección, verdad? —preguntó él, con la mirada apagada.
—Sí; yo pelearé al lado de mi padre, por ende contra vos, porque es lo que debo hacer —sentencié de forma críptica; y pude ver cómo un escalofrío recorría a Kelian de pies a cabeza. Su piel parda se tornó pálida y cerró los ojos, como para aguantar un golpe de muerte.
—Yo... —tragó saliva mientras abría los ojos—. No puedo decir que lo esperaba —confesó.
—No debiste albergar esperanzas —contesté simplemente; había veneno en mis palabras y ni siquiera entendía por qué.
—No debí, pero quise... —musitó mordiéndose el labio inferior con tal fuerza que noté cómo su boca empezaba a inundarse de sangre. Estiró su mano y la colocó en mi mejilla con su delicadeza característica, provocando con un solo toque que ráfagas de electricidad recorrieran mi cuerpo en su totalidad. Jadeé casi imperceptiblemente mientras nos mirábamos a los ojos—. Por un duelo justo, una muerte rápida y la victoria del mejor —dijo en un tono decadente y grave, casi gutural; pude, por primera vez, escuchar a la Bestia hablar como me lo hubiera imaginado.
Luego él retiró su mano, dejándome completamente expuesta; no física, sino emocionalmente. Caminó lentamente para desaparecer tras la puerta sin mediar más palabra. Yo me dejé caer sobre mis rodillas y lloré; lloré por horas, fuerte y desgarradoramente.
¿Qué había hecho? ¿Por qué le había asegurado mi elección? ¿Había hecho lo correcto? No lo sabía; estaba segura de que había optado bajo sentimientos adversos, pero no había marcha atrás.

Tal vez tendría suerte y Kelian no le dijera de inmediato a su padre, permitiéndome entrevistarme con Lucifer por segunda vez, como estaba planeado.

Pero eso no solucionaba mi gran error: jamás volvería a tener su confianza; él jamás volvería a quedarse a solas conmigo, ni a dormir en la misma cama, ni a velar por mi bienestar; jamás volvería a besarlo.

Esos pensamientos se arremolinaron en mi interior y me causaron una punzada de dolor que atravesó atrozmente mi pecho. Me acurruqué en mi lugar y me quedé allí, llorando hasta que oí la puerta de la habitación abrirse. De igual forma, no me moví de mi lugar y, unos segundos después, sentí cómo unas manos delicadas me tomaban y unos finos brazos me cargaban con gran facilidad, como si yo fuera más ligera que el aire.

Me dejó en la cama y yo, por fin, observé quién era; al levantar la mirada me encontré con Belial, la nana de Kelian, mirándome con marcada angustia.

—¿Qué ha pasado, pequeña? —preguntó en un tono maternal.

—Nada, no es nada —musité secándome las lágrimas con el brazo.

—Oh, no, querida; sé que algo pasa y sé que es algo entre vos y el niño —dijo tiernamente animándome a hablar.

—¿Por qué lo decís? —pregunté ante su perspicacia.

—Kelian estaba llorando y rompiendo cosas en su habitación hace un momento —contestó apenada—. No me ha querido decir qué sucedía pero, al entrar y verte llorando, fue más que claro para mí —explicó—. ¿Es que él ha hecho algo malo?

—No, para nada... —me apresuré a decir—. Ha sido mi culpa; lo siento —pedí.

—Oh, lo entiendo —murmuró ella. Pero no, ella no entendía nada de lo que había sucedido hace un momento.

—Le he dicho a Kelian que he elegido al bando celestial de una forma horrenda —confesé sollozando—. Sabiendo todo lo que significa, todo, y lo he hecho por puros celos —gemí—. Ni siquiera sé si quiero que esa sea mi decisión, pero ya la he tomado; soy una idiota —confesé lamentándome.

—Oh, querida —balbuceó ella muy triste—. ¿Sabés que aún no es oficial? Podés retractarte; él no le dirá nada a Lucifer.

—Lo sé, pero él jamás volverá a confiar en mí. ¿Vos lo harías? ¿Confiarías en quien se ha declarado como tu asesina? —ella negó con la cabeza—. Esto va a trascender; dudo que Lucifer no se entere —lloriqueé.

—Calma, niña; todo estará bien —consoló ella alicaída; Belial sabía que muy poco se podía hacer con lo que había hecho—. ¿Serías capaz de matar a mi niño? —preguntó luego de unos minutos de silencio con el rostro compungido.

—Yo... no me hagas esa pregunta, Belial; no puedo responder —dije mirando mis pies.

—Haz lo que sientas en tu corazón, Nazaret —su voz sonó cargada de angustia. Luego se puso de pie y desapareció por el umbral de la puerta.

Luego de una media hora, tomé aire para retomar fuerzas y me puse en pie; comencé a seguir mis pies sin pensar a dónde me dirigía para, luego de un minuto, encontrarme parada frente a la puerta de la Bestia.

CAPÍTULO 32.

“"Porque el amor cuando no muere, mata. Porque amores que matan nunca mueren”

Joaquín Sabina.

»——«•◦✻◦•»——«

Metal. Rock Metal; eso era lo que alcanzaban a escuchar mis oídos luego de que el sonido traspasara la puerta. Curioso: tantos meses de conocerlo y descubrí su género musical favorito al convertirnos en casi completos desconocidos.

Estaba ahí, vestida con un vestido de principios del siglo veinte, en la puerta de su habitación por décima vez en el correr de dos días. Sí, dos días habían pasado desde aquella pelea; dos días en el Infierno, dos días sin ver a mi madre, sin saber de Luvia o de Rafael, sin salir más allá de este pasillo. Y, sobre todo, dos días de estar a cuatro habitaciones de por medio con la Bestia y ni siquiera poder verle la cara.

Verónica había sido mi único apoyo en ese tiempo. Luego de despertar de su desvanecimiento, le había contado todo; incluso le confesé mis celos injustificados hacia su salvadora, Kashdejan. Ella, con su clásico estilo Abiego, me había insultado por ser una grandísima idiota y luego se había apiadado de mí y consolado. De igual forma, no hizo suyo mi odio hacia la médico, puesto que lo alegaba irracional y muy mal fundamentado. Y tal vez, solo tal vez, podría tener razón...

Por dicha razón, no había podido evitar ver a Kashdejan cada tres malditas horas en sus controles de rutina, y ni siquiera podía quejarme. Esto me llevaba a menudo a salir de la habitación y deambular por el pasillo. Esa era la causa de que, a veces, mis pies me engañaran y terminaran allí, donde no era bien recibida.

Miré la puerta por un rato de manera casi frívola, sin siquiera mover mis pestañas. De un momento a otro, cobardes lágrimas comenzaron a correr por mis mejillas para escapar de la agonía en la que me sumergía cada vez que paraba allí. Di la última calada a mi cigarrillo, caí de rodillas y lloré en silencio, sin moverme, casi sin respirar para no ser percibida. No llegué a estar mucho rato de aquella manera, pues una mano en mi hombro me arrancó del abismo en el que me estaba sumergiendo, casi con gusto, y me trajo a la realidad.

Levanté mi mirada, sorbiendo los mocos, y pude ver esos ojos azules tan omnipresentes en esta dimensión del universo; ojos hermosos y delicados, pero llenos de poder. Lucifer estaba allí, en cuclillas, con una mano en mi hombro, frente a la habitación de su hijo con una clara cara de confusión y pena.

—Nazaret —habló él con su voz suave y delicada como una caricia —. ¿Qué es lo que hacés aquí? ¿Por qué estás llorando, pequeña?

—No... no lo sé... —confesé con la voz contraída sin dejar de llorar.

—Venga, arriba, levantate —pidió regalándome una sonrisa y me ayudó a ponerme de pie—. No debés llorar; las señoritas no lloran —afirmó en un fingido tono de regaño.

—¿No eran los señoritos los que no lloraban? —pregunté yo, recordando aquella estupidez machista que le imponía el hecho de no llorar a los hombres.

—Bueno, ellos tampoco. Nadie debería llorar, al menos de pena, ¿no creés? —contestó él con una sonrisa cálida.

—Estoy completamente de acuerdo —asentí secando mis lágrimas.

—Vení, demos un paseo; así se te va esa horrible angustia —ofreció el Rey de la Oscuridad y yo asentí.

Me ofreció su brazo y yo lo tomé cual damisela; comenzamos a recorrer los múltiples y extensos pasillos del Palacio Rojo. Era en su totalidad una maravilla arquitectónica; era completamente hermoso, algo lúgubre, pero hermoso. En el camino, el Diablo se dedicó a contarme anécdotas graciosas sobre la construcción de todo aquello, o cómo se las habían arreglado para repartir las habitaciones a gusto de cada uno. Con curiosidad, decidí indagar un poco más.

—Y si ustedes viven en el Palacio, ¿cómo fue que decidieron quiénes no vivirían en él? —pregunté mirando una gran hilera de habitaciones por la que pasábamos en ese momento.

—Se construyó una habitación para todo aquel demonio o furia que quisiera alojarse aquí —sonrió—. Hubo muchos, muchísimos, que preferían casas individuales donde poder formar familias y criar niños con menos bullicio que en el Palacio Rojo. A ellos se les construyó casas a gusto, o chozas si así lo preferían, pues había quien quería una vida retirada en una choza en el campo donde trabajar la tierra —explicó—. Y así fue con cada petición.

—Entonces satisficieron el gusto de cada uno de los habitantes... —balbuceé asombrada.
—Claro que sí; era lo menos que podíamos hacer. Nos debemos a nuestro pueblo y así nos comportamos —sonrió—. Esta no es la entrevista oficial, por lo que aún no podrás ver, como te prometí, las condiciones en las que vive el pueblo, pero ya lo harás.
—Y si no lo es, ¿por qué me regala su tiempo? —pregunté confusa.
—Porque me disgusta verte llorar y opté por distraerte —contestó simplemente y seguimos caminando.
Ensimismada en mis pensamientos, no me di cuenta de cuándo el paisaje arquitectónico que me circundaba empezó a cambiar. Al salir de mi abstracción, oteé a mi alrededor. Nos encontrábamos paseando en una especie de jardín con rosales por doquier, todos y cada uno de rosas intensamente rojas, que me trajeron el recuerdo infalible de Kelian. Mi pecho se encogió ante el recuerdo y pregunté, mordiéndome el labio inferior para detener mis lágrimas:
—¿Dónde es que estamos, Lucifer?
—En los famosos Jardines de la Bestia —sonrió de costado—. Al menos así los llaman los ángeles —se encogió de hombros—. Aquí no suceden crueldades, ni mi hijo derrama sangre por entretenimiento para que sus rosas nazcan rojas —explicó mientras nos adentrábamos en ellos—. Kelian solo planta y cuida estos jardines con total devoción en honor a su querida madre —su voz se tornó melancólica y pude notar añoranza en ella.
—¿A su madre? ¿Es que su madre está...? —no pude terminar la pregunta, pues podía ver el dolor en aquellos ojos azules.
—Sí, pequeña. Mi querida Perséfone, madre de Kelian, murió cincuenta días después de dar a luz, un veintiséis de septiembre como hoy, pero del año ciento sesenta y seis antes del nacimiento de Cristo, tu antepasado —explicó con la voz contraída.
—¡Oh, por todos los Cielos! —exclamé—. No tenía ni idea, lo siento mucho de verdad; lamento su pérdida —me disculpé apenada.
—No te preocupés, no lo sabías —se encogió de hombros—. Suelo venir aquí y perderme todos los aniversarios de su muerte —explicó—. Es como si ella estuviera en cada rosa que nuestro hijo cultiva; es como si estuviera ahí —dijo alargando su mano para acariciar con la punta de los dedos los pétalos de una de las bellas flores.

—¿Puedo saber cómo...? —hablé sin terminar de formular mi pregunta.
—¿Cómo murió? —concluyó él—. Claro. Perséfone era humana; por lo tanto, tenía una familia y un hogar en la Tierra —suspiró—. Ella quiso ir a ver a su madre, pues quería darle la noticia del nieto que le había dado —miró hacia el vacío—. Me dejó a Kelian, pues sabía que no era seguro sacarlo del Infierno a tan tierna edad. Me lo dejó y se fue, para nunca más volver... —contrajo su rostro.
—¿Ella murió en la Tierra? —pregunté mordiéndome el labio.
—No —negó con la cabeza—. Ella murió en el Cielo. Fue ejecutada por el más fiel amigo de Jehová y comandante de los ejércitos: por Miguel —apretó los dientes al decir su nombre—. Fue Rafael quien me dio la noticia; nunca me pude recuperar de ello.
—Yo... yo lo siento... —dije con clara angustia. En este momento me sentía la peor escoria sobre la Tierra.
—No es tu culpa —consoló mi angustia y seguimos caminando por los jardines en silencio por más de una hora.
Nos encontrábamos en lo que vendría a ser el centro de aquel enorme paraíso de rosas carmesí cuando pude divisar una figura acercarse a nosotros a paso lento, sin levantar la mirada. De inmediato lo reconocí: era la Bestia, quien no se había percatado de la presencia de su padre ni de la mía.
El Diablo también lo vio y me dio un pequeño empujoncito, casi imperceptible, para que acudiera donde su hijo. Por alguna razón no lo dudé; tomé las faldas de mi vestido rojo con encajes negros y corrí hasta donde estaba Kelian, casi sin hacer ruido. Me abalancé sobre él, apretándolo en un abrazo en el cual lo rodeaba por el cuello, provocando que ambos cayéramos al suelo.
Él se sobresaltó, pero no pudo reaccionar a tiempo, pues ya nos encontrábamos cayendo. Cuando estuvimos en el suelo, enterré mi cara entre su hombro y su cuello, como a mí me fascinaba hacer, y noté cómo su cuerpo se tensaba al darse cuenta de quién era la causante de aquel apretado abrazo y, obviamente, de la caída.
—Lo siento mucho, Kelian... —susurré contra su cuello y noté cómo su piel se erizaba con el roce de mis labios—. Siento mucho lo de tu madre, mi mayor pésame; ha sido horrible lo que le ha sucedido, realmente horrible —dije y se me escaparon varias lágrimas.

Sentí sus fuertes brazos rodearme por la cintura y apretarme aún más contra él, como intentando fundirnos el uno al otro y que jamás pudiéramos apartarnos de aquel abrazo. Sentí sus lágrimas caer sobre mi hombro desnudo y el corazón se me encogió.
Nos mantuvimos así durante largos minutos. Luego él, con una soltura y gracia impresionante, se paró sobre sus piernas levantándome al mismo tiempo, dejándome levitando sobre el suelo mientras me aferraba a él. Me bajó lentamente hasta que mis pies estuvieron sobre el camino y me separé paulatinamente con un agobiante dolor en mi pecho.
Miré hacia donde había dejado a Lucifer unos instantes atrás y allí estaba el "Maligno", observándonos con evidente embelesamiento y ternura; era obvio que él podía ver algo que nosotros no. Al ver que el padre de Kelian nos observaba, nos separamos aún más y Lucifer se acercó a paso lento hasta nosotros con una resplandeciente sonrisa en sus labios.
—Deberían dejar de pelear cual críos —habló el Rey de la Oscuridad—. Se ven mucho más bonitos sonriendo que llorando el uno por el otro —regañó y nuestras mejillas se encendieron a más no poder.
—Padre, yo... —quiso hablar Kelian, pero fue interrumpido.
—Shh, no gastés las palabras en excusas falsas —sonrió—. Tu lengua sabe mentir, pero tus ojos siguen siendo los de un niño inocente —dijo con seriedad y ternura—. Ahora me iré, pues yo ya me he aprovechado de la compañía de esta dulce señorita para distraerme de mis deberes; ahora su tiempo les pertenece a ustedes —hizo una pequeña reverencia—. Tu madre estaría orgullosa.
Y con esas últimas palabras, el Demonio desapareció. Ambos quedamos perplejos por varios minutos hasta que yo decidí romper aquel incómodo silencio que me estaba desangrando en vida.
—Yo quiero... yo reclamo para mí poder hacer eso... —musité cruzándome de brazos, mirando el lugar donde había estado Satanás hasta hace un momento.
—¿Hacer qué, Maite? —preguntó Kelian frunciendo el ceño.
—Desaparecer —respondí refiriéndome a la acción, pero quise decir mucho más que eso: yo no quería simplemente teletransportarme; yo quería desaparecer por y para siempre.

—Umm... —musitó frunciendo la boca en señal de desaprobación, pero se quedó en silencio nuevamente, lo cual me desesperaba.

—Tu padre me ha dicho que vos cultivás los rosales de este jardín en memoria de tu madre —balbuceé torpemente—. Ahora entiendo por qué siempre hay rosas rojas donde estés —dije mirando a mi alrededor.

—Tal vez no tendría que cultivar rosas en su memoria si ella no hubiera sido asesinada por los tuyos —masculló entre dientes y comenzó a caminar para alejarse de mí.

Algo dentro de mí se resquebrajó; se rompió cual cristal cayendo contra el suelo. Ahogué mis lágrimas mordiendo mi labio superior y me dispuse a correr para alcanzarlo.

—¡Kelian, espera! ¡Kelian, por favor! —rogué mientras lo seguía. Entonces él frenó en seco y yo me di de bruces contra su espalda, cayendo al suelo en el acto.

—Somos enemigos; vos lo has querido así, has optado por ellos. Ahora alejate de mí —dijo iracundo, gritándome con fuerza y rompiendo en llanto mientras yo me encogía en mi lugar. Tenía razón en lo que me decía, pero dolía; carajo, cómo dolía.

—Yo no tengo la culpa de la muerte de tu madre —sollocé.

—No, pero has elegido a los culpables, y eso ya es suficiente. Sos tan culpable como ellos —afirmó con un grito.

—¡Te odio! —grité entre lágrimas, pues no tenía más que decir. No lo odiaba, pero no iba a dejar que me gritara así sin más.

—¡No te preocupés, que yo también te odio! —gritó en respuesta para luego darse media vuelta y desaparecer por completo.

Lo vi convertirse en humo y desaparecer; dejarme sola y perdida en medio de un laberinto de rosas rojas. No sé cuánto demoré en encontrar el camino de regreso a mi alcoba, pero si no fuera por Belial, quien me encontró perdida recorriendo los pasillos a altas horas de la noche, jamás hubiera podido regresar a mi lecho. Cuando llegué, Verónica estaba profundamente dormida. Pero mi enorme torpeza la despertó, puesto que derribé la portátil de mi mesita de luz.

—Wow, May, pensé que no regresarías nunca —dijo ella al verme.

—Yo también lo pensé —comenté levantando lo que había derribado.

—No tenés ni idea de lo que pasó —canturreó ella, restregándose los ojos.

—¿Qué ha pasado? —dije yo con la voz cansada.

—Lucifer ha venido hoy —sonrió—. Es majísimo, tenías razón —hizo una breve pausa—. Ha venido a ver cómo me encontraba, simplemente eso.

—Vaya, y vos le tenías miedo —recordé con una risita.

—Lo sé, qué tonta, ¿no? —respondió ella riendo.

—Natural —dije simplemente.

Y fueron las últimas palabras que intercambiamos esa madrugada. Me quité el vestido y tomé una rápida ducha, pero luego de colocarme el camisón y estar recostada en mi cama, no pude conciliar el sueño. Cerca de las tres de la mañana, decidí salir de la habitación a tomar un poco de aire. Estando fuera de la misma, mis pies volvieron a engañarme y nuevamente me encontraría a mí misma parada como una estúpida frente a la puerta del dormitorio de Kelian. Esta vez mi sorpresa fue grande, muy grande.

Lo que escuché esa vez no fue Rock Metal, ni siquiera se le acercaba. No era música, ni gritos, ni el ruido de las cosas rompiéndose. Eran gemidos; gemidos y jadeos provenientes de una voz femenina, una voz muy delicada que yo conocía muy bien.

Kashdejan. Ella era quien estaba allí dentro; ella era quien estaba en los aposentos de la Bestia; a ella era a quien estaba haciendo suya. Las náuseas me abordaron y comencé a marearme; me alejé unos cuantos pasos mientras comenzaba a llorar. Corrí para alejarme de allí; corrí con todas mis fuerzas, corrí sin ver, sin sentir, sin saber... solamente corrí.

Arcadas, vómitos, lágrimas. Así se sucedió mi noche mientras corría más y más para alejarme. Fue así hasta que, de un momento a otro, el cansancio me pudo, las piernas se me aflejaron y caí; caí sobre algo duro y me desvanecí.

—No lo sé, mi General; la encontramos aquí cuando vinimos a hacer maniobras.

—¡No puede haber llegado sola hasta aquí, soldado!

—De verdad no sabemos cómo llegó hasta aquí, mi General.

—Está bien, soldado; al menos la reportaron. Puede retirarse.

Esas voces fueron las que escuché; luego sentí unos brazos que me cargaban, pero no pude reconocer de quién eran ni saber dónde me encontraba. Sentí que me cargaban por un largo trecho, casi por una hora. Luego sentí cómo mi cuerpo era dejado sobre algo mullido y suave.

—¡Oh, la encontraron! —otra voz—. ¡Por todos los Infiernos, qué aspecto horrible tiene esta niña! —unas manos acariciaron mi rostro. —Yo nunca supe cuándo se fue... —habló otra voz—. Llegó muy tarde y muy cansada; creí que se dormiría enseguida, al igual que yo. —Eso ya no importa; ahora hay que revisar su estado de salud.

Esa voz sí la reconocí y, automáticamente, la conciencia volvió a mí. Me senté brutalmente en la cama con los ojos muy abiertos; todos retrocedieron ante mi súbito despertar. Todos menos un par de manos que se aferraron a mis hombros para no dejarme levantar.

—¡Sobre mi cadáver vas a poner tus asquerosas manos sobre mí, bruja! —escupí mirando fijamente a Kashdejan, quien no cabía en su asombro.

—Calmate, niña... —intentó apaciguarme Belial, pero le di una mirada de muerte que hizo que automáticamente retrocediera.

Yo me agitaba y sacudía para desprenderme de aquel agarre que me impedía moverme de mi lugar. "¡Soltame!", vociferé, pero era inútil. Con un movimiento rápido logré liberarme y me di vuelta para asestar un duro golpe en la mandíbula a mi captor, que resultó ser la Bestia.

Él se tambaleó y se agarró al respaldo de la cama y yo, con un movimiento casi imperceptible, me encontré a varios metros de la misma en un abrir y cerrar de ojos. Podía sentirme; era completamente consciente de mí misma: mis músculos agarrotados, la adrenalina en mi cuerpo, mis ojos inyectados en sangre y un poder inimaginable corriendo por mis venas. En aquella habitación, el único demonio era yo, y me gustaba.

—Hay que sedarla —habló Kashdejan sin moverse de su lugar.

—Intentalo a ver si podés —gruñí de una manera casi animal que hizo a mi mejor amiga temblar de miedo.

—¡Salgan! —el grito de Verónica retumbó en la habitación—. Salgan, no quiere verlos. Salgan y déjenme a mí con ella —pidió levantándose de la cama.

—Ni loco te dejo aquí sola con eso —dijo Kelian casi desesperadamente.

—No es un "eso", es ella. Es May, mi May. Algo le pasa; déjennos a solas. ¡Nadie en esta habitación la conoce mejor que yo, nadie! —afirmó ella con completa resolución.

Entonces vi a Belial asentir; a Kashdejan bajar la mirada; a Azazel, quien estaba de guardia, abrir la puerta; y, por último, a Kelian asentir. Todos se retiraron momentos más tarde y entonces, solo entonces, me derrumbé sobre mis rodillas y comencé a llorar.

CAPÍTULO 33.

“El amor es como una guerra, fácil de iniciar, difícil de terminar, imposible de olvidar.”

Henry-Louis Mencken.

»——«•◦✻◦•»——«

Sus pequeñas manos se aferraban a mí y yo sollozaba. No era un llanto escandaloso; por el contrario, eran sollozos casi imperceptibles, lentos y pausados. La dulce Vero me dejó llorar; ella sabía que no me repondría si no lo hacía, y era sabia, muy sabia.
Habrían pasado apenas diez minutos así cuando me comencé a calmar. Ella tomó mis manos y me ayudó a ponerme en pie para luego, a paso lento, dirigirme hasta mi cama, donde me senté con la mirada fija en la pared.
—¿Por qué estás así, May? —preguntó ella con su tierna voz—. ¿Qué pasó?
—Nunca me había sentido tan poderosa —dije sin responder a sus preguntas—. Sentía el poder del Cielo correr por mi interior; fue alucinante —sonreí.
—¡Oh, bueno, magnífico! Ahora ya no te quejarás de ser una simple mortal con demasiadas responsabilidades —se encogió de hombros —. Pero ahora decime: ¿qué sucedió?
—Kelian sucedió; siempre es Kelian —musité mordiéndome el labio.
—Él ni siquiera sabía dónde estabas —hizo una pausa—. Esta mañana, cuando me levanté y vi que no estabas, de inmediato pensé que estabas con él o con Belial; sin embargo, cuando me disponía a salir, entró Kelian con los ojos como platos y la respiración entrecortada a la voz de: "May, May, ¿estás bien?". Yo le expliqué que no estabas y de inmediato fuimos con Belial, con quien tampoco estabas —suspiró—. Él presentía que andaba algo mal con vos, y lo confirmamos cuando no aparecías en ningún lado —me miró a los ojos—. Apareciste diez kilómetros fuera del palacio, en un campo militar, Maite —afirmó mirándome seriamente.
—Vaya, no sabía que había ido tan lejos —balbuceé.
—¿Qué pasó? —repitió la pregunta.
—Yo peleé con Kelian hace unos días —murmuré mordiéndome el labio superior—. Y anoche lo encontré con otra, y bueno, yo... —dejé escapar un gemido de frustración—. Soy patética... —Y lo era; no podía reclamar nada. Él y yo, definitivamente, no estábamos juntos.
—¿Celos? ¿Todo esto por celos, May? ¿De verdad? —rodó los ojos—. Realmente son insoportables ustedes dos —musitó e hizo una

pausa—. Porque mi situación con Isaías es complicada, pero ustedes... ¡Ustedes se llevan el Oscar, la puta madre! —exclamó exaltada.

—Vaya, gracias —escupí cruzándome de brazos.

—¡Cójanse y déjense de joder! —exclamó tirándose en su cama, frustrada.

—Él no quiso; no conmigo. Sin embargo, con ella sí... —solté.

—¡Stop! —exclamó levantándose de la cama—. ¿Se acostó con otra? —asentí—. Bien... —apretó los labios—. ¿No quiso acostarse con vos? —negué—. ¡Vaya cabrón!

—¡Ves! —me crucé de brazos—. Debo salir de aquí —afirmé. Debía hacerlo antes de salir más lastimada.

—May, el mundo está plagado de nefilims buscándote —suspiró—. Ayer, en la visita que me hizo Lucifer, me dijo que Benjamín se ha vuelto algo así como un líder de la revuelta nefilim —hizo una pausa—. Te están buscando.

—Entonces quiero irme al Cielo; allí estaremos a salvo —aseguré.

—Cuando puedan comunicarse con el Cielo, te lo harán saber —aseguró—. Por mi parte, me quedaré aquí, May.

—¿Qué? —pregunté incrédula.

—Como lo has oído: me han ofrecido formar parte de este bando y yo he aceptado con mucho gusto.

—Pero... pero si vos sos humana —vocalicé estupefacta; nada tenía sentido.

—Lo soy, pero también soy un arma, un escudo y un medio de extorsión —se encogió de hombros—. Mirá: Lucifer ya sabe que vos has elegido al bando de los Cielos; de igual forma te intentará convencer de que desertes. Pero, si aun así no lo hacés, necesitan ases bajo la manga —sonrió ampliamente.

—Te usarán contra Rafael, ¿verdad? —pregunté y ella asintió con seguridad—. Vaya, Vero... Jamás habría pensado en que te convertirías en una pieza más en el ajedrez de esta guerra —suspiré—. Respeto tu elección —extendí mi mano y ella la estrechó.

—Si querés irte, podés irte; pero sería decoroso que esperes a que el Diablo te dé la recorrida —se encogió de hombros.

—Lo haré —dije en tono firme.

Apenas terminé de hablar, Belial entró en la habitación disculpándose por interrumpir y me animó a que tomara un baño.

No tenía ánimos de discutir, y mucho menos con aquella diablesa tan adorable, así que seguí su consejo. Preparó para mí un hermoso vestido negro que dejó sobre mi cama junto con un par de zapatillas del mismo color.

Cuando salí, me coloqué aquello con gusto y la nana de Kelian arregló mi cabello. En ese ínterin, Vero también se bañó y vistió, pero ella con un hermoso vestido rojo, y salió de la habitación acompañada por Aísa, quien la vino a buscar para reunirse con sus hermanas.

—Qué extraño que no me hayan invitado —comenté frunciendo el ceño apenas salieron por la puerta y encendí un cigarrillo.

—Oh, es que el niño quiere hablar con vos, querida —comentó dándole los últimos retoques a mi peinado—. Está preocupado.

—Decile que ni se moleste en venir —afirmé—. No deseo hablar con él.

—¿No deseás hablar con quién? —una voz masculina resonó dentro de la habitación y de inmediato supe de quién se trataba. Los vellos de todo mi cuerpo se erizaron y el poder dentro de mi interior resonó ante su presencia.

—Con vos —respondí dándome la vuelta para enfrentarlo, y vi por el rabillo del ojo cómo Belial se desvanecía de la habitación.

—Pero yo sí deseo hablar con vos —me miró fijamente—. ¿Qué carajos hacías a diez kilómetros del palacio, Maite?

—Eso a vos no te importa —me crucé de brazos.

—Claro que me importa —afirmó acortando la distancia entre nosotros, dejando apenas un mísero metro entre nuestros cuerpos —. Estabas inconsciente, casi muerta y tirada en el barro. ¿Cómo llegaste hasta ahí? ¿Fue alguien?

—No, fui yo; yo llegué hasta ahí porque se me dio la gana —contesté apretando los puños. Empezaba a sentir cómo corría mi poder dentro de mí; era algo nuevo y se encendía cuando él estaba cerca.

Por suerte, no fui la única que lo notó, pues él retrocedió un paso.

—Veo que se han activado tus poderes... —habló apretando los dientes.

—¿Pensabas que sería una niñata indefensa para siempre, Kelian? —pregunté en tono burlón, y él se estremeció al escucharme.

—Siempre supe que serías una traidora —gruñó.

Y en ese momento, lo ataqué. Sí, lo ataqué; le asesté una patada en el estómago que lo hizo tambalear. En ese momento lo vi por primera vez transformarse: su rostro quedó completamente rojo de furia y sucedió algo que me sorprendió; desplegó un par de enormes alas negras que me hicieron estremecer. Eran extraordinariamente bellas, pero yo no podía detenerme a admirarlas. Se abalanzó hacia mí, asestando un golpe bajo mi mandíbula.

Temblé, pero no caí. Volví a arremeter, esta vez con una embestida de magia que lo hizo volar contra una pared. Gruñó, y una bola de fuego me envolvió, incendiando mi vestido. Grité intentando apagarlo y le di un puñetazo en las costillas cuando se acercó a mí, robándole el aire en el acto.

Cayó al suelo, pero se levantó de inmediato. Logré apagar las llamas, que habían provocado que apenas quedara ropa sobre mi cuerpo. ¡Paf!, la magia oscura me golpeó, haciéndome caer de rodillas; no me quedé atrás, conjuré un hechizo que ni siquiera sabía que podía conjurar y un rayo de magia se clavó en su hombro, provocando que un río de sangre emanara de él.

—¡Ah! —grité.

Un puñal se había clavado en el costado de mi vientre. Brillo: apareció una espada en su mano cuando él se levantó. No me quedé atrás e invoqué una espada. Nos miramos fijamente y arremetimos uno contra otro. Blandí mi espada con gran soltura, pero esta fue glacialmente bloqueada. Dejé escapar un grito y las espadas volvieron a chocar una contra otra. A esa altura, nuestros ojos ya estaban inyectados en sangre y la respiración era demasiado agitada.

Retomé fuerzas y logré con un par de movimientos dar una estocada al costado de su vientre, rasgando su camisa y provocando un pequeño río de sangre. De igual forma, yo no salí ilesa, ya que acto seguido él blandió su espada alcanzando mi hombro derecho y apuñalándolo.

Grité y retrocedí un paso para automáticamente bloquear otro ataque de su parte. Comenzamos a movernos por la habitación blandiendo nuestras espadas en un frenesí, sin detenernos, y de vez en cuando provocando algún corte en el contrincante. Choque, puñalada, grito y nuevo ciclo de destrucción.

Pero no duró mucho, pues de alguna manera esgrimimos nuestras espadas de tal forma que ambas chocaron y se nos soltaron de las manos. Quedamos frente a frente, con la respiración agitada, bañados en nuestra propia sangre y, a esa altura, los dos ya semidesnudos.

Pero no veíamos nada de eso; solo nos mirábamos fijamente, con odio. Si alguna vez nos quisimos, no se notaba; en aquel momento ya no éramos aquellos dos chicos que jugaban a dormir juntos. Ahora éramos enemigos mortales.

En la guerra no hay lugar para el amor o la esperanza. En la guerra solo hay destrucción, incluso para las almas.

Un revuelo se escuchó y varios demonios entraron a la habitación. Lucifer, quien acudió con ellos, palideció al ver la escena y ordenó a Gomory, Lilith y Asmodeus apresarme, y a Belial, a Alouqua y a Azazel controlar a Kelian. De inmediato los demonios cumplieron con sus órdenes y atraparon nuestras manos tras la espalda. Vi cómo a él solamente lo sujetaban y lo obligaban a sentarse, obviamente contra su voluntad.

Pero a mí... a mí me esperaba un destino completamente distinto. Me colocaron una especie de esposas de magia negra, me obligaron a bajar la cabeza y me sacaron de aquella habitación. Caminamos por pasillos oscuros, muy oscuros, descendiendo escaleras y más escaleras. Fue así hasta que nos detuvimos; me empujaron dentro de lo que parecería ser una mazmorra y cerraron la puerta con llave para luego desaparecer.

La adrenalina comenzó a abandonar mi sangre, la magia que me daba los poderes desapareció y, en un abrir y cerrar de ojos, me encontré a mí misma en la completa soledad, en el lugar más oscuro que había visto en mi vida. Estaba temblando de frío, desnuda y con heridas abiertas y sangrantes que me punzaban a más no poder, eso sin contar las múltiples quemaduras.

Quise llorar pero no pude; no tenía con qué. Había llorado tanto que mis ojos eran incapaces de producir siquiera unas lágrimas más. Me acurruqué contra un rincón con gran dificultad; a esa altura ya me había percatado de varias heridas de gran profundidad que, si no eran tratadas, podrían simplemente provocar mi muerte.

La pérdida de sangre, el frío y la conmoción provocaron que lentamente fuera perdiendo el conocimiento hasta que me desvanecí por completo.

No sé cuánto tiempo sucedió desde el momento en que me desmayé pero, al volver a despertar, aún me encontraba abandonada a mi suerte en el suelo de aquella mazmorra, sola; pero mis heridas habían coagulado, por lo que, para mi fortuna, ya no perdía más sangre.

Me acomodé con dificultad para sentarme de forma decente cuando escuché unos ruidos, que rápidamente descubrí que eran pasos. Un minuto después, más o menos, una bandeja que supuse que contendría comida fue deslizada por un hueco de la puerta.

—Maite, no puedo demorarme mucho... —murmuró la aguda voz de Lili—. Pero quiero que sepas que no estás sola; estoy con vos a pesar de que sea una mierda lo que hiciste —hizo una pausa—. Hablaré con tu guardiana. Te quiero, linda. —Apenas terminó de hablar, escuché sus pasos alejarse de mi celda rápidamente.

Sonreí; al menos no había sido abandonada a mi suerte. Ella tenía razón: había metido la pata hasta el fondo. ¿Cómo se me iba a ocurrir atacarlo? ¿En qué estaba pensando? Era realmente una idiota por haberlo hecho. Estaba más que claro que no tenía oportunidades de ganar; no ahí, no en el Infierno.

Me acerqué a la bandeja y palpé su contenido: una sopa caliente, una cuchara y un jarrón con un poco de agua; y a un lado algo que parecía ser un ungüento. Me encogí de hombros y tomé la sopa; no podía hacerme la exquisita y no comer. Luego de terminar y con dificultad, me quité los restos de la ropa que tenía adherida a mi cuerpo, provocándome varias veces gritos de dolor, pues parte de la tela se había pegado a mi piel y debía arrancarla.

Dos horas de sufrimiento tardé en concluir esa tarea; luego tomé el ungüento y me lo coloqué sobre las heridas más profundas. Culminada esa labor, volví a acurrucarme en un rincón y me quedé mirando la oscuridad por horas mientras tiritaba de frío y, por supuesto, de incomodidad y agónico dolor.

Los siguientes tres días dormité, tirité y esperé a que Lili me trajera buenas noticias, pero era en vano. Notaba cómo algunas de mis heridas comenzaban a infectarse, ya que su dolor era punzante y caliente. La desesperación comenzaba a apoderarse de mi mente y empecé a figurarme que jamás volvería a ver la luz, que moriría allí, olvidada en una mazmorra.

No sé qué hora del cuarto día sería cuando escuché unos pasos distintos a los de Lili acercarse a mi celda. Me tensé y el miedo se apoderó de mí por completo. Comencé a temblar; por mi mente pasaba solo una idea: "me van a matar". Pero al abrirse la puerta, el rostro que iluminaba el candil que traía aquel visitante me infundió todo menos miedo.

—Papá... —susurré comenzando a llorar, y él se apresuró a alcanzarme y abrazarme delicadamente para evitar herirme aún más.

—Hija, mi pequeña hija, estás bien —susurró contra mi cabello enmarañado.

—¿Qué hacés aquí, papá? —pregunté temblando.

—Es una larga historia —aseguró mi padre—. Tu amiguita vampiro se puso en contacto conmigo, pues creo que tu guardiana le dijo que debía hacerlo —explicó—. Le vendí mi alma al Diablo para obtener tu libertad, pequeña.

—No, papá; decime que no has hecho eso —sollozé; no podía estar recuperando a mi padre y perdiéndolo al mismo tiempo.

—Preciosa, estuve ausente toda tu vida, te negué la posibilidad de crecer completamente feliz; ahora dejame redimirme —sonrió débilmente—. Vamos, el viejo Lucifer no esperará demasiado —susurró y me ayudó a levantarme.

Lentamente comenzamos a recorrer las escaleras de regreso a la planta principal del Palacio Rojo; demoramos cerca de una hora en subirlas, puesto que mi condición física no era la adecuada y la de Gonzalo no era brillante tampoco. Cuando salimos, desembocamos en aquella galería que me había recibido la primera vez que bajé al Infierno. Allí me esperaba una comitiva de demonios entre los cuales se encontraban Lucifer y su hijo. Él se veía casi completamente recuperado, pulcro y fuerte, vestido de manera elegante y prepotente, como nunca antes lo había visto.

Pasé saliva con fuerza; yo a su lado era una triste cucaracha. Estaba completamente desnuda, sin nada que me cubriera, herida y quemada, con horribles deformaciones en mi piel provocadas por el fuego y con el pelo enredado y ensangrentado. Básicamente era un asco de apreciar y estaba completamente expuesta al ridículo; un ridículo que me merecía.

Oí a Belial dejar escapar un alarido de horror al ver mi aspecto e ir completamente desnuda, pero de inmediato se abalanzó sobre mí cubriéndome con el chal que ella traía puesto. Pude respirar; no quería que se me contemplara más de aquella manera y la diablesa, como se le había hecho costumbre, había sido mi salvadora.
Me aferré a aquella prenda como si de mi vida se tratara y miré con altanería y orgullo a mis rivales. Lucifer dio unos cuantos pasos hacia el frente; su semblante era serio, su cara no dejaba entrever ninguna emoción, listo para matar en cualquier instante. En ese momento realmente parecía el Diablo. Lo miré seriamente y él me sostuvo la mirada hasta que estuvo de pie a escasos dos metros de mi persona. No podía mostrarme débil; no podían saber cuánto me dolía todo aquello, cuán arrepentida estaba.
—Belial, vuelve a tu lugar —ordenó en un tono firme y ella bajó la mirada y volvió a su lugar, que era a la izquierda de la Bestia—. Es una lástima que todo haya acabado así; admito que te sobreestimé —hizo una pausa—. Craso error; no sos más que otra soldado del Cielo, traidora y embustera —escupió las palabras y la angustia me consumió—. Tu farsa se terminó aquí.
—Esto acaba de comenzar —siseé, puesto que no me dejaría humillar más. Pasé mi mirada del padre al hijo—. ¡Te mataré! ¿Me oíste, Bestia? Te mataré de la forma más cruenta que se me ocurra —amenacé, y vi cómo los ojos de Kelian se ensombrecían ante el reto.
—¡Basta ya! —vociferó Lucifer.
Dos segundos después me encontraba parada en el medio de la sala de mi casa, confundida. Miré a mi alrededor y me encontré con las miradas sorprendidas y preocupadas de mi madre, Leuviah, Rafael, Anauel y Gabriel. Al verlos comencé a llorar y mi ángel guardián se apresuró a abrazarme junto con mi madre. Me llevaron al sofá y me dejaron sentar.
—¿Qué te ha pasado? —preguntó Isaías agachándose a mi lado
—Hola a todos —sonreí como boba—. Pensé que jamás los volvería a ver —sollozé y mi madre me estrechó contra su pecho. Cuando pude retomar la calma, tomé aire y hablé—: ¿Alguien me trae una manta o algo con que taparme?
—Por supuesto... —oí decir a Anauel y entonces el pelirrojo corrió a mi habitación y, luego de unos segundos, regresó con una de mis mantas rosadas y Luvia me ayudó a taparme.

—Respondiendo a tu pregunta, Rafa —dije mirándolo—: tuve el mal impulso de atacar a la Bestia en su territorio —hice una mueca.

—¡Pero ¿vos estás loca?! —exclamó Gabriel.

—Lo sé, perdón; fue una mala idea —suspiré—. De igual forma terminamos empatados, ninguno ganó, solo que él contaba con el poder de encerrarme en una mazmorra y negarme la recuperación. Es por eso que tengo este aspecto —expliqué.

—Vaya, preciosa, no vuelvas a hacer eso nunca... —pidió Luvia y yo asentí.

—Podría reprocharte por horas, pero ahora debemos sacarte de aquí —habló Rafael—. Los hombres lobo siguen atacando la Tierra y esta casa está vigilada; no es seguro que te mantengas aquí.

—¿Hay algún plan para detenerlos? —pregunté mordiéndome el labio ante la idea de encontrarme nuevamente con Benjamín.

—Sí, lo hay, pero necesitamos que te recuperes para poder llevarlo a cabo —informó Gabriel—. Sos parte clave del mismo, pero tenés que empezar el tratamiento lo antes posible —aseguró mirando hacia el Cielo.

—Mi madre, ¿vendrá con nosotros? —pregunté mirando a mi pobre madre, que ya poco entendía de todo esto.

—Por supuesto —afirmó Luvia con una sonrisa—. La hemos excusado del trabajo y le hemos dicho a la familia de Vero que se pase por la casa de vez en cuando —hizo una pausa—. Por cierto, ¿dónde está Verónica? —preguntó, y vi cómo los ojos de Rafael brillaban de preocupación.

CAPÍTULO 34.

"Los celos son un rompecorazones, un desvanecedor del amor, la cosa que destruye antes de crear"

Jay-Z.

»——«•◦ ✻ ◦•»——«

Por más de un motivo, en aquel momento opté por encubrirla. Y no lo hacía porque su elección de bando estuviera mal, o porque estuviera en desacuerdo con ella. Muy por el contrario: de no haber sido tan idiotamente enferma de celos, era muy probable que hubiera tomado la misma decisión.

Pero no quería hacer más daño del que ya había causado, y tenía que pensar en Isaías, quien ya tenía demasiadas cosas que procesar. Él estaba enamorado de una mujer que lo había engañado, al menos en su mente, y su único y amado hijo resultó ser un cabrón bueno para nada que montó un plan de destrucción masiva a nivel mundial.

Como si eso fuera poco, tenía que cuidar el arma más revoltosa de la historia. O sea, yo, quien ponía su vida en peligro por simples berrinches. Además, debía entrenar para la inminente guerra que se desataría en cuanto la amenaza nefilim fuera eliminada. Después de sopesar bien el asunto, decidí que ya tenía mucho sobre sus hombros; no quería sumarle lo de Vero. Obviamente debía decirle; no podía ocultarle el secreto por demasiado tiempo. No debía olvidar que Ángel era el arma destinada contra él y debía estar prevenido, pero, de igual forma, lo haría con sutileza.

Hacía ya una semana que me encontraba alojada en una especie de chocita en el Cielo. Por supuesto, mi recuperación estaba casi al cien por ciento y ya podía moverme con agilidad y soltura. Aun así, Luvia insistía en que debía guardar reposo pues, según ella, las heridas internas no se ven, pero están.

En aquella semana ya nos habíamos introducido en octubre. Estaba más que claro que había tenido que abandonar la facultad ese semestre por razones obvias y externas a mis deseos. Mi madre había estado más curiosa que nunca y nos había sometido a Leuviah, a Rafael y a mí a extensos interrogatorios sobre lo que estaba sucediendo en el mundo, sobre mí y el porqué de estar implicada, sobre el mundo mágico y mucho, mucho más.

Le había contado la historia completa de la profecía que envolvía a mi familia paterna. Y, por supuesto, fue ahí cuando le revelé los motivos por los que Gonzalo nos había abandonado hace ya casi diecinueve años.

Alejandra, por increíble que parezca, lo tomó bien, alegando que siempre supo que la familia de su exmarido era demasiado excéntrica para ser normal. Le restó importancia al asunto con una encogida de hombros y un cambio de tema. Seguramente estaba en negación, pero no podía hacer nada al respecto más que darle tiempo.

Aun así, podía ver en sus ojos que, desde el momento en que le conté la verdad a mi madre sobre papá, algo se había vuelto a encender; algo que había perdido hace mucho. Era por ese motivo que aún no le había contado lo que había hecho Gonzalo por mí; no sabía cómo contarle que el hombre que alguna vez amó le había vendido el alma al Diablo.

Aquella tarde de octubre estaba luminosa; luminosa aquí en el Cielo, por supuesto. Yo sabía que las calles de mi querido Montevideo no debían de estarlo en absoluto. Al contrario, seguramente alguna tormenta de media estación las estaría azotando. Y eso sin contar a los aberrantes nefilims recorriéndolas una tras otra con grandes ansias de sangre.

Me encontraba sentada en un taburete fumando un cigarrillo y viendo cómo mi madre jugaba con un sudoku o un crucigrama para matar el tiempo. Estaba cavilando la opción de contarle a mi madre lo que realmente había sucedido en el Infierno. Necesitaba contarle la verdad a alguien, pero ya no tenía a mi Vero para poder confiarle las cosas a ella. De un momento a otro, me vi a mí misma decidida a contarle la verdad sobre que yo no había decidido qué bando tomar, y que terminé por decantarme en el que yo tenía más dudas.

—Madre —llamé su atención y ella levantó la mirada hacia mí.

—¿Qué pasa, cariño? —preguntó ladeando la cabeza.

—Debo contarte algo —mordí mi labio; la inseguridad volvía a apoderarse de mí. ¿Qué pensaría ella de lo que yo había hecho?

—Decime, sabés que podés contarme cualquier cosa —animó con una sonrisa.

—Lo sé; es difícil —suspiré y me tapé la cara—. Estoy muy avergonzada de lo que hice, mamá. Muy, pero muy avergonzada —gimoteé.

—¿Qué fue lo que hiciste tan malo que te avergüenza tanto? —preguntó ella con suavidad—. No creo que sea tan malo.

—¡Oh, sí lo es! —gemí.

—Anda, contame, y luego te diré si debés estar avergonzada o no —animó tiernamente; yo asentí y tomé aire.
—Mamá, en el Infierno... En el Infierno las cosas no sucedieron tal cual las relaté cuando llegué hace una semana —mordí el carrillo de mi mejilla derecha.
—¿Y qué sucedió entonces? —preguntó ella alzando una ceja.
—Pues es cierto que Kelian, o sea la Bestia, y yo peleamos de manera muy dura, que nos hicimos un daño tremendo y que luego fui echada a una mazmorra —hice una pausa—. Pero no fui echada a una mazmorra porque Lucifer fuera un tirano que defendió a su hijo a pesar del mal... Fui echada a una mazmorra porque me lo merecía —cerré los ojos.
—¿Por qué decís que te lo merecías, hija? Nadie merece algo así —inquirió ella regalándome una pequeña sonrisa.
—Yo sí, yo sí me lo merecía... —la miré a los ojos—. Fui encarcelada por traición, mamá, no por agresión —suspiré—. Ellos creyeron que yo los había engañado para acercarme a la Bestia y tomarlo desprevenido, creyendo que mentía cuando afirmaba que aún no había elegido al lado de quién pelear. Pero yo no mentía; en realidad, yo no había elegido bando, solo fue una confusión.
—¿Y si no habías elegido bando, por qué creyeron lo contrario? —frunció el ceño profundamente mi madre.
—Porque, enojada, se lo escupí a la cara a Kelian mientras discutíamos. Inventé que yo tenía bando seguro, el bando celestial, para herirlo —confesé apenada—. Y luego se dio la pelea, la cual inicié yo, y todo pareció cerrar.
—¿Por qué hiciste todo eso, cariño? —preguntó mi madre con cara de desaprobación.
"Porque soy idiota", pensé para mí.
—Por celos, mamá. Por celos —bajé la mirada a mis manos.
—¿Por celos? Pero ¿de qué hablás, Maite? —me miró sin entender.
—Sí, mamá; por celos —tomé aire lentamente—. Yo estaba celosa de Kashdejan, la médico más poderosa del Infierno, pues veía que entre ella y Kelian había una relación demasiado estrecha... —miré a mi madre apenada—. Entonces le dije sobre mi elección de bando, falsa por supuesto, para herirlo. Pero lo peor fue cuando descubrí que ellos verdaderamente son amantes, amigos con derechos o lo que sea. Oí los gemidos de ella tras su puerta —mordí mi labio—. Me desmoroné, mamá. Está mal lo que hice, pero estaba cegada.

Lo ataqué; lo ataqué por rabia, por celos... —hice una breve pausa—. Pero no por ningún motivo bélico; nada de esta guerra tiene que ver con ello...

Lágrimas fugitivas trazaban ríos por mis mejillas.

—Vaya, hija, sos un verdadero desastre... —comentó ella sin poder creer lo que estaba escuchando.

—¿Sabés qué es lo peor de todo? ¿Lo sabés? —pregunté ahogada en mi propio llanto.

—¿Qué, amor? —preguntó en respuesta, acercándose a mí para abrazarme.

—¡Que lo amo, mamá! —exclamé—. ¡Lo amo como a nadie! ¡A la mierda! Lo amo más que a mí misma... ¡Amo a ese grandísimo bueno para nada! —sollocé—. Y lo herí... Lo herí por un simple berrinche, y ahora me odia —gimoteé—. No me lo va a perdonar; jamás lo hará...

—Él te engañó una vez... Utilizó tu desconocimiento a su favor con fines bélicos, ¿no es así? —dijo ella y yo asentí—. Bueno, y vos lo perdonaste —me miró a los ojos—. Porque es obvio que lo perdonaste —sonrió—. ¿Qué te hace pensar que él no te perdonará a vos?

—¿Vos perdonarías a quien intentó matarte? —pregunté en respuesta.

—Yo perdoné a tu padre... ¿No es así? —contestó ella con una tierna sonrisa, y por unos cuantos minutos nos quedamos en un completo silencio.

Ella tenía razón. Ella había perdonado a papá por intentar matarme en cuanto se enteró de los verdaderos motivos que lo atemorizaban. Pero, aun así, mi caso era distinto. Yo no tenía una justificación válida para lo que había hecho; solo un magistral ataque de celos.

—Sobre papá... —hablé sin concluir lo que diría.

—¿Qué pasó con tu padre? —vi la preocupación reflejada en sus verdes ojos.

—Él está en el Infierno... —susurré y ya no pude hablar más.

—¿¡Cómo!? —se exaltó ella.

—Sí, pues... —me mordí el labio—. Para que yo pudiera salir, alguien debía ocupar mi lugar —hice una pausa—. Por eso papá, en cuanto se enteró, le vendió su alma al Diablo para poder comprar mi libertad —suspiré—. Fue como una especie de fianza.

—¡Oh, por el amor de Dios! —exclamó ella—. ¡Gonzalo, por Dios! —La angustia se había apoderado de su rostro—. ¿Qué le sucederá? ¿Qué le sucederá a tu padre, hija? —preguntó con clara desesperación.

—No lo sé, mamá; no lo sé —sollocé.

—Quién sabe qué le estarán haciendo... —balbuceó ella con la voz casi muerta.

Yo iba a contestar aquello, pero el ruido de la puerta al abrirse captó de inmediato la atención de nosotras dos. Cuando vimos quién era, ambas suspiramos pues, por un momento, temimos que algún arcángel hubiera escuchado nuestra conversación.

—Luvia —dije a modo de saludo, con un suspiro de alivio.

—Hola —saludó cerrando la puerta tras de sí y echó un vistazo por la ventana.

—¿Qué te trae por aquí? —preguntó mi madre.

—Yo... —miró a su alrededor—. Solo vine a ver cómo estaban —se mordió el labio—. Pero al llegar no pude evitar escuchar lo que decían —se encogió de hombros—. Espero no se molesten por ello —pidió—. Mejor yo que cualquier otro.

—En eso tenés un punto —concedí, aliviada de que no estuviera molesta.

—En fin, vaya en qué lío te has metido, May; ahora pertenecés a este bando por haberte peleado por celos con el otro —comentó negando con la cabeza.

—Ni me lo repitas — pedí con un gemido—. ¡Soy un desastre!

—No te lo discutiré —frunció la nariz y se sentó en un taburete—. Si querés puedo ayudarte; Lili puede intentar contarle a Kelian la verdad —ofreció.

—No le va a creer —afirmé—. No gasten pólvora en chimangos.

—Estoy segura de que él está sufriendo tu pérdida tanto como vos la de él... —miró hacia la nada—. Se podía ver el amor en sus ojos cada vez que te miraba.

—Si me amara, no se acostaría con Kashdejan estando yo a pocas habitaciones de la de él —escupí cruzándome de brazos.

—Eso no tiene nada que ver; no en el Infierno. Ahí son mucho más liberales; el sexo es cosa de todos los días, es normal. Lo hacen cuando se aburren, cuando tienen ganas, para descargar tensiones o por cualquier otra cosa —se encogió de hombros—. No significa que haya amor entre quienes llevan a cabo el acto —explicó.

—¿Cómo es que sabés eso? —pregunté frunciendo el ceño.

—Lili me lo contó —se encogió de hombros—. Usa eso como argumento para afirmar que no tendremos sexo hasta no estar casadas, para que yo no pueda pensar que no soy especial para ella —comentó—. Yo qué sé, son cosas de demonios... —dijo restándole importancia, pero sin poder evitar que los colores se le subieran a la cara.

Entonces recordé las veces que él se había alejado de mí. Lo había hecho justificándose en el hecho de que no quería traicionarme y ganar la guerra. Fue entonces que me di cuenta: todas esas veces que se alejó de mí, él quería demostrarme de esa manera que me quería, negándose a sí mismo el hacerme suya...

—Vaya... —fue lo único que pude decir y miré a mi madre, quien estaba con los ojos como platos, un poco perturbada.

—Perdón... —se disculpó Alejandra—. A veces me olvido de que May no es más una niña, y ahora ustedes están hablando de sexo con tanta naturalidad que me perturbó un poco.

—Mamá, no te preocupes; soy virgen aún —consolé y ella sonrió—. De igual forma... —le hablé a Luvia—, me sigue doliendo —hice una mueca—. Además, ya están todas las cartas jugadas; no hay vuelta atrás.

—Te entiendo; debés asimilarlo de a poco —hizo una pausa—. Nunca creas que está todo perdido; la vida te puede sorprender —sonrió—. Bueno, en fin, nunca les dije por qué las interrumpí —hizo una mueca—. La cosa es que, al notar su angustia por lo de tu padre, decidí entrar a explicarles lo que implica su trato.

—¿De verdad sabés lo que harán con él? —preguntó Alejandra con esperanza.

—Ajá —asintió Luvia—. Lili también me explicó eso, pues ella fue la que convenció a Gonzalo de que lo hiciera —yo asentí para que prosiguiera—. Cuando alguien hace un pacto con el Diablo, no es como muestran en las películas, que te ves obligado a ser el sirviente de Satanás por el resto de la eternidad —sonrió—. Gonzalo a lo que se comprometió es a pelear a favor del bando infernal. Eso no significa que vaya a la batalla, sino que aportará con sus conocimientos a la producción de armas, el ejército y otros, mientras vive en el Infierno y será considerado como un ciudadano más —hizo una pausa—. O sea, tendrá una casa, trabajo e incluso

podrá formar una familia; solo cambia su domicilio —sonrió—. Es como si le hubieran conseguido un nuevo empleo.
—Entonces, si es así... ¿de qué les sirve? —preguntó mi madre.
—Por cada pacto que el Diablo obtiene, la fuerza de su ejército aumenta en un gran porcentaje; ese es el verdadero motivo.
—Vaya, solo es como una batería; nada le harán... —suspiré—. No sabés el peso que me sacás de encima; gracias.
—No me lo agradezcas, querida —sonrió.
Ahora podía respirar. La sola idea de que mi padre fuera atormentado por mi culpa me descomponía. Me di cuenta de que había estado en un error al juzgar de aquella manera a Lucifer. Lo había conocido y no lo veía capaz de infligir una tortura a un hombre inocente; al menos eso era lo que él me había dejado ver. Por otra parte, tal vez Kelian sí fuera capaz de algo así. Él llevaba siempre en su mirada un rencor alojado y profundamente arraigado que yo quería suponer que venía a raíz del asesinato de su madre. Eso lo convertía en un ser capaz de hacer cosas malas, pero yo no era capaz de saber hasta qué punto.
Nos quedamos un rato más charlando sobre el bando infernal cuando ella cambió el rumbo de nuestra conversación hacia el tema de Benjamín. Yo había tratado de evitar ese punto, pero era obvio que sería imposible evitarlo por siempre.
—Rafael me contó lo sucedido con tu ex —comentó—. Lo siento mucho; no lo vi venir —se disculpó apenada.
—No te preocupes; nadie lo hizo —me encogí de hombros.
—Se ha vuelto un maniático —balbuceó—. Está arrasando con la Tierra solo para encontrarte —negó con la cabeza.
—No se ha vuelto; ya lo era —afirmé con voz grave—. ¿Se está haciendo algo? —pregunté angustiada.
—Sí; por primera vez en la historia ambos bandos pelean por una causa común —sonrió—. Los hombres lobo nefilims están casi controlados, pero no hemos podido atrapar a Benjamín.
—¿Van a hacer algo al respecto? —pregunté mordiéndome el labio.
—Sí, y ese algo sos vos —afirmó—. Rafael tiene un plan y vos estás implicada —comentó mirando por la ventana.
—¿Cuál es el plan? —inquirí alzando una ceja.
—No lo sé; él aún no lo ha revelado.
—Supongo que si Rafael lo hizo, será efectivo —me encogí de hombros y la conversación se detuvo ahí.

Luvia se fue pues tenía una cita con Lilian; la despedí deseándole suerte y ella me prometió traerme noticias del Infierno. Era seguro que la vampiresa le haría saber todos los chimentos que se hicieran conocer allá y más.

Luego de que ella se fuera, decidí recorrer algunos caminos cercanos a nuestro alojamiento pues era lo más lejos que tenía permitido. Resultaba increíble que los cuentos de hadas fueran verídicos en su descripción del Cielo. Tal como se mencionaba en ellos, las calles de aquel lugar eran de nubes, el oro rebosaba por todas partes y, por supuesto, la paz reinaba. Este último punto era el que más me perturbaba. Los ángeles sonreían demasiado para estar inmersos en una guerra que, día tras día, se cobraba vidas de una y otra facción.

Aun así, yo sabía que ellos no sonreían constantemente. Sabía que sentían nerviosismo, que lloraban, anhelaban, odiaban y un sinfín de otros sentimientos los embargaban. Pero no lo demostraban en público. Yo lo sabía únicamente por el estrecho contacto que mantenía con Leuviah y Rafael. Los ángeles en general, sin embargo, parecían llevar una máscara de felicidad y cordialidad pegada al rostro.

Observé a una madre y una hija con detenimiento; se encontraban en una especie de parque. La niña no tendría más de dos años y la madre sería unos dos o tres años mayor que yo. Bueno, si no tenía miles de años como Rafael, obviamente. Aquí nada se regía por las reglas de la naturaleza y todo era sumamente retorcido. Aquella madre parecía estar enseñando a su hija a volar, pero no estaba teniendo mucho éxito. Se nota que era una pequeña algo distraída y, tal vez, un poco rebelde. La niña dio un saltito y salió corriendo en dirección opuesta a la de su madre, la cual era la mía.

Me sobresalté cuando la pequeña se detuvo en seco y me miró fijamente con su pequeña carita envuelta en una melena de rizos negros y con sus ojos del mismo color. Ambas nos miramos hasta que la madre llegó hasta nosotras, apenada.

—Lo siento muchísimo —se apresuró a decir—. Mariáh es muy traviesa —hizo una pausa—. Soy Sarel —se presentó.

—No se preocupe; la travesura es normal en los demonios —contesté sin procesar lo que decía, y de inmediato me arrepentí. Era cierto que esa pequeñita tenía sangre demoníaca; lo había visto en ella cuando me miró, pero no estaba bien que lo dijera.

—¿Có... Cómo lo supo? —preguntó ella temblando.

—No se preocupe; no la juzgaré por amar a quien está prohibido —sonreí—. Lo vi en los ojos de la niña —expliqué—. Me llamo Maite, Maite Nazaret.

—¡Oh, Jesús! —Ella quedó pálida—. Sos la misteriosa hija de Yahvéh...

—Sí... —me removí incómoda ante la mención de mi linaje—. Pero prometo no decir nada; yo sé lo que es estar enamorada de un demonio —sonreí y me agaché para quedar a la altura de la niña—. Y vos, debés hacerle caso a tu mamá —la pequeña asintió con una sonrisa.

—¿De verdad no nos delatará? —preguntó la madre incrédula.

—Ella no, pero tal vez yo sí lo haga —habló una voz grave a su espalda y de inmediato la reconocí: era el inconfundible arcángel Rafael.

CAPÍTULO 35.

"Quien ama, delira."

Lord Byron.

»——«•◦✻◦•»——«

Rafael... justo Rafael sería quien delatara a esta preciosa niña. ¿Cómo podría él ser tan hipócrita? ¡No tenía autoridad moral para delatar a nadie! La mujer se dio vuelta y su cara se descompuso; sus piernas comenzaron a temblar y algunas lágrimas traicioneras escaparon de sus ojos.

—Isaías, no podés hacer eso —salí en defensa de esa pequeña familia de inmediato.

—Sí, podría tomar represalias por no haberme comunicado la existencia de la niña —arrugó la nariz; su tono de voz era extraño.

Ladeé la cabeza para observarlo, confundida.

—Yo... papá... Dejame que te lo explique —balbuceó temblando la muchacha.

Automáticamente, mi mandíbula cayó. ¿Cuántos hijos tenía Rafael? Este arcángel tiene más secretos que el FBI o la NASA. Pero, si me detenía a pensar, era lógico: él tenía casi tantos años como el mundo, no podía haber pasado todo ese tiempo solo. Los quedé mirando anonadada pues, ¿qué podría decir?

—¿Cuándo pensabas decirme, Sarel? —inquirió él con tono de reproche, alzando una ceja.

—No sabía cómo... —justificó ella—. Tu nunca estás; siempre vas de aquí para allá debido a tu rango y eso... —hizo una pausa—. ¿De verdad nos delatarás, papá? —cuestionó ella, temblorosa.

—Claro que no; sería realmente hipócrita si lo hiciera —sonrió—. Solo estoy enojado contigo por no haberme dicho que soy abuelo. Ven, pequeña.

Fue lo único que dijo. Mariáh corrió hasta él y lo abrazó como si lo conociera de toda la vida.

—Gracias por no delatarnos, papá; pensé que estarías completamente decepcionado... —habló ella bajando la mirada.

—Deberías haberte casado antes de tener un hijo; es lo único que puedo reprocharte —sermoneó haciendo una mueca—. ¿Quién es el padre?

—Oh, no me casé porque, ¿cómo haríamos eso? No es que pueda acudir a una iglesia con él —explicó—. Es Cimeria.

—Existe el matrimonio civil... —interrumpí yo e Isaías hizo un gesto de que estaba en lo correcto—. Conocí a Cimeria cuando estuve en el Infierno.

—Yo lo conozco por otros motivos —dijo él—. Es el General a cargo de las legiones infernales —hizo una pausa—. Está bajo la cadena de mando que encabeza Kelian —me comentó a mí.
—Él no es malo, papá —murmuró Sarel.
—En ningún momento he dicho que sea malo; estoy diciendo que no nos llevamos muy bien —hizo una pausa—. Aunque yo no me llevo muy bien con nadie en el Infierno.
—Sí te llevás muy bien con alguien en el Infierno... —musité.
—Me encantaría que me ilumines, puesto que no sé de qué hablas —contestó taciturno.
—Verónica está en el Infierno —sonreí de costado.
—Pero Vero se quedó allí atrapada —contradijo cruzándose de brazos, mientras Sarel nos observaba frunciendo el ceño.
—No, ella no se quedó atrapada. Ella eligió al bando infernal, que es distinto —confesé y apreté los ojos. Listo, lo había dicho; no había marcha atrás.
—Vaya... Bueno, entonces sí me llevo bien, por así decirlo, con alguien de ahí... —musitó consternado; se podía ver el dolor en sus ojos.
—¿Quién es Verónica, papá? —preguntó Sarel frunciendo el ceño.
—Mi novia, o algo así; estamos peleados, pero es mi novia —le dijo tranquilamente a su hija con un ademán, sin darle la suficiente trascendencia al hecho. Estaba estupefacto.
—¿Cuándo pensabas decirme que tenías una sustituta para mamá? —inquirió ella, cruzándose de brazos.
—Sarel, no seas injusta; tu madre murió hace tres mil años —replicó y meció a la niña, que estaba por quedarse dormida.
—Yo lo sé, pero... —no terminó de hablar.
—Hija, yo amé a tu madre, la amé un montón; pero ya no está, y es hora de que reconstruya mi vida —sonrió con pesar—. Además, estoy seguro de que Vero te caerá bien.
—¿Eres feliz junto a ella? ¿La amás? —preguntó la chica en un susurro.
—Mucho —contestó él.
—Entonces no hay más que decir... —habló ella y suspiró. Él le entregó a la niña ya dormida—. Sé feliz, papá, y presentala algún día... —dijo, y luego se despidió para marcharse.
La vi alejarse hasta que desapareció, y ahí fue cuando miré fijamente a Isaías y coloqué mis manos en la cadera.

—Dime la verdad: ¿cuántos hijos tienes, Isaías Rafael? —alcé el mentón, inquisitiva.
—Por ahora, dos; y ya los conociste a ambos —desvió su mirada hacia mí.
—¿Pensabas decirle a Vero sobre Sarel? —inquirí alzando una ceja.
—¡Por supuesto! —afirmó—. Sarel es mi hija legítima, estuve casado con su madre; es obvio que jamás la negaría.
—Vaya sorpresa se llevará Vero... —musité.
—Se van a llevar bien —asentí ante su comentario—. Bueno, primero debería llevarme bien yo con ella —suspiró—. Ahora decime: ¿qué es eso de que mi Vero eligió al otro bando?
—Mejor vamos; te lo diré en casa.
No pronunciamos más palabras y caminamos a paso lento hasta la chocita donde me encontraba alojada junto a mi madre. Entramos, cerramos puertas y ventanas, escudriñamos los alrededores y, cuando estuvimos seguros de no tener espías, nos sentamos en dos taburetes.
—Dime: ¿qué pasa con Vero? —reinició el diálogo.
—Es simple: está enojada contigo —contesté encogiéndome de hombros—. Muy, muy enojada —hice una pausa—. Te extraña, te necesita y vos no estás porque te ofendiste y ni siquiera la dejaste explicarse.
—Ella me engañó —protestó con indignación.
—No, ella fue violada —dije, y el rostro de Isaías palideció.
—No bromees con cosas como esas... —balbuceó él.
—No bromeo, Rafael; así fue. Ella no recuerda mucho cómo fue, pero sabe que la drogaron y la violaron cuando estábamos en Brasil —me mordí un carrillo de la mejilla—. No debería ser yo quien te diga todo esto, pero no me dejan opción —suspiré, frustrada.
—¡Soy un grandísimo idiota! —gimió agarrándose la cabeza.
—Lo sos; no lo negaré —hice una pausa—. El problema ahora no es solo ese; ahora también la tenés en el bando Infernal por su decisión —lo miré—. Lucifer en persona le ofreció pertenecer al bando infernal y ella aceptó.
—Él debe estar planeando algo... —afirmó.
—Lo está, claro que lo está —dije sarcástica—. Rafael, él tiene a Verónica; él la tiene, por lo tanto te tiene a ti. Es una estrategia genial.

—Lo sé... —se mordió el labio superior—. Pero no puedo hacer nada, absolutamente nada... —resopló—. Me ganó; no haré nada que pueda provocarle a ella daño alguno —dijo a modo de rendición.

—¿Qué harás? —pregunté dubitativa.

—Intentaré que me perdone —afirmó.

—¿Cómo harás eso?

—Iré hasta el mismísimo Infierno —me miró.

—Te acompañaré —afirmé.

—Lo sé —asintió y nos miramos por unos segundos realizando un pacto—. Iremos al Infierno luego de vencer a Benjamín.

—Con respecto a eso... ¿cuándo nos pondremos en movimiento? —pregunté—. Cada día que pasa son decenas de vidas perdidas.

—En ocho días nos pondremos en movimiento; solo necesitamos ocho días más para pulir el plan —comunicó.

—¿Y cuál es el plan? —pregunté temerosa de lo que podría escuchar.

—Una emboscada —sonrió.

—Explicate —pedí.

—Estamos trabajando, justamente con Cimeria, en esto —comentó —. El plan es así —hizo una breve pausa—. Buscaremos un lugar alejado de la ciudad para evitar destrozos; ahí irás vos escoltada por una pequeña patrulla de demonios.

—Seré una carnada... ¿verdad? —inquirí alzando ambas cejas.

—¡Exactamente! —sonrió—. Ellos le mandarán una misiva para decirle que te han capturado y que quieren entregarte a sus manos; entonces el lugar de entrega será el que ya te comenté —explicó—. Él no es tonto y se asegurará de que no haya más demonios custodiando. Pero lo que no podrá notar es el portal abierto en el Cielo, donde los ángeles estaremos prontos para caerle sobre su cabeza —sonrió—. Dudo que se salga con la suya.

—¿Qué harán con él cuando lo atrapen? —pregunté frunciendo el ceño.

—Darle muerte; a eso está condenado —tomó aire. Yo sabía que esto le dolía en el alma. Podía comprenderlo; por más cretino que fuera, era su hijo.

—¿Estarás bien? —pregunté mirándolo a los ojos.

—Lo estaré —sonrió—. No te preocupes por mí.

—Vale, no lo haré... —sonreí con pesar—. ¿Rafael?

—Decime —me miró.

—Gracias —sonreí.

—No hay de qué —sonrió y luego se paró—. Debo irme, tengo mil asuntos que resolver —puso los ojos en blanco—. Oye, decile a Luvia que, a través de Lili, le haga llegar a Verónica que la amo y que pido su perdón. ¿Lo harás?
—Claro, pero ¿vos sabés de Luvia y...? —Ahí terminé la oración.
—Claro; un día iba para tu casa y las vi juntas en tu sala; todo cerró —sonrió de costado—. Al menos me alegra que Luvia sea feliz por fin.
—Sabes, eres todo un misterio —comenté—. ¿Para qué bando jugás? —pregunté alzando una ceja inquisitiva.
—Ese es el problema: tal vez no juego más. Tal vez ya no quiero que haya bandos —suspiró—. Estoy harto de esta guerra, Maite; realmente harto.
—Fingís muy bien, ¿sabes? Todo este tiempo pensé que eras un guerrero inquebrantable del bando celestial —sonreí de costado.
—Solo debía guardar ciertas formas —confesó—. Si pasaba desapercibido, no pondría en riesgo la vida de Ben a causa de una investigación. Pero ya a esta altura... ¡me importa una mierda!
—¡Rafael, eres noble, muy noble! —afirmé.
—Gracias.
Fue lo último que dijo y luego se marchó. Automáticamente, mi cabeza empezó a darle vueltas a toda la información que había recibido. Era hasta escandaloso: Rafael tenía una hija y una nieta, no estaba a favor de la guerra y aún mantenía su intenso amor hacia Verónica. Todo eso oculto bajo la fachada de la gran posición dentro de la jerarquía del ejército celestial.
Era una locura. Alguna vez creí conocer a este arcángel, pero realmente ya no sabía qué esperarme. Pero de algo estaba segura: tenía un aliado más en quien confiar. Quién lo diría: aquel chico que tanto me perturbaba, que quería apartar del lado de mi mejor amiga a toda costa, unos meses después se había vuelto uno de mis mayores aliados.
¿Aliados para qué?, se preguntarán. Aliados para sobrevivir a esta guerra, tratando de que los daños colaterales sean los menores posibles. En la guerra siempre había bajas, pero trataría que fueran las mínimas. Yo no tenía oportunidad de cambiar mi futuro; mis acciones me habían condenado al bando celestial y ahora debía luchar para mi padre.

Pero aun así, eso no implica que no luchara para que la guerra se terminara cuanto antes y con el menor derramamiento de sangre posible, claro, si eso era una opción.

Recordé lo que Luvia me había dicho: según ella, Kelian me quería; pero yo realmente dudaba que eso fuera cierto a esta altura. Puede que algún día haya sido real, pero todo había cambiado sin más. Me dolía; me dolían mis errores, mi estupidez, todo. Mis decisiones habían sido las incorrectas... o tal vez no. Tal vez, como yo lo había afirmado delante de él tantas veces, estábamos destinados a ser enemigos mortales.

Sabía cómo tenía que acabar esta guerra: debía eliminar a la Bestia; debía matar a Kelian antes que el derramamiento de sangre comenzara. Si yo ganaba antes que los bandos chocaran, no habría enfrentamiento, nadie más moriría. El mundo seguiría igual, pero no significaría la extinción de uno de los bandos. Debía hacer un sacrificio, decía mi profecía, y sabía cuál era... Debía matar mi alma en el momento que le diera muerte a Kelian.

Miré por la ventana, taciturna. Tenía hambre; mi madre preparaba la cena. Esperé pues no me quedaba de otra; mi única opción ahora mismo era esperar. Esperar la cena, la emboscada, la muerte de mi amado... esperar, solo esperar.

El sol se puso, o algo así; de lo único que estaba segura era de que la noche se había erguido en el cielo de aquel Cielo. Me senté en la puerta de la pequeña chocita, taciturna, esperando a que de algún lado me vinieran poderes sobrenaturales o la iluminación cósmica que me permitieran saber cómo parar la guerra, no cómo ganarla, sino cómo pararla.

Sabía que era imposible: Lucifer no se sumiría ante Dios, y Dios no se rendiría; no lo haría porque simplemente es Él, el Amo de todo y de todos, tiene el poder para no rendirse, menos ahora que me tiene a mí. Sentí un escalofrío, como aquellos que sentía cuando estaba en la Tierra y Kelian me acechaba envuelto en aquella sombra negri-roja. Negué con la cabeza; lo extrañaba tanto que mis sentidos comenzaban a alterarse.

Daría lo que fuera por ver los ojos rojos de aquella figura infernal que había resultado ser solo el disfraz de la Bestia para jugar a los detectives. Pero sabía que era imposible, rotundamente imposible. Él no estaba aquí, él no podía entrar al Cielo; él estaba muy lejos de mí, tanto en cuerpo como en alma.

Sentí mis lágrimas caer. Estaba harta de toda mi vida, de todo lo que sucedía en ella; estaba harta de mis malas decisiones. ¿Quién me mandaba a mí a celar cuando no tenía derecho a nada? Yo misma lo había despreciado. Le había dicho la verdad: había y hay una parte de mí que lo odia, que es una parte comandada por mi sangre. Pero el resto de mí, el resto de mi cuerpo y de mi alma, lo amaba hasta el último átomo. Y ahora lo había perdido.

La brisa nocturna se agitó y, como una leve caricia, rozó mi rostro, secando las lágrimas en el acto. Cerré los ojos; el toque del viento se sentía demasiado cálido, conocido, familiar. Demasiado familiar para ser real.

Abrí los ojos como platos. La gargantilla en mi cuello estaba caliente, muy caliente. Subí mi mano hasta el dije y lo apreté entre mis dedos como ya me estaba acostumbrando a hacer. Un cuarto oscuro; ya había estado aquí antes. Giré sobre mis talones; pude reconocer la habitación, pero ¿cómo había llegado hasta allí? Miré el medallón que colgaba de mi gargantilla; este brillaba en un intenso color rojo, demasiado rojo.

Escruté la habitación nuevamente; no había nada allí además de las características rosas rojas. "Conocimiento", pensé para mí. El medallón proporcionaba conocimiento, y eso estaba haciendo ahora. Yo deseaba saber de Kelian, deseaba verle, y el medallón me había trasladado a su habitación de alguna manera. Me detuve frente a una rosa pero, cuando fui a tocarla, no pude; yo no era corpórea, yo estaba ahí solo como una proyección de mi propio ser.

La puerta del baño se abrió y, ¡por el amor de Dios!, Kelian salió por la puerta; salió con solo una maldita toalla amarrada a la cintura. Mi pulso se agitó y observé perpleja y extasiada cómo él se acercaba a la cama. De un momento a otro se detuvo, miró a su alrededor y frunció el ceño.

—¿Hola? —pronunció. Había detectado mi presencia pero no podía verme; no había forma de que pudiera hacerlo—. Sé que hay alguien ahí —volvió a hablar y a mí se me escapó una risita.

Sus hombros se tensaron y sus pupilas se dilataron.

—Lo sabía; salí de donde estés —me había escuchado; no podía verme pero sí escucharme.

Me acerqué a él y rocé mi mano en su mejilla. Nada; nada sucedió, no podía tocarle. Mordí mi labio; haría alguna travesura, tenía que divertirme aunque sea un rato.

Invoqué mi magia; la magia es parte del alma, por lo que no se necesita el cuerpo para trabajar con ella. La invoqué y provoqué una leve brisa, lo bastante fuerte para cumplir su cometido: arranqué la toalla de Kelian de sus caderas y la aventé al otro lado de la habitación. Él se sobresaltó y miró a todos lados. Pude ver cómo terminaba de tensarse.

—¡Qué demonios! —le oí exclamar.

Yo ahogué un grito al verlo completamente desnudo; el corazón se me aceleró y mis piernas temblaron. Sentí cómo mi temperatura corporal aumentaba, y no era para menos. Él era perfecto, jodidamente perfecto en todos los sentidos. Mi corazón comenzó a latir demasiado fuerte y tragué saliva. Él estaba mirando hacia la dirección en la que me encontraba; me había ubicado. Estrechó los ojos y se me acercó, sin saber a quién se acercaba.

—¡Puedo escuchar su corazón, sé que está ahí, déjese ver! —exclamó él y yo temblé; sin embargo, no me alejé.

Coloqué mis invisibles e insensibles manos sobre su pecho, como si pudiera tocarle, y lo miré fijamente a los ojos. Comencé a respirar sonoramente para que él pudiera escucharme, y así lo hizo. Se tensó. Me acerqué a su oído y solamente susurré: "Me gustás muchísimo más sin ropa".

Él se sobresaltó, sus ojos quedaron como platos y miró a su alrededor.

—¿Maite? ¿May? ¿Eres tu? ¡Joder! ¡Si eres tú dejá tus bromas!

Vi en su cara un conflicto de emociones; vi tranquilidad y miedo, vi odio y amor. Una parte de él quería que fuera yo y otra odiaba esa idea.

—Te quiero —susurré en su oído y vi cómo un escalofrío lo atravesaba.

—Eres tu, lo eres... —susurró agarrándose la cabeza y cayendo al suelo de rodillas para comenzar a llorar.

Estaba claro lo que sucedía: él creía que se estaba volviendo loco. Todo se volvió oscuro y, nuevamente, me encontraba sentada en el umbral de mi choza en el Cielo.

CAPÍTULO 36.

“Ser libre no es sólo deshacerse de las cadenas propias, sino vivir de una forma que respete y mejore la libertad de los demás.”

Nelson Mandela..

»——«•◦❋◦•»——«

Lo había visto. A pesar de que las probabilidades de que eso sucediera fueran tan reducidas que podría considerarlas nulas, yo lo había visto. Había estado con él, aunque sea unos minutos, aunque él no lo supiera.

Sabía que lo extrañaba, pero no sabía hasta qué punto. La sensación que se había arraigado en mi pecho al verle fue inexplicable: mil sensaciones, mil sentimientos amotinados en un espacio tan reducido, tan condenadamente pequeño. No había que pensarlo mucho para saber que se había producido una presión tal que, por instantes, creí que mi corazón explotaría.

A pesar de lo gustosa que me sentía ante el hecho de volver a verlo, había dos estúpidas cuestiones que rondaban en mi mente cual moscas en la basura. La primera, como es obvio, era mi reciente —y no tan reciente— decisión de darle muerte en la batalla final. Porque debía hacerlo, pero no quería hacerlo en lo absoluto. La segunda era un poco menos obvia, pero casi tan molesta como la primera: el hecho de saber que él se revolcaba con Kashdejan y quién sabe con cuántas otras más. Solamente la idea de sus manos en otra mujer me causaba náuseas, pero no podía cambiarlo; quizás fuera una costumbre, quizás fuera normal, pero seguía sin poder aceptarlo.

Había optado a esta altura por dejar de escuchar a mi mente. Entre sus pensamientos retorcidos y sus ya insoportables pesadillas sangrientas por las noches, enloquecería de un momento a otro si no conseguía controlarlos u omitirlos.

-

Cuatro días habían pasado desde que lo había visto. Cuatro días con la imagen mental de él tal como había sido traído al mundo, parado en medio de su habitación. No voy a decir que la imagen me atormentara; muy por el contrario, era bastante gratificante dentro de la gran pulcritud que cubría este lugar. Solo de recordar esos perfectos músculos contonearse sobre sus extremidades, esos perfectos abdominales manchados de tinta que seguían el compás de sus movimientos... joder, me ponía demasiado caliente para estar viviendo en el Cielo.

En esos cuatro días había comenzado una especie de entrenamiento relámpago para poder darle rapidez a mis músculos, por si la trampa para Benjamín no salía tan bien como la imaginábamos y teníamos que recurrir a la batalla. Rafael y Luvia se habían convertido en mis anclas en aquellos momentos, pues permitían que soñara pero me traían constantemente a la realidad.
Esa tarde de jueves me encontraba recostada en mi cama mirando el techo de aquella especie de choza; realmente tenía la mente completamente en blanco pues ya estaba cansada de darle tantas vueltas a las cosas y me había obligado a que así fuera. Mi madre se encontraba también recostada en su cama, cerca de la mía, pero ella no derrochaba tanto su tiempo. Había conseguido libros en una especie de biblioteca de aquí, del Cielo, y se los había traído y amontonado a los pies de su cama; por lo que siempre que no estaba cocinando o paseando por las "fantásticas calles de este lugar", como ella las llamaba, estaba leyendo sus ahora preciados libros.
—¿Qué leés? —pregunté, pues el silencio abrumador me estaba matando en ese punto. Ella despegó su mirada de las páginas del libro y contestó.
—Dickens —sonrió—. Oliver Twist.
—¿Sociedad hipócrita? —pregunté, alzando una ceja ante la temática elegida.
—Bueno, creo que alguien dijo por ahí: "Cualquier parecido con la realidad es pura coincidencia" —sonrió abiertamente.
—¿A qué sociedad te referís, mamá? ¿A la nuestra, a esta o a la del Infierno? —pregunté mirando el techo con clara curiosidad. Mi madre parecía fuera de todo, pero siempre sabía lo que ocurría a su alrededor.
—Cariño, la hipocresía es uno de los motores del mundo humano; sin ella explotaría —se rio—. Pero los niveles de esta en el Cielo son hasta vergonzosos —me miró—. Todos aquí esconden cosas, todos aquí tienen historia. Sin embargo, todos fingen ser sumamente felices y extremadamente pulcros. Y, como si fuera poco, castigan al que por algún viento loco se le levanta la falda y deja ver las cosas que esconde.
—Lo sé; los he observado —confirmé yo.
—Por eso he elegido el libro; me pareció bastante paradójico —explicó.

—Buena elección —dije yo.
Y lo era; mi madre siempre había sido una gran amante de la literatura y sabía hacer este tipo de cosas: elegir el libro correcto según la situación en la cual estuviera viviendo era una cualidad digna de admirar. Mamá volvió a sumergirse en el mundo de Dickens dejándome a mí en aquel mundo blanco que comenzaba ya a enfermarme de los nervios. Di un par de vueltas sobre mi cama y entonces escuché unos cuantos golpes en la puerta.
Con pesadez me levanté y caminé mientras me desperezaba y, cuando por fin la abrí, mi mandíbula cayó al ver quién estaba allí, o mejor dicho, quiénes estaban allí. Ambas me sonrieron y se apresuraron a entrar sin siquiera dejarme procesar la imagen o saludarme. Me eché a un lado y cerré la puerta.
—¿Qué hacen aquí? ¿Cómo es que llegaste hasta aquí? —pregunté incrédula.
—No ha sido difícil burlar las defensas del Cielo para mí —sonrió con picardía—. Una capa de invisibilidad y un coqueteo sutil con los guardias de la puerta y listo.
—Yo hubiera preferido que no coquetearas, Luvia —protestó la amante.
—Oh, vamos, Lili; fue efectivo —sonrió.
—Bueno, eso ya no importa —dije interrumpiendo una posible riña —. ¿Qué hace ella aquí? Es sumamente peligroso, Luvia, y lo sabés mejor que nadie.
—Es que ella tenía que hablar contigo, y era más fácil traerla aquí que llevarte allá —explicó mi guardiana encogiéndose de hombros.
—Vale, me rindo, par de inconscientes —suspiré sentándome en un taburete—. Siéntense —invité y ellas lo hicieron.
—Verás, May, había algo que me perturbaba de lo sucedido en casa —comenzó a hablar Lilian—. ¿Vos atacando a Kelian? No tenía sentido. Te conozco; sé de primera mano que te gusta, que se gustan, y me estoy quedando súper corta. Puedo, incluso, atreverme a afirmar que se aman.
Yo la miré bastante sorprendida; no esperaba que ella se hubiera dado cuenta o, al menos, no esperaba que yo fuera tan transparente. Ante eso, mis mejillas se encendieron.
—Yo no hablaría de amor... —balbuceé rápidamente interrumpiendo.

—Silencio —regañó ella riendo—. No me contradigas porque lo que yo digo es cierto, May; se nota —sonrió—. Bueno, en fin, que no me cerraba; entonces mi querida Luvia me comentó sobre tu supremo ataque de celos nivel hija de Dios y lo entendí todo... —puso los ojos en blanco—. Sé que sobre eso hay poca cosa que hacer; yo no puedo convencer a Kelian de que no estabas con este bando cuando lo atacaste —se encogió de hombros—. Te viniste a vivir al Cielo e hiciste la declaración que hiciste... —suspiró con frustración.

—Entonces, si no es posible hacer nada... ¿por qué te has arriesgado a venir hasta acá? —pregunté totalmente desconcertada—. ¡Es sumamente peligroso, Lili!

—Lo que me trajo hasta aquí es lo siguiente... —hizo una pausa—. Con todo el lío, Lucifer terminó rompiendo el trato que mantenía contigo —yo asentí con pena—. Bueno, como sé que a ti te hubiera gustado conocer cómo es que vive realmente la gente del Infierno, he decidido ser yo quien sea tu guía por aquellas tierras —sonrió.

—¿Por qué harías eso? —pregunté frunciendo el ceño.

—Primero, porque vos querés conocer esa realidad; estás mirando todo con un solo ojo si no conocés toda la información. Y segundo —sonrió soñadora—, pues porque tal vez llegue a convencerte de cambiar de bando; no sé, es una pequeña esperanza que albergo.

—Pero no es que eso pueda suceder así como así —dije mirándola con pena—. En el Infierno no me quieren.

—Bueno, llegado el momento, sabrás qué hacer. ¿Vendrás conmigo hasta el Infierno?

—Vaya, qué escalofriante proposición —dije y todas reímos—. Sí, Lili; iré contigo.

—¡Pero procurá cambiarte de ropa! Parecés un serafín que toca el arpa con esa toga blanca, las sandalias doradas y la vincha de oro —se escuchó la voz de mi madre desde el cuarto, quien había estado escuchando todo. Nos echamos a reír.

—Sí, mamá; prometo vestirme como una mujer —respondí sonriendo.

—Menos mal; no vaya a ser que te vistas de hombre, querida —contestó ella divertida y volvimos a reír.

—Bueno, cuídense; yo me quedaré aquí con tu madre, linda —habló Luvia—. Así puedo atender la puerta por si algún guardia viene a molestar por aquí.

—Gracias, Leuviah; sos la mejor guardiana de la historia —sonreí.

—¡No exageres! —dijo y me dio un abrazo.

—Bueno, vámonos de aquí —afirmé saliendo del abrazo de Luvia —. Me pone de nervios que te encuentren a Lilín.

—Ñee, nada pasará —se encogió de hombros y negué con la cabeza.

Nos pusimos en camino después de que Luvia nos colocara un hechizo de invisibilidad para poder cruzar por las puertas del Cielo. Nos movimos con sigilo y, en cuanto estuvimos fuera de aquel lugar, nos tomamos de las manos y Lili comenzó a conjurar el hechizo para llevarnos directamente al Infierno.

Oscuridad, vueltas, oscuridad y luego luz. Ya me había acostumbrado por completo a aquella confusión de sentidos que producía un viaje entre mundos, solo que este duró unos segundos más; tal vez porque habíamos atravesado dos mundos y no uno. Miré a mi alrededor: estaba en una alcoba decorada con colores chillones, vivos, alegres. Una gran cama en su centro cubierta con una colcha de color verde manzana. Mesita de luz, un armario, un escritorio, dos sofás, un equipo de audio, una cómoda y un gato; todo lo que había dentro de aquel dormitorio. De inmediato caí en la cuenta de que esta debía ser la habitación de Lili y, cuando la miré, ella confirmó lo que yo estaba pensando.

—Primero debés cambiarte —dijo ella—. No queremos que llames la atención.

—Sí, claro... —asentí, observando cómo se dirigía al armario y comenzaba a revolver dentro de él.

Pasaron unos quince minutos de búsqueda para que pudiera encontrar un vestido que me quedara, porque obviamente yo era mucho más voluminosa que ella. Me lo coloqué y me puse un par de sandalias que, según ella, su hermana Ali se había olvidado en su habitación. Luego de estar vestida, ella se apresuró a que saliéramos de la habitación, que estaba dentro del Palacio Rojo, y nos escabullimos por los pasillos hasta llegar al exterior del mismo sin que nadie nos viera.

Fue realmente una tarea compleja salir de aquel palacio. Había guardias y personas por todas partes; parecía ser un día especialmente agitado allí dentro. Tuvimos que apelar a nuestro mayor talento como agentes de espionaje para poder salir de allí. Una vez que estuvimos fuera, pude respirar nuevamente; por obra del destino habíamos sido exitosas.

Y, además, no nos habíamos encontrado con nadie conocido, en especial con Kelian, que podía sentir mi presencia por más que yo me ocultara.

Una vez él me había dicho que nuestra conexión era tan grande que, con tan solo concentrarse un poco, podríamos sentir lo que el otro. En ese momento no le había creído, pero luego del incidente de hace cuatro días le creía, pues lo había puesto a prueba y había funcionado.

—Vení —escuché hablar a Lili y por supuesto que la seguí—. Comenzaremos a recorrer parte de la ciudad desde el momento mismo en que los terrenos del palacio se acaban hasta donde nos den las piernas —explicó.

—Perfecto —asentí yo y encendí un cigarrillo que traía guardado en el sostén.

Caminamos por un pequeño sendero hasta que comenzamos a encontrar casas y más casas. Al principio pensé que solo serían casas de familias acomodadas, pues todas eran sumamente bellas; lúgubres tal vez en algunos casos, pero de igual forma bellas. Las casas eran grandes, espaciosas y perfectamente iluminadas; en ellas parecían vivir familias con tres o cuatro hijos, pues los veías corretear en los patios o, si eran un poco mayores, leer sentados bajo árboles y escuchar música en los porches. A medida que avanzábamos las imágenes se repetían y, por el contrario de lo que podría pensarse, esas escenas tan cotidianas transmitían paz.

Había niños por doquier, niños y adolescentes; se notaba que era la hora de salida de las instituciones educativas. Había hordas de adolescentes regresando a sus casas con sus mochilas a cuestas y montones de madres y padres regresando con sus hijos pequeños de la escuela. La armonía en aquel lugar era aplastante, pero aquella paz no era rígida y escalofriante como lo era en el Cielo; aquella paz era paz real. Las personas no fingían; eran simplemente felices, hacían chistes, se abrazaban, decían improperios a forma de broma, se reían. Nada de eso había visto en el Cielo; por el contrario, allí el trato era tan cortés que resultaba frío.

Seguimos avanzando y la armonía se repetía. Una y otra y otra vez se repetían las imágenes de felicidad ante mí. Personas abiertas, inteligentes, honestas, solidarias, amables, recurrentes, humorísticas y un sinfín más fueron las que me fui encontrando. Con respecto a las condiciones de vida, que era en fin lo que yo había venido a ver, eran maravillosas.

Llevábamos ya tres horas recorriendo mil y una callejuelas, todas arboladas, coquetas, cuidadas, con casas preciosas que variaban en los colores ocres, grises, algún negro y también había visto amarillos y anaranjados con tonos rojos.

Había mascotas, vehículos, transporte público, hospitales, policlínicas, tiendas, almacenes y mucha gente que iba y venía de lo que me parecía que eran sus trabajos. Sinceramente, nada de lo que allá vi era lo que yo me esperaba. Ese mundo le daba mil vueltas a la Tierra y dos mil vueltas al Cielo.

—¿Qué opinás? —preguntó Lili en un momento.

—¡Que es hermoso! —contesté yo.

—¿Vivimos tan mal? —dijo ella divertida.

—Para nada... —hablé mientras miraba a unos niños corretear por el patio de su casa jugando a lo que yo supuse que era la agarrada o el poli-ladrón.

—No sé qué te imaginabas que verías, pero esto es lo que somos —comentó ella mirando también a los niños—. Así vivimos, y esto es lo que queremos para la Tierra y el Cielo.

—Es maravilloso, no puedo decir más nada... —la miré—. Son muy nobles.

—Tenemos otra forma de pensar; nosotros creemos en la igualdad entre los hombres. Somos todos parte de un todo común y vivimos así, en comunidad. Todos luchamos por sacar a flote la comunidad, pues el bien de todos es también el bien propio —sonrió.

—Son unos visionarios, y un tanto utópicos —reí.

—Bueno, ¿de dónde creés que los revolucionarios de a pie sacaron sus ideas? —me miró.

—Vaya, eso explica por qué son tan perseguidos —hice una mueca al recordar la insistencia de Dios con mantener las desigualdades para poder aprovecharse de ellas.

—Al sistema no le sirve esto, Maite. A Dios no le sirve esto —afirmó con desasosiego.

—Eso lo tengo claro... —fruncí el ceño al decirlo; estaba enojada conmigo misma.

—¿Querés que sigamos recorriendo? —preguntó ella. Se la veía bastante agotada; no la haría caminar más.

—No, se te ve cansada, demasiado... ¿Te sucede algo? —pregunté preocupada.

—Solo no he comido —se encogió de hombros y yo recordé que era una vampiresa y abrí demasiado los ojos—. No te preocupes —se rio—. No tomo sangre humana, solo de res —arrugó la nariz—. Bueno, cuando tomo; la verdad no me gusta la sangre.
—¿Pero no se supone que debés alimentarte con ella?
—Sí, por eso soy tan pequeña y flacucha; porque me alimento muy mal —arrugó la nariz y la boca y luego sonrió—. Soy como una pseudovegetariana, pero versión vampiro.
—¡Estoy segura de que a Lilith no le agrada mucho eso! —afirmé.
—Estás en lo correcto.
Con aquella afirmación comenzamos a caminar de regreso al palacio, donde debía colocarme mi ropa para irme. En el camino, a lo lejos, pude reconocer a algunos de los demonios que había conocido en el palacio cuando estuve alojada allí. Como a Cimeria, el amante de Sarel; a Minosón, quien era la reina y protectora del juego; o también a Agramón, quien se había ocupado de cuidar de mi madre y, por lo que ella me había dicho, la había tratado como un total caballero. Por suerte, a pesar de que yo los divisé, ellos no nos divisaron a nosotras. Caminamos todo lo rápido que pudimos para que no nos descubrieran hasta que estuvimos en el parque que circunda la entrada al palacio.
Cuando nos dispusimos a cruzarlo, nos detuvimos en seco pues unas voces nos sorprendieron. De inmediato nos escondimos dentro de una especie de casilla de vigilancia que había a pocos metros y esperamos. Cuando logramos divisar de quién provenían las voces, mis nervios se pusieron de punta. Allí estaban Kelian y Verónica, caminando hacia nosotras. Lili comenzó a temblar; si la Bestia nos descubría, estábamos en serios, muy serios problemas.
Mordí mi labio inferior y los observé mientras caminaban; parecían estar teniendo algún tipo de discusión pues podía ver cómo los ojos de mi Ángel centelleaban de rabia. Él parecía no querer escucharla pero mi amiga, testaruda como era, seguía insistiendo. Así, en ese inescuchable intercambio de palabras, siguieron acercándose a nuestra posición. Comencé a respirar aceleradamente ante la idea de ser descubierta pero, por fortuna, se detuvieron a algunos metros.
—¡Kelian, por el amor de Lucifer, escuchá lo que tengo que decirte! —escuché exclamar a Verónica con impaciencia, mientras colocaba una mano sobre su abultado vientre.

—Yo lo conozco por otros motivos —dijo él—. Es el General a cargo de las legiones infernales —hizo una pausa—. Está bajo la cadena de mando que encabeza Kelian —me comentó a mí.
—Él no es malo, papá —murmuró Sarel.
—En ningún momento he dicho que sea malo; estoy diciendo que no nos llevamos muy bien —hizo una pausa—. Aunque yo no me llevo muy bien con nadie en el Infierno.
—Sí te llevás muy bien con alguien en el Infierno... —musité.
—Me encantaría que me ilumines, puesto que no sé de qué hablas —contestó taciturno.
—Verónica está en el Infierno —sonreí de costado.
—Pero Vero se quedó allí atrapada —contradijo cruzándose de brazos, mientras Sarel nos observaba frunciendo el ceño.
—No, ella no se quedó atrapada. Ella eligió al bando infernal, que es distinto —confesé y apreté los ojos. Listo, lo había dicho; no había marcha atrás.
—Vaya... Bueno, entonces sí me llevo bien, por así decirlo, con alguien de ahí... —musitó consternado; se podía ver el dolor en sus ojos.
—¿Quién es Verónica, papá? —preguntó Sarel frunciendo el ceño.
—Mi novia, o algo así; estamos peleados, pero es mi novia —le dijo tranquilamente a su hija con un ademán, sin darle la suficiente trascendencia al hecho. Estaba estupefacto.
—¿Cuándo pensabas decirme que tenías una sustituta para mamá? —inquirió ella, cruzándose de brazos.
—Sarel, no seas injusta; tu madre murió hace tres mil años —replicó y meció a la niña, que estaba por quedarse dormida.
—Yo lo sé, pero... —no terminó de hablar.
—Hija, yo amé a tu madre, la amé un montón; pero ya no está, y es hora de que reconstruya mi vida —sonrió con pesar—. Además, estoy seguro de que Vero te caerá bien.
—¿Eres feliz junto a ella? ¿La amás? —preguntó la chica en un susurro.
—Mucho —contestó él.
—Entonces no hay más que decir... —habló ella y suspiró. Él le entregó a la niña ya dormida—. Sé feliz, papá, y presentala algún día... —dijo, y luego se despidió para marcharse.
La vi alejarse hasta que desapareció, y ahí fue cuando miré fijamente a Isaías y coloqué mis manos en la cadera.

—¡Ya te he dicho que no quiero saber nada que tenga que ver con ella! —gritó él en respuesta, y yo cerré los ojos. Estaban hablando de mí, eso era seguro.

—¡Es importante que lo sepas, Kelian! —dijo ella casi en un ruego—. Debí decírtelo antes, pero estabas demasiado enojado como para escuchar.

—Sigo demasiado enojado como para escuchar —espetó él.

—Por favor, Kelian, de verdad es importante... —rogó batiendo sus largas pestañas, gesto Abiego por excelencia.

—Vale, pero rápido; no tengo tiempo que perder.

CAPÍTULO 37.

"El amor, el tabaco, el café y, en general, todos los venenos que no son lo bastante fuertes para matarnos en un instante, se nos convierten en una necesidad diaria."

Enrique Jardiel Poncela.

≫——≪•◦❈◦•≫——≪

Nuevamente me encontraba frente a la Bestia, esta vez de forma física. Sin embargo, él no se había percatado de mi presencia. Al verlo, la garganta simplemente se me secó. No importaba que la situación fuera una completa mierda: lo amaba, joder, estaba perdidamente enamorada de él. Todo lo que había sucedido entre nosotros bien podría quedar en el pasado si, a cambio, volvía a besarme como una vez lo había hecho.

Verónica, mi pequeña mejor amiga, también estaba allí y había logrado captar la atención de Kelian, quien parecía estar con un humor de perros. Ella se paró firme frente a él, intentando parecer seria y amenazante. La verdad era que había tanta diferencia de altura entre ellos dos que bien podrían ser un hermano mayor regañando a su hermanita.

Vero tomó aire; estaba claro que la comían los nervios y no sabía cómo comenzar. Eso era evidente para mí, que la conocía tanto y desde hace tantos años que ya era casi transparente ante mis ojos. Se mordió el labio y empezó a hablar.

—Kelian, tú creés que tenés idea de por qué te atacó Maite, pero estás muy, pero muy equivocado —afirmó.

—Yo no estoy equivocado en nada; ella me hizo la cama para tomarme completamente desprevenido y poder matarme —protestó de evidente mal humor—. ¡Solo era una condenada agente doble!

—¡No, no es así! —exclamó mi dulce amiga—. Ella no pertenecía al bando celestial en ese entonces, de lo contrario lo sabría —él negó con la cabeza—. Escuchá, por favor, lo que tengo para decir, Kelian, pero escuchá de verdad —pidió ella casi con frustración.

—Está bien —suspiró—. Seguí.

—Maite está enamorada de ti, Kelian —él soltó una risotada interrumpiendo el discurso y provocando que ella quedara roja de furia.

—Sí, claro... —dijo irónico y rodó los ojos.

—¡Callate y escuchá! —gritó Vero y, desde mi lugar, abrí mucho los ojos; estaba claro que ella tenía unos ovarios como platos—. ¿Creés que la conocés? Pues no, no lo hacés —afirmó—. Yo sí la conozco; la conozco hace tanto que a veces me olvido de que no somos familia. Así que escuchame porque sé lo que te digo.

—Perdón... —pidió él con claro arrepentimiento. No era fácil lidiar con una Verónica enojada; ella era pequeña, pero venenosa.

—Ella está enamorada de ti; se enamoró de ti desde el primer momento en que te vio, y no es que me lo haya dicho, solamente lo sé. ¿Y sabés por qué? Porque te dejó acercarte a ella, y eso jamás, pero escuchame bien, jamás lo hubiera hecho si no se hubiera embobado contigo —hizo una pausa—. Para ese entonces ella odiaba con su alma a los hombres, entonces solo te dejó entrar a su vida a conciencia de que quería que estuvieras en ella —respiró profundamente para recomponerse de su rabieta.

—Si es así como tú decís... ¿Por qué eligió el otro bando? ¿Por qué? —inquirió él con desconfianza, la voz un poco rota, y se mordió el labio.

—Ella estaba confundida, pero como ya te he dicho, no eligió ningún bando. No hasta que fue echada del Infierno... —afirmó.

—¿Entonces? —alzó una ceja.

—Primero, ella estaba súper enojada contigo, pues la traicionaste, le mentiste y la manipulaste para sacar ventaja en esta jodida guerra —hizo una mueca—. Hiciste todo eso en vez de ir con la verdad por delante —él se mordió el labio; no podía negar aquello—. Y por eso insistió en aliarse con el Cielo. Pero luego de conocer a Dios ya no estaba tan segura; por lo contrario.

—Ahí es cuando las traje a ambas aquí, ¿no? —dedujo él.

—Exactamente —sonrió Vero.

—¿Y entonces? —frunció el ceño.

—Y entonces apareció Kashdejan en la historia —ella sonrió torcido. Al oír el nombre de su amante, Kelian se tensó completamente; su respiración se alteró y sus pupilas se dilataron. Dio un paso atrás.

—¿Qué pasó con ella? —formuló finalmente la pregunta que daba vueltas en su cabeza.

—¿Qué pasó con ella? Todo pasó con ella, Kelian, y no te hagás el bobo... —habló Vero muy seria—. Maite, que no es nada, pero nada tonta, en cuanto los vio hablar, sospechó —hizo una breve pausa—. Esto me lo dijo Lili, pues yo estaba inconsciente cuando eso sucedió.

—Pero si solo hablamos... —se defendió él.

—¡Oh, vamos! Sabés que hay una diferencia en el "solo hablamos" que podés mantener con Kashdejan que el que podés mantener conmigo o con Lili —Kelian se mordió el carrillo de la mejilla izquierda.

—Bien, prosigue... —dijo él rindiéndose y dejando caer los homb— Bueno, la cosa es que lo notó y, enojada y encolerizada como se había puesto, fue cuando te dijo a la cara que había elegido el bando celestial solamente para provocarte un poco de daño... —explicó.

—Nada de eso explica por qué me atacó —señaló él.

—Es simple: ¿recuerdas que la noche antes del ataque ella apareció tirada en el campo de maniobras del ejército? —alzó una ceja, inquisitiva.

—Sí, lo recuerdo perfectamente —afirmó él.

—¡Fue porque casi enloqueció! ¿Y sabés por qué enloqueció? —inquirió ella alzando ambas cejas esta vez.

—No, ¿por qué? —contestó él.

—Porque ella no tuvo mejor idea que arrepentirse de lo que te había dicho e ir en medio de la noche a tu habitación para hacer las paces —respondió y resopló—. ¿Y sabés lo que escuchó? ¿Lo sabés? ¡Claro que lo sabés!

—No, no puede ser, no... —musitó negando con la cabeza, como intentando volver en el tiempo y borrar lo que había pasado.

—Sí, puede ser sí —afirmó ella—. Ella los escuchó, a ti y a Kashdejan esa noche, y su corazón se rompió en un millón de pedazos —lo miró fulminándolo con la mirada.

—No era algo de lo que debía enterarse, no se supone, no, no... —él seguía negándose la verdad a sí mismo.

—Pues lo supo; lo sabe, Kelian —dijo Vero con un suspiro—. Esa noche enloqueció; enloqueció y caminó sin rumbo hasta desfallecer. Luego el rencor quedó alojado en su corazón y fue por eso que te atacó; esta última parte no me la dijo, pero la conozco: sé que te atacó por haberle mentido —negó con la cabeza—. ¿Por qué le decías que la querías si ibas a revolcarte con otras, aun estando ella aquí? —preguntó mi pequeña ángel con claro gesto de desaprobación.

—¡Le dije la verdad! —exclamó él—. ¡Yo la amaba! ¡Yo la amo! —su voz se extinguió.

—¡No mientas, Kelian! —vociferó mi ángel—. Si la amaras no te revolcarías con otras; es así. ¿O me vés a mí revolcándome con cualquiera? No, no lo hacés. ¿Por qué? Porque yo amo a Isaías y, por más que esté enojada, no le traicionaré; no de esa manera —sentenció.

—¡No estoy mintiendo! —vociferó en respuesta—. ¡Le amo! Solo que ustedes, los mortales, no lo entienden... —dijo frustrado y yo rodé los ojos desde mi escondite—. Mantengo esa relación con Kashdejan hace cientos de años —explicó él—. Es solo carnal; no hay nada entre nosotros, solo somos amigos. En el Infierno los amigos pueden, con total normalidad, mantener relaciones sexuales; es normal. Somos mucho más libres que ustedes... Pero todo eso no significa que no ame a Maite —habló él tratando de justificarse.

—Kelian, dejalo; para mí eres bastante despreciable. No porque le debieras fidelidad a ella, sino porque ni siquiera pudiste respetar su estadía —replicó ella en voz baja—. ¡Por el amor de Dios, estábamos a cuatro cuartos del tuyo!

—Necesitaba descargarme; esa tarde había tenido una pelea muy dura con May —balbuceó él—. No quería hacerle daño, ni siquiera suponía que eso le haría daño... Se suponía que me odiaba... —musitó mirando a la nada.

Listo, Vero lo había logrado; había logrado destrozar a la Bestia con solo unas cuantas palabras.

—No hay marcha atrás, Kelian —habló ella—. Ahora sí, May pertenece al bando celestial. Seguro está con Miguel planeando la batalla, o con Gabriel familiarizándose con las armas, o con Rafael aprendiendo sobre la magia... —suspiró—. Ahora sí la has perdido... —hizo una mueca y el corazón en mi pecho se hundió. Esas palabras no eran del todo ciertas; no eran para nada ciertas—. Pero era mi deber revelarte la verdad: ella no pertenecía al bando celestial; tú la empujaste a él.

—¡Soy un idiota, un grandísimo idiota! —masculló con la voz rota.

—Sí lo eres; no lo voy a negar... —dijo ella cruzándose de brazos sobre su pequeño vientre, ya un poco, bastante abultado. Ya estando bastante entrados en septiembre, ella estaría entrando en sus cuatro meses de embarazo.

—¡No puedo creer que haya condenado a mi pueblo a la guerra por simple cabezonería! ¡Es hasta ridículo! —suspiró.

—Kelian, lo hecho, hecho está; dudo que ella te perdone. No solo el hecho de que le rompieras el corazón, sino también que la mantuvieras en una mazmorra helada, sin nada con lo que calentarse y con poca comida y agua.

—¡Yo no tuve nada que ver con eso! Fue Cimeria quien convenció a mi padre de darle ese trato, y nadie me hizo caso porque afirmaron que mis sentimientos me volvían débil —vociferó furioso cruzándose de brazos.

—Te creo, pero Maite no sabe eso. Maite solo sabe que preferís a Kashdejan que a ella, y que la torturaste a tu reverenda gana.

Y era cierto; yo sabía solo eso hasta ese momento. Pero era un error afirmar que yo no le perdonaría, porque yo siempre lo hacía. Porque era más fuerte que mis ganas de odiarlo, porque lo amaba. Pero a pesar de ello, a pesar de que Vero le había revelado la verdad, jamás podríamos mantener la misma relación que antes. Yo jamás volvería a confiar en él, y él jamás volvería a confiar en mí.

Las cosas eran así: el destino había elegido los equipos y jugado sus fichas, y ahora Kelian y yo habíamos quedado enfrentados. Rivales por los hechos, adversarios por la sangre y enemigos por las mentiras. Y amantes; amantes condenados al desasosiego de sus almas.

—Seré incapaz de ganar esta guerra, y también de perderla... —afirmó él mirando la nada. Vero lo miró frunciendo el ceño, al igual que Lili y yo lo habíamos fruncido al escucharlo.

—No tiene sentido lo que decís, ¿lo sabés? —habló Vero—. La guerra se pierde o se gana.

—Pues no quiero ni perderla, ni ganarla. Así de simple —dijo él y comenzó a caminar, alejándose del lugar.

Vero se quedó en su lugar observándolo irse mientras negaba con la cabeza. Sabía lo que ella estaba pensando; ella se preguntaba a qué se refería Kelian o si se había enloquecido de un momento a otro. Vi cómo suspiraba y luego se disponía a recorrer el mismo camino que la Bestia, para perderse luego de unos minutos a lo lejos, entre los árboles.

Lili y yo nos mirábamos; luego de escucharlo todo habíamos quedado anonadadas, sin saber qué decir. Tal vez por diferentes motivos, pero lo cierto es que el silencio inundó el espacio por un largo rato.

—Es cierto lo que dice Kelian, es cierto... —habló Lilian finalmente—. Las relaciones sexuales no significan nada para nosotros. Solo es una búsqueda de placer... a no ser que sea con la pareja que amás, obvio; ahí es diferente.

—No tenés que justificarlo, Li —hablé con la mirada aún perdida.

—Siento la necesidad de… —se mordió el labio—. Por si algún día tienen la oportunidad de hacer las paces —hizo una mueca—. Dos personas que se aman tanto no deberían estar tan enfrentadas. Tal vez su destino no es estar juntos, pero eso no implica que deban odiarse —balbuceó mirando la nada al igual que yo.
—Aún me duele —comenté—. No voy a negarlo —suspiré—. Pero como siempre es con él, con el tiempo supongo que llegaré a perdonarlo.
—Me alegro de que exista esa posibilidad —comentó regalándome una sonrisa de aprobación, o tal vez de alivio; no estaba muy segura de ello.
Yo asentí, y ahí se vio terminada nuestra pequeña conversación. Salimos de nuestro pequeño escondite y nos pusimos en marcha. Aún debíamos cruzar todo el jardín y llegar hasta la habitación de Lilian sin que nos descubrieran, así que nos pusimos manos a la obra. Lentamente, y escondiéndonos tras múltiples estatuas y árboles, fuimos recorriendo los metros que nos separaban del Palacio Rojo y, más o menos en quince minutos, logramos introducirnos dentro del mismo.
Comenzamos a recorrer los pasillos para llegar hasta la habitación en donde debería cambiarme, cuando una puerta se abrió frente a nosotras, tomándonos totalmente desprevenidas. El corazón casi se nos salió del pecho y ahogamos un grito al mismo tiempo. Al ver quién salía de ella, nuestro pulso se ralentizó y la calma nos inundó. Era Vero, solamente Vero, y nadie más que Vero.
—¡Maite! —exclamó en susurro al verme.
—Vero —dije yo con cariño.
—¿Qué hacés aquí? ¡¿Estás loca?! —rezongó inquieta.
—Lili me trajo para mostrarme el Infierno, pero ya me iba —expliqué.
—Vamos a mi habitación a que se cambie y nos marchamos —comentó Lilian.
—Sí, deben irse; es peligroso para May —hizo una mueca.
—Lo sé —dije yo—. Vero…
—¿Qué? —me miró extrañada.
—¡Gracias! —sonreí.
No me quedé a explicarle el porqué le agradecía, que le agradecía infinitamente por defenderme. No lo hice porque Lili y yo nos echamos a correr por el pasillo.

Llegamos a la habitación de Lili y nos encerramos en ella. Me cambié rápidamente por el miedo a que alguien entrara en la habitación; normalmente eso no sucedía, pero no perdíamos nada con ser precavidas. En cuanto estuve vestida por completo, caminé hasta el centro de la habitación donde me esperaba Lili.

Estando allí, Lili conjuró el hechizo y, dos segundos después, nos encontrábamos a las afueras de las puertas del Cielo. Allí nos despedimos y me dispuse a entrar por las puertas, ya que podía dada mi condición. Pero para mi desgracia, cuando intenté cruzar, me encontré con alguien que no esperaba en lo más mínimo.

—Nazaret, ¿qué hacés del otro lado de las puertas? —inquirió él, llamando la atención de los guardias de la misma.

—¡Gabriel! —exclamó yo sorprendida—. Puedo explicarlo... —me apresuré a decir y me mordí el carrillo de la mejilla izquierda.

—¿Sí? ¿Cómo? —alzó una ceja con una sonrisa petulante dibujada en el rostro.

—Salí a recorrer y puede que se me haya ido el santo al cielo, y entonces terminé allí... —hice una mueca—. No me di cuenta —intenté poner mi mayor cara de "yo no fui" y crucé los dedos mentalmente para que me creyera.

—Voy a hacer como si te creo... —musitó él seriamente y yo ahogué una risita nerviosa—. Vamos, justo tenía que ir a buscarte —afirmó y se echó a andar.

Yo me apresuré en seguirle; tenía que evitar meterme en líos aquí.

—¿A dónde vamos? —pregunté yo al alcanzarlo.

—Al cuartel general del ejército; es hora de que te enteres de cómo es el plan para darle captura al nefilim —informó.

En el camino no dijimos más palabra, y no es que yo lo lamentara; ya es sabido que detesto bastante a Gabriel por ser tan, pero tan pedante. No era por ser injusta, pero aquel tipo, o más bien dicho, arcángel, era simplemente intratable. El trayecto hasta el cuartel era bastante largo y me permitió reflexionar sobre lo que había visto y escuchado en el Infierno aquella tarde.

Después de todo lo que había visto, después de lo mucho que había escuchado, ¿cómo sería capaz de enfrentarme al bando infernal? Me sentía enferma de solo pensarlo; no quería hacerles ni provocarles ningún tipo de daño. Sin embargo, no tenía escapatoria; había sido atrapada en las garras de Dios, y esto ya se me estaba haciendo una mala broma.

Como si eso no bastara, Kelian volvía a aparecer una y otra, y otra vez en mi camino, y no podía evitarlo. Cada vez que él aparecía me desmoronaba, me destruía. No porque él lo quisiera así, sino porque mis defensas caían, se desmoronaban en cuanto su imagen se cruzaba ante mis ojos. No había ninguna duda: mi corazón no quería estar lejos de él. Mi corazón y mi alma le pertenecían a él.

Llegamos por fin al cuartel general; este era una gran construcción con forma de fortaleza, esculpida en piedra y cubierta por una capa blanca de pintura. Podía ver a los ángeles guerreros hacer guardia en las torres de vigilancia y en las puertas. Aquí el ambiente de guerra cuajaba hasta su máximo punto. Respiré profundamente y algo se retorció en mis entrañas; este lugar era un recordatorio vivo de lo que se me venía encima.

Nos introducimos en el gran edificio y, al entrar, tuve la misma impresión que había tenido con solo mirarlo desde afuera. La palabra guerra estaba escrita por todas partes: había armas y armaduras en los pasillos, el blanco desbordaba por todas partes y los guardias angelicales se encontraban parados en lo que yo supuse que eran las puertas más importantes.

Recorrimos un amplio pasillo hasta llegar a una gran puerta; allí nos detuvimos y Gabriel le dirigió unas palabras en latín al soldado encargado de custodiar aquella puerta. Luego de que el intercambio de palabras concluyó, el soldado se retiró, dándonos paso para que nos adentráramos en la habitación.

Al entrar oteé aquella pieza; era grande y blanca, y en su centro tenía una gran mesa con múltiples sillas a su alrededor. "Una sala de mando", pensé yo, pues sobre la mesa había varios mapas, carteles y otro tipo de papeles. Dentro de aquella habitación no había mucho más; solo pude divisar una especie de biblioteca y unas lámparas de pie en los rincones. Tomé aire y avancé para adentrarme más.

Alrededor de aquella mesa había varios ángeles de los cuales no sabía cuáles podrían ser sus rangos y mucho menos sus nombres. Entre ellos pude divisar a Rafael y también a Miguel, quien estaba sentado a la cabecera de la mesa. Gabriel me escoltó hasta que estuvimos parados delante de la mesa. Al verme, todos los ángeles, entre los cuales había hombres y mujeres, me saludaron con la venia militar, a lo que yo respondí con un asentimiento con la cabeza.

—Maite Nazaret, ellos son Uriel, Seraphiel, Kemuel y Zacharel —De inmediato reconocí sus rangos: otro arcángel, dos serafines y una dominación—. Ellos han ayudado a pulir el plan de Rafael —presentó Gabriel al llegar a la mesa.
—Gracias por su ayuda —dije tomando asiento.
En ese momento todos asintieron; se veía de lejos la estricta formación militar de aquellos ángeles. Respiré profundamente. Ahora debía enfrentarme a la realidad: este era el comienzo de la guerra para mí. Esta era la primera batalla real en la que participaría, y estaba a la vuelta de la esquina.

CAPÍTULO 38.

"Si utilizas al enemigo, para derrotar al enemigo, serás poderoso en cualquier lugar donde vayas."

El arte de la guerra.

Sun Tzu.

»——«•◦✻◦•»——«

Los mandos que estaban allí dentro, en aquella sala tan avasallante, tenían el gesto totalmente serio, no transmitían otra cosa más que poder y resolución. Me acomodé en mi asiento y tomé aire, ya estaba preparada para lo que viniera, ahora debía aceptarlo. Cerré los ojos con fuerza, intentando, tal vez, encontrar un poco de fortaleza para mí misma. Oí como Rafael carraspeó su garganta, y de inmediato presté atención a lo que tuviera que decir.

—Nos enfrentamos a un panorama complicado, la Tierra está bajo ataque de una especie de híbridos entre nefilims y hombres lobo — comenzó a hablar —. Como es sabido por todos los presentes dentro de esta sala, esta mezcla de linajes no tiene antecedentes a lo largo de los siglos — suspiró —. Lo que sin dudas ha supuesto un verdadero desafío a la hora de erradicar el problema.

—En primer lugar, ¿sabemos cómo es que se produjo ese cruce tan antinatural? — preguntó Seraphiel, un serafín de cabello blanco y ojos verdes muy intensos.

—No — contestó quien había comenzado a hablar —. Nada se sabe de ello, es una competencia que deberá ser minuciosamente investigada en la posteridad — él asintió —. De igual forma, esa mezcla extraña de linajes ha posibilitado una alianza con el bando infernal con motivo de acabar con esta amenaza que nos perjudica a ambos bandos — terminó de hablar y le siguió Miguel.

—Me he comunicado con Cimeria, el General de los Ejércitos Infernales — explicó —. Ha estado de acuerdo conmigo en el hecho de que debemos aliarnos para vencer — hizo una mueca —. Como sabemos toda revuelta tiene un cabecilla, y la mente al mando de esta, es un nefilim llamado Benjamín Ochoa.

—¿Cuál es el plan para aniquilarlo? —inquirió Uriel, un arcángel casi tan viejo como los otros tres que yo conocía, era bastante alto, su melena era de un castaño claro y sus ojos profundamente azules.

—Una emboscada —sonrió Rafael de costado.

—Sabemos qué es lo que quiere el nefilim —habló Miguel —. Él está interesado en Nazaret, aquí presente —me miró —. Y por eso podemos tenderle una trampa —sonrió —. Rafael, explícales el plan — se cruzó de brazos con tranquilidad.

—Sí, mi General —contestó Rafael —. El plan consiste en utilizar a la señorita Maite Nazaret como carnada —hizo una pausa —. Benjamín recibirá una misiva que le comunicará la intención de entregarle a la muchacha. Pero, como es obvio, nosotros no se la entregaríamos nunca, ya que es de nuestro bando; ahí es donde entra en juego el Infierno. La carta será enviada por Cimeria a nombre del bando infernal.

—¿Eso no es demasiado peligroso? Me refiero a la entrega, a usarla de carnada —preguntó Kemuel, el segundo serafín, también de cabello muy blanco pero de ojos grises pálidos y con una sonrisa perfecta.

—No, pues al momento de la supuesta entrega/emboscada, Nazaret irá escoltada por nueve demonios —contestó Rafael—. Así se ha establecido de antemano.

—¿Cómo se desarrollará la emboscada? —preguntó Seraphiel.

—Como es bien sabido, los ataques, las revueltas y los disturbios se están dando a lo largo y ancho del planeta —hizo una pausa—. Pero, como todo, existe un epicentro... —se humedeció los labios—. Y este es Uruguay, y muy especialmente, la ciudad de Montevideo —me miró y yo asentí—. El intercambio se marcará en un campo desolado a las afueras de la ciudad de Montevideo, ubicado en el departamento de Canelones —explicó Miguel y todos asintieron para que prosiguiera—. Una vez que el nefilim acepte la misiva, Nazaret se dirigirá en el día y hora establecidos, con la escolta de demonios, hasta aquel olvidado campo y allí esperarán que el nefilim haga acto de presencia.

—El día y la hora ya han sido establecidos en la misiva —precisó Rafael—. Ha quedado para dentro de cuatro días, a las cinco de la tarde.

—¿Y nosotros dónde estaremos? —preguntó Zacharel, la dominación de ojos miel y cabello renegrido, alzando una ceja.

—Se conjurará un hechizo que rasgará en el cielo un pasaje directo a la Tierra —contestó Miguel—. Nuestro ejército estará a la espera detrás de dicha grieta para salir por ella y atacar en caso de ser necesario —sonrió ampliamente.

—Y esperamos que no sea... —musitó Rafael, intentando disimular su nerviosismo sin mucho éxito—. En cuanto Benjamín haga su aparición, nosotros, los que estamos dentro de esta sala, acompañados de algunos otros generales de confianza, bajaremos hasta la Tierra y, con ayuda de la escolta de Maite, lo rodearemos.

—Y entonces le daremos captura para luego ejecutarlo allí mismo —comentó Miguel con despreocupación y, por el rabillo del ojo, pude ver cómo Isaías se estremecía casi imperceptiblemente.

¡Joder! Odiaba a Benjamín con mi alma, pero me partía el corazón el dolor que le provocaba todo esto a Rafael.

—¿Qué pasa si él opone resistencia? ¿Si lo acompaña un ejército o algo? —inquirió Kemuel con desconfianza.

—Para eso estarán las tropas; en ese caso tendremos que librar batalla —explicó Rafael—. Pero, por más refuerzos que pueda llevar, no podrá con el ejército celestial —sonrió con suficiencia; él estaba completamente seguro de nuestro poderío militar.

—¿El plan de batalla es aprobado por esta mesa? —preguntó finalmente Miguel con solemnidad y luego miró a cada uno de los que estábamos allí presentes.

—Aprobado —empezamos a decir, uno a la vez, con mucha seriedad; y cuando hablamos todos, la resolución se había tomado por unanimidad.

—¡Perfecto! —comentó Rafael—. Es hora de aumentar el entrenamiento de los soldados y preparar las armas para el combate —ordenó firmemente; Uriel y Zacharel asintieron en respuesta.

—Doy por levantada la sesión —dijo Miguel, y todos realizaron la venia militar para luego levantarse y, sin mediar palabra, retirarse de la sala.

Rafael se puso de pie y me sostuvo por el hombro cuando me dispuse a marcharme también. Me di la vuelta y lo miré sin comprender.

—Iremos al depósito de armas, May; tenés que conocer con qué contamos —sonrió con una media sonrisa que no le llegaba a los ojos.

Yo asentí y ambos empezamos a caminar para salir de aquella sala. En cuanto estuvimos fuera doblamos hacia la derecha y caminamos hasta llegar a una escalera que descendía al subsuelo del cuartel. Al bajar, el ambiente se mantenía tan iluminado como el exterior. Rafael abrió una pequeña puerta blanca con un código numérico y nos introdujimos en una habitación de tamaño colosal; eran cuadras y cuadras bajo el suelo repletas de armamento.

—Es el depósito de armas —comunicó Rafael adentrándose en el mismo.

—Vaya... —musité maravillada.

En aquel depósito había todo tipo de armas, casi todas eran armas blancas: espadas largas, cortas, cuchillos, puñales, navajas y un sinfín más de armas cortopunzantes, con demasiado filo para que yo me atreviera a acercarme. Había látigos, lazos, hachas, garrotes, arcos y flechas, jabalinas, lanzas, catapultas y otro montón de cosas, pero eso sí, no había armas de fuego.

—¿Por qué no hay armas de fuego? —pregunté frunciendo el ceño.

—Las armas de fuego son un invento humano, y son tan destructivas que ni el Cielo ni el Infierno se permiten utilizarlas —respondió él.

—Puede que tengan un punto —reconocí yo arrugando la nariz.

—Ya aprenderás que la magia puede ser mucho más poderosa que una bala —sonrió.

—Ya sé que lo es... —respondí, recordando la descarga de poder que había sufrido en la breve batalla con Kelian mientras tomaba entre mis manos una katana—. La experimenté cuando me enfrenté a Kelian en el Infierno —confesé e hice una mueca.

—Eso explica cómo sobreviviste... —musitó asintiendo—. Deberías habérmelo dicho antes, necesitás instrucción.

—Yo no sabía que la necesitaba —me encogí de hombros mientras dejaba la katana en su lugar y cogía unos cuchillos de luna menguante.

—¡Sí que la necesitás! —habló él seriamente—. Vení, dejá eso, quiero que veas otra cosa —dijo él mientras atravesaba el depósito en diagonal.

Dejé los cuchillos y lo seguí a paso ligero. Para cuando estuvimos del otro lado del depósito, yo me encontraba frente a la armadura dorada que me había obsequiado Kelian, junto con la espada de mi padre y los amuletos. La contemplé unos instantes, con un conjunto de sentimientos encontrados zumbándome en la cabeza.

—¿Cómo ha llegado eso ahí? —pregunté frunciendo el ceño.

—Fue Luvia —explicó y asentí—. Una de nuestras hechiceras más poderosas se ha encargado de encantar todo para que sea aún más duro que el diamante y puedas canalizar la magia a través de ella.

—¡Wow! —vocalicé—. ¡Eso es simplemente genial! —sonreí.

—Sí —sonrió—. Como es natural no podrás llevar armadura cuando realicemos la emboscada —explicó él y frunció los labios—. Pero por ello hemos confeccionado esto —comentó indicando un traje que parecía de seda.

—¿Qué es eso, Isaías? —dije acercándome para mirar—. ¿Y cómo podrá protegerme algo como eso? —fruncí el ceño profundamente.
—Aunque parezca una delicada tela, está fabricada con hilos de diamante y oro; es suave al tacto pero impenetrable —explicó con una sonrisa.
—Ah... —musité con algo de desconfianza—. Y debo ponérmela por debajo de la ropa el día de la emboscada, ¿no? —mordí mi labio inferior.
—Exactamente —respondió él—. ¿Qué te parece? —inquirió alzando una ceja.
—No sé si le confiaría mi vida ciegamente, pero peor es nada —respondí mirando aquella prenda de soslayo, y él sonrió.
—Bien —contestó él—. Ahora vámonos, es tarde y necesitás descansar; mañana comenzás tu entrenamiento con la magia.
—Bien —respondí y comenzamos a caminar.
Rafael me escoltó hasta mi choza mientras planificábamos en voz baja cómo bajaremos al Infierno luego de la emboscada. Pude notar en él un grado de ansiedad alto; extrañaba a Verónica, anhelaba verla y pedirle perdón por haber sido un grandísimo idiota.
Me dejó en mi choza y luego se fue caminando a paso lento. Yo tomé aire y me dispuse a entrar; había dejado a Leuviah encargada de custodiar mi pequeño refugio, y seguramente estaría preocupada al ver mi demora.
Entré a la sala y pude confirmar mis sospechas, puesto que Luvia se levantó como resorte de su asiento y corrió a abrazarme. Había estado muy preocupada, pude notarlo.
—¿Dónde te habías metido? —preguntó ella con impaciencia.
—Calma Luvia, estoy bien —hice una pausa—. Solo que al entrar Gabriel me descubrió y me llevó a una reunión de guerra por lo de la emboscada —sonreí—, nada ha pasado.
—¡Oh! ¡Estaba muy angustiada al ver que las horas pasaban y no llegabas! Pensé que las habían atrapado en el Infierno —confesó.
—No, ni cerca, nadie notó nuestra presencia —sonreí para consolarla.
—Oh bueno, menos mal —respiró profundamente—. ¿Cómo te ha ido allí abajo?
—Bien, Lili me dio un recorrido completo —sonreí—. No era lo que yo esperaba —confesé y me mordí el labio inferior, pensativa.

—¿Eso es bueno o malo? —preguntó confundida.

—Bueno, creo... —me encogí de hombros—. Ellos son realmente felices, ¿sabés? —dije con la mirada perdida y fui a tomar asiento.

—Lo sé... —hizo una pausa—. Al menos Lili me lo ha contado.

—¡Esto es cada vez más difícil! —afirmé desolada.

—Sé que podrás con todo —sonrió.

—Kelian no quiere ganar la guerra —comenté sin previo aviso—. Tampoco quiere perderla —me mordí el carrillo de la mejilla izquierda.

—¿Qué se supone que significa eso? —preguntó frunciendo el ceño.

—No lo sé... Pero hay algo que es seguro, la paz no se va a dar porque sí; el primer bando que dé su brazo a torcer será aplastado —hablé con voz críptica y me estremecí con la sola mención de dicha idea.

—Esto es una gran locura, espero que no esté pensando en rendirse —se mordió el labio y me miró afligida.

—No se rendirá, pero no sé qué es exactamente lo que está tramando —confesé y en ese momento mi madre entró a la sala.

—Hija, a veces la respuesta está en el corazón y no en las armas —sonrió.

—Tiene razón, Alejandra —concedió Luvia.

—Espero que mi corazón sea lo suficientemente listo y la descubra a tiempo —suspiré e hice una mueca.

Luego de aquellas palabras Luvia se despidió de nosotras, pues estaba muy cansada por el estrés que le había conllevado aquel día y necesitaba poder dormir un par de horas. En cuanto se fue, yo me metí a la ducha y me mantuve allí cerca de media hora, dejando que el agua se llevara todas las tensiones de mi cuerpo.

Cuando salí, me coloqué un camisón de los que se me había proporcionado para mi estancia en el Cielo y caminé hasta la cocina, donde mi madre me esperaba con la cena servida. Miré mi plato; era sopa. Arrugué la nariz y me senté; no me gustaba, pero la tomaría pues ya me estaba muriendo de hambre.

—Luvia me ha contado lo que fuiste a hacer hoy al Infierno —comentó mi madre.

—Ajam —dije yo y fruncí el ceño mientras metía una cucharada de sopa en mi boca.

—¿Pudiste ver a tu padre? —preguntó con los ojos muy grandes.

—Lo lamento, mami —balbuceé apenada—. No le he visto —suspiré—. ¿Por qué tanto interés? —inquirí.
—Por nada en particular, cariño —hizo una mueca—. Quieras o no, siempre habrá un lazo que me ate a Gonzalo —suspire con una especie de resignación tortuosa—. Solo quiero que le vaya bien.
—Entiendo... —musité—. He visto a Verónica —comenté y sonreí. Ella imitó mi gesto.
—¿Cómo está ella? ¿Cómo se ve? —se apresuró a preguntar.
—Bien, realmente está muy bien —sonreí.
—¡Me alegra! —sonrió—. ¿Has visto a alguien más? —fruncí el ceño. ¿A quién esperaba mi madre que yo viera?
—Pues vi a Kelian, y él no está tan bien, te puedes imaginar... —ella asintió con pena—. También a Agramón, pero solo de lejos —sus ojos brillaron de una forma que jamás en mi vida había visto antes.
—¡Ah, qué bueno! —sonrió.
—Mamá —alargué dejando mi cuchara en el plato.
—¿Qué pasó? —preguntó frunciendo el ceño, pero con algo de nerviosismo.
—¡Desembuchá! —la miré—. Vamos, desembuchá, ya te he descubierto —sonreí ampliamente y noté cómo se ruborizaba.
—Bueno, yo... —se mordió el labio.
—¿Agramón, verdad? —inquirí y alcé una ceja divertida—. ¡Te gusta! — afirmé.
—Bueno, esa afirmación es severa... —balbuceé y me reí.
—Mamá, está bien; no porque seas madre no puedes sentir atracción por alguien —consolé al ver su angustia y vergüenza—. Pero lo que sí me perturba es que sea el Rey del Terror de quien estamos hablando, mamá —dije asintiendo con la cabeza repetidas veces.
—Él no es malo —sonrió.
—Oh, eso lo sé —sonreí—. Solo me perturba un poco, aunque, no sé, yo estoy enamorada del hijo de Satanás, así que no puedo hablar —reí y ella se unió a mi risa.
—¡Kelian es un buen chico! —comentó ella mientras terminaba la sopa.
—Si solo fuera un chico... —balbuceé melancólica y mi madre lo notó.
—Luvia me comentó sobre la emboscada —dijo para cambiar de tema; en ese momento yo terminaba mi plato de sopa.

—¿Sí? Bueno, es un poco retórico el plan —confesé y encendí un cigarrillo.

—¡Quiero ir! —afirmó.

—¡Ni en sueños, mamá! —la miré.

—Quiero ir, hija, no puedo dejar que vayas sola —justificó.

—Mamá, es demasiado peligroso para ti —insistí.

—No me importa; yo sé dónde tiene que estar una madre cuando lo que realmente importa está en juego —hizo una pausa—. Y en este momento, yo sé que debo estar ahí —afirmó con completa resolución.

—Mamá, voy a estar con una escolta, ellos me protegerán —expliqué haciendo una mueca.

—No lo dudo —habló ella—. Pero yo debo ayudarte a enfrentarte con él en la parte psicológica, no en la física —explicó—. En cuanto le veas te desmoronás, mi amor —me miró con la mirada cargada de angustia—. Lo que te ha hecho no se supera así como así; no es cuestión de tiempo, es cuestión de sanar heridas.

—Mamá, yo podré, soy fuerte —aseguré.

—Ya está decidido —afirmó—. Hace un rato hablé con Gabriel; él no tuvo inconveniente con que fuera con ustedes —sonrió.

—¡Lo mataré! —mascullé frustrada—. Está bien, mamá —dije, apagué el cigarrillo y me levanté de la mesa para irme a acostar.

No podía creer lo que había escuchado: mi madre iría a la batalla y no tenía ningún tipo de protección. Estaba completamente indefensa; sería demasiado fácil que cualquier cosa le pasara. Frustrada, golpeé mi almohada varias veces. No había vuelta atrás, pero de igual forma tenía que descargar mi ira en algún lado. Comencé a llorar contra la almohada hasta que, poco a poco, sentí cómo mi cuerpo se adormecía por el cansancio y en pocos minutos caí en un profundo sueño.

-

Un ruido ensordecedor me abrumaba; todo era polvo y sangre, polvo y sangre. Giré mi cabeza para poder observar lo que me rodeaba. Hachas y espadas por doquier. Algo me arrastra y caigo al suelo; algo reluciente y brillante viene hacia mí.

Un grito, mi atacante cae. Está muerto. Me levanto y corro a recoger su espada. Una estocada, otra; maté a alguien. No me doy vuelta a mirar quién es; no podría soportarlo. Corro, todo se ve borroso, el humo asciende al cielo, algo se quema, no sé qué es.

Mis ojos lloran, mi garganta está seca y siento que se desgarrará en cualquier momento. Otro grito, otro cuerpo cae frente a mí. Nuevamente corro, nuevamente ataco, nuevamente mato.
Unos ojos negros me miran. Voy hacia ellos. Algo se interpone en mi camino: unos ojos azules. Doy otra estocada; la esquiva. Caigo al suelo, ataca, bloqueo. Me levanto, punzo su pierna, se queja.

-

Un grito, alguien cae a mi lado. Ojos verdes. Tiemblo.
Me desperté de un sobresalto en la cama; mi respiración estaba agitada y mi garganta completamente seca. Miré a mi alrededor: mi madre dormía completamente serena en su lecho. Toqué mi frente; estaba bañada en sudor. Había tenido otra pesadilla.

CAPÍTULO 39.

"Conoce el ritmo del conflicto, y bailarás con ventaja entre sus compases."

El arte de la guerra.

Sun Tzu.

»——«•◦*◦•»——«

Las pesadillas que me azotaban por las noches se hacían cada vez más reales. Y era moneda de cambio, cada mañana y cada noche, despertarme con los músculos doloridos y agarrotados, con la garganta seca, o incluso con el sentir de alguna herida cortopunzante en alguna zona del cuerpo.

Resoplé con frustración y miré la pantalla de mi nuevo teléfono celular; el reloj marcaba las tres y treinta y tres a. m., la hora de la Bestia. Me estremecí. No era buena hora para estar despierta, o al menos eso se suponía. Pero, si lo pensaba bien, se me ocurría que al estar en el Cielo, seguramente no hubiera tanta actividad paranormal a esta hora como solía haber en la Tierra.

Me senté en mi cama con la mirada perdida; en mi sueño había matado, había acabado con la vida de dos personas y herido a una tercera, o bueno, yo creía que eran personas. En el mismo, muchas personas morían, demasiadas, y eso no podía significar nada bueno.

Miré a mi alrededor e, inconscientemente, llevé mi mano hasta el dije de mi gargantilla, como últimamente hacía cuando estaba nerviosa, y lo froté.

Todo comenzó a dar vueltas y más vueltas, primero oscuridad y luego luz. Y ya no me encontraba en mi cama ni en mi habitación. Todo estaba oscuro, y nuevamente yo ya no era un ser corpóreo.

Froté mis ojos y enfoqué mi visión. La habitación donde me encontraba estaba en penumbras. Lentamente fui ajustando mi visión hasta que las formas borrosas de la estancia comenzaron a tomar forma en su lugar. Sofás, una biblioteca, un frigobar, algunos muebles, rosas.

Rosas rojas por todo el lugar; el colgante que Kelian me regaló, nuevamente, me había traído a su habitación. Miré a mi alrededor para ver si él se encontraba despierto, pero no estaba ahí. De un momento a otro, me di cuenta de que no me encontraba parada, sino que estaba sentada sobre algo mullido.

Presté atención al lugar donde me encontraba y me percaté de que estaba sentada en los aposentos de Kelian, y él dormía plácidamente a mi lado. Mi respiración se aceleró, los nervios se me aglomeraron en la boca de mi estómago y todo me dio vueltas.

Cuando recordé que él no podía verme, me tranquilicé nuevamente, recobrando el ritmo de mi respiración.

Al fin y al cabo, era como si no estuviese ahí. Me recosté a su lado, sin rozarle, pero manteniéndome cerca, y cerré los ojos en mi proyección. Dicen que las almas destinadas a estar juntas siempre encuentran la manera, y creo que las nuestras ni siquiera son dos almas, sino dos mitades de una.

Poco a poco me fui durmiendo hasta caer completamente en los brazos de Morfeo.

Cuando desperté al siguiente día, ya no estaba a su lado, sino que me encontraba de regreso, y me dolió. La agonía de su pérdida me inundó en cuerpo y alma, y el vacío dentro de mi pecho se profundizó aún más. Fue entonces, y solo entonces, cuando entendí que no era posible para mí vivir sin él, pues no me era posible vivir sin la mitad de mí misma.

Cuando descubres la verdad, y la verdad es la confirmación del vacío, tu vida se vuelve un abismo de dolor junto a ella.

Después de aquella mañana, cuando acepté que no podría vivir sin Kelian, mis días se volvieron aún más insulsos y grises de lo que ya eran, sumergida dentro de un círculo deprimente.

Esos días los ocupé solamente asistiendo a clases de magia y yendo al entrenamiento para la batalla. Pero en lo que respecta a mí, solo era una sombra, un cuenco vacío, pues mi alma se había quedado aquella noche en el Infierno y no pensaba regresar.

Practicaba la magia más básica con una hechicera muy estrafalaria y de mal carácter, en un rincón perdido del Cielo. Por alguna razón, mi aprendizaje era rápido y efectivo; pasaba demasiadas horas encerrada con ella, pues la batalla estaba cerca, y no solo esta, sino también la del juicio final.

La hechicera que realizaba el papel de maestra me había dicho que el poder que corría por mis venas era capaz de provocar el jodido Apocalipsis. Ella repetía constantemente que solo yo tenía la suficiente fortaleza para controlarlo, y que, de lo contrario, tiempos muy oscuros se avecinaban. Pero yo tenía clara una cosa: no sería capaz de controlarlo, no sola, no sin él.

La misiva había sido enviada y aceptada, el punto de encuentro establecido, y ahora solo faltaba acudir al condenado lugar de una buena vez.

Me encontraba colocándome aquella fina capa de oro y diamantes que obraba cual si fuera una segunda piel.

En poco más de una hora se daría el encuentro planeado y, si todo salía bien, la captura y muerte de Benjamín. Terminé de colocarme aquella complicada prenda y luego me coloqué un jean, una polera cuello de tortuga color crema y mi saco de paño negro. Suspiré y encendí un cigarrillo.

Nos encontrábamos a fines de septiembre; la temperatura en el hemisferio sur aún estaba demasiado baja, así que tenía que recurrir a mi ropa abrigada de mortal si quería bajar a la Tierra. En cuanto estuve preparada, salí de mi choza para encontrarme con Rafael, envuelto en una resplandeciente armadura plateada con detalles en oro y una capa color rojo colgando sobre sus hombros. La armadura era muy similar a las que usó el Imperio romano en sus épocas de apogeo, así que deduje que estaba inspirada en ellas. A su lado estaba mi madre, quien había optado por un par de jeans anchos negros y un suéter de cuello alto de un bordó muy intenso. Estaba simplemente hermosa.

La angustia y los nervios me oprimieron el pecho; ella había logrado definitivamente meterse en la misión y ahora estaba allí para acompañarme, a pesar de que medio Cielo le advertía que no era seguro bajar hasta ese campo de batalla. Yo, que la conocía bien, ya había dejado de insistir hace tiempo, pues la terquedad era por lejos uno de sus mayores defectos, y cuando una idea se le metía en la cabeza no había manera de hacerla cambiar de opinión.

—¿Lista? —preguntó Isaías al verme.

—¡Lista! —afirmé, y mi voz transmitió mucha más seguridad de la que realmente sentía. Él me regaló una sonrisa de orgullo.

De inmediato nos pusimos en marcha. Llegamos hasta el cuartel general del ejército, donde estaban reunidos todos los ángeles que habían estado en la junta de guerra. Además, a nuestro pequeño grupo se nos unió Uriel, cuarto arcángel de la jerarquía. Nos tomamos de las manos y Rafael, junto a Uriel, comenzaron a recitar el hechizo en latín para bajar a la Tierra. Instantes después ya no nos encontrábamos en el Cielo, sino que, luego de varios giros y luz, estábamos en algún lugar a las afueras de Montevideo.

Al llegar pude divisar al grupo de demonios que me escoltarían. Estaban sentados en ronda, planificando algún tipo de estrategia militar, quise suponer yo.

Pero al observar con mayor detenimiento, sopesé la idea de que, tal vez, simplemente estuvieran hablando entre ellos, puesto que sus rostros se veían completamente relajados y sonrientes, más de lo que la situación debiera permitir.

Pude reconocer a todos y cada uno de los seres infernales que componían mi escolta. Allí sentados se encontraban Cimeria, lo que era más que obvio, Lilian, mi querida amiga, Alouqua, su hermana, Lilith, madre de ambas, la dulce Belial, Azazel, Agramón, Asmodeus y quien no podía faltar: la Bestia.

Contuve el aliento y mis ojos traicioneros se centraron en él, y me vi completamente perdida en su sonrisa. Esa sonrisa perfecta que me robaba una parte del alma cada vez que la veía.

Se veía jodidamente apuesto. Tenía unos jeans cargo negros, sujetados por un cinturón del cual colgaba una gran espada, unas botas tácticas militares, una remera de manga corta y escote en uve del mismo color, que dejaba ver sus tatuajes tribales, y por último, una pechera de hierro fundido que seguía el dibujo de su musculatura.

Joder... ¡Al verlo la boca se me secó por completo!

Ese magnetismo espontáneo que me llevaba a mirarle siempre que estaba cerca provocó en él las mismas consecuencias. Él levantó su rostro hacia mí y ambos nos perdimos mirándonos el uno al otro, sin importar quién nos rodeara.

Él rompió el encantamiento y se puso de pie, acto que de inmediato imitaron todos los que lo rodeaban. Lili, a quien poco le importaban las consecuencias de sus impulsivos y locos actos, al percatarse de mi presencia, saltó de su lugar y se acercó hasta mí para estrecharme en un fuerte abrazo. Dudé solo un par de segundos en corresponderle; estaba completamente chiflada, pero la amaba por eso.

Uriel, quien no tenía idea de la amistad que yo mantenía con la vampiresa, frunció el ceño profundamente, pero no dijo nada; no convenía que dijera nada. Acto siguiente, Rafael interrumpió el silencio que se había formado.

—El plan ya se ha puesto en marcha —anunció en un tono demasiado formal, intentando ocultar los nervios que lo carcomían por dentro. Kelian y Cimeria asintieron—. Confío en usted el cuidado de la chica —le dijo fríamente a Cimeria.

—No se preocupe —dijo el general estrechando su mano con el arcángel—. Sé cómo cuidar a una doncella de su bando.

—Confío en que Sarel estará feliz con ello... —afirmó.

Y esas palabras fueron como una puñalada para el General de los ejércitos infernales; su cara se contrajo y sus rodillas temblaron casi imperceptiblemente. La amenaza era clara: o me cuidaba con su vida, o jamás volvería a ver ni a su amante ni a su hija.

—Por supuesto... —fue lo único que dijo, y soltaron sus manos.

Isaías y Uriel hicieron un gesto con la cabeza para despedirse y luego desaparecieron en el acto.

—¿Qué acaba de pasar? —me preguntó Lili en un susurro.

—Rafael acaba de amenazar a Cimeria con prohibirle a Sarel volver a verlo.

—¿Quién carajos es Sarel? —preguntó ella confundida.

—Es la amante de Cimeria y madre de su hija, y también hija de Rafael —me encogí de hombros mientras cuchicheaba con ella—. Sí, es demasiado enredado —ella simplemente asintió y luego comenzó a jalarme hacia la ronda.

Kelian me miró de reojo, con cara de pocos amigos, y yo decidí evitar la mirada. Mi madre no tuvo problemas en integrarse a la ronda, donde Agramón le había apartado un lugar, y ahora mantenía una conversación por lo bajo con ella.

Por mi parte, tomé asiento entre Lili y Ali, quienes de inmediato se pusieron a parlotear, pero para mí era imposible seguirles el hilo de la conversación.

Miraba a Kelian de reojo cada vez que podía y siempre le encontraba mirando hacia otra parte, como si me evitara. Y esa era la cuestión: me estaba evitando.

Observé a mi madre y a Agramón; él parecía contarle chistes, o algo parecido, pues mi madre se reía tontamente. Era más que obvio que la estaba cortejando, y que mi madre estaba dejando que la cortejara.

¿Por qué mi relación con Kelian no podía desarrollarse con esa fluidez? ¿Por qué estábamos condenados a sufrir tanto? Aquellas preguntas comenzaron a atormentarme, amotinándose en mi mente como abejas a la miel. Entonces, decidí ponerme de pie y alejarme sin que nadie lo notara. Necesitaba despejarme.

Así lo hice; me alejé y me perdí dentro del monte circundante y me senté cerca del cauce de un río, que supuse que sería el Santa Lucía. Me quedé mirando el agua de forma estática; la hora de encuentro establecida no era hasta dentro de cuarenta minutos, aún tenía tiempo de sobra para poder pensar.

Oí unos pasos acercarse y un par de ramas quebrarse, y luego su inminente presencia detrás de mí. No necesitaba voltear para saber quién era; yo era demasiado consciente de su presencia.

—¿Qué hacés aquí? No debés alejarte —dijo él en un tono de regaño.

—Andate Kelian, volveré cuando sea la hora de partir —aventé una piedra al agua, haciendo que rebotara por la superficie.

—Es peligroso que estés sola —afirmó.

—¿De verdad aún me creés una niñita indefensa? —pregunté indignada dándome vuelta para mirarlo a la cara.

—No, sé muy bien que no estás nada indefensa —habló y en su voz dejó entrever algo de rencor—. Pero sí frente a él —se cruzó de brazos.

—Ya empezás a sonar como mi madre —dije dándole la espalda nuevamente; todo el mundo creía que me paralizaría al verle.

—Nazaret —alargó a modo de advertencia y dejó caer sus brazos a un lado de su cuerpo.

—¡Maite! —exclamé furiosa—. ¡Mi nombre es Maite!

—Bueno, Maite, regresá a la ronda —ordenó, y pude verlo cruzándose de brazos.

—¿No vas a respetarme nunca, verdad? —preguntó mirándole a los ojos.

—No es que tú me respetes demasiado... —alzó una ceja.

—¡Yo sí te respeto! Respeto quién eres, eres la Bestia. Eres el Comandante en Jefe de los Ejércitos Infernales. ¡Soy consciente de lo que eres capaz de hacer! —afirmé apretando los dientes—. Sin embargo, ¡tú no me respetas! No asumes que tengo tanto poder como tú, me ves como una niñata problemática, nada más... —afirmé con la voz un poco rota.

—Eres una niñata... —dijo y mi cara se encendió por la rabia. Procedí a ponerme de pie de inmediato—. Una niñata con poder, una niñata capaz de darme una muy buena paliza —sonrió de costado—. Pero una niñata al fin y al cabo... —mostró toda su hilera de dientes perfectos en una amplia sonrisa cargada de seguridad—. ¡Eres mi niñata!

Las piernas me flaquearon al escuchar la última frase. ¿Estaba loco o qué rayos le sucedía? Lo había herido de manera física y emocional hasta más no poder... Y él seguía ahí, conmigo, para mí; me quería, a pesar de toda la mierda que había hecho, él aún me quería. Y lo peor era que ya no me importaba si era una estrategia de guerra, yo también lo quería, lo quería solo para mí.

—Eres masoquista, te lo dije una vez cuando apenas te conocía, y te lo repito en este mismo momento —me crucé de brazos—. Sabes que somos enemigos, que debemos serlo, nada cambiará eso... —mordí mi labio; ni yo creía mis palabras.

—No es eso... —hizo una mueca y algo dentro de mi pecho dolió al verle sufrir—. No sé si algún día podré perdonarte que me atacaras —dijo y el corazón se me encogió aún más. Hice una mueca involuntaria de dolor—. Pero al menos sé que me quieres; si no, no me hubieras atacado... —musitó y se acercó peligrosamente a mí—. Y lo sé, aunque seamos enemigos.

—¿Por qué te acostaste con Kashdejan? —pregunté sin pensarlo, en un arrebato de celos. Me mordí el labio nuevamente pues me arrepentí de preguntarlo casi al instante; mi gran bocota no podía mantenerse cerrada.

—Lo he hecho siempre, no lo entiendes, es distinto a como lo ves tú —suspiró con frustración—. Estaba enojado contigo por elegir a Dios —comentó—. Tenía que descargarme, me sentía perdido... —suspiró largamente—. Estoy enamorado de ti... Tú habías elegido no estar a mi lado, no sabía qué hacer... —dijo tomándome por las mejillas para mirarme a los ojos, y varias lágrimas traidoras rodaron por mi rostro.

—Nada de eso importa, nos hemos hecho mucho daño, demasiado... —musité mientras dejaba caer varias lágrimas más.

—No digas eso... —balbuceó y me estrechó entre sus brazos.

—Sí que lo digo —afirmé—. Hemos hecho crecer en nuestro interior un odio que no podremos apagar así como así, Kelian...

—Yo no te odio, Gorriona —depositó un beso en mi coronilla—. Jamás podría odiarte... Te quiero, Maite.

—También te quiero —susurré y ahogué un sollozo. La presión que causaba la angustia en mi pecho era insoportable—. Pero... las cartas ya están jugadas, y no puede haber un empate, si no será una carnicería; son demasiadas almas, demasiadas vidas —negué con la cabeza—. Tú debes ganar.

—¡Olvidalo, yo no te mataré! —afirmó él con la voz contraída.
—Alguien tiene que ganar, Kelian, si no uno de los bandos se extinguirá... —susurré contra su pecho.
—Pues entonces que gane el mejor —masculló seriamente—. Si uno debe ganar, pues que sea una batalla limpia, real y que gane el mejor —habló separándome de él para que le mirara a los ojos. Tragué saliva y asentí con el rostro contraído por la angustia.
Él se acercó a mí; estaba segura de que me daría un beso, pero en el último momento se detuvo, depositó un beso en mi frente y se separó de mí, dejándome completamente perdida fuera de sus brazos.
—Vamos, ya es hora de irnos —dijo poniéndose en marcha.
Yo no pude más que seguirle hasta que llegamos donde estaban los demás. Belial me dio una mirada cálida y se acercó a mí casi sigilosamente; depositó uno de esos tiernos besos de madre en mi mejilla y me dedicó una sonrisa.
Todos nos tomamos de las manos y, con unas pocas palabras de los demonios, estuvimos en un abrir y cerrar de ojos en el campo establecido como punto de encuentro. Al estar allí, armamos una formación en la que Kelian y Cimeria iban al frente, Agramón y Asmodeus al fondo, el resto a los costados. Por supuesto, mi madre y yo nos posicionamos en el centro.
La tensión inundó el ambiente; todos mirábamos en todas las direcciones para ver por dónde podría aparecer Benjamín, y para prepararnos si venía acompañado. Pero, para nuestra sorpresa, el campo se extendía por kilómetros y kilómetros sin que siquiera hubiera rastro del nefilim y los suyos.
Una luz comenzó a irradiar sobre nosotros y el resto del cielo se oscureció y, de un momento a otro, Benjamín se materializó frente a nosotros, solo, sin refuerzos. Fruncí el ceño; los nefilims no tenían esa clase de poder dentro de su arsenal. Esto era fácil, demasiado fácil; no podía ser cierto, nada bueno sucedería.
—¿Los nefilims pueden hacer eso? —susurré.
—No —contestó Kelian en un tono casi imperceptible—. Definitivamente no.
Benjamín nos observó muy quieto en su lugar; transmitía una calma perturbadora, y sus ojos ya no poseían el color dorado que yo solía amar; ahora eran rojos, negros y rojos, profundos y casi huecos..

Me estremecí; él se había hecho algo a sí mismo, aquello no era natural. Los ojos de las personas no cambian sin motivos, por lo menos no cambian para verse de aquella manera.

—Ya estoy aquí —habló el rubio—. Entregad a la hija de Yahvé —rugió y yo me paralicé presa del pánico. Era cierto: su presencia me quitaba el foco y anulaba todos mis sentidos.

—Un trato es un trato, chico listo —habló Kelian—. Si no firmás tu pacto con Lucifer no te entregaremos a la chica

—¡Son tan ingenuos! —dijo y rió; rió de una forma que logró ponerme los cabellos de punta; en su interior no había nada, solo maldad—. ¿Creían que podrían salirse con la suya? —sonrió—. ¡Han firmado su sentencia de muerte!

En ese momento, él comenzó a levitar en su lugar, a levitar así, sin más, sin ayuda de ningún aparato, ni de alas ni nada. A su vez, en toda la extensión del campo, comenzaron a materializarse los que yo supuse que eran los nefilims lobo. Eran cientos, eran cientos y todos levitaban y poseían aquella mirada fría y vacía de los ojos negri-rojos. Pasé saliva con fuerza; esto iba a ser una carnicería.

Oí cómo Kelian contenía la respiración; no se lo esperaba, nadie se lo esperaba. Habíamos supuesto que iba a traer refuerzos, no que traería un puto ejército. Un ejército de criaturas que estaban mucho más allá de este mundo, o de cualquier mundo conocido, pues la magia que irradiaban era más oscura y poderosa de lo que jamás haya visto ni el más poderoso de los hechiceros infernales.

Esto provenía de otro mundo, de mucho más allá de nuestras barreras dimensionales, y ahora nosotros debíamos enfrentarnos a aquello.

El viento comenzó a soplar con ímpetu; todos los guerreros desenfundaron sus armas. Yo me encogí en mi lugar; esto no iba a ser bueno, iba a haber mucha sangre, lo sabía, ya lo había soñado. Se escuchó el primer choque de espadas; Kelian y Benjamín se habían intrincado en una batalla cuerpo a cuerpo. El caos se desató.

El ejército de nefilims arremetió contra los demonios de mi escolta. Ellos no vacilaron en contraatacar. El ruido de las espadas se comenzó a sentir cada vez con más intensidad; la magia se hacía visible, pues los demonios estaban haciendo uso de ella en batalla. El Cielo se abrió y vi el reflejo de asombro en la cara de Rafael por un instante. Luego, las hordas celestiales arremetieron y el ruido se volvió ensordecedor.

Las espadas chocaban y mataban a mi alrededor; Asmodeus, rey del caos, inició un incendio para controlar toda un ala del ejército que nos atacaba por el oeste. El humo ascendía quitándome el aliento. Coloqué a mi madre detrás de mí e invoqué mi magia; uno a uno iba arremetiendo contra aquellos que me atacaban. Gritos y más gritos se hicieron oír; un nefilim cayó muerto gracias a las manos de Lili; le arrebaté la espada y comencé a luchar.

Me enredé en una batalla con un nefilim de más o menos dos metros de alto. Nuestras espadas chocaron; embistió contra mí, lo esquivé, blandí mi espada y, luego de varios choques, le di una estocada directa en el pecho; el nefilim cayó. El humo aumentaba; algunos de nuestros rivales eran consumidos por las llamas. Oí un grito; Belial había sido atravesada en su pierna por una katana; la vi invocar su magia, hubo una explosión, varios murieron, ella estaba a salvo.

Me vi envuelta en otra pelea, defendiendo a mi madre; luego de minutos interminables le di muerte.

Dos, ya había quitado dos vidas. Y seguirían más, y más; las criaturas no dejaban de arremeter. Vi a Kelian; tenía acorralado a Benjamín; sonreí, pero mi sonrisa se fue al ver la herida que le atravesaba la espalda; no había salido ileso. Otra estocada, me llevé otra vida. Alguien me atacó y lo bloqueé. Vi cómo otro se acercaba a mí por detrás. Un grito, alguien atacó a mi atacante; otro grito, el de una chica. No pude concentrarme más, pues debía defenderme.

Me distraje cuando vi a Rafael tambalear y caer de rodillas, pero se puso de pie nuevamente. Vi algo por el rabillo de mi ojo: me atacaban; no pude reaccionar a tiempo, vi el filo de una espada, alguien se interpuso. Humo, humo negro nubló mi visión; alguien se quemaba, alguien había caído.

Mi madre, mi madre sangraba en el suelo. Cerré los ojos y dejé escapar un grito de horror; sus ojos verdes todavía brillaban. Sentí la magia hervir en mis venas y grité. Grité y una luz salió de mí; magia, magia que arremetía por todos lados. Gritos y más gritos. Y luego, silencio.

Cuando los volví a abrir, la batalla había terminado. Los nefilims se habían esfumado. Kelian, malherido, sostenía por las manos a Benjamín, quien estaba casi inconsciente; el resto de los guerreros se había ido. El humo aún se alzaba en el cielo.

Me arrodillé junto a mi madre y la abracé. Comencé a llorar desconsoladamente; la perdía, la perdía, nunca más la vería. Ella alzó su mano débilmente y acarició mi cabello; alcé la vista para observarla, me sonrió.
Entonces lo vi, vi otro cuerpo a pocos metros. Lili estaba tendida en el suelo, con una espada directamente clavada en el corazón.

CAPÍTULO 40.

"El campo de batalla es una escena de caos constante. El ganador será quien controle ese caos, tanto el suyo como el de los enemigos."

Napoléon Bonaparte.

»——«•◦⁕◦•»——«

Me sentí mareada; las náuseas se apoderaron de mí, la bilis subió por mi garganta. El cuerpo de mi pequeña amiga estaba ahí, tirado en el fango, muerto, completamente sin vida. Esta era la conjunción de mis temores más profundos, de las causas de mis insomnios y pesadillas.

A partir de ahí, me pareció que todo comenzó a sucederse en cámara lenta. Vi a Lilith caer de rodillas a un lado de su hija y proferir un grito de ira. A su lado, Alouqua se había quedado completamente estática; la súcubo parecía haber quedado en trance ante el hecho, casi no respiraba, solamente podía observar el cuerpo sin vida de su pequeña hermana.

A lo lejos vi a Rafael ponerse en pie, sosteniendo su vientre; seguramente había sido atravesado por alguna espada o alguna garra. A su lado Belial se ponía de pie, quien con su pierna sangrante apenas podía mantenerse erguida. Moví mi cabeza en otra dirección: Kelian tenía a Benjamín contra el suelo, mientras apoyaba su rodilla en medio de la espalda del nefilim. Tenía las manos y el rostro cubiertos de sangre y hollín, y su expresión era de completa furia.

Habíamos ganado; habíamos ganado una batalla en la que no teníamos la más mínima ventaja. Pero, por ello, habíamos pagado un precio muy alto, demasiado alto. El corazón se me encogió en el pecho; apenas podía respirar con tanta angustia. Recorrí con la mirada el campo de batalla: eran innumerables los cuerpos tendidos sobre el pasto y la grava; demasiados cuerpos, demasiadas vidas, demasiado todo.

Volví la vista a mi madre; sus ojos aún con vida dejaban entrever el dolor que estaba padeciendo. Su vientre había sido cruelmente abierto, y sus pequeñas manos ahora trataban de mantener la herida cerrada para mantenerse con vida aunque sea unos pocos minutos más. Ahogué un sollozo; lo que menos necesitaba ella en este momento era que yo me derrumbara.

Por el rabillo del ojo vi una figura negra acercarse a gran velocidad y caer de rodillas del otro lado del moribundo cuerpo de mi madre.

—¡Alejandra! —le oí gritar mientras se agachaba sobre su cuerpo y la abrazaba rompiendo en llanto, un llanto desgarrador.

Observé la escena mientras las lágrimas brotaban cual manantiales de mis ojos, pero sin hacer ningún ruido. Agramón, el Rey del miedo, estaba llorando; llorando y temblando por la inevitable muerte de mi madre. Sabía que ambos suspiraban el uno por el otro, pero solo hasta ese momento había tomado conciencia de la profundidad de los sentimientos que ambos albergaban. Varios minutos de llanto se sucedieron; podía ver el alma de mi madre escapársele con cada exhalación que daba.

Rafael se había acercado a mi lado y se encontraba en cuclillas, sosteniéndome para que no me derrumbara. Agramón levantó su mirada para encontrarse con la mía con una velocidad totalmente inhumana y, con los ojos cargados de lágrimas y la voz encogida, habló de manera entrecortada.

—Hay... hay una forma de salvarla... —balbuceó con la voz completamente quebrada.

—¿¡Qué!? —exclamé sobresaltada—. ¿Cuál? ¿Por qué no estamos salvándola? —pregunté con desesperación.

—Porque implica tomar una gran decisión, Maite; la vida de Alejandra cambiaría radicalmente y para siempre —habló sombríamente.

—¡Pero seguiría con vida! —exclamé fuera de mis cabales.

¿Cómo era posible que nadie lo haya mencionado hasta ahora? Si hubiera una forma de salvar a mi madre, la tomaría sin importar el precio. Vi a Agramón mirar a Rafael, quien mordía su labio inferior con nerviosismo, y luego pasar su mirada a Lilith, quien aún se mantenía abrazada al frío cuerpo de su pequeña.

Fue entonces cuando entendí que la única forma de salvar su vida era condenando su alma. La única forma de mantener a Alejandra con nosotros era que se convirtiera en una vampiresa. Se me hizo un nudo en la garganta; no volvería a verla, sin importar la decisión que tomara. Pero prefería un mundo donde mi madre viviera a pesar de que ya no pudiera estar a mi lado.

—Háganlo —dije fríamente, sabiendo lo que conllevaría mi decisión —. Háganlo, conviértanla. Pero, ¡sálvenla por favor! —rogué.

—¿Segura? —preguntó Agramón con un destello de esperanza en sus ojos, y yo asentí con firmeza.

Él automáticamente se levantó y caminó hasta Lilith y, luego de un breve cruce de palabras y de varias miradas al cuerpo de mi madre dadas por la diablesa, ella asintió. Lilith se levantó del lugar donde yacía y se acercó a nosotros a paso lento; podía ver la profunda pena en los ojos de la primera esposa de Adán.

—Deberían alejarse —nos dijo Lilith a Rafael y a mí. Él se puso en pie, ayudándome a hacerlo también, y luego nos alejamos unos metros.

Vimos cómo Lilith se arrodillaba a un lado del cuerpo de mi madre y le susurraba algunas palabras. Mi madre, en respuesta, asintió casi imperceptiblemente. Luego de ello, la diablesa le regaló una sonrisa, dejando ver sus afilados dientes y protuberantes colmillos. Se corvó sobre el cuerpo de mi madre, mordiéndole en su cuello.

Escuché con demasiada claridad el ruido que hizo la piel de mi madre al ser desgarrada por aquellos afilados dientes. La sangre comenzó a brotar a raudales y me tambaleé en mi lugar debido al mareo. Tuve que apartar la mirada y me acurruqué entre los brazos de mi arcángel favorito. Rafael me estrechó contra él a pesar de la herida cortopunzante de su vientre.

A lo lejos oí la voz de Kelian, quien dejaba escapar algunos improperios a Benjamín mientras que, junto con Cimeria, lo encarcelaban en una especie de jaula fabricada con magia. Luego le oí acercarse, pues podía escucharle hablar con alguien por lo bajo; cuando se paró a mi lado y al de Rafael, pude sentir su calor, pude sentirle tan cerca como si nos estuviéramos abrazando. El arcángel se apartó del abrazo y me miró para transmitirme seguridad, y luego se marchó, pues él tenía sus propios heridos para atender.

Kelian colocó con dificultad una mano en mi hombro para consolarme y yo temblé ante su toque. Le miré en silencio y él me devolvió la mirada. Una mirada que decía demasiado, que estaba cargada de tantas palabras, de tantos sentimientos, que no era necesario hablar.

En ese momento, vi cómo el cuerpo de mi madre quedaba completamente sin vida y cómo Lilith la cargaba en brazos y caminaba hasta nosotros.

—Debo llevármela al Infierno... —me explicó—. Debe nacer nuevamente en él —sonrió débilmente, con una sonrisa que no le llegó a los ojos—. Allí estará a salvo, lo prometo.

—Está bien —contesté yo, y sentí un par de fuertes brazos rodearme por la espalda en un reconfortante abrazo que ya era demasiado conocido para mí.

Lilith asintió, luego pronunció el hechizo en idioma infernal y desapareció, llevándose con ella el cuerpo de mi madre. Las piernas se me volvieron a aflojar y solo el abrazo de Kelian me mantuvo en pie. Comencé a llorar y así continué por lo que a mí me pareció una completa eternidad.

—Ella estará bien... —susurró Kelian en su abrazo, pues yo me había acurrucado contra su pecho—. Te prometo que estará bien.

—Lo sé, sé que lo estará... —susurré y él apretó aún más su abrazo.

Luego de otros cuantos minutos, me solté de sus brazos y me giré para caminar hasta donde estaba tendido el cuerpo de mi pequeña vampiresa de anteojos morados. Pero, para mi sorpresa, su cuerpo no estaba allí.

—¿Dónde está Lili? —le pregunté a Kelian, que aún permanecía a mi lado.

—No lo sé... —se rascó la nuca con confusión—. Su cuerpo estaba allí hasta hace solo unos minutos.

—¿Se la habrán llevado al Infierno para darle sepultura allí? —le pregunté—. Yo quería despedirme de ella —susurré con la voz quebrada.

—No acostumbramos a hacer eso, pero supongo que es posible... —respondió él sin mucha seguridad en la voz—. Debo ir con los demás —anunció y yo asentí, dejando que se adelantara.

Luego de unos segundos de contemplar el fango, me dirigí donde estaban reunidos los altos mandos de ambos ejércitos. Kelian, Cimeria y Asmodeus por un lado; los cuatro arcángeles, dos serafines y una dominación por el otro. Cuando me acerqué, todos posaron su mirada en mí y, luego de un minuto de silencio, fue Miguel quien habló.

—No habrá juicio, Nazaret —me informó—. Será directamente ejecutado aquí mismo —asentí a manera de respuesta.

—¿Querés estar presente al momento de la ejecución? —preguntó Uriel con una mueca, pues no sabían si sería capaz de soportarlo.

—Por supuesto; he visto ya muchas muertes, no me voy a perder la que más deseo —dije apretando los dientes y todos asintieron.

De inmediato, todos nos encaminamos hasta donde estaba la improvisada celda de Benjamín. Al contemplar la tétrica postal, me estremecí. Allí estaba él, sentado en el suelo, con una sonrisa de maniático en la cara. Levantó su rostro y fijó su mirada en nosotros de manera que a mí me hizo estremecer.

Luego de ello, Kelian deshizo la celda y lo obligó a pararse tirándole por el cabello.

—¡Debí matarte cuando tuve la oportunidad, maldito desgraciado! —rugió la Bestia a modo de susurro contra el oído de Benjamín, pero este solamente se rió.

Miguel tomó su espada, la cual colgaba de su cinturón, y la desenfundó. Pero, en el momento en que la iba a blandir contra el condenado, este último habló.

—Que lo haga él —dijo con una voz enfermiza—. ¡Que lo haga mi padre si se atreve! —retó alzando la barbilla, desafiante.

Todos los celestiales se miraron entre sí, puesto que solo los demonios sabían quién era el padre de este nefilim. Vi a Rafael tomar aire; sería difícil para él enfrentar todo esto. No solo la traición y muerte de su hijo, sino las atroces consecuencias que el revelar la verdad le acarrearía.

—Lo haré con gusto —dijo con una sonrisa forzada en su rostro.

La capacidad de mostrarse inquebrantable en las peores circunstancias era una cualidad envidiable de este arcángel. Todos los miembros del bando celestial que pudieron escucharlo clavaron su mirada en él. Miguel, por su parte, lo miró sorprendido y decepcionado al mismo tiempo; nadie se esperaba que el nefilim que casi había destruido la Tierra fuera el hijo del intachable arcángel Rafael.

Rafael desenfundó su espada y Miguel se hizo a un lado para cederle el lugar sin pronunciar palabra alguna.

—Vaya, padre, nuevamente cara a cara —sonrió Benjamín.

—Tú llevarás mi sangre, pero de ninguna manera eres mi hijo —bramó Isaías con la mirada encendida por la rabia.

—Oh, vamos, papi, no te hagas el duro —rió el nefilim.

—Reí, que te queda muy poco en este mundo como para que lo hagas —masculló el arcángel.

—Oh, no, padre, ¿es que aún no lo sabés? —sonrió—. Usted podrá matarme, pero no me desaparecerá de la faz de la tierra —sonrió de costado.

—¿De qué estás hablando? —Rafael frunció el ceño y yo entrecerré los ojos. ¿Qué artimañas podría tener este condenado hijo de perra bajo la manga?
—De su querida novia... ¿Cómo se llamaba? —hizo una breve pausa —. ¡Ah, sí! Verónica, la traidora que se alió con Lucifer, el padre de la marmota que me está sosteniendo —Kelian lo golpeó en la cabeza y, luego de sacudirla, él siguió hablando—. ¿Es que usted no lo sabe aún, padre? —rió.
—¿Qué pasa con Verónica? —rugió apoyando la espada con fuerza controlada en el pecho de su hijo—. ¡Hablá de una maldita vez! —gritó y sus ojos se inyectaron en sangre.
En mi lugar, pasé saliva con fuerza. Nada en esta charla tenía sentido y todos los presentes estábamos anonadados por una u otra razón.
—El niño que trae en su vientre... —sonrió.
—¿Qué pasa con él? —rugió Rafael; su respiración era irregular y el cuerpo le temblaba de furia; Benjamín estaba tocando el talón de Aquiles del arcángel.
—Es mi hijo —sonrió y luego dio un grito ahogado.
La sangre brotó de su pecho cual cascada, bañando los pies, ya ensangrentados, de quienes estaban a su alrededor. Kelian soltó el cuerpo agonizante del muchacho, aventándolo hacia un costado y propinándole una patada contra el cuerpo del mismo de pura rabia.
El arcángel, por su parte, cayó de rodillas, soltando su espada y hundiendo la cara entre sus manos. Un alarido desgarrador rompió el silencio circundante al tiempo en que el corazón de Rafael se hacía añicos. Brutales y consecuentes sacudidas empezaron a atravesar su cuerpo, acompañando las lágrimas que estaba dejando caer. Todas las emociones lo habían arrasado al punto de no dejar ninguna parte de su alma en pie. Y no era para menos: su hijo había violado al amor de su vida. Y él había asesinado a su hijo.
Miré a todos a mi alrededor. Kelian estaba estático, apretando sus puños a cada lado de su cuerpo. Los demás demonios estaban igual de consternados y angustiados, pero no movían ni un solo dedo. Y sus compañeros, aquellos que deberían estar prestando apoyo, no sabían si consolarlo o darle captura.
Entonces, fui yo quien se agachó frente a él, tapando la visión del cuerpo inerte de su malvado hijo.

Estiré mis brazos y lo estreché con fuerza contra mí, susurrando cual mantra que todo estaría bien. Pasamos un buen rato de aquella manera, él abrazado a mí, sollozando de forma desgarradora, y yo intentando unir cada pieza de su destrozado corazón.

Un viento se arremolinó en el campo de batalla, donde los soldados ya habían comenzado a apilar los cadáveres para incinerarlos luego. De un momento a otro, una figura se materializó frente a nosotros. Vi cómo el gesto de Miguel y los demás ángeles se contrajo por el asombro, y el horror se apoderó de sus miradas.

El intruso en la escena hizo caso omiso al rechazo causado entre los celestiales y suspiró al ver la escena. Él se acercó y le tendió una mano a Isaías para ayudarle a ponerse en pie, y el novio de mi mejor amiga aceptó sin recelo aquella mano extendida, que era mucho más que un simple gesto de cordialidad. Los dos hombres se miraron fijamente, primero con algo de recelo, hasta que el visitante le regaló al destrozado Rafael una luminosa sonrisa y, con un tirón de su brazo, estrechó al arcángel en un muy apretado abrazo; un abrazo que solo pueden dar los hermanos.

—Todo esto ha sido mi culpa; perdóname, hermano —habló el visitante con la voz claramente contraída.

—Nada de esto tiene que ver contigo; tú no has sido quien sembró la semilla de rencor en mi hijo —contradijo con seguridad, aún con la voz quebrada.

—Pero por mi culpa has tenido a ese niño —recordó.

—Todo pasa por alguna razón, Luci —sonrió.

Lucifer se apartó divertido del abrazo y miró a su hermano menor con un fingido gesto de desaprobación.

—¿Cuántas veces tengo que decirte que no me digas Luci, Isaías Rafael? —protestó Satanás y, al decirlo, ambos rieron con agrado.

—El resto de la eternidad —contestó su hermano, y Lucifer negó con la cabeza; luego la alzó y miró directamente a Miguel.

—Miguel —saludó cordialmente, como si Miguel no fuera quien lo había desterrado del Cielo con ayuda de Dios.

—Satanás —contestó este, pero Lucifer no pareció ni inmutarse y volvió su atención a su hermano menor.

—Tu novia está en mis dominios —le comunicó a Rafael—. Estará allí hasta que dé a luz, pues es arriesgado para tu nieto que vuelva a pasar las defensas del Infierno.

—Está bien; confío en que está en buenas manos —sonrió débilmente. Luego vi a Lucifer asentir y desaparecer sin más.
Los demonios que habían formado mi escolta desaparecieron uno a uno, al igual que muchos integrantes del ejército celestial. Agramón y Alouqua se acercaron a despedirse de mí antes de desaparecer. Luego de un rato, solo quedábamos en el campo de batalla aquellos encargados de incinerar los cuerpos, los cuatro arcángeles, la Bestia y yo.
Kelian se acercó a mí con intenciones de decirme algo, pero le hice mantenerse callado, pues vi por el rabillo de mi ojo a Miguel y los demás acercarse a Rafael, quien estaba parado en medio de la nada, aún conteniendo la respiración.
—No sé qué haremos contigo, hermano —le dijo Miguel—. Sabés que, luego de lo que aquí ha sucedido, nada podrá ser igual.
—Podemos hacer como si no hubieran escuchado nada —sugirió mi ingenioso arcángel favorito con una sonrisa fingida.
—¿Y pasar por alto que tenías un hijo con una mortal que casi destruyó la Tierra? ¿O que tenés una novia mortal? ¿O que te relacionás con el mismísimo Demonio? —dijo Miguel fríamente—. Lo siento, hermano, tus pecados son demasiado atroces para pasarlos por alto —hizo una pausa—. Deberás pagar por ello.
Kelian y yo vimos cómo Rafael asentía con resignación y bajaba la mirada; estaba resignado a su suerte. La sangre en mi cuerpo entró en ebullición; no podía permitir que estos arcángeles cometieran la atrocidad de castigar a Rafael por esto.
—¿Para esos cargos, cuál es la pena que sería impuesta, Kelian? —le pregunté a la Bestia en un susurro.
—Sé que por solo uno de ellos la pena es el destierro del Cielo; creo que por todos ellos la pena ha de ser la muerte —susurró con el ceño fruncido.
—Debemos detenerlo, Rafael no puede morir —dije yo con la voz contraída.
—La única forma de evitarlo es que deserte en este momento y se vaya conmigo —explicó con una mueca.
—Intentemos que lo haga... —susurré.
—Tú velás por los intereses de tu bando lo mismo que McDonald's por los intereses de Burger King, ¿lo sabés? —dijo él alzando una ceja.

—¡Menuda comparación! —exclamé—. Vamos.

Nos apresuramos a llegar donde Rafael, a quien Miguel estaba colocando un par de esposas de magia blanca. Al llegar, Kelian rompió las esposas con un golpe de su magia, a lo que todos se sobresaltaron.

—¡Pero qué rayos! —exclamó Miguel.

—No van a llevárselo antes de que yo hable —sonrió Kelian.

—¿Quién te creés tú para entrometerte en los asuntos del Cielo? —rugió Miguel, desenfundando su espada.

—El Comandante en Jefe de los Ejércitos Infernales —sonrió Kelian de costado—. Rafael, no tenés por qué ser condenado a la muerte; yo puedo ofrecerte otra cosa —le habló mi arcángel favorito.

—¿Me estás pidiendo que deserte, Kelian Wagensbergky? —dijo alzando una ceja.

—Exactamente, Isaías Rafael —dijo sonriendo la Bestia, y Miguel, furioso por la situación, soltó algunos improperios.

—Rafael tiene bastante más dignidad que eso —escupió Gabriel, quien observaba incrédulo desde una distancia prudencial.

—La verdad, hermano, es que no. ¡Ya me cansé de su estúpida pacatería y sus asfixiantes reglas! Y no, no voy a dejar que me ejecuten por haberme enamorado y llevarme bien con mi hermano —afirmó con resolución—. Sobrino —dijo mirando a Kelian—. Me voy contigo —sonrió.

—Me parece la más sensata de sus decisiones, tío —sonrió—. Estoy ansioso por saber en qué clase de demonio te convertís al caer —volvió a sonreír, cruzándose de brazos.

—Seguramente alguien valioso para tu ejército —sonrió Rafael.

En ese momento el cielo pareció rasgarse; una luz cegadora provino de él. Rafael empezó a levitar de forma extraña y a convulsionar. Poco a poco sus bellas alas blancas se tornaron negras y una espeluznante sombra se introdujo dentro de su cuerpo.

Me tapé la boca con ambas manos ante el asombro y, pocos segundos después, el exarcángel cayó, precipitándose al suelo sin que nada detuviera su frenética caída. Luego de ya estar sobre la grava y el pasto, se puso lentamente de pie y sonrió con una suficiencia y arrogancia deslumbrantes.

—Demonio de la guerra, máster de la orientación y guía, y además, como regalo, demonio de pasiones —sonrió torcido; poseía esa sombra en su mirada que poseían todos los demonios que había conocido hasta ahora—. No está nada mal para unos nuevos dotes.

—¡Un máster! —sonrió Kelian caminando hasta su tío y chocando los cinco, ignorando al séquito de celestiales que observaban la escena con indignación—. A Verónica le encantará verte; tenés un aspecto cañón —le sonrió a su tío y este le devolvió la sonrisa de forma cálida.

—¡No puedo creer que hayas traicionado a tu gente! —rugió Miguel.

—¡Si fueran mi gente, no me ejecutarían por creer en la paz y el amor! —contestó.

Luego de eso, Kelian pronunció el hechizo y ambos se desvanecieron en el aire. Miguel volvió a lanzar unos cuantos improperios al aire y luego todos me miraron fijamente, como si supieran que todo había sido mi idea. Yo me encogí de hombros ante sus miradas y les sonreí ampliamente.

—¿Nos vamos? —dije sonriendo y ellos resoplaron.

Nos tomamos de las manos y, luego de pronunciar el hechizo en latín, nos vimos a nosotros mismos en las puertas del cuartel general, donde Luvia me esperaba con marcada ansiedad. Al verla corrí hacia ella y nos envolvimos en un apretado abrazo. Comencé a llorar, a llorar por todo. ¿Cómo le contaría todo lo sucedido a mi guardiana?

En una sola tarde ambas nos habíamos quedado sin Alejandra, sin Rafael y sin Lili. En especial a la última, a quien jamás volveríamos a ver, pero que recordaríamos hasta el fin de nuestros días.

—Tengo demasiado que contarte, Luvia —confesé entre lágrimas.

—Sé que algo malo, muy malo ha sucedido. Lo presiento. Vamos a tu casa y me lo contás —dijo con la voz contraída.

Yo asentí y, tomadas del brazo, ambas comenzamos a caminar hacia mi casa a paso lento, como si demorando lo inevitable pudiéramos cambiarlo.

CAPÍTULO 41.

"Las lágrimas son el lenguaje silencioso del dolor."

Voltaire.

»——«•◦✻◦•»——«

Llegar a la choza que llamaba casa, esa noche, fue casi una misión imposible. La angustia oprimía mi pecho y las ganas de desaparecer del universo no me faltaban. Podía ver que Luvia se encontraba preocupada y angustiada, y no era para menos. Ella ni siquiera se imaginaba la clase de crueles noticias que me estaba reservando. Tenía que hacer uso de todo mi coraje para contarle toda la verdad a mi ángel de la guarda.

Al llegar al umbral de aquel condenado lugar, suspiré; sin dudas la peor batalla la tendría que dar en unos pocos minutos. Al entrar, miré el reloj en la pared: eran ya las doce y media de la madrugada, y aunque parezca tarde, no lo era, pues la ejecución del nefilim había terminado casi a las once de la noche de aquel día. Lentamente, encendí las farolas de aquella pequeña habitación, intentando iluminar un poco nuestra estancia.

Luvia observó los alrededores a través de la ventana de la choza para asegurarse de que no hubiera ninguna clase de espía cerca. Luego caminó a paso lento hasta la mesa, donde se sentó en un taburete. Yo la seguí hasta donde estaba y, luego de poner agua para hacernos un té, me senté frente a ella.

—¿Qué ha pasado? —preguntó rompiendo el hielo, y cuando habló, me di cuenta de que poco a poco se estaba sumergiendo en las tinieblas.

—Han pasado demasiadas cosas, Luvia, demasiadas... —respondí con la mirada perdida.

—Pues iluminame —pidió; yo sabía que la incertidumbre la estaba matando.

—Está bien... —suspiré con resignación; darle largas sería mucho peor—. Lo primero que debés saber es que Benjamín se apareció con un ejército de cientos de hombres lobo nefilims —apreté los dientes—. Y sabés cómo puede terminar algo así... —la miré directamente a los ojos.

—Sé exactamente cómo termina algo como eso... —asintió y se mordió el labio con pena.

—Muchas vidas se perdieron... ¡Demasiadas! —balbuceé—. El terror inundó el campo de batalla —varias lágrimas comenzaron a derramarse por mis mejillas.

—No podían evitarlo, May —consoló ella.

—No, tenés razón, no podíamos —asentí—. Eso no significa que sea menos doloroso —suspiré—. Han sucedido, al menos, tres cosas que debo contarte, pero debés prometer que guardarás la calma, ¿sí? —pedí con la mirada suplicante.

—Lo prometo, May —sonrió débilmente, pero la sonrisa no fue capaz de llegarle a los ojos.

—Bueno —tomé aire—. Lo primero que sucedió tiene que ver con mi madre —hice una breve pausa—. Como verás... ella no ha regresado conmigo.

—¿Qué le ha pasado? Pensé que simplemente se había quedado en su hogar —comentó ella con clara ansiedad.

—Realmente desearía que estuvieras en lo correcto, pero tristemente no es así... —bajé mi mirada a mis pies—. La han herido de muerte en batalla —solté mientras me levantaba para preparar el té y luego lo serví en dos tazas que deposité en la mesa.

—¿¡Qué!? —exclamó ella—. ¿Ella está... muerta? —su voz tembló al preguntarlo.

—No, ella no, pero su alma sí... —Luvia frunció el ceño—. Para salvarla tuve que tomar una de las más grandes decisiones de mi vida, y fue si debía convertirla o no en una criatura infernal —suspiré—. En una vampiresa.

—Supongo que sé la respuesta —hizo una pausa—. Ahora tu madre es una de las chicas de Lilith, ¿no es así? —asentí—. Vaya, bueno, va a ser un cambio muy grande para ella —admitió con pesar y negó sutilmente con la cabeza.

—¡Al menos está viva! —suspiré—. Aunque no pueda volver a verla... —Hice una mueca y Luvia me miró con pesar—. Además, sé que no estará sola... entre ella y Agramón hay algo —admití en voz alta y Luvia me miró con los ojos como platos.

—¿Estamos hablando del rey del terror? —preguntó ella sorprendida.

—Sí, dentro de poco será mi padrastro —admití y dejé escapar una sonrisa—. No me parece tan mala idea, la verdad.

—Claro que no lo es —sonrió.

—Sí —me mordí el labio inferior—. Aún quedan dos cosas que debo decirte —suspiré—. Empecemos por la más fácil —sonreí débilmente y acabé con mi té de un sorbo.

—Bueno, adelante, dime —me regaló una sonrisa y le dio un sorbo al suyo.

—Es sobre Rafael —ella asintió—. Ha desertado.

—¿¡Cómo!? —exclamó y su taza de té voló—. ¡Oh, perdón! —dijo ella recogiéndola; por suerte estaba casi vacía—. ¿De verdad ha desertado?

—Sí, Benjamín reveló todas las farras de Isaías delante de Miguel, y este último le iba a condenar por todo —expliqué e hice una mueca —. Entonces Kelian le ofreció unirse al bando infernal —torcí el gesto—. Al menos es un demonio poderoso ahora.

—Es peligroso para Rafael el Infierno; hay muchos demonios que le detestan allí —hizo una mueca—. En la antigüedad él era el encargado de desterrar a los demonios hacia el Infierno —comentó —. A Azazel y Asmodeus los ató por mil años al mismo luego de proporcionarles la paliza de su vida —se mordió el labio.

—Creo que Kelian le protegerá en ese aspecto —aseguré—. Va a estar bien.

—Eso espero... —dijo con marcada angustia.

—He pensado en ir a ver cómo están mi madre y él ahora —admití y sonreí.

—¿Estás loca? —dijo ella—. No podemos bajar al Infierno así como así.

—No bajaremos, teletransportaremos nuestras proyecciones astrales —sonreí y ella me miró como si de verdad me estuviera volviendo loca—. ¿Vés esta gargantilla? —señalé mi cuello—. Me la regaló Kelian en mi pasado cumpleaños —hice una pausa—. Me permite ir como proyección a donde realmente quiero —sonreí—. ¿Qué decís?

—¡Digo que estás loca! —afirmó.

—¡Oh, vamos, será divertido! Nada nos va a pasar, lo prometo —dije levantándome de mi asiento y sonriendo.

—Vale, vale, vamos —puso los ojos en blanco—. Pero en cuanto regresemos me contás el punto que queda pendiente.

—Lo prometo —sonreí débilmente; todo esto del viaje astral no era otra cosa más que una excusa para postergar lo impostergable.

Luego de eso, ambas nos sentamos en el suelo y nos tomamos de una mano. Con la que me quedaba libre froté el dije de la gargantilla, como solía hacerlo, y me concentré en ver a mi madre en el Infierno. Dos segundos después, ya no estábamos en el comedor de mi pequeña choza, sino dentro de una gran habitación.

Alejandra estaba despierta y se veía contenta. Tenía un aspecto diferente, se veía más joven, sus ojos verdes brillaban con más intensidad y su cabello se veía completamente hermoso; pareciera que había retrocedido veinte años en el tiempo. Lilith le estaba explicando lo sucedido, y lo que de ahora en más iba a ser, y cómo debería comportarse. También le explicó que su transformación había sido decisión mía, y que buscarían la forma de que nos viéramos dentro de poco. Algo dentro de mí pareció reconstruirse al escuchar esto último. Capaz, y solo capaz, podría volver a ver a mi madre.

Capaz, y solo capaz, podría darle un último abrazo.

La imagen de mi madre viva, sonriendo y con un aspecto de lo más resplandeciente llenó de calidez mi alma. No tenía idea de cuánto temor había alojado por ella hasta ese momento. A mi lado, Luvia también sonreía.

—Se la ve bien —comentó ella.

—Sí —afirmé—. Ahora sí estoy segura de haber hecho la mejor elección — sonreí y Luvia me dio un rápido abrazo.

—Vamos —dijo ella—. Ahora deberíamos buscar a Rafael, él realmente me preocupa —dijo frunciendo profundamente el ceño.

—Tenés razón —admití—. Vamos.

En ese momento, salimos por la puerta de la habitación y comenzamos a recorrer sin rumbo los pasillos del Palacio Rojo. Noté por la expresión de Luvia que era la primera vez que lo recorría, pues no salía de su asombro. A lo lejos escuché voces y de inmediato nos apresuramos a seguirlas. Al llegar supimos que no nos habíamos equivocado, pues allí se encontraba Rafael y estaba hablando con Lucifer, Asmodeus, Azazel y Kelian.

Lo primero que sentí fue miedo. Miedo de que algo le sucediese, pues sabía del odio de dos de aquellos demonios hacia nuestro Isaías. Pero cuando los vi reírse y hacer chistes pude respirar nuevamente. Al parecer le habían aceptado como uno más, sin rencores; no hay nada mejor que pudiera pedir.

Los vi intercambiar un par de palabras más y luego él y Kelian se despidieron para comenzar a caminar por uno de los pasillos. Luvia y yo nos miramos, pero no dudamos en seguir sus pasos de cerca.

—¿Seguro que me permitirá verle? —preguntó Rafael de un momento a otro.

—Sí, seguro —afirmó Kelian y siguieron caminando.

Ambas fruncimos el ceño, pero de igual manera seguimos detrás de ellos. Unos cuantos pasillos y escaleras después nos detuvimos, y de inmediato pude reconocer dónde estábamos. Estábamos frente a la puerta donde me había alojado junto con Vero la última vez que había estado aquí como invitada.

—Va a hablar con Verónica —le susurré a Luvia y ella asintió.

Vimos a Rafael abrir, sin tocar, la puerta de la habitación y a Kelian dirigirse a la suya. Entramos tras Isaías y pudimos divisar, al igual que él, a Verónica sentada en un sofá del otro lado de la habitación.

—Vero —susurró él, caminando lentamente hacia ella.

Verónica se sobresaltó y giró la cabeza para ver quién se acercaba. Su rostro se contrajo por la sorpresa y boqueó varias veces antes de encontrar su propia voz y poder hablar.

—¡Rafael! —exclamó sorprendida—. ¿Qué hacés aquí? —preguntó completamente consternada.

—He venido a hablar contigo —dijo tímidamente, encontrándose ya a menos de dos metros de donde ella estaba.

—No hay nada para hablar... —respondió cruzándose de brazos sobre su abultado vientre.

—¡Claro que sí, hay mucho para hablar! —dio unos cuantos pasos más hacia ella.

—¡No, vete! —escupió.

—Vero, por favor, he venido a hacer las paces contigo —rogó con la voz quebrada.

—Que te vay... —no terminó de hablar pues se percató de que algo no andaba bien con Rafael—. Isaías, ¿qué carajos le ha pasado a tus alas?

—Eh... —lo había agarrado desprevenido con aquella pregunta—. Deserté, dejé al bando celestial. Soy un demonio ahora —respondió y se mordió el labio con nerviosismo; seguro temía que eso cambiara la percepción que su Vero tenía de él.

—Pero, pero, pero si tú amas el Cielo —musitó negando con la cabeza y poniéndose en pie para observar las nuevas alas de su amado—. No puede ser —susurró—. ¡Esto no está bien! ¡Eras uno de los arcángeles más poderosos! ¿En qué coño estabas pensando? —dijo enojada.

—¡En el tuyo! —afirmó y sonrió de costado con total falta de vergüenza.

Verónica se ruborizó de pies a cabeza, e incluso nosotras, aún invisibles, pudimos ruborizarnos. ¡Esta sí que era una sorpresa! Los comentarios picantes no formaban parte del vocabulario de nuestro antiguo Rafael.

—¡Isaías! —regañó acalorada.

—Es verdad —dijo y se encogió de hombros—. No literalmente, pero es verdad que estaba pensando en ti —suspiró—. Maite me dijo qué bando habías elegido; en cuanto tuve la oportunidad, te seguí —sonrió.

—Pero si tú me desprecias —balbuceó ella.

—¿Qué? ¡No! —negó con la cabeza—. Sé que al principio me comporté como un idiota, pero realmente pensé que me habías engañado —se mordió el labio con vergüenza—. May me lo dijo, me dijo lo que realmente pasó —suspiró—. Lo siento... —bajó la mirada.

—Tendrías que haber dejado que te explicara lo que había sucedido —protestó ella.

—Lo sé, y no sabés cómo me arrepiento —suspiró—. Al menos ya le di muerte al culpable —hizo una mueca.

—¿Es que sabés quién fue? —preguntó ella frunciendo el ceño y él asintió—. ¿Quién? —inquirió apretando los dientes y depositó una mano en su vientre.

—Mi hijo — respondió y ella tuvo que sostenerse del sofá para no caer—. ¡Lo hizo para joderme! Como lo de May y la invasión a la Tierra.

—Yo... yo no lo sabía... —tocó su vientre—. Entonces.... —dijo pero no terminó de formular lo que tenía pensado decir.

—Sí, llevás a mi nieto en tu vientre —mordisqueó su labio superior con nerviosismo.

—Yo... Vaya... ¡Qué extraño! —afirmó volviéndose a sentar, aún sin poder creerlo.

—Vero —llamó acercándose aún más, hasta el punto en que pudo agacharse a su lado—. Por favor, perdoname. ¡Fui un idiota! Pero necesito tu perdón.

—Isaías, yo... —comenzó a llorar y él le secó las lágrimas con el pulgar.

—Por favor... —pidió él, y ella comenzó a asentir como loca. Él sonrió y se apresuró a tomar a su pequeña dama por las mejillas y besarla.

Luvia y yo nos miramos con cara de verdaderas idiotas por lo felices que nos encontrábamos. Cuando volvimos a mirar, asumimos que ya era hora de irse, pues las manos de Isaías sosteniendo a Verónica por su trasero fue suficiente presagio de lo que vendría, y no queríamos estar ahí para presenciarlo.

En cuanto quisimos darnos cuenta, nos encontramos nuevamente frente a frente, sentadas en el suelo del comedor de mi choza. Nos miramos y comenzamos a reír como maniáticas debido al nerviosismo.

—Nunca, jamás se pueden enterar de que los estuvimos espiando —afirmó Luvia entre risas mientras se ponía en pie.

—¡Estoy totalmente de acuerdo contigo! —dije también riendo e imitando su acción.

Miré la hora: eran las tres veinte a. m. Parpadeé un par de veces; era realmente muy pero muy tarde como para estar despiertas.

—Luvia, si nos vamos a dormir, y mañana por la mañana te cuento lo último —me mordí el labio al recordar la muerte de Lili; no iba a ser algo fácil de contar—. Te podés quedar en la cama de mamá si querés —ofrecí.

—La verdad, tenés razón, vamos a dormir, mañana me lo contás.

Y con un asentimiento de cabeza por mi parte, ambas nos fuimos a la habitación y, luego de que yo me diera una merecida ducha, nos acostamos en nuestras respectivas camas y en pocos minutos caímos en los brazos del Dios Morfeo.

Aquella noche no tuve pesadillas; tal vez porque mi ángel de la guarda se encontraba a mi lado, tal vez porque el universo había decidido dejarme en paz aunque sea una noche para que pudiese descansar. De cualquier forma, esa noche dormí más y mejor que cualquier otra, a pesar de que el peso de la muerte de Lili rondaba mi mente.

Al despertarme al día siguiente, noté que la iluminación era demasiada para ser temprano en la mañana y, al mirar la hora, me percaté de que era la una y treinta p. m. Jamás había dormido más allá del mediodía, pero dadas las circunstancias, era normal que necesitara descansar un poco más de la cuenta.

Me levanté con pesadez y me percaté de que Luvia no se encontraba en su lecho.

Me vestí con aquellas prendas extrañas que se usaban aquí en el Cielo y, cuando salí y caminé hasta la cocina, me encontré a mi ángel guardián preparando panqueques.

—No sabía que ustedes preparaban panqueques —dije a manera de saludo.

—Te sorprenderías de todas las cosas que hacemos —sonrió y me sirvió unos cuantos y luego me dio un tarro con dulce de leche. Comencé a comer.

—Ya veo —sonreí—. Por cierto, buenos días.

—Buenos días, May —sonrió y ella misma se sentó a comer.

Demoramos más o menos media hora en devorarnos la pila de panqueques con dulce de leche que le tocaba a cada una y, luego de que acabamos, nos encontramos más que repletas. Yo me eché para atrás, recostándome en la pared.

—Bueno, creo que ahora sí podés contarme lo que pasó —habló Luvia—. Aún tengo ese sentimiento de intranquilidad —admitió.

—Bueno... —suspiré—. Esto es más complicado que lo que te conté ayer —me mordí el labio inferior con fuerza.

—¿Qué sucede, May? —preguntó ella, con el gesto contraído.

—Ayer te dije que muchas vidas se perdieron en la batalla —ella asintió—. Tanto de un lado como del otro.

—¿Quién ha muerto, Maite? —preguntó con impaciencia y miedo.

—Lo siento mucho, Luvia —dije mirando el suelo—. Ella era muy joven aún.

—¿No estarás hablando de...? —no pudo terminar la pregunta que había comenzado a formular; comenzó a llorar.

—Sí, querida, Lili ha muerto —confirmé, rompiendo en llanto. Me acerqué para abrazarla.

Ella se derrumbó en mis brazos y comenzó a llorar de forma desgarradora. Su mente intentaba negarlo, pero la realidad era más fuerte: había perdido al amor de su vida y lo había perdido para siempre.

Aquella tarde la pasé junto a Luvia, quien se sumió en un constante mar de lágrimas. Yo también lloré, y casi tanto como ella, pues había perdido a una de mis mejores amigas, a alguien que había estado conmigo cuando nadie más estuvo, y yo no había podido agradecérselo como es debido.

Por la noche, cuando a Luvia ya no le quedaban más lágrimas para derramar, la obligué a acostarse en la cama de mi madre, pues no permitiría que ella se fuera en el estado en que estaba. Entonces velé sus sueños, como ella más de una vez había velado los míos.

Aquella noche intercambiamos papeles; aquella noche yo fui el ángel de la guarda y ella mi pequeña niña indefensa. Aquella noche, estuve segura de que fue la noche más oscura y deprimente de toda mi vida.

Y todo ello por la guerra. Por esta maldita guerra que recién empezaba a destruir mi vida.

CAPÍTULO 42.

"Solo las personas capaces de amar intensamente pueden sufrir un gran dolor, pero esta misma necesidad de amar sirve para contrarrestar sus duelos y las cura."

Leo Tolstoy.

»——«•◦ ❋ ◦•»——«

Los días se sucedieron y octubre se hizo presente. A esa altura habían pasado dos semanas desde la batalla en la Tierra. Dos semanas de haber perdido a Lili para siempre, y con ella a Luvia.

Mi pobre ángel de la guarda se había sumido en un abismo de oscuridad y no podía, ni quería salir de allí. Luvia se pasaba los días y las noches encerrada en su casa, sin ver ni hablar con nadie. De vez en cuando me pasaba por allí para confirmar que respiraba, pues nunca me dejaba entrar y mucho menos hablaba conmigo.

La entendía; había perdido a su mejor amigo y al amor de su vida en una sola noche. Todo eso era demasiado para cualquier persona, sin importar la especie. Yo no podía afirmar estar de rositas tampoco; la pérdida de Lili me había afectado más de lo que me permitía admitir. Desde su muerte ya casi no comía y me comportaba como una muñeca a cuerda, con movimientos mecánicos y la batería suficiente para realizar las tareas de la vida cotidiana meramente necesarias.

Según el almanaque, nos encontrábamos a doce de octubre, Día Internacional del Respeto a la Diversidad Cultural. Era un día verdaderamente importante para cualquier latinoamericano, pero hoy no podía pensar en ello. Mi mente solo pensaba en una cosa: en volver a ver a mi madre. Se la había arrancado de entre las garras a la muerte y ahora no sabía qué era de ella, cómo estaba o si se estaba adaptando bien. Nada.

Dándole vueltas a ese último asunto, y azuzada por una indescriptible necesidad de saber de ella, se me ocurrió la idea de bajar hasta el Infierno, pero no tenía ni idea de cómo llegar a la Tierra, mucho menos de cómo ir hasta el inframundo.

Sabía que el Cielo no estaba exactamente en el cielo de la Tierra y, por ello mismo, tenía que encontrar la forma de llegar hasta allí. Una vez abajo, contactar con alguna criatura infernal sería fácil.

Ese día salí temprano de la choza, la cerré y me encaminé a la dirección donde me habían dicho que se encontraba la biblioteca principal de aquel lugar. Una biblioteca mágica, por lo que me había contado Sarel hace unos días cuando vino a verme porque se enteró de la supuesta trágica muerte del arcángel Rafael.

—¡Maite, Maite! —alguien aporreaba la puerta de mi choza.

Me levanté con gran pereza de mi cama y casi me arrastré hasta llegar a la puerta principal para poder abrir. Cuando lo hice, me encontré con unos rostros totalmente inesperados: eran Sarel y su pequeña hija Mariah.

—¿Qué hacen aquí? —pregunté a manera de saludo al verlas, debido a la gran sorpresa que me habían dado—. Pasen —invité con cordialidad y ambas se introdujeron en el comedor.

—Tengo que hacerte una pregunta, necesito que me confirmes algo —dijo ella con notoria ansiedad en su voz.

—Claro, no hay problema —sonreí—. Sentate —afirmé y ella se sentó en un taburete mientras dejaba libre a Mariah para que jugara.

—Es sobre mi padre —dijo rápidamente.

—¿Qué ha pasado con Rafael? —pregunté frunciendo el ceño, ya que no podría haberme imaginado nunca qué era lo que la estaba atormentando.

—He ido a hablar con Miguel, pues se me hacía raro que papá se hubiera ausentado del almuerzo de los domingos, y cuando le pregunté dónde estaba, el arcángel me ha dicho que está muerto, que ha muerto en batalla —se estremeció y su rostro se llenó de agonía—. ¿Es verdad? ¿Está muerto o le han arrestado por su novia mortal?

—Ninguna de las dos —negué con la cabeza al tiempo que lo decía—. Tu padre no está ni muerto ni cautivo.

—¿Entonces qué le ha pasado? —preguntó ella completamente confundida.

—Ha desertado —ella abrió los ojos como platos—. Sí, no te sorprendas; lo ha hecho porque, de lo contrario, le habrían ejecutado aquí en el Cielo.

—Vaya... —suspiró—. Al menos está vivo... A pesar de que no pueda verle en mucho tiempo, es un alivio saberlo —sonrió débilmente.

—¡Sí que lo es! —sonreí—. Sarel —llamé.

—¿Sí? —preguntó prestándome mucha más atención.

—¿Hay alguna manera de bajar al Infierno? —pregunté dubitativa.

—No sé si la hay; se supone que no podemos hacerlo sin que la barrera protectora nos calcine —se encogió de hombros—. Pero si existe algo así como un hechizo para llegar allí, seguro está en el Libro Índigo, que es un libro bastante poderoso.

—¿Y dónde podré encontrar ese libro? —pregunté frunciendo el ceño.

—En la gran biblioteca, que se encuentra atrás y por debajo del Palacio de Cristal —sonrió ampliamente.

—Gracias —dije yo, y poco después ella se fue.

Apresuré mi paso para llegar cuanto antes al Palacio de Cristal; no era algo que me agradara tener que permanecer cerca de aquella colosal estructura, pero si quería ver a mi madre y que ella pudiera verme, no tenía mucha más opción.

Al llegar al palacio, lo rodeé como me había indicado Sarel y, cuando estuve detrás de la estructura, pude divisar unas escaleras que se introducían en el suelo. No lo dudé y de inmediato comencé a bajarlas. Las escaleras, a pesar de que descendían, se encontraban muy bien iluminadas, al punto de que podías ver a lo lejos, al final de las mismas, una puerta dorada que supuse sería la de la biblioteca. Como era de esperarse, no me equivoqué, ya que cuando estuve frente a ella pude divisar un gran cartel que ponía "Biblioteca".

"*Predecible*", pensé para mí cuando me dispuse a empujar la puerta para entrar.

Estando ya en su interior, me percaté de algo muy llamativo para estar en el Cielo. La biblioteca no era blanca y dorada; sus paredes tal vez sí eran blancas, pero sus estanterías eran de madera oscura y un tanto desprolija. En contraposición con el brillo y luminosidad de todo en esta dimensión, la biblioteca parecía salida del mundo mortal: opaca y sin vida. Caminé mirando a mi alrededor hasta que pude divisar a un ángel guardando libros en distintos estantes. En ese momento decidí que preguntarle sobre la ubicación del libro sería lo mejor si no quería pasarme el resto de mi vida allí dentro.

—Hola —saludé cuando me acerqué.

—Buenos días, ¿en qué puedo ayudarla? —contestó sin mirarme mientras reordenaba los libros en su lugar.

—Estoy buscando un libro, el Libro Índigo —dije y de inmediato me observó.

—¿Para qué quiere ese libro, muchacha? Es un libro muy poderoso, demasiado poderoso —afirmó y levantó sus ojos hacia mí para mirarme fijamente.

—Lo necesito de verdad; mi magia es poderosa, pero necesito uno de los hechizos —me expliqué casi en forma de ruego.

—Solo te guiaré hasta él por ser hija de nuestro Señor Todopoderoso, y nada más que por eso —advirtió.

—Sí, señor —contesté.

De inmediato el bibliotecario se puso en marcha hacia el fondo de la biblioteca y, por supuesto, yo le seguí. Al llegar al final de las estanterías, doblamos a mano derecha y desembocamos en una puerta de color dorado. El bibliotecario la abrió con una especie de llave con una forma extraña y me miró a los ojos.

—Tenés una hora, ni más ni menos; aprovechala —afirmó.

—¿Me va a encerrar ahí dentro? —pregunté con desconfianza.

—Por supuesto; esa es la condición que se debe cumplir para ver el Libro Índigo: se debe permanecer encerrado con él una hora —respondió de forma críptica, sin dejar margen al debate.

—Vale —respondí y suspiré con resignación.

Luego de ello, me introduje dentro de aquella piecita y escuché cómo la puerta se cerraba y el cerrojo se trababa. Mi corazón se aceleró un poco ante el hecho de estar encerrada, pero me obligué a recobrar la compostura de inmediato; solo iba a ser una hora. Oteé la habitación buscando el libro y lo encontré sobre una mesa iluminada. "*Otra cosa predecible*", pensé para mí, y me senté en la silla frente al libro para contemplarlo por un minuto y comenzar a buscar el hechizo.

Comencé a pasar página tras página sin entender demasiado. Estaba escrito en muchos idiomas, casi todos muy antiguos y, por supuesto, ilegibles para cualquier persona del siglo XXI. Mi frustración empezó a crecer hasta que en una pequeña repisa vi un diccionario de latín y sonreí. Tal vez no podía leer todos los hechizos, pero descifraría algunos. Tomé el pequeño diccionario y me puse manos a la obra.

Casi se me había terminado el tiempo cuando pude descifrar las palabras "Puerta al Infierno" en uno de los hechizos, y con eso me bastó. Saqué un lapicero que traía convenientemente escondido en una de mis botas y anoté el hechizo en mi mano. Cuando lo volví a guardar, la puerta se abrió.

—Tu tiempo ha terminado —dijo el bibliotecario y sonrió.

—Bien —respondí, cerrando el libro y saliendo de la habitación.

Mientras me escoltaba hasta la puerta pude notar una sonrisa perversa en sus labios, y me podía imaginar que se debía a lo mucho que aquel arrogante ángel me debía de estar subestimando. "Maldito idiota arrogante", pensé; empezaba a darme cuenta de que la mayoría de los ángeles eran, por lo menos, seres desagradables.

—¿Ha podido encontrar lo que buscaba? —él sabía que el libro era ilegible; se estaba regodeando de mi supuesto fracaso.

—¡Oh, sí, me ha sido muy útil! —sonreí—. Supongo que mi madre acertó cuando me mandó a estudiar latín de pequeña —mentí, pero él no tenía por qué saberlo.

—Oh, eso es maravilloso... —masculló él entre dientes y yo, con una mirada despectiva, salí de la biblioteca sin decir nada más.

De inmediato corrí para alejarme del palacio; tenía el hechizo, solo debía encontrar un lugar apartado para pronunciarlo y poder viajar a donde moraba mi madre. Si no me equivocaba, este hechizo me permitiría viajar directamente hasta el mismísimo Infierno, puesto que yo no era un ángel y la barrera protectora no me mataría. Me alejé lo suficiente como para que nadie me detuviera, hasta llegar a una zona despoblada a las afueras de la Ciudad Celestial. Entonces recité las palabras que se encontraban escritas sobre la piel de mi mano.

Talis sanguis de coelo ad inferos,
Monstrat viam monstrat iter.
Lux in tenebris lucet, et tenebrae ignis.
Omnis lucis, et tenebrarum.
Levad in transeúnte, in transeúnte adducite.
Levad in transeúnte, in transeúnte adducite.

—

"Sangre opaca, del Cielo al Infierno,
muestra el camino, muestra el sendero.
La luz de las tinieblas y la oscuridad del fuego.
Del todo luz, al todo oscuro.
Levad al pasajero, traed al pasajero.
Levad al pasajero, traed al pasajero."

De nuevo aquella sensación tan conocida me inundó: la oscuridad sobrevino, los giros, el pánico y luego la luz y la calidez. Esa era la forma en que el Infierno me recibía cada vez que ponía un pie en él. Y era algo que empezaba a gustarme.

Miré a mi alrededor; no tenía ni la menor idea de dónde me encontraba, parecía estar dentro de una habitación. Por la ropa de mujer desperdigada por absolutamente todos lados, pude sacar la conclusión de que esa habitación pertenecía a Kashdejan, pues era el tipo de ropa que ella utilizaba. Entonces escuché algunas risas provenientes del pasillo y me quedé paralizada. De un momento a otro, la puerta se abrió y dos personas se introdujeron en la habitación, tomadas de la mano.

Es menester aclarar que no se tomaban de la mano como dos tortolitos enamorados; no, en absoluto. Se tomaban de la mano de manera sensual, provocativa. Me mordí el labio para guardar la compostura: eran Kashdejan y Kelian, y sabía muy bien qué venían a hacer a esta habitación. Me sentí mareada y las náuseas se agolparon en mi garganta. No importaba que él y yo no fuéramos nada. Que más de una vez yo le hubiera rechazado.

Aquello dolía, joder, cómo dolía. Hay heridas que, aunque intentemos tapar con maquillaje, se reabren al más mínimo roce. Y lo que era estúpidamente humillante era que yo me encontrara allí, parada a un lado de la cama como una idiota, aún atontada por el viaje, contemplándolos completamente abrumada.

Luego de entrar, y justo antes de que Kelian posara su mano libre en una de las voluptuosas nalgas de la demonio, se percataron de mi presencia y la habitación pareció quedarse sin aire.

—Maite —pudo pronunciar Kashdejan por fin, luego de varios segundos de aturdimiento, y así pudo sacarme del mío.

—¡Lo siento, chicos, error de navegación! Se supone que debía estar en la habitación de mi madre. ¡Perdón, ya me voy! Sigan en lo vuestro —hablé obligándome a caminar rápido, aún vestida con mi toga del Cielo, hasta la puerta.

Apenas había sorteado la puerta cuando sentí una mano en mi hombro y tuve que detenerme en seco.

—Gorriona, yo... —balbuceó, sin saber qué decir.

—Está bien, Kelian —sonreí forzosamente—. No tenés por qué explicarme nada —y al decir eso, zafé mi hombro y me apresuré a salir de aquel pasillo.

Luego de que estuve en la gran galería, mis piernas se aflojaron y comencé a llorar. Por mucho que supiera que él no la amaba, siempre me iba a destrozar verlos juntos, siempre lo haría y eso no iba a cambiar. También sabía que no podía obligarle a serme fiel. ¿Fiel a qué? Si ni siquiera le permitía formar parte de mi vida. Cada vez que él me proponía establecer un vínculo amoroso, a mí me daba un ataque de responsabilidad y lo rechazaba. Era una idiota, lo sabía, pero no podía hacer nada. Eso no cambiaba el hecho de querer estar en el lugar de Kashdejan en ese momento, entre sus brazos, recibiendo sus besos.

Estaba abrumada por mis pensamientos cuando Belial salió por una de las puertas y, al verme, se apresuró a llegar donde me encontraba. Se agachó a mi lado y acarició suavemente mi cabello regalándome una mirada llena de ternura.

—Niña, ¿qué hacés aquí? ¿Cómo has llegado? Sabés que no sos bien recibida —dijo con mucha pena.

—Lo sé, Bel, pero tenía que ver a mamá —me expliqué—. Me he robado un hechizo y me he teletransportado —suspiré—. Pero he terminado en la habitación más inapropiada en la que podía terminar —me mordí el labio.

—Kashdejan, ¿verdad? —asentí—. Bueno, niña, no llores; a veces hay personas que tienen el cuerpo y otras, el alma... —explicó.

—Sí, pero me gustaría tenerle en cuerpo y alma, y no solo su alma —confesé con un hilo de voz.

—Me siento confundida ante tus acciones —admitió con sinceridad.

—Yo no traicioné a Lucifer, Bel. No ataqué a Kelian haciendo mandados para Dios —hice una pausa—. Lo ataqué porque lo descubrí en la cama con Kashdejan la noche anterior —bajé la mirada completamente avergonzada.

—Bueno, eso sí que marca una diferencia —hizo una mueca.

—Eso ya no importa. Kelian ya lo sabe, lo hemos hablado directamente. Ya están las cartas jugadas; ahora solo quiero ir a ver a mi madre, ¿me llevarías? —pregunté esperanzada.

—Claro que sí, mi niña —dijo con una enorme sonrisa y de inmediato nos pusimos en marcha.

Nos dirigimos a una puerta contigua a la que se dirigía al pasillo donde se encontraba la habitación de Kelian y nos introdujimos en ella.

Estando allí, nos encontramos en otro pasillo y este lo recorrimos hasta detenernos en la penúltima puerta. Yo sabía que casi todas las puertas del Infierno guardaban un parecido, pero esta era completamente diferente: esta estaba pintada de blanco y dorado.

—Tu madre pidió que fuera así, pues le recordaba a ti, su hija del Cielo —sonrió—. Ella te quiere mucho, ¿lo sabés?

—Lo sé —sonreí—. Gracias por traerme.

—Por nada, niña.

Y luego de decir esas palabras se desvaneció. Yo miré la puerta y tomé aire para, luego de unos minutos, tocarla con timidez. No sabía qué esperar ahora de mi madre, no sabía con qué me iba a encontrar y me daba miedo que fuera totalmente diferente a lo que yo recordaba.

—Pase —se oyó una voz parecida a la de mi madre salir tras la puerta, pero esta voz tenía una nota más musical en ella. Reuní todas mis fuerzas y en ese momento tomé el picaporte y entré sin mirar atrás.

La habitación era tan espaciosa como la que yo había ocupado en su momento; tenía casi el mismo mobiliario que aquella, con la excepción de las dos camas, que en su lugar yacía una cama de tres plazas. Recorrí la habitación para ver dónde se encontraba mi madre y pude divisarla sentada en un sofá, cruzada de piernas con un libro en su mano, y enfrente a ella estaba Agramón también leyendo. Sonreí; había cosas que jamás cambiarían y, al parecer, el amor que tenía mi madre por la literatura era una de esas.

Por más que no me desagradara Agramón, jamás me iba a acostumbrar a verlos como una pareja; era demasiado para mí. Mis sentimientos no eran por la naturaleza de Agramón, sino porque Alejandra era mi mamá, y siempre la había visto como eso, como mi mamá, no como una mujer capaz de enamorarse de un hombre y vivir una historia de amor carnal.

Me acerqué a ellos a paso lento; aún no se habían percatado de quién había entrado en la habitación, seguramente suponían que era Lilith o algún otro demonio que estuviera ayudando a Alejandra con su transformación.

—Mamá —susurré y vi cómo ella se sobresaltó en su sofá. Ambos levantaron la mirada para encontrarse con la mía.

—¡Cariño! —exclamó ella con un desmesurado entusiasmo y saltó del sofá con una agilidad que me descolocó en la primera impresión.

Ella se apresuró a llegar hasta mí y rodearme con sus brazos en un apretado, muy apretado abrazo de bienvenida. Era ella, era mi madre, de eso no había duda. Le correspondí el abrazo y un nudo de emociones estrujó mi estómago. Era ella, pero no se sentía como ella. Era más rígida, más fría, más etérea. Luego de varios minutos me soltó.

—Hola, mamá —susurré con una sonrisa.

—Hola, cariño —susurró tiernamente—. ¿Cómo has llegado hasta aquí? —preguntó confusa—. Me dijeron que era casi imposible que nos volviéramos a ver —se mordió el labio.

—Tu hija es más astuta de lo que parece —sonreí—. Puede que haya roto un par de reglas para poder venir.

CAPÍTULO 43.

"En el amor hay siempre algo de locura, pero también hay siempre en la locura algo de razón".

Friedrich Nietzsche

»——«•◦*◦•»——«

Luego de algunas miradas de sospecha y de preguntas tratando de averiguar qué era lo que había hecho, decidí que lo mejor era contarle cómo había llegado hasta allí. Mi madre pareció realmente orgullosa luego de que le contara, e incluso Agramón me felicitó por haber conjurado mi primer hechizo de forma exitosa.

—¡Me alegra tanto que estés aquí! —exclamó mi madre—. Es una lástima que no puedas quedarte mucho más —lamentó.

—¡Nos volveremos a ver, mami! Ahora que puedo venir por mi cuenta, será mucho más fácil para ambas —sonreí.

—De igual forma —interrumpió Agramón—. Tené cuidado —advirtió—. Sabés que ya no sos bien recibida aquí —hizo una mueca —. Espero que hayas aprendido a controlar tus celos.

—¿Sabés que fue por celos? —pregunté sorprendida y mis mejillas se tiñeron de rojo.

—Sí, le he contado yo... —dijo mamá—. Merecía saberlo.

—Está bien, no me enojo... —sonreí forzosamente; era algo que hubiera preferido que no supiera, pero ya no podía hacer nada.

Habíamos estado alrededor de dos horas sentados conversando de distintos temas; fue entonces cuando terminé de comprobar que Agramón era un excelente tipo y se veía realmente interesado en mi madre. Esto me reconfortaba de una manera en la que jamás se me habría ocurrido. El tiempo que no supe de ella me había preocupado demasiado con respecto a su adaptación a su nueva forma, pero ahora podía comprobar que lo llevaba impecablemente bien. Podría jurar que Alejandra había nacido para ser una infernal, y eso me llenaba de orgullo.

—¿Cómo has encontrado mi habitación? —curioseó mi madre en un momento.

—Belial me ha guiado —sonreí.

—Bel, tan servicial siempre —comentó Agramón con una sonrisa.

—Sí, la verdad es que me sacó de un aprieto. Mi ubicación espacio-temporal para hacer los hechizos aún no es muy buena y terminé del otro lado del palacio, en la peor habitación en la que podía terminar —hice una mueca.

—¿Has terminado en la habitación de la demonio médico, verdad? —inquirió mi madre.

—Sí, lamentablemente —me mordí el carril de la mejilla izquierda.

—Kashdejan no es mala, Maite —dijo Agramón mirándome fijamente.

—Yo no digo que sea mala, solo no me apetece estar cerca de ella — le devolví la mirada.

—Lo entiendo —concluyó.

—¿Saben algo de Vero y Rafa? ¿O de mi padre? —pregunté cambiando de tema, pero mi madre se tensó un poco.

Era de esperarse; no era fácil que le mencionaran a su ex frente al que pronto sería su actual. Pero mi padre siempre sería mi padre, por más majo que me cayera Agramón.

—Por lo que sé, ellos dos se han reconciliado —sonrió—. A este chico, Isaías, le sienta bien lo demoníaco; ya no es tan estirado y le he visto reír más —sonrió—. Creo que están realmente bien; antes de irte deberías pasar a verlos —sugirió.

—No tenés ni idea de lo bien que me hace sentir lo que me has contado —sonreí—. Realmente se merecen ser felices, han sufrido mucho —comenté—. Y sí, les iré a visitar.

—Seguro que están deseosos de verte —respondió mi madre, evadiendo el tema de mi padre. Fue entonces cuando Agramón lo notó y frunció el ceño.

—Y tu padre, querida, está muy bien por lo último que me he enterado —sonrió—. Se le ha dado una casa y un trabajo; por lo que sabemos, se ha adaptado muy bien —comentó.

—Gracias por hacérmelo saber —sonreí—. Ahora, si me disculpan, debo retirarme. Me gustaría hacer una visita rápida a mis amigos antes de irme —expliqué.

—Bueno, mi niña, ya nos veremos en otra oportunidad.

Me despedí de ambos con un fuerte abrazo y me apresuré a salir de la habitación. Extrañaría a mi madre, sin dudas la extrañaría. Luego recorrí el pasillo que desembocaba en la puerta que daba a la gran galería. Sabía que Vero aún estaba en la habitación que nos había tocado una vez a las dos, y que esta estaba en el pasillo en que se ubicaba la habitación de Kelian. Los nervios me comían por dentro, pues no quería por nada del mundo volver a encontrarme con él. Podía soportar verlo una vez con ella; dos veces, no me creía con la suficiente fuerza de voluntad como para mantener la compostura.

Para mi sorpresa, no fue a Kelian a quien me encontré en el pasillo, sino a Kashdejan al salir a la galería.

Al verla, intenté apresurar mi paso hacia la puerta, pero ella, de igual forma, se percató de mi presencia y me detuvo antes de que lograra entrar.
—Maite, perdóname, pero debo hablar contigo —dijo al detenerme.
—No creo que tengamos nada de qué hablar —me apresuré a decir —. Te agradezco por cuidar a mi amiga, pero hasta allí va nuestra relación —me crucé de brazos y apreté los dientes.
—Maite, por favor, sabés que no solo eso tenemos en común — insistió.
—Kashdejan, por favor, déjame en paz —pedí y comencé a caminar, pero ella volvió a detenerme, esta vez parándose frente a la puerta.
—¡Maite, debemos hablar sobre Kelian! —afirmó con voz grave, autoritaria.
—No tengo por qué hablar de él contigo, ni con nadie —afirmé y amagué a irme.
—¡Maite, por favor! —rogó con marcada desesperación en su voz.
—¡Ya dije que no tenemos nada de qué hablar! —afirmó.
—Por favor... —volvió a rogar.
—Está bien —cedí y rodé los ojos—. Di lo que tengas que decir — dije ya frustrada.
—Kelian y yo no somos pareja, Maite —soltó—. No somos más que amigos —explicó—. Está bien que de vez en cuando nos divertimos, pero realmente no hay nada entre nosotros —dijo agitando las manos.
—No tenés por qué darme explicaciones de nada. Él y yo tampoco somos pareja, ni nada que se le parezca, muy por el contrario — volví a cruzarme de brazos.
—¡Oh, vamos! Ambas sabemos que entre ustedes dos hay algo más que una amistad, a pesar de las circunstancias y todo eso —se cruzó de brazos ella también.
—No sé de qué hablas —alcé una ceja.
—Maite, ya está bien, dejá de negarlo: le amás —hizo una breve pausa—. Lo sé, lo vi en tu mirada cuando nos viste entrar juntos — suspiró—. Antes no lo tenía claro, pero al ver cómo se te partía el alma al vernos, me di cuenta de ello —tomó aire.
—A ti no te importa qué siento o no por Kelian —apreté los puños; lo que menos quería en este momento era discutir mi vida amorosa con la amante de la Bestia.

—Sí que me importa, porque me importa Kelian; soy su amiga y le quiero. Sé muy bien que él está muy, demasiado enamorado de ti. Te ama hasta el último de sus huesos, él mismo me lo ha dicho más de una vez —se mordió el carril de la mejilla derecha.
—¿Qué es lo que querés? —pregunté frustrada, con el corazón desbocado.
—Que no la tomés contra Kelian —suspiró—. Si querés que no vuelva a verle, así será, pero no lo lastimés, ni le echés en cara lo que hace. Entre nosotros no hay absolutamente nada, aquí es completamente natural —resopló—. Pero si te lastima, me alejaré, con tal de que no le lastimés a él.
—Yo no te voy a decir qué debés o no hacer. Ustedes son completamente libres de acostarse donde, cuando y con quien quieran; ambos son adultos, libres y sin compromisos.
—No es eso, Maite, son tus celos. ¡Le lastimás, pero tampoco le das una oportunidad! —explicó llevándose las manos al pelo con desesperación.
—No importan mis celos, ya dije que ustedes son completamente libres de hacer lo que les plazca, no tienen por qué rendirme cuentas —repetí.
—Maite, no estás entendiendo lo que te estoy diciendo —protestó.
—Sí que lo estoy entendiendo, pero tú entendeme a mí también —reclamé—. ¡No me podés pedir que no me duela! Pero tampoco te voy a pedir que no lo hagas. La vida es así, unos ganan y otros pierden —suspiré—. No te preocupes, no volveré a hacerle una escena de celos a Kelian; no es que tenga derecho a hacérselas —hice una pausa—. Como ya dije antes, entre él y yo no hay absolutamente nada, ni ahora ni nunca.
—Está bien, Maite —suspiró—. Solo quiero que sepas que si algún día deciden dejar de lloriquear el uno por el otro y vivir su amor como ambos se lo merecen, yo desapareceré de la vida de Kelian. Por mi decisión y seguramente por la de él también.
—Ok —asentí—. Pero no te preocupes, tendrás muchos polvos "amistosos" más por delante, pues Kelian y yo jamás seremos pareja —afirmé.
—Nunca te cierres al destino, niña; no sabés con qué te podrás encontrar —sonrió.

Luego de eso no dijo más y se desvaneció de allí donde estaba. Pasé saliva con fuerza. Ardía, joder, cómo dolía esta mierda. A veces el amor no es suficiente. A veces el amor también destruye.
Me quedé por unos segundos mirando la puerta fijamente; no podía comprender cuál había sido la intención de Kashdejan al querer hablarme. Solo había logrado incomodarme y hacerme aún más consciente de la estrecha relación que mantenían.
Suspiré y tomé el pestillo de la puerta para poder abrirla. Luego de estar del otro lado de la misma, comencé a caminar en dirección al dormitorio de Verónica mientras le daba vueltas a la extraña charla que había mantenido con Kashdejan. Iba tan inmersa en mis pensamientos que no me percaté de que otra persona caminaba en mi dirección. Y, por lo visto, tampoco esa persona se percató de mí, porque cuando nos dimos cuenta, ambos habíamos chocado el uno contra el otro y caído de bruces al suelo como dos sacos de papas inertes. Nos miramos fijamente y nos reconocimos enseguida.
—Maite, sigues aquí... —murmuró él sorprendido, poniéndose de pie.
—Solo iba a ver a Vero y ya me voy... —respondí imitando su acción —. Sé que no me querés aquí —dije mordiéndome el labio.
—No es que yo no te quiera aquí, Gorriona —respondió angustiado —. ¡Ha sido todo una mierda! —suspiró, pasándose las manos por el cabello con frustración.
—Ya no hay vuelta atrás, Kelian... —murmuró igual de angustiada que él.
—Lo sé, Gorriona... —comenzó a caminar.
—Kelian —llamé.
—¿Sí? —preguntó deteniéndose.
—¿Por qué me llamás Gorriona? Siempre he querido preguntártelo, pero jamás he tenido la oportunidad —sonreí débilmente; no quería que se fuera.
—Pues... —sonrió levemente, pero de una forma tan cálida que me robó el aliento—. Te llamo así porque te parecés a una —se encogió de hombros—. Sos pequeña y delicada. Guardás una belleza que solo es capaz de apreciar aquel que esté dispuesto a observar —hizo una pausa—. Pero, además de ello, te camuflás en una sociedad a la cual no pertenecés, y vivís en el asfalto cuando tu lugar es el cielo. Sos una Gorriona, bella, fuerte y poderosa, pero con una fachada

humilde para esconderte de tus predadores —rió con desgano—. En este caso, de mí... —sonrió tristemente—. Yo admiro eso.

—Yo nunca me he escondido de ti —fue lo que pude contestar—. Yo no te tengo miedo. ¡No sos un monstruo, Kelian! —murmuré con la voz quebrada. Le amaba. Amaba cada una de sus aristas y sabía que él estaba muy lejos de ser un monstruo.

—Lo sé, pero tu sangre sí lo ha hecho. También tu estilo de vida y un montón de cosas más... —suspiró—. De igual forma, he podido encontrarte y mirá ahora... —sonrió—. ¡Sos la princesa del Cielo! —me miró como solo él lo hacía, haciéndome estremecer de pies a cabeza.

Mi pecho se estrujó ante la ola de sentimientos que él había provocado.

—¡No soy la princesa del Cielo, Kelian, soy su sicario personal! —bajé la mirada.

—Para mí sos una princesa. ¡Mi princesa y solo mi princesa, y siempre lo serás, May! —afirmó acercándose a mí y levantándome la barbilla delicadamente para mirarme a los ojos de forma totalmente arrebatadora, robándome el aliento en el acto.

—Kelian, no... —murmuró intentando apartarme—. ¡No lo hagas más difícil! Sabés que no tenemos otra opción que enfrentarnos, y no queda mucho tiempo para que ello suceda... —recordé y mis ojos se cristalizaron.

—May, no importa... Haremos lo que tengamos que hacer cuando llegue el momento —tomó aire—. Nos enfrentaremos y lucharemos hasta que el mejor gane... —se mordió el carril de la mejilla derecha —. Pero no me niegues hoy un beso... Por favor —rogó con la voz quebrada, y le besé.

No perdimos más tiempo y nos fundimos en un largo y tierno beso. Un beso cargado de necesidad, cargado de anhelo. Un beso capaz de ahuyentar todos los fantasmas que nos rodeaban. De alejar los recuerdos de la guerra, de los amantes que ambos habíamos tenido o tenemos, las peleas pasadas, las futuras, los problemas del mundo, todo.

Por ese corto periodo en el cual duró el beso, pudimos olvidarnos totalmente de quién éramos y solo pensar en lo que sentíamos. Lo que sentíamos en ese momento era el uno al otro; siempre había sido el uno al otro, y siempre sería así.

El beso fue en un increscendo donde nos volvimos un manojo de labios, dientes, lenguas y manos, tratando de fundirnos como uno. Nos apartamos solamente por la estúpida e imperiosa necesidad básica de todos los seres vivos de respirar para sobrevivir. El beso había durado tanto y con una intensidad tal que nos había robado el aliento por completo.

Entonces lo supe.

Estaba irrevocable e irremediablemente enamorada de él. Y nada en este mundo, ni siquiera Dios, podría cambiar eso.

Éramos dos caras de la misma moneda.

Éramos uno y nos pertenecíamos de forma permanente.

Nos contemplamos el uno al otro fijamente y con gran intensidad; nuestro aliento se mezclaba, todo a nuestro alrededor parecía haber desaparecido. El momento era perfecto, demasiado perfecto para ser real. Demasiado perfecto para nosotros.

—Kelian —susurré.

—Maite —susurró él.

—Te amo —confesé con la voz quebrada y cargada de deseo.

—Yo también te amo, Gorriona —contestó.

Y volvimos a besarnos, embriagándonos el uno con el otro, sintiendo por primera vez, sin ninguna clase de tapujos, mentiras ni secretismos. Sentí las manos de Kelian deslizándose por mi espalda y yo tiré de las mías hasta su cuello, pegándolo más a mí, sintiendo nuestros cuerpos fundirse uno contra el otro, como si fueran uno.

Nos sentí desplazarnos hasta que estuve pegada a la pared, sintiendo las manos de Kelian recorrer mis curvas sobre la ropa con una lentitud que me hacía delirar. Llevé mi mano izquierda hasta el borde de su camiseta y la deslicé por debajo, recorriendo la desnuda piel de su fuerte espalda con ella. Él, al sentir mi tacto, se estremeció, pegándose aún más a mí, profundizando más el beso, ahora de forma más salvaje y desesperada. Aquel beso se había vuelto demandante, exigente, y nos estaba llevando al límite.

Teníamos demasiado tiempo conteniéndonos, demasiado tiempo privándonos de saborearnos. Él introdujo una de sus manos por el costado de mi toga, recorriendo con ella mi espalda completamente desnuda.

Ardíamos. En ese momento éramos el fuego que arrasaba el centro mismo de la Tierra.

Habíamos estado deseándonos tanto tiempo que este deseo contenido era una bomba a punto de explotar. Y habíamos decidido iniciar la cuenta regresiva.

Sabía dónde iba a parar todo esto, sabía cómo iba a terminar si no nos deteníamos y todo lo que implicaría, pero, de igual forma, no me importaba en lo más mínimo.

Entre el Cielo y el Infierno... lo elijo a él.

A pesar de ello, al universo sí le importaba, porque se las arregló para interrumpirnos de una manera bastante bochornosa, al menos para mí.

—¡Maite Nazaret Rimoldi! ¡Kelian Wagensbergky! —vociferó una voz gruesa a pocos metros de distancia.

De inmediato nos separamos, completamente sin aliento, y fijamos nuestra visión en quien nos había atrapado. Al ver quién era, mi rostro enrojeció por completo, pues no era solo una persona, eran tres. Allí estaban Rafael con el ceño fruncido, Verónica con una mano sobre la boca para disimular su risa y Lucifer con los brazos cruzados y expresión seria.

—Maite Nazaret, ¿me podés explicar qué estabas haciendo? —dijo Rafael adelantándose hasta nosotros. Miré a Kelian; estaba encogido en su lugar. Ambos sabíamos que estaba mal lo que íbamos a hacer, y que estaba peor para él.

—Isaías, yo... —me mordí el labio.

—Creo haberte explicado muy bien las consecuencias de lo que ambos estabais por hacer —nos estaba regañando—. Y tú, Maite, no pertenecés a este bando; por ende, Kelian, sabías perfectamente que estabas jugando a tu favor.

—¡No, no es lo que parece! ¡Me dejé llevar, no lo hice para ganar la guerra! —se defendió y me miró suplicante. Podía ver el pánico en sus ojos; él temía que yo me enojara nuevamente.

—Es verdad... —lo defendí—. Nos dejamos llevar, Isaías. Tú mejor que nadie sabés que somos un par de rivales enamorados —dije bajando la mirada y en ese momento Verónica llegó hasta mí y me dio un abrazo.

—¡Al menos ya lo admiten! —exclamó contenta y yo dejé escapar una risita, mientras vi que a Kelian se le subían los colores a la cara.

—Lo que yo no estoy entendiendo es... —habló Lucifer mientras se acercaba lentamente a nosotros—. ¿Por qué fue la pelea de hace casi un mes?

—Celos —contestó Kelian—. Los enormes y celestiales celos de Maite —hizo una pausa, cruzándose de brazos—. Estaba celosa y, en vez de hablar, decidió que era mejor atacarme —cuando terminó de hablar, yo rezaba para que la tierra se abriese y me tragara en ese mismo momento.

Lucifer me miró y comenzó a negar con la cabeza con desaprobación, pero también con diversión en su mirada. Yo me mordí el carril de la mejilla izquierda y bajé la mirada para esperar el regaño que sobrevendría.

—¿Todo esto por celos? Vaya... ¡Impresionante! —suspiró—. Bueno, pero ahora ya no pueden hacer nada; si no se hubieran comportado como críos... no serían los líderes de dos ejércitos enemigos —negó con la cabeza—. Ahora deben comportarse como tales, al menos guardar las formas —dijo cruzándose de brazos.

—Lo sentimos, padre —respondió Kelian avergonzado.

—No volveré por aquí, señor, se lo aseguro; me quedaré junto a mi padre —afirmé con más resolución en la voz de la que había en mi corazón—. Vero, Rafa, me alegra verlos juntos y felices —sonreí.

—Nos veremos en la batalla, Nazaret —dijo Lucifer a modo de despedida.

Y fue eso lo último que escuché, pues no esperé a escuchar más. No quería ni podía escuchar más; sabía que algo así con Kelian era un error, pero que el mismísimo Lucifer tuviera que recordármelo era demasiado vergonzoso. Recité el hechizo de transportación de forma rápida y casi inaudible, y en cuestión de dos segundos me encontraba frente a la puerta de mi choza en el Cielo. Corrí para adentrarme en mi refugio y rompí a llorar.

La angustia dentro de mi pecho crecía con cada segundo que pasaba. Cuando por fin nos lo habíamos dicho, cuando por fin confesábamos que nos amábamos, ya no era posible que pudiéramos construir una historia juntos. Nuestros destinos estaban encontrados, no podíamos fundirlos en uno. Por el contrario, debíamos destruirnos.

Sin lugar a dudas, el amor puede ser la más peligrosa de las armas... Sentí como si con cada paso que daba más me adentraba en un profundo abismo sin salida, donde todo sería oscuridad y donde no volvería a ver la luz del día. Porque para mí la luz era él, y sin él viviría el resto de mi eterna vida sumida en las tinieblas.

Me derrumbé en mi cama sin parar de llorar y allí me quedé sumida en un letargo de dolor hasta que poco a poco el sueño me fue venciendo. Cerca de tres horas después de haber llegado, caí lentamente en los brazos de Morfeo. Fue entonces cuando las pesadillas me volvieron a azotar, la guerra volvió a aparecer y la palabra "sacrificio" volvió a hacerse oír.

CAPÍTULO 44.

"La manera más rápida de finalizar una guerra es perderla."

George Orwell.

»——«•◦*◦•»——«

Dos meses transcurrieron casi sin sobresaltos. Octubre y noviembre habían dejado a su paso días y más días grises y sin sentido. Eso, al menos para mí, que los había vivido sumida en las tinieblas, sin un vislumbre de esperanza en mi vida.

Los días los sobrellevaba tal y como si fuera una máquina: comía lo indispensable, bebía lo mínimo, dormía demasiado y solo me movía para cumplir con mis responsabilidades. Lo único que había tenido que hacer en estos dos últimos meses había sido entrenar y practicar mi magia. Sorprendentemente, a pesar de que le echaba muy pocas ganas a mi tarea, avanzaba descomunalmente rápido para el poco entrenamiento al que me sometía.

En ese extenso periodo de tiempo no había vuelto a ver a Kelian, como le había dicho a Lucifer que haría. Sabía que era lo correcto, sabía que no debíamos vernos, que el hecho de estar en la misma habitación nos debilitaba y ponía en contrapunto las reglas de esta guerra. Pero mi corazón no entendía de razones. Quería verlo, quería sentirle, quería tenerle y, como no podía, había resuelto sumirme en la oscuridad de un profundo abismo autodestructivo.

El burdo peso de mi conciencia no me había permitido ir a verle de forma incorpórea a través de la gargantilla. Temía que, si le veía nuevamente, no podría volver a reunir las fuerzas suficientes para volver a dejarle ni por un solo segundo más.

La depresión era de por sí mala, pero la soledad aumentaba mis pesares a la trigésima potencia. El Cielo ya era un lugar críptico, pero en aislamiento era aún peor. Desde que había perdido la compañía de mi madre y de Verónica, la cercanía de Rafael, la vida de Lili y la alegría de Leuviah, me encontraba completamente sola. No tenía a nadie en quien confiar, pues tres de las personas más importantes de mi vida se habían marchado al bando infernal y la cuarta se había encerrado en su habitación para no volver a salir meses atrás.

Luvia y su completo autoabandono eran una cuestión que me angustiaba sobremanera. Ella estaba completamente desaparecida en su dolor; temía por su salud, tanto física como mental. Una existencia sin con quién compartirla era el peor de los castigos que se le pueden infligir a una persona, y eso es lo que mi elección de bando me había traído como consecuencia fundamental: el alejamiento de todos mis seres queridos.

Aquí, las únicas dos personas que se pasaban de vez en cuando para ponerse al tanto de mi estado de salud mental eran Sarel, junto con su pequeña, y, por otro lado, Anauel, quien a pesar de ser ciegamente fiel a las órdenes de Gabriel, había resultado ser un buen tipo y yo le estaba muy agradecida por sus atenciones. Había formado algo así como una amistad extraña con Sarel, puesto que resultaba estar tan sola como yo, o tal vez más. Yo sabía que, aunque estuvieran lejos de mí, tenía amigos y familia que me amaban incondicionalmente, e incluso un archienemigo que se dejaba la piel por mí. Pero Sarel solo tenía a Mariah.

En aquellos días de camaradería, me había confiado que, si bien mantenía una relación fluida con su padre, jamás pudieron ser unidos, por lo que no había demasiada confianza entre ellos. Su madre había muerto cuando ella era una cría y amigos no tenía, pues nunca había sido un ejemplo de criatura angelical. Todo esto le había acarreado un estado de constante soledad. Por otro lado estaba Cimeria, a quien amaba y quien le amaba, pero las ocasiones en las que podían verse eran tan distantes y escasas que casi no podía sentir su compañía. Cuando hablaba de él, podía ver el dolor y el anhelo en sus ojos; le amaba profundamente y su ausencia le desgarraba el alma. Le entendía, joder, cómo le entendía.

Por suerte para ambas, habíamos entablado esta amistad que parecía un regalo de la vida, un faro en medio de un océano en tinieblas. Una manta cálida en una noche de invierno. Un atisbo de cordura en la locura.

Esa tarde me encontraba acompañando a Sarel hasta la Tierra para que pudiera encontrarse con Cimeria, como la había animado a pedir que lo hicieran. Con la excusa de buscar algunas de mis cosas en mi habitación, habíamos obtenido el permiso de Miguel para bajar, y se suponía que mi escolta era la misma Sarel.

Nos habíamos materializado a pocas cuadras y nos encontrábamos caminando a paso lento hasta mi casa. Mariah corría delante de nosotras y yo me encargaba de gritarle que tuviera cuidado mientras Sarel se reía de la impertinencia de su hija. Cuando llegamos a la puerta de mi casa, noté cómo a Sarel la inundaban los nervios; tomé a Mariah en brazos y con un pequeño y rápido hechizo destrabé el cerrojo, permitiendo que la puerta se abriera sola.

Nos introdujimos en el interior de mi sala y yo la recorrí con la mirada; todo seguía igual. Aún estábamos en Marvin Norte, pues no había habido tiempo para la mudanza y por ahora teníamos dos casas. En cuanto le eché el cerrojo a la puerta, pude divisar una figura sentada en uno de mis sofás y, cuando presté atención, vi que era Cimeria, quien nos sonreía. Se puso de pie y se apresuró en alcanzar a Sarel, quien de inmediato corrió hacia él y se fundieron en un apretado abrazo. Vi cómo unas cuantas lágrimas recorrieron las mejillas de ambos; lágrimas que estaba segura eran de felicidad.

—¡Te he extrañado tanto! —susurró Cimeria.

—No tanto como yo a ti —respondió ella mirándole a los ojos.

Yo bajé a Mariah y le permití que corriera hasta los brazos de su padre, quien la atrapó en un abrazo y la giró por el aire, tal como hacían los padres con sus hijos. Yo sonreí al ver la escena y saludé a Cimeria con un asentimiento de cabeza para luego dirigirme hasta mi habitación y así poder darles un poco de privacidad.

Al llegar a mi dormitorio, lo que vi me hizo creer que el suelo temblaba y las piernas se me aflojaron. Allí, en mi cama, donde muchas veces había estado, se encontraba la Bestia, dormitando. Al oírme entrar, abrió los ojos y, cuando pudo reconocer a quién tenía enfrente, una mezcla de emociones le sobrevinieron y una lucha se desató en su mente, al igual que en la mía. La lucha entre hacer lo que se debe o lo que se quiere.

—Maite —susurró sentándose en la cama.

—Kelian —susurré yo desde mi lugar.

—¿Qué hacés aquí? —preguntó con clara confusión en su voz.

—¿Qué hacés tú aquí? Esa sería la pregunta, esta es mi habitación —dije con algo de diversión en la voz.

—Tenés razón... —sonrió débilmente—. Vine para acompañar a Cimeria, estaba un poco nervioso —sonrió nuevamente—. Y luego decidí venir hasta aquí... —se encogió de hombros—. No porque te extrañe ni nada de eso... —rió y me regaló una sonrisa luminosa, una que sí le llegó a los ojos y a mí me llegó al corazón.

—Yo he venido a acompañar a Sarel, fui su excusa para bajar —expliqué y sonreí—. Yo tampoco te he extrañado, para que lo sepas —me mordí el labio inferior, aún sonriendo.

—Me alegra eso —palmeó la cama vacía a su lado—. Vení, sentate.

—No debería... —mordisqueé mi labio.

—Vamos, no te vas a quedar parada, prometo comportarme —sonrió y me guiñó un ojo.
—Está bien —sonreí divertida, caminé hasta la cama y me senté a su lado. Al sentir la calidez en su semblante, suspiré ante la angustia que me apretó el pecho—. Mi vida es una mierda... —escupí y Kelian me miró.
—No digas eso, Gorriona —dijo él mirándome fijamente.
—Estoy sola, Kelian, realmente sola —derramé algunas lágrimas—. No tengo a mi familia ni a mis amigos, vivo sola en una choza, nadie se acuerda de mi existencia —hice una pausa—. Solo Sarel se pasa dos por tres, Luvia no se ha recuperado de la muerte de Lili y todo allí es tan frío y complicado —suspiré—. Vivo para entrenar y practicar magia.
—No estás sola, May, no digas eso. Tenés un montón de gente que te quiere; tal vez no los veas, pero ellos están contigo.
—¡Cómo me arrepiento de todo lo que he hecho! —exclamé.
—May, sabemos bien que no teníamos más opción, ya me lo dijiste una vez y tenías razón. Si nosotros no resolvemos esta guerra, el derramamiento de sangre será abismal. Tenemos que ver por la supervivencia de ambos bandos de la forma más justa posible —hizo una breve pausa—. Si elegías mi bando antes de la batalla final, ibas a inclinar la balanza a favor del Infierno, pero de igual forma la sangre derramada a torrentes sería inevitable.
—Lo sé, sé que este es el mejor escenario para los Tres Mundos —suspiré—. ¡Pero es tan injusto! Uno de los dos debe morir, y a manos del otro —me abracé las rodillas—. No sé si tendré el valor para enfrentarte llegado el momento, te amo...
—Yo también te amo, Gorriona, pero debemos hacer lo que tenemos que hacer —acarició mi mejilla y yo me acurruqué contra él.
Y así nos quedamos, yo a su lado y él abrazándome. Sin pensar en más nada, disfrutando de la compañía del otro hasta que poco a poco nos fuimos quedando dormidos, olvidándonos del resto del mundo aunque sea por un ratito.
No sé cuánto tiempo fue el que transcurrió mientras dormíamos, pero cuando me desperté fue porque una mano sacudía mi hombro con fuerza. Al abrir mis ojos vi la cara pálida de Sarel sacudiéndome mientras movía los labios. A lo lejos pude ver el rostro de Cimeria con clara diversión.

Me senté mientras Kelian se despertaba y miré a Sarel.
—¿Qué pasa? —pregunté mirándola con el ceño fruncido.
—Han pasado cinco horas desde que llegamos. Ellos no tienen problema, pero nosotras nos tenemos que ir, May —rió pasando la mirada de Kelian a mí varias veces—. Ahora entiendo cuando me decías que sabías lo que era estar enamorada de un demonio.
—Guarda el secreto —pedí, mientras Kelian me miraba un poco confundido.
—No hay problema —sonrió y me levanté.
Tomé algunas cosas que necesitaba mientras Kelian y Cimeria se adelantaron a la sala. Sarel y yo nos miramos y los seguimos para luego, después de despedirnos de ellos, marcharnos nuevamente al Cielo antes de que notaran nuestra prolongada falta.
Al llegar al Cielo, me despedí de Sarel y de Mariah para luego encaminarme a mi choza con mis cosas a cuestas. Al llegar a ella, noté que la luz estaba encendida en su interior. Fruncí el ceño y me encaminé hacia allí lentamente, manteniendo mis sentidos en guardia; nunca se sabía con qué podría encontrarme. Al entrar me encontré a Miguel, cruzado de brazos, recostado contra la pared, con el ceño profundamente fruncido.
—Hola —saludé—. ¿Qué hace aquí? —pregunté con desconfianza; el arcángel no me daba buena espina, nunca lo había hecho.
—Has demorado más de la cuenta, Nazaret —reclamó.
—Lo sé, simplemente me distraje —me encogí de hombros—. Los recuerdos y esas cosas, no sé, me puse nostálgica —él aflojó su semblante.
—Entiendo... —contestó simplemente.
—¿Puedo saber a qué se debe su visita? —pregunté, ya que me ponía nerviosa su presencia; nunca traía nada bueno.
—Dios quiere ver a su hija —informó.
—¿Ahora? —pregunté sorprendida; era obvio que no iba a durar mucho mi pequeño momento de felicidad.
—Sí, ahora. Te rogaría que me siguieras —afirmó él.
—Bueno, si me permite, me cambiaré la ropa de calle por la toga —pedí y él asintió.
Me apresuré en dirigirme a mi habitación y demoré menos de cinco minutos en encontrar la ropa que debía ponerme y, efectivamente, colocarla sobre mi cuerpo. Salí y el arcángel Miguel me esperaba en la puerta.

En cuanto me vio, comenzó a caminar. Le seguí hasta afuera, cerré la puerta y me dispuse a seguirle hasta el Palacio de Cristal.

—¿Sabe por qué quiere verme Dios? —pregunté mientras caminábamos.

—Es sobre la guerra, pero es lo único que puedo decir —respondió aún mirando al frente.

—¿No hay nada que me pueda adelantar? —pregunté casi en un ruego; hablar con el Todopoderoso me llenaba de ansiedad.

—Hay algo... —dijo él pensativo—. La batalla final está más cerca de lo que creemos. Espías nos han informado de que existe un movimiento nunca antes visto en el ejército infernal —me miró de reojo—. Hay que estar preparados, esta guerra está llegando a su fin —sonrió perversamente.

—Creo que me alegra saber eso —musité entre dientes, con mi estómago revuelto.

Si la batalla final estaba cerca, la hora de enfrentarme al amor de mi vida en duelo también.

—Debe alegrarse, nuestro triunfo está asegurado —afirmó con absoluta confianza en sus palabras. Este era un ser que no estaba acostumbrado a las derrotas.

—Yo no estaría tan segura —susurré sin que él lograra escucharme, y seguí caminando sin pronunciar más palabras.

No dijimos nada más en todo el camino hasta el palacio y, luego de estar en él, tampoco. Miguel me guio durante la media hora de recorrido hasta la sala donde me había reunido la primera vez que me entrevisté con Dios y, cuando estuvimos enfrente, me miró.

—Suerte —deseó y yo fruncí el ceño.

—Gracias —respondí confundida, y me apresuré a abrir la puerta de oro y rubíes.

Cuando me adentré en la habitación, esta tenía el mismo aspecto que cuando la visité por primera vez, solo que a diferencia de ese día, Dios sí estaba presente en la habitación esperándome, sentado en su trono. El calvo clavó su mirada en mí y yo me estremecí, pues me ponía de los nervios. Caminé lentamente hasta el centro de la habitación, me paré con las piernas muy juntas e hice una reverencia.

—Buenas noches, mi Señor Todopoderoso —dije respetuosamente.

—Tarde —escupió—. Llegás tarde.

—Lo sé, mi Señor Todopoderoso. Me demoré en llegar a casa y el arcángel Miguel no pudo informarme antes de su solicitud —dije la verdad.

—Está bien —entrecerró los ojos—. He estado supervisando tu entrenamiento personalmente, Nazaret, y estoy más que conforme con el avance que has tenido. Jamás había visto un guerrero tan poderoso como tú —comentó.

—Gracias, mi Señor Todopoderoso... —agradecí frunciendo el ceño de manera imperceptible. No eran comunes los halagos en el Cielo, y mucho menos por parte de aquel ser tan omnipotente.

—¿Sabés por qué estás aquí, Nazaret? —preguntó con una sonrisa.

—No, mi Señor Todopoderoso.

—Bueno, es fácil: la batalla final está a pocas semanas, dos para ser más exactos, y esta guerra está por terminar —informó.

—¿Cómo sabe que se desarrollará en dos semanas, mi Señor Todopoderoso? —pregunté confundida.

—Un informante nos ha hecho saber que dentro de dos semanas se dará el ataque del Infierno; la Bestia ya ha fijado la fecha —sonrió—. Es bueno saber que nosotros ya estamos más que preparados.

—No estoy segura de estar preparada, mi Señor Todopoderoso —comenté con sinceridad.

—Oh, lo estás; yo mismo te he observado —sonrió—. A partir de ahora tu entrenamiento se duplicará, al tiempo que las tropas se irán preparando para la batalla —afirmó.

—Sí, mi Señor Todopoderoso.

—¡Quiero que practiques día y noche si es necesario! Pero en esa batalla quiero ver rodar la cabeza de la Bestia, así como vi rodar la cabeza de su madre. ¿Me entendiste, Nazaret? —bramó amenazante y yo me estremecí ante la mención de Perséfone.

—Verá derramada su sangre, mi Señor Todopoderoso —afirmé con seguridad; una seguridad que no poseía.

—¡Perfecto! —sonrió de costado—. Maite —llamó atrayendo toda mi atención.

—¿Sí, mi Señor Todopoderoso? —contesté con amargura; ya me quería ir de aquel lugar.

—Una cosa más —sonrió—. ¿Sabés lo que implica el sacrificio mencionado en tu profecía? —sonrió de costado.

—¿Sacrificar mis deseos para hacer lo que es correcto, mi Señor Todopoderoso? —contesté desconcertada y él rió.
—Oh, no tiene que ver con nada de eso —me miró.
—Entonces, ¿qué significa eso, mi Señor Todopoderoso? —pregunté frunciendo profundamente el ceño.
—Fácil: se debe hacer un sacrificio —sonrió de costado.
—¿Y qué implicaría eso, mi Señor Todopoderoso? —pregunté ya con algo de frustración en mi tono de voz.
—Que una vida debe sacrificarse para poder darle muerte a la Bestia —me miró fijamente.
—Ilumíneme —dije al no entender a lo que se refería.
—Para darle muerte a la Bestia, debés dejar en ello toda tu energía vital; por ende, al darle muerte, morirás. Ese es el sacrificio —me miró con cierta diversión y un nudo se hizo en mi estómago. Las náuseas me invadieron al instante y mi mandíbula cayó.
¿Kelian sabría sobre este punto de la profecía? Lo dudaba. El duelo tenía que ser justo, y lo sería. Si Kelian ganaba, invadiría el Cielo, posiblemente iría tras Dios y habría cientos de muertes; pero si yo ganaba, en realidad no me podría hacer cargo del ejército y este avanzaría aplastando al bando infernal de una vez por todas y para siempre.
—¿Cómo ha dicho, mi Señor Todopoderoso? —pregunté tragando saliva.
—Como has oído. Espero que una tontería como esa no te impida cumplir con tu misión, Maite Nazaret Rimoldi —advirtió y yo pasé saliva con fuerza.
—Para nada, mi Señor Todopoderoso —aseguré, tratando de que mi voz no se quebrara.
No podía ser un duelo justo el que mantuviera con Kelian; debía rendirme. Uno de los dos tenía que sobrevivir.
—Perfecto, ahora retirate —dijo despectivamente, y yo giré sobre mis talones para marcharme de allí lo más rápido posible.
Cuando salí, me encontré con Miguel esperándome donde se había quedado una hora antes. Él, al verme, me regaló una mirada de compasión y comenzó a caminar para alejarse de la sala de Dios. Entonces me di cuenta de que, en realidad, él sabía qué era lo que Dios tenía para decirme, y ahora estaba sintiendo lástima por la tonta niña humana que había creído en un futuro mejor.

Caminé tras de él sin decir palabra alguna, sumergiéndome en mis pensamientos, dándole vueltas a lo que me deparaba. Iba a morir, eso lo sabía, ya lo había decidido. Pero me costaba asimilar que mi destino siempre había sido morir, que nunca había tenido una opción verdadera.
Solo nací para ser un sacrificio.

CAPÍTULO 45.

"La verdadera fuerza reside en la capacidad de mantener la esperanza viva, incluso cuando el horizonte parece incierto."

Alejandro Borja.

»——«•◦❋◦•»——«

Dos semanas, ese era el tiempo que teníamos. Nada más que dos jodidas semanas. Aquel día, apenas salí del Palacio de Cristal, corrí hasta la casa de Luvia. No me importaba que se hubiera aislado de todo y de todos, esto tenía que saberlo, ella debía ayudarme a afrontar lo que se venía, la necesitaba. Hoy, más que nunca, la necesitaba.

Al llegar a su casa, luego de que su madre, o al menos eso creía que era, me dejara pasar a su interior, fui directamente hasta la puerta de Luvia y la empecé a aporrear. La puerta temblaba bajo mis puños, mientras yo repetía casi formando un mantra: "Luvia, salí, por favor".

Luego de interminables minutos, que se me hicieron horas, la puerta se abrió de golpe, provocando que yo cayera a través del umbral de la misma. Al caer quedé boca abajo, pero al darme vuelta, pude observar el rostro confundido de Luvia mirarme desde lo alto.

—¡Luvia! ¡Dichosos los ojos! —sonreí con ternura, la extrañaba un montón, más de lo que me imaginaba.

—May, ¿qué hacés aquí? —preguntó frunciendo el ceño.

—Vine a sacarte de tu confinamiento autoimpuesto —sonreí pero luego la sonrisa se me borró de la cara—. No podés estar ajena a lo que viene, ya no más.

—¿Qué está pasando Maite? —preguntó frunciendo el ceño aún más, y colocando sus manos en su cadera.

—¡El día del juicio final se está acercando! —mi mirada se ensombreció totalmente mientras me ponía de pie.

—¿De qué hablás? —me miró con confusión.

—La batalla final Luvia —insistí, no podía creer que no me estuviera entendiendo.

—¿Qué pasa con ella? —frunció el ceño.

—Es en dos semanas —afirmé mirándola a los ojos.

—No puede ser, ¿ya? Pero... ¿Cómo? ¿Tenemos seguridad de ello? —dijo atropellando las palabras debido al asombro.

—Sí, espías lo han informado, el Infierno piensa atacar dentro de dos semanas — suspiré—. Es por eso que he venido, te necesito Luvia, aquí sos mi única amiga, no voy a poder enfrentarme a todo esto sola —bajé mi mirada al suelo.

—¡Oh May, perdón por haber estado tan ausente! —se lamentó—. Me ha costado mucho asumir y afrontar lo que sucedió —confesó.

—No te preocupes, todos necesitamos tiempos distintos para procesar el duelo — afirmé—. Sé que necesitabas espacio, sé que necesitás sanar, está bien —sonreí con tristeza—. Solo me gustaría poder contar contigo para lo que se viene —hice una mueca—. Porque lo que se viene es demasiado grande.

—No te preocupes, de ahora en más somos un equipo —sonrió.

—Gracias Luvia —sonreí y la atrapé en un fuerte abrazo.

—Gracias a ti, por perdonarme —sonreí y me correspondió el abrazo.

De inmediato Luvia y yo salimos de su habitación, y luego de que ella se despidiera de la que yo asumía, debía de ser su madre, nos encaminamos velozmente hasta mi choza para poder hablar con tranquilidad.

Luego de estar ambas ubicadas en las camas del dormitorio de la choza, con un cuenco de avena cada una, le comencé a contar todo lo sucedido desde la batalla donde habíamos perdido a Lili hasta el día de hoy.

Ella estaba realmente contenta de que el Príncipe del Infierno y yo nos hubiéramos reconciliado, y no solo eso, sino que, nos hubiéramos declarado el uno al otro. Pero, no tenía ni idea de hasta qué punto era perjudicial aquello. Fue entonces que le hablé sobre el lado secreto de la maldición. Al tomar conciencia de este hecho, ella se quedó más pálida de lo que ya era, y sus hombros se hundieron.

—Entonces, tú debés morir sí o sí, no importa qué bando sea el triunfador —repitió para procesarlo y yo asentí para confirmar lo que decía—. ¡Eso es horrible May, realmente espantoso! —hizo una mueca de disgusto.

—Lo sé, pero ahora ya sé cuál va a ser mi posición al enfrentarme a Kelian —hice una pausa—. Me rendiré, uno de los dos debe sobrevivir —fruncí los labios y suspiré.

—¡Esto es una jodida mierda! —soló.

—Lo es —concordé.

—Nada de esto suena bien, parece una mala broma. Una mala y sádica broma — se quejó ella angustiada.

—No hay nada más que hacer Luvia, no hay nada más que hacer —dije bajando mi mirada al suelo—. Por eso necesito que me ayudés a mantenerme cuerda —la miré—. Sola seguramente enloquecería antes de la batalla.

—Estaré aquí hasta el final —sonreí con pena.

—Gracias —dije, y ella me abrazó.

A partir de ese instante nos volvimos inseparables.

Al día siguiente ella se mudó de su casa a la mía, para así no tener que dejarme sola en ningún momento. Se instaló temprano en la mañana, y desayunamos juntas esperando a que vinieran a llevarme al campo de entrenamiento.

Fue Gabriel quien vino por mí, y Luvia insistió en venir con nosotros hasta que consiguió el permiso para acompañarme. Cuando llegamos al campo de entrenamiento, este estaba repleto de armas y de soldados entrenando de forma intensiva.

Rápidamente me coloqué mi armadura al igual que Leuviah la suya, y comenzamos a entrenar una contra la otra, para ir practicando en el campo de batalla.

Mi entrenamiento era intensivo, más de lo que me había imaginado. Apenas llegué al campo, fui informada de que además del entrenamiento físico al que debía someterme, que era similar al que realizaba con Kelian en aquel campo a las afueras de Montevideo, debía aprender el uso de todas y cada una de las armas. Eso implicaba, nada más y nada menos, que llegar al campo de entrenamiento a las ocho de la mañana e irme a las cuatro de la tarde. Pero no para irme a descansar, si no para practicar hechizos con la hechicera más poderosa.

De todas formas no me podía quejar pues, no era que solo yo estuviera siendo sobre entrenada, sino que todos los guerreros estaban siendo sometidos a jornadas tan extensas como la que debía cumplir yo.

La pobre Luvia me acompañaba mano a mano en el entrenamiento, para no tener que dejarme sola en ningún momento, a pesar de que ello la agotaba hasta no poder más. Ella había hecho un compromiso y lo cumpliría.

Cuatro días después de haber comenzado con esa intensiva rutina, ya había aprendido a manejar con perfección las espadas cortas, las largas y las navajas o cuchillos. Además de ello, tenía nociones de manejo de arco, lanza, ballesta y hacha, sin contar también el haber aprendido a utilizar el escudo, lo que era de gran utilidad.

Luvia iba tan avanzada como yo, aunque le costara más, y normalmente por las noches caía rendida en la cama sin poder moverse, pero de igual forma insistía en seguir entrenando a mi par sin importar el cansancio.

Aquella tarde ambas nos encontrábamos sentadas de piernas cruzadas en el suelo de lo que parecía una vieja biblioteca, donde la hechicera solía darme clases. Estábamos esperándola, pues ya se había retrasado, y eso no era para nada normal.

—¿Crees que le haya sucedido algo? —le pregunté a Luvia quien miraba la puerta de entrada fijamente.

—Ni idea —susurró.

—¿Qué crees que me enseñe hoy? —pregunté nerviosa. Ya no quedaba casi nada que enseñarme, en los pocos meses que había permanecido en el Cielo, la hechicera me había mostrado como realizar todo tipo de hechizos sirviéndome casi de cualquier cosa, y no me podía imaginar qué era lo que faltaba.

—No lo sé, supongo que será repaso, pues los únicos hechizos que te faltan aprender, por lo que me has dicho, son tan oscuros que ni siquiera la hechicera podría hacerlos —comentó aún mirando la puerta.

—¿Qué clase de hechizos? —pregunté curiosa.

—Hechizos con magia extradimensional, un lugar fuera del alcance de cualquier criatura. Se dice que el único que puede ejercer esa magia sin enloquecer es la mismísima Bestia, o sea Kelian —se encogió de hombros—. Esos son los rumores, personalmente no creo que él pueda manejar algo como eso, no es tan oscuro.

—¿Hay seres en ese lugar? —pregunté frunciendo el ceño.

—Los hay, una de las tareas del Cielo es mantener los portales de ese mundo bloqueados, pues esa dimensión está muy por fuera de la jurisdicción de Dios. Esos seres son criaturas sedientas de destrucción, todo lo engullen y lo destrozan, son máquinas de destruir mundos —al terminar de decirlo me miró.

—Vaya... —fue lo único que pude decir, y agradecí el hecho de que no fueran un peligro para este mundo, al menos por ahora. Ya tenía suficiente con esta guerra, como para sumarle otra.

Justo en el momento en que terminamos de hablar, la hechicera llamada Metatrón apareció. Ella siempre se encontraba al lado de Dios, por los rumores que corrían en el Cielo, entre ellos había más que una amistad.

—Buenas tardes —saludó la alta mujer albina.

Era completamente albina, su piel era pálida y su cabello blanco, al igual que el iris de sus ojos. Realmente yo no estaba segura de cómo era capaz de ver, o tal vez no lo era, eso no podría saberlo nunca. Tenía una presencia colosal, asfixiante, y emanaba un aura demasiado potente, que impedía que uno se sintiera cómodo a su alrededor.
—Buenas tardes —saludamos al unísono Luvia y yo.
—Hoy tenemos una clase interesante por delante —comentó con una sonrisa mientras se acercaba a nosotras.
—¿De qué tratará la clase? —pregunté yo con una sonrisa.
—De tu sacrificio —sonrió— hoy aprenderás el conjuro que debés recitar en el momento en que clavés tu espada dorada en el corazón de la Bestia —sonrió y en ese momento Luvia y yo nos estremecimos.
¿Era yo o todos aquí parecían divertirse a costa de mi ineludible muerte? ¡Realmente comenzaba a descomponerme! Luvia me dio un apretón en la mano, para hacerme saber que contaba con ella para cualquier cosa.

Meam pono pro mundus vitae.
Sanguis meus fortitudo mea et robur meum sanguinem.
Sacrificium, et ira malum.
Vitam, et mala destruenda.
Mala destruenda.

"Mi vida por el mundo,
el mundo por la vida.
Mi sangre a mi fuerza, mi fuerza a mi sangre.
La vida sacrifico y arrebato el mal.
La vida sacrifico y destruyo el mal.
Destruyo el mal."

Ese era el hechizo que debía pronunciar, ese era el hechizo que acabaría con la vida de Kelian, ese era el hechizo que no iba a conjurar.
A pesar de ello, pasé cuatro horas memorizándolo, y repitiéndolo sin invocar la magia.

Cuando por fin pude salir de aquella tortura, Luvia me estrechó entre sus brazos no permitiéndome casi ni respirar, y yo me desahogué llorando. Hizo de guía hasta la choza y luego de bañarnos, cenamos y nos fuimos a la cama.

—¿Por qué debo sufrir tanto en esta vida? —pregunté mirando el techo.

—No lo sé, este mundo es un reverendo hijo de puta —fue lo que ella contestó desde su cama y no volvimos a cruzar más palabras.

Me quedé mirando el techo hasta que me dejé llevar a las profundidades del mundo onírico, donde en vez de descansar tuve que enfrentarme al recurrente sueño de los ojos negros y el mar de sangre que me rodeaba.

Los siguientes días de entrenamiento fueron igualmente pesados que los primeros cuatro. Ya con diez días de entrenamiento intensivo sobre mi cuerpo comenzaba a convertirme en una maestra de las artes marciales y del combate cuerpo a cuerpo, eso sin nombrar que ya manejaba a la perfección cualquier arma que se me diese.

De igual forma, yo pasaba día tras día sintiéndome cada vez más muerta. Las emociones me iban abandonando, y solo el dolor se acrecentaba en mi pecho. ¿Sería posible que no hubiera otra salida más que la guerra?. Quería creer que no, que sí había otra salida, pero cada día lo veía más imposible.

Leuviah se estaba empeñando en tratar de que yo me mantuviera en mis cables, pero Metatrón haciéndome repetir el conjuro que me daría muerte, a mí y a mi amante, día tras día, no estaba ayudando mucho con esa tarea.

Eran ya las cinco y media de la tarde, y yo me encontraba en la vieja biblioteca escuchando a la amante de Dios, repetir quinientas cincuenta millones de veces que debía concentrar todo mi poder al pronunciar el conjuro.

Luvia por su parte se encontraba detrás de ella, haciéndole caras, para tratar de distraerme de mi tortura diaria. En ese momento las puertas de la biblioteca se abrieron con fuerza dejando entrar cuatro figuras a la sala.

—¿¡Quién osa interrumpirme!? —vociferó Metatrón.

—Perdónenos, Su altísima, pero necesitamos a Nazaret para el consejo de guerra.

Quien habló era Miguel, y por detrás de él venían Gabriel, Zacharel y Seraphiel. Luvia y yo nos miramos, y de inmediato nos pusimos en pie. Por más que el motivo para escaparnos de la hechicera, fuera un aburrido consejo de guerra, no desaprovecharíamos ni la más mínima oportunidad para huir de allí.

—Le perdono solo por ser usted arcángel —dijo ella por lo bajo—. Pueden retirarse —nos ordenó y nosotras nos apresuramos a llegar donde Miguel y de inmediato nos fuimos de aquella siniestra habitación.

Seguimos a la escolta hasta el cuartel general, y dentro de él, a la sala donde se había desarrollado el primer consejo de guerra en el cual había participado. Allí nos esperaban los mismos que habían participado anteriormente, a excepción de Rafael, quien había sido reemplazado por alguien más cuyo nombre desconocía.

Nos sentamos alrededor de la mesa, y esperamos a que Miguel tomara la palabra con toda la paciencia del mundo.

—Buenas tardes —saludó—. Todos los aquí presentes saben el motivo que llama a la reunión de este honorable Consejo —hizo una pausa—. La batalla final se desarrollará en cinco días, ni más, ni menos —afirmó.

—Con tan inevitable panorama —comenzó a hablar Gabriel en tono pausado—. En este momento tenemos que decidir cuál será nuestra estrategia definitiva para el día de la batalla —explicó el cometido de la reunión.

—Para plantear una estrategia definitiva, debemos de tener una idea de cuál será la formación de ataque de nuestros contrincantes —habló el desconocido.

—El caso es que ya poseemos esa información, Jofiel —respondió Miguel con una sonrisa.

—La Bestia tiene pensado formar su ejército en tres frentes principales y tres frentes de respaldo, con eso nos dice que la formación será cóncava doble —sonrió Gabriel —eso según nuestros informantes, que son, por supuesto, de total confianza.

—¿Dónde vendrá él? ¿En el primer frente, o en el segundo? —pregunté estrechando los ojos.

—Según nuestros datos, vendrá en el primer frente —me miró Miguel—. Era de esperarse, es un guerrero muy poderoso.

—Bueno, sabemos que no importa qué formación tomemos nosotros, yo debo ir al frente —me crucé de brazos y todos asintieron.
—Teniendo en cuenta eso, lo mejor sería tener armados dos frentes como ellos — sugirió Zacharel desde una esquina de la mesa.
—No lo sé... —contradijo Miguel—. Es una estrategia de defensa bastante predecible si me dejás opinar —arrugó la nariz, tenía razón.
—¿Atacar en un bloque solo, esperándolos fuera de las puertas del Cielo? — sugirió Uriel pero inmediatamente fue rechazada su propuesta.
—Creo que si realmente queremos tener una victoria certera debemos armar una estrategia mucho más compleja que la de ellos —habló Seraphiel.
—¿Qué proponés? —le animó a seguir Gabriel.
—Propongo que dispongamos de múltiples frentes con gran extensión que vayan atacando cual ola y retrocedan. Primero la artillería más liviana y por último la más pesada, y al retroceder se deben volver a formar, en bloques —sonrió—. Una estrategia de guerra muy utilizada durante la gloria del Imperio Romano.
—Realmente parece una estrategia triunfadora —dijo Miguel y lo era. Utilizar la estrategia de uno de los ejércitos más sangrientos y eficaces de la historia era una muy buena idea. Joder, era una idea excelente, al menos para quien quería la aniquilación de su contrincante—. ¿Qué opinan los demás?
Todos estuvieron de acuerdo en que esa era la estrategia que se debía utilizar, y obviamente yo me pronuncié a favor a pesar de que la odiaba con toda mi alma. Era buena, demasiado buena para mi gusto y comenzaba a temer las consecuencias.
—Perfecto —habló nuevamente Miguel—. No se diga más, a partir de hoy y los siguientes cinco días, se hará la elección de los soldados que irán en cada frente y se les hará saber las órdenes específicas de acción —nos miró—. Ahora podemos dar este Consejo como terminado por el día de hoy.
Todos asentimos y nos retiramos de la sala de guerra, Luvia me tomó por el brazo y nos apresuró a salir de allí. Ella pensaba como yo, no quería aniquilar al bando infernal, por el contrario, y ahora que veía como se nos presentaba el panorama, estaba tan atemorizada como yo.

—¿Cómo detendremos esto May? —preguntó angustiada cuando llegamos a la choza.
—No podremos detenerlo Luvia —respondí en tono críptico, y las lágrimas comenzaron a correr cual río por mis mejillas.

Ahora sí, están todas las cartas jugadas.

CAPÍTULO 46.

"No luchamos porque odiamos lo que está frente a nosotros, sino porque amamos lo que está detrás de nosotros."

Alejandro Borja

»——«•◦❋◦•»——«

Hay despliegues y despliegues militares. Y contemplando lo que tenía frente a mí, puedo asegurar una cosa, Estados Unidos se queda corto con respecto a esto. Como Seraphiel había propuesto en el consejo de guerra, se habían dispuesto diversos frentes. Para ser exactos, diez frentes que aumentaban en intensidad. Los primeros en ocupar las filas eran los arqueros, quienes tenían la capacidad de atacar a distancia con una precisión alucinante.

Luego venían las lanzas, tras de ellas, los manguales que eran seguidos por las espadas y las hachas. Como si ya fuera poco, existía una quinta formación conformada por ballestas, y luego se alternaban las catapultas y más espadas.

El despliegue era impresionante, los guerreros feroces, y las posibilidades de ganar, altísimas. Ese último punto, era el que más me preocupaba. Los soldados estaban sedientos de sangre tras milenios de una prolongada guerra, que solo había abarrotado de odio los corazones de las tropas.

El odio nunca era una buena señal.

Esa tarde noche, la tarde noche antes del combate, me mantenía repasando cada frente de batalla, para verificar que cada soldado estaba en su puesto. De esta manera, podríamos esperar con tranquilidad, el alba del día de mañana. Según nuestros informantes, el ataque del bando infernal se produciría en dicho momento, por ende, ahora solo nos quedaba esperar.

Cada frente estaba formado por alrededor de quinientos hombres, dependiendo de la intensidad de fuerza de ataque que se necesitara, se establecía si eran más o menos hombres en el frente. Cinco mil hombres y mujeres arriesgaban su vida por esto, cinco mil vidas estaban en juego, y eso solamente en nuestro bando. No podía, ni quería imaginar cuántas habría en el otro.

Kelian y yo debíamos, sí o sí, detener esta carnicería. No podíamos permitir que se pierdan las vidas de más de diez mil hombres porque sí, era completamente inhumano.

Terminé de hacer el relevo, y me encaminé donde estaba Luvia, quien se encontraba sentada en una ronda formada alrededor de una fogata. Me senté a su lado y le sonreí casi imperceptiblemente, ambas estábamos en un sinvivir. La presión que me oprimía el pecho era asfixiante, mis emociones estaban a flor de piel, y sentía un amotinamiento constante de las lágrimas tras mis párpados.

Era simplemente desolador todo lo que estaba sucediendo.

La ronda en la que me encontraba, estaba conformada por soldados del frente de los arqueros, que era el frente al cual yo iba a acompañar. Esta era la primera línea que debía acometer en la batalla, luego de que las flechas alcanzaran sus objetivos.

Pasé mi mirada lentamente por aquellos que me rodeaban, tenían el aspecto de estar serenos, incluso de estar entretenidos. Pero, yo podía ver en su mirada, la angustia y la preocupación que tenían albergados en el fondo de sus almas.

Una de las arqueras fijó su mirada en mí y yo se la devolví. Ella estrechó los ojos con dureza, y luego de mantenernos unos segundos con la mirada fija la una en la otra, ella se acercó a mí y me susurró al oído.

—Estábamos bien hasta que apareciste —afirmó con la voz cargada de odio.

Yo abrí y cerré los ojos confundida, no comprendía lo que me había dicho. Yo no había hecho nada que no estuviera escrito en firmamento universal. Pero, una idea se me vino a la mente, ¿si yo no hubiera nacido, habría guerra? La guerra estaría, pero no llegaría esta batalla, la batalla final, la que terminaría con milenios de enfrentamientos entre los bandos, acabando definitivamente con uno de ellos.

Suspiré, podía entender a qué se refería, seguramente la arquera tenía a alguien especial más allá de los dominios del Cielo, tal vez un amor prohibido allá en las tierras infernales. Un amor que no volvería a ver nunca más. La volví a mirar, esta vez suavizando la mirada, intentando transmitirle que yo me encontraba en el mismo sinsabor que ella.

Luvia notó mi angustia y me dio un apretón en la mano, para luego sonreírme, ambas teníamos mucho que perder hoy, ambas perderíamos mucho.

—Como desearía que hubiera otra solución que no fuera la guerra —le susurré a mi ángel de la guarda al oído.

—A mí también me gustaría que fuera así, te lo aseguro —susurró a modo de respuesta con la mirada perdida.

—¿Cómo haré para que Kelian no se dé cuenta de que me estoy rindiendo? — pregunté en un susurro—. Si lo hace no llevará a cabo lo que debe hacer.

—Da pelea, pero no utilices toda tu fuerza, supongo que él no se dará cuenta, ya que no tiene ni idea de lo poderosa que te has vuelto en estos últimos meses — suspiró—. ¡Por Dios esto es horrible! —algunas lágrimas se le escaparon.
—No te voy a llevar la contraria —respondí con la mirada perdida.
—Claro que no —susurró y el silencio cayó sobre nuestras cabezas.
El sol ya se encontraba en su punto más bajo del horizonte. Era cuestión de minutos para que desapareciera por completo, y la noche terminara de erguirse en el cielo. La última noche, al menos para muchos. La última noche para mí.
A medida que iban pasando las horas, vi a muchos soldados dormitando en sus puestos. Resoplé con frustración. No podía entender cuál era el truco, yo no podía ni siquiera estarme quieta y ellos eran capaces de dormir cual marranos. Entendía que todos aquí eran poderosísimos ángeles con miles de años de entrenamiento, pero aun así, esta era la batalla más importante en la historia universal.
Luvia, a mi lado, había comenzado a acumular guijarros de manera compulsiva, algo me decía que era su forma de canalizar los nervios. Era la única explicación para su extraño comportamiento a esta hora de la madrugada.
—Tsss —oí a mi espalda y me volteé para ver de quién se trataba.
Al voltearme, pude constatar que se trataba de Anauel, uno de los ángeles más tiernos y serviciales que había conocido. Me levanté sigilosamente, y caminé hasta detrás de los arbustos donde él se encontraba escondido.
—Nahuel, ¿qué sucede? —pregunté en un susurro.
—Acabo de hablar con Isaías —confesó.
—¡¿Cómo?! —pregunté alterada.
—Sí, shh —dijo para que bajara la voz—. Él aún se comunica conmigo de vez en cuando —se encogió de hombros.
—¿Qué te ha dicho? —pregunté nerviosa.
—Que atacarán una hora antes del alba —me miró fijamente.
—Eso es en dos horas —mordí mi labio—. Tenemos que estar preparados —me moví para irme pero él me detuvo.
—Hay algo más —hizo una mueca.
—¿Qué? —pregunté.

—La Bestia no estará al frente, estará en medio de los dos frentes —frunció los labios—. Obviamente eso es para retrasar vuestro enfrentamiento.

—¡Joder con Kelian! —suspiré.

—¿Estás segura de que podrás hacerlo May? —preguntó con marcada preocupación.

—¿Hacer qué? —fruncí el ceño.

—Enfrentarte al hombre que amás y darle muerte —me miró a los ojos.

—¿Cómo es que sabés eso? —Mis ojos casi se me salen de las órbitas debido a la sorpresa.

—Vamos, es muy evidente... —sonrió.

—No, no estoy segura —respondí finalmente a la pregunta—. Pero al fin y al cabo, él tampoco. El amor es mutuo —confesó mirando al suelo.

—Nunca te avergüences por amar, ese es el sentimiento más puro —me regaló una sonrisa cálida.

—Gracias —dije y con un asentimiento él desapareció.

Salí del lugar donde estaba escondida y comenzó a buscar a Miguel. Había que tener listas las tropas una hora antes, y para ello había que ponerse en marcha ahora mismo.

Demoré alrededor de quince minutos en encontrar al condenado arcángel, y en cuanto lo divisé corrí hasta él.

—Miguel, Miguel —llamé.

—¿Qué sucede Nazaret? —preguntó sorprendido por el trato tan directo.

—El ataque —dije—. Se producirá una hora antes del alba, no al alba como pensábamos —informé, mordiéndome el carillo de la mejilla derecha.

—¿Cómo es que estás tan segura de ello? —preguntó frunciendo el ceño.

—Rafael —respondí y él hizo una mueca al escuchar el nombre de su hermano—. Él me lo ha dicho —hice una pausa—. Sabés bien que él y yo somos amigos.

—Vaya, está bien, te creeré solo por eso —suspiró—. Hay que poner en marcha a las tropas —dijo oteando a su alrededor.

—Sí, es por ello que he venido a avisar —aseguré.

—Bueno, hay que ponernos en marcha —habló comenzando a caminar.

—Una cosa más —lo detuve.
—¿Sí? —preguntó frunciendo el ceño, con impaciencia.
—La Bestia vendrá en medio de los dos frentes, no al frente como creíamos. Lo hace para que yo me debilite peleando con los del primer frente —informé, exagerando un poco las intenciones de Kelian para que fueran creíbles, puesto que yo sabía que solo quería retrasar nuestro enfrentamiento porque odiaba la idea de hacerme daño.
—¡El hijo de puta es astuto! —rabeó Miguel—. Cambiarás de posición, irás con las primeras espadas —dijo en tono autoritario—. Ahora andá y ponete la armadura, sos la única que aún no se la ha colocado —ordenó y yo asentí de inmediato.
—Sí señor —respondí y me apresuré a ir por mi armadura dorada, la misma que me había regalado Kelian tiempo atrás.
Corrí por entre las rondas hasta que alcancé a Leuviah quien estaba sentada al lado de mi armadura, y pasé una mano frente a sus ojos para sacarla de su ensimismamiento. Al reaccionar me miró y le sonreí.
—Luvia, debo colocarme la armadura, ¿me ayudarías? —pregunté señalando la bolsa a su lado, donde se encontraba la dichosa pieza de metal.
—Claro —se puso de pie.
Tomó la bolsa y desparramó su contenido en el suelo. Luego pieza a pieza me ayudó a colocar la armadura por completo, la espada en mi cintura y los amuletos en mi cuello. Cuando hubo acabado, me moví para comprobar que todo estaba bien ajustado.
—¿Qué es todo este ajetreo? —preguntó ella al ver que todos se levantaban y buscaban sus armas poniéndose en movimiento.
—El ataque se adelantó una hora, Rafael nos avisó —expliqué.
—Vaya, habrá que posicionarnos —comentó.
—Sí, pero ya no estamos juntas, vos estás con los arqueros. Yo debo ir con las espadas, Kelian cambió de posición, y yo también —suspiré.
—Qué raro, ¿qué estará planeando? —preguntó ella como si yo tuviera la respuesta.
—No tengo ni idea —afirmé, pero lo cierto era que tenía fuertes sospechas de los motivos de mi amado para el cambio.
—Bueno, ya no importa, lo descubriremos en un rato —hizo una mueca.

—De eso no hay duda —aseguré—. ¡No te mueras! —pedí.
—No lo haré —aseguró.
Nos abrazamos por un largo rato, derramando unas cuantas lágrimas. Seguramente esa era la última vez que nos veríamos y a ambas se nos partía el alma al solo pensarlo. Con dificultad nos separamos y luego de unos asentimientos con la cabeza, cada una se marchó a la posición que nos había sido asignada.
Caminé entre los soldados hasta llegar al cuarto frente, donde ya habían sido informados de mi posicionamiento en él. Busqué al referente, que resultaba ser Gabriel, y me posicioné a su lado sin mediar palabra, no estaba de ánimo para hablar.
Él simplemente me dirigió una mirada y volvió su vista al frente, tenía más que claro que yo le detestaba, y él me detestaba a mí. Estábamos bien con eso, así habíamos aprendido a coexistir en el mundo.
Los nervios comenzaron a apoderarse de mí, ya no había vuelta atrás. Estábamos ahí, en la batalla que tanto había temido, que tantas pesadillas me había producido a mí y a todos los miembros de mi familia paterna. El fin de los tiempos se acercaba, y yo no había podido detenerlo.
Sentí todos los músculos de mi cuerpo tensarse. Y la adrenalina comenzó a correr por mi sangre, mis pupilas se dilataron y mis sentidos se agudizaron extraordinariamente, ya estaba lista para la batalla.
El cielo comenzó a aclararse, como sucede siempre más o menos una hora antes del alba, ya había llegado el momento.
Las tropas comenzaron a enfilarse una detrás de otra, la formación estaba lista, solo faltaba divisar al enemigo.
Un estruendoso ruido se hizo escuchar en la inmensidad del cielo, el suelo comenzó a temblar bajo nuestros pies, el ejército infernal estaba cerca, muy cerca, demasiado cerca. Nuestros arqueros se adelantaron y yo me mordí el labio, la batalla estaba por comenzar.
Divisé en el horizonte cercano, una mancha negra que se extendía rápidamente, como una plaga, azotando un territorio maldito. Era el Ejército Infernal en toda su magnitud, y realmente traía el Infierno consigo.
Cuando estuvieron a razón de una cuadra y media, las flechas se hicieron en el aire, una tras otra, cayendo justo entre nuestros enemigos.

Se escucharon gritos, más de una flecha había dado en el blanco, y no saldríamos ilesos por eso.

Mientras nuestros arqueros colocaban nuevas flechas, los suyos ornamentaban el cielo con miles de ellas, miles de flechas que aterrizaron en nuestras cabezas. Escudos en alto, y defensa, de igual forma los gritos se hicieron oír. Nuevamente el cielo se tiñó de negro, más flechas surcaron el mismo hasta alcanzar a nuestros contrincantes.

Los demonios se acercaban, nuestros arqueros retrocedieron, había llegado la hora del combate cuerpo a cuerpo. Las lanzas fueron las primeras en abrirse camino en la lucha, pues permitían atacar a distancia de pocos metros, eran buenas para contener.

El suelo comenzó a teñirse de más y más sangre, las bajas eran parejas de ambos lados. Los manguales arremetieron en cuanto las lanzas comenzaron a retirarse, pero para desgracia de aquellos, fueron destrozados en cuestión de minutos.

El Ejército Infernal era poderoso, más poderoso de lo que había imaginado, venían entremezclados, solo sus arqueros habían retrocedido, luego el resto de sus armas peleaban a la par. Pero además de ello, contaban con una gran ventaja, poseían muchos más hechiceros que nosotros, la tierra había comenzado a arder, estaban utilizando la magia.

Los pocos manguales que quedaban se retiraron y atacamos las espadas, ahora sí, siendo el frente más denso, podíamos tener alguna oportunidad. Atacamos con toda nuestra fuerza, intrincándonos en feroces batallas cuerpo a cuerpo.

Yo me iba abriendo camino entre el ejército enemigo a base de lucha y matanza. Una, dos, tres estocadas, listo, hombre muerto, no tenía más remedio, y ellos no tenían oportunidad contra mí, solo Kelian la tenía. Los gritos se hacían resonar en los cielos, el humo comenzaba a inundar todo el aire respirable, ahogando a los ángeles en la batalla.

Estaba clara la estrategia, nos ahogarán para debilitarnos, nosotros no podíamos respirar humo, ellos sí. A lo lejos divisé a Asmodeus, quien junto a otros demonios que yo desconocía era el encargado de encender y avivar las llamas. Estaba incendiando cadáveres y hombres heridos, todos del bando celestial.

Tragué saliva, mis ojos estaban empañados en lágrimas debido al humo, otra estocada y un grito, había atravesado a una demonia con mi espada. Corrí haciéndome paso, el filo de una espada chocó contra mi armadura, me tambaleé, tenía frente a mí a Cimeria, con el rostro enfurecido y sus espadas cortas bañadas en sangre.

Arremetió contra mí blandiendo sus espadas, logré bloquear una, pero la otra logró alcanzar mi cuerpo, el cual fue protegido a duras penas por mi armadura; si esta no estuviera encantada por el mismísimo Kelian, seguro ya no estaba contando esta historia.

Blandí mi espada y esta chocó con las suyas, con las que había bloqueado mi ataque, produciendo un fuerte chirrido. Me moví rápido y le di una estocada en el hombro, atravesándolo; vi cómo propiciaba un grito, y su hombro se cubría de sangre. Retiré mi espada rápidamente, y corrí del lugar antes de que el general se recompusiera.

Algunos cuerpos más tuvieron que caer hasta que nuestras espadas comenzaron a replegarse, y las flechas de las ballestas cayeron. Me cubrí con mi escudo, yo no podía replegarme, tenía que alcanzar a Kelian.

Oí varios gritos y vi cómo los demonios utilizaban la magia como escudo, las flechas hicieron escasos daños, pues ellos estaban volviéndose poderosos. Corrí a esconderme en un arbusto, pues el primer frente se estaba replegando, y llegaría el segundo aún más cargado que el primero.

Los demonios del segundo frente arremetieron directamente contra el frente de espadas y catapultas, esto estaba siendo una carnicería. Nuestro bando unió las fuerzas de todas las armas que había, y la batalla perdió su forma inicial, ya no había un mecanismo, solo guerra, sangre y muerte.

Las catapultas acometían una y otra vez, pero eran bloqueadas con la magia. Salí de donde me encontraba escondida y comencé a abrirme paso a golpe de espada, tenía que encontrar a la Bestia para impedir que esto siguiera.

Más y más flechas eran bloqueadas por los escudos, más y más rocas terminaban con el mismo destino que las anteriores, más y más gritos se hacían escuchar en los cielos, y más y más almas se perdían. Esta batalla parecía no tener fin.

Por el rabillo del ojo, vi un hacha que me atacaba por detrás, di un salto para esquivar y esta quedó incrustada en la tierra a mi lado.

Mi atacante profirió un grito y volvió a arremeter contra mí. Un hechizo de sangre, listo, había sido atravesado por seis o siete espadas en un abrir y cerrar de ojos.
Vi cómo una demonia caía a mis pies, Miguel estaba a mi lado, me había salvado de una atacante. Lo miré y me asintió, solemne, y siguió arremetiendo contra más demonios, acto que yo imité, pues no iba a durar mucho si me quedaba allí parada.
Escuché un grito alzarse en el cielo, y todos mis músculos se paralizaron, conocía esa voz, la conocía muy bien, más que eso, la amaba con cada fibra de mi ser... Alguien había herido a Kelian.
Corrí en la dirección de la que provenía el grito, tuve que deshacerme de demasiados demonios en el camino, de demasiados para mi gusto. Tuve que sortear varios arbustos, pero cuando logré divisar mi objetivo, lo que vieron mis ojos fue realmente una de las escenas más desgarradoras de mi vida.
Kelian había perdido a su madre cuando aún era un bebé, y ahora lloraba sobre el cuerpo sin vida de quien había obrado toda su existencia como una segunda madre.
Belial estaba allí, con una espada atravesando su pecho, completamente inmóvil. Kelian se encontraba aferrado a su nana como un niño desamparado a quien le habían arrancado a su familia, quedando completamente solo.

CAPÍTULO 47.

"La verdadera fuerza reside en la capacidad de mantener la esperanza viva, incluso cuando el horizonte parece incierto."

Alejandro Borja

»——«•◦⁕◦•»——«

Dicen que las almas buenas buscan irse de este mundo cuando la maldad las sobrepasa.

Pues viendo esta imagen, podría llegar a creerlo. Belial era la mujer más bondadosa, tierna, cariñosa e incondicional que había conocido, aparte de mi madre. Ella era todo luz, siempre preocupándose por el bienestar de los demás. Muy en especial, si se trataba del bienestar de su hermano y su sobrino, que eran la luz de sus ojos o quizás más.

Mi cuerpo se paralizó, dejándome allí vuelta una piedra en mitad de la batalla. Las lágrimas se aglomeraron detrás de mis párpados hasta que lograron salir como ríos que surcaban mis mejillas. Aquella escena me partía el alma.

Belial había sido más que amable conmigo, había estado allí más de una vez cuando necesité el abrazo de alguien, me había consolado y ayudado. Como si eso fuera poco, cuando todo el mundo estaba dispuesto a humillarme, ella fue la única que corrió en mi ayuda, cubriendo mi cuerpo desnudo con el chal que llevaba.

Mordí el carrillo de mi mejilla izquierda, ¿sería que podría acercarme? No estaba segura, pero no podía dejar de darle el último adiós a aquella diablesa tan buena, que había hecho tanto por tantos y había sido condenada a la soledad eterna.

Me acerqué a ella a paso silencioso, sin importarme la batalla que se estaba desarrollando a mi alrededor, y en cuanto estuve a menos de un metro de su cuerpo sin vida, siendo mecido por su sobrino, me puse en cuclillas y carraspeé mi garganta.

El efecto fue inmediato, Kelian sacó su cabeza de entre el cuello y el hombro de su nana y miró al intruso en aquella escena, que resultaba ser yo. Él, a pesar de estar cubierto por su feroz armadura de acero negro y brillante, y adornado por sus enormes alas negras, que solo dejaba ver en batalla, se veía completamente débil, vulnerable. Sus ojos se convirtieron en platos, pues ambos sabíamos qué debíamos hacer en cuanto nos viésemos: matarnos.

A pesar de que a mí solo se me veían los ojos a través del casco de mi armadura, él con solo mirarme supo que mi intención no era atacar, al menos no en ese momento. Sus hombros se relajaron, apartándose un poco del cuerpo de Belial.

Alargué mi mano para tomar la de Bel, la cual tomé con el mayor de los cuidados, recité un hechizo guía, para que su alma encontrara el camino al descanso eterno. Luego, aun con la mirada de la Bestia fija en mí, me levanté, irguiéndome por completo. Miré fijamente a Kelian, quien no encontraba la voluntad suficiente para despegarse del inerte cuerpo de su segunda madre.

—¡Vamos! —grité con la voz aún cargada de dolor—. ¡Ponte en pie! ¿Sos un hombre, no? No la defraudes —exclamé con todas mis fuerzas captando su atención; si él no se separaba de ella, su alma no podría marcharse al descanso eterno.

Vi cómo Kelian me miraba estrechando los ojos y un escalofrío recorrió mi columna vertebral. ¿Cuándo iba a aprender que no era buena idea provocar a la Bestia? Kelian se irguió sobre sus pies, dejando el fenecido cuerpo de su nana atrás.

Dio un paso hacia adelante, cerrando la parte delantera de su casco; listo, tenía su atención. Tragué saliva. Él se veía tan poderoso en su armadura; siempre supe de la magnitud de su poder, pero una cosa es saberlo y otra es verlo.

Llevaba puesta una armadura completa, de color negro en su totalidad, trabajada sobre sus hombros, de donde colgaba una capa roja, la cual no tenía ni la más mínima idea de para qué servía, pero le sentaba condenadamente bien.

Joder, algo se removió en mis entrañas, y estaba muy lejos de ser rabia, ira, o enojo. Más bien era deseo, un deseo ardiente y descontrolado. ¿Qué tan mal de la cabeza tenía que estar para que me excitara verlo embutido en su traje de mi asesino personal?

Pasé saliva, no podía dejar que este tipo de emociones me controlaran, no ahora. Pude sentir cómo me recorría con su mirada, él siempre lo hacía, y siempre causaba el mismo escalofrío en mí, que tanto me gustaba. Nos miramos a los ojos, teníamos mil emociones agolpadas tras ellos. Pero no podíamos dejar escapar ninguna; si lo hacíamos, ninguno de los dos sería capaz de concretar nuestra condenada tarea.

"*Joder*" pensé para mí, se veía tan condenadamente sexy, que dolía. Y eso significaba que, definitivamente, me había vuelto loca.

Él dio un paso hacia mí y supe que mi actuación debía comenzar, no pelearía con él como debería hacerlo. Sabía con certeza que en ese momento yo era mucho más poderosa que él, mis poderes habían crecido hasta el infinito, conectando con el mismísimo universo, y podría vencerlo con total facilidad.

Por el contrario, él debía vencer, puesto que alguien debía hacerse cargo del mundo, y ese alguien debía ser él.

Mi destino siempre había sido morir, y ahora lo sabía, cuando no había marcha atrás.

También di un paso al frente y al igual que él erguí mi espada frente a mí, y durante unos segundos que me parecieron horas, nos quedamos mirando fijamente el uno al otro, para luego atacar.

Cuando nuestras espadas chocaron por primera vez, vimos cómo un rayo desgarró el cielo y su respectivo trueno hacía temblar el suelo bajo nuestros pies. Retrocedimos, y esta vez él volvió a atacar ferozmente.

Yo lo bloqueé con gran destreza y me hice a un lado con un pequeño salto y sonreí. Blandí mi espada con la menor habilidad que pude, y esta terminó chocando contra la espada de mi amado oponente, quien había bloqueado el golpe con evidente facilidad.

Volvimos a separarnos y a contraatacar, nuestras espadas se vieron enredadas en unos cuantos golpes al verse bloqueadas entre sí. Dimos un paso atrás para reposicionarnos en la batalla y fue entonces cuando noté que algo realmente extraño sucedía a nuestro alrededor, pues no escuchaba ningún ruido.

Mientras bloqueaba otro ataque de Kelian, y escapaba con la gracia de una gacela de entre sus manos, miré a nuestro alrededor para notar que la guerra que nos circundaba se había detenido por completo.

Todos y cada uno de los seres habían detenido sus armas, y ahora se encontraban contemplando cómo Kelian y yo batallamos. Eso, por supuesto, no me hacía sentir mejor. ¿Se darían cuenta ellos de que me estaba rindiendo? Si se daban cuenta, ¿intervendrán para atacar a Kelian?

No podía saberlo, no quería saberlo, la decisión estaba tomada. Blandí mi espada con fuerza, pero esta fue elegantemente bloqueada por la Bestia, quien con un pequeño movimiento estuvo fuera de mi alcance. Arremetí contra él, pero me esquivó cual si yo fuera un toro, y sentí mis mejillas tornarse rojas como tomates al crecer mi rabia. Yo era ágil, pero no debía olvidar que él también lo era, era muy ágil y muy poderoso.

Ambos blandimos nuestras espadas a la vez, y estas volvieron a chocar entre sí, momento que aprovechamos para mirarnos fijamente antes de separarnos para reposicionarnos. Las personas a nuestro alrededor iban formando un círculo, observando atentamente la batalla, cosa que comenzaba a ponerme nerviosa. Miré a mi oponente, y pude notar que a Kelian, por lo rápido que movía los ojos sobre la multitud, también lo incomodaba.

Volví a arremeter contra él, pero esta vez él no logró bloquear a tiempo mi ataque, y uno de los filos de mi espada dio de bruces contra su hombro, donde la armadura se vio duramente abollada, pero no perforada, por suerte.

Di unos cuantos pasos hacia atrás para reposicionarme, pero Kelian aprovechó mi momento de distracción para blandir su espada y alcanzarme en el costado de mi abdomen, también sin lograr perforar mi armadura.

Solté todo el aire que tenía dentro de mis pulmones, y me alejé lo más rápido que pude para recomponerme, pero él volvió a atacar. Tuve que moverme muy rápido para bloquearlo. Kelian retrocedió, y yo en ese momento blandí mi espada, que se vio duramente interceptada por la de él.

Volví a mirar a las personas a nuestro alrededor, miles y miles de ángeles y demonios se encontraban parados allí, con sus armas abajo, sin hacer ni el más mínimo movimiento, simplemente observando quién de nosotros dos ganaría esta batalla.

—Atácame, ¿qué estás esperando? —escuché dentro de mi cabeza. Miré hacia todos lados, mientras bloqueaba un ataque directo de la Bestia, y me apartaba con gran agilidad para seguir observando la multitud, con los ojos entrecerrados.

—Soy yo, Gorriona —volví a escuchar, y miré a Kelian, que me observaba desde el punto opuesto del círculo de pelea que nos habían formado.

Pude percibir un leve asentimiento con su cabeza y volví a prestar atención a mi mente.

—Atácame, ¿qué estás haciendo? —le escuché decir, y era cierto: me estaba dedicando a bloquear sus ataques sin comenzar alguno.

Pero, ¿cómo iba a atacar después de esto? Acababa de descubrir que podíamos comunicarnos mentalmente, que nuestro vínculo era tan jodidamente fuerte que teníamos un puente tendido entre nuestras psiquis.

Y, ¿se supone que debía matarlo? ¡Joder, qué puñeteramente hijo de puta que era el destino! Di unos cuantos pasos hacia el frente, y blandí mi espada varias veces, encontrándose siempre con la de él. Nos encontramos envueltos en una batiente lucha cerrada de espada a espada, ninguno logra perforar las defensas del otro, o al menos ninguno quería perforarlas. Comenzaba a pensar que tanto su espada como la mía siempre buscaban la espada de su oponente, y no su cuerpo como debía ser.

—Ponle empeño May, sé que podés hacerlo mucho mejor —volví a oír en mi mente, y me estremecí.

"*¿Por qué él podía hablarme y yo no a él?*", pero no podía saberlo si no lo intentaba, porque hasta ahora jamás se había comunicado conmigo de esta manera.

Mientras nuestras espadas chocaban una y otra vez, siempre sin lograr alcanzar a nuestro respectivo contrincante, centré toda mi atención en tratar de comunicarme mentalmente con él, aunque sea unas míseras palabras.

—Me estoy esforzando —logré formular en mi mente rezando para que él lo escuchara.

—Lo dudo, peleabas mucho mejor el día que me atacaste solo por celos —hizo una breve pausa—. *Dudo que con tanto entrenamiento, hayas perdido destrezas en vez de mejorarlas* —tenía razón, pero él no sabía que yo estaba fingiendo.

Otro golpe, este no había alcanzado su barrera, yo me había distraído, y la espada de Kelian dio de bruces contra mi hombro.

Me tambaleé alejándome de él; el dolor que se extendía por mi hombro hacia mi espalda, cuello y pecho era insoportable, me sentía mareada. Le eché un vistazo a través del rabillo de mi ojo de*recho: había sangre, mi armadura había sido perforada.*

—Maite, ¿estás bien? —le oí en mi cabeza con claro sentimiento de culpa.

A nosotros no nos mataría el daño físico, sino el emocional, al no tener más opción que hacernos daño.

—Perfectamente cariño, solo ha sido un rasguño —formulé en mi mente para consolarlo.

Vi cómo al otro lado del círculo él se tensaba. Le había llamado cariño, y no como una formulación de amistad, sino con sentimiento, de verdad, porque le quería. Esto no era un juego, y recordarlo ahora era cruel, para ambos.

Me lancé al ataque encontrando su espada de por medio, estas se cruzaron en golpes una y otra vez. Era muy bizarro, saltaba a la vista que yo estaba peleando como un amateur y él también, pues yo sabía que podía hacerlo mucho mejor.

—*Vos también esforzate, no le ponés mucho empeño que digamos* —volví a formular en mi mente y le miré, mientras él bloqueaba con agilidad uno de mis patéticos intentos de estocada.

—*No exijás lo que no das, Gorriona* —pronunció a modo de respuesta; me tenía calada, más que calada.

Oí un grito, parecía ser de aliento, no sabía de dónde provenía. A Kelian le bastó para distraerse, pues no bloqueó mi estúpido ataque, y su armadura se vio perforada en una de sus piernas.

Él retrocedió de inmediato, soltando el aire; le había dolido un horror y la sangre comenzaba a brotar cual río del profundo corte que había provocado mi estocada. Sentí náuseas, no era capaz de procesar el hecho de hacerle daño, me dolía más a mí que a él.

—*¡Joder, cariño, perdón!* —formulé como imbécil en mi mente. Estábamos envueltos en una batalla la cual ambos nos esforzábamos por perder, y nos lamentamos cuando dañábamos al otro sin querer, éramos realmente patéticos.

—*No te preocupes Gorriona, me he recuperado de rasguños peores* —juro que pude sentir cómo sonrió.

Con esas palabras arremetió contra mí, blandiendo su espada ferozmente, o eso es lo que quiso transmitir a nuestro público, porque cuando yo la bloqueé, pude percibir la debilidad con la que venía trabajado el golpe.

Nos envolvimos en otra batalla cerrada de golpes y más golpes de espada, todos y cada uno más torpe que el anterior; no entendía cómo el público que nos observaba no se daba cuenta de lo fingida que era nuestra batalla. Por el contrario, parecían estar sumamente concentrados en nosotros.

Eso es lo que pensaba hasta que me encontré, en un cambio de posición con Kelian, con el ceño profundamente fruncido de Miguel. Él me miraba como si él mismo pudiera acabarme en aquel mismo instante.

Tragué saliva; ante cualquiera podía fingir sin ser descubierta, pero ante el arcángel supremo no. Él, que me había entrenado día y noche, conocía todos y cada uno de mis movimientos de batalla y la fuerza que podía emplear en ellos.

Era muy evidente que esto que estaba haciendo era sumamente falso.

—Oye, ¿pensás atacarme bien? —intenté provocar a Kelian para que arremetiera con fuerza.

Pero él solo me miró desde su lugar y blandió su espada con debilidad, con tanta debilidad que con solo levantar la hoja de mi espada logré bloquear su estocada.

—No me lo estás poniendo fácil, mi amor —le oí decir en mi mente.

Me estremecí en mi lugar, había dicho "mi amor", no Gorriona como siempre, sino mi amor. Me quedé completamente paralizada por unos instantes, en los que la multitud fijó los ojos en mí. Cuando logré recomponerme, contraataqué, poniendo un poco más de mí en el ataque, solo un poco. Pero él, como era de esperarse, logró bloquearme con gran facilidad; así no llegaríamos a ningún lado.

Volví a mirar de reojo a Miguel, quien había dado un paso hacia adelante, y temí que Kelian fuera atacado por la espalda, entonces decidí aumentar la intensidad y rapidez de mis ataques por un momento.

Fue entonces que nos vimos envueltos en una danza mortal, pues nos movíamos rápidamente el uno al ritmo del otro, bloqueando elegantemente las estocadas del otro, y blandiendo nuestras espadas vistosamente para que la actuación fuera más creíble.

Las espadas iban y venían al ritmo de nuestros cuerpos, pero nosotros comenzábamos a abstraernos del mundo que nos rodeaba y perdernos en nuestras miradas. ¿Y qué se podía esperar de una pareja de enamorados cuyos cuerpos se encontraban moviéndose a tan poca distancia el uno del otro?

Tragué saliva mientras bloqueaba un fuerte ataque de la Bestia; él también había aumentado su intensidad y su precisión, pero aun evitaba hacerme hasta el más mínimo daño.

—Te ves hermosa vestida con esa armadura —dijo en mi mente, y yo sentí cómo las llamas del deseo arrasaban con mi mente.

Esto era absurdo, era más que absurdo, era perverso. Obligar a dos personas que se amaban a matarse entre sí, no había cosa peor en la tierra.

—No querés saber cómo me siento yo con respecto a ti en esa armadura —ronroneé en su mente, pues ya estaban todas las cartas jugadas,

nada iba a perder por coquetearle un poco a mi amado antes de dejarme morir.

—*Vuelves a repetir eso, Gorriona y suelto la espada, y te hago mía acá, sin que me importe que todos estos nos estén mirando, como pelmazos que son* —respondió sensual y amenazante, y a mí se me escapó una risita real, que captó la atención de varios.

—*A que no te atreves* —provoqué, y lo miré fijamente a los ojos. Entonces vi una expresión divertida en los de él, que me hizo saber que algo tenía entre manos.

—*Tú lo pediste* —formuló y arremetió contra mí con una rapidez que yo no me esperaba. Blandió su espada con tanta facilidad que no pude bloquear dada mi sorpresa, pero sus golpes no me hicieron nada, hasta que él se apartó y vi lo que había hecho.

El muy idiota había cortado los amarres de mi armadura en los muslos, por lo que dichas partes cayeron al suelo, dejando mis desnudos muslos a la vista.

—*Sos un idiota, realmente un idiota* —mascullé divertida en mi mente.

—*Yo solo quería endulzar mi campo de visión* —respondió a mi improperio.

—*Te voy a dar yo, endulzar tu campo de visión* —contesté y arremetí blandiendo con agilidad mi espada, atacándolo, ataque que fue fácilmente bloqueado por él.

Nos enfrascamos en otra de esas minibatallas rápidas, en las que iban y venían las espadas. Pero esta vez perdí el control, pues estaba distraída escuchando su risa, y de un momento a otro di una estocada demasiado fuerte que logró atravesar su armadura, allí donde ya la había abollado, provocando que otro río de sangre emanara de él.

Kelian retrocedió, al mismo tiempo que dejaba escapar un jadeo y me miró.

—*¡No, no, no!* —dije angustiada—. Perdón, perdón, me he distraído —rogué en mi mente.

—*No te preocupes amor, alguien debe ganar, al menos ya no finges no saber pelear* —contestó en mi mente y me dolió. Me dolió demasiado, esto tenía que acabar.

Tomé aire y arremetí contra él con toda mi fuerza, a lo que él me bloqueó y tambaleó sobre sus pies. Me alejé un poco y él contraatacó, blandiendo su espada en mi costado. Yo evité bloquearlo, y el golpe me hizo caer y rodar un par de metros.

Me levanté con dificultad, y él volvió a blandir su espada con una fuerza descomunal, a lo que la bloqueé, pero al chocar ambas espadas, con un movimiento rápido de mi muñeca, solté mi espada fingiendo haberla perdido gracias al golpe, y retrocedí.

Kelian me miró fijamente, ladeando su cabeza; la espada había parado muy lejos de mí. Ahora estaba desarmada, a merced de la Bestia, o al menos eso era lo que el público veía. Vi cómo el bando celestial contenía el aire: había perdido la pelea, solo faltaba que Kelian me ejecutase allí mismo, sin piedad como debía hacer.

—*¿¡Qué carajos hacés!? ¡Cogé esa maldita espada!* —vociferó en mi mente, estaba enojado.

—*No, has ganado, ahora mátame y termina con la guerra* —respondí resignándome a mi destino. Listo, ya no había marcha atrás, había llegado la hora.

—*¡No! Te rendiste, lo sé, prometimos dar todo. Yo sabía que no lo estabas haciendo, pero no sabía que te ibas a rendir* —afirmó angustiado, su voz rota por el dolor, y le vi retroceder varios pasos.

Quienes nos rodeaban seguramente estarían pensando que estaba tomando impulso para liquidarme, por eso muchos se cubrieron los ojos.

—*¡Kelian, hazlo!* —le ordené.

—*No te mataré, tú debes ganar. Cogé esa maldita espada y matame de una puta vez Maite Nazaret Rimoldi* —vociferó; no iba a hacerlo, estábamos perdidos.

—*Kelian por Dios, hacelo. ¡Yo no puedo matarte, la profecía me mataría a mí! Ese es el sacrificio que debo hacer, debo dejar mi vida en tu muerte. Por eso debía ser virgen, para poder concentrar mi pureza y canalizar mi energía vital al matarte. Eso no puede ser, porque uno de los dos tiene que vivir para poder guiar a los que queden, para evitar que se destrocen entre sí* —hice una breve pausa—. *¡Y ese debes ser tu!* —expliqué desesperadamente; la gente se estaba poniendo inquieta, no sabían qué sucedía.

Kelian comenzó a negar con la cabeza una y otra vez, retrocediendo. De un momento a otro, él soltó su espada efusivamente y la multitud exclamó asombrada; ahora sí que estaban confundidos.

Le vi quitarse su casco y aventarlo justo a los pies de Miguel. Se acercó a mí a paso lento, sin apuro y me levantó la barbilla, movió ambas manos y desabrochó mi casco, también aventándolo lejos y dejando que mi cabello se liberara y comenzara a volar al son del viento. Podía sentir la mirada penetrante de todos los allí presentes; no sabían lo que allí sucedía.

—Yo no te mataré, Gorriona. Lo siento pero no puedo, y con rendirte no vas a solucionar nada —suspiró—. Y si vos no vas a matarme tampoco, entonces demos esta pelea por terminada. Ya no tiene sentido, y que a Dios le den por culo —dijo en voz alta, para que todos le escucharan. Lágrimas traicioneras recorrieron mis mejillas—. Te amo —susurró.

Me impulsé hacia adelante y lo estreché contra mi cuerpo, envolviéndonos en un apretado abrazo frente a la mirada sorprendida de los miles y miles de guerreros que nos observaban totalmente confundidos, sin entender qué era lo que estaba sucediendo, y lo que pasaría de aquí en más.

CAPÍTULO 48.

"La marca de un gran gobernante no es su habilidad para hacer la guerra, sino para conseguir la paz."

Monica Fairview.

»——«•◦✱◦•»——«

Me sentía mareada, abrumada, y totalmente estupefacta ante lo que acababa de hacer Kelian.
Había mandado la guerra al carajo, sin importarle las consecuencias. Había tirado por el retrete milenios de constantes muertes y derramamiento de sangre, como si no significaran nada. Pero tenía razón en una cosa: si íbamos a ser incapaces de matarnos, la pelea no tenía sentido. Solo lograríamos hacernos daño, sin un fin aparente.
Aquel cálido y apretado abrazo había dejado de ser tan puro como en un principio. Aun bajo la mirada azorada e incrédula de nuestros ejércitos, Kelian había eliminado todo trazo de distancia entre nosotros, atrapando mi nuca con una de sus fuertes manos y fundiéndonos en un descontrolado y hambriento beso.
Podía sentir el nerviosismo de la multitud crecer, y un silencio sepulcral inundar el campo de batalla. Las miradas de todos se clavaron en nosotros sin piedad alguna, algunas confusas, otras encantadas, pero la mayoría, letales.
Kelian rompió el beso lentamente, y nos miramos fijamente a los ojos, con mil emociones desbordando de ellos. Un nudo se me hizo en la garganta, y las lágrimas se amotinaron tras mis párpados.
Estábamos vivos, estábamos juntos y nos amábamos. Todo estaría bien; a partir de ahora, todo estaría bien.
Nos separamos lentamente para mirar a la multitud que nos rodeaba. Dos ejércitos enemigos, bañados con la sangre el uno del otro, viendo cómo sus Comandantes en Jefe, líderes natos de ambas fuerzas, enemigos destinados a destrozarse en batalla, en vez de luchar, se besaban.
Ambos intercambiamos un par de miradas, y yo asentí con la cabeza ante la formulación de una pregunta silenciosa en su rostro. Luego, Kelian se paró firme ante la multitud; el liderazgo era para él una cualidad innata. Él hacía sentir su presencia sin importar dónde estuviera o la situación en la cual se encontrara.
Por el contrario, yo era un chiste de mal gusto, no tenía madera de líder, nunca la había tenido. Suspiré y tomé aire buscando fuerzas donde no las había. Era una líder, lo era, y debía comportarme como tal, a pesar de no tener la más pálida idea de cómo hacerlo.

Imité la actitud de Kelian, pues a él parecía servirle; su ejército había retrocedido un paso.

Sorprendentemente, al tomar la misma posición, mi ejército hizo exactamente lo mismo. Sonreí con una satisfacción tremenda recorriéndome el cuerpo, y me sentí orgullosa de mí misma.

—¡Escuchad! —rugió Kelian—. Esto va dirigido únicamente a los míos, junto a quienes he peleado miles de batallas, y junto a quienes me gustaría pelear la última —su ejército lo observó con la mayor de las entregas, y el más abrumador de los respetos—. ¡Esta maldita guerra se está por acabar! Y no se va a terminar con la eliminación de un bando, sino por la unión de ambos —todos los ojos, de ambos bandos, lo miraron sorprendidos—. Ya no hay dos líderes, ya no más —hizo una breve pausa que cargó de suspenso el ambiente—. Todos ustedes saben muy bien que para que esta guerra acabe, uno de nosotros dos debe morir, y nada más, y nada menos, que a manos del otro —tensó la mandíbula—. Como es evidente, eso no sucederá —escuché cómo la multitud retenía el aire—. Nosotros hemos decidido dejar de pelear. Está en vosotros la decisión de no derramar ni una gota más de sangre, infernal o celestial —recorrió el campo de batalla con la mirada—. ¡Ya es hora de dejar de matarnos, ya es hora de buscar la paz!

—Nazaret —escuché decir mi nombre interrumpiendo a Kelian, era Gabriel—. ¿Qué tenés que decir a esto? ¿Es verdad lo que dice la Bestia? —su sorpresa era clara, y lo que a mí me sorprendía era que le sorprendiera.

—¡Es verdad! —afirmé con voz grave—. Así como él le habla a los suyos, yo le hablo a los míos —tomé aire—. La guerra debe acabar, y derramar más sangre ha dejado de ser una opción —los miré fijamente con una resolución avasallante—. Ha llegado la hora de olvidar nuestras diferencias y optar por el bien común, porque Dios, nuestro Dios, es un maldito desgraciado —la multitud dejó escapar un jadeo —. No se hagan los sorprendidos porque lo saben, saben todos que Dios nos ha utilizado para su beneficio, usándonos como engranajes de una gran maquinaria, engranajes descartables, que cuando se rompen se desechan —hice una pausa—. Y por eso he decidido parar. No seguiré con una guerra que solo favorece a un ser. Este conflicto solo nos acarrea dolor y pérdida, y ya no podemos seguir así.

—Ambos bandos han perdido demasiadas vidas, demasiados amigos y seres queridos, entonces, les pregunto —vociferó Kelian—. ¿Acaso quieren seguir matándose entre ustedes? Porque yo elijo no volver a matar, porque yo elijo la paz entre iguales, que es lo que somos —recorrió la multitud con su mirada—. Hermanos... ¿Quién está de nuestro lado? —preguntó con un grito cargado de emoción.

Y entonces vi cómo la totalidad del Ejército Infernal soltaba sus armas y daba un paso al frente, sin vacilar ni por un segundo. Listo, tenía el completo apoyo entre los suyos; ahora faltaba la parte más difícil, conseguir el apoyo dentro de los míos. Miré a mi ejército, y vi la mirada desconcertada de todos los ángeles. No sabían qué hacer o cómo actuar y fue entonces que volví a hablar con mayor resolución.

—Para que esta pequeña utopía de paz pueda ser real, debemos estar unidos, todos nosotros —miré hacia la multitud—. Debemos ser uno, pero eso es lo que yo anhelo. Ahora les pregunto... ¿Qué es lo que sus corazones anhelan? ¿La paz, la igualdad, la felicidad, o la guerra? —recorrí al ejército de ángeles con la mirada—. Decidan ahora, pues mi decisión ya está tomada. ¿Vienen conmigo o contra mí?

Unos minutos de silencio y tensión se sucedieron a mis palabras, y cuando comencé a pensar que me había quedado sola, Luvia soltó su arco y dio un paso al frente. A ella la siguieron Anauel y, sorprendentemente, también Gabriel. Poco a poco, las armas fueron cayendo al suelo y los pasos dándose al frente. Mi ejército, mi gente, me apoyaba, y no podía pedir más que ello; ni en mis más remotos sueños había soñado algo como eso.

Pasados unos diez minutos, en aquel campo de batalla ya no había dos ejércitos, sino solo uno, un único ejército invencible formado por hermanos.

Supongo que la felicidad para mí tiende a durar poco y nada, pues cuando pensé que todo había acabado, todo se tornó un caos. Un grito desgarró el cielo, y una espada pasó tan cerca de mí que si no fuera por Kelian, quien me había apartado con su característica y descomunal rapidez, la espada me habría separado la cabeza de los hombros.

Cuando logré recomponerme, aún entre los brazos de Kelian, pude ver al arcángel Miguel con los ojos desorbitados, empuñando su espada.

Suspiré; no podía ser tan fácil, era obvio, el mejor amigo de Dios no le daría la espalda así como así.

—¡Sobre mi cadáver te saldrás con la tuya, maldita ramera traidora! —vociferó cuando yo me zafé de los brazos de Kelian.

Vi a mi chico dar un paso al frente, pero de inmediato lo detuve con un brazo; esta pelea era mía, y yo pensaba participar en ella.

—Esto puedo resolverlo yo, Kelian —le dije a través de ese nuevo canal mental que compartíamos, y él asintió; luego caminó para recoger mi casco y me lo colocó con delicadeza.

—Cómo te dejes matar, te mato, ¿entendiste? —susurró a modo de advertencia con una sonrisa, y yo me reí. Era un estúpido, podía bromear en las peores situaciones.

Di unos pasos al frente encarando a Miguel, que aún seguía mirándome fijamente. Esto sería rápido, fácil, el arcángel no era rival para mí.

—¡Aún podés retractarte Miguel, si sabés lo que te conviene! —vociferó, pero él solo rió como maniático.

"*Genial, siempre me tocan los maniáticos*", pensé.

—Eso es lo que vos querrías, ramera —escupió—. Elegiste un macho sobre tu padre, deberías sentir vergüenza —espetó.

—¡Oh, cállate! —bufé y ataqué.

Él bloqueó con facilidad mi arrebato de rabia, pero en cuanto logré reposicionarme, me obligué a mantener la mente fría, y pude canalizar mi fuerza a la espada y mi concentración a la batalla. Lo miré fijamente, prediciendo sus siguientes movimientos.

Blandió su espada contra mí y lo bloqueé una, dos, tres veces, y bostecé, para luego sonreír; era mi forma de burlarme de él. Volvió a incorporarse e intentó darme una estocada que también bloqueé. Sonreí.

Él se reposicionó y volvió a atacar, a lo que yo, sin moverme del lugar, bloqueé con facilidad y desinterés. Vi cómo Kelian me miraba con una ceja alzada y diversión en su mirada; él se percató de que lo estaba dejando en ridículo adrede.

Miguel, frustrado, volvió a colocarse en posición, y yo volví a bostezar.

—¿Es lo mejor que tenés? —pregunté con un marcado aburrimiento en mi tono de voz, y pude oír algunas risas escapar de la multitud.

—¡Ya verás niñata! —vociferó y volvió a blandir su espada.

Con sumo desinterés volví a bloquear su ataque, y le di un pequeño empujoncito que lo hizo retroceder varios pasos.

—¿Ya terminaste de jugar? —pregunté, alzando una ceja.

—¡Ramera! —gritó y volvió a arremeter.

Hice una mueca y lo bloqueé; listo, ya me había cansado de sus insultos. Dejé que me volviera a atacar, y así como lo bloqueé, le di un empujoncito, echándolo hacia atrás y blandí mi espada hacia él. La bloqueó una vez, pero en el segundo intento logré darle una estocada justo en el medio del pecho, atravesándolo por completo. Lo miré fijamente mientras le arrebataba la espada clavada en su pecho, al tiempo que él caía de rodillas y la sangre desbordaba por su boca. No viviría más de unos minutos en esa agonía.

Contemplé su muerte hasta que sus ojos se quedaron sin vida, entonces alcé mi espada hacia la multitud, la cual me vitoreó. La decisión era clara: estábamos todos juntos en esto.

Me quité el casco y caminé hasta quedar frente a Kelian. Él me regaló un asentimiento con aprobación y, luego de sostenernos la mirada por unos segundos, me di vuelta, quedando junto a él para mirar a los miles de guerreros que nos observaban expectantes. De inmediato hubo una transmisión de pensamientos entre ambos; sabíamos qué teníamos que hacer.

—¿Cuáles son vuestras órdenes? —preguntó Cimeria, mientras él y Gabriel se adelantaban unos pasos de la multitud.

—Ninguno de nosotros podrá ser realmente libre mientras el gran tirano siga reinando esta dimensión del universo —respondí.

—Por lo que aquí no va a haber órdenes, sino una propuesta —continuó hablando Kelian—. Ayúdennos a acabar con el Creador —al escuchar esas palabras, los hombros de muchos se tensaron—. Y les prometemos construir codo a codo un mundo mejor para todos y todas.

—¿Nos ayudarán en esto? —vociferó a modo de pregunta.

Y a modo de respuesta, escuché un estruendoso "sí", seguido por el levantar de sus armas por parte de todos los guerreros. Kelian y yo levantamos nuestras espadas en alto, y se escuchó un rugir de aprobación.

—El plan es este —habló Kelian cuando la multitud se silenció—. Debemos formarnos en cuatro bloques que cuenten con el mismo número de ángeles como de demonios.

—De esa forma entraremos dentro de la ciudad, y como obviamente no habrá resistencia, nos encaminaremos directamente al Palacio de Cristal —continué.

—Cuando estemos frente a él, los dos primeros bloques, uno comandado por Asmodeus y el otro por Gabriel, rodearán el palacio por fuera, impidiendo escapatoria alguna —siguió explicando Kelian.

—El tercer bloque, comandado por Cimeria, entrará al palacio y se esparcirá en grupos de cuatro, dos demonios y dos ángeles, por todo el interior del mismo —expliqué—. Y el último bloque, el cual estará comandado por Kelian y por mí, se encaminará directamente a la sala de tronos.

—Penetramos en ella, dejando a Dios completamente atrapado, se librará una batalla y se le dará captura.

—¿Es posible darle captura a Dios? —preguntó Uriel adelantándose a los demás y posicionándose a un lado de Gabriel.

—Para mí es imposible —contestó Kelian—. Sin embargo Maite es capaz de hacerlo si combina su magia con la mía —afirmó y yo parpadeé sorprendida.

En realidad no había tenido la más pálida idea de esto hasta ahora, pero de ninguna manera lo cuestionaría frente a las tropas.

Miré a Gabriel con seguridad y él asintió.

—Bien, no se diga más, pongámonos en marcha —dije y de inmediato todos comenzaron a formar los cuatro bloques.

Kelian me siguió para posicionarnos en el cuarto y último bloque; mientras esperábamos que se terminaran de formar los soldados, él tomó mi mano y la apretó delicadamente para darme seguridad y aliento. Él podía notar lo nerviosa que estaba, al igual que yo podía notarlo en él; nuestra conexión no tenía límites.

—¿Cómo sabías que mezclando nuestros poderes podríamos darle captura al Creador? —formulé en mi mente a modo de pregunta; ni yo había descubierto eso en todo mi tiempo aprendiendo sobre la magia.

—Me lo contó mi padre, pues él conoce tanto las virtudes como las debilidades de Dios. Aunque es algo que jamás se mencionó, puesto que un suceso como este era técnicamente imposible —me miró—. *Para que funcionara como debe ser, la mezcla de la magia debía ser de magia infernal y magia celestial* —respondió con desenvoltura.

—Entiendo, eso solo podía ser si yo elegía el bando celestial y luego me daba la vuelta, ¿no? —formulé en mi mente y lo miré.

—Exactamente —contestó en voz alta y depositó un tierno beso en mi frente para luego sonreirme con calidez.

—Te amo —dije perdiéndome en su mirada.

—Y yo a ti —respondió, acercándose para besarme en los labios.

Se detuvo centímetros antes de que nuestros labios se tocaran porque escuchamos a alguien carraspear la garganta. Al levantar la vista nos encontramos con la mirada divertida de Rafael, quien negaba con la cabeza.

—Estamos esperando por ustedes tortolitos. Esperen a ganar la guerra para hacerlo después en privado —rió entre dientes.

—Rafael, me gustabas más de ángel, cuando tenías la lengua más corta —espeté divertida provocando que todos nos riéramos a pesar de las heridas.

Nos pusimos en marcha de inmediato, encabezamos el bloque y de inmediato dimos la orden de ponernos en marcha. Los cuatro bloques comenzaron a moverse a la par. Ángeles y demonios caminaban juntos en pos de una misión común, de un deseo común: la igualdad y la libertad para todos.

Caminamos a paso acelerado hasta llegar a las puertas del Cielo, y entramos por allí, pues los guardias que había allí se vieron desconcertados al ver a ambos bandos "enemigos" caminando codo a codo.

Luego de entrar, nos llevó no más de veinte minutos llegar hasta el Palacio de Cristal. El trayecto lo hicimos bajo la mirada sorprendida y también aterrorizada de todos aquellos ángeles a los que se les podía llamar "civiles", los cuales no tenían ni la más pálida idea de lo que había sucedido en el campo de batalla.

Los dos primeros bloques acataron sin pestañear las órdenes que se les había dado, rodeando la estructura con una rapidez impresionante; en menos de un minuto el palacio no tenía vías de escape. Cimeria nos miró, y le dimos un asentimiento con la cabeza, a lo que él ordenó a su bloque derribar la puerta principal. Esto llevó más o menos un minuto, pues la descomunal puerta opuso algo de resistencia pero no la suficiente.

De inmediato el tercer bloque se adentró en el interior del palacio, y Cimeria fue armando los grupos de cuatro integrantes que fue repartiendo por toda la inmensidad de aquella edificación, perdiéndose en los múltiples pasillos.

Por último, Kelian y yo nos miramos; ahora nos tocaba a nosotros. Dimos la orden de comenzar a movernos. En cuanto nos introdujimos en la estructura, pude sentir la potencia de la magia que se estaba utilizando allí dentro. Dios estaba al tanto de que estaba rodeado y buscaba la forma de expulsarnos, pero la mezcla equiparada de magia negra y blanca trabajando en conjunto mareaba sus poderes, formando un escudo sobre nosotros.
Sonreí para mí; por más que se esforzara, no tenía escapatoria, debía enfrentarse con nosotros lo quiera o no. Nos apresuramos a adentrarnos más y más por los pasillos blancos y fríos, mientras yo, y por lo que podía sentir, también Kelian, reforzábamos el debilitamiento de la magia de Dios desde la distancia.
Demoramos casi media hora en llegar a la puerta de oro y rubíes del salón de tronos. Vi a Kelian fruncir el ceño ante lo ridículamente absurda que era aquella puerta; como el resto del palacio, era simple ostentación sin practicidad.
Él se adelantó y tomó el picaporte de la puerta, abriéndola para atrás de un golpe, dejando ver al pelado de Dios con cara de muy pocos amigos, parado en el medio del gran salón, mirando directamente hacia la puerta.
La Bestia y yo nos apresuramos a entrar empuñando nuestras espadas, seguidas de cerca por todo el bloque de soldados que nos respaldaban. Ellos bloquearon la salida, y Kelian y yo permanecimos varios pasos más al frente para encarar a Jehová.
Yahvé nos miró estrechando los ojos y con una sonrisa macabra en sus labios; algo estaba tramando.
—Cría cuervos y te arrancarán los ojos... ¿No es así, mi querida hija? —habló él en tono bajo, mirándome directamente a los ojos.
—Usted no es mi padre, mi padre le vendió su alma al Diablo y ahora vive en el Infierno —mascullé por lo bajo.
—Y por eso te revuelcas con el hijo del dueño del alma de tu padre. ¿A que sí, querida Maite? —dijo riendo, y Kelian dio un paso al frente para lanzarse sobre él, pero lo detuve antes de que echara todo el plan a perder.
—Compórtate, no dejes que te provoque, Kel —le dije mentalmente, en un tono firme, pero tierno.
—Estoy haciendo uso de todo mi arsenal de autocontrol, te lo juro, Gorriona —masculló él en mi mente, apretando la mandíbula.

—Sabe que sí —me reí fingidamente y miré a Dios de forma desafiante—. Y realmente eso no es de su interés.

Debía distraerlo, ese era el plan: distraerlo para dar el primer golpe y debilitarlo antes de que se desate la pelea.

—Todo es de mi interés, en especial lo que refiere a aquellos que me traicionan — masculló—. Al igual que tu padre —dijo mirando a Kelian, quien se había movido un metro hacia su derecha, acercándose a él.

Mientras Jehová fijaba su atención en Kelian, yo debía avanzar unos pasos, y así nos iríamos alternando.

—Mi padre podrá ser un traidor, pero no es un tirano —masculló Kelian—. No puedo decir lo mismo de ti, que eres ambas cosas y muchísimas otras más.

—Creo que hay un ruido que me está molestando —murmuró refiriéndose a Kelian —. Son molestas las moscas, ¿no es así, Nazaret? —preguntó enfocándome en su campo de visión. Yo ya me encontraba a menos de tres metros; era la distancia correcta, solo necesitaba que Kelian se acercara un poco más a él y daríamos el primer golpe.

—El único insecto asqueroso que veo aquí dentro se ubica en el centro de la habitación, Yahvé —sonreí de costado. Él odiaba ser llamado por su nombre; tenía toda su furia y atención concentrada en mí.

En cuanto vi que Kelian se acercaba al punto correcto, mi corazón comenzó a palpitar rápidamente; había llegado la hora.

—¡Ya! —vociferó Kelian y dio rienda suelta a la magia.

CAPÍTULO 49.

"La paz es el único campo de batalla que vale la pena conquistar con el corazón."

Alejandro Borja.

»——«•◦❋◦•»——«

Un torbellino se formó en el salón en el momento en que cerré los ojos para concentrarme. Necesitaba canalizar el poder al que me daba acceso mi amado y mezclarlo perfectamente con el mío. De esta manera, el golpe podría ser verdaderamente destructivo.

El ataque llegó sin interrupciones a su destino, ya que habíamos tomado totalmente desprevenido a Yahvé. La magia pura lo golpeó, provocando que cayera de rodillas. Él nos miró desconcertado por unos segundos y se volvió a erguir. La batalla había comenzado.

Dios se rió maniáticamente al ponerse en pie, y de inmediato conjuró un rápido hechizo, el cual provocó que dos espadas se dirigieran a nuestros estómagos a una velocidad enorme. Yo conjuré un escudo; Kelian simplemente la esquivó de un salto demasiado alto.

Nuestro contrincante no se hizo esperar e invocó una lluvia de cuchillos, los cuales nos dieron ciertos problemas para esquivarlos y bloquearlos. De inmediato, conjuré un hechizo de viento, haciendo volar al Todopoderoso por los aires y chocar con eltrono. Jehová volvió a reír estruendosamente mientras se ponía en pie para luegoconjurar otro hechizo.

Inmediatamente una nube de humo inundó el lugar y cuatro enormes monstruos blancos se hicieron presentes en la habitación. Quimeras; podía escuchar la voz de las hermanas contándome qué eran aquellas criaturas, que normalmente servían de mensajeras, pero que el día de hoy estaba más que segura de que su misión era otra.

Dos de ellas se precipitaron contra Kelian y las otras dos restantes contra mí. No pude pensar demasiado, por lo que solo conjuré otro escudo enorme. Mientras tanto, Kelian había blandido su espada y ahora se encontraba en medio de una batalla cuerpo a cuerpo con aquellas feroces criaturas y parecía estar llevándolo bien.

Por mi parte, cuando me cansé de que se dieran una y otra vez contra mi escudo, conjuré algo un poco más ingenioso. Llamé a las Furias del Infierno, claramente tomando un poco de magia negra prestada, y dejé que libraran la batalla por mí.

En ese momento, me percaté de que no éramos los únicos peleando contra quimeras, pues el resto del bloque estaba siendo azotado por unas cuantas.

Cerré los puños; me sentía histérica, rabiosa. Cada vez que veía cómo mi gente era herida, me descomponía. Tenía que acabar con este cretino antes de que él acabara con nosotros.

—*Kelian, ¿cómo carajos lo debilitamos?* —formulé en mi mente, justo cuando él le daba muerte a la primera quimera; aún le quedaba la segunda.

—*Que gaste su magia, crea distracciones* —me respondió, y yo asentí casi imperceptiblemente con la cabeza.

Volví a tomar prestada magia que no era mía e invoqué aún más Furias, que se fueron precipitando dentro de la habitación como aves de rapiña, atacando directamente a Jehová. Este por su parte se defendía con gran soltura, pero el número de Furias era bastante grande, por lo que lo ponía un poco en apuros.

Tomé aire y conjuré otro hechizo. De nuevo viento, para complicarle un poco las cosas. Por su parte, él se deshizo de dos furias con un empujón de su mano, y luego conjuró algo que no supe qué era hasta que fue demasiado tarde.

Me encontraba en el suelo; una mano invisible me había golpeado y ahora estaba estrangulándome sin piedad. Mi rostro estaba rojo mientras intentaba a toda costa respirar; comencé a patalear, realmente me estaba asfixiando.

Pude escuchar a Yahvé reír estruendosamente mientras la mano se cernía aún más fuerte contra mi garganta. Oí un grito y una ola de magia negra me alcanzó. Sentí el aire nuevamente alcanzar mis pulmones; estaba respirando.

Me incorporé como pude, y pude ver cómo Kelian estaba arremetiendo contra el Todopoderoso, quien se había desembarazado ya de todas las Furias, pero que ahora estaba ocupado esquivando la magia negra que le era lanzada sin piedad.

Kelian convocó una especie de tormenta dentro de la habitación, de la que se servía de una especie de rayos de un color morado muy extraño para atacar al Altísimo.Dios, por su parte, había creado grilletes que impedían a la Bestia moverse de su lugar, y ahora mi chico estaba rodeado de un tipo de serpientes sumamente extrañas.

Me apresuré para conjurar otro hechizo que complementara los rayos de Kelian, descargando lluvia sobre Yahvé, que era, por supuesto, excelente conductora de electricidad. Le escuché jadear cuando fue electrocutado ferozmente, momento que aproveché para canalizar en mí parte de la magia de Kelian.

Volví a golpearlo con la mezcla de magia como al inicio de la batalla; vi cómo él trastabillaba y caía, pero se puso en pie igual de rápido como cayó.

Otra quimera se materializó frente a mí, y de inmediato blandí mi espada para envolvernos en una batalla cuerpo a cuerpo. Mientras peleaba contra aquel monstruo, vi cómo Kelian luchaba por desembarazarse de aquellas serpientes que intentaban reptar por su cuerpo.

Conjuré un hechizo llamado "llave maestra", y pues era obvio lo que hacía: abría cualquier tipo de cerradura. Fue así como logré liberar a Kelian de los grilletes, posibilitando que escapara de aquellos asquerosos ofidios.

Seguí intrincada en mi pelea, al tiempo que Kelian arremetía una y otra vez contra el Todopoderoso con múltiples conjuros o ataques directos de su magia. Vi cómo el resto de los soldados había logrado acabar con más de la mitad de las quimeras y pude sonreír; casi no había bajas entre ellos.

Luego de blandir mi espada varias veces y alcanzar a la quimera en varios sitios, y de que ella lograra provocarme algunas heridas de gravedad, le di muerte a la criatura y me volví para arremeter contra Dios. Cuando pude fijar mi vista en mi objetivo, no pude creer lo que estaba viendo. Él y Kelian estaban peleando cuerpo a cuerpo. De alguna manera la Bestia había logrado llegar donde él, y ahora estaban intrincados en batalla.

De todas formas, ese no era el problema, sino que el problema radicaba en la enorme cantidad de sangre que mi chico estaba perdiendo por un corte al costado de su vientre. Me estremecí, y las náuseas se apoderaron de mí; algo en mi interior se removió y sentí una oleada de poder crecer en la profundidad de mis entrañas.

Arremetí con fuerza, atacando a Dios por la espalda y enterrándole la espada en uno de los hombros. Él profirió un grito, pero no cayó; por el contrario, se dio vuelta blandiendo su espada y alcanzándome en uno de los brazos. Por suerte, no logró amputarlo porque me moví lo suficientemente rápido como para evitarlo.

Dejé escapar un grito; el dolor era impresionante. La herida que me había provocadono era una cualquiera: esta quemaba como el Infierno. Kelian arremetió contra él,blandiendo su espada y alcanzándolo en uno de los costados. Yahvé dejó escapar unos gritos y blandió su espada chocando con la de Kelian, quien la había bloqueado.

Nos intrincamos en un combate de dos contra uno, bastante sangriento. En medio del mismo, yo iba asestando golpes de magia combinada con la finalidad de ir haciendo mella en las fortalezas de aquel ser divino. Si lograba debilitarlo lo suficiente, tendríamos reales posibilidades de ganar.

Pero teníamos un problema bastante gordo. A medida que Jehová se debilitaba, nosotros también nos estábamos debilitando. La sobrecarga a la que nos estábamos exponiendo al utilizar nuestra magia de aquella manera era atroz, y no sabía hasta qué punto podríamos aguantar.

Vi cómo nuestra escolta acababa de liquidar la última de las casi cincuenta quimeras. Luego comenzaron a empuñar contra el Todopoderoso sus armas de largo alcance. Ellos también comenzaron a emplear múltiples conjuros que lograban de a poco debilitar al Creador.

La batalla duró más o menos una hora más, en la cual Dios invocó más quimeras y otros tipos de monstruos para privarnos a Kelian y a mí de la ayuda de nuestro ejército. Nosotros estábamos muy heridos; Kelian menos que yo, pues sus técnicas de batalla estaban mucho más pulidas que las mías.

—Debemos atacarlo a la vez, concentrando nuestra magia en la hoja de nuestras espadas. Porque de lo contrario, terminará acabando con nosotros —le oí a Kelian decir en mi mente con algo de desesperación; no nos encontrábamos muy bien.

—Tenés razón, hay que hacerlo —coincidí, y nos dispusimos a esperar el momento indicado para poner en práctica nuestro pequeño plan.

Cuando de un momento a otro Dios se alejó para reposicionarse, ambos nos miramos y decidimos que había llegado el momento. Cerramos nuestros ojos momentáneamente y comenzamos a concentrar nuestra magia; esta estocada doble tendría que ser la que nos asegurara la victoria o estaríamos perdidos.

—A la una —dije en mi mente.

—A las dos —contestó él unos segundos después.

—¡A las tres! —formulamos al unísono. En cuanto Dios arremetió contra nosotros, blandimos nuestras espadas de tal manera que logramos atravesarlo con todo el poder de nuestra magia.

Dios profirió un grito de dolor al tiempo que la magia se introdujo violentamente dentro de su cuerpo. Este poder externo fue causando colosales estragos en aquel ser, dignos de su altura.

—¡Hijos de perra! —gritó, cayendo al suelo de rodillas.

No perdí más tiempo y conjuré un hechizo invocando hasta aquí el fuego infernal. Para ello, tuve que servirme de la magia de Kelian y combinarla con la mía, obviamente, logrando encerrar a Jehová dentro de un aro de fuego del que no podría escapar.

—¿Qué hacemos ahora? Es inmortal; por más que queramos, no podemos acabar con su vida, aunque esté así de débil —le pregunté por lo bajo a Kelian.

—Hay que expulsarlo de esta dimensión del universo y encerrarlo en una dimensión a la cual están relegadas las criaturas más oscuras —dijo él firmemente.

—Ah, ya sé de qué me hablás —respondí recordando que ya me habían mencionado dicha dimensión anteriormente.

—Ven, debemos conjurar un portal —llamó y su voz tembló. Estaba pálido, había perdido mucha sangre y apenas podía mantenerse en pie.

Hice una revisión de mi propia condición física; suspiré, no me encontraba en mejores condiciones que él. De igual forma nos pusimos en marcha hasta el centro de la habitación y nos tomamos de las manos, a lo que él me miró fijamente a los ojos.

—Repetí todo lo que yo diga y canaliza ambas magias al conjuro; esto realmente nos debilitará casi hasta caer —suspiró—. Tenés que ser consciente de que es extremadamente peligroso —musitó seriamente mirándome directamente a los ojos.

—Lo haré —aseguré con firmeza, y él me regaló una pequeña sonrisa.

Kelian comenzó a hablar, cerrando los ojos, y yo me dispuse a imitar todo lo que él hacía y decía.

Nunc tenebris et non in lucem.
Tenebrae inanimatum.
prohibetur et distant tenebris.
Aperi mihi, mihi factum est.
Vetitum est.
Et non est transgressus iter.
Aperi mihi, mihi factum est.
Vetitum est.
Et non est transgressus iter.

Oscuridad sin luz presente.
Oscuridad sin alma.
Oscuridad lejana y prohibida.
Abrid mi paso, dejadme pasar.
La puerta prohibida. El sendero no cruzado.
Abrid mi paso, dejadme pasar.
La puerta prohibida.
El sendero no cruzado.

Un viento digno de un huracán se arremolinó dentro de aquella habitación, provocando que todos los soldados se tiraran al suelo, mientras las quimeras y demás criaturas eran elevadas por los aires en un torbellino. Las luces comenzaron a parpadear de forma errática y precipitada, y la atmósfera se volvió mucho más densa.

Kelian me tiró al suelo, protegiéndome bajo su cuerpo, mientras ambos cerrábamos los ojos con fuerza, como si con ello pudiéramos evitar ser arrancados del mismo. Un estruendoso y desgarrador ruido retumbó dentro de aquellas paredes, y estoy más que segura de que también lo hizo fuera de ellas. Se sintió como si el cielo se desgarrase, y de un momento a otro el viento se detuvo y una horrible calma inundó el ambiente.

Kelian se levantó, ayudándome a hacerlo en el acto, y al levantar mi vista, lo que me encontré me robó todo el aire de mis pulmones. Había literalmente una grieta en el espacio-tiempo frente a nosotros, y una oscuridad cegadora se podía ver a través de ella.

—Debemos apresurarnos, las criaturas de ese mundo no demorarán mucho en encontrar la grieta, y por nada en esta vida queremos eso —dijo Kelian apresurándose a caminar en dirección a Jehová, quien miraba aquello con los ojos desorbitados.

Me apresuré a alcanzarlo y conjuré el fuego infernal para que se cerrara también bajo el maltrecho Yahvé; le había confeccionado una jaula personal.

Kelian comenzó a conjurar un hechizo de levitación mientras el Todopoderoso rogaba que le concediéramos el perdón, que tuviéramos piedad. Por supuesto que jamás escucharíamos estas plegarias; había tenido toda la eternidad para enmendar sus actos y buscar el perdón, y no lo había hecho.

Me uní a mi chico en el conjuro y entre los dos logramos hacer levitar la jaula de fuego, dirigiéndola lo más rápido que podíamos en dirección a la amenazante grieta ubicada justo en el centro de aquella destrozada habitación.

Dios rogaba a no más poder, pero nosotros no escuchamos ni una de sus súplicas y nos dispusimos a llevarlo sin mirar atrás. Él dejó escapar un grito de agonía cuando se encontró a sí mismo frente a aquel oscuro y pavoroso lugar.

Sentí mi pulso temblar; podía sentir algo acercándose a través de la grieta, algo que definitivamente no podíamos dejar pasar a este mundo.

—¡Ahora! —gritó Kelian.

Entonces concentramos nuestra magia y con un golpe de la misma empujamos la radiante jaula dentro de la grieta. Dos segundos después, la oscuridad se tragó por completo la figura del Todopoderoso, de una vez y para siempre.

Kelian comenzó a conjurar otro hechizo con rapidez; estaba intentando cerrar el portal antes de que lo que sea que quería cruzar lograra hacerlo. Fue entonces que comencé yo también a pronunciar dichos versos, elevando mi voz al Cielo.

Close malum, et clauserit ostium.
Cover non ambulasti in via.
Close malum, et clauserit ostium.
Cover non ambulasti in via.Aufer tenebras odio.
Cover introitus, ine illud.
Cover introitus, ne locum suum.

-

Cierra el mal, cierra la puerta.
Tapa el camino no transitado.
Cierra el mal, cierra la puerta.
Tapa el camino no transitado.
Llévate la oscuridad mal recibida.
Tapa la entrada, impide el paso.
Tapa la entrada, impide su paso.

En el instante en que terminamos de pronunciar el conjuro, unos ojos negri-rojos, como los que había visto en Benjamín, se hicieron ver a través del portal. Pero en el momento en que la criatura se impulsaba para traspasar el umbral, la grieta se cerró, manteniéndonos a salvo.

Oí el aire escapar de mis pulmones y mi vista se nubló por completo. Me sentí mareada y la cabeza comenzó a zumbarme con fuerza; mi cuerpo se sumió en un marcado tembleque y un nudo se formó en mi estómago. No tengo ni la más pálidaidea de lo que sucedió luego de ello.

Cuando volví a abrir los ojos, me encontré con la mirada de Kelian, quien estaba ami lado, arrodillado. Seguramente me había desmayado, pues había varios soldadosa mi alrededor con el rostro contraído por la preocupación.

—¿Qué pasó? —dije llevándome las manos a la cabeza; me dolía como la mierda.

—Te desmayaste en cuanto el portal se cerró —explicó Kelian e hizo una mueca—. ¿Estás bien, Gorriona? —preguntó realmente preocupado.

—Sí, lo estoy. ¿Todos están bien? —pregunté mirando hacia la multitud de soldados; estaban llorando, llorando de verdad, abrazados y temblando.

—Sí —dijo Rafael, quien se encontraba a mi lado y yo no me había percatado de ello—. Solo están felices y abrumados. Creo que es una reacción lógica luego de todo lo que pasó —hizo una mueca y sonrió.

—¡Rafa! —exclamé con felicidad y me lancé a sus brazos para estrecharlo en un muy fuerte abrazo, pues por un momento pensé que no volvería a ver a ninguno de mis seres queridos nuevamente.

Él me estrechó contra sí; podía sentir cómo la tensión poco a poco iba escapando de su cuerpo. Suspiré; todo había terminado. Por fin todo había terminado.

Me separé de él y sonreí; Isaías revolvió mi cabello y luego hizo lo mismo con el de Kelian, quien estaba a mi lado, para luego retirarse. Él sacaría a las tropas de aquí, pues ya no eran necesarios los soldados; la guerra había terminado.

—¡Joder, joder, joder! —exclamó Kelian—. Ahora sí no hay excusas, esta misma noche te haré mía —murmuró abalanzándose sobre mí para atrapar mis labios en un largo y tierno beso.

Reí en medio del mismo; Kelian era Kelian, y siempre lo sería.

—Te amo —dije y me perdí en sus besos.

CAPÍTULO 50.

"El amor está compuesto por un alma habitando dos cuerpos."

Aristóteles

»——«•◦⁂◦•»——«

Lograr controlarnos fue realmente todo un reto. Por fin teníamos la libertad de dar rienda suelta a la pasión, y en ese momento lo único que queríamos era perdernos el uno en el otro.

Me separé de Kelian tratando de respirar serenamente, pero era una misión claramente imposible, tanto para mí como para él. Varios rostros nos observaban divertidos o soñadores, según el caso. El color me subió instantáneamente a las mejillas.

—Habrá que ir a anunciar la victoria —murmuró Kelian mirándome de una forma abrasadora.

Era más que consciente de que por su cabeza pasaban mil y una cosas, de las cuales ninguna tenía que ver con lo que había dicho.

—Mjmm —musité, frunciendo los labios—. Supongo que sí, jamás me había puesto a pensar qué hacer luego de la batalla final — confesé.

—Yo tuve miles de años para pensar lo que haría, pero este final no coincide con ninguno de los que me he planteado a través de los años —se encogió de hombros —. ¡Es muchísimo mejor, te lo aseguro! —se acercó para robarme un corto beso y yo me reí sutilmente contra sus labios.

—Deberíamos ir y ver qué hacemos entonces —sugerí divertida.

Éramos un verdadero desastre juntos, pero éramos nuestro verdadero desastre.

—Estoy de acuerdo, vamos —sonrió, se puso de pie y me ayudó a imitar su acto, para luego robarme otro beso.

Nos tomamos de la mano y nos encaminamos hacia las puertas del Palacio de Cristal. No habíamos recorrido la mitad del camino, siendo escoltados por los guerreros de nuestro bloque, cuando nos encontramos con Cimeria.

—¿Qué ha pasado? —preguntó el general aún desconcertado, debido al ruido y los temblores causados por la grieta.

—Hemos ganado —sonrió Kelian—. Los mundos ya son libres.

—¿Eso significa que...? —dejó sin terminar la pregunta, con una clara cara de emoción.

—Sí, Cimeria, corré. Ve por Sarel y Mariah, estoy segura de que están ansiosas por verte —sonreí cálidamente.

—¡Gracias, gracias, gracias! —me dijo más a mí que a su superior y salió despedido hacia las puertas del Palacio. Kelian me miró mientras retomamos la marcha.

—¿Ahora le das órdenes a los generales de mi ejército también? —alzó una ceja con clara diversión y yo le sonreí.
—Ya sabés lo que dicen, lo tuyo es mío y lo mío es tuyo… —me encogí de hombros con una pequeña risita.
—Eso es en el matrimonio —protestó divertido.
—Pues para mí se aplican las mismas reglas al noviazgo —sonreí de forma ladina, con picardía en mis ojos.
—Entonces Gorriona, ¿somos novios? —preguntó con un brillo en sus ojos que me derretía por dentro.
—Umm —me encogí de hombros.
—Eso no es una respuesta —rió él, y me plantó un beso en la mejilla. Sabíamos que los soldados nos seguían varios metros más atrás, pero nos importaba muy poco la exposición—. ¡Quiero que lo seamos! —afirmó seriamente.
—También lo quiero —dije fingiendo despreocupación, y de inmediato sentí unos brazos cargándome cual princesa, y comencé a reír.
Kelian me plantó un beso y se escucharon aplausos; los soldados habían estado pendientes de nuestra conversación. Mi cara se puso aún más roja de lo que ya estaba y seguí riendo, rodeando el cuello de Kelian con mis brazos.
De aquella manera la Bestia recorrió lo que faltaba para llegar a las puertas, cargándome, mientras era escoltado por un ejército.
Cuando llegamos, la postal que nos encontramos al salir al exterior fue completamente inolvidable. La multitud se agolpaba frente a las puertas del Palacio; todos los integrantes del ejército híbrido se encontraban allí expectantes, esperando recibir las noticias sobre lo sucedido en el interior.
Pero ellos no eran los únicos allí expectantes, sino que también había miles y miles de ángeles civiles totalmente desconcertados. Estaban aglomerados allí, esperando respuestas a sus múltiples dudas, viendo cómo su hogar había sido invadido por sus enemigos, con la ayuda de sus propios hermanos, pero no destruido.
Kelian me bajó lentamente de sus brazos mientras los soldados que nos escoltaban se integraban a la multitud. Mi chico depositó un tierno beso sobre mi frente y tomó mi mano para así dar unos cuantos pasos junto a mí hacia la multitud.

—*¿Querés empezar a hablar vos? Es tu territorio* —preguntó Kelian en mi mente, y yo me estremecí; ese canal era tan magníficamente íntimo.

—*No, yo realmente no tengo ni idea qué decir, al menos vos practicaste cientos de discursos frente al espejo* —confesé, y bajé un poco la mirada, apenada.

—*Hey, ¿cómo es que sabés eso?* —protestó con diversión.

—*¿Saber qué? ¿Lo de los discursos? Era de esperarse dada tu tendencia a la arrogancia y el egocentrismo* —formulé y sonreí.

—*Oh, te vas a tragar tus palabras* —musitó y rió de manera sugerente. Me lo iba a cobrar en la noche, no había dudas.

—*Dale, hablá, nos observan* —me removí incómoda, y vi cómo él tomaba aire.

—*Voy* —musitó por última vez antes de hablar en voz alta.

—¡Compañeros y compañeras, hermanos y hermanas, camaradas! —vociferó solemnemente para que todos le escucharan—. Hoy es un día que marcará el fin de una época azotada por la crueldad, y el comienzo de una nueva marcada por la libertad, la igualdad y la felicidad —habló y me miró; era yo la que debía continuar el discurso.

—Hoy —elevé mi voz—. La unión de estos dos pueblos, la unión de aquellos hermanos que habían sido separados por un tirano basado en su propio beneficio, ha logrado marcar la historia con un hecho trascendental que modificará los Tres Mundos como los hemos conocido... —mi voz se extinguió, dándole paso a Kelian para proseguir.

—El tirano que ha sumido a Tres Mundos en el dolor y la desesperanza ha sido desterrado —anunció—. Esta misma noche todos nosotros hemos sido librados de él, por hoy y para siempre —recorrió con la mirada a la multitud, mientras esta exclamaba con asombro.

—¿Qué sucederá ahora? —se oyó exclamar a alguien desde la multitud.

—¿Quién gobernará?

—¿Cómo funcionará el mundo?

—¿Quién velará por nosotros?

—¿Cómo es que funcionaremos?

Esas y más, muchas más preguntas resonaron en el espacio celestial, casi todas provenientes de aquellos civiles asustados ante un cambio totalmente radical que afectaría sus vidas completamente.

—¡Calmaos! —exclamé—. Sabemos que el futuro es incierto. Ninguno de nosotros puede decir con certeza lo que va a pasar en un futuro cercano, y mucho menos lejano —hice una pausa—. Debemos aprender a vivir como una sociedad libre e igualitaria, que pueda elegir sus propios guías, y sustentarse y protegerse a sí misma.

—¿Cómo haremos eso? —se escuchó otra voz.

—¿Cómo lo haremos? —repetí—. Aprenderemos, no estamos solos para ello — afirmé y sonreí.

—Si bien ya no habrá divisiones —habló Kelian—, tanto demonios como ángeles podrán vivir en el Infierno como en el Cielo, eso depende únicamente de su elección personal —hizo una pausa—. En el Infierno ya hace mucho tiempo que vivimos en comunidad, y hemos logrado vivir con armonía y felicidad durante miles de años — hizo una pausa—. Nuestra máxima es la igualdad entre los nuestros y al ser iguales podemos coexistir sin roces ni desconfianzas.

—Nuestros hermanos del Infierno nos ayudarán a nosotras, las criaturas celestiales, a vivir en paz, a ejercer nuestra libertad y a vernos como iguales —vociferé—. Es una promesa que a partir de ahora viviremos en un mundo mejor.

En ese momento la multitud nos aclamó, y sentí cómo los nervios iban desapareciendo de mi cuerpo y la adrenalina bajaba sus niveles en mi sangre. No me había dado cuenta de que aún mantenía los altos niveles de adrenalina de la batalla.

Automáticamente mi cuerpo se relajó y los dolores de las profundas heridas corto- punzantes se hicieron sentir. En consecuencia mi rostro se puso pálido e hice una mueca. Hasta el momento no me había percatado de que estaba tan malherida.

Vi por el rabillo de mi ojo que Kelian estaba pasando por exactamente lo mismo que yo, y también pude reconocer los mismos síntomas en varios guerreros que se encontraban a corta distancia de nosotros.

Vi a Kelian tomar aire. Él remataría el discurso. Me abracé a su brazo, y le escuché hablar mientras mantenía los ojos cerrados.

—Es hora de tomar nuestro destino en nuestras manos, los invitamos a construir el nuevo mundo. De aquí en más todo cambiará, gracias a todos nosotros, y para bien —habló con seriedad —. ¡¿Quién está conmigo?! —vociferó.

Y en cuanto terminó de preguntar aquello, la multitud aclamó un gran "Nosotros" que hizo temblar la tierra. Sonreí; el camino ya había sido abierto, ahora solo nos quedaba esperar y luchar junto a nuestro pueblo.

—Gracias por escuchar nuestras palabras —dijo Kelian en un tono cálido—. Volved a vuestras casas, junto a vuestros seres queridos, disfrutad vuestra libertad, amad y dejad que os amen, y sobre todo... ¡Vivid! ¡Mañana será un nuevo día!

Y con ese último saludo la multitud vitoreó y empezó a desperdigarse. Ángeles y demonios comenzaron a marcharse, para luego de unos minutos solo quedar aquellos que aún no podíamos creer lo que habíamos logrado.

Kelian tomó mi barbilla delicadamente y me besó, para separarnos solo cuando escuchamos pasos acercándose a nosotros. Levanté la vista y vi que los que permanecían allí eran nuestros amigos.

Rafael, Luvia, Agramon, Alouqua, Lilith, Anauel e incluso Gabriel, Cimeria y Sarel. Sonreí al verlos; faltaban personas allí. Faltaba Vero, quien esperaba en el Infierno, al igual que mi madre, pero también faltaba Lilian, a quien jamás volveríamos a ver, y Belial, a quien acabábamos de perder hace tan solo unas horas. Comencé a llorar y me zafé de los brazos de Kelian para correr a los brazos de Luvia y estrecharla en un fuerte abrazo.

La guerra había terminado, pero se había llevado consigo cientos de milenios de almas, y eso ningún futuro esplendoroso lo podría borrar. No había manera de borrar el recuerdo de aquellos que habíamos perdido; ellos seguirán marcados a fuego en nuestros corazones.

Me separé de Luvia y le di un pequeño asentimiento con la cabeza, al que ella respondió con una cálida sonrisa. Luego se despidió de todos y se puso en marcha hacia la dirección donde quedaba la casa de su madre; merecía descansar después de todo.

El resto hizo casi exactamente lo mismo. Se despidieron y fueron desapareciendo, hasta que al final solo quedábamos la Bestia y yo. Lo miré y le sonreí. La melancolía en mi rostro era más que evidente, pero al fin y al cabo no tenía por qué ocultar cómo me sentía; hace ya bastante que me había cansado de ello.

Kelian caminó hasta mí y me abrazó, y permanecimos así por un buen rato, abrazados y en silencio.
—Te amo —susurró contra mi cabello.
—Y yo a ti —respondí, para que luego él alzara mi barbilla con una mano y nos fundiéramos en un tierno beso.
—Deberíamos irnos —dijo él cuando nos separamos.
—¿Qué apuro tenemos? —ronroneé yo, jugando con su barba desinteresadamente.
—Alguien debe anunciar la victoria en el Consejo Infernal. Estoy seguro de que la noticia ya llegó, pero alguien tiene que ser el vocero oficial —hizo una pausa—. Y ese alguien somos nosotros.
—Mjmm —dije distraída—. Está bien —mascullé—. Pero luego quiero tomar un baño, un largo baño —suspiré—. Y curar mis heridas, porque duelen como la puta madre, y también hacer el amor contigo, ¿puede ser? —afirmé tiernamente y batí mis pestañas unas cuantas veces con una sonrisa traviesa en mis labios. Él parpadeó un par de veces antes de contestar.
—Claro que sí, Gorriona, tus deseos son órdenes —ronroneó en mi oído y luego mordisqueó el lóbulo de mi oreja—. Pero si damos vuelta el orden de tus peticiones no me enojaré —susurró depositando múltiples besos en mi cuello.
—¡Kelian! No, compórtate —chillé y él se separó de mí riendo.
—Vamos —afirmó.
—Vamos —contestó.
Pronunciamos el hechizo que debía llevarnos al Infierno, y luego de dos segundos, vueltas, giros y oscuridad, se hizo la luz. Parpadeé un par de veces para ubicarme, hasta que reconocí la gran galería del Palacio Rojo.
—Terminemos con esto —murmuró Kelian tomando mi mano y encaminándonos a la sala del Consejo, la cual yo no tenía ni idea de dónde se encontraba.
Atravesamos como siempre múltiples pasillos, escaleras y otras galerías, e incluso atravesamos de punta a punta los jardines de la Bestia. Las rosas que él tanto amaba, al ser de noche, mantenían sus capullos cerrados; por ende, aquel jardín no contaba con la majestuosidad que poseía por el día.
Caminamos durante alrededor de quince minutos hasta llegar al lugar donde se reunía el Consejo, para terminar parados frente a

una gran puerta de roble de tamaño colosal; tomé aire y hablé.

—¿Nos estarán esperando? —pregunté observando la puerta.

—Estoy seguro de que sí —afirmó él.

Apretó mi mano para transmitirme seguridad, y luego tomó el pestillo de la puerta y la abrió, obligándonos a pasar dentro de aquella habitación. Al entrar, el aspecto de la habitación llamó inmediatamente mi atención.

La habitación era completamente redonda, y había una especie de grada que envolvía la pared circular, en la cual podrían caber cerca de mil personas. Y les aseguro que si en aquella sala no había mil personas, había novecientas noventa y nueve de ellas, pues las gradas estaban atestadas.

Pasé saliva con fuerza, un nudo se me hizo en el estómago; jamás me acostumbraría a este nivel de exposición. La decoración era parecida al resto del Palacio: negra, ocre y roja; eso sí no me sorprendía. Kelian se dio cuenta de mi incomodidad y me dio un suave apretón en la mano; tenía que tranquilizarme, solo era un anuncio.

Alguien carraspeó su garganta a través del micrófono, y pude ver que era Lucifer quien iba a hablar de un momento a otro. Tragué saliva; no tenía ni idea de lo que podría decir. ¿Y si esto no era lo que él quería? No, eso no podía ser. Él siempre soñó con la igualdad, debía dejar de ser paranoica.

—Bienvenidos todos y todas a este humilde consejo —sonrió—. Hoy, por ser esta fecha tan especial donde por fin el día del juicio final ha llegado, se me ha dado el honor de la palabra, y estoy dispuesto a utilizarlo —hizo una pausa—. Para nuestra grata sorpresa, las cosas en la batalla tomaron un rumbo totalmente inesperado, por lo que al final del día ambos bandos quedaron casi intactos, y los Comandantes en Jefe de ambos están vivos, presentes aquí con nosotros —la multitud de consejeros nos observó y vitoreó, yo me encontraba algo confundida—. ¿Pueden ustedes tomar la palabra y relatar a este humilde consejo lo que ha acontecido? —preguntó observándonos y nosotros asentimos. Alguien nos acercó un micrófono.

—Los hechos ya los conocéis, de eso estoy seguro —comenzó a hablar Kelian—. Nazaret, aquí presente, y yo logramos unir ambos bandos, como era el deseo inicial de todos los aquí presentes pero que habíamos desestimado por varias razones — sonrió y me dio el micrófono.

—Luego de que logramos convencer a ambos ejércitos de que tenían un interés común, acabar con Yahvé, invadimos el Cielo, penetrando el Palacio de Cristal, donde se desató una feroz batalla con el tirano —expliqué.
—Gracias a la unión de nuestra magia logramos debilitar a Dios, apresarlo y desterrarlo de esta dimensión —sonrió.
—Por lo que la guerra ha acabado —sonreí dando remate al relato.
—¡Magnífico! —exclamó Lucifer—. Este consejo ha sido informado, y les agradece a ustedes por haber luchado por esta causa tan noble y haber ganado —sonrió—. Ambos serán condecorados con honores y declarados héroes universales, puesto que lo son. ¡Ustedes han salvado al mundo de su inevitable ruina!
—Muchas gracias —dijimos Kelian y yo a la vez.
En ese momento el Consejo nos vitoreó nuevamente y algunas lágrimas se me escaparon de los ojos. Realmente estaba muy emocionada; jamás pensé que sería así de reconocida en el Infierno.
Vi cómo Lucifer dejaba a un lado su micrófono y comenzaba a bajar las escaleras dirigiéndose hasta nosotros.
No le tomó más de un minuto llegar hasta nosotros y estrechar a su hijo en un fuerte y cariñoso abrazo. Las lágrimas humedecían las mejillas de ambos, mientras yo observaba aquella escena con ternura, dejando que también algunas pequeñas gotitas de emoción recorrieran mi rostro.
Un brazo se estiró hacia mí y me atrapó arrastrándome dentro de aquel abrazo. Lucifer había sido quien me arrastró, y ahora nos estrujaba a su hijo y a mí por igual. El Consejo aplaudió estruendosamente y el Diablo nos soltó para regalarnos una gran sonrisa.
—Estoy tan orgulloso de ustedes, niños, no saben cuánto —sonrió—. Kelian, cuidala bien, ¿me escuchaste?
—Lo haré, papá —respondió la Bestia ruborizándose, y yo dejé escapar una risita.
Él nos regaló una sincera sonrisa y luego se despidió de nosotros, dando paso a los múltiples miembros del consejo que se acercaban a nosotros para felicitarnos personalmente por nuestra gloria.
Cientos de demonios pasaron frente a nuestros ojos, llenándonos de halagos, críticas, besos, abrazos y más, hasta que en un momento comencé a sentirme abrumada.

Kelian lo notó y tomó mi mano, pidiendo disculpas al consejo, pues debíamos retirarnos debido a que mi estado de salud no era el mejor.

En cuanto estuvimos fuera de aquella sala, volvió a cargarme en brazos y me plantó otro beso, para comenzar a caminar con rapidez hacia alguna parte. Me sorprendía que, aun en su estado, pudiera cargarme con tanta facilidad.

—¿Adónde vamos? —pregunté algo confundida; aún seguía abrumada.

—¿No querías darte un baño? —asentí—. Pues ahí es donde vamos, a mi recámara; es hora de nuestro merecido descanso —sonrió.

—Vos no querés descansar, solo querés hacer cochinadas —dije arrugando la nariz y riendo.

—Bueno, eso también —dijo él y siguió casi corriendo conmigo en brazos.

Llegamos con rapidez a la habitación de Kelian y él se apresuró a dejarme sobre uno de los sofás para ir a echar cerrojo a la puerta. Yo me reí ante su nerviosismo; era yo quien estaba por perder mi virginidad, y él era el que temblaba.

Volvió a tomarme en brazos y me llevó hasta el interior del baño, donde me plantó un feroz y largo beso en los labios. Me sentó sobre la tapa del retrete y comenzó a deshacerse lentamente de todas las partes de mi armadura dorada, dejándome vestida únicamente por el traje cuasi transparente de diamante y oro que me había proporcionado Rafael tiempo atrás.

Él tragó saliva al verme; un poco por verme casi desnuda y otro poco por ver las profundas heridas que desgarraban mi piel. Se dispuso a quitarse su propia armadura, tarea en la que obviamente le ayudé, para que, cuando estuvo terminada, dejarle apenas con una fina camiseta y su bóxer color negro puestos.

También pude ver sus heridas; eran tan feas y profundas como las mías. Me mordí el labio al observarle, y él me sonrió tímidamente. Quitó su camiseta, revelando la herida que yo le había provocado en el hombro, y abrió el agua de la ducha para dejarla correr por unos minutos.

Me ayudó a retirar mi traje, deslizando sus manos delicadamente por mis curvas en el acto y depositando tiernos besos en mi cuello y espalda. Cuando estuve completamente expuesta, él se quitó su última prenda para luego tomar mis manos y dirigirnos hacia el agua.

Podía ver la lujuria creciendo detrás de sus hermosos ojos negros, y sentir bajo mi piel la corriente de electricidad que provocaban sus dedos cada vez que me tocaba. Nos bañamos lentamente, sin caer en la pasión salvaje, simplemente demostrándonos el cariño y amor que nos profesábamos con suaves caricias y tiernos besos.

Este era nuestro momento, el momento de amarnos a fuego lento.

Al salir, cada uno se ocupó de las heridas del otro, con cuidado de no herir más la piel que ya habíamos herido. Nuestros cuerpos se fueron envolviendo poco a poco en vendajes, y para cuando la tarea estuvo completa, nuestra apariencia era poco más que lamentable.

Nos miramos el uno al otro y reímos. Reímos por todo y por nada, reímos por el amor que nos profesamos y el odio que habíamos dejado atrás. Reímos y nos perdimos en una marea de besos y caricias que poco a poco fueron aumentando su intensidad.

Kelian se ocupó de cargarme entre besos y llevarme hasta la cama; sus manos temblaban al acariciarme y sus labios al besarme. El corazón se me llenó de ternura y amor al apreciar la devoción con la que él recorría cada centímetro de mi piel. Le miré con los ojos entrecerrados por el deseo, y el fuego en mi interior comenzó a arder de forma desmedida.

Él siempre había sido él, el ápice de todos mis deseos más carnales, y en ese momento estaba recorriendo mi piel como si yo fuera el ser más hermoso de los Tres Mundos. Dejé escapar un jadeo cuando sus labios encontraron ese punto erógeno detrás de mi oreja. Le sentí sonreír mientras oleadas de deseo recorrían mi cuerpo.

Estiré mis manos para acariciar los kilómetros de piel que cubrían su trabajada espalda, deleitándome con la sensación del roce de su piel en mis manos. Él comenzó a trazar un camino de húmedos besos desde mi cuello a mi clavícula, deteniéndose de vez en cuando para mirarme con una intensidad que me robaba el aliento.

Con una de sus manos comenzó a acariciarme el muslo izquierdo, y utilizó la otra como punto de apoyo para balancearse sobre su costado y ladear la cabeza hasta atrapar uno de mis pezones y comenzar a juguetear desinteresadamente con él. La electricidad que me recorrió en ese momento fue indescriptible; las sensaciones iban directamente desde ese pequeño botón en mi pecho y bajaban hasta concentrarse justo en el centro de mi feminidad.

Cerré los ojos, dejándome inundar por ese mar de sensaciones completamente nuevo para mí.
—*¡Oh, joder!* —jadeé en nuestro canal mental, y le sentí sonreír contra mi pecho.
—*Mmm, ¿te gusta?* —ronroneó mentalmente, y mis mejillas ardieron. Esto era demasiado personal, demasiado intenso, y aún no habíamos hecho nada.
—Sí —dije en voz alta en un suspiro.
Su risa traviesa resonó contra mi pecho y abandonó el pezón que estaba torturando para pasar al otro. Gemí de placer varias veces antes de que él decidiera que quería seguir probando otras zonas de mi cuerpo. Bajó por mi vientre con húmedos besos y caricias; se me nubló completamente la mente y se detuvo justo enfrente de mi pelvis, donde yo aún mantenía las piernas cerradas.
—¿Puedo? —me preguntó, mirándome con intensidad, colocando una mano en la parte superior de mi muslo, cerca de mi centro.
Sabía lo que quería, y la vergüenza me inundaba. Con las mejillas encendidas, solo pude asistir varias veces mientras él me miraba con un hambre que jamás le había visto en sus ojos. Me sonrió de forma ladina y suavemente abrió mis muslos para comenzar a besar la cara interna de los mismos. Temblé ante su toque, y el nudo que se formaba en mi centro era cada vez más insoportable.
Lenta y metódicamente fue acercando sus besos a mi sexo hasta que, sin previo aviso, sentí cómo empezaba a devorarme aquella zona tan íntima en la que nadie jamás había usurpado. Jadeé varias veces, abrumada por el placer que empezó a recorrerme a medida que él jugueteaba con su lengua en mi sexo.
—*¡Qué deliciosa que sabés, nena!* —susurró en nuestro canal mental.
—¡Oh, Kelian! —gemí en voz alta, comenzando a estremecerme por el abrumador placer que me estaba entregando.
—*Dejate ir, Gorriona* —dijo mentalmente—. *Correte para mí* —pidió con intensidad, y toda mi resistencia flaqueó.
Grité; el gemido que dejé escapar fue tan alto que casi fue un grito cuando el orgasmo que me alcanzó fue tan colosalmente abrumador que me deshizo y me volvió a reconstruir en unos pocos segundos. Cuando pude recuperar mis sentidos, le observé; él me estaba mirando completamente embelesado, con la mirada ensombrecida con el deseo.

Me regaló una brillante sonrisa y se impulsó sobre mi cuerpo para atrapar mis labios en un profundo y hambriento beso.

—¿Te ha gustado? —preguntó con la voz temblorosa en medio del mar de besos en el que nos encontrábamos envueltos.

—Ha sido lo más extraordinario que he vivido —confesé con la voz entrecortada por el deseo; pude sentir que aquella presión entre mis piernas se había vuelto a encender. Lo necesitaba, lo necesitaba a él.

—Y no he terminado —susurró en mi oído de forma sensual, y yo gemí.

Con sumo cuidado se posicionó entre mis muslos sin despegar la mirada de mis ojos. Me sentí enrojecer y la garganta se me secó ante la expectativa. Él bajó una mano entre nuestros cuerpos y acomodó la punta de su enorme miembro en mi entrada. Pasé saliva; no estaba segura de cómo aquello iba a caber dentro de mí.

—Puede que te duela un poco —dijo con aprehensión mentalmente—. *Dime si es demasiado y me detendré, Gorriona* —pidió.

—Estaré bien, amor —respondí y le regalé una sonrisa con un asentimiento para darle a entender que estaba preparada.

Él asintió y muy lentamente introdujo el glande de su virilidad en mí. Jadeé ante la intrusión, y él se detuvo para esperar que yo me acostumbrara a las sensaciones. Me miró a los ojos con intensidad, y pude ver la lucha interna que estaba atravesando entre el deseo que lo inundaba y la necesidad de cuidarme hasta el último segundo. Asentí para que continuara y él se inclinó hacia mí para depositar un cálido beso, al tiempo que empujaba un poco más en mí.

—¡Oh, joder! —exclamé cuando sentí que me ensanchaba aún más, y mi cuerpo se estremeció por el placer que me inundó.

—¿Estás bien? ¿Querés que me detenga? —preguntó preso del pánico, quedándose muy quieto.

—No, no pares, por favor —rogué en un gemido.

Ante mi súplica, sentí cómo todo su cuerpo se estremecía. Devoró nuevamente mi boca y me aferré a sus hombros en medio del beso. Se separó un poco del beso y me miró a los ojos para luego dar la última embestida que le permitiría enterrarse completamente en mí, atravesando aquella pequeña barrera prohibida y haciéndome completamente suya.

Un pequeño dolor me inundó, y cerré los ojos con fuerza para procesar ese breve instante de incomodidad.

Y cuando los volví a abrir, vi cómo él me observaba con el rostro contraído y expectante.

—*Estoy bien, está todo más que bien* —dije mentalmente y sonreí.

—Te amo —declaró en voz alta, cargado de deseo, comenzando a moverse lentamente dentro de mí.

—Te amo —jadeé y cerré los ojos con fuerza, deleitándome por completo ante estas nuevas sensaciones.

Poco a poco él fue incrementando el ritmo de sus movimientos, y el placer que comenzó a recorrerme fue completamente abrumador. La intensidad de nuestros jadeos fue in crescendo al tiempo en que nos íbamos perdiendo el uno en el otro. Me aferré a sus hombros cuando el ritmo de sus embestidas comenzó a ser más frenético, inmersa en un remolino de placer que me estremecía cada rincón de mi ser.

Sentí cómo él comenzaba a temblar, y yo arqueé mi espalda para pegarme más a él. Al sentir que se introducía aún más, mi resistencia se quebró y solté un grito al momento en que me derramaba por completo sobre su miembro en un orgasmo aún más exquisito que el anterior. En medio de esta descarga gloriosa, sentí cómo él encontraba su propio placer, dejando escapar un gruñido y derramándose en mi interior.

Pasaron varios minutos de silencio, fuertemente abrazados, en donde solo se escuchaban nuestras respiraciones entrecortadas. Sentí cómo él se separaba de mí, saliendo de mi interior, y se recostaba de lado, aun pegado a mi cuerpo. Lo miré y sonreí; él alargó una mano y acarició con suavidad mi mejilla.

—Te amo, no tienes una idea de cuánto —susurró con la voz ronca.

—También te amo —respondí y le volví a besar.

En ese momento de mi vida, a mis diecinueve años de edad, acababa de regalarle al hombre de mi vida mi mayor arma, secreto y condena: mi virginidad.

EPÍLOGO.

"La paz es una ilusión. Es imposible mantenerla mucho tiempo, pues va en contra de la naturaleza humana. Hay tensiones que siempre están en movimiento. Solo una vigilancia atenta puede prolongarla. Aún así, la paz es un ideal a alcanzar."

Camila Rocha Mota.

»——«•◦*◦•»——«

—¡Cállalo! —gimió frustrada, mientras se frotaba las sienes.

—Cariño, solo quiere pecho... Yo no puedo hacer nada al respecto —se quejó él cogiendo al bebé del coche y comenzando a mecerlo.

—Calmate, ya va a dejar de llorar... —murmuré acercándome a ella, pero lo que recibí a cambio fue una fulminante mirada de "ALÉJATE O TE MATO".

—Dejen de discutir, la gente nos mira —bufó el otro, de mal humor por haberle levantado temprano para acudir a las inscripciones.

—¡Ya dámelo! —reclamó ella al ver que el niño no se calmaba. Lo cogió en brazos y comenzó a amamantarlo; nuestros oídos descansaron.

—¡Oh, gracias, gracias! —exclamé riendo y mi chico me acompañó.

—Maite —alargó ella a modo de regaño.

—Oh, vamos, Vero, sé que el pequeño Dan no tiene la culpa, pero sí que es ruidoso —me encogí de hombros.

—Yo que vos, cerraría mi boca, Gorriona; creo que está por clavarte algo en un ojo — masculló Kelian divertido.

—Isaías me defiende, ¿verdad? —miré a Rafa, quien jamás contradecía a Vero. Desde su reconciliación, él se comportaba de aquella manera de forma sistemática, sumiso ante la locura provocada por el embarazo de Verónica.

—A mí no me mires —dijo deshaciéndose de mi pedido y reí.

—¿Cuántos números faltan? —preguntó Vero, ignorando todo lo dicho antes.

—Creo que diez —contestó Kelian—. Aún no entiendo por qué rayos quieren seguir viniendo a esta facultad —hizo una pausa—. Vine pocos días y fue un calvario —se quejó.

—Shh, callate. Es nuestra vida —afirmé fulminándolo con la mirada.

—Está bien, está bien —dijo levantando las manos a modo de rendición, provocando risas por parte de Rafael y mías.

Me di vuelta y miré hacia Bedelías; aún faltaban diez números para que fuéramos atendidos. Menuda espera, hace una hora que estábamos aquí plantados.

Era ya fines de febrero; habían pasado tres meses desde el día del juicio final. En ese periodo de tiempo las cosas para los Tres Mundos habían cambiado radicalmente, pues para muchos era un comienzo desde cero.

En el Cielo las cosas se complicaron un poco al principio, pues la desconfianza era mucha. A los demonios les costó horrores enseñarles las nuevas formas de organización civil y política para que puedan desarrollarse como sociedad y como cultura independientes.

Al final se terminó estableciendo el sistema democrático asambleario, el cual le permitía al pueblo gobernar y no ser gobernado. Otros muchos cambios se sumaron a este, como es de imaginarse.

Las chozas a las que se relegaban a los ángeles menos importantes desaparecieron y se construyó, o se está construyendo, una casa digna para cada habitante, como debe ser. Se construyeron más centros educativos y de ellos se suplantaron todos los materiales para el dictado de clases por materiales que desarrollaran el pensamiento crítico y la idea de igualdad.

Las cosas en el Cielo estaban cambiando, a paso lento pero constantes. Me sentía realmente orgullosa de ver cómo mi gente aprendía día a día a ser un poco más feliz, a compartir y a ser más bondadosos.

El cambio era inevitable; nosotros lo habíamos provocado y ahora nos tocaba acompañar el proceso desde cerca.

El Infierno se mantenía bastante igual; lo que marcaba la diferencia es que muchos soldados habían sido liberados de sus responsabilidades y habían sido integrados a la vida cotidiana de trabajo rutinario, familia y casa.

Uno de los cambios más notables era la corriente migratoria que la Gran Guerra había producido. Apenas habían pasado dos semanas de la batalla final y ya muchos ángeles y demonios habían cambiado su residencia, mudándose al Infierno o al Cielo, respectivamente.

Fue entonces cuando nos percatamos de la cantidad de familias y parejas híbridas que había, algo que no nos podríamos haber imaginado nunca, pero que era real, y solo de esta manera habrían podido estar juntas.

La Tierra también había sufrido sus cambios, pero estos eran mínimos y tenías que prestar mucha atención para darte cuenta de que estaban ahí. Entre esos cambios estaban el hecho de que ya no aparecían campos con sus plantaciones aplastadas o quemadas, lugares donde antes se habían librado batallas.

La actividad mágica se había reducido, pues ya no había necesidad de ella. Sin infiltrados y espías, ni constantes enfrentamientos, el mundo terrenal había quedado libre para que fuera habitado por quienes pertenecían al mismo. Aun así, había otras cosas que recién se estaban desatando; la gente poco a poco iba perdiendo la fe ciega y devota, volcándose más a venerar la vida y la existencia misma. El ser humano estaba aprendiendo a amar su existencia terrenal tal cual era.

La única explicación que encontrábamos a ese hecho era que Dios ya no se encontraba para presionar con su presencia a los creyentes, y eso a la larga produciría que las religiones cayeran una tras otra, pues no tenían demasiado sustento.

A pesar de los cambios en los Tres Mundos, sus pobladores seguían viviendo el día a día y adaptándose a las cosas nuevas a pesar de que el cambio a algunos les costaba horrores y para otros era como pasar una página.

Vero había contraído matrimonio con Rafael. Sí, matrimonio, nada más ni nada menos. Ahora vivían juntos en el Cielo, ya que Rafael había sido designado para ayudar en la reorientación de la población celestial y pues tenía que vivir allí. Rafael había sido condecorado y se le había restaurado su rango de general del ejército, tanto en el celestial como en el infernal.

En mi caso, ahora era una especie de heroína; "la Princesa del Cielo" me llamaban, y era reconocida en todas partes. Esto me causaba incomodidad.

Mi vida personal se encontraba patas para arriba, pues ya no tenía mi hogar. Si bien la casa que mi madre había comprado con el dinero del juicio era mía, no me sentía bien allí sola, sin nadie con quien estar, con quien charlar, o simplemente ver la televisión o compartir la cena. Y el Cielo, después de tantos pesares que había pasado allí, no era una opción.

Para mí era realmente difícil.

Al encontrarme en esa situación de limbo, donde no poseía ni una casa en el Cielo, ni en la Tierra, ni en el Infierno, Lucifer, molesto por mi estilo de vida errante, me había asignado una habitación del Palacio Rojo. Al principio yo no quería aceptarla, pero la insistencia del padre y del hijo fue tan grande que ahora se podría decir que tenía un lugar donde acudir por las noches, a pesar de que no la utilizara mucho.

Normalmente, cuando dormía sola, las pesadillas me azotaban una y otra y otra vez, sin dejarme dormir. Por ello la mitad de mis noches las pasaba en vela y la otra mitad me escurría dentro de los aposentos de mi novio y dormía junto a él.

Kelian realmente estaba preocupado por mi condición errante; quería proporcionarme un hogar a toda costa y hacía lo imposible porque yo me sintiera a gusto. Apreciaba todo ello, realmente me sentía amada y apoyada, pero había algo que no me dejaba descansar y no tenía ni la más pálida idea de lo que era.

Sentía que el peligro no había pasado y que esta paz que tanto habíamos anhelado era solo un espejismo. Las pesadillas eran cada vez más oscuras y algo en mi interior vibraba con temor cada vez que abría los ojos por la mañana.

Lucifer y mi madre tenían la teoría de que era estrés postraumático; que había visto tanta sangre, tanta muerte, tanta duda, que mi cerebro aun no lo había acabado de procesar. Decían que gracias a eso mi inconsciente me causaba pesadillas.

Yo sabía que esto no era así, pues en mis pesadillas no eran partícipes la sangre y el dolor, sino la oscuridad total, el miedo y la destrucción. Y de algo estaba más que segura: de mis pesadillas nunca pero jamás surgía nada bueno.

Exactamente por mi raro comportamiento, Kelian me había alentado a hacer cosas que hacía antes de que él apareciese en mi vida, como salir a la rambla, leer libros, bailar, dar paseos, ir a cenar y otro montón de cosas pertenecientes a la vida cotidiana de un ser humano. Él siempre se mostraba atento a que no me perdiera a mí misma.

Él era mi sostén, era el ancla que me fijaba a la realidad cuando la desesperación me consumía.

En ese marco se me ocurrió que quería seguir con mi carrera y era exactamente por esa razón que ahora nos encontrábamos en la Facultad de Ciencias Sociales. Estábamos esperando entrar a Bedelías para inscribirnos a las carreras, después de ponernos a tiro rindiendo exámenes libres como desquiciadas.

Miré nuevamente el indicador de los números; faltaban tres personas. Suspiré sonoramente y Kelian me abrazó por detrás como solía hacer siempre.

Me costaba acostumbrarme a su presencia, a que siempre estuviera cerca de mí, apoyándome, abrazándome y besándome sin importar quién nos rodeara o quién estuviera observando. Él constantemente me daba muestras de su cariño, un cariño que simplemente era infinito, al igual que el que yo le daba.

Quién me hubiera dicho a mí que el chico que conocí hace apenas un año aquí mismo, en esta facultad, el chico rudo de chaqueta de cuero y barba, terminaría siendo mi amante y el chico más tierno que jamás había conocido.

Las apariencias engañan; nunca juzguen sin conocer, o podrán llevarse este tipo de sorpresas. O sorpresas más desagradables, como me la había llevado con Benjamín.

—¡Joder, necesito seguir durmiendo! —se quejó Kelian mientras me abrazaba.

—Dormimos exactamente lo mismo, Kel, dejá de lloriquear —regañé divertida.

—Sí, pero yo estoy mucho más viejo, no lo olvides —dijo mordisqueando mi oreja y yo dejé escapar una risita.

—La inmortalidad y la vejez no son compatibles, gran Príncipe Infernal —musité estremeciéndome; sus labios estaban haciendo estragos con mi sistema nervioso.

—Sí son compatibles, shh —respondió y depositó algunos besos en mi cuello.

—Hey, a hacer eso a su cuarto —renegó Verónica, quien por fin había hecho dormir a Dan y ahora estaba sentada en el regazo de Rafael. Este último jugaba distraídamente con el dorado cabello de su esposa y miraba hacia el otro lado de la calle.

—Qué aburrida —se quejó Kelian entre risas, mientras se alejaba de mi cuello.

—Cochino —dijo ella y le sacó la lengua, acto que mi chico imitó.

Desde que nosotros éramos novios, Vero y Kelian peleaban constantemente por cualquier estupidez que se les venía a la mente. Parecían dos niños de preescolar, siempre sacándose la lengua, mostrándose el dedo del medio o diciendo improperios.

—¿Qué mirás, Rafael? —pregunté cambiando de tema.

—¿Alguien más cree que aquel tipo de allí, parado frente al ministerio, tiene un aura bastante extraña? —frunció el ceño.

Todos prestamos atención a quien nos indicaba él y nos encontramos con un tipo alto, no más alto que Kelian, de cabello color chocolate, con lentes de sol, una remera polo verde oscura y unos jeans azules. Entrecerré mis ojos; era verdad, podía sentir su aura realmente extraña aun desde aquí y eso era un gran decir. Era un aura muy, pero muy fuerte, y demasiado oscura para ser una criatura de este mundo.

—Yo no siento nada —dijo Vero encogiéndose de hombros.

—Eso es como obvio, sos una simple humana —se burló Kelian y fue automáticamente golpeado por un juguete de Dan que Vero lanzó.

—Sí lo creo, ¿a qué crees que se deba, Isaías? —pregunté sin retirar la vista de aquel extraño sujeto.

—No lo sé, pero no me da buena espina.

—Tiene un aura demasiado oscura para ser un demonio —comentó Kelian mientras le devolvía el golpe a Verónica con el mismo juguete.

El juguete volvió a volar y, en vez de darle a Kelian, me golpeó a mí.

—¿¡Se pueden comportar como adultos que son!? —regañé.

—Perdón —dijeron los dos a la misma vez, y Rafael se rió por lo bajo, provocando que un juguete y un pequeño golpe de puño llegaran hasta él.

—No tienen remedio —mascullé.

En ese momento Bedelías indicó el número que poseía Vero; esta tomó sus cosas y se fue para introducirse en aquella pequeña habitación maldita, en sentido figurado obviamente.

—¿Adónde fue el tipo? —preguntó Kelian frunciendo el ceño.

Rafael y yo volvimos a mirar en dirección al ministerio, pero allí no estaba el tipo que habíamos estado observando hasta hace solo cinco segundos.

—No lo sé —contesté frunciendo el ceño y tensé la mandíbula; esto no me daba buena espina.

—¿Deberíamos preocuparnos? —preguntó aún mirando el lugar vacío que dejó el tipo hace un momento.

—Espero que no... —murmuré y Kelian asintió concordando conmigo.

—Sí, eso espero... —se encogió de hombros Rafael y le prestó atención a su teléfono celular.

Verónica salió rápidamente de Bedelías, algo que impresionó a todo el mundo. De inmediato entré yo para poder inscribirme en la carrera.

Luego de alrededor de unos quince minutos, salí con una sonrisa de oreja a oreja agitando mi papelito de inscripción.

Kelian me abrazó y me dio las felicitaciones para luego plantarme un enorme beso en los labios. Finalmente había conseguido lo que siempre había soñado: llegar a mi carrera; ahora solo quedaba terminarla.

Para festejar este gran paso en nuestras vidas universitarias, los cuatro nos dirigimos a por unos helados y, cuando los terminamos, nos despedimos afectuosamente para luego irnos para nuestros respectivos mundos.

En el momento en que nos disponíamos a irnos fue que algo raro, realmente raro, sucedió. La Tierra comenzó a agitarse de manera anormal. "Terremoto" escuché gritar a la gente. Pero eso era técnicamente imposible, pues Uruguay estaba sobre el escudo de basalto. Esto no era un terremoto; las placas tectónicas no tenían nada que ver con este fenómeno.

—¿Qué carajos sucede? —exclamé mientras Kelian me arrastraba de un brazo para ponernos en un lugar donde estuviéramos seguros.

—¡No tengo ni idea! —exclamó abrumado.

Nos encontrábamos agachados en medio de un estacionamiento, rezando porque un edificio no se nos desplomara sobre la cabeza. La arquitectura de mi pequeño país no estaba preparada para soportar este tipo de fenómenos naturales.

—¡Esto no es un terremoto, eso es imposible! —exclamé.

—Lo sé, hay que ir con mi padre en cuanto esto se calme —habló abrazándome contra su pecho para así poder protegerme.

Pasaron alrededor de diez minutos hasta que los temblores pararon y el caos se desató en las calles de Montevideo. Kelian y yo nos miramos totalmente desconcertados; no teníamos ni la más pálida idea de lo que había pasado. Del otro lado de la calle, Rafael, Verónica y Dan se encontraban acurrucados y ahora empezaban a ponerse en pie para ver lo que había sucedido.

Múltiples destrozos había causado el terremoto, o lo que fuera eso que había azotando la tierra en ese momento; había personas heridas y hogares destruidos, realmente era el escenario de una catástrofe.

Rafa y Vero nos miraron y luego dieron un pequeño asentimiento de cabeza; unos segundos después desaparecieron.

Estaba segura de que se pondrían a investigar en cuanto llegaran al Cielo, al igual que lo haríamos Kelian y yo.

De inmediato pronunciamos el hechizo para retornar al Infierno y, como siempre, luego de vueltas y oscuridad, se hizo la luz. Al llegar nos apresuramos a correr en busca de Lucifer, quien era de los pocos que nos podrían responder qué estaba sucediendo en el mundo mortal. Miré a mi alrededor haciendo un recuento de daños pero, por lo que veía, el Infierno no parecía haber sido afectado por temblores de ninguna clase.

Dimos vueltas dentro del Palacio Rojo al menos una media hora, pues no teníamos ni idea de dónde se había metido el Diablo ni lo que estaría haciendo. Y, para nuestro disgusto, nadie sabía respondernos dónde estaba.

Al final terminamos por encontrarlo en medio de los jardines de la Bestia, sentado cerca de la fuente central, contemplando fijamente el agua con una profunda melancolía arraigada detrás de sus ojos.

—Padre —saludó Kelian al llegar.

—Lucifer —saludé con respeto.

—Niños —respondió él, saliendo de su ensimismamiento—. ¿Qué hacen por aquí? — preguntó con marcada curiosidad.

—Ha sucedido algo realmente extraño, padre, ¿es que usted no lo ha sentido? — preguntó Kelian frunciendo el ceño.

—¿De qué me hablas? —preguntó en respuesta Lucifer, mirándonos.

—Del terremoto que acaba de azotar Montevideo —dije yo—. No es natural que suceda, jamás lo había hecho.

—Oh, sí —respondió—. Sí lo he sentido, pero no ha sido solo Montevideo, sino que todo el mundo mortal acaba de ser azotado por distintos fenómenos naturales.

—¡¿Qué!? —exclamé—. Pero... ¿Por qué? —no podía entender qué era lo que estaba pasando ni por qué Lucifer estaba tan tranquilo.

—¿Por qué? —repitió él—. No lo sé, querida.

—Pero tiene que haber alguna explicación, padre —dijo Kelian.

—Aún no la tengo; solo me puedo servir de algunas teorías. Lo único que puedo afirmar es que no son naturales, como ustedes mismos lo han dicho —respondió serenamente.

—¿A qué teorías se refiere? —pregunté frunciendo el ceño.

—Nada con fundamento. Puede ser que la falta de magia esté afectando a la Tierra, pero si es eso no hay que preocuparse.

—¿Solamente eso? ¿Es una adaptación al nuevo estado? —inquirió Kelian, incrédulo.
—Sí, esa es mi más firme teoría.
—¿Hay alguna otra que debamos saber, Lucifer? —inquirí desconfiada.
—Umm, no. Kokabiel y yo nos hemos estado dedicando a la observación de los astros en los últimos meses y han tenido ciertos movimientos que pueden afectar a la tierra, pero eso es totalmente natural —explicó con una sonrisa tranquilizadora.
—¿No debemos preocuparnos, verdad? —pregunté, porque algo me decía que sí debíamos preocuparnos, y mucho.
—No, para nada —sonrió—. Seguramente la primera teoría sea la correcta; el mundo debe acostumbrarse a los cambios al igual que todos. El Cielo está patas para arriba, intentando buscar el sentido de ser y vivir, por eso han dejado de utilizar la magia y se han concentrado en las tareas más burocráticas —hizo una pausa—. Y aquí en el Infierno también tenemos nuestro desbarajuste, por lo que nos hemos concentrado en poner en orden nuestros asuntos y a su vez ayudar en el Cielo — suspiró—. Esa falta de magia afecta al mundo, pero será por un corto lapso de tiempo; solo debe acostumbrarse, como todos.
—Tenés razón, padre, perdoná que te molestáramos —sonrió Kelian un poco apenado.
—No es problema. Ahora vayan a hacer cosas de jóvenes y dejen de preocuparse por el mundo —sonrió—. ¡Vamos, que quiero un nieto! —dijo sacudiendo su mano con despreocupación.
Yo quedé completamente roja de la vergüenza y a Kelian no le quedó más remedio que reírse, pues no sabía qué contestar a aquello.
—Por lo menos esperá a que nos casemos, padre —rió mi Príncipe Infernal con las mejillas levemente teñidas de rojo.
—¿Para qué quieren eso? Aprovechen en hacer las cosas que valen la pena; nunca se sabe cuándo sucederá algo que pueda separarlos — murmuró con la mirada perdida; era evidente que pensaba en Perséfone.
—No se preocupe —respondí—. Sabremos aprovechar nuestro tiempo —aseguré, y luego le di un abrazo.

Kelian y yo nos miramos. Tomados de la mano, comenzamos a alejarnos de Lucifer. Él tenía razón: debíamos aprovechar nuestro tiempo y vivir. El mundo estaba en transición, los mundos lo estaban; se adaptaban a los cambios a pesar de que les costara. Y nosotros también debíamos adaptarnos.

Seguramente ya no había amenazas ni problemas; nadie quería esclavizar al mundo. Éramos por fin libres de vivir y escribir nuestro destino.

Habíamos sido criados para mirar por y para el mundo, con destinos escritos a fuego, siempre abocados al dolor y al sacrificio. Era comprensible que una situación como esta nos resultara completamente extraña.

Sabíamos que con esfuerzo, y siempre juntos, podríamos construir una nueva vida, una donde ser felices, olvidando todo aquello que una vez nos partió el alma en mil pedazos. Esa alma que era una, pues éramos dos mitades de lo mismo. En base a eso forjamos nuestro camino, a pesar de que el destino tuviera planes muy diferentes para nosotros.

Dicen que las almas destinadas a estar juntas siempre encuentran la manera, y creo que las nuestras ni siquiera son dos almas, sino dos mitades de una.

Y si había otra amenaza, y estaba segura de que la había, la enfrentaríamos juntos, porque nada ni nadie podría separarnos.

O al menos eso era lo que yo pensaba.

AGRADECIMIENTOS

Gracias a todos aquellos que me apoyaron para que este, mi primer libro, fuera escrito en un solo verano. Gracias a mi madre, Mery, que me soportaba con la computadora de aquí para allá todos y cada uno de los días. A mi padre, Wilman, que cultivó mi gusto por la lectura y, tiempo después, por la escritura. Pero sobre todo, gracias, muchas gracias a mi hermana menor, Iliana, quien soportó la lectura de esta humilde novela capítulo a capítulo, que me molestó por horas hasta que cambiaba algo que no le parecía y que me golpeó con almohadas cada vez que algo trágico sucedía.

Este libro es la culminación de uno de mis sueños de infancia; espero que a usted, lector o lectora, le haya parecido una lectura gratificante, especial y entretenida. Espero que puedan seguir acompañando a este grupo en las próximas aventuras que deberán enfrentar.

Muchas gracias.
Camila Rocha Mota.

Camila Rocha Mota es una escritora uruguaya cuya narrativa se sumerge en las profundidades del romance oscuro y la fantasía épica. Con una marcada inclinación por redimensionar la mitología judeocristiana, ha construido universos literarios donde el destino y lo sobrenatural convergen, destacando especialmente por su saga Tres Mundos. 
En la actualidad, compagina su labor creativa con una formación académica diversa, siendo estudiante de Ciencias Sociales en la Udelar y de Imagenología en la Facultad de Medicina. Esta combinación de disciplinas nutre su escritura, permitiéndole explorar la condición humana desde perspectivas tan analíticas como viscerales. Además de su obra personal, impulsa proyectos colectivos que fomentan la creación literaria joven en la región.

Sigue su proceso creativo y novedades editoriales en Instagram: @camilarocha_autora

www.ingramcontent.com/pod-product-compliance
Lightning Source LLC
LaVergne TN
LVHW090544110826
845146LV00001B/10

* 9 7 8 9 9 1 5 4 3 7 5 3 8 *